文学桂军研究资料丛书

◇南宁师范大学学术著作出版基金资助出版
◇北部湾环境演变与资源利用教育部重点实验室（南宁师范大学）和广西地表过程与智能模拟重点实验室（南宁师范大学）开放或系统基金（GJEU-KLOP-K1809）
◇2015年广西哲学社会科学规划研究课题（15EZW001）
◇2018年国家社科基金项目（18XZW034）

文学桂军研究资料丛书·钟世华 张凯成 主编

韦其麟研究

钟世华 —— 编著

云南大学出版社
YUNNAN UNIVERSITY PRESS

图书在版编目（CIP）数据

韦其麟研究 / 钟世华编著. -- 昆明：云南大学出版社，2019
（文学桂军研究资料丛书）
ISBN 978-7-5482-3782-2

Ⅰ.①韦… Ⅱ.①钟… Ⅲ.①韦其麟—文学研究 Ⅳ.①I206.7

中国版本图书馆CIP数据核字（2019）第174480号

策划编辑：王翌沣
责任编辑：石　可
封面设计：璞　间

文学桂军研究资料丛书·钟世华　张凯成　主编

韦其麟研究

钟世华　编著

出版发行：云南大学出版社
印　　装：昆明理煌印务有限公司
开　　本：787mm×1092mm　1/16
印　　张：27
字　　数：585千
版　　次：2019年8月第1版
印　　次：2019年8月第1次印刷
书　　号：ISBN 978-7-5482-3782-2
定　　价：118.00元

社　　址：云南省昆明市一二一大街182号（云南大学东陆校区英华园内）
邮　　编：650091
电　　话：（0871）65033244　65031071
网　　址：http://www.ynup.com
E-mail：market@ynup.com

若发现本书有印装质量问题，请与印厂联系调换，联系电话：0871-64167045。

1.韦其麟刊发在《儿童故事月刊》第二卷第七期的照片，民国三十七年六月一日出版
2.1988年元月广西艺术学院邵伟光教授所画的头像

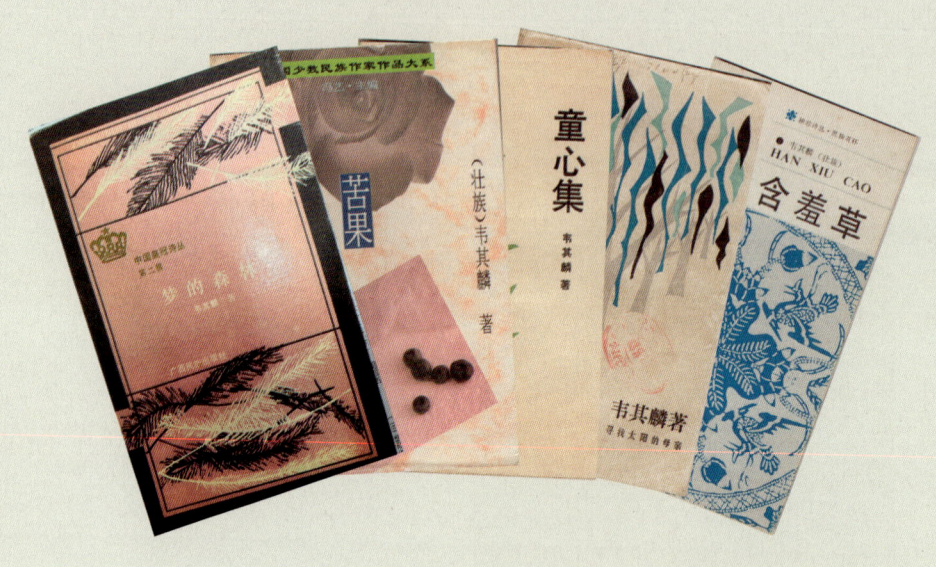

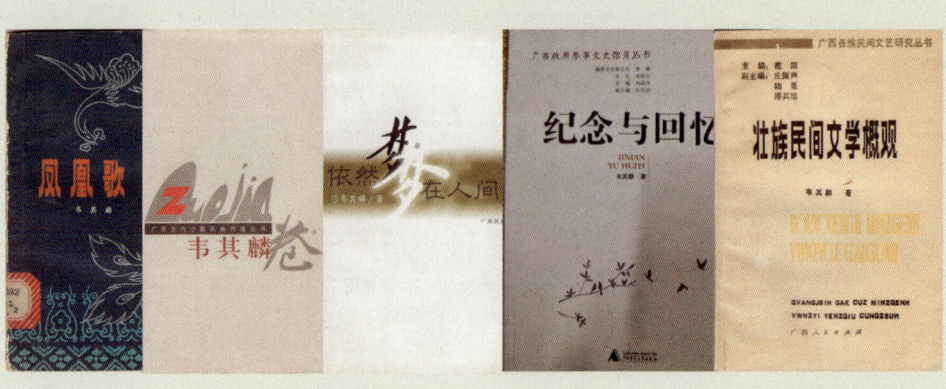

韦其麟部分著作封面

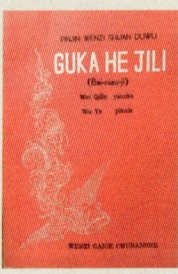 

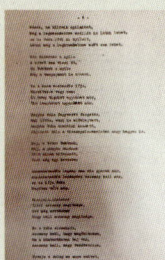  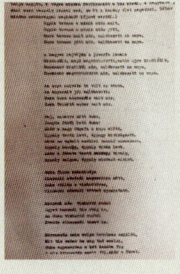 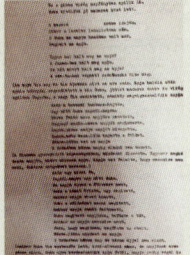

1. 《百鸟衣》部分版本封面
2. 左起《百鸟衣》拼音版、蒙文版
3. 《百鸟衣》连环画部分版本封面，左起天津美术出版社1956年版本、上海人民美术出版社1983年版本、人民美术出版社2010年版本
4. 《百鸟衣》捷克译文稿，捷克院士杜克义译

致友人

×人同志：

谢谢，电话中你答应看一看这本有关我的书稿，今送上。

这书稿的编著者是一位年青的朋友，他也写诗，写诗歌评论，现在高等院校任职。

多年前，他曾打电话给我，说希望对我作一次关于诗歌的访谈。由于年纪的老去，思维的迟钝和保守，对报刊上有些关于诗歌的说法和诗歌作品，也看不懂，自觉得实在谈不出什么名堂，如硬着头皮乱说一通，恐怕只有出丑的份。我感谢他的好意，对他坦率说了我的心思。他也爽快，免了那次访谈。这是我和他没有见面的最初的交往。

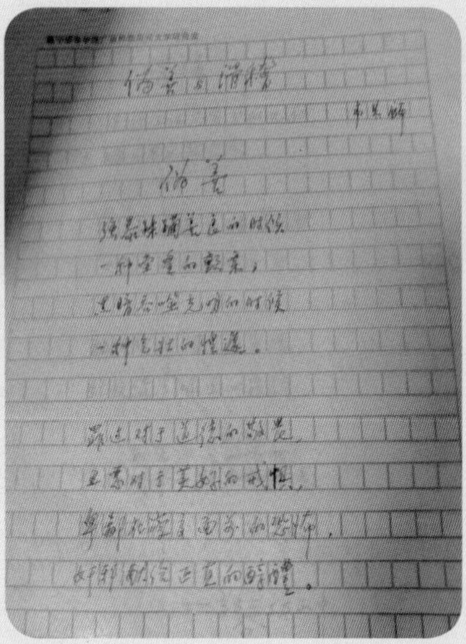

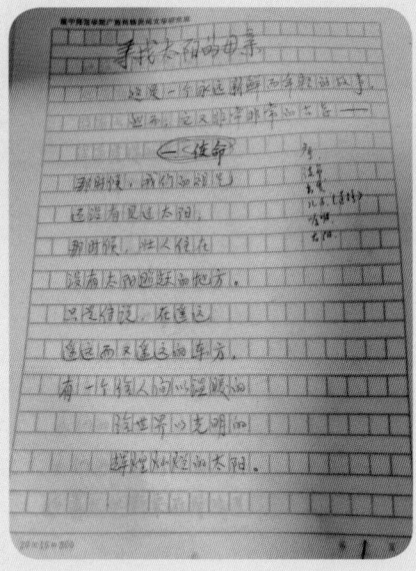

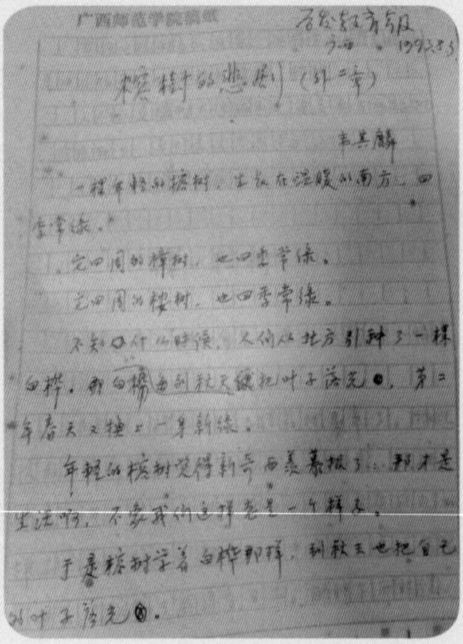

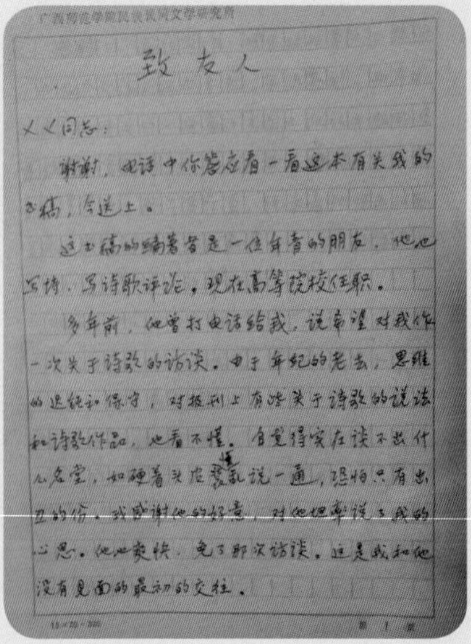

韦其麟部分创作及书信手稿

经评委会评定韦其麟同志的散文集
《童心集》荣获第三届全国少数民族
文学创作评奖（一九八五—一九八七）优秀奖
中国作家协会
国家民族事务委员会
经评委会评定韦其麟同志的作品
荣获第二届全国少数民族文学
创作评奖（一九八一—一九八四）优秀长诗奖
中国作家协会
国家民族事务委员会
全国少数民族文学创作获奖证书
韦其麟同志，
你的长诗《凤凰歌》荣获
全国少数民族文学创作奖。
全国少数民族文学创作评奖委员会
北京
获奖証书
韦其麟同志的诗集《童心集》
在首届"振兴广西文艺创作铜鼓奖"中，荣获
作品奖，特发此证，以资鼓励。
广西壮族自治区人民政府
一九八八年十二月
韦其麟同志：
您著的《壮族民间文学概要》在
本会主办的首届（1979年—1989年）
中国少数民族文学研究成果评奖中
获优秀著作奖，特发此状，以资
鼓励。
中国少数民族文学学会
证书
韦其麟同志：
为了表彰您为发展我国
社会科学事业做出的突
出贡献，特决定从
起发给政府特殊津贴并颁发
证书。
国务院
荣誉证书
韦其麟同志：
值此庆祝广西壮族自治区成立40周年
之际，特颁发荣誉勋章一枚，并发此证，以
表彰您多年来在广西革命和建设事业中所做
的突出贡献。
中共广西壮族自治区委员会
广西壮族自治区人民政府
1998年12月

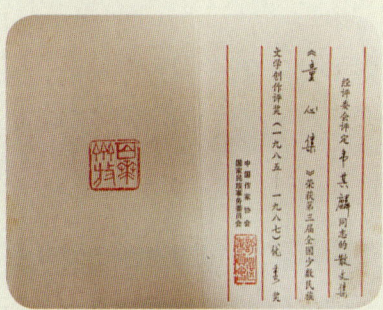

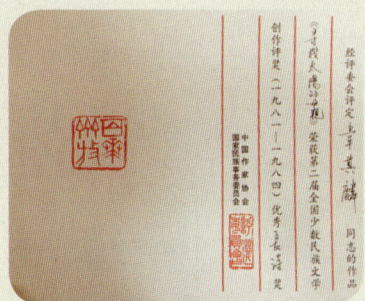

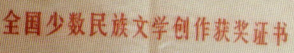

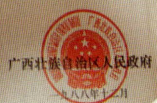

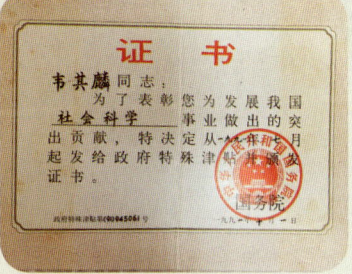

韦其麟部分获奖及荣誉

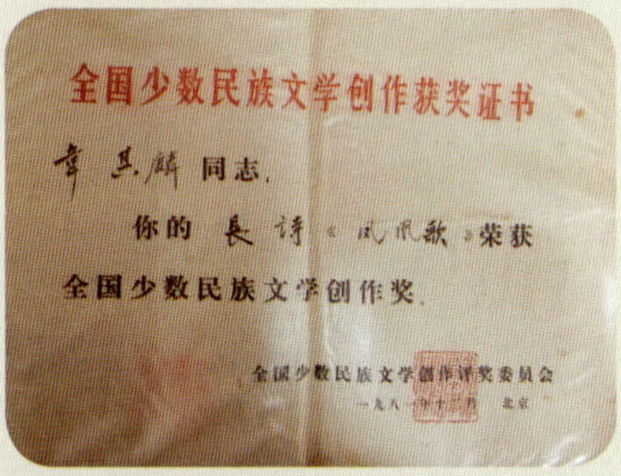

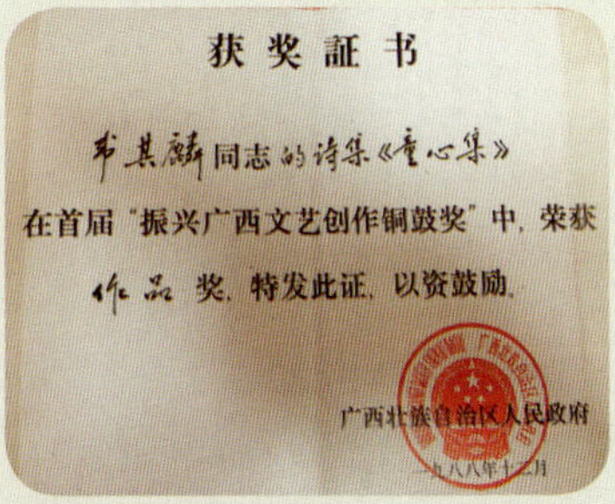

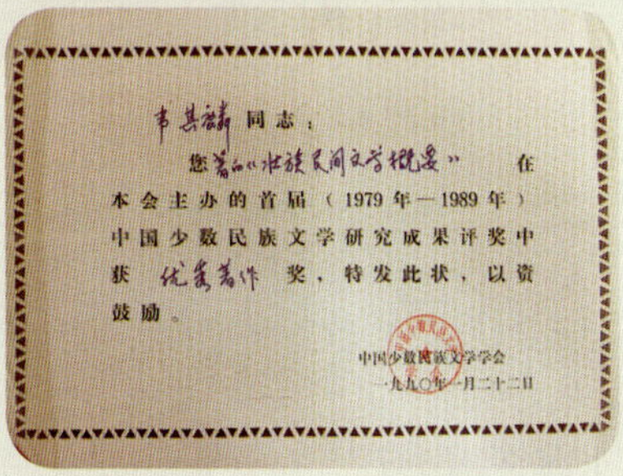

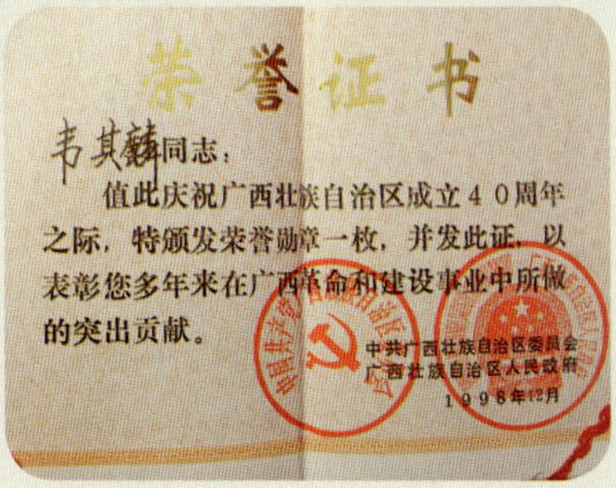

1. 1981年5月1日于南宁师院程千帆来邕讲学。与当年武汉大学同学合照。前右二为程千帆教授，前左一卢斯飞，后右一林焕标，后中韦其麟
2. 1983年1月，中国作家协会代表团与泰国作协正副主席合影。右三泰国作协主席，右四泰国作协副主席，左一泰国诗人诺瓦拉
3. 2004年9月16日与李宝靖等合影
4. 1997年12月与雷达、陈建功、潘琦、蓝怀昌合影
5. 1987年6月11日，在桂林与公木合影

1. 1985年在广西师范学院家中，与来访的日本岛根大学西胁隆夫教授谈家乡口传的"百鸟衣"故事及旧时风习
2. 1998年访问叙利亚
3. 1994年为广西第二届独秀文学奖颁奖
4. 2006年11月14日，出席中国作协第七次全国代表大会
5. 与陆地、吴三才合影

1.1956年暮秋，东湖之滨
2.2004年5月1日，韦其麟夫妇和儿子在他出生时住的林场宿舍（背后窗子的那间）前合照。
3.2008年2月摄于家中

编选说明

《文学桂军研究资料丛书》暂定编选 9 本作家专集和 1 本评论家合集，10 本，即"9+1"。其中 9 位作家包括老、中、青三代，其中有诗人、小说家、电影剧作家等。按出生年月先后，他们是周民震、韦其麟、杨克、黄佩华、林白、凡一平、东西、朱山坡、田耳，每位作家编著一个研究资料专集。此外单列 1 本评论家的合集，收录李建平、张利群、容本镇、张燕玲、黄伟林等 5 位评论家的研究资料。

本研究资料共分为 7 大部分，即作家小传、研究综述、自述·访谈·印象、评论文章选辑、研究论文选、作家作品索引、研究成果索引。特别说明的是，20 世纪 30 年代出生的老作家增加"文学史有关作家的章节"这一部分内容。

评论文章选辑按先总论、后分论排列，对入选的文章，保持原貌，但为了出版方便，作统一技术处理，删减了作者简介、摘要、关键词，注释一律改为脚注。"作家作品索引"部分按发表时间顺序排列整理收录，截止时间为 2018 年 12 月，期刊、著作均按年、月排序，报纸具体到日期。"研究成果索引"均按刊发／出版时间先后顺序编排，截止时间同样为 2018 年 12 月。

需要特别说明的是，由于各种原因，主编及编者无法与选用论文的作者一一联系，丛书出版后，将赠书一本，以表歉意和谢意！且本书用于学术研究而非商业目的，望学界前辈、同人理解、支持。在此真诚致谢！

也由于编选者的眼界、学识、水平有限，疏漏、不足，甚至差错定然存在，敬请学界批评指正。

钟世华

2018 月 12 月

为文学桂军建档立传

——《文学桂军研究资料丛书》总序

容本镇

何谓"文学桂军"？

2007年12月15日，在广西文艺理论家协会、广西民族大学、广西日报综合副刊部联合举办的"2007'广西文艺论坛暨《文学桂军论》研讨会"上，时任广西壮族自治区人大常委会副主任、自治区文联主席、著名作家潘琦在讲话中对文学桂军的含义和特征等作了比较完整的阐述："所谓文学桂军，是生活、工作在广西的一批从事文学创作的当代作家，他们的创作思想、创作活动、创作理念、创作作品，具有鲜明的时代性、本土性、民族性、自强性、创新性和团队性，是新时期活跃在中国文坛的一支南方作家队伍，称之为文学桂军。所谓时代性，就是我们作家的文化根底，是植根于中华民族文化五千年的文化根源，他们的创作体现了文化的时代精神、时代理念、时代风尚、时代境界，他们的作品没有离开文化传统，但又有明显的时代痕迹；本土性，就是他们的取材和选题、故事环境、人物的背景，都带有鲜明的本土性；民族性，他们的作品在语言、民族风俗、风土人情、文化娱乐、人物心理等方面都具有浓郁的民族的特征；自强性，文学桂军的绝大部分作家都是生活在艰苦的环境中，他们在最困难的条件下创作，在最艰苦的地点起步；创新性，就是作家们把理念创新、构思创新、语言创新、人物性格创新等结合起来，形成特有的创新理念和创作风格。就是这样一支志同道合、目标一致、风格各异、宽宏大量、团结和谐的广西作家队伍，他们为了文学事业共同努力着。这就是我们的文学桂军。"（潘琦《文学桂军的崛起与发展》，2008年1月17日《广西日报》）

李建平主持的国家社会科学基金项目研究成果《文学桂军论》，对文学桂军的定义是这样表述的："所谓文学桂军，主要指20世纪90年代后活跃于文坛的一批广西作家。最初特指1949年以后出生、90年代活跃于文坛的青年作家，始称'文学新桂军'，以后的研究和述评常常将90年代仍活跃在文坛的1949年以前出生的中年作家一并纳入，逐渐通称为'文学桂军'。文学桂军属于特定时空范围下形成的中国当代文学区域作家群概念，并非是具有历史延续性的文学史概念。"（李建平、黄伟林等著《文学桂军论——经济欠发达地区一个重要作家群的崛起及意义》，中国社会科学出版社，2007年）这个定义明确指出：文学桂军属于特定时空范围下的区域作家群概念，并非是具有历史延续性的文学史概念。对于课题研究来说，这样的界定是必要的。但最初提出文学桂军这个概念时，实际上并没有一个很清晰的界定，随着时间的推移和时代的发展，这个概念所指涉的范围是有变化的。换言之，后来人们在使用文学桂军这个概念时，时间上并不局限于"20世纪90年代"，新时期以来及90年代后，但凡生活、工作在广西或曾在广西生活、工作过而后来离开广西的桂籍作家都统称为文学桂军。

文学桂军的崛起，是广西文学进入当代，尤其是新时期以来所筑就的一道壮美的文化风景。作为中国当代文坛一个重要的文学现象，它也在中国当代文学版图中标示出了一片醒目区域。从根本上看，广西当代文学的发展离不开由广西本土作家或广西籍作家所构成的文学桂军，尤其依赖于他们在创作中对于广西的地域性书写，以及包括壮、汉、瑶、苗、侗、仫佬、毛南、回、京、水、彝、仡佬等十二个广西世居民族在内的民族性的展示。可以说，文学桂军在"传统/现代""历史/现实""中心/边缘"等多元的结构形态中，获得了充足的文化地理空间，并以此建构出了独特而兴盛的文学景观。

进入新世纪以来，学界、评论界对文学桂军及其作品始终保持着持续而热情的关注，许多重要的研究与批评成果不断涌现，包括对文学桂军的整体研究和对个体作家作品的研究与批评成果等。如《广西散文百年》（徐治平主编，民族出版社，2004年）、《广西文学50年》（李建平等著，漓江出版社，2005年）、《秘密地带的解读——东西小说论》（温存超著，台海出版社，2006年）、《世纪的跨越——广西文学艺术十三年现象研究》（蓝怀昌主编，广西人民出版社，2007年）、《文学桂军论：经济欠发达地区一个重要作家群的崛起及意义》（李建平、黄伟林等著，中国社会科学出版社，2007年）、《我读东西：时空境遇里的身心言说》（胡群慧著，武汉大学出版社，2007年）、《当代广西文学的审美文化研究》（王绍辉著，大众文艺出版社，2008年）、《壮族文学现代化的历程》（雷锐主编，民族出版社，2008年）、《壮族当代小说民族审美导论》（陈丽琴等著，民族出版社，2010年）、《广西文学艺术六十年》（主编潘琦，执行主编黄德昌、容本镇，广西人民出版社，2010年）、《发轫之路——北海文学三十年》（邱灼明主编，花城出版社，2010年）、《当代广西小说十家》（韩颖琦、王迅著，陕西人民教育出版社，2011年）、《小说的边界——东西论》（张柱林著，广西师范大学出版社，2011年）、《追飞机的玉米人——凡一平的生活和创作》（温存超著，广西师范大学出版社，2011年）、《广西现当代散文史》（刘铁群著，广西师范大学出版社，2012年）、《地域 民俗 家族——黄佩华的文学脉流》（温存超著，漓江出版社，2013年）、《新世纪广西诗歌观察》（罗小凤著，广西人民出版社，

2014年)、《穿越诗的喀斯特——当代广西本土诗人访谈录》(钟世华著,长江文艺出版社,2015年)、《边缘地带的活力——广西当代文艺理论与批评的构建与发展》(欧造杰著,广西人民出版社,2015年)、《桂西北作家群的文化诗学研究》(黎学锐、张淑云、周树国著,广西师范大学出版社,2015年)、《诗性的超越——广西当代作家的跨界写作研究》(张淑云、张啸著,江苏大学出版社,2017年)、《颂祷与重构——文学叙事中的"美丽南方"》(李仰智等著,广西人民出版社,2017年)等。此外,还有大量有关文学桂军及其作品的研究论文和评论文章等。也就是说,与文学桂军相伴而生的研究与批评资料已具有了相当的规模和数量。但学界在文学桂军研究资料的搜集整理方面则显得比较迟缓和薄弱,或者说还没有引起足够的重视。而这项工作无论是对于广西当代文学的内部建构来说,还是就参与中国当代文学尤其是少数民族文学的发展而言,均有着极为重要的价值和意义。因此,有关文学桂军研究资料的搜集与整理便显示出了内在的必要性与迫切性。

文献资料的搜集整理是文学研究中不可或缺的基础性工作,也是文学研究的一种重要方式。谢泳先生曾强调过文学研究中"史料先行"观念,指出:"凡做研究,先以整理相关研究对象的完整史料为研究的基本前提,在熟悉相关研究史料的过程中,发现问题,产生研究方向,在此前提下,再选择研究的基本方法……"(《中国现代文学史研究法》,广西师范大学出版社,2010年)这便从研究的本体层直言文献资料搜集整理工作的重要性。近年来,洪子诚、程光炜等学者对文学资料搜集整理工作的重视与推动,以及有关研究"历史化"问题的提出,则为当前的文学研究开辟了新的范式。

从历史上看,现代文学研究对于文献资料有着足够的重视,尤其在资料搜集整理方面有着集中、系统的推进与呈现,取得了一系列重要成果。而当代文学研究中的资料搜集整理工作总体上则显得比较滞后,力度也不够,基本上仍处于"起步"阶段。从全国范围来看,尽管已有《中国当代文学研究资料》丛书和《中国当代作家研究资料》丛书(杨扬主编,天津人民出版社)、《中国新时期文学研究资料汇编》(孔范今、雷达、吴义勤主编,山东文艺出版社,2006年)、《中原作家群研究资料丛刊》(程光炜、吴圣刚主编,河南大学出版社,2015年)、《江苏当代作家研究资料丛书》(丁帆、王彬彬、王尧等编,人民文学出版社,2016年)等一批带有示范性的重要成果问世,但相对于当代文学研究与批评活动所形成的浩繁资料而言,迄今所开展的研究资料搜集整理工作及所取得的成果还极为有限,无论是"存史"还是助推研究,都还有极大的拓展空间。

新时期以来,文学桂军研究资料搜集整理工作取得了一定的进展与成绩。比如中国作家协会广西分会曾先后选编出版了《新花漫赏:广西评论特辑》(广西民族出版社，1985年）、《广西文学评论选集》（广西民族出版社，1988年）、《文学之翼——广西新时期十年文学评论选》（广西民族出版社，1988年）等。此外，学界还对部分作家个体研究资料进行了整理，如《中国当代文学研究资料》编辑委员会选编的《中国当代文学研究资料·陆地研究专集》《中国当代文学研究资料·李英敏研究专集》《中国当代文学研究资料·周民震、韦其麟、莎红研究合集》《中国当代文学研究资料·苗延秀、包玉堂、肖甘牛研究合集》等。但从时间上看，这些资料集均出版于20世纪80年代中后期，所收录的资料也不够完整。20世纪90年代以后，陆续出版了一些研究资料集、论文集等，如《评论家接力丛书》（接力出版社，1996年）、《悄然崛起的相思湖作家群》（容本镇主编，广西民族出版社，2002年）、《南方批评话语》（张燕玲、张萍选编，广西人民出版社，2004年）、《全国刘三姐文化研讨会论文集》（谭为宜、蓝柯、龙殿宝主编，广西人民出版社，2009年）、《能不忆南方——〈南方文坛〉年度优秀论文奖文集（2001—2009）》（张燕玲主编，广西师范大学出版社，2010年）、《独秀作家群书系》（总主编王枬、黄伟林，广西师范大学出版社，2011年）、《广西当代文艺理论家丛书》（第一辑·20卷）（主编潘琦，副主编韦守德、容本镇，广西人民出版社，2012年）、《广西文艺研究与评论文选（2007—2012）》（容本镇、王建平、石才夫主编，广西教育出版社，2012年）、《依然忆南方——〈南方文坛〉年度优秀论文奖文集（2010—2016）》（张燕玲、张萍编，广西师范大学出版社，2016年）、《2012—2017年度广西文艺评论文选》（容本镇、唐春烨主编，广西人民出版社，2017年）、《八桂文学二十年·评论精选》（张燕玲主编，广西人民出版社，2017年）、《广西文艺理论家协会二十年（1995—2015）》（主编容本镇，副主编王建平、唐春烨，广西人民出版社，2017年）、《广西社会科学院评论丛书》（主编王建平，副主编李建平、覃振锋，广西人民出版社，2017年）、《新西南剧展》（黄伟林、刘铁群主编，广西师范大学出版社，2017年）等。但这些资料集是围绕不同主题、不同重点、从不同角度确定选收范围的，因此便有了诸多局限，很多重要资料无法全面、完整地收录进来。基于此，对文学桂军研究资料进行全面系统的搜集、整理和研究，具有十分重要的学术价值和现实意义。

钟世华主持编著的《文学桂军研究资料丛书》，主要以个体作家研究专集的方式呈现。每部专集均集中记录和展示文学桂军中代表性作家的创作经历、创作成就、创作特色、创作影响等，这不仅从整体性、宏观性和学理性层面上促进作家作品的研究，而且有助于为文学桂军建档立传、为广西当代文学发展史的研究留存和积累珍贵的文献资料。与此同时，该丛书在其编写过程中还自觉形成了对当前文学研究方法的学理性探究，即提供了一种以资料为根基的"史料性"研究方式，使得文学桂军的研究真正做到"有理有据"，进而有助于推动当代文学研究的理据化、历史化。

  文学桂军研究资料的辑录、梳理与汇编是一项浩繁的工程,一项看似容易实则艰难的工作。由于资料的搜集整理需要耗费大量时间和精力,很多人因此望而止步;又因为有人觉得做这些基础性的资料工作没有太多的学术含量,因此不愿或不屑于去做。钟世华对此却不以为意,他深刻地认识到这项工作所蕴藏的价值意义。尽管工作量巨大、劳心又劳力,但他仍然带领团队不畏艰辛、锲而不舍、乐此不疲地投身其中。其实,编著好一部研究资料集,其价值意义决不逊于撰写一部优秀的学术著作。一位出版界的朋友曾对我说过:"不要小看文献资料,在社科领域,它比那些缺乏创见的一般性理论著作更有价值,存世的时间也会更久远,几十年、几百年后,很多理论著作早已湮没无闻,而那些珍贵的文献资料还将被后人所查阅、参考和引用。"当然,现在的理论著作、理论成果若能经受得住时间考验,将来也会变成珍贵的文献资料。

  文学桂军是一个庞大的作家群体,在搜集整理文学桂军研究资料的过程中,确定入选作家是十分重要而关键的环节。钟世华曾就如何遴选和确定入选作家的问题,征询过有关专家的意见。经过反复思考和论证,他拟出了遴选的基本原则,即主要依据作家的创作成就、影响、代表性、研究与评论情况、资料的多寡等因素来确定。有的作家在广西当代文学史上有着重要地位,但已出版过研究资料专集,而且所收录的资料较为齐全,虽有一定的补充空间,但目前没必要再重复,典型的如著名壮族作家陆地、京族作家李英敏等;有的作家创作成就显著,也有代表性,但有关他的研究成果、评论文章及资料相对较少,暂时还不能单独汇编成一本资料专集。当然,还有一个很重要的因素,即仅靠一个或几个年轻人的力量,短时间内也不可能完成太多作家的资料搜集整理工作。因此,依据这些原则和因素,《文学桂军研究资料丛书》暂定编著9本作家专集和1本评论家合集,共10本,即"9+1"。其中9位作家包括老、中、青三代,其中有诗人、小说家、电影剧作家等。按出生年月先后,他们是周民震、韦其麟、杨克、黄佩华、林白、凡一平、东西、朱山坡、田耳。每位作家编著一个研究资料专集;而每个专集的内容包括作家小传、研究综述、作家自述与访谈、评论文章选辑、作家作品索引、研究成果索引等,其内容相当全面和丰富。

  在文学桂军的构成中,评论家也是其中的重要组成部分。文学桂军的崛起与发展,评论家发挥了独特而重要的作用。因此,《文学桂军研究资料丛书》单列了一本评论家的合集,收录李建平、张利群、容本镇、张燕玲、黄伟林等5位评论家的研究资料。

  如前所言,文献资料的搜集整理是一项有价值有意义的工作,但值得注意的是,当下在文献资料整理过程中仍存在着一些难点和亟待解决的问题，正如程光炜先生在《整理当代作家研究资料的重要性——由<江苏当代作家研究资料丛书>谈起》（《文艺报》2017年12月15日）一文中所指出的，《江苏当代作家研究资料丛书》在"介绍作家家世身世的内容""评论文章的删选""创作年表""作品发表目录"等层面仍有着可提升的空间，并对当前地域性作家研究资料的搜集整理工作提出了建设性的意见和建议。我相信，钟世华及其团队一定能够从这些意见和建议中获得有益的启示和借鉴，也期待着钟世华及其团队能够以聪慧的眼光、敏锐的识见和严谨的学术精神，恰切地处理好类似的难点和问题，切实把一套有质量有分量的《文学桂军研究资料丛书》奉献在世人面前。

是为序。

2018年11月南宁相思湖畔

容本镇，1958年2月生。教授，中国作家协会会员。原任广西教育学院院长、党委书记，兼任中国写作学会副会长、中国文艺评论家协会理事、广西文艺评论家协会主席等学术职务。

《文学桂军研究资料丛书·韦其麟研究》序

容本镇

  在壮族文学史上，韦其麟是一座高峰；在少数民族文学和中国当代文学史上，他也是一位极具代表性的重要作家。他还是第一位曾连续当选两届中国作家协会副主席的壮族作家。韦其麟的创作时间长达几十年，而且始终受到文学界、学术界的持续关注，其影响远及海外。据不完全统计，韦其麟的叙事长诗《百鸟衣》曾被译成10多种文字在国外发行，其单行本和各种改编本的发行量累计超过了100万册，而根据长诗改编的大型歌舞剧《百鸟衣》已成为壮族歌舞剧的艺术经典。韦其麟及其作品已入选几十种版本的中国当代文学史。所有这些都体现了韦其麟在文学史上的地位。

  与丰厚的创作成果与卓越的文学成就相比，韦其麟先生为人处世却极为谦逊与低调，晚年更是深居简出，极少参加文学界及各种社会活动，几乎不接受媒体及业界人士的任何采访。编著《文学桂军研究资料丛书·韦其麟研究》资料专集时，钟世华迫切地希望得到韦其麟先生的同意与支持，但他心里一直没底，因为多年前他曾吃过一次"闭门羹"。2011年，钟世华开始做"当代广西本土诗人访谈"项目，第一个列入访谈对象的就是韦其麟先生。但当他打电话联系这位德高望重的老诗人时，却被婉言谢绝了。韦其麟先生后来在致友人的信中谈到了婉拒的理由："多年前，他曾打电话给我，说希望对我作一次关于诗歌的访谈。由于年纪的老去，思维的迟钝和保守，对报刊上有些关于诗歌的说法和诗歌作品，也看不懂。自觉得实在谈不出什么名堂，如硬着头皮装懂乱说一通，恐怕只有出丑的份。我感谢他的好意，对他坦率说了我的心思。他也爽快，免了那次访谈。这是我和他没有见面的最初的交往。"（韦其麟《致友人》）

  2015年，《穿越诗的喀斯特——当代广西本土诗人访谈录》一书由长江文艺出版社出版后，钟世华向韦其麟先生赠送了一本。书中虽然没有韦其麟先生的访谈资料，但他对这部访谈录却给予了很高的评价："他耗时几年的这部访谈录，较全面展现了当代诗歌在广西的状况。资料的真实和丰富，是最为可贵最具特色的，当然也具有其学术的价值意义。这些访谈，对访谈对象的了解，对诗人作品的研究，对话题的提出，都是花了很大工夫，做了充分准备的。这些有着相当深度的访谈，也可以说是他对诗歌评论与研究的一种方式。""这次访谈录表明了他对我们广西本土的诗人和诗歌创作的关心和钟情，他说今后他仍对广西的诗歌研究倾注热情。这一点特别令我感动和钦佩。"（韦其麟《致友人》）或许是受到感动，或许是产生信任，或许两者兼而有之，当钟世华再次拜访韦其麟先生时，他没有坚决拒绝。而随着接触和交往的增多，两人逐渐成了"忘年交"。

钟世华做资料搜集整理工作极为执着、专注和细心，能够做到广搜博采、披沙沥金。一方面，由于韦其麟先生经历过许多风雨，其工作单位、工作地点曾多次变动，很多原始资料自己并未保留下来。为此，钟世华另想办法，多方寻找，四处搜集。另一方面，因为时间久远，有的资料非常难找，在广西区内图书馆和网上都查找不到。但钟世华并未气馁，也绝不轻言放弃。只要有线索，他就想方设法委托朋友到京、津、沪等地的图书馆查找，甚至委托国外的朋友帮忙查找或购买相关资料。他能够从一条线索发现另一条线索，并一直追踪下去，直到查找到相关资料为止。而每一次新的发现与收获，都会给他带来巨大的快乐。这是一种认真与执着，也是一种悟性与能力。比如在搜集《韦其麟研究》资料的过程中，钟世华偶然读到著名诗人晓雪的一篇文章，得知韦其麟在武汉大学中文系读书时，曾和晓雪、叶橹共同编过校报《新武大》的文艺版。于是，他便在网上搜索1953年至1957年的《新武大》，试图找到韦其麟当年发表的作品。不巧的是，网上仅有3张不同年份的《新武大》在售卖，他于是毫不犹豫地买了下来。结果，他在1956年5月5日的《新武大》上，发现了韦其麟的长诗《献给年轻的伙伴们》。对一个研究者来说，能于几乎湮灭的史料中发现一位作家的重要佚作，既是一件令人振奋的事情，更是一种重要的收获与回报。

在这本研究专辑中，钟世华查阅了几十本文学史，把文学史中有关韦其麟的章节都做了统计，并选取了各个时期有代表性的文学史的相关内容。韦其麟作品索引和研究资料索引更是十分详尽，不管是官刊还是民刊，也不管是诗歌散文还是自述序言等等，能搜尽搜。这本研究专辑一是对1983年出版的《中国当代文学研究资料丛书·周民震·韦其麟·莎红研究合集》中的"韦其麟"进行了查漏补充；二是在研究资料选辑方面，更侧重于1983年后的研究资料。

文献资料的搜集整理工作并不是简单的归拢与分类，实质上是需要学者本人具备相当高的学养、识见和判断力的，而资料的搜集整理又往往与学术研究本身密不可分。钟世华一边搜集整理《韦其麟研究》资料，一边对韦其麟及其作品进行了持续而深入的研究。他连续撰写了《壮族身份认同中的民族寻根与文化守护——韦其麟诗歌研究系列之一》《壮族诗人韦其麟的诗语意象探究》《〈百鸟衣〉的经典建构与影响焦虑》等多篇学术论文，分别发表在《南方文坛》《广西民族大学学报》《民族文学研究》等核心期刊上，其中两篇被《人大复印报刊资料》全文转载，一篇获广西社科优秀成果三等奖，一篇获广西文艺六十年暨广西文艺评论年度推优活动优秀作品二等奖。此外，他还主持完成了一项广西哲社课题"韦其麟年谱长编"。目前，他正在攻读博士学位，计划以韦其麟研究作为博士论文的一个重要部分。事实表明，钟世华已不仅仅是文献资料的"搬运工"，而且是一位善于在文献资料的宝藏中挖金掘宝的能手。我以为，如果钟世华每整理汇编完成一个作家的研究资料专集时，都能够撰写一两篇论文，形成一个"文学桂军"研究系列，与《文学桂军研究资料丛书》互为映衬、相得益彰，应该是一个颇具创意且值得努力的方向。

从《穿越诗的喀斯特——当代广西本土诗人访谈录》到《文学桂军研究资料丛书》，钟世华走的是一条资料整理与学术研究并进的路子。这条路走好了，不仅可推出有特色的系列学术研究成果，或许还可在纷繁扰攘的学术天地中，寻找到属于自己的空间与位置。

是为序。

2018年11月南宁相思湖畔

目录

韦其麟小传 ………………………………………………………… 钟世华（002）

研究综述

韦其麟研究综述 …………………………………………………… 钟世华（006）

访谈·自述·印象

诗人的自白 ………………………………………………………… 韦其麟（016）
韦其麟采访记 ……………………………………………………… 王云高（017）
坦荡做人　认真作文
　　——著名壮族作家、中国作协副主席韦其麟访谈 ……………… 莫蔚（025）
韦其麟：用壮族文学织就传世《百鸟衣》………… 刘伟盛　谢萍　唐睿岚（028）
难以磨灭的童年记忆 ……………………………………………… 韦其麟（032）
记忆山野里最初的花朵 …………………………………………… 韦其麟（036）
学生时代的课余爱好 ……………………………………………… 韦其麟（038）
1957年，告别珞珈山 ……………………………………………… 韦其麟（041）
乡情 ………………………………………………………………… 韦其麟（045）
难忘岁月 …………………………………………………………… 韦其麟（050）
钦州杂忆 …………………………………………………………… 韦其麟（054）
忆东兴 ……………………………………………………………… 韦其麟（057）
鹧鸪江琐记 ………………………………………………………… 韦其麟（070）
写《百鸟衣》的一些感受和体会 …………………………………… 韦其麟（072）
我们永远为祖国歌唱 ……………………………………………… 韦其麟（076）
认真地严肃地学习写作 …………………………………………… 韦其麟（078）

回首一瞥 …………………………………………………… 韦其麟(080)	
关于诗的民族特色的感想——致友人 ………………… 韦其麟(082)	
随便聊聊——一封回信 …………………………………… 韦其麟(086)	
坚持社会主义文艺的正确方向 …………………………… 韦其麟(088)	
我的几点感想 ……………………………………………… 韦其麟(091)	
一封回信 …………………………………………………… 韦其麟(096)	
回首拾零——致友人 ……………………………………… 韦其麟(099)	
关于诗的断想 ……………………………………………… 韦其麟(103)	
《百鸟衣》再版后记 ……………………………………… 韦其麟(104)	
《寻找太阳的母亲》后记 ………………………………… 韦其麟(105)	
《童心集》后记 …………………………………………… 韦其麟(106)	
《梦的森林》后记 ………………………………………… 韦其麟(107)	
《苦果》后记 ……………………………………………… 韦其麟(108)	
《百鸟衣》前记 …………………………………………… 韦其麟(109)	
《广西当代作家丛书·韦其麟》后记 …………………… 韦其麟(111)	
《依然梦在人间》后记 …………………………………… 韦其麟(112)	
《纪念和回忆》后记 ……………………………………… 韦其麟(113)	
李准和韦其麟 ……………………………………… [苏联]奇施柯夫(114)	
韦其麟 ……………………………………………… [日本]牧田英二(117)	
生命之藤常青——记壮族诗人韦其麟 …………………… 叶惠明(121)	
中国代表团访泰国期间——韦其麟十足的诗人风度 ……… [泰国]美华(125)	
韦其麟印象 ………………………………………………… 王一桃(127)	
韦其麟和《百鸟衣》 ……………………………… 艾克拜尔·米吉提(131)	
韦其麟,真诚的壮族歌者 …………………………………… 缪俊杰(133)	

评论文章选辑

从韦其麟等作家的创作实践谈神话传说与作家文学的关系
　　…………………………………………………………… 郭辉(140)
韦其麟诗歌的美学探求 ……………………………… 孙代文　梁海(149)
韦其麟诗歌艺术的发展轨迹
　　——兼论诸文化因素之撞击,并评"百鸟衣圆圈论" ……… 过伟(156)

论韦其麟在新时期的创作 ······ 黄蔚(165)
朝圣者的沉思——论壮族诗人韦其麟 ······ 杨长勋(170)
评说壮族诗人韦其麟的创作道路 ······ 王敏之(180)
民族形式及其现代转型
　　——以壮族作家韦其麟的创作为例 ······ 单昕(188)
壮族身份认同中的民族寻根与文化守护
　　——韦其麟诗歌研究之一 ······ 钟世华(196)
探索者的足迹
　　——论韦其麟叙事诗创作 ······ 马维廷(204)
寻找太阳的诗人
　　——论韦其麟近期叙事诗的追求 ······ 农作丰(216)
崇高与美的追求
　　——读韦其麟同志近年来的叙事诗 ······ 肖远新 李玩彬(224)
从韦其麟的叙事诗创作看作家与民间文学的关系 ······ 丘振声(233)
读长诗《百鸟衣》 ······ 陶阳(240)
论《百鸟衣》 ······ 上官艾明(246)
诗篇《百鸟衣》 ······ 贾芝(258)
《百鸟衣》赏析 ······ 张俊山(266)
神话与再造神话——韦其麟《百鸟衣》新评 ······ 杨长勋(274)
《百鸟衣》鉴赏 ······ 段宝林(281)
壮族人民英雄斗争的颂歌——读《凤凰歌》 ······ 晓雪(283)
略论《凤凰歌》的艺术特色 ······ 黄绍清(286)
哲理深邃，形象感人
　　——评韦其麟的《寻找太阳的母亲》 ······ 叶橹(300)
谈韦其麟的《含羞草》 ······ 王溶岩(306)
读诗集《含羞草》 ······ 文浅(309)
《童心集》断想 ······ 如斯(317)
读韦其麟《梦的森林》 ······ 陈卫(319)
寻回失落的世界
　　——论韦其麟的《给诗人》系列散文诗 ······ 蒋登科(322)
《卵石》等五首散文诗赏识 ······ 叶橹(331)
论韦其麟的散文诗 ······ 陈祖君(333)

民族精神的彩虹 生活思索的溪流
　　——读《广西当代少数民族作家丛书·韦其麟卷》……………韦坚平(341)
寻梦者的歌吟
　　——读韦其麟诗集《依然梦在人间》……………………………梁肇佐(347)
珍贵的历史印痕 动人的散文佳作
　　——《纪念与回忆》序……………………………………………刘硕良(349)

附录

文学史有关韦其麟的章节 ……………………………………………………(354)
文学史有关韦其麟的章节目录 ………………………………………………(372)
韦其麟著作系年(1956—2012年) ……………………………………………(376)
韦其麟作品索引(1953—2015年) ……………………………………………(380)
韦其麟研究资料索引(1955—2017年) ………………………………………(404)

后记 ……………………………………………………………………………(411)

韦其麟小传

韦其麟小传

钟世华

  1935年3月4日（农历正月二十九），出生于广西横县校椅乡壮族聚居的文村。

  从小在老家生活，童年基本在家乡度过。1945年以前在村里的初级小学（一至四年级）上学，1946年春考上乡里的中心学校，两年后毕业。

  1948年春考上县城的横县中学初中部，1950年冬毕业。1951年春考上横县中学高中部，1953年8月因参加全国统一高考（此后无春季招生）而提前一学期毕业。高中毕业之际，在《新观察》杂志15期上发表据民间故事经较大改造再创作的叙事诗《玫瑰花的故事》，后英文版的《中国文学》和日文版的《人民中国》分别译成英文、日文转载。

  1953年高考，被武汉大学录取，在中文系读汉语言文学专业四年，1957年9月毕业。在校学习期间，1955年在《长江文艺》6月号发表根据壮族民间故事再创作的叙事长诗《百鸟衣》，1956年春出席全国青年创作会议，同年加入中国作家协会武汉分会和中国作家协会。

  1957年反右运动中被错误批判，9月下旬毕业分配到广西民族学院（今广西民族大学），同年12月下放贵县（今贵港市）平天山林场劳动，与其他二人一起整地播种育苗，挖坑种树造林。

1959年夏调到广西文联，从此至1969年初冬，编制在广西文联十年，具体工作和经历如下：

1959年夏至1960年冬，加入广西文联领导的《壮族文学史》编辑室，做些编写工作。

1960年冬下放宁明县夏石公社夏石大队，在生产队和社员"三同"——同吃同住同劳动。

1961年冬回文联稍作休息，1962年初下放武鸣华侨农场罗圩分场"体验生活"。

1962年7月正式到广西文联下属的广西民间文学研究会工作，主要是下乡搜集各族民间文学资料。1964年元月在《长江文艺》发表《凤凰歌》，是一首以较严谨的四句七言体民歌形式创作的叙事长诗，反映壮族人民在共产党领导下的革命斗争。

1964年9月至1966年9月，作为农村"四清"运动工作队员编入桂林地区龙胜县的工作队在兴安县农村参加"四清"运动一年，接着又编入永福县工作队在临桂县农村从事"四清"工作一年。

1966年9月回广西文联，在机关参加"文化大革命"。在机关瘫痪，各派群众组织林立时，属"逍遥派"，不参加任何派别活动。革委会成立后，1969年春在工宣部的领导下，到玉林县樟木公社罗充大队和社员"三同"半年多，夏收夏种后回广西文联参加"斗批改"。

1969年初冬，广西文联撤销，离开文联，到位于柳州远郊鹧鸪江的五七干校劳动，在畜牧连养马班养马。

1970年10月离开五七干校，下放到当时东兴县马路公社，是无所任（没有职务）的公社干部。在公社期间，1971年10月抽调至桂北三江县六孟枝柳铁路建设工地的东兴县民兵团团部，参加铁路修建两年多。1973年冬回公社，仍当无任何职务的公社干部，多在生产队或大队"蹲点"，需要时，也写些关于工作报道或总结之类的文字。

1975年7月，从公社调到南宁郊区的广西药用植物园工作，是栽培组的成员之一，在技术员和工人的带领下，做些"力所能及"的事情，有时也勉强做些自认为"力所未及"的工作。

1978年3月，调至当时广西文化局下属的"文艺创作办公室"，刚到不久，该室撤销，广西文联恢复，即在文联所办的《广西文艺》编辑部诗歌散文组当编辑。这一期间，重新修改1964年发表的《凤凰歌》，并于1979年9月出版这部长诗（二稿）的单行本。

1980年3月，调至当时的南宁师范学院（现广西师范学院），在中文系任教，并兼职该院的民族民间文学研究所所长，直至1991年5月。在师院十年期间，1982年评为副教授，1985年评为教授。1983年5月加入中国共产党。社会兼职先后有：广西社科联第一届副主席、广西政协第四届委员会委员、全国政协第六届委员会委员。这一时期主要作品有：1984年发表叙事长诗《寻找太阳的母亲》，并以此为书名出版共收入24首叙事诗的诗集。1987年出版诗集《含羞草》和散文诗集《童心集》。1988年出版论著《壮族民间文学概观》。1990年出版散文诗集《梦的森林》。此外，还发表了一些有关民间文学的论文。

1991年4月，在广西第五届文代会上当选为广西文联主席，5月调离广西师范学院到文联就职，并先后兼任党组副书记、书记至1995年6月广西第六届文代会召开，此后在广西文联不再担任实际职务。这期间社会兼职主要有：广西政协第七届委员会委员。1992年当选为中国共产党第十四次全国代表大会代表并出席会议。1996年、2001年在中国作家协会第五、六届全国代表大会当选为中国作家协会第五、六届副主席。之后被聘为第七、八、九届名誉副主席。这一期间主要作品有：1994年出版诗集《苦果》。2002年出版《广西当代作家丛书·韦其麟卷》，内收入未发表的新作《普洛陀，昂起你的头》，是20世纪90年代创作的叙事长诗。2008年出版以散文诗为主的短文集《依然梦在人间》。2012年出版散文集《纪念与回忆》。此外，尚有一些诗文未结集出版。目前，仍然笔耕不辍，以文字和读者交流。

研究综述

韦其麟研究综述

钟世华

韦其麟是一位优秀的壮族诗人。自20世纪50年代发表《玫瑰花的故事》《百鸟衣》等叙事诗开始，他的诗歌便以其独特的民族性表达及多元的民族形式再现为学界所接纳。在随后的写作中，他先后出版了长诗《凤凰歌》，诗集《寻找太阳的母亲》《含羞草》《苦果》，散文诗集《童心集》《梦的森林》《依然梦在人间》，诗文集《广西当代作家丛书·韦其麟卷》等，以其出色的创作实绩和鲜明的民族、地域色彩，在当代诗歌史（尤其是当代少数民族诗歌史）中，逐渐占据了重要的位置。学界一直保持对他的持续关注，从陶阳的《读长诗〈百鸟衣〉》（《民间文学》1955年7月号）开始，学界或对其诗歌作品进行分析与解读，或对其诗学思想进行总结与归纳，随着研究的不断深入，还出现了对其诗歌创作及诗学成就进行综合研究的文章。可以说，目前的韦其麟研究取得了较为丰硕的成果。从创作历程来看，韦其麟的诗歌写作有其具体的阶段性，而学界的研究也呈现出了一定程度的阶段性特征。

一

20世纪五六十年代韦其麟发表了《玫瑰花的故事》（1953年）、《百鸟衣》（1955年）、《凤凰歌》（1964年）等叙事诗，其中又以《百鸟衣》的影响为最大。因此，这一时期学界的研究大都围绕着《百鸟衣》展开。陶阳的《读长诗〈百鸟衣〉》认为《百鸟衣》是"富有人民性和美学价值的诗篇"[①]，他从主要人物形象和艺术分析两个层面对该诗进行了分析，一方面指明了诗歌所反映的反封建主题，另一方面强调了作品所展现出的民族特色。尽管从今天的眼光看，陶文没有摆脱一般的作家作品论调，但作为评论韦其麟诗歌的第一篇文章，其在学术层面的开拓意义不容忽视。随后，苏联评论

---

① 陶阳：《读长诗〈百鸟衣〉》，《民间文学》，1955年7月号。

家奇施柯夫的《李准和韦其麟》一文则通过对《百鸟衣》的主题思想、人物形象以及艺术技巧的品评，指出了韦其麟的重要地位——"居住在中国境内的少数民族中天才的代表人物登上了全国文坛"[①]，这也使《百鸟衣》的重要价值得以凸显。

学界在20世纪五六十年代对《百鸟衣》的研究主要包括了以下几方面。

第一，思想内容上，学界认识到《百鸟衣》主要反映了以古卡、依娌为代表的劳动人民与以地主、土司等为代表的封建统治势力之间的矛盾与斗争。这方面的文章主要包括了贾芝的《诗篇〈百鸟衣〉》（《文艺报》1956年第1期）、刘家骥的《论〈百鸟衣〉》（《语文教学通讯》1957年第3、4期合刊）等。

第二，人物形象上，学界认为《百鸟衣》主要塑造了拥有勇敢、勤劳、善良等美好品质的古卡与依娌，以及代表着野蛮、残暴与罪恶的地主、土司等人物形象。刘家骥指出："古卡与依娌这两个形象，无疑的是壮族人民那种热爱劳动、追求幸福、勇于和压迫者做斗争的思想品质诗意的形象的概括。"[②]他们与地主、土司的形象形成了鲜明的对比。刘元树的《诗章〈百鸟衣〉》则以分析"勤劳、勇敢的古卡"与"聪明、美丽的依娌"的人物形象为出发点，重点强调了二者在"压迫"环境下所表现出的不屈不挠的斗争形象。该文还对作品思想内容、艺术特征等层面进行分析，以及对民族地域特色进行了解读。

第三，学界在论述《百鸟衣》的语言时，除了通常的艺术层面分析外，还注意到了作品语言与其所表现出的民族特色相互结合。论者普遍意识到了《百鸟衣》语言的民族性，如贾芝指出："学习群众的言语，又向民歌学习，这就是'百鸟衣'的作者在他的诗的语言上所走的道路。"[③]在论述《百鸟衣》的民族特色时，评论者并非空谈，而是意识到了民族特色的具体承载点，即语言表达、艺术形式和作品所再现的壮族生活等富有民族色彩的展示，其中对语言民族性的阐释成为重点。如李冰指出："正因为诗的语言格调富有民族色彩，故而这首诗（《百鸟衣》）的形式风格是清新活泼的，富有民族特色的。"[④]

第四，学界还注意到了韦其麟对民间传说的改编。贾芝认为："他（韦其麟，笔者注）并不是漫不经心地在讲述一个古老的故事，而是作为参加集体创作的一员，放进自己的心血来塑造劳动人民中的英雄人物；在诗里再现一个比较完美的故事，让人物、禽兽、山水和花卉都活起来，借以努力传达原传说的精神，把自己作为劳动人民的代言人。"[⑤]与贾芝所认识到的"再现性"相比，沙鸥则看到了韦其麟的创造性："韦其麟在人民创作中汲取这一对英雄形象，但并没有像摄影师似的按原来的样子照了下来，而是大

---

① [苏联] 奇施柯夫：《李准和韦其麟》（杨华译），《长江文艺》，1956年5月号。
② 刘家骥：《论〈百鸟衣〉》，《语文教学通讯》，1957年第3、4期合刊。
③ 贾芝：《诗篇〈百鸟衣〉》，《文艺报》，1956年1月号。
④ 李冰：《谈〈百鸟衣〉》，《长江文艺》，1955年10月号。
⑤ 贾芝：《诗篇〈百鸟衣〉》，《文艺报》，1956年1月号。

胆地重新作了创造。……使得原来传说中还有些缺陷的人物成了光辉灿烂的可爱形象，成了人民理想的化身。"[①]此外，沙鸥还解读了《百鸟衣》的浪漫主义特色，并指出了这一特色的具体内涵，即"对自由与幸福的渴望，对主人公倾注了那么深厚的感情，故事的神奇性，浓烈的迷人的气氛，诗人所表现的丰富的想象及出色的夸张手法"[②]。这种解读在20世纪五六十年代有其新颖性，可谓是跳出一般化的作家作品论的尝试。同时，沙鸥在论述时还注意到了浪漫主义与现实主义的结合，使得评论更具针对性。

随着《百鸟衣》影响力的不断扩大，有关它的评论逐渐进入了由文学史编辑室、高等院校等编著的文学史，如《广西壮族文学·初稿》（广西壮族文学史编辑室、广西师范学院中文系编，广西人民出版社1961年版）等。这反映出了《百鸟衣》所具有的文学史价值与意义，但从另一角度来看，其地域性较为突出——主要集中在广西地区，凸显了其影响的局限性，表明其价值有待进一步挖掘与呈现。值得肯定的是，这一时期的研究中，陶阳、李冰、贾芝、刘家骥等看到了《百鸟衣》在主题、语言、人物的思想性格等层面的不足之处，笔者认为，这是论者在肯定其价值意义基础上的再审视，由此体现出了评论的真实性、客观性与全面性。

总体来看，20世纪五六十年代将主要的关注点放在了对《百鸟衣》的评说与论述中。当韦其麟另一部重要的长篇叙事诗——《凤凰歌》（《长江文艺》1964年第1期）发表后，因受制于彼时社会环境，尤其是作者自身及评价机制等因素的限制，学界并未呈现出对《凤凰歌》的关注浪潮，就笔者目前所能掌握的资料来看，仅有涂世馨的《凤凰歌》（《广西日报》1964年2月20日）一文。这种局面有待新时期研究逐渐完善。

二

新时期以来，韦其麟重新拿起笔来进行创作，取得了一定的创作实绩。他相继出版了《寻找太阳的母亲》（广西民族出版社1984年版）、《含羞草》（湖南文艺出版社1987年版）、《童心集》（漓江出版社1987年版）、《梦的森林》（广西民族出版社1990年版）、《苦果》（广西民族出版社1994年版）、《依然梦在人间》（广西民族出版社2008年版）等，同时，他还出版了研究专著《壮族民间文学概观》（广西人民出版社1988年版）以及文集《纪念与回忆》（广西师范大学出版社2012年版）等。就诗歌而言，无论从作品所表达的思想内容、语言艺术，还是从作品所展现的民族特质与地域特征来看，韦其麟在新时期的创作较之20世纪五六十年代呈现出了明显的多元化与丰富性。与此相应，随着社会语境的不断开放，以及研究理论、方法等层面的不断深入，学界对韦其麟的研究在数量与质量层面均呈现出了崭新的面貌。在这些研究成果中，学界对《百鸟衣》仍保持了较大

---

① 沙鸥：《试谈〈百鸟衣〉的浪漫主义特色》，《长江文艺》，1956年11月号。
② 沙鸥：《试谈〈百鸟衣〉的浪漫主义特色》，《长江文艺》，1956年11月号。

的关注度，这充分反映出诗作自身独特的诗学价值与重要的史学意义。此外，学界对《凤凰歌》的研究也得到了进一步的拓展。

与20世纪五六十年代相比，此时期的学界尽管对《百鸟衣》的研究仍包括了思想内容、人物形象等方面的分析，但其中呈现出了新的生长点。如莫奇的《重读〈百鸟衣〉》一文中涉及了对《百鸟衣》所表现出的"音乐美"的分析，他指出作品在展示欢快劳动情调的过程中，"似乎不是一幅幅迷人的劳动场景在我们眼前交替，而是一曲曲动人的劳动歌声在我们心际回荡。这些重叠、反复的诗句适如琴弦上回旋的乐曲，一阵阵加剧了我们为之激动的心情"。[①]杨长勋则将《百鸟衣》作为"再造神话"的典型来看待，他以不断演变的批评姿态，通过对作品所包含的原型批评、民族性、地域性、叙事与抒情的结合以及艺术价值等层面的分析，得出了精到的见解："韦其麟的叙事长诗《百鸟衣》以思想家的敏锐和艺术家的精炼，远远地超越了传说故事的艺术原型，以现代诗歌的艺术方式再造了民族的和艺术的神话。"[②]张畅将《百鸟衣》作为"爱情诗"来解读，他的论述涵盖了作品所包含的爱情文化、思想内容层面的爱情因素、爱情艺术等层面，如其所言："韦其麟的《百鸟衣》是完全可以作为一首纯粹的爱情诗的。它从壮族同胞的文化背景出发，来源于生活，且高于生活，符合壮族的爱情文化背景，且符合爱情自身的规律，即符合爱情三要素，又能顺应爱情逻辑自身的发展……"[③]方焓则在分析《百鸟衣》故事情节的基础上，肯定了作品所包含的浓郁的中国南方少数民族风韵及美学内涵，同时，他还在"人鸟婚媾观念"原型的话语系统中，通过对"百鸟衣系列作品"的梳理，指出了《百鸟衣》所具备的"补阙探讨少数民族文学在民族风情、民族精神、伦理教化中注入生命气象"[④]的优秀品质。

值得一提的是，20世纪五六十年代的研究中尽管也存在着语言艺术的探讨，但李济中的《〈百鸟衣〉的修辞艺术》一文则立足于修辞学角度，重点分析了《百鸟衣》所包含的多元修辞艺术，如比喻、起兴、比拟、对偶、排比、对比等，为学界对其的研究打开了新的视野与空间。与李济中相比，黄懿陆的《〈百鸟衣〉漫议》尽管也涉及对《百鸟衣》语言艺术方面的研究，但与之前的研究保持了类似的审视维度。而黄文的突破之处在于"对'公鸡变少女'的管见"部分，他主要就当时所出现的"神话中的公鸡变人和诗里的现实气氛不够调和，而且，公鸡变成少女，即使是神话，也是不能使人信服的"[⑤]的观点进行了反驳，指出："《百鸟衣》中公鸡变成少女的幻想，是可信的，这是

[①] 莫奇：《重读〈百鸟衣〉》，《广西民族学院学报》（社会科学版），1979年第3期。
[②] 杨长勋：《神话与再造神话——韦其麟〈百鸟衣〉新评》，《广西师院学报》（哲学社会科学版），1991年第4期。
[③] 张畅：《爱情〈百鸟衣〉》，《文学教育（上）》，2008年第10期。
[④] 方焓：《叙事长诗〈百鸟衣〉的美学探微——兼谈少数民族文学作品的创作出路》，《现代企业教育》，2013年12期。
[⑤] 广西壮族文学史编辑室、广西师范学院中文系编：《广西壮族文学·初稿》，广西人民出版社，1961年，第251页。

壮族文化形式标新立异，有别于汉族传统文化形式的地方。"①黄懿陆的研究突出地呈现出了批评文章所应具备的"对话性"特征，由此更能增强问题本身的研究深度。此外，这一时期的研究中还出现了宋尤兴对《百鸟衣》作为"创作抑或整理"问题的探讨，以此回应肖云儒提出的"《百鸟衣》（韦其麟整理）"②的观点，他明确地指出"《百鸟衣》完完全全不是根据民间原有的长诗整理出来的产物，而是韦其麟以民间故事为题材所创作的一部长诗。"③这种回应也从研究理论本身丰富了学界对《百鸟衣》的探究。

新时期以来，《百鸟衣》的文学史书写也突破了广西地域，而逐渐向"当代文学史"层面拓展。包括以《百鸟衣》作为章节及介绍《百鸟衣》的文章，开始进入《中国当代文学史稿·1949—1965·大陆部分》（林曼叔、海枫、程海著，法国巴黎第七大学东亚出版中心1978年版）、《当代文学概观》（张钟著，北京大学出版社1980年版）、《中国当代文学史初稿》（郭志刚等编，人民文学出版社1980年版）、《高等学校文科教材〈中国当代文学〉（第一册）》（华中师范大学《中国当代文学》编写组编，上海文艺出版社1983年版）、《中国当代文学》（华中师范学院《中国当代文学》编写组编，上海文艺出版社1984年版）、《中国少数民族文学》（杨亮才，邓敏文等著，人民出版社1985年版）、《中国当代民族文学概观》（吴重阳著，中央民族学院出版社1986年版）等当代文学史中，这种情况持续到了1990年代以及新世纪的文学史写作中。值得一提的是，在这些评论文章中，论者还将《百鸟衣》与《阿诗玛》《格萨尔王传》等带有鲜明民族性特征的长篇叙事诗并置起来④，将其置于少数民族叙事长诗的写作谱系中进行审视，在相互的比较研究中更凸显出了其重要的价值意义。

除《百鸟衣》外，此时期学界对《凤凰歌》的研究较之20世纪五六十年代更为丰富。黄桂秋的《论〈凤凰歌〉的民族特色》认为，"《凤凰歌》是作者在民族文学创作上的新成绩，是一曲优美动人的民族颂歌"⑤，凸显出了作品自身鲜明的民族特色。这种特色不仅体现在韦其麟所塑造的人物形象，还反映在作品所包含的壮乡生活及民族形式之中。黄绍清重点分析了《凤凰歌》在"安排故事情节、刻画人物""运用民歌形式"以及在表现手法等层面所表现出的艺术特色，同时，也看到了作为"作者（韦其麟）在诗歌创作道路上新探索的作品"所呈现出的不足之处。⑥晓雪则将《凤凰歌》视为"壮族人民

---

① 黄懿陆：《〈百鸟衣〉漫议》，《楚雄师专学报》，1994年第1期。
② 肖云儒：《西部文艺的三次高潮》，《广西日报》，2000年10月13日。
③ 宋尤兴：《韦其麟的长诗〈百鸟衣〉究竟是创作还是整理》，《广西经贸》，2000年第11期。
④ 主要文章有《〈阿诗玛〉和〈百鸟衣〉》，载孔凡青、吴正南、吴悦编《中国当代文学十讲》，辽宁大学出版社，1986年版；高文升、单占生等：《〈阿诗玛〉、〈百鸟衣〉等民间叙事诗》，载《中国当代文学史稿?上》，河南人民出版社，1989年版；刘文田：《〈百鸟衣〉、〈阿诗玛〉、〈格萨尔王传〉等叙事诗》，载《当代中国文学史》，河北大学出版社，1991年版；黄子建等：《叙事长诗〈阿诗玛〉和〈百鸟衣〉》，载《中国当代新诗发展史》，成都科技大学出版社，1993年版；谭伟平、龙长吟：《重拾与再造：〈百鸟衣〉、〈阿诗玛〉等南方少数民族叙事长诗》，载《现代中国文学教程》，高等教育出版社，2011年版等。
⑤ 黄桂秋：《论〈凤凰歌〉的民族特色》，《南宁师院学报》（哲学社会科学版），1982年第4期。
⑥ 黄绍清：《略论〈凤凰歌〉的艺术特色》，《广西师范学院学报》（哲学社会科学版），1983年第2期。

英勇斗争的颂歌",指出了作品在诗体形式、思想内容及语言运用上所表现的强烈的民族色彩。同时,该文还将《凤凰歌》与《百鸟衣》相互对比,晓雪尽管认为前者并未达到或超过后者的水平,"但《凤凰歌》毕竟是诗人近年来取得的新成就,它的意义,它在思想内容上的开拓和艺术形式上的探索,它所表现的新的人物、新的生活斗争和新的精神世界,是值得重视的,是《百鸟衣》所不能替代的"①。

三

随着韦其麟诗集的不断出版,学界出现了较多对其诗集进行品评的文章。如王溶岩的《谈韦其麟的〈含羞草〉》一文,剖析了诗集《含羞草》的思想内容、艺术表现手法、语言特色及作品构思特征等,指出了诗集所具备的艺术内涵:"渗透和融化了诗人多年的社会生活的体验和观察,无论是对丑恶、黑暗的鞭挞,还是对美善、光明的讴歌,都透视出了作者思想上的深刻、犀利及感情上的真挚、深沉。"②陈卫的《读韦其麟〈梦的森林〉》则解读了散文诗集《梦的森林》,他通过分析"丑陋、邪恶的梦"与"清澈、明净、闪耀美的辉光的梦",表明了韦其麟所具备的社会责任感与历史使命感,指出:"《梦的森林》中篇篇诗都是观照人性善恶美丑的明澈的诗镜,都是深有感触而发,乃至充满'不平则鸣'的声音。"③陈肖人的《灵魂的呐喊时代的清音——读韦其麟散文诗集〈依然梦在人间〉》与梁肇佐的《寻梦者的歌吟——读韦其麟诗集〈依然梦在人间〉》,则是对韦其麟诗集《依然梦在人间》的评论,陈文指出了该诗集所具备的忧患意识、悲悯情怀、道德激情、求真勇气及个体尊严等品格,梁文则看到了诗人韦其麟所具备的担当意识与使命感,并涉及对诗集所具备的文字思辨力、诗体形式及地域民族特色的读解。

除评论《百鸟衣》《凤凰歌》等诗集外,学界对韦其麟所创作的叙事诗、散文诗表现出了浓厚的兴趣。在对叙事诗的研究中,学界既有对其叙事诗创作历程的宏观勾勒,又有对具体诗歌文本的细读式分析,同时还不乏通过其叙事诗创作透视出作家创作与民间文学之间关系的文章。如叶橹的《韦其麟的叙事诗创作》,以韦其麟作品的发表与出版时间为线索,依次解读了《玫瑰花的故事》《百鸟衣》《凤凰歌》等叙事诗,较为客观地呈现韦其麟叙事诗创作的演变历程,分析韦其麟对"本民族的民间传说"进行再创作的成功探索,与"广泛流传于民间口头上的人们所熟悉的、所热爱的人物形象"的深刻再现。④马维廷则将韦其麟叙事诗的创作历程作为"探索者的足迹"来进行解读,他认为:"从试步诗坛的《玫瑰花的故事》始,作者就以独异而坚定的步伐不停向前跋涉,三十多

---

① 晓雪:《壮族人民英勇斗争的颂歌——读〈凤凰歌〉》,《文学报》,1982年8月5日。
② 王溶岩:《谈韦其麟的"含羞草"》,《南方文坛》,1988年第5期。
③ 陈卫:《读韦其麟〈梦的森林〉》,《诗刊》,1993年第6期。
④ 叶橹:《韦其麟的叙事诗创作》,《广西文学论丛》,1982年第2期。

年来，韦其麟终于踩出了一条满是蹄花的探索之路。"①该文从宏观的角度考察了韦其麟的叙事诗，论及其诗所表现出的独特性与忧郁色彩与韦其麟自身的精神世界、感情世界之间的关系，其中还涉及对其叙事诗的美学流变及所展现出的浪漫主义色彩的分析。

肖远新与李玩彬分析了韦其麟叙事诗创作在成功塑造壮族普通劳动者的形象与土司丑恶形象、抓住神话和民间传说的片段进行铺陈，以及注重题材内容与艺术构思的多样性等层面的努力，并总结了其叙事诗创作的艺术特点："一方面坚持向民歌和我国古典诗词学习，吸收其中的营养，继承和发扬我国诗歌的优良传统；一方面又立足于改革和创新，力图寻找一种同表现崇高与美相适应的艺术形式，执着地追求诗歌的美。"②丘振声则通过韦其麟的叙事诗解读了"作家与民间文学"之间的关系，认识到了二者在相互的结合中所表现出的意识统一、源与流及体裁变换等问题，由此凸显出了其叙事诗创作的重要意义："韦其麟以民间故事传说为基础的叙事诗的成功创作，是对中国诗坛的独特贡献！引起人们对民族民间文学的重视。"③

除叙事诗外，这一时期学界还出现了对韦其麟散文诗的研究。敏岐的《读韦其麟的散文诗五章》主要是对其五首散文诗（《卵石》《谎言》《廉耻》《橡胶树》《梦的森林》）进行了印象式简论。陈祖君的《论韦其麟的散文诗》则是对其散文诗创作所进行的系统、全面的解读，文章尤其指出了《童心集》"借助童真的呓语和迷蒙的梦境，把这种歌唱（指"歌唱真善美、批判虚伪与丑恶"——笔者注）与辩驳熔铸于'灵魂的冲突'中"，以及《梦的森林》和《依然梦在人间》所受到的"鲁迅的《野草》及古今中外寓言"的影响，同时分析了寓言方式本身所具备的重要作用。④此外，当韦其麟的文集《纪念与回忆》（2012年）出版后，学界出现了多篇关于文集的评论文章⑤，这同时反映出了该文集所具备的深厚影响力。

四

随着研究的不断深入，学界还出现了对韦其麟的创作及其本人进行综合性研究的文章。杨长勋的《朝圣者的沉思——论壮族诗人韦其麟》一文将韦其麟作为"民族的朝圣者"，认为其创作"是真正意义上的民族文化的寻根"。他以叙事诗和抒情诗为创作的两翼，分析了作者"从朝圣走向沉思"的基本历程。同时，杨长勋还论及了新时期以来韦

---

① 马维廷：《探索者的足迹——论韦其麟叙事诗创作》，《广西师院学报》（哲学社会科学版），1986年第4期。
② 肖远新、李玩彬：《崇高与美的追求——谈韦其麟同志近年来的叙事诗》，《广西民族学院学报（哲学社会科学版）》，1987年第3期。
③ 丘振声：《从韦其麟的叙事诗创作看作家与民间文学的关系》，载广西民族文学学会编《花山文学漫笔》，广西民族出版社，1990年，第61页。
④ 陈祖君：《论韦其麟的散文诗》，《南方文坛》，2010年第1期。
⑤ 主要文章有刘硕良：《珍贵的历史印痕动人的散文佳作——〈纪念与回忆〉序》，《广西文史》，2012第3期；韦国华：《人生坎坷也是诗——韦其麟〈纪念与回忆〉读后》，《柳州日报》，2012年10月12日；潘大林：《文坛前辈的那些事——读韦其麟〈纪念与回忆〉》，《广西日报》，2013年9月17日；梁超然：《人间要真情人间要善良——读〈纪念与回忆〉的杂感与杂忆》，《广西文史》，2015年第3期；等。

其麟所认识到的"文体变革的迫切性",从而走向散文诗写作这一寻找文体写作的经历,客观评述了韦其麟的历史地位。缪俊杰的《韦其麟,真诚的壮族歌者》则将韦其麟视为"壮族歌者",认为他"是一个能经受历史检验的诗人"。①该文重点剖析了韦其麟诗歌所表现出的乡土情结、真善美的题材取向,永恒的主题以及独特的语言风格与魅力,韦其麟的"壮族歌者"的形象由此得以凸显。孙代文、梁海的《韦其麟诗歌的美学探求》以《百鸟衣》《凤凰歌》《寻找太阳的母亲》三个集子为基础,重点剖析了韦其麟诗歌所具备的"深情讴歌故乡绮丽多彩的风光及朴实、善良的人民,多层次多角度着力挖掘壮民族熠熠闪光的人性美、人情美"写作基调,与"力求做到思想内容与艺术形式完美地统一"的写作追求,该文认为,韦其麟的诗歌"流贯着对理想、爱情、事业,美与善的不断认识和赞颂,这一稳定的特色显示了诗人执着的美学追求"。同时,该文还表现出对韦其麟未来的诗歌创作的期许。②

单昕重点审视了韦其麟的创作所体现的"民族文学基于文化身份自觉对民族形式的坚守"与"意识形态影响下面对现代转型的焦虑",她还从宏观视角指出了"韦其麟的创作折射出了20世纪中国少数民族文学所走过的曲折历程",借此提供了极具建构力的解读方式。③钟世华的《壮族身份认同中的民族寻根与文化守护——韦其麟诗歌研究之一》则将韦其麟视为"民族气质的寻根者""地域文化的守护者"与"民族形式的创新者",通过对韦其麟诗歌所表现出的身份认同、原生情怀及艺术元素的解读,指出了韦其麟之于当代少数民族诗歌发展的重要作用:"韦其麟诗歌的民族化探索不仅可以作为考察少数民族诗歌在当代中国发展的文本,同时也从独特的角度反映出了少数民族文学在建国后不断发展与壮阔的文学事实。"④从文章标题看,钟世华有意于对韦其麟诗歌进行系列研究,保持跟进式的批评。

此外,王敏之着力于展现韦其麟的创作道路,在梳理韦其麟自1953年以来的创作历程的同时,对其重要的作品及创作形态进行了评说,并给予高度评价:"这些诗作,深刻而丰满地反映了壮族的民族历史和性格,其笔锋处处充满着壮族的情感和特色,从而在世界诗的艺术领域独树一帜,传颂于国内外。"⑤在对韦其麟本人的论述过程中,有论者还将其和包玉堂、莎红、汪承栋等诗人并置起来⑥,在相互的比较中寻找韦其麟的独特性。

---

① 缪俊杰:《韦其麟——真诚的壮族歌者》,《南方文坛》,2010年第1期。
② 孙代文、梁海:《韦其麟诗歌的美学探求》,《甘肃社会科学》,1986年第3期。
③ 单昕:《民族形式及其现代转型——以壮族作家韦其麟的创作为例》,《民族文学研究》,2014年第4期。
④ 钟世华:《壮族身份认同中的民族寻根与文化守护——韦其麟诗歌研究之一》,《南方文坛》,2016年第6期。
⑤ 王敏之:《评说壮族诗人韦其麟的创作道路》,《广西师范学院学报》(哲学社会科学报),2005年第1期。
⑥ 主要文章有《韦其麟、莎红等壮族诗人的诗歌》(中南民族学院《中国当代少数民族文学史稿》编写组编《中国当代少数民族文学史稿》,长江文艺出版社1986年版)、特·赛音巴雅尔的《韦其麟、包玉堂的诗歌》(《中国当代文学史(上册)》,民族出版社1999年版)、张炯的《韦其麟、汪承栋与叙事长诗》(《中华文学发展史·近世史》,长江文艺出版社2003年版)等。

五

当前,韦其麟的创作已基本到了结集整理的阶段。尽管学界对他的研究已取得了丰硕成果,但其中单篇的研究文章占据了成果的主要部分,尚未出现专门对韦其麟进行研究的专著。尽管在有关韦其麟的研究著作中,周作秋编的《周民震·韦其麟·莎红研究合集》(漓江出版社1984年版)与杨长勋的《话语的边缘》(接力出版社1997年版)分别设有"韦其麟研究专辑"部分与"朝圣者的沉思"部分,但这并非是专门针对韦其麟所作的专门研究,而是"研究合集"的形式。因此,相对于韦其麟丰富的创作经历与厚重的创作实绩,当前学界对他的研究是远远不够的,特别是对其诗歌成就和特色缺乏系统的整体研究。

笔者认为,当下对韦其麟的研究应出现诸如创作年谱、作品与研究文章索引以及研究文选等综合性的研究专著,这样一方面有助于更好地梳理、挖掘与反映韦其麟自身的创作实绩与文学价值,对韦其麟的创作状况有更为清晰全面的了解;另一方面也为学界对韦其麟的后续研究提供资料上的便利,为韦其麟的诗学价值与史学意义的进一步呈现做好铺垫。

[原载《广西师范学院学报》(哲学社会科学版)2017年第6期]

访谈·自述·印象

诗人的自白

韦其麟

一、我公开发表的第一首诗：熟悉我的朋友常说是《玫瑰花的故事》，也算是吧。发表的时间和报刊：1953年15期《新观察》。

二、我开始发表诗作的笔名：发表《玫瑰花的故事》时署名旭野，以后很少用了。现常用的笔名：韦其麟。

三、对我影响最大的诗人和诗作：说不准。像屈原、杜甫等这些诗人，我是崇敬的。

四、我写作精力中最难忘的岁月：五十年代初学写作时，文艺刊物编辑对自己的关怀和帮助是令人难忘的。

五、我的诗作产量最高的年代：没有。

六、我出版过的诗集：《百鸟衣》《凤凰歌》《寻找太阳的母亲》《含羞草》，散文诗集《童心集》。

七、我的代表作是：我不知道，我有没有代表作。

八、我写作的习惯：没有什么特别的习惯，思考和写作时我不愿意任何人在身边。

九、一天之中，我写作的最佳时间：我说不出。

十、我的诗在爱人、儿女中：并不理睬我的诗。

十一、我认为新诗的魅力所在：我说得可能不准，所以不想说了。

十二、我认为当前新诗的主要弊病：读得很少，所了解的情况不多。

十三、我认为振兴新诗应该：恐怕这个"应该"是多方面的。

十四、我把写作作为毕生的事业在于：我没有把写诗当作毕生的事业，过去和现在我都有我的实在岗位工作，我得完成我岗位的任务，现在我在学校任教，教学是主要的。

十五、我对年轻诗作者的期望：写出无愧于我们中华民族的诗篇。

（附记：这是当年《华夏诗报》开设的一个栏目，各项内容都是按编者出的题目回答的。）

（原载《华夏诗报》1989年第34期）

韦其麟采访记

王云高

本篇只好用这个题目了——这也许是我最没有灵气的标题之一。

为庆祝建党70周年,《星烛颂》的编者们,要我写一篇获得广西壮族自治区"有突出贡献科技人员"称号的韦其麟的报告文学,他们的思路顺理成章:要写一位党员作家,找一个同是党员作家的人,也许更能够明白个中三昧。

但我终于没能写成报告文学,本篇文学色彩不强,但我却相信,这是个与内容一致的形式。

旧话重提

他是个诗人。

"从处女作《玫瑰花的故事》里稚嫩的歌喉,到《歌手》中深沉悲愤的呼喊;从《百鸟衣》的纯真明丽,到《莫乙之死》的苍凉沉郁;从《诗人》的较为率直,到《寻找太阳的母亲》的深含哲理;从《凤凰歌》的写实作风,到《岑逊的悲歌》的抒情格调,……这每一篇诗作,无论是取材于古老的民族传说,抑或是写些民族现实斗争,总是弥漫着强烈的民族情绪,凸显出鲜明的民族性格——带着自尊与自豪,酷爱自由,追求幸福,虽经历苦难沧桑而又不失人的尊严。"[①]

当《百鸟衣》一鸣惊人时,我还是个中学生。韦其麟的诗名传来后,我的同学T君曾经宣称慕名登门拜谒了他,还冒冒失失地趁他不在家时闯到他家,在他床上结结实实地睡了个午觉,我和同学们责备他胡扯的时候,他傻乎乎地说:"我估计诗人的枕头,也许能给我点灵感!"

凭着多年的朋友关系,在接受任务之际,我是颇为自信的:像他那样一个知名度很高的作家,我只要摘录几行传略(现在各种人名辞典大普及,花一百几十块就可以上词

[①] 蒙海宽等:《论韦其麟的诗创作》,1986年《民族文艺报》④。

条、树碑立传),引用几节作品,再从别人的评论文章上抄几个论点,最好请他略加发挥,也许就完成任务了。

并不顺利的采访

我没想到,这次采访竟然困难重重!

尽管我一再说明了来意,他却仍然再三强调:"我怎么也想象不出自己为什么会成为那本书的列传人物,我自问是个平凡的人,和先进人物的差距太远。看在老朋友份上,你最好饶了我吧。"

没想到不但走不了"后门",反而让他"套"上了这个"近乎"!再找其他朋友说情,不行:许敏岐教授,诗人也,论同行,谈资格,比我近乎多了,要写他一篇评传性的东西,竟然也"不得其门而入"!

我有些懊丧,谦虚是美德,可不能写一篇空洞的"美德赞"去交差。我是立了"军令状"的。"后门"走不通,我只好"公事公办",亮出介绍信,请区文联党组乃至上级党委的同志出面做工作。

终于,他答应接受了采访,但只限于提供一些"中性的素材"!虽说只开了条门缝,但总胜过拒人千里,我于是正式登门采访。

"中性的素材"(之一)

韦其麟,壮族,横县校椅乡人。1950年在横县中学时加入新民主主义青年团(共青团前身),1953年考入武汉大学中文系,1955年发表长诗《百鸟衣》。1957年传染上当年政治上的流行病,失去了团籍,分配到广西民族学院工作,两个月后,下放到贵县平天山林场,"当工人,挖坑、植树、整地、育苗,熟悉了全套流程,直到现在,我可以说,我在植树造林方面是蛮内行的"。1959年调到区文联,参加《广西十年诗选》和《广西壮族文学》的编写工作。1961年,下放到宁明县上石公社夏石大队一年,后又到武鸣华侨农场,深入生活,劳动锻炼。半年后回到机关,在民间文学研究会,下乡收集民间文学。1964年抽调参加农村四清工作队,直到1966年10月回机关工作。"虽然'关心国家大事',但却没按号召'把无产阶级文化大革命进行到底',在历史包袱的重压下,只好当逍遥派,直到1969年,到鹧鸪江'五七干校'当真正的'牧马人'。后因照顾夫妻关系,'转学'到防城县'五七干校'。到防城县后,却被调到马路公社当没有任何职衔的'公社干部'。后又奉派参加枝(江)柳(州)铁路修建工作。两年后,随同妻子调回区药物研究所,在研究所下属的药用植物园种药和打杂,直到1978年春。"

这段"历史",如实地叙述,就似乎并非"中性"了:它生动地勾勒出一个新中国自己培养的第一代知识分子的一条曲折的路!

无论是对于他本人或是这整整一代人,痛定思痛,都应该说,这不是公正的待遇!

从"引号"到"旁白"

如前所说,我在构思本文之前有一个腹稿,设想它将是引号组成的世界。

在我的同行中,这几乎具有普遍性:有专著的存样书,没有专著的也存剪报,领导的题字、奖杯、奖状、报刊的评论,……分门别类,井井有条地存着,"现代化"点的还有专题录音录像带,留待身后儿孙瞻仰音容笑貌……

我这么说,毫无贬低上述情形之意,我的用意仅在于衬托我的惊奇:他没有存藏报刊上的评论,他没有自己作品的剪报,至于录像录音更没有!

《百鸟衣》?"早发光了!"——可以理解:30年多年前的作品了!

《凤凰歌》《寻找太阳的母亲》?"找一找,也许还能找到。"

系列小散文《致诗人》?"年轻人拿走了。说是要出版,但能不能出,我也不知道。咳!"

也许是察言观色,看出我的"潜台词",他不无歉疚地解释说:"我有个近乎偏执的思想和习惯,不太注意保存自己写的东西,有的发表了就算了,至于别人对自己作品的评论意思不大!"

〔王云高旁白:从大走向而言,我不敢否定其麟兄的见解。他原则上是对的,也是真诚的。许多文友都跟我谈到过他,这些年的确保存了一个清高的自我,但鲁迅说过,做隐士也得有资格。我就不信他在夏石的那些年代,在饥荒的岁月中,在"顶着问号"的政治地位上,会有如此高超的理论。——他现在进而成"厅级干部",退而有"高级职称",自然"讲得几响"!〕

不过,说归说,这难道不是三中全会路线的德政,不是社会进步、政治修明的标志么?

"撞击灵魂"的采访

"中性素材"讲下去,在他固然省事:既应付了差事,又可避"自我吹嘘"之嫌。可就苦了我:难道我只能向组织交出他们早已存档了的材料?

我只好"刺刀见红",拿出了当年当记者的"十八般武艺"——

"有人说,'恋人不幸诗人幸',难道说像么一段坎坷的经历,对你的创作就没有一点好处?"

"当然,从文学的意义来说,苦难总会得到补偿的。中国古人说'诗,先穷而后工',

不一定合适我们今天的社会，但这段坎坷的道路，对我还是有好处的。"由于灵魂的撞击，他终于从"中性"的领域中放逐出去了，刹时兴奋起来，"使我接触了广大的群众，使我了解了人民，我经历许多黄金难买的经历。我们常说养育我们的人民，我感到，'人民'这个字眼绝不是一个抽象的概念！"

我发现他已经"燃烧起来了"，自然十分高兴，便"打蛇随棍上"："那好，请你谈谈一两个例子吧！"

他却似乎十分为难："我这个人有个弱点：每当叙述到一些动情的故事，往往控制不住，要掉眼泪，你还是饶了我吧！"

饶了他？我总不能以那干巴巴的理念语言向编者和读者交差！于是只好变通行事："那也行！我在访问记中留下篇幅，你冷静下来后写一段给我。"

他看来逃不脱"窘境"，只好答应试一试口述。在室内踱了几圈，调整了情绪之后，这才开了腔：

"那是1961年，我'内部下放'到宁明县上石公社夏石大队，所谓'内部下放'，就是说，名义上还是文联干部，还在机关领工资，而实际上在生产队里生活、劳动。那时是'困难时期'，农村生活更艰苦，大队照顾我，安排我在一家境况较好的住户。'困难时期'住在别人家里，往往使住户感到不便，不久便下逐客令了。我正在为难，一位名叫'巴婉'（甜的伯母之意）的妇女队长邀请了我：'到阿巴家住吧！阿巴房子虽窄，但我们心宽。'这句话，是我毕生难忘的。"

"我搬去了，茅屋真的很窄，日字形，中间一道竹笪隔着，里面是厨房和老夫妇的宿舍。我在前厅，挨着祖宗牌位搭了铺。"

"那时工作很忙，白天下田干活，我正年轻，劳动量大，每天和社员一样在集体食堂领几两米粥充饥，晚上还要开会，常感到肚子空空，真是受不了。四五月天，正所谓"青黄不接"，阿巴自留地里种有四五十棵玉米，玉米成熟了，每天晚上开会回来，掀开蚊帐，床上总放有一只煮熟了的玉米。在那样困难的日子，这玉米，这感情，是黄金难买的，是无价的，是人间最宝贵的。阿巴的心宽，阿巴的感情，阿巴的玉米，永远是我人生最珍贵的营养。后来，我也和一些社员一样，得了浮肿病，调回机关治疗。"

"我的病情不重，治疗、营养带休息，很快就痊愈了。痊愈后，怀着一股深情，我急急忙忙赶回夏石。"

"没想到，再见时，'巴婉'已成了寡妇，她的老伴因浮肿在我回机关的日子里去世了。"

韦其麟声调哽咽，又在室内踱开了步子，我只好中止采访。

"中性的素材"（之二）

"文革"结束后，1978年落实政策。韦其麟这位"种药场"的"杂工"调回区文联，在《广西文学》编辑部当编辑。1980年5月，调广西师范学院，任学院的广西民族民间文学研究所所长。1982年6月破格评为副教授。1985年晋升教授。

在繁重的教学和科研工作中，他并没有放下诗笔，仍然以满腔热情不倦地为民族、为时代、为祖国歌唱。1979年重新改写和出版了《凤凰歌》，1984年出版了《寻找太阳的母亲》，1987年出版了散文诗《童心集》。上述三部作品分别获得了第一、第二、第三届全国少数民族文学奖。1987年出版诗集《含羞草》，1988年还出版了专著《壮族民间文学概观》。

1983年5月16日，韦其麟光荣地加入了中国共产党。其时，他在广西师院任教。

模糊概念中的具体诗人

对一位冷静的律师作咨询，是一种幸福。

但对一位冷静的诗人作采访，则未必如此。

采访知识告诉我，必须向他周围的人们了解。

他刚调到区文联工作，文联的机关干部对这位新主席的了解，比我多不到哪里去！

那么，就到他原来工作的单位去吧！他在广西师院入的党，还在那里度过了"平静的十年"！

师院中文系是个讲形象思维的地方，可是，对于这位具体的诗人，却只能为我提供一系列抽象的鉴定式的材料——

"该同志作风严谨：像他那样一位名人，在社会上身兼多职，事儿多一点，我们都能理解。可是他每逢在有会外出的时候，总是坚持请假，支部组织委员是个年轻的一般教师，对此总是非常感动。"

"对了，他到外边去开会，按级别待遇是可以派车的，但他极少叫车，有时我们知道他要外出，主动给他派车，他也不要。除非有几个人同行，他几乎总是坐公共汽车外出的。"

"他是个诗人，他那个研究所所长，按级别相当于系主任，可有时他来系里讲课，仍然虚心地向副主任征求对教案的意见。"

"他平易近人，系内的活动、劳动，有时连一些年轻教师都不屑参加，可他总是乐意参加，有时上街扫马路，他也埋头干得很欢，过路的人谁能看得出这是教授、诗人呢？"

"他待人以诚，从不隐瞒观点。对于不正之风，他敢于批评和抵制。"

"他热心教育年轻人。"

"他光明磊落……"

提供材料的有教授，有一般教师，也有党的专职干部……可是，当我含蓄地请他们谈些具体的细节时，系党总支副书记却面有难色地说："这我们也知道，我们也整理过一些他的先进材料，但那都是有专题范围的。韦老师是个公认的好同志，好事太多，反而形成了模糊概念了……"

噢，"模糊概念"，在修辞上是个趋向上的定性，在这里却成了褒义词；地平线上的高山，夜空中的星火，色彩学上的"万绿丛中一点红"……远远便能看见。

但是，比喻是诗的语言，我也不能以诗句交差。

我没想到，我这次采访竟成功于无意之中！

当我即将走出院门时，无意中遇上了该院其他系的一位退休教师，我的老朋友，把我拉到他家吃饭去了。杯酒之间，我说及了前述的苦恼。他也颇有同感，"他们说的是对的，每次评先进，或是推荐进班子的候选人，议论时总有他一个，即使出红榜时没有他的名字，但在我们的心目中，他都应该在上面的。"

"你说，这又是为什么？"我仍然大惑不解，"群众应该是眼睛雪亮的嘛！"

"咳，他的性格就这样。"他放下了酒杯，站起来拿过一本书，"也许，你可以在这里边窥见一些东西，诗言志嘛。"

这是韦其麟签赠给他的诗集《含羞草》。

我翻来翻去，从点题之作中找到了两句：

"默默地，给大地献一片翠绿，
　耻于风中招摇。"①

在"一片翠绿"中，含羞草藏住了自己的根。

韦其麟不是朦胧诗人，但他本人就像煞一首朦胧诗。他有意地制造了自己的"模糊状态"。

"诗魂"和诗人的灵魂

"中性的素材"加上"模糊概念"，仍然勾不出韦其麟的形象，挟带着这一大堆原始材料，我又回到其麟面前："解铃还要系铃人"，我努力寻找机会把他逼出那"冷静"状态。

那机会似乎到来了。当他谈到自己入党的情形时，他再也不能平静地作客观叙述了，我乘机问道：

"你是1951年的老团员了，直到1957年蒙冤之前，你总算有过几年'黄金时代'，特别在《百鸟衣》时期，你简直可以说'红得发紫'，这期间，你难道就没有过入党的追求？"

---

① 《含羞草》，湖南人民出版社，第5页。

"我问过，"他说（以下凡他的话概用原话，不敢妄自修饰）"我问过我们的总支组织委员，他是广西同乡，他说我由于家庭出身情况，按政策是不行的，于是我就死了这条心了。"

"你说的恐怕主要是指组织上入党罢？"

"对我来说，入党就是入党。但即使组织上不能入党，我对党的感情还是深厚的，因为我明白，没有党，我恐怕上不了大学，《百鸟衣》发表了，党又给了我那么多荣誉。1957年批判我反党，那时我心中正充满着对党的感激之情，正暗下决心努力学习和创作，以不辜负党的期望。我是壮家子弟，又在团内生活了多年，我对党的奋斗目标和传统作风坚信不疑，我根本没有反党的想法。"

我又问："在蒙冤时，你是否还坚持着入团时那股理想和豪气，或者有某种'屈原心态'，决心以自己的足迹证明那是错案？"

他笑了："我明白你的提示。但老实说，我的格调没那么高，委屈是有的，也有所不服，但当时我没想到今天会成为一个共产党员。不过，倒有一条：我坚信自己，无论如何，我不会堕落！"

我问："那么，在今天，过了几十年，宏观地回顾那一段曲折的历程，你对文学，对人生，有过什么深刻的思考？"

他又平静地笑了："你这个问题提得太高了吧，那是理论家的课题，我不是理论家。"也许是看出了我的失望，他又换了个角度，"不过，我觉得，理论的提法五花八门，归根结底，不外是要阐述文学与人民的关系。我觉得，文学家是人民和民族的一分子，他所从事的文学，就应该是人民的事业，民族的事业的一部分。文学就应该纯洁人的灵魂，提高人的感情。我赞成'文以载道'，为什么不可以载'道'呢？这个'道'，也就是提高民族与人民素质的道，我写的以《给诗人》为总题的小散文，就有这样的意愿。"

我问："你能否把话说得更明朗一些，例如说，在'文以载道'这个问题上，你对广西的诗人，或者扩而大之，对广西的文学艺术工作者，有什么具体的希望？"

他又微微一笑："我前面说了，这只是我个人的思考而已。《给诗人》那些短小的散文，那也只是个泛指，并没有具体的对象的。"

这分明是一个"无可奉告"的变奏！

我恍然大悟，在前不久举行的第五次广西文代会上，他当选为自治区文联主席，对这个身份来说，我问的是一个敏感的话题。

但是，作为作家队伍之一员，我还是拥有优越的采访条件，一个文友的妻子在该院印刷厂工作，听说我遇到这个难题，便给我寻到了一份该院的院刊，他说也许对我有所启发，我接过来，上边有其麟的一篇小文《一点希望》，中有一段话——

"有时上街，在街头看到某些摆卖什么灵什么灵之类的人，比如卖'增高灵'吧，叫卖的人却是十足的矮子。于是就想，他自己为什么不吃一点'增高灵'呢？于是就觉得有点滑稽。于是又想到，我在课堂上对同学们讲做人的道理时，会不会使同学们像我看到卖'增高灵'的矮子觉得滑稽那样感到我的滑稽呢？"

报纸出版于3月，写文章之时当在更早，谈的又主要是执教十周年的希望，这一切，都跟当文联主席风马牛不相及！于是，他跳出了作为一位诗人的温柔敦厚，直爽地品评起人生来！他现出了一名壮族人的本色：执着地要求表里的如一，辛辣地嘲讽那些"言论上的巨人，行动上的矮子！"

这，就是其麟的诗人本色！

长期以来，人们对我们这一行容易产生误解，除了某些偏激的说法之外，最常见的善良误解是把诗魂（有情节作品中则是其中的主要正面人物）看成是诗人的灵魂。否，作家的灵魂主要表现在他本人的行动中，与诗魂不是一回事。而作品的总倾向，则是他接受人民检验的主要方面。正如评论家王敏之指出的："韦其麟近年内十余篇叙事长诗，篇篇皆是把历史、民族、人民融为一个浑然的整体，并具体化为一幅理想与现实、欢乐与痛苦、奋斗与牺牲、挫折与胜利等意蕴丰富的生活画面，由此引入对社会、对人生的严肃思考……如果作家没有丰富的生活积累，没有正确的政治、道德评价的观点，是难以创作出成功的作品来的。"[①]

这里的"政治"，绝不是抽象的理论，而是渗透到心灵中，体现在行动上的美好而善良的人生哲学。

对于一个和新中国同步成长的壮家子弟，一名党员作家的韦其麟来说，我以为，这是个高度的评价，也是个适度的评价。

（原载孙屹主编：《星烛颂》广西教育出版社出版，1991年版）

坦荡做人　认真作文
——著名壮族作家、中国作协副主席韦其麟访谈

莫蔚

阳春三月，是一个喜人的季节。这两年对于广西的文艺界来说，同样是春花烂漫，许多可喜可贺的事情如雨后春笋。

年前在北京召开的中国作协第五次全国代表大会上，我区著名壮族作家韦其麟当选为作协副主席，这是我国第一位当选为中国作协副主席的壮族作家。日前，记者在春光明媚的邕城与这位长者进行了访谈。

记者：在年前召开的中国作协第五次全国代表大会上，江泽民等领导同志接见了与会代表并作了重要讲话，您参加了这次会议，对此您有什么感触？

韦其麟：参加这次大会，听了江泽民总书记的重要讲话，感到高兴，受到鼓舞。这体现了党中央对社会主义精神文明建设、繁荣社会主义文艺、发展中华民族文化的高度重视。讲话充分肯定了新时期社会主义文艺事业的巨大成就，是实事求是的，给人以振奋和激励。而且精辟地分析文艺界的形势，进一步指明党的文艺工作方针，提出今后文艺工作的任务。同时阐明了文艺的根本问题，对文艺与政治、文艺与生活、文艺的社会功能等作了深刻的论述。这对我国当代社会主义文艺的繁荣和发展具有极其重大的指导意义。讲话中还提出，国家要独立，不仅政治上、经济上要独立，思想文化上也要独立。这也是非常重要的，特别令人深思的。作家是人类灵魂的工程师，在讲话中得到再次强调。我们文艺工作者必须加强自己的社会责任感和历史使命感。

江总书记的讲话是继毛主席《在延安文艺座谈会上的讲话》和邓小平同志在第四次文代会上《祝词》之后，继往开来的纲领性的里程碑式的文献，对发展和繁荣社会主义文艺事业具有重大的现实意义和深远的历史意义。

记者：新时期以来广西的文学创作取得了长足的进步，但客观地说似乎还没有真正在全国有重大影响的作家和作品，对此您是什么看的？您认为我们有哪些优势和劣势，如何扬长避短？

韦其麟：由于历史的原因，广西经济和文化都比较落后。新时期以来，我认为广西的文学创作是取得了长足的进步的。作家队伍壮大了，"文化大革命"前，中国作家协会会员广西只有十来人，现在已有一百多人。广西作协会员就更多了。老年和中年作家们以高昂的激情和更深沉的思考，奋力创作，更可喜的是一批朝气蓬勃、才华横溢、勇于探索和创新的青年作家的成长。各种样式各种风格的作品比过去增多了。"文化大革命"前，出版的文学作品屈指可数，现在出版的长篇小说有几十部，诗集和结集出版的中短篇小说及散文就更多。这些作品表明，创作题材有了更多的开拓、丰富和扩大；作家们在艺术上也进行探索和创新，艺术风格和表现手法多种多样。我觉得，广西的文学园地是越来越多姿多彩了的。当然，和先进的兄弟省区相比，无论过去和现在都有相当的差距，引起了广泛关注的受广大读者热烈欢迎的优秀作品还很少。要缩短这种差距，我们广西作家必须加强学习，认真地不断地提高自身各方面的修养。深入生活，增强信心，扎扎实实，艰苦劳动，努力提高广西文学创作的水平。

广西是民族聚居的地方，共有十二个民族。每一个民族都有自己的优秀文化传统。我们少数民族作家在继承本民族优秀文学传统的同时，不应该拒绝学习其他民族好的传统和新的技巧，进行探索和创新。同样，在学习吸取其他民族的优秀文化，努力创新的同时，也不应该忽视本民族优秀文化传统，并结合时代的特点加以发展。少数民族文学根植于自己民族文化的土壤，在时代阳光的照耀下，吸取其他民族优秀文化的营养，在这基础上求得民族性和时代性的和谐统一，我想，广西的少数民族文学定会有更好的前景。

记者：您青年时代创作的《百鸟衣》在当时引起了很大的反响，您个人认为这一作品的成功取决于哪些方面？

韦其麟：这篇作品，一些评论文章谈过了，我自己也写过一篇关于写这首长诗的体会和感受的文字，没有什么可说了。这篇作品之所以在当年引起一些反响，我想，我们国家对少数民族文学的重视、关怀和爱护，也是一种因素吧。

记者：您对当前我区文坛的青年作家是怎么看的？您认为他们有哪些优点和不足之处，如何指导？

韦其麟：广西作家协会的会员听说已有七百多人，我想，青年作家一定不少。我不可能全都读过他们的作品，对他们的情况并不全都熟悉和了解。就我所知道的情况，他们大都朝气蓬勃。有些人才华横溢、勇于探索和创新，以他们的创作实绩显示着令人兴奋的情景。自然青年作家和老年作家都有各自的长处和局限。年龄和文学创作的成就不一定成正比，也不一定成反比。文学创作是精神生产，不同于物质的生产。因而，我觉得，不论青年中年老年作家，都应该努力学习，学无止境。都应该认真地做人作文，从血管流出的是血，从水管流出的是水。一个人的才能有大小高低，也许我们的努力毕生也难成为所谓的"大家"；但只要我们努力，诚实地坦荡地做人，做一个脱离低级趣味的人；认真地严肃地作文，作有益于世道人心的文，我想，也无须感到羞涩。

记者： 现在区党委宣传部和广西文联、文化厅都在开展一些工作，力图繁荣我区的文艺创作，快出人才，多出人才，您对这些是怎么看的？作为前辈，您认为现在的年轻人该如何抓住这一机遇发展自己？

韦其麟： 有耕耘播种，在正常情况下，就会有收获。在区党委的重视和领导下，我们按照文艺创作本身的规律去努力，我相信，一定会取得成果的，广西的文艺创作将会进一步繁荣和发展。至于年轻人如何发展自己，我觉得，文艺创作，不但年轻人，而且中年人、老年人，都必须脚踏实地，老老实实地努力。记得有人说过，文艺创作对谁都是没有捷径可走的，我以为是真话。

记者： 谈谈您的一些近况好吗？谢谢！

韦其麟： 读一些自己要读的书，思考一些自己必须思考的问题，写一点自己想写的文字。越来越感到自己幼稚和无知，越来越觉得自己学养的贫乏，越来越发觉自己的缺点很多。但并不颓唐，也未失却信心。未敢忘记学习，以期自己有所提高，有所进步。

（原载《广西工人报》1997年3月24日）

韦其麟：用壮族文学织就传世《百鸟衣》

刘伟盛　谢萍　唐睿岚

中国当代文学的经典殿堂，并不缺乏南宁本土作家的足音。

20世纪50年代中期，横县壮族青年学生韦其麟创作的叙事长诗《百鸟衣》，一经发表，中国文坛为之注目，甚至一版再版，并被翻译成多国文字，得到广泛好评，一部经典已然铸就。

50多年后，回首往事，韦其麟却对记者说：那是过去的东西，也不是什么经典。

创作——文学青年初春的畅想

1955年寒假，武汉大学中文系二年级学生韦其麟留在武汉宿舍里，"想写点东西练练笔"。彼时，他想起流传在横县老家的一个古老的民间故事——"张亚源卖糍粑"，这个故事给了他灵感。"当时只是对这个民间传说感兴趣，印象深，就萌发了以此为题材写一首叙事诗的念头。"韦其麟说。

在横县中学念书时，韦其麟就已经在报刊上发表过一些短小的习作。学习写作的文学青年总不会让自己的笔空闲下来。在1955年的寒假里，古老的壮族传说经过韦其麟的"加工"，改头换面，以叙事诗的形式重新流淌在笔尖，跃然于纸上。尽管增删了一些故事情节，但主题仍和传说一样，表现了对坚贞爱情的歌颂，对野蛮恶势力的鞭笞。在蛮横的封建统治者土司的淫威面前，男女主人公"古卡"和"依娌"勇敢不屈地进行斗争，终于用"百鸟衣"的计谋杀死了土司，双双骑马离去，"像一对凤凰，飞在天空里"。

轰动——民族文学奇葩惊人盛开

韦其麟把《百鸟衣》的初稿寄给《长江文艺》，原本只是想得到编辑的指点。没想编辑部却十分重视，热心详细地给他提出了修改意见。经过修改，《百鸟衣》最终在1955

年6月号的《长江文艺》上发表了。这离韦其麟在文艺刊物《新观察》上发表处女作叙事诗《玫瑰花的故事》正好两年。两年的淬火，作者有了相当的提高。

新中国成立初期的广西，在人们眼中，还是偏僻落后之地，但《百鸟衣》的出现，证明了广西并非文学荒地，新中国的少数民族中也不乏精彩的文学作品。叙事诗《百鸟衣》发表后，以其浓厚的民族色彩、地方色彩和神话色彩吸引了大批读者，并引起了全国对广西文化、对壮族文化的重视。1955年10月，文学评论家李冰在《谈〈百鸟衣〉》一文中说道："古卡和依娌这两个人物形象，无疑是壮族人民那种热爱劳动、热爱生活的高贵品质诗意的形象的概括；是人民所理想的最喜爱的民族的性格，是鼓舞人民斗志的英雄形象。"

不久，《人民文学》和《新华月报》先后对《百鸟衣》做了转载。1956年，中国青年出版社首先出版32开的单行本《百鸟衣》，不久再版；人民文学出版社也将此文收入该社出版的"文学小丛书"，以64开本再版；1959年，人民文学出版社又把《百鸟衣》作为"建国十年大庆"献礼读物，精印出版；"文革"后，人民文学出版社、漓江出版社等再次把《百鸟衣》作为文学精品奉献给广大读者……

时至今日，《百鸟衣》仍魅力不减。2005年漓江出版社出版的《广西文学50年》一书评述道："《百鸟衣》以其鲜明的民族风格和优美的艺术表现形式，一出现，就引起了文坛的重视，受到了读者的热烈欢迎。它不仅将壮族文学带进了中国文坛，也向世界展示了新中国的少数民族文学的迷人风采。"

搭桥——中国民间文学异域流传

《百鸟衣》在国内获得了好评，在国际上也产生了不小的影响，韦其麟由此登上中国文坛，被当时苏联的《文学报》称为"居住在中国境内少数民族中的天才的代表人物"。到了20世纪60年代，《百鸟衣》已经被翻译成俄、英、法、意、日等多国文字。

当时东欧的社会主义国家中曾有人与他联系翻译《百鸟衣》的事宜。韦其麟回忆："那时曾接到捷克斯洛伐克科学院一位院士的信，是用汉语写的，说正与一位捷克诗人翻译《百鸟衣》，准备出版。信中问了很多关于壮族风情和原民间传说的问题，我也一一回复了。但后来没了音讯，也没有收到译本，不知出版了没有。"

改革开放后，作品已经发表几十年了，国外仍有人关心《百鸟衣》。1992年，一位曾在北京大学留学、研究东方文化的匈牙利学者来到南宁，在明圆饭店与韦其麟进行会面交流。匈牙利学者向韦其麟赠送了部分《百鸟衣》的匈牙利文翻译打印稿，说是准备出版。

虽说《百鸟衣》已经有了多种文字的外文版，但韦其麟见到并亲自收藏的只有日文版。那是在20世纪80年代中期，一位会说普通话的日本学者来广西考察时，到广西师范学院拜访韦其麟,"会见中,日本学者告诉我《百鸟衣》早已在日本出版了,问我有没有日文版的书,我说没有,他回日本后就寄了一本给我"。

演绎——乡人之口至作家笔端

关于"百鸟衣"的种种传说,其实在南宁以外的壮族地区也有流传,但《百鸟衣》之于"百鸟衣",却是在诗歌的坐标上对一个古老传说做出的精彩演绎。

有趣的是,韦其麟创作的《百鸟衣》在"百鸟衣"故事流传上产生了很大影响,甚至造成一些认识上的"混乱"。当然"混乱"是出于《百鸟衣》的影响力及其读者对《百鸟衣》的喜爱和敬仰。

1958年,《广西壮族文学》编辑室的工作人员来到长诗《百鸟衣》作者韦其麟的家乡,在横县校椅镇找到了口述"百鸟衣"原型传说的老人韦世足,经过记录整理,故事标题为《张亚源和龙王女》,收录于广西壮族文学史编辑室1959年编印的《壮族民间故事资料》第一集。

"长诗《百鸟衣》的故事是根据韦世足所口述的故事原型创作的。我对情节作了些删改,如原故事的结尾是两名主人公杀死皇帝自己当起了皇帝,而我将之改成双双逃离,不知何往。'古卡'和'依娌'也是我安的名字。如今一些辞典及文章介绍'百鸟衣'的民间故事或神话传说时,把'古卡'和'依娌'当作原型故事的主人公的名字,把长诗的情节当作原传说的情节,这不符合事实,对民间文学的研究也是不利的。还有人说,壮族有民间长诗'百鸟衣',这也不对。经过几十年的调查搜集,壮族民间并没有韵文体的'百鸟衣'的故事在流传。长诗《百鸟衣》是以民间故事为题材创作的作品,属于文人文学,而不是民间文学。两者虽无高低之分,但不是一个概念,不应混同。"韦其麟如是说。

寄语——南宁文学定会繁荣发展

1957年9月,韦其麟毕业离开武汉大学回到南宁,先是到广西民族学院报到,不久便去外地林场育苗挖坑,植树造林,暂时与文学"绝了缘"。直到1959年5月,韦其麟才调到广西区文联,在《广西壮族民间文学》编辑部,编选第一部《广西诗选》,一年后又被下放农村。此外,他还当过林场工人、公社干部,修过铁路,养过马,后来在广西师范学院当教授,然而,"我的人生终究未离开文学的工作。"韦其麟说,他在文学创作上一直孜孜不倦。

曾有评论说,《百鸟衣》的文字与风格具有韦其麟式诗歌"单纯"的美感。韦其麟对此十分赞同:"我同意某些作家所说,文学就是写人,写自己的人格;诗歌应该单纯些,写诗必须真诚。"在《百鸟衣》之后，韦其麟还创作出诸如《寻找太阳的母亲》等一首首"单纯"的取自民间文学的叙事诗作品，以及诸如《赞美》等一首首"单纯"的"写自己"的抒情诗歌。1991年到1995年，韦其麟任广西文联主席，1996年到2006年被选为中国作协第五、第六届副主席。

  采访的最后，他说："'百鸟衣'的故事世代流传于民间，是劳动人民的集体创作。我以这个故事为题材写成叙事诗，也是这个集体创作的一员吧。文学史告诉我们，作家文学衰落时都是从民间文学吸取营养，然后再繁荣发展的，我们无法鄙视民间文学。《百鸟衣》已经成为过去，我们家乡南宁这方地域的文学创作，如今比过去繁荣，今后也定会不断发展、辉煌，祝福一代又一代年轻的作家们！"

（原载《南宁日报》2007年9月19日）

难以磨灭的童年记忆

韦其麟

1935年春天，我诞生到了这人间。

我的童年，正是中国八年抗日战争的岁月。

我的家乡广西横县，两度被日寇的铁蹄践踏。虽然没有长期沦陷，而我的人生最初最深的可怕的记忆，却是与日本鬼有关的事情——童年时家乡的人们说到日本，都要加上个"鬼"字的，现在回忆的是那个年代的事，为了忠实于生活，我不想删去这个"鬼"字。

在这世间，使我最早知道恐怖、感受恐怖的，是"走飞机"——当年人们对躲避空袭的说法。5岁的时候，父亲在县城做事，我常和父亲住在县城里。小小的县城，也是日本鬼飞机轰炸的目标。因而"走飞机"在我幼小的心灵留下深刻的烙印，几十年来，未能磨灭。

第一次"走飞机"记得是刚刚吃完早饭（当时习惯一天两餐，早餐上午10时，晚餐下午5时左右），不知从哪里传来一阵凄厉的呜呜声（后来才懂得这是报警），父亲匆匆拉着我的手，向城郊远处奔跑。好多人都在奔跑，慌张地跑向能隐蔽自己的地方——甘蔗地、深沟、树林和竹丛。父亲拉着我跑向一块甘蔗田，还未跑到，就听见飞机的呼啸，接着就是哒哒的阵阵机枪声，跟着又是轰隆轰隆的炸弹爆炸声。一种从未体会过的恐怖，恐怖！好不容易钻进了甘蔗林，依然失魂似的惊惶，因为甘蔗林也挡不住飞机扫射的子弹呀。当解除警报之后，就听说哪儿哪儿被炸了，屋崩了，人死了，这是我平生第一次知道，人活着也会死去；这知识的获得，竟是日本鬼飞机所赐予。

当年虽有警报，但往往警报刚刚响过，就听见飞机的啸声了，而且县城都没有防空洞之类的设施。"走飞机"，人们只能各自跑到城郊，找一处能够隐蔽的地方躲藏。没有一定的方向，没有固定的地点。没有人组织，没有人指挥。一天，父亲不在县城，我在他供职的单位玩耍，突然警报响起，人们纷纷外跑，父亲不在身边，我不知怎么办，不知往哪跑，我害怕极了，恐慌极了。一位叔叔——父亲的同事走出大门又回来，大声喊着发呆的我，一把拉着我的手往外跑。跑过街巷，跑过几块菜园和田地，我跟跟跄跄，跌跌撞撞，拼命跑，跟着他。人们扶老携幼，尽快地跑，一片慌乱。我和叔叔刚爬进一条坑坑洼洼的深沟，远处就传来飞机扫射的机枪声，炸弹的爆炸声。人们蹲在沟里，默默无声，惶恐不安。人间的许多事情我还不懂，也不知道日本在何方，而年幼的心灵却有了一个自己无法回答的疑问：日本鬼为什么要来炸我们呢？为什么要打死我们呢？我在沟里傻傻地想，那个时辰，也没心机问叔叔。

"走飞机"不止一次两次。后来，我不再和父亲住在县城了，回到离县城20公里的我出世的村庄。而"走飞机"的恐怖，却笼罩着我整个的童年。住在老家的日子，每听到飞机声，我就害怕，惊悸不已。每当看见飞机在天边飞过，我都跑到树下或竹林里躲。一次，独自走过稻穗已勾头的田野，突然看见远方的飞机飞过，我也忙走进田中蹲在稻穗中，直到听不见飞机的响声。一次，和伯母去赶圩，途中，看见几架飞机飞过远方的天空，我拉着伯母连声大叫："走飞机！"伯母说："不用躲的。"旁边的几位叔叔伯伯也说："不要怕，这是盟国飞机，帮我们打日本鬼。"等到飞机消失踪影，我才释然。一位伯伯感慨："这依儿（小孩），在县城走飞机走怕了，吓坏了。"长大之后，每当忆及，我觉得自己很可笑，但一颗幼小的心灵被异国侵略者的空袭蹂躏到如此地步，似乎又不是可笑的事了。几十年来，一辈子，直到如今，我有时仍会在"走飞机"噩梦的恐怖中惊醒，心狂跳不止。

除"走飞机"外，还曾两回"走日本鬼"——这是我家乡的说法，就是日本军队来到之前，人们离家远跑避难。记不得准确的时间了，一回是日本鬼第一次入侵横县的时候，我和妹妹、母亲、祖母、两个伯母带着一些家什和粮食，一起到更偏僻的村子去，住在父亲的一个朋友家中，这一回日本鬼没有到我们那个乡，住了一两个月，日本鬼离开横县我们也就回家了。一回是日本鬼再次入侵横县的时候，这回十分仓皇。一个冬日傍晚，尚未吃饭，一位同村的叔叔（可能他当时负有一定的职责）从西往东沿着山脚一路的村庄一边奔跑一边大声疾呼："日本鬼来了，快走啊！日本鬼到了，快跑啊！"他跑着，喊着，通知各村的人们。他的呼喊令人心惊胆战，这才知道，日本鬼已经到了距离我们村只有两三里路的地方了。顿时，全村一片惊慌，家家户户，男女老幼，在暮色苍茫中纷纷跑到村背的山峦，走向山峦深处。天已一片漆黑，又没有灯光，不能再走了，我们相邻的几户人家，停在一处山坡的松林里。北风阵阵，细雨纷纷，一两岁的小孩饥寒难耐，又不懂事，啼哭不停，松涛声声，凄切悲凉。

大家在雨冷风寒中熬到天亮，留守在村里的人就来报告，昨晚大家离村上山不久，日本鬼就进入乡政府所在的圩镇驻扎了。我们的村子离圩镇只有里把路，不好回村。我们几家邻居便转到更远的深山，在一个只有三户人家的小村住下。在圩镇驻扎的日本鬼，不几天就开到县城去，我们也回到自己的村子。

回到村里，就听到大人们传说和谈论日本鬼种种的惨无人道、令人发指的残暴，奸淫烧杀，无恶不作。这些人们诅咒"雷公迟早要劈"的日本鬼的恶行，有的是我以前没有以后也没有听说过的。圩上人们油缸油钵盛的花生油、猪油，日本鬼吃不完，就倒掉，倒不掉，便在油缸油钵里拉屎拉尿。县里有人被日本鬼活活钉在自己的家门，张开两臂，用粗铁钉把两个手掌钉在两边的门柱上。在火堆旁，把被抓去的我们的妇女同胞剥光衣服……

不管日本鬼如何凶残横暴，耀武扬威，也未能吓到家乡的人们。日本鬼占领县城不久，便遭到了家乡人们的奋起痛击，除县自卫队外，许多乡村的青年都自动地拿起武器，同仇敌忾，共同打击侵略者。日本鬼在县城待不住，爬上了城郊的四排岭，被围困在山顶整整一个星期，最后才凭着装备的精良、武器的优越突围逃遁。在围困日本鬼的日子里，我们村里也有人前去参战或支援前线。之后，他们回到村里，常常以轻蔑的神情和口气，笑谈日本鬼挨打被围的狼狈。还听说，岭村有三兄弟，得知有一小队日本鬼要经过他们村庄附近的山路，便一人一支步枪，埋伏在路旁丛林和草蓬。那小队日本鬼一到，砰砰砰，便收拾了两三个，剩下的也不知从哪里打来的枪，不明不白地落荒而逃了。每逢听到大人们这些谈论，我痛快极了，过瘾极了，十分得意，非常高兴。心想，我们中国人也不是好欺负的——也许，这就是我的民族自豪感最初的萌生吧。每当忆及这些，我总想到日本1959年出版的《世界民间故事全集》第一卷《中国民间故事》编者山村孚，在对壮族民间故事《阿午》的解说中的这些话："日本军在中国南部广西省的山区推进。那时这个不常见的民族出现了，勇敢地想要阻止日军。那时，日本军以为他们不过是'土人'的就是这个壮族。"

为了证明我的记忆，在写这篇文字时，我翻阅了1989年10月广西人民出版社出版的《横县县志》，在"大事记"中有这样的记叙："1940年3月，日本军入侵，蹂躏横属南区，焚烧南乡镇。日本军所至各村庄，焚烧屋宇，搜索财物，掳掠牲畜，损失甚巨。日本空军还轰炸县城……青桐……校椅……等地，先后21次，被炸毁房屋的有256户，炸死民众33人，伤93人，财物被毁者，不胜其数。""1945年1月，日军一部分由宾阳经永淳侵犯横县县城。5日至10日，横县抗日自卫队在陶圩附近及城郊四排岭一带痛击日本侵略军，缴获一大批军用物资。"县志记下了，家乡人们记住了。历史已经把侵略者牢牢钉在耻辱柱上，家乡的人们也不会忘记侵略者的丑恶与罪行。

童年爱听大人讲故事，许多民间传说故事都曾感动过我，而最使我激动的是父亲给我讲的那个真实的故事：上海的一位汽车司机，把满载日本兵的汽车开进黄浦江，在滚滚的波涛下同归于尽。多么英勇，多么悲壮，多么刚烈！童年也喜欢看画图，那时看过的画图不知多少，都已经没有了印象。唯有一位同村的初小同学课堂作业画的一幅画，如今依然明晰地留在记忆中。画的是一个欲握的巨大的手掌，手掌中间有一个小小的日本兵，题为"捏死日本鬼"。这幅画得到老师极其热情的表扬，并在最显著的位置贴堂。小学生画的当然很幼稚，而我对这画总有一种特别的感情，格外地喜欢。童年也趁过

"歌圩"，看过庙会游神，都是一派热闹欢乐的景象，而我最为难忘的是一次提灯游行的晚会。1945年8月，日本投降，正是假期，我又去在县城做事的父亲那儿。县城里庆祝抗战胜利，举行提灯游行。当时的政府机关人员、中小学校师生、大街小巷的居民都参加了。晚上，人们先集中在体育场，一片烛光闪耀的灯笼，各式各样的灯笼，无数的灯笼。会后游行，人们一个个提着灯笼，走过大街，穿过小巷，处处歌声、鞭炮声、锣鼓声，满城沸腾，满城喜庆。人们对抗日战争的胜利，是何等欢欣啊！

　　逝去的童年已经遥远，日本鬼使我童年心灵笼罩的那片阴霾，早已消失云散，我的家乡和全中国都发生了翻天覆地的变化。然而，如今每当看到媒体关于日本政要参拜他们的靖国神社的报道，我心中总不免涌起憎恶之情；虽然我也知道，日本国里也有许多善良的人，对我们中国友好的人。《往事飘飘》栏目说明中说："世界之末，萦绕在心中的'世界情结'总是教人百感交集，思绪万端。"是的，思绪万端。祝愿在未来的世纪里，我们后代的子子孙孙，幼嫩纯真的童心，再没有侵略者制造的恐怖的摧残。祝愿这个人间，再没有侵略者，再没有灾难，所有的人们都在和平吉祥的世界上互相友爱地生活。

1999年9月

（原载《今日广西》1999年第10期）

记忆山野里最初的花朵

韦其麟

故乡与童年，对每一个人，大概都不会没有绵绵的忆念。

美好的往事，常常会长留在心中，给人芳馨与温暖。

我的一些遥远而美丽的记事，童年最初的记事，往往是和民间文学连在一起，至今仍常常把我带回那一片天真烂漫的岁月。

它们像不谢的鲜花，长开在我记忆的山野里；像晶莹的露珠，常常在我的记忆里闪烁。

正如婴儿吸吮母亲的乳汁时并不知道这一切一样，在自己还不知道什么是民间文学的时候，民间文学已经陪伴在自己的生活之中了。或者更亲切地说，好像一个慈祥的乳娘，在童蒙之时，便默默地守护在我的身边，给我许多的抚爱。

一个夏天的晚上，有月亮、星星，有虫叫、蛙鸣，有闪烁的萤火、习习的凉风，祖母和姑姑等在坪子上一棵葫芦旁边乘凉，不知是她们自己谈天论地呢，还是讲给我听——古时，人就是从葫芦里钻出来的。我问一个伯母：现在人是从哪里钻出来的？这位伯母却有点不高兴地回答："从拉意（腋窝）！"那株葫芦在月光下朦胧的影子，那远方天边神秘地闪烁的星星，那个夜晚的情景，是我人生最初的记忆了。

夏收的日子，祖母在禾堂晒谷子，我也学着她用谷耙翻谷子。祖母说，以前，天是很矮很矮的，一个老公爹耙谷的时候，谷耙的柄老是碰到天，他恼了，就用谷耙柄捅着天说：高一点！于是，天就升得很高很高了。我望着悠悠的云朵，高远的天空，真有点怅然。如果那个老公爹不这样，现在，我们就可以上天去玩呀！

多少次，在那炎热未消的秋日，老人们指着圆月里的黑影说：喏，那是一棵树，那是一个人。那人用斧头砍树，砍了一天砍不断，第二天又长成原来的样子了。那个人恼了，有一夜他不回家，把头放在砍得差不多断了的树干上睡觉，不让树再长。第二天醒来，那人的头就被卡在树干上了……看着看着月亮的黑影，越看也就越像，真的是一个人头被卡在一棵树的树干上。高远高远的天空中的月亮，仿佛离得很近了。

一个雨后的黄昏，跟祖母来到山边的园地去，她指着一弯绚丽的彩虹说：那是一条好心的龙，看田里无水了，它就吸着天上银河里的水，往地上喷下来。所以，每逢下雨之后，就常常看见它的身影。于是，在我的心中，彩虹也是有感情，有生命的了。

在炎热的大榕树下，在严冬的火堆旁，也有许多迷人的故事，都有我一片美丽的天地。

村人婚礼之夜，那彻夜不消的歌声，在离开生我育我的村庄之后，也常常引起我浓浓的乡情。童年，许多次，我看到婚礼第二天早晨陪嫁娘和新娘回家，已出了村，陪嫁娘们和村上的男歌手仍能唱到村边，在村边又一直唱到日上中天。我看到，一个离了婚再嫁到我们村的一位妇女，在赶圩的路上碰到了原来的丈夫，不是用话问候，双方边走边唱，相互讽刺挖苦，当然还有些难言的情感。在没有离开家乡的时候，我就感到，家乡的人们是多么聪明啊，他们有那么多唱不完的歌。

在深山里，常常会听到嘹亮悠扬的山歌，这歌声不知从哪里传来。歌声有时好像在倾诉着什么，有时好像在思念着什么，这歌声并不祈求有人回答的，只任它飘在寂寂的山野，飘在阳光里，飘在白云间。歌声里，常常又传来斑鸠或鹧鸪阵阵悠远的啼鸣。这歌声，在童年的心里，总撩起一种莫名的喜悦或忧郁，无论喜悦和忧郁，也总带有一种淡淡的甜蜜。离开家乡以后，那歌声仍常在我心中萦绕，山顶的云朵仍在歌声中悠游，山麓的小溪仍在歌声中流淌。山歌声里，我依然闻到山上一些草木的气息，感到山野里野果的香味。

小学二三年级的时候，一天放晚学回家，经过和村庄隔着一片田野的在山边的瓦窑，一个叔公正在打砖坯。他是一个会讲"古"而又有点狡黠的人，我们几个对故事贪婪的孩子要他讲故事。他打一块砖坯，讲几句，故意拖长时间，讲了一个，又说还有更好听的，我们都舍不得回家。讲着讲着，天也黑了。天一黑，他就讲鬼的故事：在村边的哪处哪处，有个什么鬼，怎样怎样的吓人，我们都不敢回家了。惶惶之际，我们的伯母终于找到瓦窑来，那位叔公却说，等一下我就陪他们一起回去的。就是那次，我听了"百鸟衣"的故事，当然，那位叔公不是说"百鸟衣"，而是说：讲一个"达达叮张亚源卖懿儿（糍粑）"。那天晚上，我也没有想到我要把这"达达叮张亚源卖懿儿"的故事写成一首诗。

当知道"民间文学"这个词时，我离开我的家乡很远了。

童年的逝去已经遥远，它却留给我许多有趣而美丽的最初的记忆。

1984年7月6日匆匆

（原载广西民间文学研究会编《我与民间文学：建国三十五周年特辑》，1984年版）

学生时代的课余爱好

韦其麟

由于爱好，中学时代，除按时写老师出题的"作文"外，课余也爱写点文字，这并不为了什么，只是喜欢而已。

1951年春至1953年夏，我在横县中学读高中。一年级时，和两三个兴趣相投的同班同学定期出版一份板报，报名叫"文艺学习"。每期两版，8开大小，用蘸水钢笔模仿宋字体抄在道林纸上，一笔一画，丝毫不苟，标题排版，都很讲究。稿子都是我们自己写的，编抄也是我们几个人，没有老师指导，不是班上的任务，不为了得到赞赏和表扬，也不是想炫耀我们的文章，完全是出于兴趣，当看到老师和同学看到我们板报时，心里是很高兴的。这几个同学，后来有的上了政法学院，有的上了工学院，只有我读中文系。

那时南宁出版的《广西文艺》，薄薄的32开本，是我喜爱的刊物，也投稿。每次投稿，无论用不用，编辑部都会来信，指出稿子的优点和缺点，给予鼓励。我对编辑部感到亲切而信赖，有时自己在学习和生活中遇到什么疑难问题，不投稿也写信向编辑部诉说，也总有亲切关怀的回信。这些信都是一个人的笔迹，有时以编辑部的名义，有时署他名字——岳玲。那时他常有作品在刊物发表，记得《广西日报》的副刊连载过他的小说《落胆破》。有一次他去横县，住在他的同学——我的老师家里，我去拜访，与他见过一面。离开广西上大学之后，两地远隔，与《广西文艺》联系少了。1959年我调到广西文联，很想见岳玲这位师长，却没有见着，也没有人说到他，一些文艺界的会议也没有与他见过面。很纳闷，但又不敢打听，因为我怀疑他可能是遭到被划成右派分子之类的厄运了。和诗人莎红相熟后，才悄悄地问莎红，莎红感叹："他是我最好的朋友，1955年春不在了，临终时我守在他身边。"我心惆怅。几十年来，未曾听到或见过广西文学界的会议或文字里提到岳玲，而在我的心中，他是一位我不能忘怀的师长，文学前辈。

高中二年级的暑假，我写了一首故事诗，就是有人说是我的处女作《玫瑰花的故事》。那时候，关于什么是诗，怎样写诗之类的问题，我不懂，只是读过一些诗而已。也没有要当诗人之类的意向和想法，不过是有兴趣，想试一试，学习学习。写的时候，也没有希望发表的意欲所驱使，只是心中有一种说不清的深沉而强烈的感受，有一种难以说明的美好的憧憬和情意，想通过这个故事抒发和表达这些感受和情意，在抒发和表达中获得慰藉，感到舒畅。所以写了就放在课桌的抽屉里了——当时投的稿件都是些篇幅很小，字数很少的东西，这首150多行的诗，不敢寄出。过了半年多，不知为什么，突然心血来潮，大胆地把这篇诗稿寄给在北京出版、我很爱读的《新观察》。寄出就寄出了，估计也是石沉大海，心里并不牵挂。因为当时一心放在功课上，准备提前一学期毕业在暑假参加高考，未想到，毕业前夕，接到编辑部的信，说这篇诗稿决定在15期发表。1953年8月初，当我看到那一期的《新观察》，着实兴奋了许久。这首诗发表时，署的是一个笔名旭野。有文章表扬过这首诗，但我要说，这篇诗作是经过编辑同志修改的，其中有编辑同志的劳动。我很感激，可至今我也不知道为我修改诗稿的那位编辑是谁。

虽然在中学就喜欢写点文字，也觉得作家诗人很高尚，但并没有当作家诗人的向往。要说向往，少年时期曾有过一个缥缥缈缈的憧憬——将来能成为一个农学家多好。因为初中时读到一个英国作家（名字忘记了）写的一句大意是这样的话——如果一个农学家能使每一株玉米都能长出5个玉米苞，那他的贡献要比全英国所有的政治家的全部作用还要大。这话也许并不完全正确，却令我年轻的心灵震动而难忘。而且在刚上初中的时候起，在学校就有一句顺口溜广泛而长久地流传："学好数理化，走遍天下都不怕。"这句深入人心的顺口溜，不能说对我毫无影响。在报名高考填志愿的时候，我最初向班主任表示，我要报考理工科或农科，从初中到高中我的数理化成绩并不差。后调整全班报考理工科和文科的比例（当时是这样）时，因为报文科很少，班主任说我也适合文科，才报了文科。结果，被武汉大学中文系录取。上了大学，学的又是汉语言文学，也仍没有将来要当作家诗人的心思。因为当时明确规定，综合大学中文系培养的是中等学校师资和少部分高校师资及研究人员，而不是培养作家。写论文是无可非议的，但写小说诗歌之类的创作并不提倡。甚至有人认为是不务正业，是一种名利思想的表现。当然，学的既然是语言和文学，课余时间学习文学创作的还是大有人在的，我也是其中之一。出于爱好，也认为是一种学业。

大学第一学期，向《长江文艺》投稿，成为刊物的通讯员。那时候，《长江文艺》是中南大区几省主要的文学期刊，编辑部很重视青年作者，十分关心我们这些通讯员：不仅认真处理稿件，经常寄赠学习资料，有的关心是在稿件之外的，有几件事，令我难忘。有一次投稿没有稿纸，我把习作抄在从练习本撕下的纸页上，不久，编辑部就给我寄来两刀稿纸。有一次，著名的小提琴家马思聪到武汉演出，票价颇高，也很难买到，学校离市区又较远，根本不敢有听音乐家演奏的奢望，未想到却接到编辑部寄来的一张入场券。就我所知，他们常请青年作家到编辑部修改作品，有时编辑同志还亲自登门谈稿件。一个星期天，我正在宿舍里午休，忽然有人在床头拍拍我的肩膀，一看，原来是编辑部的一位同志，他老远从城里到学校来找我，就因为我寄去了几首短诗。我们坐在学校的树荫下，他一首一首地谈他读后的感受，指出了供我思考的不足之处，一起商量如何修改。有一次，作协武汉分会（当时中南区六省作家都属武汉分会）召开会员会议，讨论创作问题，编辑部也邀请了一些通讯员列席。记得和我列席那个作家小组的，还有一位中山大学的同学，一位部队的青年诗人。我们不是会员，能参加这样的会议，都很高兴。

1955年初，二年级的寒假躲在一个无人的教室里，在寂静的寒冬中，坐在上课记笔记的椅子上，埋头写一首长篇叙事诗。宿舍里也有做功课的桌子，之所以离开宿舍，是为了不受干扰，也怕同学们知道了而笑我不自量力。写出了草稿，修改，抄好，就寄到《长江文艺》去了，至于能否发表，也未寄托很大的希望，因为那时投稿，能发表的很少。但我毫不怀疑，将会得到编辑部热情的指点，而且期待着。稿子寄出去不到一个月，便收到了编辑部的来信，说诗稿已经传阅，大家很高兴，准备发表，为了长诗更完善一些，要我再作一些修改，约我到编辑部去谈一谈。我去了，记得不是在编辑部的办公室，而是在前辈诗人李冰同志的家里，大家围着火炉，对诗稿提出意见并讨论具体的修改方案，并嘱我修改之后先给教授我们新文学史的刘绶松先生看一遍，编辑部已同刘先生商量好了。我回学校把诗稿修改后，即送给刘先生。刘先生很快就看了，表示没有什么意见，并对我说了许多鼓励的话。我便把稿子寄出。不久，这篇叙事长诗——《百鸟衣》，在1955年6月的《长江文艺》发表了。

《百鸟衣》发表后，获得好评。我得到各方面的许多鼓励。1956年春参加全国第一次青年文学创作会议，又成为中国作家协会的会员和作协武汉分会的会员。我感到幸运。同时也深知自己各方面的修养都还很差，常常勉励自己，要更努力学习，不断充实提高自己。在学校期间，还写过几篇习作。虽然写得不好，但心中对未来充满了希望，有许多美好的憧憬——在后来的某些岁月中，我常常感到这些希望和憧憬虚幻可笑，甚至在与憧憬相距甚远的情况下，曾失却了当年对文学和写作的爱好与热情，但这些爱好和憧憬是纯净朴实的，并非奢望，并不过分。1957年夏天，毕业前夕，已到暑假，正满怀信心踏上我人生的新历程的时候，反右运动开始了。9月下旬，带着莫名的情绪，离开了学校，从此结束了我的学生时代。

1999年仲夏

（原载《广西文学》1999年第9期）

1957年，告别珞珈山

韦其麟

1953年10月18日，火车抵达武昌站时，已万家灯火。当迎接新生的汽车停在图书馆前依山而建的斋舍大门，下车仰望山顶的图书馆，那建筑的气派，灯火的辉煌，是我从未见过的。心中不禁感叹：真是大学啊。

从此，我在东湖之滨的珞珈山，度过了整整4年难忘的青春岁月，那是决定我人生最为重要的岁月。

当在胸前佩戴上白底红字的"武汉大学"校徽时，我感到幸福而自豪。这枚校徽不知何时丢失了，但后面的号码至今仍然是铭记的：532017。

巍峨的图书馆，别具一格的以"天地玄黄，宇宙洪荒"等字为斋名的宿舍，印象是不可泯灭的。葱茏的树林，如茵的草地，花草茂盛的山坡，绿荫浓浓的小径，春天如云的樱花，秋日梧桐的落叶，都是难忘的。几十年来，每当失眠之夜，总爱在记忆中的珞珈山走走，到这儿，又到那儿，常这样走进了梦乡。浩渺的东湖，清澈的碧波，如今依然记得当年在心中萌生的两句话："葬身东湖也是富于诗意的，永在湖水至洁至清的怀抱里。"但从未说过，也没有写下，因为听说东湖每年都有不幸的溺水者，这两句话未免有点过分，有点无情。

珞珈山是亲切的，有时心中莫名地忧烦，我爱在那没有道路没有人迹的荒坡野地，独自毫无目的地漫步，孤寂地享受山野的气息和宁静。当无意中发现一两棵在家乡也有的草木，我多么欣喜，仿佛身在家乡的山野了——那时，总感到在广西南方的家乡是非常非常遥远的。严寒的冬夜，坐在图书馆阅览室或系里资料室供暖的煤炉旁，也总唤起儿时在家乡的寒夜围着火堆烤火的回忆，有一种特殊的温暖。

珞珈山的美丽，给我最深的感觉是大自然的朴素之美，犹如我们青春岁月的向往。东湖水清澈，几乎没有污染，纯洁得一如我们年轻时候的憧憬。

大学四年的学习生活终要结束，1957年，告别珞珈山。

珞珈山给我种种关爱，赐予我许多应该珍惜的美好。而珞珈山的赠别，却是我当时不堪承受的苦涩，在以后人生的旅途也是难以遗弃的沉重。

元旦，在同一卧室同学的鼓励下，我以同室8位同学的名字：韦其麟、俞启崇、幸兴林、周百祥、杨展鹏、曾君孺、钟朝栋、温世扬——写了一副对联："其麟在此启崇兴林事事百祥，展鹏高飞君孺朝栋人人世扬"，横批"济济一堂"，写在鲜艳的红纸贴在门口。对面另一室同班同学也贴了对联，上联的文字不记得了，意思是几年来曾击东湖水，下联"何时再拥抱珞珈山"。已往的三年元旦春节，我们都没有写过贴过对联，这年写了，两副对联都一样隐隐流露出惜别的心情。所以，春天那些大鸣大放，别校别系和系里其他年级组织的颇为热闹的讨论会辩论会，我们班上的同学都已兴致不高，更没有举办什么活动。低年级的同学都称我们"老夫子"，班上倒是平静的，我没有料到一些即将来临的事，留给我与珞珈山的美难以协调的记忆。

初夏，我的毕业论文定稿，一个傍晚，我把论文送到指导老师程千帆先生家里。先生已在灯下伏案工作，见我到来，有点高兴，招呼坐下。我还未说什么，先生便很不自然地笑道："我闯祸啦，闯祸啦！"似乎是自嘲，却也流露出一种不安与无奈，我很奇怪，从未见过先生如此的苦笑。我问何故，原是他不久前在《文艺报》发表的一篇不到千字的小文惹麻烦了。那篇文章只是说，学者中的共产党员称为"红色专家"，过去跟随国民党的称"白色专家"，像程先生他们不是共产党而拥护共产党，也反对国民党反动统治，不是红色，也非白色，是否可称之为"无色透明专家"，仅此而已。我劝慰先生说不会有什么问题的，先生仍连连说道："闯祸了，闯祸了。"后来，我也不知道还有什么原因，程老师被批判，成了大"右派分子"了。那晚，先生的苦笑，至今无法淡忘。

也是初夏的傍晚，与同班同学、好友莫绍裘一起去水利学院打算看电影，路过小操场。法律系同学恰在那里举办"胡风集团是反革命集团吗？"的辩论会，停步听听，主持人认识我俩，便大声喊道："中文系的莫绍裘韦其麟也来了，请他们上台发表意见。"我急于看电影，连催老莫快走，不知道他为什么突然来了兴趣，从口袋掏出一小张废纸写了几行字（是提纲吧），上台去了，滔滔不绝说了差不多一个小时，陈述胡风集团不是反革命集团的道理。这是不可挽回的了，他为此换来了20多年的另类人生。那个晚上辩论会的情景，他被批判后我俩不能接近不敢说话的难堪处境，也是至今难忘的。还有一位三年级同学，爱写诗，他上台只慷慨激昂了两句："我不懂法律，我凭我的良知判断，胡风集团不是反革命集团。"据说，他也一样过了20年的另类人生。

还有一次批判会也是不能忘怀的，会前我并不知道批判谁，按通知参加了。全系集中在一间大教室，大会开始，才知道批判的对象是三年级的一位党员唐国富。他是复员军人，参加过抗美援朝，当时是系党总支的委员，是系里反右运动的领导成员之一，怎么一下子突然批判他呢？我十分意外而惊讶。批判他的内容大都已经忘记，印象最深的是一位批判者揭发他的一个错误：一次周末下午党团活动时间，问他应安排什么事，他回答："什么活动？到图书馆，去阅览室，现在是向科学文化进军！"从而批判他重业务，不政治挂帅。其实，向科学文化进军，也是党提出的口号。后听同学传说，他突然沦为批判的对象，主要原因是他以一个党员的名义写信给《人民日报》，说反右运动这样对待知识分子是不应该的，信被退回学校了。他是广西同乡，也是我们壮族同胞，曾以党组织代表的身份找我谈过一两次，鼓励我在政治上不要自卑（我出身于地主家庭），业务上政治上都要进一步地努力。那次批判大会结束后，我在后面离开教室，步下楼梯时，他跟上前来轻声对我说："老韦，这是政治问题，我无法说了，如果是学术问题，我要辩论！"我没有回应，也不知道该说什么。20世纪80年代初，才有他的信息，知道他在中原大地也走过一段漫长而坎坷的人生旅程。他在武汉大学给我耿直坦荡、正气凛然的印象，至今依然。

我没有参加什么鸣放、辩论之类的活动，也不愿投身"反右"运动，而"反右"的风暴越来越激烈，宣布不放暑假。在迷惘和困惑中，我未经同意悄然离校，过了一段时间返回，以为很快就可以办理毕业离校手续了。未想到，毕业班的"反右"要"补课"，更未想到，不几天，我从新二栋的宿舍到邮局去寄信，发现一路上的大字报棚忽地贴满了写有我名字的大字报，批判我的什么名利思想、错误道路。我无心阅读，却无法躲避。有个晚上全校职工学生的广播大会，党委书记在讲话中也点名批评我。于是，我惶惶然了。一次又一次倾听同学们的批判，除批判我的名利思想、错误道路、擅自离校、抗拒运动之外，还批判我入学几年来说过的几句话——也不知是哪位有心的同学把我平时说的话珍藏于自己的口袋，到这时拿了出来，除头去尾，抹掉说话时具体情况和背景，联系我的家庭出身，等等，定为我的反党反社会主义言论。我难以接受，我那几句话没有这样的思想。何况，那时我发表了几首诗之后，引起文学界的关注，中国作家协会武汉分会让我参加全国首次少数民族文学座谈会、全国第一次青年文学创作会议。党和社会给我许多关怀，我多么感激，正决心更进一步努力，以不辜负关爱我者的期望。但我不能解释、申辩，只能按批判者的意旨诚惶诚恐地写检查。记得在当时作为办公室的原工学院顶层阅览室走廊角落里，在一张上课用的椅子上写了比毕业论文还长很多的检查。写得累了，有时凭栏远眺，珞珈山与东湖一片苍茫空濛，秋日的阳光似乎也变得暗淡了许多。

宣布开除我的共青团团籍后第三天，我便离校，算是班上第一批头一个分配工作离校的，比班上有的定为右派分子的同学幸运了，他们没有分配工作。记不清到底哪一天了，总之是在9月21日至23日之间，怀着难以说清的心情走了。有深深的依恋，却又想尽快离开，我不敢向谁辞别，也无人对我说什么。离开住了一年多的新二栋那间宿舍时，一位被定为右派分子的广东同学，在房门背后用粉笔默默地写了七个字："别时容易见时难。"没有说话，没有握手，欲言又止相对瞬间，我无声走出房间，一个人走向停在新一栋大门前公路的汽车（车上已有别系离校的同学）。那天上午的阳光是灿烂的，仲秋的风已有些寒意。上车之际，忽地，一位平时并无多来往的低年级同学，向我伸手握别，说了几句祝福的话,我多么感激。几十年来,每当忆起,心中总感温暖,人间毕竟有应该珍惜的"人"情在。他是当时中文系二年级的文自成同学,20世纪80年代我才知道,他也有过漫长的另类人生岁月。

　　车开动,离校舍越来越远,沉思,不知前路如何,有点怆然。1957年,就这样告别珞珈山。

　　9月别了珞珈山,年底我又到了平天山——桂南的一方崇山峻岭,在那里开始了我不算漫长也不算短暂的育苗挖坑、植树造林的生涯。真是"别时容易见时难",整整半个世纪,不是没有机缘和可能,但不知为什么,我的脚步始终没有再踏上珞珈山。虽然那湖光山色也常入梦,无论是在荒山僻岭的林场,还是在"困难时期"的农场农村;无论是在五七干校的马厩,还是在枝柳铁路工地的茅棚;无论是在花草繁茂的药用植物园,还是在中越边境山沟的公社。也无论是被人在背后说是"废物利用"的昔日,还是被人当面称为老师的如今;无论是以往的"家书抵万金"的年月,还是如今与家人朝夕相伴的日子。梦中的珞珈山依然是当年的样子,那么秀美,东湖依然浩渺,湖水依然清澈,也唯有在梦中的珞珈山,我依然年轻。

2007年立秋时节 南宁

(原载韦其麟著《纪念与回忆》,广西师范大学出版社,2012年版)

乡 情

韦其麟

　　年轻时在学校，读到一句外国谚语："在他乡当国王，不如在家乡做个木匠。"半个多世纪了，有些当年熟背的诗词已淡忘，记不全了，而这句谚语是一直记得的。谚语总离不开具体形象，常以比喻表达思想，也许这句谚语的形象比喻很夸张，但把人们对故乡那种特殊的深沉的爱尽情地流露了。

　　对故乡的爱，大概是每一个正常的人都本能地具有的吧。犹如敬爱自己母亲一样，是一种高洁的情感。因为爱，对故土总是有所眷恋和怀念的。虽有"志在四方"之类的豪言壮语，但"离乡背井"从来就是带着伤感的字眼。"乡愁""思乡""怀乡"等都是很有诗意的情深的词语。人在他乡，总不免思念故园。"独在异乡为异客，每逢佳节倍思亲""故溪黄稻熟，一夜梦中香""故山在何处，昨夜梦清溪""不忍登高临远，望故乡渺邈，归思难收"。古今都有一些感人至深的怀念故乡的诗歌。一些少数民族兄弟，住在不宜人居的山区，政府关怀帮助他们搬迁到较好的地方，却有一些人又搬回了原地。虽然自然环境不好，却是祖祖辈辈原所在，可见人们对故土眷恋之深切。一些毕生或世代在国外奋斗的侨胞或其后裔，也有回乡祭祖的举动或落叶归根的心愿。曾读过真实记叙"金三角"的游记和有关的文章，都提到当年国民党残部逃到那里，老死在异国他乡。他们的坟墓一律是坐南朝北，遥对自己的祖国，眺望自己的故乡。真是"鸟飞反故乡兮，狐死必首丘"。那年去湘西凤凰，朋友带我去城外山上访沈从文的墓。一生在外的作家，把坟墓安在故乡，我想，肯定也是作家自己的决定。是的，"月是故乡明"，山是故乡的青山最慈祥，土是故乡的泥土最芳香。

　　故乡的土地长眠着自己的祖先，生活着自己的亲人，抚育过自己的童年。一草一木，青山流水，都是亲切的，纵使十分平凡，在自己的记忆中也是秀美的风景。故乡有自己童年的幻想，儿时的梦境，纵使已经遥远，也不会在心中泯灭。俄罗斯诗人叶赛宁说过："你想成为诗人吗？到你故乡的土地和童年的梦境去寻找吧。"是的，我想每一个人在故乡的童年，都有一些诗，有的人写出来了，有的人永远藏在心灵的深处。我曾写过一些诗歌，如果这些诗歌算是我生命之树的几片绿叶和花瓣，也是故乡对我童年的恩惠。故乡的赐予不仅在童年，在离开故乡后漫长的岁月，也有许多的给予，在他乡的荒山野岭，每当看到在故乡山上常见的野花，都使我由衷地欣喜，都引起对故乡美好的记忆。每当失眠的长夜，辗转难寐，我就想念故乡，重温童年。常常沿着记忆中的那条小路，从村边那棵大榕树出发，走过小溪上三块青石板的小桥，逆着溪流而去。这里，溪畔的园边，有几株芭蕉。那儿，路旁是一丛篱竹，篱竹开花结籽，定是大旱歉收的年头。这里，一片草坪，小溪有个深窝，曾在草坪垂钓，钓手指大的小白鱼。那儿，一个水堰，溪水从小渠流进稻田……走呀走呀，直走到小溪的源头，一处泉水喷涌的深谷，茂密的杂木林中，有鹧鸪的啼鸣。清清的泉水，仿佛稀释了心中浓浓的烦忧，在鹧鸪阵阵的啼声中，不知不觉进入了梦乡。童年的故乡，总陪伴我在生活荒原不知何往的彷徨，抚慰我在人生旅程风雨中的迷惘。20世纪70年代初，在北部湾畔的沙滩，夜色苍茫中独自徘徊，大海的涛声与故乡的松涛混合起伏，我又像儿时走在故乡的山林那样有一种忘却世间的超脱。在桂北崇山铁路工地的工棚，春寒料峭的晚上，偶尔听见一两声山蛙的鸣叫，童年故乡春夜田野的热烈蛙歌，给我阵阵温暖。每当百无聊赖而陷入空虚的烦躁，或被不测袭击而苦恼不堪时，我也往往躲回童年的故乡。在回忆中爬上村后的山坡，静静地独坐，凝视天边的白云悠悠，古诗说"相看两不厌，唯有敬亭山"，我也有天边云，相知又亲近。有时走进有几棵梅树、荔枝的园子，久久地看着园边那一小片的苦竹林，苦竹并不高大，但一株株枝叶相扶而互不阻碍地欣欣挺立。我喜爱这片竹林，在天真的童年，仿佛就给我一种朦胧的感悟。虽朦胧，却也使人摆脱眼前的烦嚣，获得忘我的宁静。

有故乡可以思念，是一种福分。无故乡可思可归，我觉得人生未免有所缺憾。读过这样的文章，说回到梦牵魂绕的阔别的故乡，找不到印象深深的房屋和村庄或街巷了。虽有高楼和车水马龙的大道，还是怅然匆匆离开，发誓再也不回乡了。我理解这样的感受，内心深处的故乡消失了。有一些人，似乎是没有故乡的。记得20世纪70年代上半叶，我们一家在中越边境的山沟里安家，小女儿四五岁，好像是教她念"举头望明月，低头思故乡"，她问："什么叫故乡？""一个人出生和长大的地方。""爸爸的故乡在哪儿？""很远很远，你还未见过呢。""我的故乡呢？""爸爸的故乡就是你的故乡。""没有见过的地方怎么是故乡呢？""那你的故乡就在这里。""可我是在南宁出生的呀。""那南宁就是你的故乡。""可我是在这里长大的呀。"我无言以答，她又问："我的故乡到底在哪里呢？"真的，我也困惑。像我的儿女，童年跟着父母搬来搬去，城市、郊区、乡村、山里，小学都换了两三所。长大了，虽也认同我的故乡也是他们的故乡，他们的"籍贯"，户口本就是这样填写的。但我感到他们的故乡观念是淡薄的，甚至没有。他们可能只有思亲（父母）而没有思乡之情，我的故乡对他们也只是一处陌生的异乡。有一种情况也许更为难堪。20年前我到龙胜县龙脊一些村寨采访，搜集民俗资料，知道那里曾有过严厉的村规民约，如有偷盗行为或其他严重违反伦理道德的恶行，最重的惩罚是驱逐出龙脊十三寨，永远不得返回。被开除"乡籍"的人受到乡人甚至亲人极其的鄙视，像这样虽有故乡却被故乡放逐的人，毕生不准踏上故乡的土地，是人生的悲哀了。

我离开自己出生的祖屋和长大的村子，是13岁时到20公里远的县城去读初中。在中学，并没有什么离乡的感觉，也没有思乡的心绪。真正对故乡怀有浓浓的离情别绪，是1953年秋天上大学的前夕。虽然家庭给我的包袱太重而一心想"远走高飞"，对自己的未来充满了憧憬，但对家乡也深沉地眷恋。心想，此生或许（也准备）不会再回这个村庄这个老家了，尽情地多看一眼吧。离家前一天，独自走遍了我童年常走过的巷子和村边的路，还爬上村背的山坡，走走停停，遥望故乡的山峦和田野，默默地告别。还记得祖母曾关切地问我："去读书的处在（地方）远吗？"我说："要坐两日两夜火车。"不识字的从未离家连县城也未到过的祖母有点怆然说："要不，不去了，行吗？怕我日后都见不到你了，就留在家吧。"我没有回答，也不知道如何回答。至今，每当忆起，我深深悔恨，为什么不多说几句安慰老人。我离家那天，祖母一早就上山割草去了，也没有向她辞行。我离家不到一年，祖母就逝世了，我在学校，路途遥远，音讯阻隔，几个月后才知道。也记得离家前晚上，邻家潘屋四公特地来话别，和我在屋前坪子的门口石板上坐了很久，夜色蒙蒙中说了许多，有关怀，有鼓励。有句话是铭记在心的："其麟呀，如果四公不是这么难（穷），本应卖担把谷给你上路的。"四公大概也以为我此去不会再回家乡了，他又说，"日后，你也难得回来了，不回就不回吧，记得屋里（故土亲人）就得了"。是的，我是怀着可能不再回乡的心情到远方上大学的。

武汉大学在远离市区的珞珈山上，东湖之滨，在秀丽的湖光山色中，在衣食无忧的学府里，心中充满幸福感。同时也慢慢萌生了从未有过的思乡之情，到学校不久的一个晚上从图书馆回宿舍，经过宽阔的坪子，寂静无人，一轮圆月高悬中天，仰头凝望，风清夜静，突然想起故乡和亲人了。久久徘徊，默默地想，何时才能回乡？（我领助学金，每月零用钱一元）"但愿人长久，千里共婵娟。"这在中学也读过的词，过去不知好在哪里，此刻，深深地感动而有所领会了。在遥远——当年的确感到武汉离故乡十分遥远——的他乡，在学校四周的山野，春日看见紫红的嫩枫叶，我便忆起故乡三月三的黑糯饭，想起祖母从山上采回的枫叶（用来煮黑糯饭）发散着满屋的芳香。深秋看到芒絮（带细毛的种子）的飘悠，仿佛在故乡的山野，也引起阵阵乡情。雪花纷飞、寒风呼啸的冬夜，不胜寒冷，到图书馆或资料室去坐在煤炉旁看书取暖，更回忆童年烤火的情景，家乡的亲人，是否也不胜严寒？……离家前那种远走高飞不再回乡的心思，不知何时烟消云散了。那年寒假，独自在教室埋头学写一首长诗，并没有特意写出什么风光，一落笔就写了"绿绿山坡下，清清溪水旁，长棵大榕树，像把大罗伞"这几句，这是我故乡那个村庄实在的景象。或许，这也是乡思所使然吧。

乡情与亲情，无论怎样的云水迢遥、关山重重，也是阻隔不了的；无论岁月风雨如何吹打，也都湮灭不了。当经济条件许可，在大学学习和毕业参加工作后，虽然来去匆匆，但也回过几次故乡。1963年春节期间，还和妻儿回了一次。但想不到，此后30年没有回乡，整整30年我没有回养育过我的村庄和老家。忘记故乡了么？可那些年月正是我对故乡思念最为深切的年月，在柳州鹧鸪江五七干校的日子，从干校又到中越边境农村公社的日子，从公社又到桂北枝柳铁路工地的日子，我都常常梦回故乡。记得在桂北山中的一个寒夜，写了一首题为《梦》的诗："我常走在回乡的路上/我常因此快乐得发狂/一座大山却横在面前/巍峨的高峰云雾茫茫/我走不出迷茫的雾障/我越不过险峻的山梁/我的家乡是那样遥远/我的心里是这样荒凉。"这首诗在1981年6月的《星星》诗刊发表过，后收在我1987年出版的诗集《含羞草》里。20世纪80年代，生活安定了，我仍没有回乡。是因为母亲曾来南宁小住过几次（一次次由于不习惯又回去）么？见了母亲就不想念故乡么？不是的，那些年我也写了一些怀念故乡的诗，如《乡情》中我说："……仿佛有句话，常常缭绕耳边/早已把家乡全都遗忘了吧/又不在天涯海角，并不遥远/是村前那棵大榕树在呼唤/……是流过村边的小溪在责备/……是村后山坡的松林在议论/……是散着清香的荷塘在闲话？……/我怎么能够，也没有力量遗忘/托粗浅的诗行带回深深的祝愿。"在《小溪》我也诉说："我爱家乡村边的小溪/如今仍在我心中流淌。"这都是真心话，这些诗作都收在诗集《含羞草》里。但为什么，故乡并不遥远，整整30年都没有踏上回乡的路？我不知道，也不清楚，我说不出其中的缘故。

80年代，有的乡亲来南宁，顺便到我家坐坐，总说：得闲回去看看吧，如今不同"文革"那时了。我也总说要回去的，但总未能找到合适的时机。母亲不愿长住南宁，是对故园的眷恋，对老家的难舍。南宁有她的子孙，老家也有她的儿孙，有我的弟弟和侄子们的照顾。何况还有同辈的妯娌们可以谈谈，随时可以出门走走，不像在城市整天都关在宿舍里。母亲已年迈，过80岁了，我有时也很想回去看望，却未能下决心动身。直到妹妹传达母亲的心思：我再不回，她也觉得难对村里人了。母亲说："不讲家里，也应回来看看叔伯兄弟、隔篱邻舍、村中父老。又不远，怎样都是本村人。"妹妹还带来三伯父的话："读书人，识道理，这么久了，总该回来走走。"三伯父是我敬重的堂伯，是家族中最年老的长辈，曾给我许多关怀和教育。1963年我和妻儿第一次一同回家，当时物资还不丰富，他从家里带了扣肉、白切鸡和其他菜肴，走过长长的巷子，到我家来和我们一起吃饭。在母亲的敦促下，1993年初春，我又再回到阔别的故乡。踏进祖屋的大门，坐下不久，五叔——三伯父的胞弟低声对我说："三伯已过世，刚上山不久。"我不知说什么好，五叔又说："你也不要难过，三伯高寿了，你今日回来，他会知道的，也会高兴。"一生握犁扶耙也曾勉励我努力读书的三伯父，定有过盼望侄子归来的深切而长久的期待吧。

母亲见到我归来，自然很高兴，我很难见到她那样宽舒的神情。我想在房内和她多谈，她总要我到厅堂陪叔伯们坐，一起谈话。晚上，满屋的村音土话，久违的热闹和亲切，给我许多欣慰和愉悦。年老的前辈问："还认得我吗？"年纪相仿的问："还记得我吗？"都是认得记得的。比我后生的自我介绍"我是谁家的某某"。与儿时的伙伴回忆童年的趣事，听长者谈我出生以前村里遥远的往事，今昔变迁，世事沧桑，总有不尽的话题。滔滔不绝，三言两语，都是一片好心意。离家那天，叔伯兄弟，伯母婶娘，这家几斤鸡蛋鸭蛋，那家几节莲藕甘蔗，还有番薯芋头糯米。已当祖母的小妹为我收拾行装，怕我久居城市不懂事，悄悄对我说："哥，这些东西都要带回南宁。"我知道，这不只是家乡的物产，更是金钱难买的情意。这次回乡，给我留下的记忆，定会终生难忘。

  同年10月，为母亲辞世奔丧，又再回乡。村人都很热心帮忙，诸事无需我操心。有的长者知道我从小离家求学，又长期在外，不懂家乡习俗，谆谆教导我有关礼规，告诫我应遵守。我多么感激，心中固然有永别母亲的悲凉，而故乡的恩情也使我感到温煦。送母亲上山，安葬母亲之后，五叔对我说："三伯父就在附近，去烧炷香吧。"跟五叔走到三伯父的坟前，我烧香祭拜，五叔在一旁提高声音："三兄啊，其麟回来了，三兄，其麟来睇你啦！"我低头怆然肃立，有悼念母亲的哀痛，有缅怀三伯父的感伤。故乡永在的青山，亲人长眠的圹埌。

  母亲辞世后，我又几次回乡。每次返回南宁，离村到镇上乘车，村边，路上，碰到村人，都对我说这些话："去这么快呀，多住几日不好吗？""再停几日吧，急什么？""以后得闲就回来，多回来睇睇。"我觉得不是客套，而是朴实的真情，纯净的心意。

  故乡，故乡！

  有故乡让你热切呼唤一声故乡，有故乡牵引你的思念，有故乡叮嘱和期待你的归来，是人生一种珍贵的幸福。

（原载《广西文学》2008年第11期）

难忘岁月

韦其麟

1961年，我在一个边境县份的农村生活了一年。那时候，兴"三同"，在农村和农民同吃同住同劳动。

这并不是我"三同"生活最长的年月，却是叫我常常忆起的最难以淡忘的年月。

我还有过其他的"三同"生活的岁月。1958年到1959年，我在深山里的一个林场，和工人同吃同住同劳动，挖坑，育苗，植树造林。1964年到1966年，我作为一个农村"四清"工作队队员，在桂北农村与贫下中农同吃同住同劳动，并做一个工作队员必须做的工作。1970年到1975年，我在农村一个公社当干部，百分之八十以上的时间在生产队"蹲点"，和社员同吃同住同劳动，并按当时的政策，抓革命，促生产。这些时日更长的"三同"生活，并不像1961年那样叫我常常忆起，难以淡忘。

那是"困难时期"，是饥饿的年头。

在南宁机关，有一定口粮供应的保证，而肉类蛋类以及其他副食品，是很匮乏的了。很多吃的用的东西，甚至最劣等的香烟，都是凭票供应的，数量也很少。我的朋友中烟瘾较大的人，常常在没有烟抽的时候，把自己扔在屋角的烟头重新捡起，小心拆开，卷成小小的喇叭筒再抽，并不觉得有失什么体面。我自己也是这样，这有什么奇怪呢。

街上的饮食店，就是凭票凭证，也很难看见有米粉和米饭供应，偶尔碰到卖小球藻——这到底是什么东西，直到今天我也不清楚。只是当时听说颇有营养，其实，只不过是一种淡绿色的汤水而已。

展览馆的露天剧场，每天晚上都放电影；那时没有电视，看电影的人很多。有时在入场处偶尔有郊区农民拿煮熟了的木薯摆卖，两三寸长一根，卖七角至一元钱。而一摆出，总是立即抢买一空。那时候的七角钱不像现在的七角钱那么微不足道，我大学毕业后每个月工资43元。

在这样的情况中，1960年底，我被下放到那个边境县份的一个生产队去生活了。

当年，人民公社兴办集体食堂，每个生产队都有一个食堂，我所在的生产队也是一样的。社员们同一个时刻集体收工，同一个时刻到食堂去领饭菜。

南宁机关干部的口粮有干部口粮的标准，生产队社员的口粮有社员口粮的标准。我生活在生产队里，我的口粮和社员一样，并没有例外。

社员每人每天5两米，如果那时的物质生活像今天这样丰富，油水那么丰足，5两米是完全可以满足肚子的需求了。可是，那时候吃的东西非常缺乏。每天两顿，几乎完全是靠把这几两米放在瓦钵里用大蒸笼蒸成粥不是粥、饭不是饭的粥饭，肚子难有饱的感觉。而且，每天还和社员们一起参加劳动。

能经常保持每天5两米，也很不错了，有时并不。记得有一段时间，每天只是几两木薯粉，煮成浆糊一样的所谓木薯粥，在粥中加几片萝卜叶。油是没有的，吃了10来天，就觉得浑身没劲了。一天上山，走呀走，双脚不由自主地打起颤来，迈步也不自如了，大汗淋漓，一颗颗黄豆一般大的汗珠擦也擦不干。脚下的大地好似在晃动。那种滋味，是我平生所没有体验过的。

冬夜寒冷，人们爱到食堂去烤火，我住的地方离食堂不远，也经常去烤火。大家紧紧地围在炉灶前，从灶膛里扒出的蒸饭留下的火炭是暖烘烘的，无拘无束地谈天说地，也真有几分乐趣。有时，个别社员从口袋里掏出一两个小小的红薯，放在火炭堆里煨。不一会，红薯熟了，红薯的主人拿起红薯拍一拍火灰，连皮也不剥，便旁若无人地吃了。煨热的红薯散发出的那种喷喷的香甜，好似是我从来没有闻过的，强烈地诱人。每次每次，我都不敢眼看红薯的主人是怎样把红薯消灭的，总不免低下头来，怎样也不能抑制口水的渗涌，不停地默默地大口大口地咽口水。饥饿，有时竟能使人的意志完全起不了作用。

一次，生产队分竹蔗——就是那种榨糖的很硬很硬的甘蔗，每个社员10多斤，我也分了一份。拿了甘蔗，马上扛上山坡，找个无人的地方坐下，一口气马不停蹄——不，是人不停嘴地嚼完了那10多斤硬邦邦的竹蔗。蔗渣一堆，蔗汁一肚，还是觉得"不够喉"——这是我家乡话，就是还非常想吃的意思。

是番桃果——也有人叫"鸡屎果"——成熟的时候了，那个地方，人们是不种番桃果的，是山上的野果。一天，我发现我的新大陆了，在一处山麓长着一片茂密的番桃林。我怀着一种说不出的欣喜，走进了林间。然而，我不是捷足先登者，大的熟了的果子已经被先行者摘去了，枝叶间只剩下一些没有成熟的小果。摘了几个较大的，虽然还涩，但嚼着嚼着，又觉得味道好极了，那甘美是我过去和后来吃番桃果都没有领略过的。从此，每两三天，我总是找机会独自到那片番桃林去，一棵棵地、一枝枝地、一桠桠地搜索着，搜索那躲在绿叶间的成熟的或不成熟而能吃的果子。

白天劳动，体力消耗很大，只靠食堂两餐，总感到不饱。晚上，睡在床上，也觉得饿。饥肠辘辘，难以入眠。于是，想象着：什么什么时候，如何如何弄一顿香喷喷的米饭。想象着：将来怎样怎样，弄一顿美味的佳肴，美美地享用一番……想象得疲倦了，在疲倦中才能蒙眬入睡。

困难的年月，饥饿的日子，难以淡忘，但我并不缅怀。我缅怀的，忆念的是我的房东。

我的房东，一位50多岁的妇女，生产队的妇女队长。人们都叫她"阿巴"（"巴"念"把"，壮语伯母），她对年轻人也自称"阿巴"。

刚到生产队。队长安排我住在一家较为宽敞的人家。这家人有老有幼，除食堂里的两餐外，有时还煮几个红薯或青菜野菜之类，以照顾老人小孩。我住在那里，主人当然觉得不方便——这是可以理解的，在那种年月。住了10来天，主人对生产队长说了，要我搬走。

那次生产队领导开会，我也参加。最后议论我搬到哪一家的事，这家人多，那家屋窄，似乎都没有合适的地方，队长也感到为难了。

阿巴微笑着看我，出声了，她说："就住到阿巴那里吧，阿巴屋窄，心宽哪。"

这是阿巴的原话，我一个字都没有改动。

我听了，我的心跳了一下，这句话就铭刻在我的心中了。直到今天，没有忘记，将来也永远不会忘记。这样，我搬到阿巴家里去了。

房子真的很窄，那是一间20来平方米的茅屋，中间用竹笪隔开，日字形。里面是阿巴和阿伯的卧室兼厨房，外间算是厅堂了，竹笪上安着祖宗的牌位。挨着祖宗牌位，阿巴为我新安了一张床。

"只是没有地方写字。"阿巴抱歉地说，真诚地把我迎接——没有一点做作的迎接，没有丝毫杂质的欢迎。

阿伯身体不好，不参加劳动了，沉默寡言，他也只用"来啦"表示他纯净的欢迎。

他们没有儿女，阿巴不但为队里操劳，还支撑着这个家。

我很高兴。住处虽然很窄，甚至没有一张写字桌，写字时就伏在床前。然而，却很舒心。阿巴和阿伯把我当作自己家里人。

有时，阿巴从野外采回一些嫩艾叶，做成糍粑，总是少不了我一份的。她微笑着把糍粑递到我面前："吃呀！吃！不吃，肚饥。"她微笑着催我吃，那语气，使我感到了一种被长辈亲切地关心的温暖。阿巴担心艾叶太苦，我不愿吃。

可是，有时偶尔煮几个红薯，阿巴只是默默地把红薯塞到我的手上，却不出声催我吃。因为红薯是甜的，当时是难得的食品了。

天气转暖了，黄昏，我到村外河边去洗澡，阿巴微笑着阻拦："不要去，晚黑我烧水给你洗。白天做工，出汗，身累，不要洗冷水。"而我觉得到河边洗澡更加痛快，没有听从她的劝告。每次洗澡回来，她总冷冷地说一句："唔，讲不听，老了，你就知道了。"阿巴脸带微愠，像责备晚辈不听话的亲人。

四五月天，正所谓"青黄不接"的时节，日子长了，劳动也忙，更觉肚子饿了。阿巴的自留地里种的四五十株玉米开始成熟了,每隔两三天,收工回来,就摘回几包(个)玉米。每晚夜深,我开会或者串门回来,掀开阿巴傍黑为我落下的蚊帐,电筒一照,就会看到床上放有一包煮熟的玉米。

在那样困难的日子里,是多么宝贵,那玉米、那红薯、那糍粑、那关怀、那情意,是无价的啊,是黄金也无法买到的。

由于长期营养不足,我得了浮肿病,回南宁机关治疗调理。当我病愈再回到阿巴的身边,阿巴已经成为寡妇了:阿伯也因为得了浮肿病,在我回邕期间,匆匆而去了。进门许久许久,我站在阿巴的面前,不知道说些什么好,沉重的心隐隐地作痛,只呼唤了她一声:"阿巴。"

"不要多想了,人老了,这是命定的。"阿巴平静地说,为我打开铺盖。

……

后来,我离开了那个生产队。困难的年月,我却得了人世间最难得到的真情。饥饿的年月,我却获得了我人生最珍贵的永远的营养。

已经30多年了,听说阿巴也早已离开人间。而她的身影,她的微笑,她的声音,依然留在我心中的深处。

总没有机会再去那个地方,然而,我的灵魂,年年三月,清明时节,总会站在你荒草萋萋的坟前,向你深深地深深地鞠躬,我的阿巴。

1996年冬日

(原载《红豆》1997年第1期)

钦州杂忆

韦其麟

童年在家乡，从大人们的口中，便知道钦州了。

1970年初秋，全家从南宁迁往东兴县马路公社落户，情绪并不兴奋，但路经钦州，心中也泛起一丝欣喜，因为这回可以看看从小就知道的钦州的样子了。不料汽车只在市郊的车站停几分钟，连车都未下就继续上路，心中不免有点遗憾。

1971年仲夏，公社领导通知我：地区文化局（当时东兴县属钦州地区）要我去一段时间。而到底是什么事情，公社领导也不知道，但有机会去钦州，还是高兴的。到地区文化局报到的那天下午，住宿安排妥当，便马上出街游逛。感到钦州比我到过的其他县城气派多了，但同时也觉得还不够"英俊"，像一个不修边幅的健壮的汉子。

那次去地区文化局，原是参加一个歌剧剧本的写作。写作组的人有地区文工团的同志，还有钦州县从农村生产队来的两位青年人，具体负责的是我的一位老同事——从自治区文联下放到地区文化局的前辈音乐家（他曾参加过新四军，20世纪60年代初调到广西文联，1981年从钦州调回他家乡安徽，前些年已逝世，祝他在九泉之下安宁）。

写剧本，对我无异于要公鸡游过大江，要鸭子飞过高山。虽然也看过戏剧的演出，也曾写过一两篇诗歌，但对戏剧的创作，我不懂。而且那时我对文艺创作的热情已经冷却，几乎没有了丝毫的兴趣。我知道，我无法胜任。我希望，给我免了。我诚惶诚恐而又推心置腹地对那位音乐家陈述我的心思，也毫不顾忌地向他表明自己的愿望，因为毕竟是熟人，他对我应有所理解。未想到他以从未见过的严肃的神态说："这是任务，绝不能推托。"似乎在规劝，仿佛也有些微的威吓。他还说，各种文艺创作也有相通的地方，并勉励我："你将来还是搞文学创作的，千万不要放弃，现在就要为将来的创作作多些准备。"当时我对他这句话感到匪夷所思，但历史证明这位革命前辈的预见是对的。

我随遇而安了，和那两位青年同在地区幼儿园里的一间房子住了下来。幼儿园正放假，倒很清静。有时候派到我执笔（有所分工，不是全由一个人执笔），我便日夜关在幼儿园的教室里，坐在小朋友坐的小椅上，伏在小桌上埋头用功，按照大家讨论的具体的路数认认真真地写。是的，认认真真，绝无苟且随便。但心中并不踏实，总有这样的感觉——好似明知河沟里没有鱼，自己还是挖泥堵沟，不停地戽水，要把水戽干，以便捉鱼。但能捉到鱼吗？我在内心常常嘲笑自己。每场每幕写出草稿，大家传阅修改。也有空闲的时候，无事的黄昏和晚上，便和同房住的那两位青年下下象棋或农村流行的"三棋"（棋盘像"回"字的三个四方形，横直斜三子连成一线便"喊三"，除掉对方一子）。象棋我只知道马行日，象飞田，水平很低，因而总是输的多，我的输棋给了他俩许多胜利的喜悦。他俩为了尽情享受强者的优越和欢乐，常常向我挑战；由于无事，我也毫不吝惜，十分慷慨，用我的输棋满足他俩的欲望，给予他俩以欢乐和自豪。但"三棋"他俩则不是我的对手，这使他俩很奇怪，我这个大学毕业的戴眼镜的人，也会下"三棋"。年轻人爱早睡，他俩就寝，我就端着椅子到房门外的草坪独自乘凉。更深夜静，凉风习习，虫声唧唧，望当空朗朗的明月，看徐徐飞过的浮云。想月亮永久的存在，想浮云瞬间的飘逝，想热闹繁嚣的人间，想寂寞冷清的嫦娥。"江畔何人初见月，江月何年初照人"的诗句油然浮上心头。无拘无束，默思遐想，还想在公社山坡上的家，想3岁多的小女儿，每天跟着上山劳作的妈妈，今天是否平安无事，此刻是否已经入眠。想自己已逝的岁月，想自己不可捉摸的未来。那个幼儿园的院子，院子里那块草坪的月夜，直至如今，依然是我人生难以忘怀的景象。

在钦州两个多月，大家弄出剧本的初稿，也就散了。我回到我的工作单位马路公社，也不把剧本放在心上了。次年暮春，又接到通知，前往钦州，修改剧本，实际是另起炉灶。这次参加的人更多了，除地区文工团的同志，合浦、北海、东兴都有搞文艺创作的同志来。既有弄文字的，也有搞谱曲的。大家住在地区招待所里，分工执笔，写出草稿，互相传阅。讨论、修改，修改、讨论，大家都十分认真。如今，剧本的具体内容都已想不起来了，只依稀记得内容是学大寨的。而大家的认真，印象倒是很深。有时为了一个小小情节的安排，为了一句两句台词或唱词，都讨论大半天，争论得不亦乐乎。记得有一次，一位同志对剧本中的一处显然不合情理的细节，用一种大家都应该而且可以理解的幽默，而且是完全善意友好的态度和语言指出，不料，执笔的同志竟认为是挖苦嘲讽，当场强烈地爆发出自己的不悦。我想，这位误解幽默的同志也是一种认真。有一次，一位也应该说是知识分子的写音乐的同志，和一位同样是写音乐的同志在谱曲方面有不同的意见和看法，竟对对方重重地蹦出了这么一句："你们这些知识分子！"当时听了这句时代特色非常鲜明、时代气味非常浓郁的话，我心里突然感到莫名的沉重和悲哀，虽然不是对我说。如今想起，依然感到沉重和悲哀。从一位本身就是知识分子的嘴里吐出这样的一句话，大概也是他的"认真"吧？

剧本后来地区文化团是否排练演出，我一点印象也没有了。两次在钦州小住，空闲时候，也到过钦州公园玩玩。亭阁水榭，树木葱茏，确是一个很好的去处。记得有一天下午自己一个人游游荡荡，几乎走遍了整个公园，只是为了散心，为了享受独处的宁静。

那时不知道公园有处胜迹——天涯亭，但我想我是到过的，只是当年对它无知，也无心寻觅名胜，印象模糊；只蒙眬记得在一处较偏的地方，有一座相当破败的亭子，在那儿停留了好久。刘永福的故居专程拜访过，因为从小就听老人说："刘二打番鬼，越大越好睇"；20世纪60年代初在广西民间文学研究会，也看过搜集到的关于他的一些故事传说。那时故居里没什么展览，只是一座仿佛无人管理的古老残旧的大宅。但到那里，对这位民族英雄住过的地方，也使人肃然起敬。听说，如今天涯亭和三宣堂都是重点文物保护单位，我想面貌定非昔日可比了。

此生与钦州有缘，70年代初期，多次客居钦州，往事时常想起。前些年，在东兴认识的一位朋友在《钦州日报》编副刊，约我写稿，也在钦州发表过几篇习作。暌违钦州已经20多年了，但钦州对我是亲切的。如今，通了火车，建了海港，在报纸电视上常看到钦州日新月异的建设报道，心中总很兴奋。在我的想象中，钦州不再是我当年最初的印象那样，像个不修边幅的汉子；而是一位雄姿英发、仪态万方的英杰了。祝福钦州。

1995年5月

（原载《钦州日报》1999年5月14日）

忆东兴

韦其麟

忆东兴。山高水也清，漫道沧海有风浪，人间山水几多情，能不忆东兴？

这几句仿古人的词不知合韵律否，而情意是实在的。1970年10月至1975年7月，我曾在东兴的马路公社工作，全家也在那里生活过一段日子。

我不敢也不应该说我在东兴的岁月是幸福的，因为正是"十年浩劫"之时，是我们国家不幸的年代。有人说"国家不幸诗家幸"，我知道其中的意思，但那就是诗家之幸么？这样的说辞未免有点偏颇。艾青在抗日战争时期有这样的诗句："当大家都痛苦的时候，个人的幸福是一种耻辱。"

无论乌云密布，云层之上的天空阳光依然灿烂，乌云之下的大地草木依然欣欣。无论怎样风云变幻，人们精神的世界和心灵的深处，依然存在洪荒以来以至永远都不会泯灭的良知和对善美的追求。这是自然的，是能称为"人"者之常情。我在那些年月，也深深感受到这样的人情。这人情给我的人生以营养，正是我常常之所忆。我不是写什么文学作品，只是把那些年月留在记忆中的往事记录下来，也不管事情的平凡琐屑和行文的杂乱无章，只求忠实于自己的记忆和内心的感受。

印 象

早就知道，东兴有世界稀有的珍贵的金花茶。到马路后，给我感触至深的有两种景象。一是草木，处处可见农场种植的橡胶林，每棵树干都有被割伤，丫字形伤口流出白色的树液，用一个小小的陶碗盛着。听说神州大地可种橡胶树的地方很少，马路山上的橡胶树却郁郁葱葱。这里也是对生长条件极为讲究、十分特别的八角玉桂之乡。小时在家乡小镇和县城，见到中药铺的门墙和骑楼柱上总写着"参茸玉桂"等字样，印象里玉桂是和参茸一样贵重的。走在公社的一些山上，不时可见玉桂树，用小刀轻轻削下一点树皮或摘一根一两厘米的叶柄，含在嘴里，有点辛辣的芳香令人舒畅兴奋，真是一种享受，我从小就喜爱这种芳香。八角树却不轻易就能一睹其芳容，同一座山，种在这边坡的结果，种在另一边坡就永不结果，因而栽种八角树的地方很少。每当经过一片八角林，总令我久久驻足仰视，搜寻枝叶间的果实。干枯的八角是见过的，小时在老家，过年时伯母叔娘们做粉利，蒸熟后总用八角在每条粉利上印上几颗红印，就像印几朵美丽的花朵，还以为那八角是人工制作的呢。当看到枝头挂着青色的八角，不禁惊叹造物主的匠心，造出形体如此精妙的物品，还有野生的长得比人还高的芒箕——我家乡叫"蕨"，很矮小，最高的也只有半米左右，人们割来做柴草——也叫我惊奇，用芒箕秆编织的各种用具，很精致，是出口的商品。连草也长得这样高大，这是怎样的一方宝地啊。而树干并不魁梧树冠也不是很美的橡胶树，天天都被割伤，默默流出白色的液汁，虽不是鲜红的热血，却为人类不停地贡献。令人萌生联想：人非草木，树都如此，吾辈万物之灵的人呢？联想中似乎有所感悟而感动。另一景象，是山间田野都可见的县和公社的有线广播的电线杆，不是木柱，也不是钢筋水泥制作，而是3米多高的花岗岩石条。可能是手工劈凿而成，并不圆滑，很粗糙。这样的电线杆是我从来未见过的，听也没有听说过，一根电线杆花了多少辛苦和功夫！这么多的电线杆，那么坚硬的花岗岩，一种怎样的精神毅力，一种怎样的艰苦奋斗，自强不息。也许是当时很贫困的表现，却令我激动赞叹，不禁起敬。1997年我去叙利亚访问，参观多处古城堡、古剧场和清真寺的遗迹或废墟。见到巨大的石柱经历千年风雨，依然屹立高耸，那令人心动眼亮的非凡气象，我便想起马路那些花岗岩电线杆。虽大小高矮难以相比，但我的感受是同样的，一样引起我的遐想——人类崇高的创造，坚毅与艰苦，智慧和辛勤。金花茶、橡胶树、八角、玉桂与芒箕，会年年岁岁、世代地繁荣生长。而那人工劈凿而成的花岗石电线杆，可能早已被新的设备所取代而无影无踪了吧，但如今依然屹立在我的印象中，恐怕也永远不会在记忆里消失自己的记忆和内心的感受。

也是故乡

去东兴不是我的盼望和向往——像高考时报志愿的大学一样，但也有自己要求的因素。1970年秋，我在自治区柳州鹧鸪江五七干校畜牧连养马班已近一年，妻所在的自治区药物研究所在马路公社建立专引种南方药材的实验站，派我的妻子当技术员。当时有这样的说法：区直单位的人有四等去处，一是搞专案或留在单位，二是下乡的宣传队，三是去五七干校，四是到林场或农场"劳改"。妻算是到研究所下属的试验站工作，属于"一等"的去处了。但考虑自己在柳州，妻带年幼的儿女去连房子还没有建好的更遥远的山区，有更多的不便，我便向自治区五七干校要求"转学"到当地五七干校，好就近照顾家庭。这样我一家就到东兴去了。

虽然如愿，却没有当年远离家乡上大学那样欢奋而充满希望。记得暮秋的夕阳下山之时，一家人在公路下车，走了一程小径，到一处竹林茂密的小河边，距药站暂借用的一座破旧的小庙还有两三百米。妻说累了，歇一下，便在田头的草地坐下，默默无语，任两个孩子自由玩耍，听着流水潺潺，竹林萧萧，暮色苍茫，我心惘然。刚满3岁的小女儿还频频催促："爸爸，妈妈，回家吧，天黑了。"12岁的儿子责问妹妹："回哪里？""今天不是从家里出来的吗？"3岁的女儿不懂事，仍吵着回南宁的家。我说："好吧，回家。"背着她脱鞋蹚过河水不浅的小河，深秋的河水是那么的凉。迈着不想向前又不得不向前的脚步，到达小庙时，我对女儿说："到家了，这是我们的家。"确实的，在那年头，今天不知明天如何，对自己的未来毫无把握，真希望在马路有个稳定的家。

几天后到县里办"转学"手续，很意外，却安排我在马路公社工作，不去干校了，按当时南宁的说法，在机关工作是一等、去干校是三等的去处，况且药站也在马路，这对我是很照顾了，也够体面了。但我仍不知足，说既在马路，让我到马路中学教书吧。也许我的啰唆不知天高地厚，接待我的同志带着不容再说的口气："服从组织决定！"其威严的神情令我敬畏，不再多嘴。这样，我成为马路公社一名没有任何职务的干部。药站离公社3公里，公社干部多下乡，也没有星期天，不过在机关开会或写材料时，傍晚也可回家看看，"家在马路"的意识也渐渐稳定。几个月后，药站建好房子，妻分到一套两间的宿舍，还有露天天井、厨房，和在南宁全家挤在一间十来平方米的寝室，真是不可同日而语了。我写了一幅毛笔字贴在墙上："苍山如海，残阳如血，如今迈步从头越。"也是当时的想法，一切从马路"从头越"，并非跨越什么。只是祈望从此安安宁宁、平平静静地过日子。因为毕业到林场挖坑种树两年后，在广西文联领了10年工资，在南宁包括"文革"那些惶惶的日子也不到三分之一。甚至想过，在马路药站过一生也是不错的，虽不插篱种菊，也可以"种菜瓦舍边，悠然见青山"。我在宿舍后围了一块小小的菜园，栽下两颗杧果树苗，女儿问种什么，我说："杧果树，你在10岁时就有杧果吃了。"有一次教她念"举头望明月，低头思故乡"。她问故乡是什么，我解释，一个人出生和长大的地方。她问，爸爸的故乡在哪儿？我说，你还没见过呢。女儿又问她的故乡在哪里，我说，爸爸的故乡就是你的故乡。她说，我还没见过什么是故乡呀。我说，就是这里。她说，我是南宁出生的呀。我说，那就是南宁。她说，可我在这里长大的呀。我也说不清楚了，只好说："你和爸爸都出生在中国，长大在中国，无论中国什么地方都是故乡，我们的故乡都在这里。"女儿欣喜得天真，高兴得烂漫，因为她也有了故乡，和爸爸同有一个故乡——中国的马路。

是的，故乡，而我又要远离故乡了，1971年夏，到马路半年多，一天，公社黄副书记，一位厚道的长者，通知我到县里去一下，有事商量。次日我去了，还是报到时那位同志，在办公室外接见我，坐下，他开口就说："毛主席教导我们，'三线建设很重要'。"然后说枝柳铁路工地东兴民工团缺少一个写通讯报道的人，县里决定派我去。我问去多久，他说直到结束。我说公事家事要安排一下，过冬服装也要准备，他问："一个星期足够了吧？""够了。"我说。回公社碰见两位同事，我说我要去枝柳铁路了。他俩告诉我：

"大家都知道了，本来要公社通知你，公社领导见你来不久，刚安好家，他们不愿意直接通知你。"又说："他们不忍心对你讲，难开口啊。"我说："没关系。我经常离家，习惯了。"第3天，我正在药站家中缝棉被，忽地黄副书记冒着倾盆大雨来到，面有难色地对我说："县里要你今晚就去县城，明天和民兵团长一起走。他有事返东兴，定明天回工地。"太突然，我说："我自己能去，不是让我准备一星期么？"副书记说："我们都说了，都说了，你自己打个电话吧。"他陪我到药站办公室打电话，找那位通知我去工地的同志，他仍然坚持要明天出发。我希望同团长联系一下，便说："我想……""你想，你想什么？！"我还未说完，电话传来严厉而颇高的声音，在旁的副书记也听见了，我哑然，副书记朝我摆摆手，我放下电话，他说："算了算了，老韦，这是新上来的人，他们就是这样，不要放在心上。"黄书记，请原谅我未能听你的嘱咐，至今仍清晰记得。我也一直不明白，为什么要我和团长一起去工地。他并不需要我的照顾，经南宁柳州，住宿转车上船，我的行李多些，他还帮我拿东西。他是一位爽直的军人，在工地对我也多有关照帮助，是我敬重的与之接触毫无拘束的领导。

东兴民兵团的枝柳铁路工地在桂林，离家远了，在融江边度过了500多个日夜，每当风清月明之夜或苍茫迷漫的黄昏，独自在工棚附近的山野漫步时，总爱默诵贾岛的《渡桑乾隆》：

客舍并州已十霜，归心日夜忆咸阳。
无端更渡桑乾水，却望并州是故乡。

贾岛客居并州10年，思念故乡咸阳已极，却没有机会归去，忽地又奉命赴更远的桑乾河以北的塞外。当渡桑乾河时，回首远望，云水迢遥，把客居10年的并州当作故乡而日夜思念了——回不了真正的故乡咸阳了啊。贾岛这首诗并不是很有名，却令我深深感动，引起共鸣。当年自己也仿作了四句，虽未写成文字，也铭刻于心：

客舍马路未满霜，亦无归心向何方。
无端又饮融江水，常望马路是故乡。

那段日子，我对我出生长大的故乡当然也有所思念，而思念更深的是马路。那儿是我的家，我的妻子儿女所在，是家乡，我家所在之乡。马路，也是故乡。

大自然的恩赐

1971年元旦后，县集中全县大队一些干部到沥尾岛，学习《人民日报》元旦社论，公社派我作为公社的带队,在沥尾住了10来天。初到公社,心很惘然。海边有长长的沙滩,每天傍晚,穿过一片荆棘杂树丛生的野地,到沙滩寻觅贝壳。夜色降临,仍不舍离开,在海天浑然一体的苍茫里,独自徘徊、坐下、又徘徊。听木麻黄林的呼啸,大海涛声的起伏;看天空星光的闪烁,星光尽处远方的茫茫。思绪绵绵,默默追问:时间,从什么时候开始,又会在什么时候结束?空间呢,星光之外是什么,宇宙?宇宙之外呢?无尽的时间啊,无际的空间。万年之后,星光依旧,涛声依旧,如今那些得意和失意呢?天地悠悠,时光悠悠,思绪悠悠,不觉忘了人世的纷扰,社会的喧嚣,也忘了自己的烦忧。这是消极的虚无么?有的积极比如邪恶的积极,不是给世界带来灾难吗?有的消极比如谦逊的退让,不是更和谐人间吗?如果"文革"中派性武斗的双方都消极一些,人间也会少些愚昧而残酷的悲剧吧?积极也罢,消极也罢,当时我确实感到一种真正的忘我的超越,心灵获得了宁静和轻松,平生第一次有超脱的感受。1997年在大马士革参观著名的倭玛亚清真寺,联合国列入人类共同文化遗产距今已1300多年的古老建筑。在足球场般广阔的大厅,许多人面壁做礼拜,也有一些人独自或三五个一起,静默无语,安详地坐着。他们不是游客,我问陪同的叙利亚作家协会秘书长,这些人在这里闲坐做什么,他说,许多人来不一定做礼拜,只为摆脱世俗的烦忧,以求内心的清净。清真寺是圣心之所,真主会帮助他们消除种种杂念和苦恼,使心灵净化。我想自己在沥尾那些夜晚,只是使我心灵有所净化,获得清净的不是真主,而是北部湾的大海,沙滩,是大自然。

马路多山,常穿深谷,爬越高坡。一个雨天,我去偏远的大队,半途大雨滂沱,披着塑料雨披蹲在林荫农密的矮树下躲雨。较为开阔的谷地杂木茂盛,小径都盖着荒草,是稀有人迹之处。漫天大雨哗哗,因大雨涨起的溪水哗啦,一片天籁中却无限静寂,繁茂的翠绿令人浮想。僻壤野谷,各种无人栽种无须照料的草木蓬蓬勃勃,无限生机。不像花坛的奇花,精心护理也会枯萎;不像深院嘉树,经霜也会冻死。它们不是为了谁的欣赏而自在地生长,和睦而融洽地为大地奉献一片翠绿。仿佛隐隐约约给我一种启迪,虽隐约,也似无形的和风,吹拂我在马路的日子。童年我就喜爱故乡的山野,感到大自然的博大、朴实、仁厚,对无穷生命的孕育,对人间不停给予。但从没有像在马路的岁月那样,往往在大自然中寻找慰藉,以能安神。有段时间,一个不祥的信息给我惶惶,仿佛将会陷落难以躲避的深渊。我正在一个生产队,心情沉郁,一个晴日独自登上村后的高山,走走停停,坐坐躺躺,眺望远处的峰峦,飘逝的白云。群峰屹立千年,任雷电霹雳,狂飙摇撼,浓雾笼罩,依然顶天立地而无声,仿佛满山林木而葱茏,很壮美。而悠悠白云,洁净,宁静,毫不在乎因风向而飘荡,又瞬间随风远而消逝,也很美啊。青山白云似乎也给我一种昭示和抚慰,沉郁的心境也变得宽舒。感谢大自然的恩赐,独自在大自然的怀抱中我感到自在,无须为敷衍什么而虚伪地装腔作势,令心中苦涩而愧疚。那年月,在年幼的儿女年前有时也须掩饰自己的心绪,以免纯洁的童心过早蒙上人世的尘霾。

心中珍藏

也许是些平常琐事，却是我心中的珍藏。

初到公社，仍要求到公社中学教书，心神不定。年过半百和蔼慈祥的易伯，让我和他一起到最远的生产队去处理些事。这是我第一次下队，他一路指点地方，亲切交谈，关心我家庭安顿的情况，孩子怎么样。还问我以前到过农村没有，我告诉他曾下放农村生产队一年，还参加农村"四清"工作队两年多。他说："这就好，这就好，安心在公社吧。"嘱咐我不要再提到学校去了，再提对我不好，说这是县里决定的，县里新上来的人不好说话。我明白"新上来"的含义。感到了这位长者父兄般的关怀和好意。路过崎岖之处或踏着石块过河，他甚至拉手牵扶我这个年轻的晚辈，我说不用，我能走，他说我熟悉，你未走过。我感动，心中很温暖。在公社宿舍，一次我走过武装部长的家门，部长在室内热情招呼："韦同志，来，来，进来坐坐。"我进去，他挪椅子，又洗杯子沏茶。我意外又感动，我已多年没有过这样的礼遇了。他和我聊些家常，说公社的生活条件差些，他从部队转业到公社，起初也不习惯，慢慢就适应了。过些天，他和我一起下队了解情况，途中过一条二三十米的小河，渡口有张仅能乘一人的小竹排，竹排两头有绳子系着两岸的柱子，过河的人站在竹排上拉着绳子朝对岸走。他先走，让我拉回竹排，再三叮嘱我，站稳，不要移动，也不要蹲下，以免弄湿裤子。也不要我拉绳子，他在对岸拉。我站在竹排上，望着他在对岸专注地慢慢地为我拉绳子，虽很慢，河水也漫上竹排，浸着我穿胶凉鞋的双脚。初冬的河水也有些寒意，心中却涌起阵阵暖流。

一个月色朦胧的深夜，公社干部和大队负责人在公社开会散了，我骑单车回家。半途，突然后面传来喊声："韦同志，小心卡沙（路上多沙子，车轮碰着沙厚之处突然卡住跌倒）呀！"声音熟悉，是药站所在地大队的民兵营长，我停下，他赶上说："很远就知道是你了，你回家同我讲一声，一同走嘛，天黑不好骑车，路不好。"我说："你也骑车啊。"他说："我走惯，路熟，你又戴眼镜，很危险的。"朴实的话，真诚的意，令我心暖。一次，我到较远的大队，晚上要到生产队了解情况赶写一份材料，民兵营长听我说了来意，立即在大队部为我整理好床铺，又忙到附近小学通知老师准备我的晚餐。我说："不急，你有工作先忙去。"他的回答令我难忘："韦同志，我参过军，在部队也出过差，我知道，人刚到一个地方，人生地不熟，又要工作，却不知道今晚在哪里吃饭，睡在哪里，心寒哪。我不给你安排好，也不安心。"这，"心寒"和"心安"，多么美好的人情，也令我心暖。

初到公社的一段时间，我没有值过一次夜班，因为值夜班须接电话，有时会有重要的涉及机密的事，认为自己不宜。诸如此类，我的表现可能欠佳，在我下队缺席的一次公社干部会上，有位同志说了我一些不太好听的话，张书记打断了他的发言，严正地说：

"不要说啦,说这么多干什么?老韦从南宁来到这里,这样就很不错了,说这种话做什么?"这是我后来才听说的,我知道后内心的感受难以言说。有次贯彻完成一项中心任务,公社干部分头到各大队负责,我一个人被派到一个大队,不免困惑,在会上说:"我不是党员,怎能指导大队党支部?"书记说:"不要有顾虑,记住你是公社党委派去的公社干部,除党组织生活不参加外,支部和大队的会议都要参加,贯彻执行上级的精神。"我很感动,也觉温暖。

也许有人说这是极平常的事,但对当时的我很珍贵。记得我在东兴街上遇到一位从南宁出差来的熟人,正想和他打招呼,他却仰面昂然而过了——至今我仍然愿意相信他不是故意仰面,不屑理睬,而是没有看见我,但给我一种可以理解却难以遗忘的冷漠的寒意,深感世态之炎凉。那时也知道诗人作家张化声住在县城,还有一位长者托人传话:有空到家坐坐。我却不敢前去拜访,不是高傲,而是自卑怯懦,担心引起不测的难看的效果,害怕给他们惹来麻烦。我有类似的体会——我的一位中学校长,在我发表一些诗歌后,在学生们中赞扬我几句,成了他当年一条重要的罪状而遭厄运。

童　心

那些年月,年幼的女儿令我挂牵,也给我不少欣慰与愉悦。刚到药站两三天,还未到县里报到。那晚点着油灯,一家4人围在床前的木箱吃饭,女儿又问为什么不回家,妻一再劝慰,她还是说要回南宁的家。我毕生不会忘记也不能原谅自己的粗暴,无言瞪着她怒拍箱子,油灯都晃动了。全家默然,她拿着碗筷一动不动低着头,两行泪水流落小脸,至今仍流在——不,已凝固在我的心上。我竟如此暴烈摧残她幼小的心灵,伤害她纯真的情感,毁灭她无邪的愿望。孩子不会记得,父亲无法忘怀。安家药站后,我到公社,多下队工作,不能经常回家照顾。女儿由其哥哥看管,哥哥上大队小学后,妻或背她上山劳作,或留她自己在家玩耍,有时傍晚,妻收工回家,她已满脚泥巴上床睡熟了。时间无情亦有情,女儿毕竟慢慢习惯了。一次回家,见她站在跨过一米多深水沟的独木桥上,专注地看着什么,也许沟底浅浅的流水,小小的蝌蚪,给她有趣的与这人间还无关的想象和美好的感受吧。虽担心她不小心掉下水沟,也不愿惊动她。一个骄阳似火的下午,我推着单车走向家门,她在路边蹲着低头玩泥沙,是烂漫的心思和泥沙,一起建造了她所向往令她着迷的境界吧,我停车站在她跟前也不知道。一两分钟后抬头见我,却像看陌生人一样沉默无语——一定是仍沉浸在她建造的境地,许久才惊喜地喊爸爸。大地的仁厚,山野的慈蔼,爱抚着女儿的心。春天采得几株卷成圆圈的蕨草的幼苗,秋日摘得几片不知名的红叶,都十分欢喜。她的欢喜常拂去我心中悒郁,如沐和畅的清风,令我愉悦。

和她在一起,总给我一点欣喜。有个晚上在公社看电影后,送她回家,让她骑在我脖子上，经路边一户农家，告诉她这家有只恶狗，如果狗追回来，得走快些，嘱她坐稳并拉紧她的手。她竟高兴地笑说："爸爸是个胆小鬼。"我也高兴，不是感到她"大胆"，而是觉得她判断的天真，对我嘲笑的平等与无忌。一个节日药站加菜，一位长者对她说："今晚伯伯到你家吃饭，好不好？"她毫不迟疑回答："不好！"我很意外，过后问她为什么这样说，她说："伯伯也有一份菜，为什么还这样贪心？"我说："伯伯不是真的要来吃饭，你这样说不礼貌。"她说："那伯伯为什么骗人？你不是说过骗人是不好的吗？"我无言以对，也很欣慰。没有被尘世污染的童心，不懂世故、虚伪、掩饰，不会做作、表演、敷衍，一片纯净明洁真诚，一种自然朴实的天性。而我们大人为什么总难免言不由衷呢，为应酬礼数么？为了利害得失么？为了生存生活么？可怜也可悲！当年我把女儿的天真烂漫记录下来，20世纪80年代初，把其中一些整理或创作发表，1987年编成《童心集》出版。有的评家说从中"可以窥见韦其麟的一种心迹"。也有人说是我"童年的记忆"，是的，是"心迹"，不是我的"童年回忆"，这是"心迹"也是马路的岁月，女儿天真所赐！

真　话

　　野火烧不尽大地的绿草，任何势力都窒息不了人间的良知良能。那些年月，我常为人们朴素的真知、磊落的真话所感动而深受教育。

　　一年早春，正值寒潮，上级要求在限定的时间浸谷种，我"蹲"在大队，一个个生产队去催促。一位生产队队长表示这样的严寒不宜浸种，我说必须浸，他厉声问："韦同志，是你会种田还是我会种田？"我说："当然是你，我只是传达上面的指示。""我知道是指示，"他缓和了语气，动情地说，"这种天时谷种会浸烂的，谷种烂了，我到哪里去找呀？收成好坏不关你事，你有工资领，但这关系全队社员的口粮啊"。我羞愧无言，默默寻思：我这样催促，也是"工作"么？有次预告晚上在公社放"样板戏"的电影，我在附近大队开生产队干部会，顺便说了几句"号召"大家都去看"样板戏"的话。傍晚散会有些人仍围着火堆烤火，我提醒："今晚看电影，怎么还不回家呀？"七嘴八舌的回答令我吃惊："看厌了，餐餐鸡肉也会腻。""电影爱看就看，'样板戏'，就一定要看呀？""直说了吧，我们不爱看。""韦同志，我们不怕，不会像你挨下放到这里来。怎么样，我们都在生产队抓犁耙。"我听着，羞涩而钦佩，突然感到他们那样魁梧，我自惭形秽，在他们面前，我只能仰望而难以比肩。

　　在公社干部的工作会议，也往往获得可贵的教益。一次上级要报造林面积，有人无奈地说："年年都要报，年年这样报，累计起来，我们公社的田地都种满树了。"他们拒绝"习非成是"，坚持实事求是的精神，令我感佩。有次讨论一项生产任务，上面的指标确实脱离实际，有点过高，大家不禁议论当年"大跃进"，一位副主任说那时为迎接一位省里来的领导，在公路两旁堆放稻草，覆盖一些草皮，等领导小车到达时点燃冒烟，制造积肥高潮景象。他激动地问："这样搞有什么用？为什么这样做？"无人出声，大家当然明白，但应该回答的不是他们。一位同事去学习华罗庚"优选法"回来汇报时，极其赞叹一种检查电线短路的简易方法。会后几个同事在室外闲谈，他意犹未尽说："这样的科学家，一个月一万工资我也没有意见。"（当时我们公社干部最高工资60元左右）又转面对我说："老韦，自己不要看衰呀。知道吗，这样的知识分子、科学家，是珍珠啊。只是现在有人把一些珍珠丢在这种地方了。"他指着一旁杂草丛生的路边，慷慨陈词。我感动，为一种朴素而博大的襟怀。他不是革命理论家，也非所谓的"臭老九"，是一位勤恳的农家出身的公社干部。

在"宁要社会的草，不要资本主义的苗"甚嚣尘上之时，上级要上报一份推行"政治工分"（按照社员政治觉悟高低各人每人每天工分的等级，如觉悟高的一天挑100斤得10个工分，觉悟低的一天挑200斤也只能得低于10分的工分）情况的材料，张书记和我到一个听说搞得较好的生产队了解情况，住在大队部。第二天晚上书记仍深入生产队调查，留我在大队思考动笔。想来想去，不知怎么写，某些叫好的社员所谓的优点，对生产队并不真正有利。夜深了，书记回来问我考虑得怎么样，我说难呀，实际上影响社员的积极性。他低头沉默良久，心情沉重地说："老韦啊，我解放前就种田，解放后都做农村工作，农村的事怎么做，我还不懂吗？如今这样！再这样下去，伤元气啊。"当时我心中立即有这样的感觉："书记入夜访农家，归来一叹重千钧。""伤元气"一语确有千钧之重。他的感叹绝不仅是记工分的事，这肺腑之言，蕴藏着内心的痛苦与无奈，充满忧国忧民之情。我叫他休息，他说："睡也睡不着，陪你再坐一下。"两人默坐许久，他才站起离开，说："辛苦你了，熬夜写吧，按要求的精神写吧。""伤元气"一语和他苦涩的神情，石刻般留在记忆永远风化不了。

惶惑的日子

在马路曾有一段惶惶的日子，由于自己的怯懦，也有源于东兴境外的外因。

那年在枝柳铁路工地，接到自治区"文艺创作办公室"的通知，到武鸣参加一个会议。到会后才知道，为了显示广西"文革"期间文学的繁荣新貌，要编一本《红水河欢歌》的诗集出版，组织号召与会者写作并讨论、修改有些人带来的诗稿。会议主持者要我在会议期间写首诗，我认为自己那时不宜写诗发表，也难写出符合当时需要的东西，婉谢了。一两天后，一位部队支管文艺工作的自治区文化局领导到会了解情况，陪领导进餐的一位同志告诉我，那位领导知道我不愿写，吃饭时说："这是抵触情绪，这样对他没有好处。"劝我怎么样也写一首，这样，我急就了一首题为《桥墩》共70行的诗，表达我在工地看到一座座雄伟的桥墩从深谷拔地而起，巍然耸立的感受，和对在桥墩上不管日晒雨淋长年在荒山野谷辛勤劳作的建设者的敬意。后在南宁的《革命文艺》发表时，编辑还苦心地给我修改，加上些"革命路线""社会主义"这样的词句。想不到，我回马路不久，有信息传来：在南宁，准备公开批判《桥墩》，要我有心理准备。深知公开批判某个作品对作者意味着什么，我惶惶然了。犹如面临一场即将来临又不是自己努力就能躲避的风暴，不知把自己抛向何方。惶恐不安了数月，不知后来为何没有了动静。当年不知道这信息是否确定，也不知道要批判的内容是什么，但惶恐中的记忆却难泯灭。1987年我把《桥墩》恢复原貌收入诗集《含羞草》出版，次年在《广西师范》学报专辑看到文浅写的评论《读诗集〈含羞草〉》一文，有这样的叙述："记得还是'四人帮'横行时期，我碰见一位文艺界的朋友，他告诉我，'有人认为《桥墩》这首诗有问题'，看样子是又想找借口拿韦（其麟）老师'开刀'了。谈论起来，我们除了为作者捏一把汗外，也深感惶惑不安，说不定又是一次什么批判之类的信号"。"据说《桥墩》问题之一就是作者经历了'文化大革命'，不写工农兵而写桥墩。这些说法岂不令人啼笑皆非！其实，这首诗正是歌颂伟大的集体——中国的劳动人民、工人阶级"。"作品还歌颂伟大祖国和中华民族的民族精神"。这位不在文艺界的评论家都知道这件事，可见当年传给我的信息，并非无风之浪，我的惶惶然，也不是杞人之忧。

也是我的老师

"酒逢知己千杯少。"我不爱酒，在马路没有饮过几杯，却有真诚的友谊。这友情给我温暖，至今仍给我处世以策励。初到公社便认识杨老师，他爽朗、朴实、诚恳、亲切，使我有一见如故之感。他在较远的生产队小学任教，教学之余，组织学生成立了个小小的文艺宣传队，唱唱歌、跳跳舞，常到附近的村庄表演。公社对这支小小的宣传队颇为称赞而重视，有次会议，一位副主任建议我到那个生产队去"蹲点"，同时协助杨老师为宣传队做些事。这样，我断断续续地在他家住了差不多半年。"蹲点"并无具体任务，也不指挥生产队的一切，有事过问一下而已，有时参加一点劳动，也为宣传队写些宣传政策的"快板"或"三句半"之类。日子似乎轻松，但心情颇沉郁，仍想到学校教书，又常对自己的未来毫无把握而忧虑。长住他家，我像一片落叶在洪荒中随波浮沉不觉间飘入一处河湾，慢慢获得安然的平静。每晚两人促膝谈心，往往深夜，随心所欲，无所不谈。那时候，这样倾心交谈，对我是享受也是慰藉。他对我热诚的关怀，悉心的照顾，我感到能和他朝夕相处真是幸运。他不是那个村里人，而是女婿，但和村人有着鱼水般的关系，极孚众望。他是老师，也是队里的"参谋"。队里有事都和他商量，社员间有什么矛盾，他劝说几句也都烟消云散。他比我年轻多岁，为人做事比我稳健，在生活和工作中，都无言地给我不少帮助和引导，他堪称为人师表，也是我的老师。我预感他有更广阔的未来，不由得担心自己长时间住在他家，会不会对他有不测的负面影响——我的经历使我想到这一点。人间居心叵测者，会在关键时刻提出某种使你说不清辨不明的"莫须有"。一次深夜长谈，我坦言我的担心，告诉他我的"家庭出身"不好，在大学反右时被批判，被开除了团籍，等等。他莞尔而笑，带点责备："你怎么会这样想呢？"并劝勉我不要背包袱。接着，他天真烂漫得像孩子般，高兴地对我说这个历经沧桑"而立"多年的人说："老韦，一见你我就知道你是老实人。"我有点意外，也感到他童心未泯。他的话对我未免过奖，但那纯真的孩子气无疑是一种天籁，这天籁足以超越人间的污浊。他会犁耙，木工也内行，有次他和内兄在门前锯木板，把木头固定在"木马"上，一人在上一人在下拉大锯。我要和他一起拉锯，他说："很着力，你行吗？"我想这是一看就会的"白眼功夫"，说，就是按打好的墨线锯嘛，不成问题。拉了几回，每次总锯不到两寸便走线，我怕浪费木材，不干了。他笑我没有恒心，说："有的事知道做的方法，做起来未必就能做到。"他的话确实有道理，深受启发，获益匪浅。一次他到我家，见我两个歪歪斜斜的藤编书架。后来，他花了很多时间，精心制作了一个书柜，做好了才说："这是给你做的，给你装书。"并费了许多心力把书柜送到十几里远我的家中。两年后，他调到公社中心校，也常见面。当时有位素昧平生却"深知"我"底细"的远方来客到马路探亲，对公社一些同志说："你们知道韦其麟是什么人吗？"接着当然是"什么"的注解，这注解当然也不是表扬我的话，多为不实之词。杨老师也听到了，告诉我，又说："照他那样说，你还能当公社干部吗？"对那位人士的作为表示不屑和难以理解。杨老师，这不难理解，有的人的哲学就是：妖魔化了别人，自己也就是天使。

我调离公社前夕，他在我宿舍有几乎是彻夜长谈的话别。我在南宁郊区广西药用植物园的年月，他和一位公社同志到过那里，也有过通宵的倾谈。有时自问，如果我当年的境况和杨老师（还有公社那些仁厚的同事和领导）互换了，我能像他们对我一样对待他们吗？我缺乏勇气作肯定的回答。他们当年给我的温暖对我是何等珍贵难忘，因为我曾感受过人间的叫作"势利"的神态，令我寒栗。

难得的良宵

世间有的事可遇而不可求，在马路我有几个难得的良宵，永在记忆的夜空中闪烁。

从铁路工地归来，办公室来了一位王主任，从部队复员到公社不久。刚相识便感到他亲切，平易近人，由衷的笑容，朴雅的举止，谦逊的谈吐，不俗的见解，和他接触，轻松自在。办公室常要些书面材料，汇报或总结之类，需要执笔时，他总是和我一起商量讨论，不只是布置任务，提出要求。有次要连夜赶篇材料给在另一个公社开现场会议的副书记，于次日一早会议回县的车经过公社门前的公路时交给他。主任和我讨论后，我开夜车执笔，他也不休息，在近旁房间陪我熬夜，久不久来问我有什么问题，或商量几句，一直陪我到黎明写完稿子。彻夜未眠，并未觉累，反而感到那个夜晚特别美好，是主任陪我熬夜的情意吧？早晨望青山绵绵，思绪也悠悠，总有一种暖意在心头。

　　一次，主任和我一同下队走访，在一个较远的山上小屯，只有几户人家。时近黄昏，生产队长留客过夜，晚饭时队长说没有什么招待，晚上他上山找点好吃的做夜宵。原来，那里高山上流下的溪涧，有一种山蛙，是外界罕见的美味，夜间灯光照着便不动，容易捉到。天黑，队长准备出发，主任要去，我也要去，他俩叫我在家，说路难走。我坚持。他俩提着防风的小灯，让我拿电筒，一起进入坡度很陡的溪涧，溪涧布满大大小小的圆滑的石头，大的比人还高。队长在前，主任在后，我在中间，我明白，这是他俩对我这个戴近视眼镜的书生没有明说的保护。一路坎坷崎岖，一路觅蛙，他们也一路关照我，"慢一点"，"踩这里，从那儿上"，"这块石头滑，小心"。一直在洞底爬了几百米，都有收获，高兴而归。到家，队长请来两三位邻舍，一起动手弄夜宵。炒的，焖的，还有蛙汤，都很可口。边吃夜宵，边话桑麻，山珍鲜美，气氛融洽。彼此内心充溢的自然流露出来的都是无比淳朴而友好的情意。主任和队长他们有如兄弟，我虽有点拘谨，也觉得那是人间的一种十分难得的情境。对我是一个真正的良宵，给我难以言说的美感。

　　妻回南宁，其所在的自治区药物研究所本拟一起调我，不料我的调动是那么艰难。我等待，半年，一年，没有音讯。我从自治区五七干校要求随家来东兴，很容易；这次要求随家调动为何如此困难？很迷惘。一年半后，到自治区卫生厅报到，一位穿军装的领导对我说的话至今仍清晰记得："韦其麟同志，按党的政策，应该安排你到文化部门工作，我们已经尽力了，和有关方面联系了13次，都无法实现。药研所为照顾你的家庭，同意安排你到下属的药用植物园，你先到那里报到吧，做些力所能及的工作。"这是后话了。家不在马路，盼望调动，那是无期的期待，心茫然。感谢同事们的关怀同情，王主任不时和我谈谈心，劝慰我不要焦急，说问题总会解决的。尤其感激的是调令到达时，我却不知不觉在不知何方（绝非马路）所设的迷宫中发懵，如果不是主任肩担道义、胸怀仁爱、不顾一切指点迷津，我可能误过调令所限时间，又再陷入无期的期待，也难承受不遵从调令的后果，幸得主任指引，及时办好调动手续。离开公社前夕，又安排丰盛的晚餐为我饯别，罕有地和同事们围桌进餐。大家的好意是难忘的，我此生工作过的单位有10来个，离开时从没有过如此隆重的饯行。晚上，同事们都来宿舍话别，主任和杨老师一直与我谈至报晓的鸡声阵阵。饯别的盛意，话别的深情，那个夜晚，也是我人生一个难得的良宵。一年后，王主任到广西民院进修，冒着炎夏的烈日，从南宁西郊到东郊，来植物园相聚，问我工作情况。他雨露之赐，我愧无涓埃之报。如今老去，真希望能和他再一起度过像在小山村那样的良宵。王主任，还有机会吗？

告别东兴

　　辞别马路，到东兴县城住一晚，以便次日早晨乘坐班车回南宁。

那天清早，六七点钟吧，我到汽车站，意料不到，车站大门有一个熟悉的身影，是农八叔，公社的一位同事。我问："你出差？"他说："来送送你。"并递给我用纸包好的五个大包子："给你做早餐，车开太早，怕你来不及吃东西。"一手还提着一个用厚纸皮封好的小竹笼，装着三只母鸡，说："我在县里开会，前夜不能回去吃饭，买了两只鸡，给你带回去。"我不知道如何推辞，也无法推辞。他陪着我，帮我把行李送上车顶，把装鸡的竹笼也送上了车顶，让装车的人放好。我不知道怎样表达心中的感激，连一句道谢的话也未出口，只是默默地紧紧握手，上车。他在一旁直等汽车开出车站，我们彼此频频挥手。汽车奔驰，渐行渐远，我久久沉浸于难以平静的激动中，虽说"丈夫有泪，不洒离别间"，我却无法控制，泪湿眼眶。北仑河水流千年，不及八叔送我情。八叔平时和我交谈不多，但从其一言一语、一举一动，总感到他的淳朴、仁厚、爽朗。许多年后，我写了一封信给他，同时表达一点轻微的过迟的谢意，他回信有句话："当年不能给你什么帮助。"其实，他与尘世污浊无缘的淳朴、仁厚，对我是一种无言的策励和教育，像清风，也曾拂去我心灵蒙上的不少尘灰。

马路，除家乡和南宁外，是我安家生活最久的地方。那方水土曾给我许多赐予，我无以报答。在那里也有过烦扰和苦恼。为了完成任务，按当时的世风，做过一些违心或于心不忍的事，写过一些违心的不实的文字，我是有愧的，甚至浑浑噩噩而粗鲁地在"蹲点"的生产队的社员大会上，责令他们"彻底地砍掉"实际不存在的"资本主义尾巴"。至今忆及，很是羞愧。

离开马路30多年了，但那里的青山、流水、树林以及它们的恩惠，在记忆中难以磨灭。那些美好的人情，真诚的友谊，也会永远温暖我的人生。与日月永在的美丽的山水啊，与我心跳同在的珍贵的情谊！

2010年春于南宁

（原载韦其麟著《纪念与回忆》，广西师范大学出版社，2012年版）

鹧鸪江琐记

韦其麟

我也曾是柳州的居民，虽然不住在市区内，而是住在郊区的鹧鸪江。

20世纪70年代初，自治区的五七干校在鹧鸪江，我在那儿"学习"了一年，"专业"是养马。

1969年初冬，我们区直单位的第一批学员来到干校。听说校址的前身是劳改农场，这个农场主要是管理果树。我们到时，所有的劳改犯人已经迁走了。

开始时，我参加过10来天果园的劳动，接着集中力量兴修水利，挖渠筑堤。这是一种强度较大的劳动，当时食堂的油水并不丰富，肚子常感到不满足。在鹧鸪江，我创造了我平生饭量的最高纪录，曾有一天，我消费了饭堂2斤4两的饭票。

水利工程尚未完毕，我调到畜牧连，连里有养牛班、养猪班、养鸡班、养马班。我在养马班，班上的同学有兽医、有工程技术人员、有会计师、有剧作家、有文艺评论家，共10来人，负责饲养管理40多匹高头大马。这些马不是广西马，而是从新疆和内蒙古运回的良种马，还有几匹阿拉伯马。

养牛养猪养鸡，虽未专门养过，但童年在农村是见过的，总有点熟悉；而养马就很陌生，有些事必须学。比如铡马草，用大铡刀铡草料，看来简单，但未掌握要领，任凭你多大的力气，也是铡不了的。养马的事情也蛮多，除放马外，每天要铡马草，清洁马厩，晚上还要在马厩里值夜班，喂马两次，不单是草料，还得弄精饲料，把黄豆煮熟，或把花生麸泡软。喂时，把草料和精饲料放在食槽里，用一根木棍搅拌。

春天一到，过冬的干草料用完，每天驾着马车——三匹马拉的大马车到远处去割新鲜马草。一人驾车，大家坐在马车上，这时候，也颇"潇洒自在"，天南地北海阔天空地谈天，有时还一路高歌，以致使一些过路的人感到我们这伙人有点"疯"。

铡马草，割马草，清理马厩，值夜班，都是比较吃力的劳动，而大家总是一丝不苟的，如清洁马厩，扫除了马粪，还要用水冲干净。这些事多在放牧之后，马厩无马，方便劳作；如遇雨天不放牧，马在栏里，在马屁股下扫马粪，就得小心马蹄的走动。虽然如此，大家总是十分认真，从不马虎。曾听干校附近的农民说，我们比以前那些劳改犯人做得还要好。就是扫马厩用的扫把，也是我们上山去一根一根地找野生的小竹子，砍回自己动手扎起的。比较轻松的是放牧，只要不让马群糟蹋庄稼就行，当然也有个过程，当你熟悉每一匹马的样子和脾性，而且知道哪匹马是领头马，就好办了。出牧和牧归，只要管好那领头的，其余的马都会跟着。有时放牧在平地，马群专心吃草，独自远望广阔的原野，真有点天苍苍野茫茫的感觉，常常引人"念天地之悠悠"。有时放牧在柳江边上的山坡，独立山上，望柳江红帆片片，总想到"过尽千帆皆不是"的诗句。看"青山遮不住"的柳江水"毕竟东流去"，也有一种苍茫弥漫在心头。

干校不是每个星期天都休息，特别是养马，每天都有必须要做的工作，只好轮流休息。每逢休息日，有时偷偷地去钓鱼——是偷偷，不敢堂而皇之地去垂钓，因为领导不准去。休息日，更多的是出柳州市区逛街，买些日常用品，在餐馆吃一顿，安慰安慰肚子。有名的鱼峰山是到过的，刘三姐的塑像下，也有一些游人，却从未听到山歌声的缭绕。柳侯公园也是去过的，主要是凭吊那位当年被贬谪的诗人；树木的葱茏给人印象是很深刻的，有时在公园走走，不知为什么心绪也似如云的绿荫那样阴郁。五一大道的宽敞笔直，十分气派，那时觉得南宁也没有一条大街能与之相比。如今，五一大道，整个柳州城，一定比当年更辉煌壮丽了。有时出街，是由于活动或工作，记得有一次在工人文化宫看"样板戏"电影，大家就是从鹧鸪江排队走去的。有一次搬运粮食，我就只穿了一件背心一条短裤，站在卡车上招摇过市，这样衣冠不整地出街入市，平生大概就是那一次吧。失礼了，我们美丽的柳州。

在不影响工作的情况下，也有一定的学习时间。记得有一次学习讨论，我赞扬一位同学的劳动态度，说他有人在场和无人在场都一样努力认真工作，是很难得的。话未停，一位同学大概是为了表现自己的政治思想水平之高吧，便说，这是刘少奇在《修养》里提倡的。一阵哄笑，我很尴尬，当时刘少奇和他的《论共产党员的修养》是早就已经批判了的呀。深深地感到悲哀而沉默了。这一幕，几十年来，总深深铭刻在我的记忆之中，每当想起，也依然感到深深的悲哀。

1970年深秋，我又下放十万大山的一个山沟里去了，离开了鹧鸪江，差不多30年了，鹧鸪江还常常闯进我的记忆里，鹧鸪江，在我的记忆中是不能磨灭的。还记得当年在我们的集体宿舍的后窗外，我栽下一棵小小的苦楝树，如今，假如没有遭受什么摧残，也一定是一棵挺拔的大树了吧。

1998年秋

（原载《柳州晚报》1998年11月19日）

写《百鸟衣》的一些感受和体会

韦其麟

我生长在南方的一个偏僻的山村中，在故乡度过了整个童年时代。

夏夜，山村美极了。人们经过一天辛勤的劳动，在打禾场或大榕树下面乘凉休息，一群群地在谈笑，聊天，讲故事。这时，孩子们最高兴了：捉迷藏，追逐萤火虫……而最使人沉醉的，是围着大人们听那些美丽动人的故事。听得高兴了，就纵情地笑；听得悲凉时，又默默地流起泪来……冬天，围在炉灶旁边，又是听着老人们讲着那古远的永远也讲不完的故事。这些故事，吸引着我童年时代整个的心灵。

我也曾和伙伴们一起在深山野麓里放牧过，天真地唱过那"看牛难……日日骑牛过高山……"的山歌，一起攀登过山崖上的树木和爬进荆棘丛中采摘那些可口的各种各色的野果，也曾一起浸在那山麓下清澈的溪水中……

这些有趣的童年生活，帮助了我写《百鸟衣》。当我要向读者介绍古卡的家时，一闭上眼睛，那些幽美的情景就呈现在眼前：山坡呀，溪流呀，鸟呀，果子呀；甚至也听到了那回响在深山中的优美的山歌声。这使我在描写那些南方山村的色彩时，感到比较方便。

假如没有童年的生活，我是写不出那些山村生活气息和风土人情的。熟悉生活对学习写作的人是多么需要呵！

下面，我想谈一谈写作中碰到的一些具体的实际的问题。

"百鸟衣"的传说是童年时听到的，后来据我了解，它流传得很广，故事情节虽各有出入，但大体上还是一致的。故事的主题基本上是积极的，人物也基本上是正面的、典型的，但是，因为种种原因（如封建统治阶级思想意识对人民群众的侵蚀），尽管民间故事传说是人民群众所创作而借以表现他们的爱憎和愿望的，也免不了掺杂着一些非人民性的糟粕。所以为了使主题更加明朗起来，赋予它更积极的社会意义；为了使人物的性格更加突出、明朗和丰富，使人物的形象更趋于完美、鲜明，就不能单纯地把原来故事不加选择原原本本地记录下来，而必须经过一番整理，在原故事的基础上进行艺术加工。

首先，对古卡成长过程的叙述，原来是很繁杂的：打柴，做小贩，几次受别人欺辱，没办法，哭，遇仙人的援助等等。这些情节有些是可有可无的，有些是不够合理的。结构也松散不集中。人物性格虽然基本上是真实的，但显得有一些软弱、单薄，作为一个后来成为英雄人物的基础是不够的。

为了使情节更加集中，结构更加紧凑，必须把古卡的成长过程用比较简练的手法概括出来。我经过了很久的思考，决定把原传说中关于古卡成长的情节大部分抛弃，而根据自己对生活的理解加以补充，最后写成"绿绿山坡下"那一章。在这一章里，是这样来描写古卡的成长的：还在娘肚子里，爹就给土司做苦工累死了。这是那个年代所有受压迫受剥削受侮辱的人们必然的遭遇。古卡出世了，在娘的乳汁和眼泪抚养下天真烂漫地长大，他是那么可爱地在称赞他的人面前挺起胸脯说："我自己长大的！"当别人提起爹时，小古卡自然地要问起娘来："我为什么没有爹呀？"然而娘不愿幼小的心灵过早地受到打击和创伤，忍心骗了古卡："爹出远门去了，为古卡找宝贝去了。"孤苦伶仃的、善良的母亲对自己的骨肉怀着无限的抚爱和希望，而天真的孩子又是悲苦的母亲的唯一的慰藉。古卡十岁了，要读书，娘才不得不告诉他，爹已离开人世。懂事的古卡开始打柴干活了，拿起来爹的柴刀，束起了爹的脚绑，这幼小的一代开始步着老一代的脚步走向艰辛的生活的道路——这也就是那个时代千千万万受压迫的人们世世代代所经过的道路。就这样，希望通过上述这两三个主要情节的描写，能够概括古卡的成长过程。我认为这样是真实的，人物的性格也是合情合理的，就没有必要再去重复传说中原来那些不关痛痒的琐碎的情节了。

其次，关于依娌这个人物，在原传说里她是由公鸡变的。但变成人后，她不是一个纯朴的劳动姑娘，而是一个善良的万能的漂亮的神仙，能要什么就有什么，能"点土成金"，于是古卡就变成了一个大富翁。土司的各种阴谋刁难，都被她易如反掌地对付了，最后土司要一百个依娌，她却没法对付而被土司劫去。

我认为，这些情节的思想基础是不健康的，也是不合乎传说本身发展的逻辑的。并且在极大程度上损害了这两个善良的劳动人民的纯朴的形象，因此，需要作适当的删改补充。

为了保持民间传说的神话色彩，仍然保留了依娌是由公鸡变成的这一情节。我把她描写成一个美丽的、勇敢的、聪明的、善良纯洁而又能吃苦耐劳的姑娘。她给古卡家带来不少的欢乐，她对生活有着无限美好的希望和追求，对爱情是那样纯洁和坚贞。

这样的处理是由整个故事的发展和人物的性格所决定的。第一，如果依娌是一个万能的神仙，那么她就不会被土司难倒，更不会给土司抢去，故事就完全可以以土司的失败，依娌仍然是万能的神仙，古卡仍是富人来终结了。而后来古卡和依娌为自由幸福跟土司作的斗争就不可能产生了，即使硬凑上去，也是使人不可理解的。另外，把依娌描写成一个劳动姑娘，表现出她和土司斗争中的那种机智和勇敢，就会使这个人物形象更加鲜明可爱。这样处理，故事才有可能发展下去：因为土司的目的是要人，不管依妮和古卡如何运用他们的聪明对付了土司，最后还是免不了遭土司的毒手。这样，故事不但不终止，反而更加激动人心地向前发展，故事的发展就成为合理的必然性的了。其次，在人物的性格上，假如说，依妮是万能的，古卡又已成为富人，那么，古卡和依妮当然是过着饱食终日，无所事事的生活了。这样他们就脱离了劳动人民的队伍，他们的思想、感情和性格也必然跟着物质生活的改变而改变，后来对土司进行斗争的那种坚决的态度和英雄气概，就不会也不可能在他们身上产生了。所以，古卡和依妮应该是对生活有着深沉的热爱和美好的愿望的纯朴善良的劳动人民。只有这样，在后来的斗争中，古卡经历了许多困难，去到衙门杀死土司救出依妮，才成为可能，才使人相信。同样，依妮在衙门里，充满着自信，坚定地等待古卡的到来，最后终于和古卡"像一对凤凰，飞在天空里"的情节才不会使人奇怪，她那勇敢的坚贞不屈的精神才会被人承认。

为什么人民群众把古卡描写成为因依妮是万能的神仙而致富呢？我想这是劳动人民的贫困生活境遇所引起的。他们长期生活在贫困和痛苦里，他们不甘忍受这样的生活，但又不能摆脱这种生活，他们不断地斗争，不断地希望——这种摆脱痛苦生活的希望，是使得他们把古卡描写为因有神仙而变成富人的原因。劳动人民把希望寄托在他们创作的故事和人物身上，这一点我们是可以理解的。

再次，第四章"两颗星星一起闪"，在传说中原是极简单的，只有古卡穿百鸟衣进衙门去杀土司救出依妮这一个情节，这就使人感到粗糙、单薄。为了求得全诗更充实和完美一些，我作了一些补充，结果写成了那么八段。这样的补充，是为了使人物性格得到更充分的刻画，为了表露人物的内心世界和精神状态的高尚、纯洁、美好和灿烂，也是为了给读者更深的印象。我尽量注意不使原来传说的精神和优秀部分受到损伤。

此外，民间故事和传说是人民群众所创造的，里面非常鲜明地体现着他们深刻的爱憎，通过他们所创造的故事和人物，给统治者以辛辣的讽刺和打击；而怀着深厚的感情对他们心目中的英雄以热烈的歌颂和赞美，把他们自己不可能在那个社会中实现的希望，寄托在英雄人物的身上。所以，整理民间故事和传说，要在这基础上进行创作，绝不能以冷淡的态度去进行，应该有强烈的阶级感情。在写的时候，我是非常注意这一点的。

另外，写的时候，我希望这首诗能从头到尾贯穿民歌的情调，使它具有朴实、生动、活泼的风格。为了达到这一点，我主要从两方面努力。

一方面，运用群众语言。由于群众的斗争经历丰富，接触事物广泛，因此他们的语言是极其丰富多彩的，同时又是惊人的准确和富有形象性。当然，我自己对群众语言的提炼和运用还是很无知的。但由于自小生长在农村，对群众的语言还有点印象，这一点，在写作时对我多少有些帮助。例如：在农村人们称赞一个人能干时，并不多加形容，往往简单说一句就够了："嘿！新扁担都挑断了。""连石滚也掀得起！"于是我就根据这来描写古卡："别人的扁担，十年换一条；古卡的扁担，一年换十条。""上千斤的大石滚，十个人才抬得动,古卡双手一掀,轻轻地举起象把草。"我们家乡对妇女插秧的技术很重视,一个人插秧插得直的话,周围的乡村都传扬的,于是我描写依娌时写了这么一段:"木匠拉的墨线,算是最直了,依娌插的秧,比墨线还直。"这不但描写了人物,并且也染上了一层地方色彩。

另一方面,从民歌的土壤中吸取营养。家乡的山歌我会唱,以前也背得一些。在民歌里,那大胆的带有浪漫色彩的夸张,和那丰富的比喻、起兴、重复,是那样形象、精确、具体、生动和恰到好处,给人的印象是那样强烈、新鲜、明朗。那重叠的章句在反复吟诵时那样深深地引起人们内心的共鸣。但是,在运用这些特点时,不能硬搬和呆板的模仿。比如,民歌中的比兴、夸张,都是以民间常见的东西来比、来夸张的。为了加深地方色彩和民族的特色,当然是以本地区本民族的风俗习惯和自然环境去比、去夸张。在写《百鸟衣》时,我用了八角、菠萝、木棉花等等,那是桂西南的本地风光;假如用北方的积雪、风沙或其他北方的事物去比、去夸张,那就牛头不对马嘴了。

当然,单是熟悉生活,熟悉故事,如果不努力学习,提高自己的理论水平和认识、分析生活的能力,提高自己的文艺修养,也还是不能写出好东西的。我自己各方面水平都还很低,现在正在学习,提高自己。

《百鸟衣》应该说是群众的集体创作,我只不过是它的创作集体中的一个而已。由于自己的水平很低,以上这些认识也许会有错误,希望得到指正。

1955年秋,武汉大学

(原载《长江文艺》1955年12月号)

我们永远为祖国歌唱

韦其麟

我们青年的一代在党的阳光的抚爱下,正蓬蓬勃勃地成长着。

有什么能比这更幸福呢?有着党的教导,有着党无微不至的关怀,有着党慈母般的抚育。离开了党,没有党,是多么不可想象啊。

全国青年文学创作者会议就要开幕了。我们大家将要聚集在一起,受着党的检阅。这是党对青年一代的成长最深切的关怀,这是党对青年一代的最热情的鼓励。我们在党的面前,更深刻地感觉到:自己的任务是更重大了,自己是应该以更严肃的责任心去学习,去工作,去写作了。

我们刚刚跨进文学的大门,在前进的道路上前进着,我们没有任何理由自满,没有任何权利骄傲。如果因为自己幼稚的作品得到读者的喜爱,自己的名字开始为社会所熟悉,就飘飘然升天了——难道不感到这是犯罪吗?人民抚育你,党给予你光荣,我们能拿这些作为达到某种卑下的目的的本钱吗?我们自己给人民做了些什么呢?只不过是开始。党要求我们为人民做出更多更多的贡献,而我们距离这样的要求还远得很。就算自己做了多大的工作,也永不能因此而自满和骄傲起来——为人民工作,这是我们的责任,这是我们的良心。

我们用自己的笔作武器,去使人们的思想、灵魂变得更美好;而自己,有什么理由不时刻地使自己的思想变得更光辉,使自己的灵魂变得更美丽呢?

我们应该骄傲和自豪:生长在这光辉的伟大的时代,祖国正向着社会主义的天堂飞奔,全世界人民都抬起头来望着我们的祖国,拍掌欢呼。全国的城镇,跟着北京前进!全国的农村,合作化的高潮汹涌澎湃!从北京到遥远的边疆,祖国的每一寸土地,都沸腾着建设的热潮,都轰鸣着建设的音响!祖国的一切在改变着,人们的思想和灵魂也在改变着!这,有着多少使人难忘的图景要去描绘,有着多少激动人心的故事要去歌唱!然而,我们做得是太少了,和祖国的面貌太不相称了——这使我们多么惭愧!

我们热爱我们的祖国,我们热爱我们的人民。祖国在飞跃,人民在前进!这是怎么样激动着我们青年一代的心啊!让我们把我们全部的激情献给我们的党,献给我们的祖国,献给我们的人民吧!让我们以最热情的歌声永远为亲爱的党、亲爱的祖国、亲爱的人民而歌唱!

让我们以更坚实的步伐,朝着毛主席所指示的方向,豪迈地前进!

(原载《光明日报》1956年3月10日)

认真地严肃地学习写作

韦其麟

　　文艺创作，是一种严肃而艰巨的劳动，这是谁都知道的。但我们一些年轻的初学写作者，对这一点的理解和体会并不很深刻。

　　老舍同志在大会报告中指出：有一些青年作者，第一篇作品写得很不错，可是第二篇第三篇就每况愈下了。我想，这可能是写出一篇很不错的作品后，就认为自己很行了，再不愿意去勤学苦练，认真地对待写作的结果。

　　也有这样的情况：不正确估计自己的力量，把自己看得很高，好高骛远地去着手写篇幅很大的作品，并且在写的时候，匆匆忙忙，不肯多做些修改。结果，当然不会成功。

　　更有这样的情况：作品写出来了，连再看一遍也没有耐心，更谈不上每一句每一字去斟酌，去推敲，就送到编辑部去了。

　　这样随随便便地学习写作，是写不出好的作品来的。

　　这样轻率地对待写作，是非常不严肃的态度。

　　更可笑的是：我们不但没有意识到这样做对自己不能提高，对读者没有好处，反而暗暗自喜：我写得多么快多么多呀！

　　这些毛病，我们初学写作的人，最容易犯。我自己当然也是这样。我之所以把它提出来谈谈，是为了和年轻的战友们互相勉励。

　　谁都知道：文学创作是党的整个事业的一部分。我们学习写作，不是为了好玩，更不是为了一些卑下的目的；而是用自己的作品去改造、教育人们，鼓舞人们去建设社会主义。一篇作品的好坏，它对社会所产生的影响是极大的。因此，我们必须严肃地负责地对待写作。

　　我们都还很年轻，一切都很幼稚无知，生活经验不丰富，文艺及其他知识都很贫乏。因此，我们必须认真地学习，刻苦地锻炼，不懈地努力。不这样，就不能前进一步。

　　在会上，很多当我们还在娘胎里他们就成为作家的老前辈们，不止一次地谆谆告诫我们：要认真、严肃、谨慎、谦虚。他们从不轻率地随便地发表一篇作品。老舍同志的一段话是值得我们深思的："我们必须经常地练习，练习和发表是两回事，……我们的劳动纪律既要严格，发表作品的态度又要严肃。我想，这是我们每一个作家应有的修养。这样坚持多少年，以至终生，我们是会有很好的成绩的：即使我们还不能成为伟大的作家，至少我们会做个勤劳端正的，具有社会主义道德品质的文艺战士。"是的，我们写作，不是为了留名后世，当个伟大的作家，而是用笔作武器，做个勇敢的人民战士。

在会议期间，我们很幸运，看到了《托尔斯泰手稿》这部电影。这位天才的世界文学巨人那样孜孜不倦地，一次，十次，几十次……反复修改自己的作品，甚至要印刷出版了，还是改个不停。这位大师为他的每一句每一词花尽了多少心血呵！看着这位天才的无限辛勤的艰苦的劳动时，作为一个初学写作者，你会想起些什么呢？想到自己随便轻率地对待写作，你会不脸红吗？

我们必须不懈地辛勤地练习，必须认真严肃地劳动。这样，才会写出好作品来，才能写得一篇好过一篇。

（原载《长江文艺》1956年5月号）

回首一瞥

韦其麟

新中国成立已经三十年了。

《文艺报》叫写回顾和总结自己创作的文字，这真使自己感到惭愧和不安。因为自己并不曾写过什么像样的作品，就是不像样的东西也写得极少。创作经验根本谈不上，而回顾自己的过去则是每个人都可以的。

五十年代中期，在大学的语言文学系学习，沐浴着党的温暖阳光，在老师和文艺刊物编辑部的关怀和鼓励下，学习文艺创作，并发表了一两篇诗歌习作。那时，还是个二十岁左右的年轻人，深知自己在文学创作上是没有什么准备和缺乏基础的，生活、思想、文艺修养各方面都还很差；但对未来却充满憧憬和信心，决心努力学习，以求不断有所进步，不辜负党和人民的培养和期望。

如今，二十多年过去了，自己已不再年轻，可是在文学创作上却没有什么长进。这，当然主要是自己的主观努力不够，或许，自己根本就不是搞文艺创作的材料吧。但屈指算算，出了学校门口以来，真正从事文艺工作的时间并不多，更多的岁月是在比较繁重而忙碌的非文艺工作岗位上度过的。

一九五七年，大学毕业了，我是带着一种莫名的心绪离开学校的。分配到一所学院不久，下放林场，当了两年林场工人，育苗造林；三年困难时期，又下放农村一年；之后，作为工作队队员前后搞了三年农村"四清"运动；"文化大革命"前剩下的那些时间，断断续续地从事民间文学的搜集整理工作。"文化大革命"开始后就不必说了，到农村劳动，在干校养马，接着下放公社，又到工地修铁路，再到药场搞中草药，连自己都很少想到自己是不是文艺工作者。

回顾这些，我并不是在埋怨什么。这些经历确使自己经受了一些锻炼，增长了一些知识；在和劳动人民一起生活的过程中，也受到了教育。

生活是文艺创作的源泉，文艺工作者必须到劳动人民的生活中去，和人民群众保持着紧密的联系，了解他们的爱与恨，痛苦与欢乐，希望和要求，从劳动人民的生活实践中汲取创作的原料和营养，这是毫无疑问的，十分必要的（当然，"四人帮"横行的岁月，他们的胡作非为，那完全是另外一回事）。然而，在这个问题上，是不是也应该实事求是，一切都从实际出发，根据时间、地点、条件和具体不同的人的具体情况，而作更切合实际的安排呢？比如说，对各方面都没有打下坚实基础的学习创作的年轻人，在强调生活，改造思想的同时，也注意到有必要的时间和条件，使之能读书学习，继承借鉴，扩大知识，提高文艺修养，认真创作实践，这样，我想恐怕会更有实际效果一些，更有利于作者的健康成长。

生活、思想、技巧，这几方面都是作者需要不断努力的，而且也永无止境。很久以来，自己往往碰到这样的情况：人们在谈论创作的时候，或对一个作者进行帮助和提出要求时，常常只强调"深入生活"、改造思想，很少或者害怕提到要注意艺术技巧，提高文艺修养。有时候，一个作者在农村和社员"三同"一段时间，未能写出什么东西，或写得不够好；而并没有和社员"三同"过的，甚至连农村也没有到过的人便评论了，议论了，振振有词地指出原因：虽然下去了，并没有真正深入生活！——说得多么轻巧啊。"技巧至上"是错误的，忽视或讳言技巧、否认文艺修养未必就是正确的。这个道理十分明白。有生活经验，有正确思想的人那么多，但并不是人人都能成为文艺创作者；文艺创作者之所以能成为文艺创作者，除了具备思想和生活的因素之外，还必须懂得文艺知识和掌握文艺创作的本领。

粉碎"四人帮"后，自己在一个药用植物园的栽培组里工作。一次，收获西瓜，那是最后一轮收获，但仍把一些瓜丢在田里没有采摘——那是不能成熟了的瓜，因为瓜藤死期将至而枯萎了，人们称之为"死藤瓜"。一位搞栽培技术的同志，年纪同我仿佛，他不无感慨地对我说：我们好像也是一种"死藤瓜"。他说得有点心酸和悲伤，咀嚼他的话，感到苦涩的味道很浓很浓。我并不赞同这位同志的说法，因为我们的生命之藤毕竟没有死，我们还可以而且应该学习。我愿意继续学习，同时也希望能够学习。

（原载《文艺报》编辑部编《文学的回忆与思考》，人民文学出版社，1980年版）

关于诗的民族特色的感想
——致友人

韦其麟

你喜欢莎红的诗，觉得他的诗颇有地方特点和民族色彩。但你的朋友却因莎红的诗没有采用广西各族民歌的形式，认为地方和民族的色彩并不是莎红的诗歌的特色而是欠缺。

对莎红的诗，我的感觉同你一样。

也许，莎红的诗歌还存在某些不足之处，但我们广西许多写诗的同志中，作品具有较为鲜明的地方特点和民族色彩的，莎红是其中的一位。这，恐怕是一个实实在在的客观存在的吧？

这牵涉到对地方色彩和民族特色的理解。有的人——比如说我自己吧——写民族生活的诗，追求民族特色，往往以一种猎奇的心理和态度专门注意那些奇风异俗，或在服装衣饰上着眼。这当然写不出真正具有民族特色的作品，有时还因为欣赏和热衷于那些由于种种历史和社会的原因而暂时落后的现象，歪曲了生活。

莎红熟悉各兄弟民族的生活。他知道他们的过去，也了解他们的现在。他熟知他们的思想、感情、意志、愿望；他了解他们的风俗、习惯、性格、品质。他和他们的心是相通的，在各兄弟民族中都有知心的朋友。

告诉你一件小小的事情：一九七八年春，我陪他到一个边境县的一个彝族大队去；六十年代初，莎红曾到过那儿采风。一位老队长一见面就认出莎红来了。故人重逢，彼此倾诉别后的景况，生产生活，世事变迁，亲切而又坦率，笑语夹着泪花。当时我在一旁坐着冷板凳，也深深地受到感动和教育了。他们之间的情感是这样真挚深厚，融洽无间，多么令人羡慕。我以为，对各兄弟民族的熟悉、热爱和尊重，是莎红的作品具有较为鲜明的地方特点和民族特色的根本原因。

对兄弟民族的生活熟悉了，理解了，同时又热爱尊重他们，这样，并不须什么特别的故意的追求，作品的地方特点和民族特色就会自然而然地表现出来。

莎红没有特别地故意在表面的衣饰装束的描写上花工夫，也没有单单依赖几个民族语言音译的词汇，如咪老、勒肖、勒包等等来显示自己的作品民族特色。他主要的是依靠写真正的民族生活，真实地反映各族人民的思想、感情、愿望、理想；依靠他对这些民族的一片真挚的热爱之情，使他的作品具有民族特色的。如《野餐》中所描写的各族人民因山高路远、走访亲友困难，趁赶圩相会，在圩亭附近山坡上举行野餐的情景：

  这里是吐露真情的地方，
  这里是兄弟欢聚的场所，
  打开葫芦的酒樽吧，
  好酒共饮情谊壮山河。

  饮一勺苗家的陈酒，
  唱一曲彝家的欢歌，
  敬一勺仡佬族老大爷，
  让水闹春耕真是高风格。

  苗家青青的禾苗，
  仡家的泉水浇灌着，
  山亲水亲人更亲，
  团结协作手紧握。

  个个酒醉饭也饱，
  晚霞映红高山坡，
  多么味美丰盛的野餐，
  多么富有诗意的生活。

  雾霭裹起山村，
  鸟儿唱起晚歌，
  铃声叮当撒在归途上，
  民族情谊马难驮。

  这真是令人心驰神往的情景，真是富有诗意的生活。而这种生活的情调。这种感情的色彩，这种性格，这种气质，里里外外，彻头彻尾，是居住在高山大岭的山民们所特有的，他们的风貌是不可替代的。如果不熟悉，或者熟悉却对此带着鄙夷的心理和眼光，无论如何，也不可能写得这样富有民族山乡的特色。

我们再看看他的《月节酒歌》：

> 我喝得一脸通红了，
> 酒碗里又斟满了酒，
> 在金色的葫芦里还盛着酒，
> 在老爷爷的心里还酿着酒。
>
> 我实在不能多饮了哟，
> 老爷爷又要同我换酒：
> "哈，酒不醉不够朋友，
> 酒不醉不出瑶家门口！"
>
> 酒换着酒哟心连着心，
> 酒换着酒哟手挽着手，
> 一碗蜜酒又烫着喉头，
> 老爷爷笑声多么憨厚。

瑶族老兄弟粗狂，豪放，爽朗；他们坦率的胸怀，深厚的情意；这种真诚的品德，淳朴的性格，敦厚的气质，表现得多么自然而实在。没有什么雕琢，没有什么巧思，读之令人动情。他以这样自然自在的笔触描写自然自在的具有民族特色的生活，如果没有和瑶族人民的手足之情，缺乏对瑶族人民的敬重之心，就是有过"换酒"的亲身经历，也未必写得这样亲切动人。

你说，你的朋友认为民族特点并不是莎红的诗歌的一个特色，不是优点而是欠缺，因为他用知识分子的语言写诗，也没有采用广西各族的民歌形式。

当然，在确定文学作品的民族特色的时候，作品的民族形式是重要的。民族形式包括它的第一要素——语言，以及传统艺术形式等等。我们都知道，在广西的少数民族虽有语言，却无文字——解放后才有的拼音壮文一直未能认真推广应用。要广西少数民族作家诗人用本民族语言文字来写作，那是叫人水中捞月。在目前以及可见的将来，广西各少数民族的作家诗人，恐怕仍然是用汉族的方块字进行文学写作。广西少数民族口头创作的诗歌传统形式是有的，而且丰富多彩。就我所知，莎红对这方面并不完全陌生，只是他没有生搬硬套，不拘泥于某些外壳罢了。难道他的诗就没有吸取广西各族民歌的某些好处吗？在语言、手法上完全没有民歌的影子吗？我看并非如此。何况文学的民族特色并不仅仅依赖民族的传统形式和语言（当然是重要的），一个民族的文学作品翻译成为其他民族的语言文字，甚至用非常道地的"知识分子的语言"来翻译，人们仍然可以感到它原来的民族特点。所以，我认为，否定莎红的诗歌具有民族特色的这种理由，显然是站不住脚的。

文学的民族特色除民族形式之外，无疑地还包括这些成分——如民族题材、民族生活，以及民族的心理和感情的反映。文学不能撇开一个民族在其中生活的环境和物质的生存条件，以及这些条件给予人们的影响。

我并无意说莎红的诗歌在表现民族特点这方面已经十分出色，我没有这个意思。但是，否认莎红的诗歌具有广西民族山乡的特色，无论如何也是不实事求是的。

（原载《广西日报》1982年8月4日）

随便聊聊
—— 一封回信

韦其麟

  谢谢你的来信。我虽学写诗，但写得少而不好，谈不出什么名堂，随便聊聊。

  记得当年在乡下，一位青年带我去访一位歌手，在闲谈中，青年问歌手："你是怎样唱歌的？"——意思是你怎么这样会唱？唱得这么好？能出口成歌的歌手也突兀了一会，只回答说："就这样唱呵。"当然，歌手也可以说一通歌要押韵，怎样押韵等之类。但我想，懂得什么是押韵怎样押韵之类，也不一定就能成为歌手。

  当然，诗艺也是可以而且应该研究、讨论的，事实上，现在有关诗歌创作的文章和论著不少。我们学习写诗，读这样的文章和论著，也许会有所得益，但未必就能保证写出好的作品来。如果有人下功夫背熟了"游泳指南"或其他关于游泳理论而从不下水，大概还是不会游泳的。我在农村工作时锯过木板，道理上明明确确地知道，按墨线锯就能锯好。由于自己从未做过这种活路，开始锯时锯子老是忽左然右地移动，毫无办法，板当然就锯不好。因而，我想，学习写诗，知道有关的知识和道理，当然是必要的。但同时，还应该注意在自己的创作实践中体验，思考，领悟。我听过一位小说家谈话，他说他是在不知道什么是小说时就开始写小说的。当然，他读过小说。

  何况，诗歌创作和游泳不是一类事。写诗和做木工也大有不同，我并不认为写诗就一定比木匠高贵，这里没有贵贱之分，只是说这两种劳动的性质不一样。诗歌创作不止是一种技巧或技艺，学做木匠，跟师父学会了那套技艺，大体也能做师父所做的家具了。写诗似乎不然，知道了懂得了关于诗的知识、技巧，也不一定就能写出好的作品来。因为诗是一种精神产品，而不像木匠做的家具是物质产品。作为精神产品的诗歌创作虽也需要技巧，但更重要的是从事生产（写诗）的人的精神世界。写诗的人总是对生活和人生有所感受有所发现，产生某种激动，要把这种感受或发现通过诗表达出来。这感受或发现，和写诗的人的主观世界，他对人生的向往和追求，他对现实世界的爱憎和贬褒，他的品格、情操，他的思想、灵魂，都是分不开的。这些属于精神方面的因素，对诗优劣起着极其重要的作用。如果写诗的人所歌赞的是一种丑恶的思想、卑劣的感情，他运用的技巧再精妙，恐怕读者也是不会赞赏的。所以古人说："功夫在诗外。"一位写了几十年的前辈诗人也说："做人第一，做诗第二。"都是很有道理的。

还有人说，诗人作家不像教师、编辑、医生、会计等那样是一种社会职业，这也是有道理的。文学作品似乎只应是人们的人生的一种副产品，是人们对人生有了感受或发现，要表达这感受或发现才写作品的。诗似乎是人生的一种自然自在的流露和表现，人们不可能没有什么感受而写诗，为写诗而写诗。诗写的好不好，除了"业务"水平外，和写诗者的人生并非没有关系。

"唱歌从来心中出，哪有船装水运来？"这是刘三姐唱过的一首山歌，不管人们对刘三姐的看法如何，也不论人们对山歌喜欢与否，我觉得刘三姐这两句歌说出了诗歌创作的真谛，也是真的诗歌和假的诗歌之区别所在。我以为，这两句歌在今天以至将来，都不会过时。当然，诗歌应该多种多样，你欣赏的我不喜欢，我喜欢的你不欣赏，你爱这样写，你爱那样写，都是可以的，但我想，诗总是有感而发的，诗总该有真情实感。

读到一些文章，强调或试图证明，诗歌只是纯之又纯的艺术，声称诗歌不对现实、社会、人生、民族负责。有的人甚至说屈原从来不是诗人，只不过是一个失意的政客。我觉得，写诗的人把诗和现实、社会隔绝，作为个人的喜欢也无所谓，但不必要，也不可能，更办不到，因为我们不可能生活在完全隔离我们社会的空间。有的文章还认为：写什么或采取什么方法什么样式写诗，就是落后、保守或先进、创新，作为艺术的诗歌创作，这样说是否科学？既然提倡多样化，又何必只尊自己所喜欢而贬抑其他呢？中国和外国，都有好的和不那么好的东西，好的东西都应吸取。创新当然必须，但不是完全否定和隔断我们民族的优秀传统。那位大名鼎鼎的现代派洋诗人艾略特说："没有任何一种艺术能像诗歌那样顽固地恪守本民族的特征。"这是值得思考的，你说是吗？

1989年

坚持社会主义文艺的正确方向

韦其麟

《在延安文艺座谈会上的讲话》发表50周年了。

这篇重要的马克思主义文艺理论的经典文献，对文艺的许多方面作了深刻而精辟的论述，第一次明确提出文艺要为最广大的人民群众服务。这不仅在过去，而且在今天，都有着重要的指导意义。

随着时代的发展和变化，文艺为人民大众服务的内容，当然也相应地有所发展和变化。在新的历史时期，以邓小平同志为核心的党中央为了适应新的现实情况，根据《讲话》精神提出了文艺为人民服务、为社会主义服务的方针。这一方针和邓小平同志有关文艺许多问题的论述，都是对毛泽东文艺思想的继承和发展。

为人民服务、为社会主义服务，是我们文艺工作的正确方向。我们文艺工作者应该坚定地沿着这个方向前进。

社会主义文艺是党和人民的事业，这就决定了它的内容和方向必然而且应当是为人民服务、为社会主义服务的，这是社会主义文艺事业自身的内在要求。

任何一种社会性的事业总是不免要为人们为社会服务，总是为了人们和社会的所需、满足人们和社会需要而存在和发展。文艺事业也同样，文艺工作作为人的有目的的活动，自然免不了服务于人和社会的。文艺属于意识形态，作为上层建筑，还必然为一定的经济基础服务，为一定形态的社会服务。自然，这服务按照其本身的特点和规律。认为"文艺就是文艺，根本不为什么服务"，实际上是不可能的。问题只是为什么人、为什么样的社会服务而已，或者这种服务是自觉或不自觉罢了。

社会主义文艺作为党和人民的事业，作为社会主义的意识形态，上层建筑，必然要为社会主义经济基础、为整个社会主义社会、为广大人民群众服务。这服务，当然是按照文艺本身的规律和特点。为人民服务、为社会主义服务在本质上是一致的，相通的，因为社会主义事业是广大人民的事业，现阶段我国人民的根本利益和要求就是要建设有中国特色的社会主义。为人民服务强调了文艺工作和人民群众的关系，从为什么人服务方面指明我们文艺工作的方向；为社会主义服务强调了文艺与人民关系的时代内容。文艺为人民服务、为社会主义服务，为我们文艺事业指明了有鲜明时代特点的正确方向。只有坚持这一方向，才能使我们文艺事业健康地发展。

坚持为人民服务、为社会主义服务的方向，就要求我们在服务的内容上，文艺创作和各种文艺活动努力表现广大人民群众的理想和愿望，表现他们正在从事的社会主义的要求，充分反映我国社会主义建设现实生活的风貌和时代精神，着力塑造闪耀着社会主义、共产主义思想光辉的新人形象，反映时代前进的历史趋向，从而鼓舞和激励广大人民群众更加振奋精神地投入社会主义的改革和建设，推动社会主义实践的发展和前进。

党和国家工作的重点正转移到以经济建设为中心的正确轨道，建设高度的物质文明和高度的精神文明，是我国社会主义现代化建设的任务。我们的文艺在社会主义建设中应发挥其应有的作用，邓小平同志明确指出："我们的社会主义文艺，要通过有血有肉、生动感人的艺术形象，真实地反映丰富的社会生活，反映人们在各种社会关系中的本质，表现时代前进的要求和历史发展的趋势，并且努力用社会主义思想教育人民，给他们以积极进取、奋发图强的精神。"

作为社会主义意识形态的重要组成部分的文艺，在社会主义精神文明的建设中理所当然地要起积极的作用。这就要求我们的文艺作品在社会上在群众中产生好的社会效果。任何一个对人民负责的文艺工作者，都应当"始终不渝地面向广大群众，在艺术上精益求精，力戒粗制滥造，认真严肃地考虑自己作品的社会效果，力求把最好的精神食粮贡献给人民"。（《邓小平论文艺》，第7页）我们的文艺创作，内容和形式应该多样化，但不同形式、风格、流派、创作方法和不同题材和主题的文艺创作，都应当有助于人们精神境界的提高，对社会主义精神文明建设起积极的作用。

坚持为人民服务、为社会主义服务的方向，也要求我们的文艺创作和种种文艺活动全心全意地把广大人民群众作为服务对象。不仅要反映人民群众在社会主义建设中的热忱和他们的所思所想，而且也应努力做到为广大群众所喜闻乐见，真正为人民群众所欣赏，从而满足人民群众的精神需求。

我们的文艺作品，从思想内容到艺术形式都应该加强与人民群众的密切联系。文艺作品要真正地为广大群众所欢迎、喜闻乐见，就必须具有鲜明的民族特色。文化的发展不能割断历史，社会主义文化的发展当然也是这样。要使文艺作品具有民族气派民族特色，就必须继承和发扬民族文化的优秀传统。

我国是一个统一的多民族的国家，中华民族的文化是由汉族文化和众多的少数民族文化共同构成的，各民族文化都对中华民族文化传统的形成和发展做出了各自的贡献。弘扬民族文化的优秀传统，不仅是弘扬汉族文化的优秀传统，同时也应该注意和重视各少数民族文化优秀传统的继承和发扬。广西有十来个少数民族聚居，我们少数民族的文艺工作者，在吸取汉族和外国先进文化的同时，不应对自己民族文化的优秀传统采取鄙薄和虚无主义的态度。歌剧《刘三姐》的成功，之所以被各族人民所欢迎，我认为除吸取汉族先进文化营养之外，重视本民族文化优秀传统恐怕是一个更重要的因素。如果不是采取山歌对唱的形式，山歌不是这样的山歌，而用西方歌剧那种洋腔洋调来演唱，也许不会产生现在这样的效果，不会具有现在这样的艺术魅力。当然，强调弘扬民族文化不是闭关自守。我们必须积极地去了解并借鉴和吸收一切人类创造的优秀文化成果和精神财富，但决不能不分好坏，盲目模仿、照搬外来的东西。继承也当然不能代替创造，我们应立足于今天的社会主义现实，从新的生活出发进行新的创造。继承和借鉴都是为了新的创造，而我们在进行新的创造时，努力使之具有鲜明的民族特色，真正为广大群众所喜闻乐见，我们的文艺就能更好地为人民服务。

为人民服务、为社会主义服务，是社会主义文艺的方向。前些年，在我们的文艺创作中，有某些现象和论调，是不健康的甚至是错误的，背离了这个正确的方向。

比如，强调"表现自我""向内转"，有的诗和小说，让人读不懂。有人宣称"决不被任何政治、任何社会、任何传统和任何规范所约束"，"不屑表现自我感情以外的丰功伟绩"。认为"文学没有目的，自我就是一切"，"对谁都不负责任"。在作品中尽情宣泄自私的欲望，阴冷的感情和与今天生活格格不入的颓唐。宣扬腐朽的价值观、人生观，流露人生无意义的世纪末情绪，乃至嘲弄我们的国家和民族。这样的东西为人们提供的是怎样的精神食粮呢？怎能鼓舞人们建设社会主义的热忱呢？有的文艺工作者的社会责任感淡化了，把艺术生产完全商品化的主张和做法盛行起来，各种以营利为目的的追求感官刺激的低级庸俗、下流的作品泛滥一时。文艺的认识和教育功能受到冷嘲和贬斥。这些庸俗的作品污染了社会，污染了人们的灵魂，特别是毒害着青少年纯洁的心灵。作者不考虑自己的作品对人们对社会有益还是有害，这样的东西就更谈不上为社会主义精神建设服务。制作这种东西，对一个社会主义文艺工作者，是堕落，是耻辱。有人远离人民群众，甚至以高居于人民群众之上的"精神贵族"自居，写的作品散发出一种浓浓的过去时代的贵族气味，甚至自称"不愿为八亿的下里巴人去创作"。这种种情况，应该说是对社会主义文艺方向的背离。

我们必须深入学习马克思主义，学习社会主义理论和党中央有关建设有中国特色社会主义的文献，认真学习毛泽东文艺思想和邓小平同志有关文艺问题的论述，提高坚持正确的政治方向的自觉性。一个文艺工作者，作为人类灵魂工程师，社会主义精神文明的建设者，不仅应当具有高度的文化修养，而且应当具有正确的世界观和社会主义的使命感。为人民服务、为社会主义服务，是社会主义文艺的方向，也是每一个社会主义文艺工作者的职责，我们都应该自觉地坚持，以实际行动展行自己的使命。

(原载《广西文学》1992年第5期)

我的几点感受

韦其麟

参加这个研讨会，对我是一次很好的学习机会。

我不是理论家，也不是评论家。十多年来，在学校里教书，也经常翻翻刊物读点东西，对文学创作某些观象有些感触，我不能从理论上哲学上作深刻的分析和阐明，只是谈些肤浅而零乱的感想。

近几年，大家对广西的文学创作现状很关心，进行过"振兴广西文艺创作大讨论"，有种种不同的意见和评议。我个人以为，新时期的广西文学创作比起它自己的过去，是有所进步有所发展的。而由于历史的现实的主观的客观的种种原因，比起先进省区，仍然有一定的差距，这也是事实。要改变这种落后的状况，需要我们脚踏实地作正确的努力。

我觉得我们广西文学这十多年来是在前进发展中，这表现在作家的队伍壮大了，涌现出一批中青年作家，其中不少人很有才华很有潜力；同时发表出版的作品数量比之过去大大增多了，有些作品具有一定的质量，受到读者的欢迎。许多作家，特别是青年一代的作家，不满足原有的美学规范，大胆创新，老中年作家，也没有因循守旧，都在期求对自己的创作有新的突破。每一个有作为或想有作为的作家，都是不会满足自己已有的成绩的，都在不断地努力探索。成绩是客观存在的，应该充分肯定。但也有一些现象，我个人认为是不够健康的，想结合自己学习《在延安文艺座谈会上的讲话》的体会来谈谈。

许多同志在会上的发言，谈了《讲话》这个文献的重大意义和价值，是马克思主义文艺理论的光辉著作，对过去，现在、未来都有着指导的意义。《讲话》谈到文艺为什么人的问题，今天提文艺为人民服务、为社会主义服务，也是这个精神，这是一个根本性的方向的问题。而这些年，在我们的创作中，有些现象，我觉得对这个问题是有所忽视的。

比如，我们的诗歌越来越失去读者，社会上对新诗的印象不佳。曾听一位诗人说，他到书店买书，请售货员从书架拿一本诗集，售货员说："那是诗歌！"意思是那是没有人要的。他说我就是买诗歌，售货员又说："那是新诗！"意思是新诗更没人要。情况当然并不全都如此，但也多少反映人们对新诗的印象。

的确，面对现实生活，诗的声音显得微弱，显得逊色。

有人认为诗歌反映时代精神，就是什么"政治的传声筒"。回避时代和现实，专写自己的小天地，表现自我，向内转，不屑表现自我之外的丰功伟绩。当然，诗歌不应该等于政治口号，也不必机械地配合中心任务而成为具体政策的韵文。但诗歌远离时代与人民是不应该的，不必要的。诗从来就与时代、人民分不开，保持诗人与时代、人民、现实的紧密联系，表现时代精神，反映社会风貌，传达人民心声，本就是我们诗歌的一个传统。

逃避时代与现实，远离人民，于是有人写畸形的心态，以为那才是真实，才是诗的进步。欣赏强调原始的人性，有的诗成为一种本能欲望的裸露，甚至描写性器官。有的诗是一种无聊的情绪的宣泄，什么"蹲在马桶上，排泄昨天""在厕所里把屁放得很响"，诗歌抛弃了崇高和美好。有的诗无病呻吟，为赋新诗强说愁，流露一种与我们时代格格不入的颓唐与哀愁。自然，诗应该多样化，但无论如何，诗总应该表现和抒发健康的美好的思想感情。

有人提倡纯诗，诗钻进了象牙塔，不屑一顾芸芸众生，站在广大人民之外，甚至之上，发散出一种浓浓的过去时代贵族气味，好似诗只是少数又少数人享有的特权和专利品。

还有人提倡"玩"诗，否定诗的社会价值、审美价值，否定诗的任何意义。

这种种情况，就我个人所阅读，在我们广西也程度不同地存在，或多或少地存在某种倾向。

这样的诗创作，怎样能很好地为社会主义精神文明建设服务呢？怎能给人们以美好的感受和思考呢？

一切真正的诗歌都是诗人的生命、理想、道德、品质、情操、人格的表现。如果我们没有为人民服务、为社会主义的信念，我们的诗作也难有益于广大人民和社会主义精神文明的建设。

诗失去读者，还有一个读不懂的问题。读得懂的诗不一定是好诗，难懂的诗不一定不是好诗。问题是有的诗，我们在大学中文系里教学的教师都看不懂，连一些我们所敬佩的前辈诗人也说读不懂，广大群众更读不懂。

有一种理论：你读不懂，那是你的水平低。这似乎是一种"战无不胜"的武器。编辑害怕自己的水平低，不敢不发表。读的人也害怕自己的水平低，不敢说不懂。写的人在那儿孤芳自赏，引以为荣，甚至目空一切，藐视众生，自我感觉十分美好而超拔。

晦涩，把文字随心所欲地拼凑句子，意象零乱地组合，用汉字写的词句，又不像中国人用汉语说的话，也不像中国人以汉字作的文。似乎词句越离奇就越美妙高超。似乎一切都没有了规则与约束。于是写诗就变得很容易，什么都可以成为"创新"，你不同意是创新，那就是守旧。

写诗当然要创新，也要学习、吸取各民族的外国的优秀的有益的东西，但无论如何创新，中国人写的诗，总应该有中国的作风中国的气派，总应该让中国人读得懂。外国意象派的代表诗人庞德都说："诗人应该是一个民族的触角。"现代派大名鼎鼎的洋诗人艾略特也说："诗的民族性是最顽固的。"诗歌艺术自然应该多样化，但民族化恐怕是不应该忽视更不应丢弃的。诗当然不必也不可能让乡下所有的文盲老太婆都懂，但连教文学的大学教师、许多写诗的人都读不懂的诗，怎么作用于人们的心灵呢？诗歌应该活在人民之中。

有段时间，广西的通俗文学曾引起社会的广泛注意，其中有些作品是好的，但也有不少作品是不健康的。有的发表"通俗小说"的刊物远销东北、西北，有的刊物还上了中央电视台新闻联播节目，但不是受到表扬，未能为广西文学创作增添光彩。

我觉得，这所谓"通俗文学"中有些东西并不是通俗文学，这些货色对真正的通俗文学是一种玷污。这种粗制滥造的庸俗的甚至是下流的东西之所以泛滥一时，就因为这些东西的制作者无视我们的文学要为人民服务，为社会主义服务。作者制作这些东西是为了优厚的报酬，刊物发表这些东西是为了丰厚的利润，全不顾我们的社会主义精神文明建设，不惜污染甚至毒害人们特别是青少年的心灵。

有人说，随着商品经济的发展，文艺商品化，这是很自然的事。

"商品经济""商品经济意识"的词句已经运用得很广泛，有时好似是被滥用了，把其他的内容塞进了这些概念，或假这些词句行并非这些词句之实。

商品是为交换而产生的产品，是为在市场上出卖。并不是任何东西都是商品，都可以成为商品。有的东西本不是商品，也可化为商品，或者商品化。如卖淫，但那是一种堕落，一种丑恶，难道我们作家的人格、精神、品质、理想、信仰，我们作家的灵魂，也应该、也必须、也能够成为商品吗？

文学作品有商品性的一面——作品印成刊物，印成书籍，以商品的形式进入流通领域，用商品交换的形式提供给其服务对象，从这个范围和意义上说，有商品的属性。但作品的思想内容与一切无形的精神内涵，我觉得不应是商品，虽然也有它的价值。文学创作也不是商品生产，精神产品生产毕竟不同于物质生产，社会主义精神生产也不同于资本主义精神生产。从我们社会主义文学的创作规律和本质来说，我认为我们的文学创作不是商品生产，我们的文学作品不是商品。

报纸上曾经报道，有的地方卖假药、假酒、假奶粉，为了牟取巨额利润，竟然以有毒的物质制造假药假酒假奶粉，堂而皇之危害人们身体的健康，谋财害命。我总感到，那些污染人们心灵的庸俗下流的东西，与那些假药假酒假奶粉之类，好似有某些相同或相通之处。它们的制造者，不择手段，谋利害人，是不道德的。

我们广西是民族地区，有十来个少数民族。许多文艺作品都免不了反映少数民族的生活，这是很自然的，也是应当的。

许多反映少数民族生活的作品受到欢迎，但也有的作品总流露着某种令人难以理解的心态，那么喜爱少数民族的原始、愚陈和落后，似乎只有这些才是少数民族真正的特色。有个电视剧，根据少数民族民间传说改编，传说叙述一双青年恋人遭受土司迫害，原是一个优美的爱情悲剧故事。而剧中这个故事已经修改，图面上的人物几乎是裸体的，尽力地追求一种原始的野性。土司制度什么时候开始的？那时这个民族的衣着还是那样吗？这样不顾历史的实际，借少数民族民间文学之名，表现某种与原民间文学作品的精神格调相去甚远的所谓探索与追求，难怪有的评论说，是对少数民族优秀的民间文学的糟蹋。也许，"糟蹋"一词不大恰当，但我觉得，这种做法是粗暴的，这样的态度是轻率的，至少是对少数民族优秀传统文化的不尊重。这种以少数民族优秀的民间文学为题材重新再创作的作品，而与民间文学原有的精神意境相去甚远，甚至是一种贬低的情况，是令人遗憾的。对这方面的再创作应取什么态度，应该遵循哪些原则，我觉得，是值得认真地讨论的。

还有，我们少数民族有的作者怀有一种民族自卑心理，在创作中，把自己原来具有的自己民族的特色、自己民族的审美习惯丢掉了。

这种状况的存在，大概也有着某种理论的影响。比如有的文章说要"疏远自己民族"，才能写出好的作品。有的文章说，讲求文学的民族性，民族特点，是"一条孤独的悲剧的道路"。

这些说法，我个人觉得很难理解。我们绝不是狭隘的民族主义者，但我们应该尊重自己的民族。民族性，民族特点，是客观存在的，不是讲究不讲究，追求不追求才有的。一个民族的特点是一个民族的历史和现实本身具备的，壮族人写壮族人民的生活，就必然具有壮族的特点；苗族人写苗族人民的生活，也一定具有苗族的特点。文学作品的民族性、民族特点并非外加的东西。为什么讲究文学作品的民族性、民族特点就是"悲剧的道路"呢？《在延安文艺座谈会上的讲话》就强调文艺作品的中国作风中国气派。我觉得，我们少数民族作家，应该而且必须向先进的民族学习，充分吸收其他民族的或外国的文化优秀成果；也应该继承发扬自己民族的优秀传统文化，不必"疏远自己的民族"，采取民族虚无主义的态度是不可取的。

还有一种理论认为：由于少数民族的民间文学的原始意识，少数民族的作家向民间文学吸取营养，就会使作家缺乏现代意识，就会束缚少数民族作家的提高和进步。

我认为，这说法是不科学的，不符合客观情况的。民间文学并非都是原始意识，各个时代的民歌民谣，那些时政歌，现实意义就很强烈。就是一些古老的神话传说，也总有着某些长青不谢的内涵，不然就不会长久地流传，扎根于一代又一代的人们心中，原始神话依然有着与今天时代相通的东西。外国的普罗米修斯的神话，当然古老，但一代又一代的作家以它为题材创作的作品，一样充满了作家所生活的那个时代的精神。中国文学史的第一个高峰《诗经》，其中大部分是民歌，还有乐府民歌，中国的诗词曲等一些形式，也来源于民间。向民间文学学习并不束缚作家创作的提高，鲁迅说过："旧文学衰颓时，因为摄取民间文学或外国文学而起一个新的转变，这例子是常见于文学史上的。"我认为，我们少数民族作家，熟悉自己民族的传统文化、民间文学，并从中吸取营养，这对于自己的创作，不会是一种多余。这样说，并不是主张作家都钻到民间文学中去，我的意思只是，我们不但不应该拒绝而且应该努力多方面吸收自己民族的优秀传统文化。

上面谈的，都是个人的感觉，也包含着自己的反省。不对之处，请批评指正。我觉得我们应该认真学习，加强我们的责任感和使命感，以马列主义、毛泽东文艺思想指导我们的实践，克服某些不健康的现象，使我们的文艺创作更好地为人民服务，为社会主义服务。

1991年5月

（原载《南方文坛》1991年第3期）

一封回信

韦其麟

感谢你的来信和鼓励。

要一一回答你提出的问题，我感到困难，随便谈谈吧。

是的，以民间文学为题材或素材创作的叙事诗，是我自己创作中很重要的一部分。但是也并未像你所说的那样，我的作品"都是"根据民间文学而创作的。二千多行的叙事诗《凤凰歌》和散文诗集《童心集》《梦的森林》，诗集《含羞草》《苦果》，都不是民间文学的再创作。有的介绍文章把《凤凰歌》也列入民间文学题材，肯定是介绍的人没有看到这篇长诗。

你奇怪我"老是"写民间故事传说的叙事诗，我自己觉得并没有什么奇怪。据我所知，中外不少诗人都有以民间故事传说为题材创作叙事诗的现象。写小说，也有的作家专门写武侠小说或历史小说，有什么奇怪呢？

我为什么一开始直到如今，像你所说的那样："乐此不疲"呢？可能是兴趣吧，这恐怕从小受民间文学的熏陶有关，也和后来在工作中断断续续地从事民间文学的搜集、整理、研究有关。也许还有其他的几句话难以说清的原因。

我对我们壮族的民间文学怀有一种深切之情，壮族民间文学是壮族传统的优秀文化的重要组成部分。一个人对自己民族传统的优秀文化的尊重和热爱，是很正常的。

中外许多经典的作家和文学家对民间文学的评价是很崇高的，这不必一一举例，普希金就说过："这些故事多么美啊，每一个都是一篇叙事诗。"（《俄国文学史》上册，第296页，人民文学出版社1954年出版）"这些故事"当然就是俄罗斯的民间故事。这也许是言过其实，但总可见到他对民间文学的喜爱和态度。

民间文学对作家文学的影响和作用是积极的，这也是中外文学史上客观存在的现象和事实。

我觉得，从民间文学中吸取营养和灵感，并不是一件令我遗憾的事。写作的人，每一个人都可以有自己的兴趣，自己的爱好，自己的路数。

以民间故事传说为题材创作叙事诗，有人以为只不过是用诗的形式——分行的形式原原本本地记录或叙述一个民间故事传说。这是一种误解。它和民间文学作品的记录整理是两种不同性质的工作，两个不同的概念。

　　民间文学作品的记录整理，必须严格忠实于原在民间流传的样子，不应加进整理者的主观因素。整理出来的作品仍然是民间文学。而再创作，就有了相当的自由，有了较大的活动余地，可以融入创作者的主观因素，不拘泥于原来流传的样子了。创作出来的作品不再是民间文学，而是文人文学即作家文学了。当然，创作者也不能海阔天空、为所欲为地把民间故事传说弄得面目全非。如果是这样，就不是根据民间故事传说的再创作了。比如，把一个古老传说中的人物写成海外华人归国投资，这就有点滑稽，这何必要根据民间传说创作呢？

　　整理和再创作，没有谁高谁低的问题，但必须把两者区分，两者是不应该混同的。

　　根据民间故事传说写叙事诗，绝不是用诗的形式原原本本地复述原来的故事。拿我的习作来说，有的也完整地有头有尾地叙述一个故事，如《百鸟衣》，长诗的故事虽然也以原故事为基础为依据，但毕竟不是原故事的复述。删去了原故事许多繁杂的情节，也以自己的理解，加进了改动了一些内容，比如人物的成长过程，是重新构思的，那些抒情的段落，是原故事所没有的。有的并不叙述完整的原来的故事，而是根据原故事的某一情节，加以改造，重新结构。如《莫弋之死》，原传说是相当复杂的，我只取其赶山入海，以便人们有更多的田地耕耘，却被奸佞小人所谋害这一点。《四月，桃金娘花开了》也没有从头到尾叙述原来的故事，只写义军最后被官军围困，断草绝粮，主人公想要以自己的乳汁救伤员于饥饿的情景。《寻找太阳的母亲》就更不着意于原故事的叙述，而着重于感情的抒发。有的甚至不是原故事原有的内容，如《俘虏》，是根据《班氏女的传说》写的，原传说义军首领班氏女被官军俘获，将军欲占有她，她不从而无可奈何地屈辱惨死，情绪低沉而凄惨。我却写她为解救被俘的义军兄弟而表面上屈从，却寻找机会，在婚宴上持剑起舞，刺死将军后自刎，这是原传说所没有的。情绪高昂而壮烈，人物形象与原传说已不一样。

　　这些做法不一定都对，我的习作并不是都是成功之作。我只想说明，我那些根据民间故事传说写的叙事诗，并不只是以分行的形式去复述一个个民间故事和传说。

　　既然是创作，就不可能原原本本地叙述原来的故事传说，诗中总免不了渗入作者的思想感情，融进作者的理想追求；融合着作者对历史、现实、人生、社会的严肃思考；反映着作者的襟怀、气质和人生格调以及审美情趣——一个作者受到人们的尊重，一个极重要的原因是他的作品显示出来的高尚的人格。

　　有时候，作者也许着意于满足于完美地叙述一个美丽动人的故事；有时候，可能并不在意叙述一个故事，而是着力于表达他所要表达的东西——比故事本身更加深广的东西；有时候，甚至仅仅是借一个故事传说中的某一情节，展开铺陈，以抒其情、明其志。

根据民间故事传说写叙事诗，我说过，并不是在故事传说中发现诗，仍然是在生活中发现诗。自然，作者对某一个民间故事传说感兴趣，这个故事传说总有一些使他激动，而引起创作的欲望。但是，如果作者本身在生活中没有某种经验、体会、感悟，就不会引起激动、共鸣，就不会激发创作的欲望。不同的作者，由于生活经历各异，以同一个民间故事传说来写叙事诗，写出的作品是不会相同的。

　　叙事诗，既然是诗，就不排斥，而且必然需要抒情。作者不必要像"整理"那样受原故事本身所牵制，客观地全力地去叙述复杂的情节，而应该把情节改造得尽可能的单纯。情节单纯，才便于抒情。叙事诗，当然也要塑造人物形象。

　　你说，写古老的神话、传说和故事，就排斥了现代的思考。我觉得未必，有没有现代的思考，关键在作者，问题是怎样写。而且，民间文学作品中有些东西是常青的，与今天相通的。不然，就不会世世代代地流传下来，并且继续流传到将来。如那些的确古老的原始神话，其中常表现的为了大众的安危与利益而英勇献身的无私的大无畏精神，今天不是仍然需要吗？

　　以民间文学为题材创作的作品，只是百花园里的一朵。我并不主张都写这样的东西。我认为，你还是根据你自己的情况，自己的兴趣和路数去写。文学创作，学习和听取意见是必要的，但应该有自己的主张。不必迁就旁人的要求，按照你自己的见解和兴趣去写作。

　　以上所说的都不足为训，只是你来信问及，盛情难却，就谈些感触而已。这些个人的感触，不一定正确。

1996年10月

（原载《钦州湾报》1996年11月13日）

回首拾零——致友人

韦其麟

　　新中国六十年了。是的，我也算是广西这六十年间的一个文学工作者，写过一些诗歌。你要我谈谈自己与诗歌创作，感谢你的好意，也觉得为难，因为实在谈不出什么名堂。我不能强作很懂文学，亦无法强作深知诗歌创作应该怎样、必须如何。考虑再三，我想向你说一说自己成为和作为一个文学工作者的某些经历，回顾一些有关的琐事，就像我们有时随意的闲谈。

　　成为一个文学工作者，大概与自己的兴趣有关。儿时就喜欢听大人们"讲古"，总感到那些民间传说故事很有趣很动人。上小学时，有一次放晚学回家，路经一处砖瓦窑，和几个同学到工棚里要求打砖坯的四公讲古。听得入迷，天黑许久也不回家。十多年后写的长诗《百鸟衣》就是根据那晚听的一个故事而创作的。到镇上读中心校，爱读课外书，订阅《小朋友》和《儿童故事》。家中杂物间乱放有几箩筐父辈留下的旧书，有一些20世纪30年代上海出版的《中学生》杂志，有时也翻翻，爱看的是丰子恺的补白漫画，每期都有几幅。有三本书是记得的：蒋光慈的《鸭绿江上》，有的故事也能读懂，并很感动；吴祖光的《风雪夜归人》，也翻过，朦朦胧胧，似懂非懂；另一本之所以记得是书名怪谲：《鬼恋》，作者徐訏的"訏"字，从未见过，好奇读读，文字很离奇，内容也不懂。到县城读初中，图书馆阅览室很多书刊，自己还订阅一份《开明少年》。也有几本书印象颇深，翻译意大利的《爱的教育》，有些故事很感人，德国的《格林童话》很有趣，最叫我喜爱的是落华生的《空山灵雨》，那些短短的篇章，文字、意境、情调都觉得很美。也读一些能懂的新诗，最震撼我心灵并至今不忘的是艾青长诗《火把》中的两句："当大家都痛苦的时候，个人的幸福是一种耻辱。"喜欢读，也学写，也想发表，于是向儿童报刊投稿，也发表过三五篇幼稚的短文。这并非立志于文学创作，更无名利观念，犹如小学时作文，写得好老师叫用稿格纸抄好贴在教室后墙，叫"贴堂"，有时自己的作文得贴堂，很惬意。请原谅我如此唠叨记忆中遥远的琐屑，我只想说明自己小时的兴趣而已，就像我有的同学，年少时非常爱打球或唱歌或画画一样。

1951年高中一年级，三十二开本薄薄的《广西文艺》创刊，我就是热心的读者，也投稿。有一位编辑对我的关怀至今叫我感念难忘，每次寄稿，他都亲笔写信给我，指出稿子的不足和优点，具体给予指导。有时无稿可投，写信向他诉说生活或学习上的烦恼，他总回信谆谆教诲，还不时给我寄些学习资料。有次他出差横县，便中和我作了一次亲切的谈话，要我先学好功课，课余才学习写作。还说些学习写作要注意的事，先写些短小的习作，不要写很长的东西。我心中对他有一种对父辈般的敬重，那时写字也学他的字迹。他叫岳玲，也是一位作家，当时他和别人合作的长篇小说《落胆坡》正在《广西日报》连载。1959年我调到文联，才知道他早几年已逝世。1953年考上武汉大学中文系，课余学习写点诗歌，常向《长江文艺》投稿，成为通讯员，编辑部对青年作者热情、关心，有一次我投稿，没有稿纸而抄在白纸上，不久便收到编辑部寄来几刀稿纸。作协武汉分会（会员包括当时中南区六省的作家）有一次召开会员会议，讨论创作问题，编辑部也邀请部分通讯员列席，我亦参加了。能聆听作家们的讨论，多么兴奋。1955年春，中国作协召开第一次全国少数民族作家座谈会，编辑部和作协武汉分会也通知我参加。老舍先生始终主持这次会议，不久在内刊《作家通讯》看到他在这次会议的书面总结中称我为"壮族青年诗人"，愧汗而感奋。那时我只是一个学习写作的青年学生，《长江文艺》编辑部让我参加这些会议，对我是很大的激励。后来在编辑部的具体帮助下，我在《长江文艺》发表了叙事诗《百鸟衣》。1956年出席全国青年创作会议，同年成为中国作协会员。年轻时，我对文学创作兴趣浓厚，执着，热诚。文学在我心中多么崇高，甚至圣洁，并默默地下决心，努力学习，期望能写出多些好些的作品——你厌烦了吧？我净说些年代已久的旧事。都说人应知道感恩，我正是怀着这样的心情说的，这都是我真真实实的经历，如果不是这样，可能我不会成为这六十年间广西文学队伍中的一员。

漫漫岁月，人生的道路也曲折。有些年月我对文学也曾失去兴趣，对诗歌写作冷却了热情。"文化大革命"时，1969年，广西文联大部分人员在农村劳动。一天，我和几位同仁推着独轮车，到几公里远的山上割柴草。途中不小心，独轮车差点翻落一座小桥，心中顿生莫名的郁悒。割草累了，和一位比我年高的作曲家一起休息，谈起当时盛传砸烂文联，不知今后何去何从，很是惘然。还由于差点翻车引起的郁闷，面对山中颇为宜人的景色，我说："如果无路可走，找一处这样的山坡，带一家人，搭间茅舍，开垦几块田地，日出而作，大概也可以过日子吧。"他认真地回应："我也跟着，作个邻居，有空闲，你写些歌词，我来谱曲，夏夜乘凉，冬夜烤火，一起唱唱，不求发表。"我说："不，我不写，今后不想再写东西了。"真的，这确是那时的心境。后来在五七干校养马，连长——一位擅长古典诗词、原自治区某委的领导——叫我写稿编墙报，我都谢绝了。在那史无前例的年月，远离了文艺工作，也消失了对文学创作的热忱；同时深感自己不适宜从事那样的工作，不会写也不能写了，甚至把文学写作视为畏途。"文革"后相当长的时日，这种心态依然。这期间，我又得到多方的关怀。俗话说一句好话暖三冬，一些前辈师长的勉励和规劝一直铭记于心。1979年初去北京开会，休息时碰见李季同志，向他问安，人多声喧，他举起左掌又举起右手作拿笔状朝左掌摇动，亲切地问："还在写吗？"我摇头坦言："不想写了，也写不出。"他热切地说："写，要写，继续写！"1980年初刚到广西师院，年高德劭的袁似瑶院长，语重心长嘱咐我："到学校来，教学科研外，你也要坚持写诗。"同年夏天，曾指导我毕业论文的大学老师程千帆教授到我们师院讲学，住了些日子，常嘱我不要放弃创作，说他带的古典文学研究生，也要他们写点散文诗歌，说有创作实践对研究和教学都有好处。那时莎红长期患癌症仍勤奋写作，每去他家谈心，我流露对写诗的冷淡，他总不高兴，眼睛直盯着我："我身体都这样了，还拼命，你为什么这样啊？"我知道，这位兄长的责备蕴藏着热切的期望。一次有事从师院来广西作协，当时秘书长吴三才要我写篇文章在内刊发表，我推辞，他说"这是任务"。我答"我不接受"，他严肃地喊我的名字又压低声音说："你就这样消极下去呀？你还是作协会员吧？难道没有一点作家的责任心了吗？"我也知道，这位老革命、历经坎坷的文学前辈的责问，有着父兄般的关爱。是缘分，更是党的政策阳光的普照和温暖，师长的劝勉，我的人生毕竟没有彻底和文学工作绝缘。在后来的岁月，我还是写了一些诗歌，也是在文学工作的岗位上退休。虽然我的能力和学养有所不足，没有值得称道的成绩，但对工作或写作，我自己认为是认真的，也尽心了。

儿时爱听讲古，读大学有"人民口头创作"的课，20世纪60年代初从事几年民间文学资料的搜集，80年代在学校教书，讲授的主要课程是"民间文学概论"。由于从小就受到民间文学的熏陶和教育——许多故事都叙述人间善恶的较量，在历史的实际中善很难甚至是不可能占上风的，而在故事里总在想象中浪漫地战胜恶，这是由于人类的良知和正义的愿望。那些古老神话传说中的英雄，为大众的生存和福祉，总是挺身而出无畏地战斗又勇于自我牺牲，这崇高伟大的精神何等感人！我对民间文学感到亲切，也觉得很有魅力，我的一些叙事诗大多取材于民间故事传说或神话。因而有的朋友不无遗憾对我说，这些作品气息太原始，缺乏现代意识，对现实生活感受显露出一种迟钝。这很可能。或许由于自己的愚鲁和守旧，我尚缺乏这样的觉悟。不知你的感觉如何，我想告诉你：根据民间故事传说再创作，我并不志在多此一举地以诗歌形式原原本本复述原来的故事。在叙事诗集《寻找太阳的母亲》"后记"中我曾说："我写这些故事，是感到其中有一种东西激动着我的情感，甚至使我的心灵颤栗。我多么希望把这一切表现出来。"作家当然要关心现实生活，对社会、人生有深刻的观察和思考；文学作品也应有时代感，但毕竟不是报纸的社论时评，不应是一个口号或理念直白的传达。反映当代的重大题材当然重要，但题材也可以多样化、不论写什么，关键还是作者怎么写。我的叙事诗诚然有许多缺陷，这只是由于我的思想艺术水平不高，并不应得出这样的结论——根据民间传说故事再创作的作品就必然散发原始气息。中外有些诗人在以往的世纪也写过不少这类的叙事诗，如歌德和席勒的"叙事曲谣"，密茨凯维支的"歌谣与传奇"，泰戈尔的小叙事诗等，虽经翻译，如今读来依然感人。当代有的写古代历史题材的长篇小说，也有被称道的杰作。以民间文学为题材写叙事诗，仅是我个人的爱好，谁也不会主张大家都这样。我以上的述说未免怀有对自己作品的敝帚自珍之情，同时也觉得，作为少数民族的文学写作者，注意表现自己民族性格和地域特色，以及本民族的文化精神，并非一种愚陋的作为。在这方面当然有多方面的努力，但也不必鄙弃民间文学。我们广西少数民族历史上的作家文学并不繁盛，民间文学比之更为根深叶茂、丰富多彩。我们也应重视自己民族的优秀文化传统，也可以从中吸取有益的养分。歌剧《刘三姐》的唱词，如果不是广西传统的七言四句体民歌，而换成自由体的唱词，写得再精美，演出效果恐怕也比现在逊色。上面所述，也许陈旧得迂腐了，请勿见笑，望给我帮助。下面我还想就一两篇作品作些说明，在有的介绍壮族文学的著作中，把长诗《百鸟衣》当作原在民间流传的作品，如说"壮族有民间长诗《百鸟衣》"。我认为这不符合实际，长诗《百鸟衣》是根据民间故事创作的，不是原有的世代口头流传于壮族民间的长歌。至今也没有发现壮族民间有以韵文体口头流传的"百鸟衣"故事，这首长诗并非经过整理的民间口头流传的作品。整理和创作并无高低之分，但不应混淆。还有的辞书介绍壮族民间故事"百鸟衣"时，把我写长诗时给两个主人公安的名字当作原来民间故事主人公的名字，把长诗的情节（对原故事已有不少改动）当作原来故事的情节，我以为这也是不科学的，这对壮族民间文学的研究会提供不确实的根据。另外，以七言四句体民歌写的长诗《凤凰歌》，内容是反映新中国成立前共产党领导的壮族人民的革命斗争。有的介绍文章却把这篇长诗说是"根据民间故事创作"的作品，我认为这也不恰当。我的说明不知你以为然否？

感谢民间文学的恩惠，作为一个诗歌作者，我多多少少从中获得灵感和激情，写过一些诗歌。这些作品，有愧于多方的关怀。如今老去，对自己已不敢有什么奢望，但今天广西文学事业欣欣向荣，令我感奋；与自己当年开始学习写作时的状况相比，是多么巨大的发展。祝福我们的祖国，祝福我们广西的文学事业，祝福一代又一代比我年轻的作家们。

（原载《南方文坛》2010年第1期）

关于诗的断想

韦其麟

美好的思想感情的自然流露，不一定是诗；但我觉得，诗应该是美好的思想感情的自然流露。

什么主义，什么流派，都应给人以美感，都应有益于世道人心。

重要的是要有一颗诗心，一颗高尚的美好的诗的心灵。

写诗的人各有各的路数和爱好，你这样写，他那样写，我觉得都可以，应该受到尊重的。读诗的人也各有各的喜爱，你喜爱这样的诗，他喜欢那样的诗，各种各样的好诗都有人喜欢，这恐怕也是客观存在的情况。

写诗的人最好不要认为只有自己的写法是唯一的最好的，别人与自己不同的写法都是必须废除的。

读诗的人也不要认为自己喜欢的诗才是好诗，自己不喜欢的都是非诗。

不必互相抨击，无须唯我独尊，一切让时间来选择，恐怕更有利于诗的繁荣。

诗要求真情的抒发，真诚的诗才感人。

但并非抒发真情的都是美好的诗，有的真情是高尚的，有的真情是丑恶的卑劣的，流氓恶棍为非作歹那丑恶卑劣的感情也很现实。抒发丑恶卑劣的感情不是诗，至少对诗是一种不幸。

对祖国和民族的热爱，对人民的忠诚，对社会生活的关怀，对人类命运的关注，对人生和宇宙奥秘的探求，都是诗应该表现的。

人们需要英雄的诗，也需要智慧的诗；需要呼喊的诗，也需要沉思的诗；需要歌赞颂扬，也需要鞭笞讥刺；需要激情，也需要温情；需要热爱，也需要憎恶；无论形式和内容，诗应该多样，百花争艳。但不应该以诗的名义传布有害于世道人心的东西，恐怕也是人们对写诗的人起码的要求。

2001年

《百鸟衣》再版后记

韦其麟

祖国大地，春光烂漫，我的心里也洒满了党的温暖的阳光。

遵出版社之嘱，为这本小书的再版写个后记，心情是不平静的。

新中国成立后，在毛主席的领导下，党的民族政策使我们祖国出现了从来没有过的民族团结的崭新局面。在毛主席的革命文艺路线的光辉照耀下，各兄弟民族的文学艺术欣欣向荣。祖国的社会主义文艺园地，百花竞放，万紫千红。

这是谁也否定不了的事实。

"四人帮"为了罪恶的目的，捏造出什么"文艺黑线专政"论，全盘否定了毛主席的革命文艺路线，抹杀了建国后十七年的文艺创作。社会主义文艺事业遭受了无以复加的摧残。

历史是严峻的。

一声春雷，"四人帮"完蛋了！终于被人民扫到他们该到的地方去了，这些虫豸们。

在以华主席为首的党中央领导下，伟大祖国阳光灿烂、凯歌飞扬。万方树木，都在开花结果；千条江河，都在奔腾向前。我们的现实和前景是多么激动和鼓舞人心啊。

在这样令人欢欣、振奋的形势下，《百鸟衣》能够有机会与读者重新见面，对自己是很大的鼓励，也是一种鞭策。这首诗歌是解放后在大学学习期间，在党的教育和关怀下写成的一篇习作。这篇流传在我的家乡的一个民间故事写成的诗歌，应该说是群众的集体创作，我只不过是它的集体创作中的一个而已。党把我培养成一个文艺工作者，今天，又是一个美好的时代，我感动幸福。同时也深深知道，自己在各方面都很不够，我必须努力。

1978年早春时节

（原载韦其麟著《百鸟衣》，人民文学出版社，1978年版）

《寻找太阳的母亲》后记

韦其麟

我把自己的一些所谓的叙事诗集中在一起，凑成这样的一个集子。

也许，这只是一些用诗的形式写成的故事，不是能算作诗的。

这并不是因为叙事。我觉得，所谓抒情诗也好，叙事诗也好，总应该具备诗所必须具备的，如果不是这样，不管所谓抒情诗或叙事诗，也都可以不是诗的。

这些习作，有的是写现实生活中的故事，有的取材于古老的民间故事。我写这些故事，是感到其中有一种激动着我的情感，甚至使我的心灵颤栗。我多么希望把这一切表现出来，而我的笔过于愚钝，并未能完全如愿，可能还会使这些本来感动过自己的故事暗淡了色彩。但是，写的时候，我从没有伪装过我的感情，我从不曾欺骗过自己的感受。

世间的父母，大都不会憎恶自己的并不英俊聪敏的儿女；我对自己的这些习作，也怀有同样的心情。当然，我并不因此而失去我的希望，希望努力写得有所进步，希望写出更接近诗一些的诗来。

把这些习作凑在一起的时候，基本按照发表时的样子，只有个别篇作了较多的改动。《郁江的怀念》发表时自己对初稿改动较大，现凭记忆尽可能恢复初稿的面貌，因而也把发表时的题目《郁江啊……》改成现在这样。《歌声》发表时题目是《歌手》，是为避免与另一首题目相同而改的。

感谢广西民族出版社的同志们的鼓励和鞭策，我把自己这些幼稚的习作呈献给你——亲爱的读者。

1984年仲夏

（原载韦其麟著《寻找太阳的母亲》，广西民族出版社，1984年版）

《童心集》后记

韦其麟

  20世纪70年代上半叶,我的一家——夫妻和两个年幼的儿女——生活在十万大山的一个山沟里。那时候,我感到尘世被污染得多么令人悒闷。感激我的小女儿,孩子的天真烂漫常给我一些意外的喜悦。我发现,在纯真的童心中有一个未被污染的明净的世界。也许是作为一个父亲的爱惜,我点点滴滴、琐琐碎碎地在纸上记录着孩子的天真。

  面对孩子的烂漫,记录孩子的纯真,在那些岁月,在无法排遣的茫然的心绪中,对我是一种莫大的甚至是唯一的欣慰了。我知道,随着时光的流逝,孩子将会遗忘自己曾经有过的心思。我不是为孩子留下她一些自己的印记,也不是为我自己保存将会消失的记忆;我记录孩子的天真,只是为了抚慰自己那茫然的心绪。

  告别十万大山时,孩子已长大上学。

  如今,我也在学校里误人子弟。

  一次收拾杂物时,发现这些记录,依然引起我的兴趣,也引起对那些岁月在那个山沟深深的思忆。于是把其中一些篇章整理发表了,当然也有少数篇什是由记录的启发而创作的。现在辑成这个小册子出版,是当年没有想到的。这也许不算文学作品,如果读者在这些文字中能感受到一颗无邪的童心,我就感动而欣慰了。

1987年广西师范学院

  附记:当年《童心集》作为一套丛书之一出版,按丛书体例不设后记而抽掉这篇"后记",后来看到一些谈到《童心集》的文章,说是我的"童年的回忆",因而把这篇未有机会刊出的后记收入这本册子里。

(原载韦其麟著《纪念与回忆》,广西师范大学出版社,2012年版)

《梦的森林》后记

韦其麟

  人都免不了做梦，我也常常做梦。
  梦中，和我相遇的常向我倾诉自己的心迹。
  我多么感激，醒来之后，便把这些倾诉记录下来。
  倾诉者都把我当作诗人，因而在发表这些记录时，用了《给诗人》这样一个总的题目。唯有《梦的森林》这一篇提到了梦，现在把这些记录集成这本小册子，便把《梦的森林》作为书名。
  这些记录，绝大部分记录于1987年到1988年这两个年头，我的记录很拙笨，所记也没有什么新奇，只是忠实于我的梦。
  感谢这套丛书的主编，使我有这样的一个机会写这样一篇后记作这样的交代。

1990年秋天

（原载韦其麟著《梦的森林》，广西民族出版社，1990年版）

《苦果》后记

韦其麟

感谢你翻开这本小册子，尊敬的读者。

而我呈献给你的，却是这样的一些苦果。

我的生命之树没有累累的甜美的硕果，枝头只零星地挂着些不成熟的苦涩的果子。我能呈献的，只有这样的果子。

记得一本《中国当代少数民族文学史稿》（长江文艺出版社1986年出版）曾经这样写道："韦其麟的抒情诗中常有一种抑郁之情而较少欢乐的色彩。"也许是的。从某种意义上说，这本小册子的习作，也都是一种痛苦的抑郁的结果。

集子中也有一首题为《苦果》的，但我把这小册子名为《苦果》，并非表示我对这首习作特别的喜爱。

感谢广西民族出版社和冯艺同志，使我有机会写下这篇后记。

1994年清明时节

（原载韦其麟著《苦果》，广西民族出版社，1994年版）

《百鸟衣》前记

韦其麟

《百鸟衣》是根据壮族民间故事创作的叙事长诗。1955年6月在《长江文艺》发表，接着《人民文学》和《新华月报》分别转载。1956年4月中国青年出版社出版单行本，后又重印三次。1959年4月人民文学出版社收入"文学小丛书"，作为第三辑中的一种出版。1959年9月人民文学出版社重排印行，并收入作者所作《写〈百鸟衣〉的一些感受和体会》一文。1978年9月人民文学出版社又再重印。此外，还收入中国文联出版公司1991年10月出版的《中国新文艺大系·1949—1966少数民族文学集》、花山文艺出版社1995年10月出版的"共和国文学作品丛书"《诗歌卷》。

这部叙事长诗是我根据童年听过的一个民间故事创作的，后来我看到广西科学工作委员会和《壮族文学史》编辑室1959年编印的《壮族民间故事资料》第一集中的《张亚源与龙王女》，就是在我家乡搜集的这个故事的原始记录稿。我写长诗时，吸取了民间故事的基本情节，但对主人公的身世、成长过程和结尾等都根据自己对现实生活的理解和认识作了改造和补充，也删去了原故事一些我认为不太合理、不够理想的情节。古卡和依娌亦是我给两个主人公起的名字。

许多年来，我看到或听到一些介绍壮族文学的文字或发言，有"《百鸟衣》是壮族民间长诗""壮族有民间长诗《百鸟衣》"等说法。我认为这是不确切的。百鸟衣的故事并没有以诗歌的形式在壮族民间流传。壮族民间文学经过几十年的发掘搜集，至今也未发现诗歌体裁的这个故事。这部作品是根据民间故事而创作的长诗，而不是经过壮族民间原有的长诗整理出来的产物。整理和创作并不存在谁高谁低的问题，但这是两个不同的概念和范畴，两种性质不同的工作，应该加以区分。民间文学作品和作家创作的作品也不应混同，特别是对民间文学的研究，必须严格地科学地区别。

一位壮族作家在他的诗作中提到古卡，加以注释说："古卡是壮族古代神话中的一位英勇的神。"这是不应有的粗疏。古卡只是我写长诗时给主人公起的名字，并不是壮族神话中神的名字。直至现今，在搜集到的所有的壮族神话中，没有一个角色名为古卡的。

1990年广西出版的一本《简明民族词典》，在《百鸟衣》的释文中说："壮族神话故事。叙述古卡和依娌结为伉俪的悲欢离合的经过。"然后按照创作的长诗情节介绍故事。且不说按民间文学的严格分类，把这个故事列为神话是否恰当，把长诗对原民间故事做了改动已属创作成分的情节——如结尾就迥然不同——当作壮族民间原有的神话故事来介绍，而且把创作的长诗中作者给人物起的名字当作民间原有的神话故事人物的名字，我觉得是欠妥的。这会对壮族民间文学的研究提供并不切合实际的依据，不真实的依据对研究造成混乱，必然使之得出不正确的结论。作为一部词典，如此的解释，我以为是不够严谨也不够科学。

百鸟衣的故事应该说是人民群众的集体创作的，我把这个故事写成长诗也算作它的创作集体中的一个成员吧。

感谢漓江出版社把这部长诗再出版单行，遵出版社之嘱，趁这个机会，谨作以上的介绍和说明。

1997年仲夏

（原载韦其麟著《百鸟衣》，漓江出版社，1998年版）

《广西当代作家丛书·韦其麟》后记

韦其麟

　　这本集子收入了几篇叙事诗和一些短诗、散文诗。有些篇章按原样标明写作的年份，更多的没有标明写作时间。除《玫瑰花的故事》和《百鸟衣》写于50年代，其余都写于1979年至1994年之间。1995年以后也发表过一些习，都没有收入。

　　这几篇叙事诗都是根据壮族民间传说故事创作的，占了较多的篇幅。在我的叙事诗中，虽也有写现实生活的题材，但根据民族传说故事创作的占大多数。有的朋友为此感到遗憾，说根据古老的民间传说故事创作的东西，气息太原始了。我自己现在还没有这样的觉悟，并不这么认为，因而把这些习作收进这本集子了。何况我写得很少，这类写作是我作品中的重要部分。

　　在编排上，除了几篇叙事诗外，其他都没有按照写作时间的前后排。

　　按编委会的要求，应把作者个人的单行本作品集作为存目附于书末。我的作品不多，顺便在这儿说了。已出版的单行本是长诗《百鸟衣》（1956年）、长诗《凤凰歌》（1979年）、叙事诗集《寻找太阳的母亲》（1984年）、诗集《含羞草》（1987年）、散文诗集《童心集》（1987年）、散文诗集《梦的森林》（1991年）、诗集《苦果》（1994年）、论著《壮族民间文学概观》（1989年）。

　　曾看到一些有关我的经历的文字，与实际情况有所不符，趁这个机会，做个简单的自我介绍：我1935年出生于广西横县文村，壮族人。1957年毕业于武汉大学中文系，此后在林场、广西文联、农场、农村公社、铁路工地、药场工作和劳动。1980年到广西师范学院任教，1991年至今在广西文联任职和生活。

2001年6月

（原载韦其麟著《广西当代作家丛书·韦其麟》，漓江出版社，2002年版）

《依然梦在人间》后记

韦其麟

童年在家乡，当收割在望，田中总有些"白线"——有的禾苗抽穗扬花不灌浆，挺着不饱满或空壳的瘪穗。这些"白线"，并无人去清除拔掉，也和饱满的谷穗一起收割。脱粒后用风柜风出，亦不丢弃，留着，总会有些用处的。我把自己这些拉拉杂杂的短文凑集时，总想到那些被村人叫作"白线"的瘪穗。

这些短文绝大部分写于20世纪九十年代下半叶，都曾在报刊上发表。有朋友说，这些诗不像诗，散文不像散文，故事不像故事的东西，算什么呢？我也不知道，写时亦未考虑，只是随心所欲。不少篇章都是纪梦的，书名就用了其中一篇的题目。就是那些不是纪梦的篇什，恐怕也可以说是痴人的说梦，深知这些习作的粗浅，这并非我之所愿。农人有谁希望自己插的秧苗结出"白线"呢？天生我才不过如此，只能如此。虽然如此，我对这些文字仍怀有很深的敝帚自珍之情——纵是"白线"，在耕耘播种的过程中，也会有使自己特别难忘的祈望和记忆。

逛地摊市场，常见农村的老人摆卖自己采集的草药，也有人买。这些草药不值什么钱，卖完也买不起一包壳子上标榜"高级"的香烟，但也没有人对卖草药的老人说："你为什么不开一间大药房呢？"——所以，在亲友们的鼓励和帮助下，我把这些短文结集出版了。

丁亥秋日

（原载韦其麟著《依然梦在人间》，广西民族出版社，2008年版）

《纪念和回忆》后记

韦其麟

这个集子的文字，都是些往事的记录。分两辑：纪念和回忆。

纪念一辑是对已辞世的师长和兄长的忆念，我是怀着一种感恩之情写下这些文字的；不是创作，只是表达自己内心蕴藏已久的情意。只有《可贵是真情》这篇，是为黄福林前辈生前出版的诗集作序。黄老已逝世多年，也收入了。

回忆一辑是对自己已逝岁月的回顾，大都是应报刊之约而写。由于是回顾，某件事在有的篇章未免重复。也许正说明这事对我人生经历影响之深，并未因重复而删除，都保持着原来在报刊上发表的样子。

不论纪念或回顾，我都尽力忠实于自己的记忆和感受，所写的都是事实，没有随意的想象。在记忆中已朦胧的，都不记录了；我不是写什么文学作品，只是记录没有忘却的真事真情。

篇目的编排没有很多的考究，把两位大学老师放在前面，因为年轻时就得到老师的关怀。其他大体按写作或发表的时间的前后，回忆一辑也基本是按涉及的年月前后。

这些篇什写作的时间跨度很长，最早是1981年，最晚是今年，前后30年。写在不同的年月，也从没有结集出版的考虑。感谢刘硕良同志的鼓励和帮助，给我机会凑合这个集子。感激也欣慰，这对自己，对师长和兄长也是一种纪念吧。

2002年夏

（原载韦其麟著《纪念与回忆》，广西师范大学出版社，2012年版）

李准和韦其麟

[苏联] 奇施柯夫

苏联《文学报》编者按：中国作家协会理事会、中国新民主主义青年团中央委员会在北京联合召开了全国青年文学创作者会议。

参会的是来自全国各省、各民族地区的青年男女四百五十多人，包括工人、农民、人民解放军战士、教师、大学生、报刊工作者和机关企业中的职员。他们中间有些人已经发表过一些作品，有些还只是开始在散文、诗歌、戏剧方面锻炼自己的能力。他们在文学部门中积极地参加社会主义建设。

青年文学工作者听取了茅盾、老舍的报告，许多老一辈的同志向青年作者介绍了自己的创作经验。今天，我们发表一篇评论两位中国青年作者的优秀作品的文章。

武汉是中国最大的河流扬子江边的一座大城市。当地的居民把扬子江叫作长江，因此，中国作家协会武汉分会所出版的刊物取名《长江文艺》。这个刊物已经有了六年多的历史，团结着河南、江西、湖南、湖北四省的文学力量。从它的篇幅里，我们不仅可以看到在这条伟大的河流两岸的新的建设的图景，而且可以感受到这个巨大国家全部生活的脉搏跳动。

青年作者同著名的作家一样，在这个杂志上发表自己的作品。积极地与从事写作的青年群众建立联系，帮助了《长江文艺》在他们中间发现真正的天才，使长江文艺成为未来的有才华的作家的"发现者"。

在全国文学生活中起了显著影响的两位有才能的青年作家李准和韦其麟的处女作，就是在这个杂志上发表的。

李准把自己的创作献给了现代中国农村。李准的短篇小说和特写引起广大读者的注意，这首先是由于他有丰富的生活知识和善于尖锐地提出现实生活中的问题。李准的第一篇小说《不能走那条路》，中国许多定期刊物都予以转载，并译成俄文。在《不能走那条路》之后，李准又相继发表了《白杨树》《孟广泰老头》《雨》《林业委员》和其他短篇和特写，这些作品的艺术价值是不同的，所涉及的问题也是多种多样的，然而它们都表现了为社会主义改造而斗争的热情。

李准在自己的创作中细致地描绘了社会主义改造事业的复兴过程，并没有把他的困难简化。

中国农村家家家户户出现了新的气象。但是这种新气象并不是到处受到一致的欢迎，青年作家巧妙地描写了为确立这种新气象而做的斗争，描写了这种有时把家庭也划分为两个阵营的斗争。

例如，在孟广泰老头——同名小说《孟广泰老头》的主人公——的家里就发生了这样的事。孟广太是合作社牲畜队长，秋收的时候他家分了二千多斤小麦，老头很高兴，但忽然发现他的儿子偷了合作社的豌豆料，父亲非常气愤，强迫儿子向合作社社长承认自己的过错……

在短短的特写《雨》中，李准也描写了这种向新事物靠拢的力量。农民张存厚在一个大雨滂沱的夜晚，忽然想起了为合作社去运煤的牲口还没有回来，在这样的大的雨里，车子很难走过那陡峭的山坡，张存厚冒着风雨去找车，他出门时对妻子说："以后不要说这话，光说管他们，管他们，这是管咱自己的事！"特写《雨》中充满了具有深刻的内在意义的描写平凡生活的情节。

不久以前，李准在《长江文艺》上发表了描写了郑家湾生活的中篇①。这个大村庄（有八百多户人家和一万多亩地）的农民联合为五个农业生产合作社和几个互助组。这个中篇真实地、引人入胜地描写了农民的生活，他们的困难和胜利。同时我们也同意中国批评家们的评语，评语指出："在李准描写人物时还存在着一些缺陷，例如：反面人物比正面人物鲜明，有时，矛盾解决得不够使人信服。"

青年诗人，武汉大学学生韦其麟，同样是在《长江文艺》上获得了他在文学上的声誉——他在《长江文艺》上发表了他的长诗《百鸟衣》。这首长诗，后来《人民文学》和《新华月报》都转载过，刊物上出现过一些评语文字，高度评价了这位青年诗人——壮族的代表人物的作品，居住在中国境内的少数民族中天才的代表人物登上了全国文坛。

人民革命胜利以前，中国各少数民族身受国民党国家机构和地方封建地主的双重压迫。那时，根本谈不上发展民族文学和文化。只有解放以后，他们才能在中国兄弟民族的大家庭里创立新的生活。过去六年来，国内少数民族作家和诗人的创作大大地丰富了中国文学。内蒙古青年作家玛拉沁夫受到崇高的声誉，撒尼人民创作的优美的长诗《阿诗玛》，维吾尔族人，藏族人和其他民族的童话和传说已获得广大读者的热爱。韦其麟的长诗《百鸟衣》在这些作品中占有自己一定的地位。

长诗的主要形象——勇敢的青年古卡和聪明的少女依娌——是壮族许多传说和童话中的英雄人物。他们二人相亲相爱。人民在他们身上赋予了自己的全部的最优秀的品

---

① 指发表在《长江文艺》1955年7、8月号的《冰化雪消》——译者。

质——热爱劳动、善良淳朴、勇敢刚毅、诚实正直。

　　长诗的人民性鲜明地表现在作者所运用的艺术技巧中。他这样描写自己的英雄人物：古卡种的包粟"比别人高一半"，古卡长到二十岁，他"打死过五只老虎，射死过十只豹子"，"依娌的美貌"像天上的仙女一样，依娌是个聪明伶俐爱唱歌的姑娘，她绣的蝴蝶"差点儿就飞起来"。她绣的花朵"连蜜蜂也停在上面"。这种描写的手法与民间文学很近似，所以这诗就有一种特殊的风格。

　　为了拯救依娌，古卡必须射死一百只鸟，用羽毛做成衣裳。韦其麟讥讽地塑造了土司的形象，他妄想夺去古卡心爱的人儿。长诗的主人公战胜了土司，使依娌回到了自己的身旁。

　　批评家陶阳写道："作者根据民间的传说故事，用人民语言和民间文学的表现手法，描绘了壮族人民的生活、风俗、习惯、思想和感情。"[①]

　　李准和韦其麟的作品第一次出现在《长江文艺》上，就受到了读者的欢迎。

（杨华译自1956年3月21日苏联《文学报》）

（原载《长江文艺》1956年5月号）

[①] 奇施柯夫的原文与陶阳的文字有很大的出入，这里用的是陶阳的原文，载《民间文学》1955年7月号——译者。

韦其麟

[日本] 牧田英二

壮 族

  中国少数民族的文学作品中，存在着一系列将流传在民间的神话、传说、诗歌作为题材进行再创作的叙事诗。这些叙事诗的作者收集、整理了民间流传的故事和歌曲，在保持其朴素性、丰富性和民族性的基础上大胆修改，提高了其艺术性，并为其注入了现代性的内涵。纵观少数民族的诗人、作家的个人经历，除了以创作小说和散文踏上文学之路的之外，从口承文学汲取养分，并以此为起点进行再创作的人也不在少数。

  在云南、贵州和广西等西南地区，从民间文学二次创作而来的叙事诗更是少数民族文学的一种重要类型。

  属于这种类型的文学作品数量不少，例如有纳西族木丽春、牛相奎的《玉龙第三国》、戈阿干的《格拉茨姆》和《查热丽恩》，白族张长的《勐巴纳西》、晓雪的《大黑天神》，仫佬族包玉堂创作的、以苗族传说为题材的《虹》，傣族波玉温的《彩虹》，壮族侬易天的《刘三妹》，以及取材于同一个民间传说的壮族黄勇刹等人集体创作的歌剧《刘三姐》等等。

  其中，韦其麟于1955年发表的《百鸟衣》是最早出现的该类型作品，它对少数民族的创作活动产生了一系列深远的影响。与1954年发表的《阿诗玛》一样，它也是少数民族文学中不可不提的重要作品之一。并且，《阿诗玛》并没有特定的作者，全诗不过是对彝族撒尼人民间叙事诗的收集和整理而已，而《百鸟衣》是作者基于壮族的传说进行再创作写就的作品，两者不可同日而语。

人口最多的少数民族

  壮族总人口为1337万，是中国人口数量最多的少数民族。在这之中，有92%的人口居住在广西壮族自治区（1958年成立），其余大部分住在与广西交界的云南省文山壮族苗族自治州，还有一部分分散于广东、贵州和湖南等省份。壮语属于壮侗语族的壮傣语支，是一种独立语言，但是并没有文字，因此与外部交流时需要依靠汉语的文字。一般来说，住在城市或者近郊的学生和知识分子都能用汉语交流。

壮语分为两个方言区。1955年，官方将南宁背部武鸣县的语音定为标准语，制定了用罗马字母表记壮语文字的相关方案。自此，壮语文字出版物开始出现。1959年，中国发行了同时印有蒙古语、维吾尔语、藏语和壮语的人民币。此外，官方于1981年对壮语文字方案进行了修改，并从1982年起实施修订后的方案。近年来，在主流汉语文学之外，壮语文艺杂志也渐渐发行开来。

壮族的诗人、作家很多。曾就读于延安的抗日军政大学、鲁迅艺术文学院的老作家陆地（1918—　），从20世纪三十年代后期开始发表作品，先后出版了描写广西土地改革的长篇小说《美丽的南方》（1960），和以壮族革命家为主人公，反映中国西南地区革命斗争史的历史长篇巨著《瀑布》（1980—1984）。

韦其麟

韦其麟于1935年出生在广西横县的一个小山村。夏天在榕树下或脱谷场，冬天在地炉边，看大人们高声谈笑，听老人们讲以前的故事，和村里的小伙伴一起在山脚下放牧，在山中采摘野果，还时不时地高唱一曲山歌——上中学前，在这偏僻的山村中，他每天都过着这样的生活。这段经历对《百鸟衣》的写作产生了巨大的影响，而作品中出现的故事也都是他小时候听来的。少年时代度过的山村生活，成为他后来文学创作的土壤。

1948年，韦其麟毕业于当地的小学，进入了县里的中学学习。随后，他于1953年考入武汉大学的中国语言文学系，并在此期间创作了《百鸟衣》（1955）。但这并不是他最早的作品，早在高中时期，他就已经开始改编民间传说进行叙事诗的创作了。他的处女作《玫瑰花的故事》是一首简短的叙事诗，1953年发表在《新观察》上，这是他在高中三年级时创作的：

很久很久以前，在苍翠群山环绕的宁静村庄里，有一位名叫尼拉的英俊少年和一位名叫夷娜的聪明少女。他俩的爱情"比玉还洁，比钢还坚"。但是，夷娜的美丽传进了宫，在国王的命令下，她和王子结了婚。可夷娜始终无法忘记尼拉，整天在宫中哭泣。国王和王子为了让她剪断相思的哀愁，逮捕了尼拉，将他装进木箱投进了河里。

木箱漂到了下游的另一个王国，那个王国的公主救了尼拉并爱上了他。但是，尼拉的心中只有夷娜，所以公主最终不得不放弃。尼拉骑上公主赠予的骏马，背上公主给他的弓箭，跨过崇山峻岭和辽阔原野，终于重新见到了夷娜。然而，王子早已带着兵马来临，将两人包围了起来。尼拉用弓箭奋勇抵抗，却因势单力孤最终落败。尼拉射尽最后一支箭后，就和妮娜抱着撞向石台，石台立即染上了两人的鲜血，随后，有血迹的地方出现了一堆黄土。时光流逝，那黄土上长出了带刺的红花，从那时候起，世界上才有了玫瑰花。

以上是这首叙事诗的主要情节，单凭这点内容，读者无法体会到这首诗中饱含的美好情感，但是想必大家已经可以从这首诗中感受到后来的《百鸟衣》中那种清新而又深切的抒情色彩了。

百鸟衣

古卡出生在一个贫穷的农家，在他尚在娘胎中时，父亲就因给土司做苦工累死了。古卡从小由母亲抚养，长成了一个能种田、能打猎的健壮小伙儿。

别人射箭，	Bié rén shèjiàn,
石头射不进；	shítou shè bujìn,
古卡射箭，	Gǔkǎ shèjiàn,
铁做的靶也入一寸。	tiě zuó de bǎ yě rù yícùn.

不知从哪里来了一只花公鸡，进了古卡家门。花公鸡变成了聪明又勤劳的姑娘依娌，与古卡成了亲。

木棉花最映眼了，	Mùmiánhuā zuì yìngyǎn le,
和依娌一比失色了。	hé Yīlǐ yì bǐ shīsè le.
孔雀的尾巴最好看了，	kǒngquè de wěiba zuì hǎokàn le,
和依娌一比收敛了。	hé Yīlǐ yì bǐ shōuliǎn le.

传说中让花儿黯然失色、让孔雀收起羽毛的依娌的事情传到了土司的耳中，土司派手下将她抢了过来。依娌在走前告诉丈夫，要用一百只鸟的羽毛做成衣服，一百天后前去相救。古卡从土司手里逃出来，藏进了深山，翻山越岭，终于捕到了一百只雉鸡，用它们的羽毛做成了衣服，准备回土司衙门救依娌。

土司看到依娌每天郁郁寡欢，便吩咐手下：能想办法博依娌一笑的人统统有赏。然而谁也没法逗依娌发笑。但是，当古卡穿上了百鸟衣起舞时，依娌舒展了眉头，笑着开始载歌载舞。土司大喜，依照古卡的意愿，同意用自己的衣服换百鸟衣。在他换衣服的时候，古卡刺死了他，救出了依娌。最后，两人乘上骏马，去了没人知道的地方。

> 英勇的古卡呵，　　　yīngyǒng de gǔkǎ a,
> 聪明的依娌呵，　　　cōngming de Yīlǐ a,
> 象一对凤凰，　　　　xiàng yí duì fènghuáng,
> 飞在天空里。　　　　fēi zài tiānkōnglǐ.
>
> 英勇的古卡呵，　　　yīngyǒng de gǔkǎ a,
> 聪明的依娌呵，　　　cōngming de Yīlǐ a,
> 象天上两颗星星，　　xiàng tiānshàng liǎng kē xīngxing,
> 永远在一起闪耀。　　Yǒngyuǎn zài yìqǐ shǎnyào.

两人变成了一对凤凰飞在空中，像两颗星星一样闪烁着，永远不再分离。

《百鸟衣》取材自壮族民间传说，富有民族特色和浪漫气息。原传说中有依娌具有点石成金的能力，让古卡变成了一个大富豪，以及皇帝用阴谋夺去了二人的财产，还有古卡杀了皇帝后自己登上了皇位等系列故事，但作者删去了这些不合适的部分，做了较大的修改。作者在该作中，将主人公的贫苦农民形象表现得更加生动鲜明，强调了他与统治阶级（作者将"皇帝"改成了"土司"）间的矛盾对立，赞颂了男主人公的智慧和勇气和女主人公的贞洁。另外，在诗的形式上，作者并没有选用壮族民歌的格律，而是在保留朴素民歌中比喻和夸张等手法的同时，使用了自由诗的手法，创造出一首独特的抒情诗。

《百鸟衣》作为解放后出现的优秀少数民族文学作品，于1956年由中国青年出版社以单行本形式出版，1959年，人民文学出版社也将其作为建国十周年纪念出版物之一，出版了精装本。韦其麟于1956年加入中国作家协会。

从武汉大学毕业后，韦其麟被分配到广西民族学院，1958年被下放到山村，其后于1959年调到广西文联。"文革"之前，他一直从事民间传说和歌谣的收集工作，1964年发表了长诗《凤凰歌》。这首诗讲述了一个贫穷的壮族姑娘加入游击队反抗国民党及其爪牙，最后壮烈牺牲的故事。随后，他进行了一定修改，于1979年出版了该诗，并获得了全国少数民族文学奖。

1978年，韦其麟回到了广西文联，从1980年起一直在南宁师范学院的民族民间文艺研究室工作，出版了《寻找太阳的母亲》等诗集。

注：原文收于《中国边境的文学——少数民族作家与作品》（『中国边境の文学—少数民族の作家と作品—』，1989年5月，东京：同学社）一书，第170-177页。承蒙早稻田大学牧田英二教授与日本同学社授权翻译，承蒙北京师范大学外国语言文学学院陈鹏安博士翻译，在此表示感谢。

生命之藤常青
——记壮族诗人韦其麟

叶惠明

我们在编辑部工作和外出开会的时候，碰到一些写诗的同志，一些文艺爱好者，他们常常这样问起：壮族诗人韦其麟现在怎样了？粉碎"四人帮"以后，他的生活和创作怎样了？人们惦念他、关心他，是因为，二十多年前他创作的长诗《百鸟衣》描绘的"树林密麻麻""溪水清莹莹""满山的野花开了"的壮乡风景，还使读者着迷；他塑造的那一对为自由幸福而斗争的勤劳、勇敢、机智、善良的壮族青年夫妇——古卡和依娌的鲜明形象，还活在读者心中。

1935年，韦其麟出生在广西郁江岸边的山村里，那是个迷人的地方：田峒山岭飘满了荡人心弦的山歌；大树下，火炉旁，流传着听不完的优美的神话故事。壮族人民的朴质、勤劳、勇敢和富于智慧，在他幼小的心灵里，刻下了深深的印记，也为他日后的创作积累下丰富的素材。

诗人的创作，一开始就深深地根植于民族地区的生活土壤之中。

祖国解放了，这位天真纯洁和勤奋的少年，在党的雨露阳光滋润照耀下成长，他成了横县中学较早的一批青年团员。还在高中就读的时候，他的一篇习作，长达几百行的小叙事诗《玫瑰花的故事》在《新观察》杂志发表了，很快就被译成日文、英文，转载于《中国文学》（外文版）上，国际文坛当时还不了解这是出自一位有才华的壮族少年诗人之手。

1953年秋天，诗人就读于武汉大学中文系，那苍苍郁郁的珞珈山麓，那"不让西湖好"的东湖风光，是学习的绝好环境，也是触动诗的思绪的"温床"，在更深更广的接触了古今中外的名著（特别是诗歌方面）两年之后，韦其麟提炼素材的能力更强了，驾驭语言的技巧更高了，在壮族民间传说的基础上，他一气呵成，创作出了长篇叙事诗《百鸟衣》。通过引人入胜的情节，精炼流畅的语言和富于民族色彩的场景，成功地塑造了勇敢的壮族青年古卡和美丽的壮族姑娘依娌的形象，引起了国内外诗坛的注意。除了《长江文艺》编辑部的热情扶持之外，公木、贾芝、沙鸥、李冰等年长一代的汉族诗人也给予特别关怀和指点。不久，长诗被译成了十多种语言文字出版或转载。刚过二十岁的韦其麟虽有名作问世，但他没有自满，而是更勤奋地学习，如饥似渴地继续从李白、杜甫、白居易及普希金、涅克拉索夫、歌德、海涅、惠特曼、华兹华斯、泰戈尔等人的诗歌宝库中汲取艺术养料……

1956年，诗人参加了全国青年文学创作积极分子大会，眼界更宽了。

同年7月，诗人参加了武汉地区第一次横渡长江天险的盛举，"胜似闲庭信步"，雄心更壮了。

也是这一年，诗人发表了小叙事诗《牛佬》，使自己的创作来了个从根据民间故事传说到触及现实斗争生活的转变，作品的现实意义更强烈了。

1957年，韦其麟在毕业前夕，给他的高年级同学、白族诗人晓雪的信中，激动地写道："我准备穿起芒鞋，去迎接自然的、爱情的、劳动的、生活的春天。春天是永远属于我们的。"

可惜，反右斗争扩大化的余波，使诗人的生活、创作受到了明显的影响。

诗人回到故乡以后，分配在民族学院工作，由于极"左"路线的影响，诗人还没有担任课程，就下放林场劳动了。两年后，到广西文联工作，稍后，诗人参加了收集、翻译、整理壮族民间文学。在三年困难时期，他真的"穿着芒鞋"深入到左、右江壮族地区工作。在建国十周年前后，诗人写了抒情长诗《郁江呵……》，对祖国和对民族、对家乡的挚爱之情，有了强烈的表露。诗人有时也在文艺工作的岗位上，但不少时间是参加"四清"运动，下乡接受"再教育"，在干校劳动，当公社干部，修铁路，搞中草药……诗人严格要求自己，处处做到组织上服从，工作上努力，生活上艰苦，总是以普通劳动者的面貌出现……

极"左"路线的干扰并没有使韦其麟丢弃诗笔，1962年至1964年，诗人以顽强的精神连续写出并发表了叙事诗《歌手》《木棉花》和《凤凰歌》。

十年浩劫中，诗人沉默着，苦闷着，也思考着。1972年他参加桂北山区铁路修筑工作时，以《桥墩》为题，写下了这样有力的诗句：

  摇撼群峰的狂风，
  折断了千年的大树；
  我们的桥墩呵，
  依然屹立如初。
  震天动地的山洪卷走了万斤巨石，
  我们的桥墩呵，
  从不动摇屈服。

挺胸昂首——
面对那电剑乱舞；
从容镇定——
一任那乌云飞渡。
　　……

诗篇以铮铮作响的语言，强烈、高昂的感情，讴歌了各族人民逆风顶浪、刚毅不屈的气魄和形象。

粉碎"四人帮"，韦其麟心情激动，精神振奋，诗绪如潮。他从药物种植场回到了广西文联工作，在创作组将近一年的时间里，他重写了革命战争题材的叙事长诗《凤凰歌》（1979年广西人民出版社出版单行本），还发表了《相见歌》和小叙事诗《诗人》、《悬崖歌》和《莫戈之死》等新作。

在长诗《凤凰歌》中诗人发挥了自己艺术表现上的优势——长于叙事，这是一首取材于现代斗争生活的诗作。它描写壮族妇女达凤从孤儿成长为一名女游击队员的故事，读来激动人心。《百鸟衣》和《凤凰歌》都反映了壮族的历史生活和阶级矛盾，具有历史意义和现实意义；两部长诗着力表现了古代和现代的壮族青年的心灵美和高尚情操，表现和讴歌了壮族劳动人民不怕困难、不畏艰险和充满乐观的民族性格。诗人善于从群众的生活语言和民歌中汲取营养，并加工提炼，使诗篇的语言形象、优美、准确和生动，极富诗意。《百鸟衣》把壮族民歌和自由诗的形式结合起来了，既有继承也有创造发展。《凤凰歌》出色地运用了民歌的比喻手法，大量地用生活中常见的事物来比喻夸张。用"鱼儿吃了石灰水，浮在水面颠儿颠"来形容乡长气急败坏的丑态，用"乌鸦白了白鹤黑，酸菜开花也不变"来表现达凤被捕后至死不变心的气节……这些都使诗篇具有鲜明的民族色彩和浓烈的生活气息。

在1979年2月我军对越自卫反击战期间，诗人和其他文艺工作者到边境前线进行采访，亲眼看到越寇侵入我宁明县板烂地区烧杀、掠夺的罪行，也看到了我炮兵严惩越寇的现场战况，诗人义愤填膺的写了一个组诗：《在边境》（见《广西日报》1939年3月27日），热情讴歌自卫还击战的正义性，流露出强烈的爱国主义情感，其中一首题为《以一个中国母亲的名义》，写道：

"宁明县思明大队民兵副营长龙雪葵同志，在板烂地区的自卫还击战斗中荣立三等功。她已三十多岁，是两个已经上学的孩子的母亲。在前线，她和男民兵一样，不怕山陡路滑，为炮兵阵地运送炮弹。

狠狠地打，狠狠地打，炮手同志，
以一个中国母亲的名义，我请求你，

为了我们的孩子，每天早晨，
　　都无忧无虑，唱着歌，上学去

　　狠狠地，狠狠地惩罚这东方的流氓，
　　狠狠地教训——叫他永远不敢忘记：
　　我们的田园，由我们种植五谷、瓜果和鲜花，
　　绝不让别人来栽种地雷、竹签和铁蒺藜！"

　　从前线采访回来后，诗人曾在《广西文学》担任编辑工作，他对工作的热情、负责给同志们以深刻的印象。他对青年业余作者的有基础的稿件特别重视和感奋，常常不厌其烦地从大量来稿中细致精选出来自青年工人、知青和学生之手的佳作，并不住地感叹说："好诗！"还写信到有关单位去联系，请他们悉心培养、扶持这些诗圃中的好苗苗，写热情洋溢的信件给有培养前途的年轻诗作者，给他们具体的指导。韦其麟常对同志们说："我也是在编辑和前辈的帮助下学习写作和成长的。"每当他谈起当年《长江文艺》编辑部的同志们对他的帮助时，总流露着一种对兄长、对家乡似的亲切之情。

　　度过长时间的动荡生活后，诗人渴望有个相对稳定的学习、工作环境。去年，他要求到一所师范学院去任教并从事民间文学的研究，组织上批准了他的要求。

　　记者最近去访问他，见面时，他正伏案学习。当问起他今后的创作计划时，他说："教学是个新的工作，我要从头学起，目前还未考虑新的创作计划。我要更多地学习。"这使记者想起他的《回首一瞥》一文中的一段记述，他在药物种植场工作时，有位技术员看见田里的死藤瓜时，对他说："我们也是一种死藤瓜。"但诗人却有自己的想法，他写道："我并不赞成这位同志的说法，因为我们的生命之藤毕竟没有死，我们还可以而且应该学习，我愿意继续学习，同时希望能够学习。"这鲜明地表述了我们的壮族诗人对生活充满着希望、理想和坚强信念。

　　生命（包括艺术生命）之藤顽强地吸吮着大地母亲的乳汁，它定会蔓延、茁壮和常青！

（原载《广西文学》1981年第6期）

中国作家代表团访泰期间
——韦其麟十足的诗人风度

[泰国] 美华

  带着一副近视眼镜，举止言行都显得文质彬彬的韦其麟先生，五十岁左右，是出生于广西的壮族诗人。

  他同时又是广西南宁市师范学院副教授，平时说话不多，也可以闲话少讲。他碰到自己开心的事物，会乐于提问；而别人向他提问，他也乐于讲解，他的解释总是极有条理地逐点交代分明，与他学者身份十分相称。

  中国作家代表团访泰期间，韦其麟和其他团员一样，上台讲话的机会不多。然而，当代表团访问诗那卡舜大学挽盛校园的时候，他俨然如客座教授一般，在礼堂上向大学生讲学，在短短的二十几分钟内，扼要地向文学系学生介绍了中国古诗的题材和民间诗歌的发展。

  他身为壮族知识分子，许多泰国朋友都向他请教关于壮族的语言，据他说：壮语有不少单词的发音和意义跟泰语相同。但组成句子就不同了，壮族本身没有文字，中国政府正创造一种以罗马字母拼音的壮族文字。

  尽管韦其麟看来静若处子，但他为中国作家代表团做的"幕后"工作可不少，陈残云团长每天在宴会上讲的优美得像诗篇的谈话，一部分草稿即出自韦其麟的手笔。

  泰国诗人瑙哇叻·蓬派汶于3月10日在泰国作家座谈会上朗诵他的诗作："中泰友谊诗献"，这首泰文诗也是由韦其麟在临别前的晚上译成韵律优美的中文诗（本版已刊载过）。

  在艺术家的眼中，美是抽象的东西，是意境的，普通人只能从显现于自然界的具体实物领略到美，或者借助于画家以线条或色彩表现的作品领略到美，画家如果画得太抽象，也许难以把普通人引到美的境界，音乐家以声音为媒介，引人于美的意境。诗人是怎样达到美的境界呢？也许是通过想象力吧！我们普通人无法推测诗人的情怀，跟不上诗人的想象，幸好诗人还得以语言文字为媒介，使我们普通人能从诗章中得到不同程度的感受。

诗人韦其麟临别前夕忙写的一首诗《告别》，最后一句是："明日的飞机怕会飞得很慢，因为我带回的朋友的情意很重很重。"我们的诗人原来是那么感情丰富！

我们的诗人尽管温文柔雅，有时也会处于啼笑皆非的窘境。有一天，代表团从博他耶海滨赶往廊曼机场，准备飞往清迈访问。因为时间还太早，便顺途到叻抛中央洋行参观。经过一个小时的参观购物，团员们各自买了一些东西继续上车。

韦其麟买了一本集邮簿，他说他在高中的儿子喜欢集邮，所以买这本东西送他。

"这里的东西很贵，这本集邮簿值四十铢钱，在中国两个人民币就可以买得到。"韦其麟把集邮簿递给一位泰国朋友观看。

那位泰国朋友翻了封面封底，不禁叫道："这原来就是中国货嘛！"他指着封底"中国制造"的英文字。

"哎呀！我……"韦其麟拍了自己的头："孩子一定不高兴了。"

【原载《中华日报》(泰国)1983年3月23日】

韦其麟印象

王一桃

1

你在我的印象中是朴素无华的。

六十年代初，我从桂林分配到南宁执教，在广西作协举办的文学活动中，我邂逅了你。

一副黑框的近视眼镜，透射出两道深沉的目光。

经常飘拂在额前的，是一片潇洒的美发，又黑又亮。

五官是端正的，脸色白里透红，眉眼和薄唇互相对应。

然而你却是朴素的，不仅衣着朴素，连风采也朴素。

然而你却是无华的，不仅外表无华，连谈吐也无华。

我心想：这就是在大学时代以一部《百鸟衣》一鸣惊人的壮族诗人么？既似又不似。

我心想：这就是人们传说的在大风大浪中险些触礁而人舟并立的青年作家么？一点也不像啊！

2

我唯有从侧面介绍来了解你了。

说来真巧，你在广西南宁地区念中学时的班主任和语文老师，都是后来和我任教的南宁师专的校长和系主任。

一个说你早熟，年纪轻轻就懂得许多人情世故，对壮族民间传说故事耳熟能详，当代新诗集几乎全读遍了。

一个说你早慧，中学时代已发表处女作《玫瑰花的故事》，这一美丽的叙事诗后来还被译成英文和日文。

当班主任的说你操行一直保持甲等，赞你在班上品学兼优，不可多得。

当语文老师的说你理解能力惊人，表达能力超群，是前途无量的高材生。

这就难怪你一考上武汉大学中文系，两年后即创作了长篇叙事诗《百鸟衣》，成了中国少数民族文学一颗明亮的星。

3

我唯有从这部成功之作来阅读你了。

你是壮族的好儿子，你是古卡的好兄弟，你是依娌这美丽化身的体现者。你是《百鸟衣》这生动故事的演绎者。

因为你是壮族的好儿子，你把自己民族的爱和恨，悲和欢，用父老兄弟给你的笔，淋漓尽致地表现了出来。

因为你是古卡的好兄弟，你哀其之所哀，乐其之所乐，你赞他的善良正直，你赞他的勤劳勇敢。

然而黑暗年代土司当道，先是古卡的父亲被折磨致死，继而古卡的妻子被强行抢走，跟着古卡又被赶进深山……怎么办？

你令聪慧的依娌计上心来，古卡就按其吩咐射下一百只鸟，缝制成一件百鸟衣，乘土司换穿时一刀把他杀死，于是——

古卡和依娌"象一对凤凰，飞在天空里"，"象天上两颗星星，永远在一起闪耀"……

4

和朴素无华的作者一样，作品朴实无华。

作品中的故事，在壮族人民中间已经流传很久了，虽然朴素，却又十分生动，千百年来为群众所喜闻乐见。

阶级的压迫和反抗，爱情的挫折和复合，正义的斗争和胜利——这似乎是整个民间文学永恒的主题，朴素却又隽永。

而你，以你的浪漫主义笔调，以你流水行云的语言，向大家诉说了这生动而隽永的故事。

你的笔调是朴素的，虽然不乏民歌的比兴、夸张、排比、重复等手法，但只为了增强作品的抒情色彩。

你的语言是无华的，就像民间口语一样不加雕琢，但仍充满了诗情画意。

写古卡："像门前的大榕树——那样雄伟，那样繁茂。像天空迎风的鹰——那样沉着，那样英勇。像壮黑的水牛——那样勤劳，那样能干。"同样写依娌，寥寥几笔性格就活灵活现。

5

你的作品走进我的讲义，我向学生介绍了你。

你可能不知道，从六十年代一直到九十年代（"史无前例"的十年除外），我几乎不停地讲《百鸟衣》，讲韦其麟。

我对学生说：你只比我小一岁，才华却强我十倍。

我对学生说：你读大学二年级，就已在《长江文艺》上发表了《百鸟衣》；你们呢，正好也上二年级……

我对学生说：人民文学出版社在建国十年大庆时出了一套《文学小丛书》，你这部长诗也选进去了，成为优秀作品之一。

我对学生说：文学新时期出版的中国当代文学史中，你占了一席之地，江西大学公仲主编的那本，还专节讲述了百鸟衣。

我对学生说：随着春天的到来，你又为壮族儿女写了壮志凌云的《凤凰歌》，你又和壮族乡亲一起去《寻找太阳的母亲》……

6

然而，我却为你的逝水流年深表惋惜了。

你本是才华横溢、诗思喷涌的壮族诗人，却不幸迎来一次比一次更激烈的运动。从1957年到1976年整整二十年，你的格子一片空白。

武大毕业后成为"吉卜赛人"：你到过广西民族学院，你到过贵县天平山林场，你到过广西民间文艺研究会……

"文化大革命"中你从自治区文联被扫地出门：到区五七干校，到防城县马路公社，到广西药物研究所药用植物园……

还记得乍暖还寒时节，我和农冠品受陆地委托，到你那里"三顾茅庐"么？你是何等感激春天的到来啊。

一直等到你复出，重返文联作协，我们才有机会一起在《广西文艺》编诗歌；而你的"凤凰"也就在此时此刻，飞翔歌唱了！

7

啊，此刻我又端详你了，还是一样朴素、无华。

我们同在一个编辑部。两个办公台拼在一块，你我在看着稿，我一抬头就望到你。

还是佩戴那近视眼镜，镜框和浓眉几乎一样黑。

额前依然飘拂一片潇洒，好在美髯还不曾花白。

五官还是一样端正，但脸却尖了，瘦了，也黑了一些。

还是一样朴素，衣着依然，风采依然。

还是一样无华，仪表如故，谈吐如故。

当你一撩开眼前的垂发，倏地发现你额上爬满皱纹，那是五十年代的大风大浪，六十年代的狂风骤雨留下的痕迹啊！

当你抬头目光和我相遇时，我终于窥探到你心中的道道创伤。那是极"左"思想和封建法西斯文化专制主义留给你的烙印啊！

8

啊，如今我又飞到你身边了，扑向我的还是朴素，无华。

记起来了，我们是1980年春天分手的。我先到香港去继承先父的遗产，而你不久也请调到广西师院中文系执教。

你可能一下子不理解我，我却对你完全了如指掌。

你的朴实无华使你不去追名逐利，你情愿到校园搞教学研究，不像有些人那样不甘寂寞。

你的朴实无华，使你不想在文坛应酬，你情愿在自己的小天地里，写自己喜欢写的东西。

然而，区文联和作协需要你，你不得不服从分配，走马上任当了广西文联主席。

然而，中国作家协会需要你，你不得不服从民意，担任中国作家协会副主席。

等到区文联和作协会议为我举行"从文五十年"的座谈会，你终于理解了我。

原来，我们之间竟有这么多的共同语言！

（原载王一桃著《香港·文艺之缘》，当代文艺出版社，1999年版）

韦其麟和《百鸟衣》

艾克拜尔·米吉提

　　壮族是一个诗的民族，壮族的民间长诗就有《嘹歌》《传扬歌》《马骨胡之歌》《文龙与肖尼》《唱秀英》《达七》《六丘》《双姑传》《鸳鸯岩》《龙胜壮族历史歌》《幽骚》等近2000部。其中《嘹歌》长达几万行。当然，史诗、长篇叙事诗在我国少数民族文学领域有着悠久的历史传统，同时也丰富了中华文学宝库。

　　20世纪50年代，与新生的共和国一同成长起来的一批少数民族诗人，继承了各民族文学传统，特别是长篇叙事诗传统，在丰富的民间文学基础上，写出了一批具有一定影响的长篇叙事诗。壮族诗人韦其麟和他所创作的《百鸟衣》，便具有突出的代表性。

　　应当说，那是一个充满诗性遐思的年代。1953年，韦其麟发表处女作《玫瑰花的故事》，当年进入武汉大学中文系学习。1955年在上大学二年级时，他根据家乡广西壮族自治区横县一带流传的壮族民间故事，创作出叙事长诗《百鸟衣》。作品一经问世，立即引起极大反响。《百鸟衣》在《长江文艺》发表后，被《人民文学》《新华文摘》等刊物相继转载，人民文学出版社随即出版单行本发行。

　　在那个时代，不仅少数民族诗人纷纷创作出根据各民族民间文学为基础的叙事长诗，一批汉族诗人，包括徐嘉瑞、公刘、徐迟、鲁凝分别创作的同名长诗《望夫云》，白桦的《孔雀》，高平写于20世纪50年代中期的叙事诗《紫丁香》《大雪纷飞》，其题材和艺术表现手法，均源自于各少数民族的民间传说、民歌和叙事长诗。这在当时成为一种热潮，表现了叙事诗创作的一种新的趋势和较高水平。而韦其麟和他的《百鸟衣》就在此列。

　　从另一种意义来说，大量的优秀长篇叙事诗的出现，不仅丰富和发展了各民族文学，而且对我国文学发展史上长篇叙事诗发展的不足是一个补充。这也是少数民族文学对我国当代文学发展的一大贡献。

　　从《百鸟衣》到长诗《凤凰歌》，韦其麟的创作始终没有离开民间文学这块沃土，从中不断汲取创作素养，他的诗歌创作可以说是一个典型范例。进入新时期以来，韦其麟又创作了长诗《寻找太阳的母亲》，在新时期少数民族发展格局中占有一定的地位。他还出版有诗集《含羞草》《苦果》，散文诗集《童心集》《梦的森林》等。

但是，很多人忽略了另一点，韦其麟不仅是传统意义上依靠民歌养分创作的诗人，他还是一位学者。他不只是在少数民族文学界，在中国诗坛也是一位难得的学者型诗人。韦其麟1957年武汉大学中文系毕业后，历任广西师范学院中文系副教授、教授，广西少数民族文学研究所所长，著有专著《壮族民间文学概观》。他为壮族文学事业的发展，做出了理论建树和探索。

韦其麟1935年生，曾任广西文联主席、广西作协主席，现任中国作家协会副主席。

（原载《中国民族报》2004年7月9日）

韦其麟，真诚的壮族歌者

缪俊杰

当我提笔为诗人、真诚的壮族歌者韦其麟先生写这篇文章时，总觉得为时太晚，甚至有些歉疚。

韦其麟，是我崇拜过，感动过，一直很敬重的诗人和学长。

五十多年前，我和他相识于武汉珞珈山。当时我对这位在学生时代发表长诗《百鸟衣》，才华横溢的学长，十分崇拜。

三十年前，在经历了"文革"灾难之后，劫后重逢。改革开放，身心放松，相互倾诉，对过去、对未来的许多话题，观点投缘，心心相印。

十多年前，在全国作代会上，韦其麟当选为中国作协副主席。他到我住会的房间促膝谈心至深夜。我对他在"荣升"时刻所表现的"平常心态"和谦逊态度深表敬重。

七年前，我因参加一个会，重到南宁。很少外出活动的其麟兄，声明不以任何公职而是以"老同学"的友情，陪我去南宁附近的几个县采风、游览，倍觉亲切。

两年前，当我收到《广西当代少数民族作家丛书·韦其麟卷》的时候，读后欣喜激动，准备写篇文章。但慵懒拖沓，一直未果。直到最近，《南方文坛》主编张燕玲先生（我不称其为女士）盛情约稿，才下决心把这篇小文写出来。

一

诗歌是认识世界和表达情感的一种独特的方式。诗歌是诗人在他的文辞里表现出来的历史意识和民族意识。时代出诗人。每一个时代，每一个民族，都会产生出许多以诗歌形式表现自己民族意识的歌者。历史无情，大浪淘沙。每个民族真正能流传下来的诗人和诗歌作品只是其中的少数。但我敢说，韦其麟是一个能经受历史检验的诗人。在诗歌上，他以其独特的艺术创造，将在我国诗歌史上，特别是壮族诗歌史上占有一席地位。他的诗歌将会流传下去。

对一个健在的诗人作如此评判，是否为时过早，有点耸人听闻？非也。韦其麟的诗歌，数量不算特多，但我们可以看到，他所提供的诗歌文本，都潜流着民族的血脉，那种难以摆脱、无法回避、陪伴终身的民族意识和文化烙印，深深地刻在他那善良的心灵中，潜藏在他美丽的诗歌里。

韦其麟的诗歌，无论叙事诗或抒情诗，都表现出一种厚重的乡土情结。而这种情结完全意象化，心象化了。韦其麟热爱祖国，热爱家乡。正像许多诗人反复吟唱长江、黄河一样，韦其麟反复吟唱着他生长的八桂大地的母亲河——红水河。他在《红水河——永不苍老的河》中写道："红水河/涌流在祖国南方群山的河/奔腾在我们民族生生不息的土地上的河/……你是我们民族胸膛上/一支粗壮的血脉/奔突着火焰般的波浪/你像岁月一样/古老而不会苍老/如同时间一样/无穷无尽而永不干涸/你坦荡，尽管没有/长江一泻千里的磅礴，/你深沉，尽管没有/黄河浩浩荡荡的壮阔/红水河，就是红水河/自有自己的风采/自有自己的性格。"韦其麟还在《莫弋之死》《红水河从壮烈碑前流过》《古老的不懂世故的土地》等诗歌中，反复吟唱他生于斯、长于斯的故土。他对故土的思念和赞颂，是一种高尚的情怀，是他对民族、对祖国的崇高的爱的诗化。他的乡土情结，是他热爱祖国，热爱民族，热爱故乡炽热感情的具象化。

韦其麟的乡土情结和诗歌中潜流的民族血脉，还深刻地表现在他对壮族人民坚强不屈民族性格的赞美。我这里想特别提到《火焰般的木棉花》和《寻找太阳的母亲》。韦其麟以充满激情的诗句，通过"木棉"的形象和她"火焰般"的意象，表现壮族人民那种炽热地燃烧的性格。诗人引用壮族创世纪神话"普洛陀"的壮语豪言："死去的英雄手中仍擎着不灭的火把，他仍站在普洛陀当年带领人们开垦出来的土地上，变成了棵棵挺拔的木棉，枝头缀满了火红的花朵。"诗中歌颂了古代壮族射日神话中的英雄侯伯、洪水神话中的英雄布伯、为民造福的英雄莫一、为民除害的英雄岑逊等人物。他们是壮族人民的楷模和民族的希望。英雄不死，民族永存，是诗人表达出的一种民族意识。诗人歌颂"火焰般的木棉花/炽热地燃烧/那是普洛陀的后裔/高擎的火把在燃烧"。比喻成壮族人民生生不息的民族性格、民族灵魂。（《火焰般的木棉花》）

韦其麟在《寻找太阳的母亲》里，歌颂的母亲，就是歌颂伟大的壮族人民的祖先，他们的祖先经历了寻找光明的艰苦卓绝的跋涉。"母亲的道路/像一条长长的不灭的闪电。""母亲的道路/充满了风尘与泥泞/却比大理石铺砌的还要光洁/比花岗岩铺成的还要坚实//这是一条曲折而崎岖的道路/但又是一条何其坦荡的道路啊/这是一条简朴而粗糙的道路/但又是一条何其壮丽的道路啊/这是每一个后来人都为之感激的道路/这是每一个后人都为之景仰的道路。"（《寻找太阳的母亲》）韦其麟在这里所表现的是一种历史观念。诗人借助母亲的形象，对母亲的挚爱，表现出他对民族的至爱。这至深至爱所体现的就是他对中华民族的至爱。

一个作家能够在自己的作品中深刻表现他的民族，他的故土，就会有广泛的意义，甚至世界意义。美国作家、诺贝尔文学奖得主福克纳，反复描写的是他生长的美国南方一个小镇，一方"邮票大的地方"，但他的作品具有世界性的影响。韦其麟的故土情结，对本土生活和历史的深刻描写，对本民族历史的哲理思索，把他推到了不可替代的本民族杰出歌者地位。他的创作的价值和意义是不容忽视的。

二

真、善、美是韦其麟诗歌创作的基本题材取向和永恒主题。

英国伟大剧作家莎士比亚说过："真、善、美就是我的全部主题。真、善、美变化成不同的辞章；我的创造力就用在这种变化里，三题合一，产生瑰丽的景象。真、善、美过去是各不相关，现在呢，三位同座，真是空前。"莎士比亚说出了一个真理，也道出了文学的规律。古往今来，一切有成就的文学家，几乎都是围绕着"真、善、美"来做文章，来表现自己的美学理想和艺术理想的。

韦其麟的诗歌创作，也如莎士比亚所说："真、善、美三位同座。"无论是叙事诗或是抒情诗，都是通过表现生活中的真、善、美，表现生活中真、善、美与假、恶、丑的斗争，从而达到弘扬真、善、美，鞭挞假、恶、丑的目的。诗人往往把传说中的人物，通过诗人塑造的意象，表现出生活中的真、善、美与假、恶、丑相互交织的斗争。

我重读了他发表在五十多年前的《百鸟衣》，这是韦其麟诗歌创作的第一高峰，体现了他的美学理想和艺术追求。"百鸟衣"是壮族流传久远的民间故事，美丽而委婉动人，是壮族人民壮丽、苦难而纯洁的心灵史诗。韦其麟用深邃的历史目光，审视这个民间传说，用美丽的文辞，描绘了这个民间故事，并用深刻的历史价值观评判着已经过去的社会现象、物质世界和人生景观。在八桂大地绿绿的山坡上，在百鸟齐唱的榕树下，成长出来英俊少年古卡和公鸡变身的美丽姑娘依娌。他们长大了，他们相恋了，憧憬着美好未来和美好追求。事物总是复杂的。善与恶、美与丑、生与死，总是纠缠在一起，形成了社会的两极。美丽的依娌像花一样被寒冬摧折，被代表恶势力的土司摧残。聪明的古卡为救依娌，穿过九十九个深谷，翻过九十九座高山，射下了九十九只飞鸟，射下了一只雉鸡，用百鸟之羽，制成"百鸟衣"，最后用智慧击倒了贪婪的土司，救出了依娌，他们展开无形的翅膀，"象一对凤凰 飞在天空里"，"象天上两颗星星，永远在一起闪耀"。这个故事可能在壮族流传了千百年，但经过韦其麟的再创造，表现出真、善、美与假、恶、丑的斗争，真、善、美战胜假、恶、丑。这个故事就成了永恒。如果把《百鸟衣》仅仅看作一个普通民间故事的整理，实在太低估了这部作品的美学价值和韦其麟的创造性。

同《百鸟衣》一样，《莫弋之死》和《岑逊的悲歌》，也都是通过民间故事传说叙述的人物之间的关系，表现出真、善、美与假、恶、丑的斗争。《莫弋之死》写了红水河边一个古老的故事，莫弋是个大力盖世的英雄，他要"移山治水"，让家乡的"穷山恶水"变为良田。但是莫弋的造福山民的壮举，却遭到小人"巫公"的诬陷，"移山"被诬为"造反"。衙门的土官为了制服莫弋，诱以官位美餐。莫弋不从，离开衙门。巫公使用毒针，把莫弋射死在出发的路上，"无情的毒箭已插进血肉之躯／莫弋已经已走到生命之路的终点……英雄怆然倒下／倒在群山之间／崇高的事业与美好的理想俱化云烟！"诗中通过莫弋之死的悲剧，一方面歌颂了治水英雄莫弋，也鞭挞了作为恶势力代表的"巫公"的恶丑凶残。《岑逊的悲歌》，也是通过一个壮族传说来表现真、善、美与假、恶、丑的斗争。岑逊是壮族古代英雄的化身，"他教导人们制作弓箭，／射杀那满山的虎狼／教导人们编织罗网／捕杀那遍野的毒蛇／教导人们造犁耙／教导人们栽种五谷"。但是他被"一把看不见的利剑击中"，岑逊之死，表现了善与恶的斗争，而作为真、善、美的代表，岑逊受到壮族人民崇拜。他的形象永存。

韦其麟在他的诗歌里所涉及的真与假、善与恶、美与丑，都是从美学意义上来体现的。在这几个相对立的范畴中，不同的人们对于相同的事物和相同事物之间的关系，会有不同的判断。但韦其麟在诗歌中所表现的真假观、善恶观和美丑观，符合广大人民的利益，符合民族的价值观，符合历史发展的趋势。这种价值判断和美学追求，有着普遍认同意义，将引导人们走向更高的精神境界。

三

文学家的语言风格与政治家、哲学家、思想家的语言风格迥然有异，有着自己鲜明的独特性。文学家和诗人在自己的作品中，或伴以形象思维，或掺入激越情感，或析理另辟蹊径，或思辨别具一格；或貌似极端片面，或故作反语惊人，或直抒胸臆，尖锐明彻，或意在言外，含蓄蕴藉，或追求警句格言，见微知著，或注重幽默调侃，耐人寻味……文学家、诗人的语言往往表现出不同的风格。

作为一位杰出诗人，韦其麟所提供的艺术经验是最多方面的。我认为，他的重要艺术经验之一，是他特别注重语言的魅力。他的诗歌特别注重个性化的意象和语言美的韵味。韦其麟博知厚学，广泛吸收古今中外的诗歌创作经验。他的诗歌创作，无疑也注意吸收古今外来的诗歌的影响。但他在创作时却十分注重本民族的个性的意象和本民族的语言特色。他在《百鸟衣》《莫弋之死》《岑逊的悲歌》《寻找太阳的母亲》《普洛陀，昂起你的头》《玫瑰花的故事》等叙事诗中，创造了具有壮族独特个性的意象和吟咏性的特色。

我在读韦其麟的诗歌时，特别注意到语言方面所下的功夫。他的诗纯净而美丽，读起来如沐春风，其源出于他的语言的纯净而美丽。他描写景物，形象而又明净，你看他诗句："绿绿山村下，／清清溪水旁，／长棵大榕树，／像把大罗伞。／山坡好地方，／树林密麻麻，/鹧鸪在这儿住下，/斑鸠在这儿喝茶。"（《百鸟衣》）诗人把这个宁静、绿莹莹的美景，通过鹧鸪、斑鸠，体现出人与自然的和谐关系，写得多么美丽动人。

韦其麟诗歌语言的魅力，还来自他的语言力度。比如他在写壮族英雄人物岑逊："身躯魁梧，手长脚大的/岑逊，踉跄，踉跄着；/群山，由于他沉重的脚步/而摇晃。殷红的鲜血/喷涌着，流在他敞开的胸膛。/终于，他倒下了，像倒下/一座巍峨的高峰。/大地，久久地震荡。""他倒下了，深邃的眼睛/像两口清泉，仍流涌着/无穷的爱，无限的恨/对于人间的无比深沉的眷恋。/紧蹙的双眉，似两把大刀竖起，/叫击倒他的胜利者都为之颤栗。"（《岑逊的悲歌》）诗人以富有穿透力的语言，描绘出英雄的雷霆万钧的力量。

诗歌是语言的艺术。但也有人误解，以为诗歌就是分行的文章。有人认为，哪怕是政治口号，一分行就变成了诗。因此，一个时期，有些诗歌曾经沦为分行的政治口号，有的虽然不是口号，但也在声嘶力竭中的呼叫中显得苍白无力。韦其麟则不然。在我读到他的诗歌里，从不出现政治口号。这不是说，他的诗歌没有强烈的思想内涵；而是说，他的思想，他的哲理，都非常隐秘地藏在形象化、意象化词句之中。他的诗歌的艺术美正在这里。

韦其麟的诗歌，尤其是他的抒情短章，非常富有哲理性。但是他的哲理，他的倾向性，不是像恩格斯批评某些作者指责的"直接说出"，而是具有艺术的"隐蔽性"。例如，他的一首诗《诗——致诗人》中写道："你教我颂扬善美，而善美往往被丑恶所戏弄。天地间不时荡着戏弄者得意的微笑。/我心里充满了酸苦。/你教我礼赞崇高，而崇高每每被卑鄙所亵渎。天地间不时飘着评判者阴冷的嗤笑。/我心里充满了悲哀。"这是一个智慧者的痛苦，一种无奈的呼唤。他在《痛苦》《撒谎》《美德》《谎言》《乌鸦》《狗》等诗中，都隐喻着一种哲理，是诗人"反讽"艺术手法的巧妙运用。

韦其麟的诗作才情丰盈，是当之无愧的真诚的壮族诗人。除了早已脍炙人口的《百鸟衣》，其他如长诗《凤凰歌》、叙事诗《寻找太阳的母亲》、诗集《含羞草》、散文诗集《童心》《梦的森林》、诗集《苦果》以及《依然梦在人间》等，都有广泛的影响，已经有许多论者进行评论。我这篇短文，不是对诗人韦其麟诗歌创作的研究，而是作为一个读者，他的学弟，对他的诗歌创作的粗浅印象，写下供参考，望指正。

（原载《南方文坛》2010年第1期）

评论文章选辑

从韦其麟等作家的创作实践谈神话传说与作家文学的关系

郭辉

在当代作家文学园地里,大部分作家及其大多数作品是以现实生活为题材而进行创作的。然而也有这么一部分作家,他们着意从自己民族的富饶的民间文学沃土中汲取营养,撷取题材,进行艺术创作。当他们把古老的、丰富多彩的民间神话传说或借鉴,或改编,熔炼成为具有自己风格、时代的气息的作品时,这作品便生发出一种古老而亲切、醇美而神奇的艺术光彩,令人陶醉。

我们欣喜地看到,像韦其麟、晓雪、戈阿干等少数民族作家已经进行了成功的尝试。下面,笔者试图从韦其麟等作家的创作实践谈谈神话传说与作家文学的亲密关系。

神话传说在题材上对作家作品的影响

壮族的祖先,给壮族人民留下的丰富宝贵的精神财富,其中之一便是民间口头文学创作。而原始社会的民间口头文学创作除一些简单的劳动歌以外,大量的、能够流传下来的就是神话故事了。他们在这些奇妙优美的神话故事里,给神赋予人的思想、感情,或把人神化,即英雄化、理想化。这些神话故事反映了壮族先民对社会、对生活中的美丑善恶的认识,同时还以其独特的艺术魅力给后世的文学以深远影响。翻开韦其麟的作品,我们就会看到这种影响。

韦其麟比较有影响的叙事诗,无不是以壮族神话传说为题材进行再创作的,如《岑逊的悲歌》《莫乇大王》《寻找太阳的母亲》,以及他在上大学时发表的《百鸟衣》,等等。笔者以为,正是作者成功地借鉴运用了壮族神话传说这一题材,并给它注入新鲜血液,使得古老的文学形式在今天又焕发出奇异的光彩。

《百鸟衣》是广泛流传于壮族群众中的一个传说故事,收集在《壮族民间故事资料集》里的《百鸟衣》,说的是出身孤苦的古卡,由于勤劳善良,能吃苦,得到由大公鸡变成的依娌姑娘的爱慕,结成夫妻。可后来依娌被土司老爷抢去了,古卡在仙人的指点下,穿着用一百只鸟的羽毛做成的百鸟衣，战胜了土司，救出了依娌。依娌"点土成金"的法术使古卡成了大富翁，两人过上幸福的生活。这是一个有着浓重神话色彩的故事。和这一故事的基本情节相近的还有《田螺姑娘》《张亚源和龙王女》等，也广泛流传于南方各省的群众中。

韦其麟根据这一故事原型进行了大胆的创造，他不是机械地将原故事移到自己的作品中来，把散文体改成有韵脚的诗行，也不是对神话传说的搜集整理，而是从壮族人民的实际生活出发，按照自己的理解，根据自己的创作意图对题材进行了较大的加工。他改变了原故事浓重的神奇色彩和封建思想局限，着重反映壮族人民在封建势力统治下的苦难，他用直抒胸臆的方式把叙述与客观描绘结合起来，在讲述故事的同时渲染了浓厚强烈的抒情色彩。这样，经过韦其麟再创作的《百鸟衣》[①]，就同一题材来说，无论在思想性、战斗性、艺术性方面都比原故事有了很大的加强。

也许是受《百鸟衣》再创作成功的影响，或许是受本民族神话传说审美形式的吸引，总之，继《百鸟衣》之后，许多少数民族作者纷纷拿起笔，以自己民族的神话传说为题材，创作出许多优美动人的诗篇。如白族诗人晓雪，根据在白族民间流传很广的《大黑天神》神话，创作出了叙事长诗《大黑天神》[②]；纳西族作者戈阿干根据《崇搬图》（又名《创世纪》）的神话，写出了叙事长诗《查热利恩》[③]等等。而韦其麟在经过了漫长岁月摔打之后的复出，又拿出了根据壮族神话《莫弋大王》（或名《莫一大王》）、《岑逊王》、《妈勒访天边》为题材进行再创作的作品。

《莫弋大王》和《岑逊王》《妈勒访天边》都是壮族著名的神话故事。前两个叙述的是古代壮族人民崇拜的英雄人物遭受奸佞小人陷害不幸牺牲的悲剧：莫弋大王为百姓造海而不愿做官，却被官兵的冷箭射死在红水河边；岑逊为民除掉了四只脚的野兽，却遭到两只脚的敌人围攻，他英勇无畏地用铁锄和天兵天将作战，后被天帝用宝剑从后面刺穿了胸膛。后一个颂扬了母子俩为寻找天边、寻找光明，不怕路程艰险、勇于牺牲的精神。而白族神话《大黑天神》说的是天神接受了玉皇大帝的圣旨，要他在人间散布瘟疫，消灭人类。可富有同情心的天神不忍看到人类遭毁灭，便把带来的瘟疫符咒全吞下肚，一下脸和身子全黑了。纳西族神话《崇搬图》讲的是查热利恩和翠红褒白这两个纳西族先祖艰苦创世的故事。

韦其麟和晓雪、戈阿干就根据这些极其古朴的神话题材，融进他们自己多年的社会生活经验和对人生的体察思索，用叙事诗的形式将这些神话故事进行一番改造。在改造的过程中，他们都努力的使现实性与奇异性有机地结合起来，给远古的神话染上了既有真实感又充满了神幻的迷人色彩。

[①]《长江文艺》1955年第9期。
[②]《山茶》1980年10月号。
[③]北京民族出版社1983年版。

以韦其麟为例，我们从他作品所选取的题材中可以看到：壮族神话传说题材是韦其麟创作中重要的、不可分离的一部分。那么，这种情况是特殊的还是偶然的，或是韦其麟的别出心裁？我们说，都不是。我们认为，韦其麟之所以能自觉地以本民族的神话为题材进行再创作，与他从小生活的环境和文化陶染有关。韦其麟出生在广西的一个壮族山村里，是壮族文化将他哺育长大的。他自己曾说过：小时候，每到晚上，就喜欢坐在大榕树下，"听着老人讲着那古远的、永远也讲不完的故事。这些故事，吸引着我童年时代整个的心灵"。①正是有了对本民族文化生活的熟悉和理解，有了对这些文化深深的热爱和敬重之情，使得韦其麟的作品中蕴藏着一股浓郁的民族本色。这样，我们也就很容易地理解了韦其麟为什么对壮族神话传说这般钟爱了。

作家利用民间神话传说题材进行创作，这是古已有之的。在中国文学史上，这种事例很多，例如：战国时代的大诗人屈原是收集、运用神话题材的专家，他所著的《离骚》《天问》《九歌》等不朽名篇都广泛汲取了神话传说，成为古代积极浪漫主义的典范。到了汉代，司马相如、扬雄、张衡等著名辞赋家纷纷以神话为题材进行创作。以后的陶渊明、李白、李贺、李商隐等杰出的诗人，也都从神话中汲取文学题材和艺术形象；现代文学巨匠鲁迅，借神话故事反映现实生活，讽刺揭露国民党的反动统治，成为以神话为题材进行文学创作，真正做到古为今用的典范。

韦其麟等作家正是继承了前人的经验，以本民族的神话传说为题材，成功地创作出了一篇又一篇的佳作。这里，也许有人会想到：在远古神话传说题材里，究竟是什么样的魅力在吸引着我们一代又一代的作家？作家又从神话传说里提取了些什么来丰富自己的作品？这正是笔者下面要提的问题。

神话传说为作家作品提供典型的人物形象

在文学艺术领域内，关于人的形象的塑造，从青海大通县上孙寨出土的舞蹈彩文盆来考察，最迟在据今六七千年前的新石器中期仰韶文化时期就已开始了。这近万年的历史，该给我们的文学事业积累了多么丰富宝贵的经验。其中一条就是：从民间文学作品中汲取人物典型，并将这一人物经过加工再创造成为自己作品中的主人公，然后再回到民间，成了家喻户晓的艺术珍品和典型形象。这样的作家，这样的作品，在古今中外文学史上不乏其例。如莎士比亚的哈姆雷特、塞万提斯的堂·吉诃德、歌德的浮士德、吴承恩的孙悟空……这些人物经过作家们的精心雕塑，不但在本国内有了影响，甚至已经具有世界性的典型意义，成为全世界的艺术珍品。当我们翻开韦其麟的作品，就会看到一个壮民族神话传说中的人物形象序列，看到壮族神话中的人物对他的作品有着很大的影响。从古卡、依娌到莫弋、岑逊再到妈勒等等，这些人物，经过他刀笔的再雕刻、再

---

①韦其麟《写〈百鸟衣〉的一些感受和体会》，载《长江文艺》1955年第12期。

润色，就具备了更鲜明的人性和更完整的人格。

俄罗斯伟大的文学家高尔基对民间文学有着深厚的感情，对神话中的神有着独特的见解，他说："古代所有的神都住在地上，他们的举动和人一样。在古代，神并非一种抽象的概念，一种幻想的东西，而是一种用某种工具武装着的十分现实的人物。神是某种手艺的能手，是人们的教师和同事。"①是的，壮族古代神话传说中的英雄，就是手持工具、助民除害的实实在在的人：岑逊用他的千条牛拉不动、万人抬不起的锄头给人间开江挖河，用他的智慧帮助人民造田播谷，用他的勇敢杀败敌人；莫弋为了解除旱灾对人民的威胁，挥动手中那把神奇的雨伞赶走群山，试图造一个大海；而由公鸡变成的美丽善良的依娌姑娘，以她的聪明智慧战胜了土司出的一个个难题……这些劳动人民创作的神话人物，凝结着壮族先民要征服自然的渴望，是他们的理想的化身。壮族古代进入阶级社会以后，人民遭受着统治者残酷的剥削压迫，处于衣不蔽体、食不果腹的贫困地位。他们不能战胜大自然，就用神去向大自然挑战；面对强大的邪恶势力，他们就用神去斗争。这既是壮族先民幻想的杰作，也是展现壮族先民精神风貌的一幅幅现实的图画。这样优美的神话结构，这样鲜明的神话人物，给作家提供了表达自己思想感情，并用它来曲折地为现实生活服务的宝贵形式和动人形象。

那么，韦其麟是怎样从神话传说中汲取艺术力量，来为现实生活服务的呢？在《百鸟衣》发表并引起震动之后，他在一篇谈感受的文章中说道："《百鸟衣》故事的主题虽然基本上是积极的，人物也基本是正面的、典型的。但是，因为种种原因（如封建统治阶级思想意识对人民群众的侵蚀），尽管民间故事传说是人民群众所创作而借以表现他们的爱憎和愿望的，也总免不了掺杂着一些非人民性的糟粕。所以为了把主题明朗起来，赋予它更积极的社会意义；为了把人物的性格更加突出、明朗和丰富，使人物的形象更趋完美、鲜明，就不能单纯把原来故事不加选择原原本本记录下来，而必须经过一番整理，在原故事的基础上进行艺术加工。"②基于这样的认识，韦其麟在他的作品中将神话传说人物进行了改动。如《百鸟衣》的古卡，原故事将他的成长过程叙述得烦琐：打柴谋生，从小受人任意欺辱，遇到困难便毫无主意地哭，后来遇到神仙援助才得以幸福。如依娌，由公鸡变成万能的神仙后，能"点土成金"，要什么就有什么。韦其麟对于这些可有可无的情节中一些明显不符合生活逻辑，有损于劳动人民形象的部分删节了，让古卡成为在生活中磨难中成长的英雄。当他还在娘肚里的时候，"爹做工累死了"，当他长到十岁的时候，就打柴谋生了。是劳动使他"象大榕树那样雄伟、那样繁茂。像鹰那样沉着、那样英勇。象水牛那么勤劳、那么能干"。让公鸡变成的美丽姑娘依娌，也像凡人一样会犁田，会插秧，会种瓜，会歌唱。而在塑造莫弋和岑逊王这两个形象时，韦其麟着重把笔力放在刻画他们勇敢顽强、无私无畏的性格上，突出了莫弋、岑逊王那种为民

---

① 高尔基：《文学论文选》，人民文学出版社1958年版，第322页。
② 韦其麟：《写〈百鸟衣〉的一些感受和体会》，载《长江文艺》1955年第12期。

分忧、为民除害的高尚品德和败而不馁、百折不挠的精神气质，而把那些过于繁芜的情节或简写或省略了。

读了韦其麟的这些作品，我们会感到：作者不是漫不经心地向我们转述一个个古老的故事，而是努力传达着原神话传说的精神内核，在塑造人物的形象的同时融进了自己的心血。可以说，他在人物形象的加工塑造，符合传说人物的基本精神，也符合劳动人民创造这些理想人物时的初愿，更符合历代壮族人民在长期反抗民族压迫、反抗阶级压迫斗争中形成的英雄气质。

高尔基在《个性的毁灭》一文中曾说道："各国伟大诗人的优秀作品都是取材于民间集体创作的宝藏的，自古以来这个宝藏就曾提供的一切富于诗意的概括，一切有名的形象和典型。"[1]那么，通过这一节的分析，我们是否可以这样提出：宝藏埋藏的毕竟是矿，是没有经过提炼加工的矿。正像远古流传下来的神话传说中的人物形象，不论经过怎样的民间口头流传，经过劳动人民怎样的增删，他们总还是像矿一样表面板结着一层"土质"，总还是带有民众那种朴实憨厚的特征。但是，这些作品，这些人物，一旦和作家文学这种书面形式结合起来，一旦经过作家的提炼，加工，再创作，赋予他们新的艺术生命，他们就会显示出独特的美和强大的生命力、感召力，就会成为文学画廊中一座座隽永恒古的雕塑，生动地留在人们的心目中。除中外文学史上的典型例子外，中国少数民族文学中的人物形象也能证明这一点，如前面提及的白族的大黑天神，纳西族的查热利恩，以及壮族的刘三姐，撒尼人的阿诗玛，藏族的格萨尔王……这是什么原因呢？当我们从现实出发，用马列主义的价值观对这些神话传说人物，对这些文化现象进行审美处理时，就会发现：经过作家运用各种艺术手段再加工后，古老神话传说的美学价值就在我们面前呈现出更加鲜明的色彩。这也是神话传说对作家文学影响的一个重要方面。

神话传说的美学价值在作家作品中的体现

从远古氏族社会到漫长的封建时代，神话传说伴随着历史的脚步，在人民的幻想中经过不自觉的艺术方式加工流传下来了。人民，以自己特有的想象赋予了作品美的价值，借以表达他们对美好生活理想的追求。我们还以韦其麟的《百鸟衣》《莫乙大王》《岑逊的悲歌》以及晓雪的《大黑天神》、戈阿干的《查热利恩》这几篇作品为例，试分析神话的美学价值和他们作品关系之间的一些特点。

其一，赞颂英雄气概，发扬美的品德。

我们的祖先，在征服自然、改造自然、与恶势力进行斗争的漫长岁月中，谱写了许多可歌可泣的英雄篇章——这些用无数鲜血和生命谱写的篇章，一旦以他们特有的方式记在口头传说里并流传后世，便在我们后人心中油然升起一股崇敬的美感。也许正是这

---

[1] 尼皮克萨诺夫：《高尔基与民间文学》，中国民间文艺出版社1980年版，第135页。

种崇高美深深地染濡了韦其麟吧，使得他在作品中对主人公倾注了无限的感情。我们先来看看岑逊：

岑逊，这个继布伯死后又出现的顶天立地的壮族英雄，眼睛是绿色的，舌头能舔到自己的鼻端，身子魁伟得"坐着象岭堆，站着象山岗"。这样的英雄，却背上行囊，每天只吃一蚌壳的芝麻，他——

> 走遍了广阔，广阔而荒凉的地域呀，
> ……去造访每一处峒场，
> 教导人们制作弓箭，
> 射猎那满山的虎狼；
> 教导人们造犁造耙，
> 教导人们栽种五谷。

为民造福，他挥动大锄挖开了三条奔腾不息的河流；为民除害，他用大锄直劈一下，"三百六十个敌人化为肉酱"；横扫一下，"七百二十个敌人粉身碎骨！"可是，我们的英雄却不会提防阴谋和诡计，天帝的利剑从背后刺穿了他的胸膛。

韦其麟在这首诗作里，把笔力集中在岑逊临死前的情形上，用深沉、悲怆的调子将岑逊的一生连缀起来，把美的、丑的；崇高的、委琐的；英勇的、卑微的……都交集在一个聚点上，用强光追影的方法一一展露在我们面前：

> 他的双眼轻轻合上了，
> 血，仍从胸膛涌出，流淌。
> ……
> 光荣与耻辱，欢乐与哀伤，
> 酸甜苦辣，自己，以及太阳，
> 都在无穷无垠的黑暗之中，
> 隐去，消失，一片虚无空茫。
> 而他的心愿、理想、追求和希望，
> 他的意志，他的英勇，他的刚强，
> 他的爱、他的恨，并没有消亡。

读了这样的诗句，在怆然泪下之际，我们感受到了，祖先将他们斗争的经验教训留传下来，又经过我们当代诗人的加工创造，赋予新的形式、新的内容，竟会生发出如此摇情拽怀的神韵来。

而晓雪在《大黑天神》里，却为我们塑造了一个能体察民情，敢于违抗天庭旨令的"神"的形象。大黑天神"为了人间千千万万的家庭年年幸福团圆"，"为了地上千千万万的人们真正益寿延年"，吞下了全部瘟疫的种子：

  他从此离开玉皇统治下的神仙队列，
  却比任何神仙都更令人崇敬和怀念；
  他从此结束了在天庭里的神秘生涯，
  却在人间竖起了高大的榜样，立地顶天！

  岑逊、莫弋大王、大黑天神的死是带悲剧性的。但是，他们对人民的赤诚忠心，对故乡土地炙热的感情是美好的；对与大自然搏斗、与凶恶敌人奋战的气概是英勇的，值得赞颂。我们说，民族优秀的文化遗产是发展精神文明的养料之一，从现有的资料出发，然后根据现实的需要加以改造，从而创造出更精美的果实。韦其麟、晓雪根据神话传说创作的诗篇，就是一次成功的尝试。不是吗？当有着这样英雄的气概，有着如此美好的品德的神性人物跟跄倒下遽尔毁灭时，我们心中生发出的一阵阵强烈的震颤，又怎能说不是作品的崇高之美、悲壮之美在拨动我们的心弦呢？这种震颤，能使人们"认清自己的力量，自己的权力，自己的自由，激起他的勇气，唤起他对祖国的爱"[①]。

  其二，神奇瑰丽的幻想，抒情浪漫的色彩。

  神话富于想象，并通过神奇瑰丽的想象来表现生活，它的人物、情节总是在想象的天地间活动，在想象的世界里展开，这是神话的主要特点之一。壮族的神话当然也不例外。是的，壮民族在生产力极其低下的条件下，总是"用想象和借助想象以征服自然力，支配自然力，把自然力加以形象化"。[②]这种想象也自然而然地在作家的作品中发挥作用，翻开韦其麟的诗作《百鸟衣》，我们可以看到这个突出的特点。

  在《美丽的公鸡》一节里，古卡打柴回家遇上一只大公鸡，公鸡跟他回了家。古卡几次把公鸡送出家门，可是到了晚上，这只奇怪的公鸡又回来了。这时，作者写道：

  第三个月第三朝呀，
  不听见公鸡啼了，
  笼子里没有了公鸡，
  院子里站着个姑娘。

  姑娘穿的衣服呀，
  象天上的虹一样；

[①]恩格斯：《德国的民间故事》，《马克思恩格斯论艺术》第四卷，40页。
[②]马克思：《〈政治经济学批判〉导言》，《恩格斯选集》第二卷，第113页。

姑娘的容貌呀，
象天上的仙女一样。

姑娘是美丽的公鸡变的，
美丽的公鸡变成了姑娘，
姑娘的名字叫依娌。
姑娘成了古卡的妻。

　　读了韦其麟的作品就会感到，他的诗的语言是朴素的，是富于民族特色的，是来自生活的。这和他刻意向神话传说的特点学习有关。因为神话传说是富于想象，以意境见长，而无意于修辞上的藻饰，它是通过描写人物行为活动来展示人物内心世界。特别是通过描绘人物在进行艰苦而气势宏大的创造中，使作品通体显现出一种美的氛围。韦其麟这种既富于想象，又善于抒情浪漫的描写，既继承了神话传说的特点，又发挥了作家文学的特长。

　　最后，韦其麟为了使诗更充实和更完美，在古卡机智地杀死了土司，救出了依娌后，创造性地将原神话传说中的结尾部分添上了这么一笔：

英勇的古卡呵，
聪明的依娌呵，
象一对凤凰，
飞在天空里。
……
象天上两颗星星，
永远在一起闪耀。

　　通过以上分析，我们会觉得，这种瑰丽神奇的想象，这种富于艺术魅力的诗的语言，是如此生动贴切，新颖独特。它让我们感到真切、自然，可一旦要认真地去辨识其中色味的时候，又觉得这般遥远。这种近和远的统一，这种真和假的和谐，正是神话美的体现，也是韦其麟创作上成功的所在。

　　高尔基曾说过："神话是一种虚构，虚构就是从客观现实的总体中抽取出他的基本意义并用形象体现出来——这样我们就有了现实主义。但是，如果在从客观现实中所抽出的意义上面再加上——依据假想的逻辑加以推测——所愿望的、可能的东西，并以此使形象更为丰满，那么我们就有了浪漫主义。"[1]正是神话传说这一艺术特征深深地影响了

---

[1] 高尔基：《论文学》，人民文学出版社1978年版，第112页。

韦其麟和晓雪、戈阿干，使他们在这几篇以神话传说为题材的作品中，把根深植于民族生活的现实土壤中，展开想象的翅膀，在叙事诗的王国中翱翔，使作品始终保持了这么一股抒情浪漫的色彩。

结束语

　　至此，本人很粗浅地分析了神话传说和韦其麟等作家作品之间的关系，并试图通过这一分析，看到神话在少数民族作家文学中的作用，看到"作为永不复返的阶段而显示出永久的魅力"[①]的神话在今天仍那么深地影响着当代的作家文学。

　　马克思曾经指出，希腊神话不只是希腊艺术的武库，而且是他的土壤。纵观中国文学发展史，我们可以看到：当作家文学因历史的原因走向衰落时，进步作家总是先从民间文学，从神话传说中汲取养料，重新点燃文学的火把，照亮前进的道路。那么，现在通过分析神话传说对壮族作家韦其麟和对其他作家的影响，我们同样说明了马克思论断的科学性和普遍意义。可以说，中国的神话传说不只是中国文学的武库，而且也是它的土壤。正是这一块丰沃的土地，培育了我们民族古今许多伟大的作家。而韦其麟、晓雪、戈阿干等作家在当代文坛上，正把自己的文学实践主动地和民族民间文学中最丰富的遗产——神话传说联系起来，为发展繁荣我国的少数民族文学事业做了可贵的尝试。

　　这是一种继承，也是一种探索。这种探索的意义之一，使随着时代的变迁、社会的发展进化而逐步趋于解体的原始文化形态以一种崭新的面貌显示出它的价值。

　　由壮族神话传说对韦其麟文学创作的影响生发开去，对我国的五十六个民族的文学状况进行一番审视，就可以看到：每个民族都把自己独特的神话传说带入了社会主义今天，而大多数神话传说经过文学记载仍保持着远古时代的风貌，这种文化的独特性、多样性，具有完全同等的审美价值和认识价值。我们的许多作家，也正像韦其麟一样，在自觉和不自觉地将这些文化形式运用文学手段进行再处理、再创造。可以预言，古老的神话传说将会成为繁荣我们少数民族文学事业取之不尽、用之不绝的艺术宝库。

（原载《民族文学研究》1985年第1期）

[①] 马克思：《〈政治经济学批判〉导言》，《恩格斯选集》第二卷，第113页。

韦其麟诗歌的美学探求

孙代文　梁海

一

韦其麟从1953年发表《玫瑰花的故事》开始步入诗坛。他的诗歌创作，仅结集出版了《百鸟衣》、《凤凰歌》《寻找太阳的母亲》3个集子。仅此就获得了广大读者的喜爱，在当代文学特别是少数民族文学中占据一定的地位。诗人成功的原因是多方面的，其中最重要的一点就是：他在创作中有独特的美学追求，从而显现了征服读者的强大艺术魔力。

"用自己的笔作武器，去使人们的思想灵魂变得更美好。"[①]这是诗人对文学艺术审美价值的理解，也是他诗歌美学原则的集中概括。诗人在创作过程中认识到："民间故事和传说是人民群众所创作，里面非常鲜明地体现他们深刻的爱憎，……所以，整理民间故事和传说，或在这个基础上进行创作……必须有强烈的阶级感情。"[②]基于这一认识，韦其麟在诗作中所抒写和表现的，主要是善与美的事物，塑造正面的理想人物，作品的调子明朗、奋发、向上，给人以美的感受和前进的力量。

韦其麟生活在壮乡，他从小就向往和追求家乡山水的秀丽、民族情操的俊美，这些都给他精神上提供了丰富的营养，并形成了他创作中独特的审美倾向。韦其麟用审美的眼光深入民族传统文化的内核，烛照那些广泛流传的优美动人的神话故事，他认为，"为了把人物的性格更加突出、明朗和丰富，使人物的形象更趋于完美、鲜明，就不能单纯把原来故事不加选择原原本本地记录下来，而必须经过一番整理，在原故事的基础上进行艺术加工"。[③]注重艺术美，力求使作品的艺术与思想内容达到美的境界，从而加深了诗人的美学思想，使他的创作有较高的起点，并不断向前发展，本文试就韦其麟诗歌的

[①] 韦其麟：《我们永远为祖国歌唱》，《光明日报》1956年3月10日。
[②] 韦其麟：《写〈百鸟衣〉的一些感受和体会》，《长江文艺》1955年12月号。
[③] 同上。

美学作一探讨。

二

从吹响诗歌短笛的第一声起，壮族诗人韦其麟就笃定地定准一个基调：深情讴歌故乡绮丽多彩的风光及朴实、善良的人民，多层次、多角度着力挖掘壮民族熠熠闪光的人性美、人情美。

马克思说："人的本质并不是单个人所固有的抽象物，在其现实性上，它是一切社会关系的总和。"[①]对人性美的开掘，实质上就是对社会生活中符合人性的社会关系的开掘。爱情，作为社会关系，是反映人性、人情美的重要领域。壮族人民中流传着很多古老而美好的爱情之歌，这些歌的旋律曲调回荡着壮族人民真挚、优美的心声。韦其麟诗歌审美的笔触首先就伸向这古老而常新的爱情题材。

不慕富贵，对爱情坚贞、执着追求，这是壮民族的美好品德。《玫瑰花的故事》里的夷娜被国王召进皇宫，但"金丝贵装也掩不住她的愁容"，她不为金钱富贵所动，仍然日夜思念心上人尼拉。《百鸟衣》中的依娌被抢进土司衙门，土司的金银财宝、山珍海味打动不了她的心，她日夜盼望爱人古卡早日把她救出樊笼。这种美德使夷娜、依娌这些人物闪耀出灿烂的光彩。韦其麟在别的题材的叙事诗中还展示了壮民族不慕富贵，追求自由生活的美好品性。如《歌神》中的壮族少女由于歌声美妙，天帝把她召入上界，但她认为"雕楼玉砌太过冰寒，怎比得温馨的茅房；玉液琼浆太过甜腻，怎比得山泉的清爽"。

敢于反抗统治阶级，敢于与恶势力斗争，这是壮民族闪光的性格。"美，就是性格和表现。"[②]《玫瑰花的故事》中的尼拉和夷娜与追击的敌人作殊死的搏斗，最后两人"拥抱撞向石台"，以死来维护他们纯洁的爱情，体现了他们敢于抗争，宁死不屈的精神。美还表现在善与恶斗争的才智上。《百鸟衣》中的依娌以她的聪明机智戳穿了土司的一个个阴谋诡计；古卡则以献百鸟衣为名，巧妙地杀死土司，救出依娌，赢得了对恶势力斗争的胜利。

韦其麟的爱情叙事诗还赞颂了壮族青年男女把爱情与民众事业联系在一起，并为之献身的崇高美德。《山泉》中的洛英见到为民解除灾害的爱人岩刚中了敌人奸计，慢慢变为岩石时，她不顾岩刚的劝阻，扑向心爱的人，双双化作岩石。他们的心、血则化成清泉，从岩石中流出去解除人们的灾害。恩格斯说，"伟大的爱情是以崇高的理想结合为标志"，与化作双蝶的梁山伯、祝英台相比，与化作玫瑰花的尼拉和夷娜相比，岩刚、洛英的爱情更伟大，精神境界更崇高，有更为广阔的社会意义，体现了崇高的人性、人情美。

---

① 《马克思恩格斯全集》第三卷，第7页。
② 罗丹：《艺术论》，第62页。

壮族是一个伟大的民族，出现了无数的英雄。他们在与大自然、反动阶级的斗争中，在日常生活中，都表现了丰富优美的思想感情，伟大崇高的精神品德。从斗争题材、日常生活题材开掘壮民族的人性美、人情美，鼓舞人们向上的精神就成了韦其麟美学探求的又一重要课题。

对恶势力、反动派的仇恨、反抗、斗争；劳动人民之间的友爱互助，这是壮族人民世代相传的人性、人情的核心。这种人性、人情在不同的时代、不同的人，又有具体的内容。在革命斗争题材中，韦其麟主要探求被压迫阶级的反抗性、斗争性和阶级爱憎之情。《船》中的老船夫"几十年的汗水流成河"造了一条新船，打算留给儿孙。可是当白匪用刺刀威逼着要他领路去抓乡亲们时，他毅然把船摇向险滩弄沉，与敌人一道葬身鱼腹。壮族劳动人民对敌人有刻骨仇恨，对革命战士则是满怀友爱之情。《悬崖歌》中的盘大妈为掩护韦拔群领敌人到悬崖上，把敌营长推下悬崖，自己也壮烈牺牲。"世上最贵非金银，应是此时老人心，滔滔河水深千丈，难比老人此时情。"这是诗人对熔铸在对敌斗争中的人性美、人情美的赞颂。诗人所描绘的壮民族劳苦大众之间的深挚的人情是细腻丰富的。

《凤凰歌》里写的，达凤父母被害后，邻居阿妣含辛茹苦地收养她，"挖得山薯女先吃，妣吃清水心也甘"。这种世代相传的深挚情爱，在革命斗争中得到扩展、深化。阿妣由思虑"日后阿妣靠谁人"？不愿达凤领头与乡长闹事转化为支持达凤参加革命斗争。在敌人叫她劝达凤投降时，她表现了一种高尚的母女情，"劝就劝，劝我达凤志要坚，丹心永向共产党，阿妣辛苦心也甜"。把爱达凤的深情融入了对革命事业的无限忠贞之中。达凤参加游击队，自觉为战士洗衣服、编草鞋，乐而忘累，表现了纯真的阶级情谊。

为共产主义、民族解放事业奋斗，是壮族人民斗争性的深化，也是人性美的光辉体现。《凤凰歌》中达凤"英勇冲向旧社会，也用山歌也用枪"。在侦察敌情中，她用山歌掩护游击队长，在战斗中，她用山歌分化、瓦解白匪士兵，最后，因掩护队伍撤退，弹尽被捕。面对凶残的敌人，她表现了大义凛然、视死如归的革命气概："劈碎苏木还红心，生死都是革命人。"达凤的成长显示了壮族人民的斗争性格经无产阶级大熔炉的铸炼，迸发出绚丽的光彩。这些人物的精神境界和思想情操，是壮族人民世代相传的人性、人情之美在新的斗争中的延展与升华，是内容更为深厚而丰富的无产阶级人性美和人情美，它能给人以巨大的鼓舞力量。

在《莫弋之死》《四月，桃金娘花开了》《美丽》《寻找太阳的母亲》等作品中，我们看到：诗人所要探求的是一种从苦难中升华出来的悲壮美。

《四月，桃金娘花开了》里的壮族少女在弹尽粮绝，敌人重重包围时，看到嗷嗷待哺的伤员，便抛掉了少女的羞涩之情，用力挤压乳房，希图用乳汁来救护战友。但"未婚的少女怎能如愿"！姑娘只好用刀划破自己的胸脯，鲜血化成甘甜的小果，她用生命挽救了人们。《美丽》中的少女，当土司以杀绝全村人民来威胁她，要她进土司的家时，她宁可毁坏自己美丽的面容来对抗土司，使全村人民免遭灾难。这些壮族少女动人心弦的事迹，蕴含了多少丰富的人情、多么优美的人性。

韦其麟还从社会职责、社会道德的角度去探求人性美。《莫弋之死》《岑逊的悲歌》里大仁大勇的古代英雄莫弋、岑逊，不求富贵，勇于为人民消灾除难。他们有高度的社会责任感，斗争的目的就是"为了有广阔的土地栽种幸福，为了壮家有更多肥沃的田园"。在与大自然斗争中，他们显示了超人的力量。他们遭到邪恶势力的暗害，但他们"流淌的鲜血，深深地，注入泥土里，永远滋润着，灌溉着"壮民族祖祖辈辈借以生存的"这片广袤而深厚的大地"。

在《寻找太阳的母亲》一诗里，诗人对壮民族崇高、伟大的人性、人情作了更深的开掘。一位年轻的孕妇肩负着民众的期望去寻找太阳。经过了多少风雨迷雾，寂寞黄昏，经过了漫长的坎坷跋涉。她在途中生下了孩儿，背着孩子继续行走在没有道路的荒原上。当无情的岁月把她的生命啃完啃尽时，她把象征义务的拐杖交给了儿子，叮咛："见了太阳，不要忘记/娘和乡亲临别的约定——/点起火堆，让熊熊的火焰/把消息，告诉远方的乡亲。"然后，"怀着对儿子点燃的火光升起的祈望，/躺下了，长眠在这崇峻的山峰"。母亲的叮咛体现了她高度自觉的责任感、道德感；母亲的祈望寄托着对民族深切的爱恋。从母亲为民族利益的献身中，我们感受到一种搏动、震撼人心的伟大崇高的悲壮美。

"只有在暴力的状态中，在斗争中，我们才能保持住我们的道德本性的最高意识，而最高度的道德快感总有痛苦伴随着。"[1]上述英雄人物在极端艰苦曲折的斗争中体现的性格、力量虽然和悲剧结局交织在一起，但不是善与美被吞噬、被泯灭的悲歌，而是美与善终将获胜的凯旋曲。鲁迅先生说："悲剧将人生有价值的东西毁灭给人看。"[2]他们的悲剧命运显示了"人生的坚贞、悲壮和苍凉"，在苦难中倍放光华，使读者心里"奔涌着崇高的痛楚"，给人以沉思、悲愤和追求新生活的力量。

高尔基说："文学的目的在于帮助人能理解自己，提高对自己的信心，发展他对真理的志向，反对人们的庸俗，善于找出人的优点，在他们心灵中启发羞愧、愤怒、勇敢，把一切力量用在使人变得崇高而强大，并能以美的神圣精神鼓舞自己的生活。"[3]韦其麟诗歌的美学探求正是自觉地服从于文学的这一崇高的目的。

三

"文学的一般任务是什么呢？就是把人的美、诚实、崇高的品质表现在色彩、文字、音乐、形式中。"[4]完美的内容要有相应的美的形式才能表达出来。韦其麟总是力求做到

---

[1] 席勒：《论悲剧题材产生快感的原因》，《古典文艺理论译丛》第6册，第78页。
[2]《鲁迅全集》，第一卷，第297页。
[3]《高尔基论文学》，第8页。
[4] 同上，第11页。

思想内容与艺术形式完美地统一。

诗人探求的艺术美突出的表现在叙事与抒情有机结合的和谐美。"诗言志",这是我国诗歌的传统。所谓"言志",就是要抒发感情。古人说:"感人心者,莫先乎情。"①可见抒情是诗歌最根本的原质,不仅抒情诗如此,叙事诗也要如此,不然就不成为诗。我国古典著名叙事诗,如《孔雀东南飞》《琵琶行》就是把叙事和抒情完美结合在一起的范例。韦其麟的诗歌之所以能给人一种美的享受,就是继承了这一优秀传统。他把诗中的事、景、情紧密联系在一起写,移情于事,事中孕情,景因情生,情因景浓,创造出一种叙事与抒情水乳交融的和谐美。《百鸟衣》中,依娌被土司抢到衙门,与古卡分离后的一段描写:"深夜的杜鹃啼呵,是多么凄凉;深夜的依娌呀,是多么孤静;深夜的风呀,是多么凉;依娌的心呀,多么忧伤。"子规夜啼,寒风吹冷,渲染了一股凄郁的气氛,更衬托出依娌的孤寂、忧伤之情。可以感觉到依娌思念古卡的感情潜流在叙事中波动。在《凤凰歌》中,诗人把情与事,虚与实和谐地结合在一起,以饱含感情的笔触去叙述故事和刻划人物:"监狱墙高阴森森,监狱厚壁冷冰冰。墙壁关得人身在,难关达风一颗心。""心中歌声过山林,山林立正水无声,牢中伸手不见掌,想起同志日头升。"这就把达风忠于革命,坚贞不屈的思想感情交织在叙述中呈现出来。

从诗人近期的诗作中,可以看到,对以情韵动人、情事融一炉的追求愈益明显了。在简洁的情节叙述中糅入了浓重的抒情色彩,把主观之情与诗中人物之情融入一体,难分彼此,使诗歌有更大的感染力。如《寻找太阳的母亲》中的一个场面:"母亲,站在高山之顶,拄着拐杖,眺望东方,——然后,干瘦的双手托起拐杖,凝视着,久久的深情地凝视。……母亲,用颤抖的双手/把拐杖,郑重地递给儿子;儿子,用同样颤抖的双手,郑重地,接过母亲的拐杖。……每一座山峰都矜重地躬立,每一片草叶都静穆地致礼……天地间举行着最隆重的仪式呀,天地间举行着最庄严的典礼呀!"抒情的光波在叙事的河流中闪耀炫目的色彩,使诗歌熠熠生辉,这就是叙事与抒情有机结合的和谐美所产生的艺术效果。

韦其麟的叙事诗中有大量的对山川景物、风土人情的精彩描绘,这种描绘与人物活动交织一起,构成了一幅幅色彩斑斓的风俗画。别林斯基说:"记述大自然之美的作品是创造出来的,不是抄袭而成的;诗人从心坎里复制大自然的景象,或是把他所看到的东西加以再创造。无论在哪一种情况下,美都是从灵魂深处发出的,因为大自然景象不可能具有绝对的美;这美隐藏在创造或者观察它们的那个人的灵魂里。"②壮乡秀丽迷人的景物,壮民族美好、纯朴的习俗,培植了韦其麟对家乡的深厚依恋,使诗人能在平凡中发现神奇,捕捉到美的诗意,能得心应手地"把南方山村的色彩描写出来"③。"绿绿山坡下,清清溪水旁,长棵大榕树,象把大罗伞""清丽秀美的伏波河水长流,这儿躺着

---

① 白居易:《白氏长庆集·与元九书》。
② 《别林斯基选集》第一卷,第241页。
③ 韦其麟:《写〈百鸟衣〉的一些感受和体会》,《长江文艺》1955年12月号。

一个宁静的村庄。"画面简洁清晰,然而却集中概括了壮乡自然美的特点——青山绿水。"绿叶上的露水映着朝阳,一树挂满闪烁的珍珠;温柔的晨风轻轻地吹拂,飘荡着柠檬般的芳香。""夕阳把浮在山腰的烟雾,染成一道金色透明的轻纱;小鸟带着他们烦躁的歌声,穿过霞光向丛林飞归。""在鸟儿喧闹的晚唱声中,传来'邦邦邦邦'的牛梆声。"充溢着清新气息的壮乡晨景,带着浓郁田园牧歌情调的暮归图,构成了一种清新、秀美、古朴、静谧的美的意境。这些具有地方色彩的风景画,不禁使人联想起鲁迅先生笔下的绍兴水乡,沈从文小说的湘西景物。只有这样秀丽的山川,才会有依娌、古卡、达凤这些心灵优美、纯朴善良的人民。这种自然美的描绘与人物心灵美的开掘是浑然一体的。

高尔基说:"……诗人是一种回音,他应该响应一切的声音,响应生活的呼声。……不要忘记,除风景画以外,还有风俗画。"[①]诗人以壮乡景色为背景,通过对风俗习惯的描写,揭示壮民族的精神、品质、心理。如对劳动生活场景的描写:"三月清明木叶青,是采茶的时候了;依娌站着采茶,古卡弯着腰开山。""七月秋来田禾黄,种田人家收割忙,古卡在前面割,依娌在后面伐。"这是壮族人民热爱劳动的形象写照,诗句跳跃着美的旋律和洋溢着生活的诗意。韦其麟还真实、具体地描绘了"歌圩"这种极富地方特色的活动,展现壮乡的民俗美。"春升鲜花满山开,处处歌圩摆歌台,歌场一声山歌起,男男女女四方来。""棵棵树下有人影,张张木叶都含情,鸟也唱来虫也唱,四处山头飘歌声。"这绘声绘色的描写,使人领略到壮乡特殊的风情。"日头落岭人不散,忘了茶饭不舍归"揭示了壮族人民爱歌如命的特性。"辛苦劳碌怎不唱歌,无米下锅也要欢笑。"诗人对"歌圩"的描写,不仅有浓郁的生活气息,增添了迷人的艺术魅力,而且推动叙事诗情节的发展,揭示人物的精神面貌。在《凤凰歌》中,"歌圩"成了壮族人民与反动阶级斗争的场所,歌声成了斗争的武器,"声声都是锅底火"。在异彩纷呈的风俗画中抹入政治斗争的色彩,从民俗风情中透露出时代的精神、民族的气质,这是诗人美学探求的深度和广度的反映。

每个民族都有自己特殊的风俗习尚、心理素质、语言习惯。"文学的第一要素是语言。"[②]一个民族的语言最能生动有力地表现本民族的生活习性、心理特征。富有地方色彩的语言是韦其麟叙事诗艺术美的组成部分。韦其麟诗歌的语言朴实、清新、简洁,富于形象化。如对依娌的赞美:"八角算最香,菠萝算最甜,听着依娌的歌呀,比吃八角还香,比吃菠萝还甜。""依娌绣的蝴蝶,差点儿就飞起来,依娌绣的花朵,连蜜蜂也停在上面。"诗人不用那些华丽之辞去夸张去表现,而是根据壮族人民的习惯、爱好的事物去夸张,用口语化的词语去表现。正如诗人所说的"为了加深地方色彩和民族特色,当然是以本地区本民族的风俗习惯和自然环境去比、去夸张。"[③]因此他竭力吸收壮族人民流行的方言、谚语、山歌等,并加以提炼,熔于自己的诗歌中。

[①]《高尔基论文学》,第74页。
[②]同上。
[③]韦其麟:《写〈百鸟衣〉的一些感受和体会》,《长江文艺》1955年12月号。

充满魅力的风俗画，简洁、生动的民间口语，像一颗颗灿烂晶莹的珍珠，镶嵌在韦其麟的叙事诗中，使作品光彩夺目，展开了一个美的迷人的境界。

四

韦其麟与同辈诗人相比，从数量上，在诗歌园地里算不上一个丰收者！这与我们国家艰难坎坷的历程及诗人塞舛的生活道路有密切关系。

但我们不能以作品数量的多寡来评定一个诗人的优劣。他的作品有深度、少而精，不是某些趋时概念的空洞呐喊，也不是缺乏生活感受的感情浮泛地表露；而是生活的本质与诗人思索的灵魂撞击出的火花。他的诗歌流贯着对理想、爱情、事业，美与善的不断认识和赞颂，这一稳定的特色显示了诗人执着的美学追求。这种追求的稳定性是由时代环境、个人经历、性格修养以及创作实践等因素形成的，说明诗人有对生活的独特理解，有发挥自己长处的艺术表现方法。但是任何事物都有两重性。民族文化和生活环境铸造了韦其麟的思想，决定了他理智和认识世界的基本方式。他喜欢撷取本民族的传说故事为创作素材，出色地描绘了壮族的民情风俗，挖掘了壮族人民性格中美的极致。一系列成功的诗作标志着诗人美学思想的深度和创造的成熟。但诗人的所长往往又成为他的所短。从《玫瑰花的故事》开始，直至《寻找太阳的母亲》，经历了三十多年，韦其麟一直习惯于以民间传说故事为题材，可以看出，诗人的创作视野未免狭窄了，缺乏多样化，这就导致美学探求的单一化。早在几十年前，鲁迅先生曾对一些青年作家告诫过："我以为总盯在一点，这习惯是不好的。应该把眼光放大些。"这是诗人应当引以为戒的。

高尔基说："作家要执行时代的命令。"我们的时代是一个开放性的时代，它正在进行着伟大的变革，广阔的社会生活为诗人提供了驰骋才能的天地。诗人有权选择任何一种创作方式表现自己熟悉的事物，但服务于四化是时代的使命，是诗人义无旁贷的职责。诗人有义务去讴歌我们时代的开拓者，去反映党领导下取得的伟大业绩，去挖掘当代人心灵中的美。"明天是新的一天，有新的要求，只有新的美才能满足它们。"[①]我们相信，韦其麟同志会大胆开拓自己的创作领域，把美学探求的笔触伸向更深更广的天地，会向读者们奉献更多更美的诗歌。

（原载《甘肃社会科学》1986年第3期）

[①] 车尔尼雪夫斯基：《生活与美学》，第125页。

韦其麟诗歌艺术的发展轨迹
——兼论诸文化因素之撞击,并评"百鸟衣圆圈论"

过伟

韦其麟是在诗坛耕耘了36年,成果较为显著的壮族诗人。探索其诗歌发展的轨迹,对于振兴广西文艺创作,也许不是没有补益的。

他1953年在《新观察》以"旭野"的笔名发表叙事诗《玫瑰花的故事》,初露头角,这是他高中二年级时写的作品,发表那时他18岁。1955年在《长江文艺》发表叙事诗《百鸟衣》。这是他的成名作,那时他在武汉大学中文系二年级读书,20岁。他的事迹,一直鼓舞着广西各族年轻人投身文学创作与研究的勇气。

36年来,韦其麟已经出版了5部诗集:《百鸟衣》《凤凰歌》《寻找太阳的母亲》《童心集》和《含羞草》。可见,并非如某些切切嚓嚓的议论"韦其麟只有一部《百鸟衣》",而是始终在诗国里探索着、前进着。从这5部诗集看,叙事诗共有26首,其中取材于民间传说的13首(其中4首假托民间传说,实为讽刺现实),取材于现实生活与革命历史的13首,各占一半;还有抒情与哲理的短诗32首,抒情与哲理的散文诗74首。统计数字雄辩地说明,韦其麟的诗篇不是一种声音,也不是一种色调,并非如有的评论家所评"都是取材于民间传说的长诗","平稳无变的创作轨迹",而是诗人始终在努力突破着自己,不懈地做着内容、形式、诗律、风格、韵味、意境等等多方面的探索,以多种多样的诗篇为人民、为社会主义服务着。就在《百鸟衣》1955年获得全国声誉之后不久,1956年发表《牛佬》,这是现实生活的叙事诗,入选《1956年诗选》。1963—1979年,前后经营16年,1979年出版《凤凰歌》,获第一届全国少数民族文学奖,这是革命历史题材的叙事诗。十年浩劫期间,于1972年写的抒情短诗《桥墩》,入选《1949—1979年诗选》。这都是有全国影响的优秀诗篇。可见韦其麟有全国影响的诗篇,不局限于"取材于民间传说的长诗",而是现实生活的叙事长诗、抒情短诗、革命历史的叙事长诗等几个品种齐放的。再进而考察《百鸟衣》和《寻找太阳的母亲》这两首取材于民间传说的长诗,诗人曾否进行了现代思考?怎样进行现代思考?《百鸟衣》,在壮族迄今尚未发现民间叙事长诗，只搜集到散文体的民间传说。民间传说中的主人公是没有名字的，韦其麟给他俩起名为"古卡"和"依娌"。根据诗人的童年生活，在长诗里写了"那些山村劳动生活气息和风土人情"，为《百鸟衣》设计与创作了典型环境。"古卡成长的过程的叙述，原来是很繁杂的：打柴，做小贩，几次受到别人的欺侮，没办法，哭，遇仙人的援助等等"；韦其麟经过很久的思考，决定把原传说中关于古卡的成长情节大部分抛弃，而根据自己对生活的理解加以补充，最后写成《绿绿山坡下》那一章："古卡在娘肚子里"，"爹给土司做苦工累死"；"古卡五岁了"，"古卡便问娘：'我为什么没有爹呀？'""娘的心一痛"，"忍心骗了他："爹出远门去了，给古卡找宝贝去了……""古卡长到十岁了"，"古卡对娘说：'给我买书，我要识字。'"娘不得不告诉他"是土司拉爹到衙门里，爹做工累死了"。于是他"拿起了柴刀，扛起了扁担"，"十岁的古卡，走进山林里去了"，古卡走着"那个时代千千万万受压迫的人们世世代代所经历的道路"。关于依娌这个人物，原传说也是由公鸡变的，"是一个善良的万能的漂亮的神仙，能要什么就有什么，能'点土成金'，于是古卡就变成了一个大富翁"。韦其麟把她改写成了"一个美丽的、勤劳的、聪明的、善良纯洁而又能吃苦耐劳的姑娘"。抢走依娌的封建统治者，民间传说有许多异本，有的说是皇帝，有的说是大财主，有的说是土司，韦其麟选择了"土司"。第四章"两颗星星一起闪"，"在传说中原是极简单的，只有古卡穿着百鸟衣进衙门去杀土司救出依娌这一个情节，这就使人感到粗糙、单薄"。韦其麟"作了一些补充、加工和润饰"，写了"好马不回头""孔雀拖进了狼巢""两颗星星一起闪"等8段诗。可见诗人丝毫没有像有的评论家所评"始终沉溺于民间文化的原始形态和氛围之中"，而是在上述诸方面进行了创造性的现代思考与艺术劳动。为什么韦其麟能够在取材于民间传说的叙事诗创作方面，在壮族文学史上有所突破呢？一方面他受着壮族民间文化，传统文化，岭南文化的熏陶，"听着老人们讲着那古远的永远也讲不完的故事"，"家乡的山歌我会唱，以前也背得很多"；另一方面，他小学破蒙起就读汉文课本，接受以汉文化为主体的中华文化，中学时代读了一些"五四"以来的新文艺作品和外国文学译品，还学外语，进了大学中文系，又读了更多的中国古典文学和现代、当代文学以及外国文学作品，更重要的是学习了《在延安文艺座谈会上的讲话》《辩证唯物主义与历史唯物主义》《人民口头创作（即民间文学）》等基本理论，懂得文艺为人民大众，首先为工农兵服务，生活是创作的源泉，从民间文学吸取营养和以阶级的、历史的观点来分析民间传说，从而自觉地对原传说进行上述创造性的诸方面的现代思考。韦其麟说："整理民间故事和传说，或在这基础上进行创作，绝不能以非常冷淡的态度去进行，必须有强烈的阶级感情。在写的时候我是非常注意这一点的。"有了这一点，注意这一点，是跟没有这一点，不注意这一点，其作品大不一样的。1955年，我国正处于完成土地改革以后，实行农业社会主义改造的过程中，《百鸟衣》塑造了一对敢与以土司为代表的封建统治者进行斗争、争取美好爱情与自由的幸福生活的男女青年形象——古卡与依娌，这正是充满着、洋溢着当代的时代精神的。就"向往自由幸福生活与美好爱情"这一主题而言，古今人情相通，不论奴隶社会、封建地主占有制下的小农经济社会，人民的向往，都是与今天相通的，甚至与明天也会相通。这就是一些古老的民间文学作品，和古代的一些作家文学作品之所以有长远的生命力的奥秘所在。它虽反映的是某个时代的生活，但它有与后来的时代相通的地方。否则，作品便死去，便被时代所淘汰，便经不住历史的检验。文艺评论与文艺理论，也一样，也有经得住历史检验的问题。20世纪50年代产生的《百鸟衣》，80年代读来仍然感到它的艺术魅力；将来子孙后代读它，也将不会不喜欢它，这是可以预见的。考察《百鸟衣》后，再进而探索《寻找太阳的母亲》。《百鸟衣》充满着50年代的时代精神；《寻找太阳的母亲》充满着80年代的时代精神。80年代正是我国拨乱反正，向社会主义现代化进军的过程中，韦其麟吸取壮族古老的传说《妈勒找天边》，写出的新诗篇。原来古老的传说是"找天边"，其主旨在于表现远古壮族先民对大自然奥秘的探索。韦其麟改成了"找太阳""找光明""找温暖"，发掘了其中内涵着的另一层主题，从而塑造了一位为群体而献身的伟大母亲的形象。社会主义现代化不需要"一切向钱看"的极端个人利己主义的资产阶级企业家和资本主义自由化的思想家、文艺家，需要的正是为振兴民族，振兴祖国，为集体事业而献身的人（包括人民的企业家、思想家、文艺家在内），需要献身精神！所以，讴歌献身精神的《寻找太阳的母亲》并非像有的评论家所言"始终沉溺于民间文化的原始形态和氛围之中，把本民族必须进行的现代思考关在圆圈之外"，而恰恰是诗人对本民族进行了现代思考，对本民族古老的民间传说进行了创造性的现代思考，从而创造出充满80年代的时代精神的优秀诗篇。

再进一步比较《百鸟衣》和《寻找太阳的母亲》的艺术风格。《百鸟衣》是带民歌风味的较自由的押韵的诗。如描写古卡家乡的诗句：

  山坡好地方，
  树林密麻麻，
  鹧鸪在这儿住下，
  斑鸠在这儿安家。

如描写依娌劳动的诗句：

  木匠拉的墨线，
  算得最直了，
  依娌插的秧，
  像墨线一样直。

如描写依娌被抓进土司衙门，想念丈夫时的诗句：

不吃饭肚不饥，
想着古卡就饱了。
不饮茶口不枯，
想着古卡就不渴了。

这诗句，从民歌中吸取营养，带有民歌风味，而不拘泥于民歌的形式与格律；从口语中提炼诗句，口语化而又比口语精练；其艺术风格是明快的。而《寻找太阳的母亲》，则更多地吸取外国的诗歌和五四以来的知识分子诗人的新诗的营养。句式长短参差，有长句子，多用排句；讲究诗行内在的节奏，讲究气势，而不大讲究押韵；有时隔多句押一次脚韵，有时换韵较多，有时甚至不押什么脚韵。如母亲临终前，将寻找太阳的担子交付给儿子时的嘱咐：

"见了太阳，不要忘记
娘和乡亲临别的约定——
点起火堆，让熊熊的火焰
把消息，告诉远方的乡亲。"

诗人在这首叙事诗里，不追求情节，而大量抒情。如诗篇最后一章中的"太阳排句"：

太阳给天空以湛蓝，
太阳给白云以飘逸；
太阳给茅屋以金黄；
太阳给炊烟以袅娜；
太阳给草叶以翠绿；
太阳给百花以妩媚；
太阳给蝴蝶的双翼以斑斓；
太阳给蜻蜓的翅膀以透明……

"卒章显其志"，全诗篇末，诗人长吟：

今天，我——她的一个后裔，
为她唱这样一首赞歌，

>   这也是母亲所不知道的，
>   不曾想到，更不会希冀过的啊。
>   如果知道了，她一定会含愠
>   责备我的庸俗，我的陈腐；
>   并非因为我的歌声过于浅薄，
>   而是我逆忤了她的禀性呀，
>   而是我违背了她的品格呀。
>   但我毕竟还是唱了，虽然
>   我的歌是这样嘶哑而艰涩；
>   我要歌赞朝霞，歌赞太阳，
>   我赞我们寻找太阳的母亲。
>   我多么希望，以我全部的深情
>   呼唤一声她的名字，
>   可是，她没有名字。
>
>   没有名字的母亲啊，
>   寻找太阳的母亲！

这气势磅礴的《寻找太阳的母亲》的艺术风格与带民歌风味的、明快的《百鸟衣》的艺术风格，是多么地大不相同啊！并非如有的评论家所言"有着相近的艺术风格"啊！

从50年代的《百鸟衣》到80年代的《寻找太阳的母亲》之间，诗人走过了不算短的生活道路与诗歌艺术的探索之路。对于韦其麟，笔者50年代读过《百鸟衣》和《牛佬》，1957年笔者到武汉改写歌剧剧本时曾访问过武汉大学，而那时他已离开珞珈山回广西了，直到1980年4月初才第一次见面，一直认为他武汉大学毕业后，在广西文联当"专业作家"，是"蛮写意格"（颇为惬意的、十分舒畅的）。可是彼此倾心而谈后，才知道双方都经历了一番坎坷，也就更理解他《回首一瞥》里的那一段话了："1957年，大学毕业了，我是带着一种莫名的心绪离开学校的。分配到一所学院不久，下放林场，当了两年林场工人，育苗造林；三年困难时间，又下放农村一年；之后，作为工作队队员前后搞了三年农村'四清'运动，'文化大革命'前剩下的那些时间，断断续续地从事民间文学的收集整理工作。'文化大革命'开始后就不必说了，到农村劳动，在干校养马，接着下放到公社，又到工地修铁路，再在药厂搞中草药，连自己都很少想到自己是不是文艺工作者。"但是，命运的坎坷并没有使韦其麟削弱其对祖国、对人民、对社会主义、对共产党的深深的爱，而是爱得更深沉而坚定了；也没有使韦其麟削弱他对诗歌艺术的深深的爱，而是爱得更执着了。对祖国、对人民、对社会主义、对共产党的深沉而坚定的爱，体现在他一系列反映现实生活的诗篇如《牛佬》《柚子树》《在深山的一座森林》……和反映革命历史的诗篇如《红水河边的传说》《悬崖歌》《凤凰歌》……之中；也体现在对十年浩劫的反思，如《童心集》里的《歌》《知音》《我爱稔子树》，《含羞草》集子里的《桥墩》《伪善》，《寻找太阳的母亲》集子里的《美丽》《干涸了的水库》以及《广西文学》1989年第3期的《卵石》等等之中。他的诗篇歌颂共产党员和党领导的赤卫队、游击队的革命的坚定性，塑造了韦拔群、达凤等一系列共产党员、游击队员的英雄形象，他的诗内涵着深刻的党性。他的诗篇歌颂和塑造了为群体而献身的壮族古老传说里的一系列英雄形象如莫戈、岑逊、桃金娘和没有名字的寻找太阳的母亲等，他的诗篇内涵着深沉的人民性。他对诗歌艺术的执着的爱，体现在他不断地探索着诗的形式、格律，他前后尝试过格律严谨的民歌格律诗、带民歌风味的较自由的押韵的诗、半自由半格律的新诗、自由诗、散文诗等多种诗体；更体现在十年浩劫歌手被禁锢其歌喉的非常困难的时期，他与幼小者的悄悄对话中所记录下的《童心集》，以及在修枝柳铁路劳动时所写的《桥墩》。他的诗篇反映着时代，反映着诗人的心灵，歌颂着美，鞭挞着丑，以诗人的独特的方式表达着对"文化大革命"的当时的思考与过后的反思。他的诗所内涵的党性与人民性是统一的，民族特色与时代精神是统一的，思想性与艺术性也是统一的，而其艺术风格又是多样的。如《凤凰歌》叙唱达凤寻找含冤自尽的母亲时的诗："醒来不见娘身影，/叫娘不闻娘应声；/出门四处唤娘去，/石头听闻也惊心。/唤娘唤到东山顶，满山黄茅泪盈盈；/寻娘寻到西山坡，只闻树林鸣咽声……"再如达凤成长为游击队员后，不幸被俘，面对敌人的威胁、恐吓时所唱的歌："五马分尸我不忧，/大刀架颈不动摇，/初一革命月半死，/也要革命十五朝……"这是地地道道的广西山歌风味、严谨的广西山歌"七言四句体"民间诗律的诗篇。再如散文诗《歌》："我在歌唱……/哥哥却问我，你唱什么呀？/问得真奇怪！我明明在唱歌，难道你听不见吗，哥哥？/哥哥笑我：这是什么歌呀，我从来没有听过。/这是我自己的歌。菠萝树有菠萝树的果子，荔枝树有荔枝的果子，我也有我自己的歌。难道一定要唱你唱过的歌吗？难道要和你唱一样的歌吗？哥哥！"这又是另一种风味的模拟孩子的口吻的、刻画孩子心灵的散文诗。在十年浩劫十亿人民八个样板戏的历史颠覆时期，敢于发出"难道一定要和你唱一样的歌吗？"的唤声，虽然借用了小孩子的口吻，也还是不能不说是"大逆不道，胆大包天""人还在，心不死"的，这些已经远远超越了有的评论家所要求于诗人的对十年浩劫的"沉重反思"了。诗人在那浩劫正在持续之中的历史颠倒了的时期里，对那不正常的现实进行着勇敢而深刻的思考。每个作家对现实的思考与对历史的反思，有其特定的角度、特定的程度与特定的方式。千人一面、千部一声的要求"沉重"，恰恰是与反思精神相违背的。韦其麟以他特有的方式，表达了他对"文化大革命"进行反思中的独特感受。如雷神挥鞭"使她身上遍布了创伤"而"她依然挺立把头高昂"的《歌神》；如那"歌声就象被杀的猪叫"，"敲响的破锣"，然而土司"仍然装着听得入迷"，"一代歌手的歌艺怎能怀疑？"的《江湖黄六成为歌手的故事》；又如"十年一声春雷响"，"更知党的一片心；重抱琵琶对乡亲，今夜重开第一声"的《歌手》；又如"朋友们告诉我一个真实的故事，在"四人帮"横行的时候，我们一位深受群众欢迎的诗人从干校到武汉看病，竟找不到地方投宿……"的《诗人》；又如"挺胸昂首——面对那电剑乱舞；从容镇定——任那乌云飞渡"，"都有一样的抱负——毕生为祖国献力，终生为人民服务"，这刚一发表就受到一阵子的"切切嚓嚓"的联想，"人还在，心不死嘛！"幸而未遭"大批判"的《桥墩》；又如"强暴蹂躏善良的时候，一种堂皇的颤憟"的《伪善》；再如有的评论家对之颇有微词，判断为"联想的方向不是脚下这片土地上发生过的悲剧和冲突"，因而斥之为"沉重化为轻飘"，"回避与当代社会发生的矛盾与冲突"，"寻不见作家对十年浩劫进行沉重反思的作品"的《干涸了的水库》；"它拒绝了所有的山溪，它赶走了所有的小河，它宣布：我谁也不需要，它叱骂：统统给我滚！……"那也许并未身受浩劫之苦的有的评论家对这些诗句可以评之为诗人的联想方向是"切莫骄傲"这么一个古老而又古老的哲理，而不少亲身遭受过浩劫的磨难的人们，却从中感受到诗人鞭挞了那打倒一切无产阶级革命家与横扫一切对人民事业做出贡献的、有成就的知识分子的极"左"路线；而另一些人也会感到它内涵着"兴旺之道"与"衰败之路"的人生哲理；总之，诗的内涵是多方面的，多层次的，丰富的，并非浅薄的，并非单一的。

"事出于沉思，义归于翰藻。"韦其麟的诗篇，由歌颂反抗封建压迫、追求美好爱情与自由幸福生活的少男少女们——发展到歌颂为建立新中国而奋斗、为人民事业而献身的革命先烈，与建设新中国的普通劳动者——再发展到歌颂为群体献身的神话、传说中的英雄人物，和鞭挞丑恶的人物，这就是他的叙事诗艺术的发展轨迹。与之同时，他创作着抒情与哲理的短诗与散文诗，其中许多篇章有用韦其麟式的独特的方式，独特的程度与独特的角度，对十年浩劫当时的现实进行勇敢的思考和过后对这一段历史进行深刻的反思。近几年，哲理诗与散文诗逐渐成为他创作的主要关注的方面，对十年浩劫的反思还继续占着一定比重。其诗篇的思想内涵，日趋深沉。36年来，其艺术风格经历了多方探索，有几度较明显的变化：近几年来，日趋散文化。向民间文学学习方面，经历了采用民间传说题材，借鉴民歌形式与民间诗律以及比兴手法；近几年来趋向于吸取民间文学作品如何表达民族心理素质，从民间文化的表层趋向于深层，吸取民间文化深层的营养。总之，他在努力做着多方面的、不懈的探索，始终着眼于突破自己。这就是韦其麟诗歌艺术的发展轨迹。有的评论家忽视韦其麟诗歌艺术的发展性、变异性与多样性，只看到其《百鸟衣》和《寻找太阳的母亲》这两篇叙事诗"都是取材于民间传说的长诗"，便评论道："从1955到1985年，引起全国瞩目的《百鸟衣》到第二届全国少数民族创作奖的获奖作品《寻找太阳的母亲》，都是取材于民间传说的长诗（只有这一点符合实际），有着相近的艺术风格（艺术风格实际上相去甚远），有着相去不远的作品主题（主题实际上完全不同），体现着作家一贯的创作心态（如果说诗人一贯努力于突破自己，那么，诗人的那种创作心态是一贯的，可是有的评论家却并非指那种创作心态）和平稳无变的创作轨迹（上文已分析了韦其麟诗歌艺术发展轨迹的种种变化），三十年划了一个封口圆圈：'百鸟衣圆圈'。这个圆圈最明显的特点，就是作家始终沉溺于民间文化的原始形态和氛围之中，把本民族必须进行的现代思考，关在圆圈之外（上文已经分析了韦其麟式的种种现代思考）。"又云："走完封口的'百鸟衣圆圈'寻找不见作品对十年浩劫进行沉重反思的作品（上文已经分析了韦其麟式的反思）。我们相信作家的人格，但对'百鸟衣圆圈'式的创作思维模式，却要发出否定的感叹了！"（刊《广西文学》1989年第1期头条文论）将这一段评论，与笔者上文的分析对比，虽然有的评论家出于对广西文学创作水平的与全国水平存在着较大差距而着急，好心好意急于寻找一张振兴广西文学创作的良方，找了"告别百鸟衣圆圈"；笔者却不能不坦率而诚挚地说：韦其麟的诗歌创作是从《玫瑰花的故事》《百鸟衣》起步的，如果要说他的创作是什么"百鸟衣圆圈"，不如说他的诗歌艺术是"百鸟文化现象"。"百鸟衣圆圈论"是一种不符合韦其麟诗歌创作实际的不正确的评论；是受到国内近几年一股否定中华文化、否定民族民间文化、否定"黄色文明"的错误思潮的影响；也是只看到《百鸟衣》和《寻找太阳的母亲》这两篇叙事诗同属取材于民间传说而忽视两者之间主题不同、艺术风格不同所进行的现代思考不同，更忽视韦其麟在其众多诗篇里所体现出的诗歌艺术的发展性、变异性与多样性，因而做出了形式主义、主观主义、察其一点而不及其余的偏颇的评论；更是对民间文化、民间文学对于作家文学的哺育作用缺乏深一层的理解的一时性的失误。什么是笔者所主张的"百鸟衣文化现象"呢？上文已分析了《百鸟衣》为什么能在壮族文学史上有所突破的缘由。那些缘由，进行理论概括，可以表述为壮、汉文化（扩大言之，为少数民族文化与汉族文化），岭南区域文化与中华整体文化，中国文化与外国文化，民间文化与精英文化（即典籍文化），传统文化与现代文化这5组文化之间的撞击所迸发出来的灿烂的火花。而这种撞击，有没有马克思主义的指导，有没有自觉性与优化方案，为不为最广大的人民的利益与社会主义服务，是大不一样的。《百鸟衣》的成功，是韦其麟从壮乡来到扬子江畔，扩大了诗人的政治视野与文化视野，从吸取壮族本民族的民间文学乳汁，发展到借鉴汉文中华典籍的精英文化与外国文化。这样，一方面是壮族本民族的（少数民族的）、民间的、岭南区域的、中国的文化，另一方面是汉族的、典籍的、中华整体的、外国的文化，诸不同文化因素的相互撞击而迸发出灿烂的火花。又有马克思主义阶级分析方法与民间文学整理与再创作的理论指导，对传统文化进行现代思考，传统文化与现代文化的撞击，创作出《百鸟衣》这一优秀诗篇。他的诗篇洋溢着壮族的民族精神与50年代的时代精神，思想性与艺术性较完美地结合。《凤凰歌》《桥墩》《寻找太阳的母亲》等等，在上述诸文化因素的撞击这一点来说，都可以归纳入"百鸟衣文化现象"来考察。

韦其麟诗歌艺术的发展轨迹，就上述诸文化因素的撞击而说，是具有普遍意义的振兴广西文学创作之路。在广西，包玉堂、莎红、农冠品、韦革新等人的诗歌，韦一凡、蓝怀昌、莫义明、陈雨帆、汪骏等人的小说，周民震、朱旭明等人的电影，吴居敬、赖锐民等人的戏剧，各有成就，就诸文化因素的撞击而说，正证实了"告别百鸟衣"的呼唤不是振兴广西文学之道。能告别少数民族文化与汉族文化吗？能告别岭南区域文化与中华整体文化吗？能告别中国文化与外国文化吗？能告别民间文化与精英文化吗？能告别传统文化与现代文化吗？能告别马克思主义这指导思想吗？告别了一切文化，也就告别了文学，作家就也不存在了。韦其麟"百鸟衣文化现象"的意义在于——扎根于民族文化与区域文化，是一条广阔的振兴广西文学创作之路。所以，有志气的广西各族作家们，在马克思主义指导下，自觉地选择自己的诸文化因素的优化撞击方案，为最广大的人民、为社会主义而脚踏实地地前进吧！

（原载广西民族文学学会编《花山文学漫笔》，广西民族出版社，1990年版）

论韦其麟在新时期的创作

黄蔚

"文革"之后，结束了长期的动乱和极"左"思想的统治禁锢，使长期被迫脱离文艺领域的韦其麟终于得以回归，获得了人生与艺术的新生。

在近二十年风雨飘摇的日子里，他承受着物质与精神上的巨大压力，郁积了那么多的思索与情感，形成了那么大的内压力，当思想禁锢一朝被解除、新的生活终于开始的时候，新生的喜悦激发了禁锢已久的创作力与创作欲，在发表于《诗刊》1979年11期的作品《歌手》中，诗人借一个历尽坎坷而终于获得重新歌唱权利的歌手的故事，表达自己挣脱桎梏后的喜悦和欢欣。老歌手终于"重抱琵琶对乡亲 今夜重开第一声"，韦其麟也正是以《歌手》重开艰苦磨难后的第一声。从那以后，诗人文思如井喷，创作了大量的诗作，真诚而热烈地倾吐着自己的积愫。

韦其麟在新时期的作品主要有诗集《含羞草》《寻找太阳的母亲》和散文诗集《童心集》。同青年时代的《百鸟衣》《凤凰歌》和下放期间的作品相比，韦其麟新时期的创作在风格上发生了很大的变化，过去的浪漫与激情转化为沉峻与理智，数十年风风雨雨历程和坎坷人生中的泪笑悲欢，凝聚成经验与睿智沉入诗中，丰富沉着，使诗歌更含蓄而富于哲理。

《含羞草》集的诗歌中，渗透和融化了诗人多年的社会生活体验和思索，无论是对丑恶、黑暗的鞭挞，还是对光明、正义的礼赞，都透露着诗人鲜明的爱憎，真挚而犀利。在表现重新获得写作自由的欢欣时更多的是对未来的期望与信心，如《春天》《欢乐》；对邪恶的控诉背后更深的是不再重演历史荒谬的渴望，如《忧郁》《伪善》；平凡细小的事物中寄托着诗人的人格理想与追求，如《擎天树》《含羞草》《泉》《种子》《桥墩》。对崭新的生活，诗人也在《乡情》《家乡四季》等诗中热情讴歌。如果诗人早期的诗歌可以用单纯、明朗的风格与歌颂性的主题来概括，自《含羞草》始的诗作，则透出成熟、理智与批评的风采。诗人依然保持着对生活不灭的激情和对美好事物的讴歌追求，但激情背后更有一份沉着，更有一份分量。与《玫瑰花的故事》《百鸟衣》相比，这时候的诗歌更显厚重深沉，由激情绚烂走向平凡普通，又在这平凡之中演绎出一抹深沉的辉煌，特别是在描写普遍劳动者和以本民族传说故事为题材的作品中。如《山顶》一诗，诗人细致深情地刻画了山道上一位肩负重荷的挑夫形象，将一个普通体力劳动者的形象雕像般凸现于眼前，使人深深体会到像这位挑夫一样的芸芸众生劳作与生活的艰辛，以及在重负之下显现的生命的韧性。与大山相比，挑夫是渺小而微不足道的，然而正是这些平平凡凡，极有韧性、辛苦踏实而又默默无闻地生活着的人们，是"最高的山顶"，是民族的脊梁！

《含羞草》集中的诗大多属于这类以小见大的哲理诗，以一件细微的事物，阐述一个平凡而普通的道理。这些诗歌朴实而普通，似乎十分浅近，但诗人是在这样一种历史背景与心境下创作的：刚刚过去的那一段荒唐岁月，使认识与坚持真理、哪怕只是一个平凡而普通的道理，都是那样不易；另外，对生活人们往往容易获得一种传授下来的认识，然而要真切地感受到这种认识，却往往要在自己历经磨难和挫折之后。诗人正是以自己的经历与真切的体验，赋予这些本来空洞的哲理以充实。在这些诗歌里，有一种直抒胸臆的喜悦，朴实浅近的背后，是满含辛酸的珍惜。

诗人以本民族传说故事为题材的叙事诗，主要收集在诗集《寻找太阳的母亲》中。在这类题材的诗歌中，韦其麟继续着那条求学时代就已开始的追溯民族历史、探索民族精神的创作道路。然而这绝不是简单的回复，在这条追溯与探索的道路上，体现着诗人由对本民族文学的热爱、感动到对民族认识的深化与认同的过程，这一过程完成的基础，是诗人半生历程中沉积的对人生社会的认识与感悟。在《玫瑰花的故事》《百鸟衣》等早期作品中，诗人以稚嫩而热情的笔触来描述和表现他的民族追求光明幸福、渴望正义的理想，这些美好的理想激发着在那个纯真美好年龄的诗人的创作激情；《凤凰歌》等表现的是为实现这一理想而进行的可歌可泣的现实斗争；而在经历了二十年的风风雨雨、自己的半生也都已成为历史之后，《寻找太阳的母亲》等作品，交融着诗人自身经历与本民族历史的双重积淀，诗人以半生的坎坷、半生的思索与沉积，去体验、感受、重新认识与理解自己的民族，由对民族文学的外在传述，转变为对民族精神的探索与把握。民族古老的传说在融入作品时已不再是史实的诗化记载，而成为一种载体，寄托着诗人自己的人生感受、人格理想与抗争，深刻准确而意韵苍凉地刻画了本民族的理想以及为追求理想而献身的民族精神。甚至载体本身也被诗人的追求所改造：班氏女作为作者人格理想的寄托与本民族不屈不挠抗暴精神的象征，可以不是屈辱地惨死，而成为一个悲壮的虽死犹生的胜利者（《俘虏》《寻找太阳的母亲》，第152页），正是由于个人经历与民族历史的契合，诗人在这些古老的传说故事中产生了深深的共鸣。诗人以自己的人生体验默默地感悟着、理解着民族的历史，深刻准确地把握到了一种宏大的民族精神，寻求到了民族历史与现实的融合点，在这理解的共振中，诗人从精神上真正地融入了自己的民族。在《寻找太阳的母亲》一书的后记中，韦其麟有几句看似平淡却非常真挚深沉的话，描述了这种感受："我写这些故事，是感到其中有一种东西激动着我的情愫，甚至使我心灵颤栗，我多么希望把这一切表现出来，而我的笔过于愚钝，并未能完全如愿，可能还会使这些本来感动过自己的故事暗淡了色彩。但是，写的时候，我从没有伪装过我的感情，我从不曾欺骗过自己的感受。"虽然作者认为自己的笔过于愚钝，事实上与一种深沉博大的民族精神相比，任何一支笔也许都是愚钝的，但由于诗人的真诚，真诚的理解与真挚的表达，使那些感动过他的故事，也深深地感动着我们。《花山壁画之歌》里咚咚的铜鼓声震撼着我们，那支义军最后的情景如一幅悲壮的画面浮现在眼前："我们要开辟一片清明的天地/我们要创造一片芬芳的净土"，"谁说我们已无路可走？/我们走一条光荣的大路。/谁说我们已末日途穷？/我们以生命铺一条坦途！""我们没有绝望的哀伤，毁灭的痛楚/只有燃烧的仇恨，不息的愤怒/我们没有弯曲的膝头，屈弓的脊背。/只有挺起的胸膛，高仰的头颅!/我们无愧于后代子孙，/我们不羞先人父母"。《寻找太阳的母亲》讲述的是"一个永远年轻的故事，/却又非常非常的古老"。寻找太阳故事的背后是一个象征原型：太阳象征着光明、温暖和幸福，而年轻的母亲和她腹中胎儿两代人相继踏上一条用生命铺成的道路，象征着壮族人民世世代代对光明、温暖、幸福生生不息的追寻。

韦其麟在新时期以本民族传说为蓝本的诗作，倾向于选择富有悲剧色彩的题材。鲁迅说："悲剧是把有价值的东西撕碎给人看"，在这毁灭之中，令人扼腕，使人叹息，在感慨献身的崇高与奸佞的卑劣中生出一种震撼心灵的悲壮之情。《俘虏》《花山壁画之歌》中熊熊燃烧着失败的叛逆者宁折不弯的威武；《山泉》《莫弋之死》《岑逊的悲歌》中充满着对惨遭奸佞暗算而倒下的英雄的痛惜悲愤之情。现实生活中淡泊平静的诗人在创作中洋溢着不可遏止的刚烈激越，这是一个在过去的政治风浪中随命运浮沉而不能自主的小人物的抗争呼号，是诗人自己的人格理想的倾泻与寄托，又仿佛千古流传着的某种伟大精神，借着故事在演绎自己。在这些作品中，慷慨澎湃的诗情凝聚成诗中苍凉沉雄的气韵，无论是献身的崇高还是失败的壮烈，都令人荡气回肠，而不只是些距离我们遥远而美丽的浪漫故事。

韦其麟在新时期的创作还有散文诗《童心集》。它代表的是另一种风格和诗人对童心般纯净美好的渴望。这是诗人写给自己孩子看的东西，是用天真纯洁的孩子的眼光，来看待身边的世界，因而山川景物，一沙一砾之中，无不闪烁着一颗晶莹剔透的童心。作品中充满了对世界纯真的爱，充满了丰富的想象和美丽可爱的幻想，饱含一颗善良、同情之心，洋溢着自然与人相和谐的情趣，格调清新明净，如一条澄澈透明的小溪，又如一束散发着芬芳的小花，表现出向自然与童真的回归。山村的童年时代赋予诗人心灵上的纯净、平和安详、热爱大自然的一面，在童心的洗濯下重新焕发着光彩。生活的河流慢慢地磨蚀改变着每个人，在适应社会走向成熟的过程中，天性中的单纯，明朗渐渐失落或收藏起来，平静深沉的面孔后往往尘封着一颗纯净的心。只有在特定环境中，那些遗落了的记忆才会被唤起，在释放的过程中，又因为有几十年人生经验的渗入，使纯净之中更有一份蕴涵。像《贝壳》中："为什么人们总不说活着的贝美丽，而是等它们死了，才喜爱它们的壳，赞赏贝壳的美丽呢？"《故事》中："为什么要烧掉这些写着故事的书呢？是不是有人不喜欢这些故事呢？……是不是因为他们像故事里的老虎一样凶，狼一样恶，狐狸一样鬼，乌鸦一样丑……才把写有这些故事的书烧掉呢？""幸好爸爸还记得这些故事，我要把爸爸的这些故事牢牢地记住。将来，我也会有孩子的，我也要对我的孩子讲这些故事。我的孩子长大了，也会有孩子的，我的孩子也一定要对他的孩子讲这些故事"等等。以一颗真诚纯净之心贴近现实，无论是哪一个层次的认识体验，都会得到一些或深或浅耐人寻味的东西，所谓"一沙一世界，一叶一天堂"，单纯因此而深刻，平凡由此而不凡，禅所谓"平常心是道"，指的就是这样一种境界吧。

同早期的《百鸟衣》《凤凰歌》等作品相比，韦其麟在新时期的创作有两大特征：一是诗歌意境的改变，二是语言风格的改变。

《玫瑰花的故事》《百鸟衣》等作品，基本上是按照传统的叙事结构写成：时间、地点、人物、事件各要素俱备，有完整细致的情节，情节的生衍有较强的时间逻辑。故事性很强，叙事与抒情并举，新奇而充满民族生趣，洋溢着浓郁的浪漫气息，格调明朗一如那时崇高亮丽的时代风采。尼拉的英俊勇健、夷娜的聪慧美丽，以及他们的相恋、分离、殉情有如电影画面一幕幕呈现在眼前，浪漫的感伤与清凉的乡野气息流荡其间，优美清新。而在《寻找太阳的母亲》等作品中，作者或轮廓地勾勒故事，以容纳最大量的情感与哲思；或跳跃式地点染情节，以抒发自己强烈的爱憎与感慨；或概括地描写人物，从精神灵魂上进行塑造把握，而不仅仅局限于人物形态的描摹；或以个体代替类别，以形象寄寓精神，寄托了作者的人生追求与人格理想，改浪漫清新为苍凉沉郁。在《寻找太阳的母亲》一诗中甚至已没有了主人公的姓名，只是一位普通的母亲与她在寻找太阳的路途中降生的孩子，这两位没有姓名的追求者，正是千千万万世代追寻着光明的人们的象征，在他们的身上体现出了这种追求的永恒。在诗意的这种由实而虚的转变中，淡化了情节同时突出了人物内心世界，也融入了大量诗人的人生思索。

诗意的这种改变，带来了诗歌语言风格的变化。诗人早期的叙事诗中，白描的成份较重，语意的空间不大。语言的运用基本上从实处落笔，支撑情节的演化发展。而在新时期的作品中，语言不仅叙述着故事，更承载着诗人的思想、情感与哲理，勾勒出容纳作品思想内容的轮廓，这个写意式的构建给了思想的驰骋，情感的宣泄以极大的空间，使语言提供的空间里所包含的内容，比语言本身要大得多。

新时期的韦其麟，以崭新的风格重返文坛，在探索本民族历史与文学传统的道路上更向前迈进了一步，在从对民间文学的继承，充实到对民族精神的把握这一转变中，完成着诗人对自身，对自己民族乃至对中华大地数十年风雨历程的总结和反思，同时也充满了诗人对未来满腔的热望。长期"左"的思想压制禁锢，使诗人在探索与发展时缺少了极为重要的宽松的文化氛围，同时由于宁静内向的性格，内外两重因素决定着诗人在创作中选择了一种含蓄的方式，并使之成为个人风格中一个突出的特征。在这一选择中，诗人灵活自如地运用着象征、寄寓等多种方式表达自己，将激荡于心的强烈感情，通过诗中有生命的和没有生命的、有名姓的和无名姓的客体倾泻而出，在由激情浪漫到苍郁沉雄的转变中始终跳荡着一颗赤子之心。诗人以自己的方式，关注着历史与现实，关注着民族与国家，真诚地投入生活，投入创作。正如世上的路有千万条，创作之路也因人而异，无论在人生还是在创作中，真诚的投入比浮躁的标新立异有着更沉着的分量与震撼力。韦其麟始终在认真执着地走着自己的路，我们也在期待着。

（原载《当代艺术评论》1992年1期）

朝圣者的沉思
——论壮族诗人韦其麟

杨长勋

一、民族的朝圣者

这是一位民族的朝圣者，一位土地的崇拜者，一位民族文化的拥抱者。他像宗教节日里朝圣者前往圣地朝拜神灵一样朝拜自己的民族，他像农民式地崇拜他脚下的土地，他像拥抱母亲一样拥抱民族的文化。我称之为具有沉思意味的民族朝圣者，他的诗歌我则称之为一个民族朝圣者的思绪。

回顾壮族诗人韦其麟的整个创作，从叙事诗《玫瑰花的故事》到长篇叙事诗《百鸟衣》，从长篇叙事诗《凤凰歌》到叙事诗集《寻找太阳的母亲》，从抒情诗集《含羞草》到散文诗集《童心集》和《梦的森林》，无不流露诗人这种朝圣般的艺术真诚。任凭世界风云的变换，任凭命运的坎坷曲折，任凭人生的种种际遇，都不能改变诗人的初衷。

韦其麟和他的同辈作家诗人，是坚固地打上了碧绿的人生底色和艺术底色的。像韦其麟这样一位1935年出生的壮族人的儿子，在20世纪50年代初期那样一个巨变以后的美好岁月里形成自己的世界观和艺术观，产生一种对自己的祖国对自己的民族的永恒的朝圣般的心境，应该说是很自然的。崇拜革命先烈和革命前辈，是韦其麟那一代人的共同心绪。珍惜祖国的安定和民族的幸福则是他们那一代人的共同愿望。他们这一代人中的歌手和诗人，真诚地讴歌，甜美地吟颂，也就完全可以被我们理解了。

诗人最初的叙事诗《玫瑰花的故事》和他的成名作长篇叙事诗《百鸟衣》就是对民族文化的热烈的拥抱。诗中对民族民间传说中的美好故事和美好人物作了深情的赞美。那个时期，他的民族第一次获得了如此独立完善的民族品格，使诗人有机会有心境将民族文化重新创作和重新升华。韦其麟是从这个时候开始以诗歌的形式参与了他那一代人对祖国和民族的朝圣。在我看来，那时的他似乎还不够深沉，却是那样的真诚那样的甜美动人。

即使在动乱的岁月里，诗人也从来没有失去圣洁的童心。新时期一开始，韦其麟又与他的同代的作家诗人一起歌唱了，而且不久就有了那本厚实的叙事诗集《寻找太阳的母亲》。他还是那样真诚地拥抱自己的民族，拥抱自己的民族文化，他以诗的艺术形式一一朝拜了岑逊、莫戈等等民族英雄和民族巨人，他把民族中的古代伟人一一请到他的诗作中，请到当代读者的面前。在以诗歌的艺术形式歌唱壮民族文化方面，韦其麟是最真诚，也最为深刻和出色的一位壮族诗人。这是一位真正意义上的民族文化的朝圣者。

我总觉得，像韦其麟那样的创作，才是真正意义上的民族文化的寻根。寻根文学的口号是由一代年轻的作家提出来的，然而寻民族文化之根的任务却由韦其麟这一代中年作家诗人来完成，这是一个值得深究也有许多人在思考的课题。但可以肯定，根本的原因是20世纪50年代年代的文化根基与20世纪80年代年代的文化根基养育的两代人之间的文化心理的差距。韦其麟那一代作家诗人当中的许多人都寻到了真正的民族的文化，而青年作家当中的许多人则寻到那些落后的愚昧的猎奇的所谓文化，我是从这里真正看到了韦其麟那一代人的碧绿底色与另一代人的感伤色彩的。读韦其麟的作品使我想起了这些关于艺术的代际关系。

我想不论我们怎样去理解这种有关艺术的代际状态的差异和渗透，而韦其麟及其同代的作家们对党对祖国对民族对人民的那种朝圣一般的信仰，那种坚定的人生信念和艺术信念，那种执着的人生追求和艺术追求，应该引起年青一代的作家艺术家的深思。

二、从朝圣到沉思

人们，包括文学史的编撰者，都把韦其麟作为叙事诗人。在人们都忽视了韦其麟的抒情诗人的气质，忽视了他作为抒情诗人对世界对生活的感受力的情况下，要充分地肯定他的抒情诗的地位，也多少都有点令我感到吃力。

不过，我自己还是从他的抒情诗中看到了诗人从对民族的真诚朝圣到对民族历史的冷静沉思的历程。

韦其麟的抒情诗大多收入了他的诗集《含羞草》，作为艾青作总序的民族花环诗丛之一，于1987年9月由湖南文艺出版社出版。《含羞草》基本上体现了诗人的抒情诗的成就和风格。

那首《聋歌手》好像可以借来比喻诗人自己。

命运对你冷酷无情，
你对生活却爱得深沉。
命运给你一个沉寂无声的世界，
你给世界奉献热情的歌声。

本来诗人和他的同代人一样，像欢乐的小溪，汇入了社会主义的新生活。并且他自己很快就有了《百鸟衣》那样的重要收获，之前还有了《玫瑰花的故事》那样的愉快的收成。那时的他：

  怀着对于江河的深情，
  怀着对于大海的向往；
  也带着我儿时那烂漫的
  对于山外梦一般的幻想……

在《小溪》中他是这样表白的，诗中的原型显然是诗人自己。然而历史并没有给这一代人如此轻松地生活，历史比想象的要沉重了许多许多，不久一切都变得那样的《滑稽》：

  菟丝子诅咒寄生的无耻，
  墙头草礼赞信念。
  树顶的藤鄙夷树的低微，
  田里的稗子歌唱丰年。
  狐狸宣扬诚实的美德，
  蛇蚊谴责吸血的罪行。
  乌鸦耻笑白鹤的污黑，
  豺狼控诉小羊的残忍。

诗人几乎是从1957年开始就一路坎坷，一度成了从都市到乡村的移民。但那碧绿的人生底色还在，心中还装着希望，他等待那春天，等待那阳光，等待那绿叶，终于《春天》来了。

  所有的纯朴的心田之中，
  那些希望的种子，都在
  萌芽抽叶，会有鲜花开放。

一个"会"字，包含了迫切的希望，包含了坚定的信念。

  如果说《玫瑰花的故事》《百鸟衣》《凤凰歌》是甜美的讴歌，那么《寻找太阳的母亲》就是诗人的真诚的寻找。如果说他的叙事诗《玫瑰花的故事》《百鸟衣》《凤凰歌》《寻找太阳的母亲》是"给世界奉献热烈的歌声"，那么诗人稍后出版的抒情诗集《含羞草》、散文诗集《童心集》《梦的森林》，则可以说是"哲人站在历史长河的岸上，让庄严的思想展开沉重的翅膀"(《忧郁》)。如果说《童心集》和《梦的森林》是对于社会的人的自觉，人格之自我完善，那么抒情诗集《含羞草》则是文化的反省和历史的沉思。如果说他的叙事诗是诗人默默地献给大地的"一生翠绿"(《含羞草》)，那么他的抒情诗则是真理和岁月的探求，是对灵魂的"痛楚净化"(《欢乐》)。

如果说韦其麟是民族文化的朝圣者，而他的诗又带有强烈的沉思意味的话，那么他的叙事诗更多地表现了朝圣的一面，他的抒情诗则更多地表现了诗人的沉思。

伴随着中国当代文学从讴歌走向反省，伴随着新时期文学从政治反思走向文化反思，韦其麟的创作也越来越趋向于沉思。他开始以更冷静的眼光审视自己的民族，审视自己的文化人格。过去，对于故乡，他更多的是甜梦，更多的是憧憬，更多的是一种善良的愿望和美满的自足的心态。然而现在，他做的是这样一个关于自己欲回乡而不能的《梦》：

> 我常走在回乡的路上，
> 我常因此快乐得发狂。
> 一座大山却横在面前，
> 巍峨的高峰云雾茫茫。
> 我走不出迷茫的雾障，
> 我越不过险峻的山梁。
> 我的家乡是那样遥远，
> 我的心理是这样荒凉。

这是一首内涵丰满的诗作，这是一种十分复杂的心态。这首诗作改于1980年，那时改革和开放已经稍稍起始，改革使人不能再处于原来的自足状态，开放则引来人们对本民族和他民族的比较，沉思就这样开始了。当然，此时的诗人已经成熟，他并不无原则地感伤。他深信自己的民族，就像那永远充满魅力的《铜鼓》：

> 已经多少世纪，
> 沉默，并未窒息。
> 没有丢掉灵魂，
> 就不会失去生命。

他的民族并不那么豪放，但却稳重沉实，水一般地纯洁而又富于生命的活动力。这民族的骨气和品格就象那流淌的《山泉》：

> 它总不喧嚷，
> 虽然大海的滔滔里有它的存在，
> 虽然长河的滚滚里有它的存在，
> 它从来不爱喧嚷。

他深信自己的民族是大山的一员，是水的一方。要么就是那依山的水，要么就是那傍水的山：

> 如果没有这里的山，
> 这里的水哪会这样清秀；
> 如果没有这里的水，
> 这里的山哪会这样俊奇。

他在《美》一诗中这样吟唱那山水，总能让人想起他的民族或者是山或者是水。他没有忘记，也"没有力量遗忘"他的民族他的故乡，他不断用他的"诗行带来深深的祝愿"，带回"一片翠绿"（《乡情》）。

也许一个民族的历史进程，就像一条悠远的河流的走向。韦其麟在以诗的形式沉思民族历程的时候，不时出现"河"的原型。《我又前来拜访》《魁星楼》《红水河从烈士碑前流过》《小舟》《老牛》《红水河——永不苍老的河》等诗作里都出现了那条河的原型。

诗人终于注意到了红水河边的那些《老牛》，但他声明：

> 已经有那么多的诗篇歌唱你，
> 已经有那么多的诗篇颂扬你，
> 歌颂你的刻苦，你的耐劳，
> 我真不知道怎样再赞美你。
> 红水河边和岩石一样坚瘦的老牛哟，
> 肩头已经被牛轭磨成皮革的老牛，
> 我也该写一首赞你刻苦耐劳的诗，
> 当然决非绝唱，却愿是最后一首。

诗人用这首并非"绝唱"的诗作，沉重地然而又是真诚地提醒人们，赞美老牛的诗早该是"最后一首"了。确实，那种小农式的传统观念应该被现代意识取代了。诗人不想再聆听这关于老牛的故事传说，他希望我们民族的物质和精神都能进入世界的前沿。

> 那些岁月已经过去，红水河，
> 请不要，不要再讲这样的故事。
> 两岸欢乐的山歌已在复活，
> 快让山歌冲淡苦涩的记忆。
> 明天，红水河，你应该有
> 使我们民族感到骄傲和自豪的故事，
> 使全世界的河流都感到羡慕的故事。

这是诗人复出以后重访红水河所作的《我又前来拜访》中的诗句，近乎于呼唤甚至是呐喊。这是一条河流的觉醒，一个民族的醒悟，一块土地的复苏。韦其麟是这条河的儿子，是这个民族深沉的歌手，是这块土地上有骨气的汉子。他有职责用诗句抒写这沉重的觉醒，这复苏的阵痛。他是河流的歌者，是民族历史和文化的朝圣者，是土地的崇拜者。诗人的沉思是河的沉思，民族的沉思，土地的沉思。

诗人的形象每每浮现在我眼前的时候，总是冷峻的沉思状，他是个沉思者。

三、寻找文体的历程

我想再从文体的角度对诗人韦其麟的创作做一点研究。我越来越感到文体的选择和把握实在是太重要了，有时候你的突破，你的发展，你的超越，就系于这文体的选择和把握。

就诗的文体而言，老实说，韦其麟是更适合于自由地抒情的。他在为我的一位文学朋友的叙事诗集作序的时候说，叙事诗不是叙述一件事，而是歌唱一件事。我说的自由和抒情，当然是两个方面，他适合于抒情，又特别地需要自由。

回顾韦其麟的艺术创作的历程，当他从文体上获得这两个因素的时候，往往就会获得更大的成功，往往就可以通向更高的境界。他早期的《玫瑰花的故事》和《百鸟衣》的成功，显然是由于选择了适合自己气质的自由的形式自由的行文，这适合他的格调和艺术情趣，这就是诗行中的自由体的形式和强烈的抒情色彩。之后的《凤凰歌》，不论是自由形式的一面，还是抒情格调的一面，都因为诗人采用七言四句的格律和形式而大大地受到了限制。当然我们是在充分肯定《凤凰歌》的艺术成就的前提下讨论这个问题的。这个大型的诗歌工程《凤凰歌》没有获得更大的应有的艺术辉煌。我说的辉煌并不仅仅指的那种一时的轰动效应。对于诗人采用这种唱法来写凤凰歌，许多的读者和批评家都大体上持有保留的意见或相对沉默的态度。如果可以比较而言的话，我们还得承认这是诗人艺术道路上的一个低谷。也许那原因比我说的还要复杂得多，也许批评家们可以从别的视点找到更多的有说服力的因素，但诗人文体选择上的误差显然是不应回避也不可回避的。这一次诗人没有获得适合自己艺术悟性的自由的方式，没有能够自由地舒展自己的情感。

进入新时期以后，也许是由于《凤凰歌》的形式和它的某种平静使诗人的内心领悟了什么，他感悟到了文体变革的迫切性。他开始反省自己，力图在艺术上超越自己。尽管《百鸟衣》和《凤凰歌》都曾经显示过自己的艺术辉煌和魅力，但作为一个有追求的诗人，他的使命永远是超越自己。《百鸟衣》和《凤凰歌》的艺术方式在新的审美需求面前不可能永远都有竞争的优势。那种艺术辉煌既属于过去也属于未来，但不能成为诗人现实的创作优势。《百鸟衣》和《凤凰歌》适应的是当时安定甜美欢乐清静的生活情调，今天的读者缺乏那样的艺术情趣，他们更多地需要理性，需要反省，需要从诗人那里获得哲理思辨的启迪。

那本厚实的叙事诗集《寻找太阳的母亲》，在艺术形式和艺术方式上比过去更舒展更自由，诗人抒情的品格比过去更高地获得了自主。

一个作家诗人不断发展进步的过程实际上也是文体趋于自觉自主的过程。自然，这《寻找太阳的母亲》的成功，还有诗人在坎坷的人生旅程中用痛楚换来的深刻的成熟和理性，有他在历史的波峰浪谷里以苦难换来的哲学思辨力和艺术判断力，也就是我已经说过的诗人不断成熟的"沉思"的品格。

他在形形色色的艺术形式和艺术方式中寻找属于自己的自由，寻找自己抒情的情调和品格。他在创作《寻找太阳的母亲》中的大部分叙事诗的前后，也创作了由湖南文艺出版社出版的《含羞草》中的大部分抒情诗。他的抒情诗比他的叙事诗要更适合于他的自由的和抒情的艺术气质，他的叙事诗大都取材于那些已经基本定型的民族民间传说故事，无论如何都在某种程度上制约了他那种迫切需要自由自在的一面，而他的抒情诗似乎在很大的程度上更益于他的自由，他的抒情。

诗人也许甚至感到连这抒情诗也再不能完全地满足他的自由抒情的气质，他又同时选择了比诗更自由的文体，这就是他后来着力追求的散文诗的艺术形式。他用散文诗这种文体，创作了由漓江出版社出版的《童心集》和由广西民族出版社出版的《梦的森林》两本散文诗集。他的高质量的散文诗，可以从多种角度去研究和分析。我这里想从文体的角度纵向地考察诗人的创作。从韦其麟那种自由抒情的艺术气质和艺术品格出发，不难发现，从《玫瑰花的故事》到《百鸟衣》，从《凤凰歌》到《寻找太阳的母亲》，从《含羞草》到《童心集》，乃至于《梦的森林》，诗人不断地探索前进的历程，实际上成了不断地使文体趋于适合自己自由抒情的这样一个艺术进程。

散文诗本质上是诗。诗人韦其麟对散文诗的某种选择和追求，实际上是对诗歌文体的一种选择。散文诗比一般的自由诗要来得更自由些，也就适应了诗人的自由和抒情。我想应该顺便再提一下散文诗集《梦的森林》，诗人力图在自由抒情的散文诗中作一种人格的自我完善，他甚至深入到了艺术人格中的人性丑的一面，应该说这在当今诗坛是极为难得的。当然《梦的森林》在艺术创造过程中还可以强化更有内在力的历史纵深感和人生博大感。整个的散文诗领域，也迫切地期待这样的力度和深度。

在我们简单地讨论了诗人从叙事诗到抒情诗到散文诗这样的文体追求的历程以后，请允许我回头看看两首我认为值得重视而我还没有来得及分析的抒情诗。我以为，诗人自由抒情的气质在抒情诗《火焰般的木棉花》《红水河——永不苍老的河》里，得到了比较充分的表现。《火焰般的木棉花》以壮乡的木棉花来歌唱自己的民族，从历史到现实，从物质到精神，一气呵成，一切都在热烈地燃烧：

> 我们民族不可遏止的追求在燃烧，
> 我们人民不可摧毁的意志在燃烧，
> 我们民族的信心在燃烧，
> 我们人民的勇气在燃烧，
> 燃烧得这样耀眼，
> 燃烧得这样灿烂。

几乎在长长的诗行中每一行都出现了一个"燃烧"。我们从这里又一次看到了韦其麟这一代人的碧绿的人生底色，当一些人带着民族虚无主义眼光来否定地批判一个民族的文化的时候，诗人则感到他民族的文化像"热血一样鲜红，旭日一样辉煌"，连"用拳头砸死野猪的精神"都"在燃烧"，连"花山壁画上挥戈的壮士的浩气"也在"燃烧"。真正的诗人应该成为民族精神的象征，其诗当是民族精神的艺术体现。《红水河——永不苍老的河》，又一次出现了养育诗人生命的"河"的原型，民族历史的进程就像这河的流程，曲折迂回，又奔流不息：

> 你是我们民族胸膛上
> 一支粗壮的血脉，
> 奔突着火焰般的波浪。
> 你象岁月一样，
> 古老悠远而不会苍老，
> 如同时间一样，
> 无穷无尽而永不干涸。

一条河就是一个民族，它流走了一个民族多少的"冷漠"，流走了多少的"艰险"，流走了多少"折磨和痛楚"；它又流来了一个民族的多少"盼望和等待"，流来了多少"温柔"，流来了多少"依恋"和"情歌"。一条河，有时默默，有时怒吼，但决不"回头"，永远在"寻找前进的道路"，一个民族则"生生不息"、"不会陶醉"，也不会"消失"，永远"向前，向前"。

在自由抒情的诗中，韦诗也有个别感情不够集中、文字不够精致的篇什。我个人觉得，像《桥墩》就进入关键情节太慢，而《乡情》则流于那种散文式的思维方式和艺术构制。但他的大多数诗作则是精构之作，既体现了他的基本的艺术气质，也体现了他的自由抒情的优势。

诗人韦其麟以不断进取的精神寻找和调整适合自己艺术气质的诗的文体。他在论及诸位同代诗人的创作成就的时候，也显示了这方面的知音般的感悟。他在论及一些走得稍远的青年诗人的创作时，又偶尔略表了对文体的不解之意。他在创作实践的过程中，从叙事诗到抒情诗到散文诗，表现了文体选择和探索中的某种激进与先锋的意味，在文体的理性升华上则似乎表现出一种与自己的艺术实践之间不平衡的状态。也许对大多数的诗人来说，感性的文体追求与理性的文体升华之间都是不平衡的吧。我觉得很有趣，韦其麟这一代作家诗人，他们没有提寻根文学的口号却实实在在地完成了文化寻根的任务，他们不大谈论艺术文体却在不断地做文体的探索与追求。我知道，从文体的视角谈论作家诗人往往很不容易说到点子上，我自己倒是出于一种艺术评论的真诚。

四、诗人的历史地位

壮族诗人韦其麟从他真正开始创作起，就始终在中国当代少数民族文学中保持了自己的竞争能力，保持了自己的应有的地位。

早在诗人的中学时代，他就开始了对文学的学习和创作。1953年这位18岁的少数民族中学生就开始在诗坛露面，发表了他的处女作叙事诗《玫瑰花的故事》。这首诗在1953年第15期的《新观察》上发表以后，引起了人们的注意，先后被译成英文和日文等文字介绍到国外。著名作家王蒙在他早期的小说《小豆儿》中写到了韦其麟的这首诗作，小说的主人公说到自己读过《玫瑰花的故事》之后的感受。文学大师老舍先生在1956年召开的青年文学创作会议上赞扬了自己喜爱的诗作《玫瑰花的故事》。由此可见韦其麟的《玫瑰花的故事》在当时的文坛的地位和影响。直到1980年，这首诗再次被收入《少数民族诗人作品选》。

大学时代的韦其麟以他的长篇叙事诗《百鸟衣》确立了自己在当代诗坛的地位。20岁的韦其麟在《长江文艺》1955年6月号上发表了这首长诗，接着《人民文学》1955年7月号和《新华月报》1955年7月号相继转载。1956年4月中国青年出版社出版了《百鸟衣》单行本，并附有韦其麟的《写〈百鸟衣〉的一些感受和体会》。1959年4月《百鸟衣》被列为我国建国十周年优秀文学作品之一，由人民文学出版社出版，并于1978年9月再版。《百鸟衣》不仅在中国当代文学中有一定的地位，而它的发表很快就引起了国外文艺界的关注，1956年3月31日苏联的《文学报》发表了奇施柯夫的文章，文中说："人民革命胜利以前，中国各少数民族身受国民党国家层层机构和地方封建地主的双重压迫。那时，根本谈不上发展民族文学和文化。只有解放以后，他们才能在中国兄弟民族的大家庭里创立新的生活。过去六年来，国内少数民族作家和诗人的创作大大地丰富了中国文学。内蒙古青年作家玛拉沁夫享受到崇高的声誉，撒尼人民创作的优美的长诗《阿诗玛》，维吾尔族人，藏族人和其他民族的童话和传说已获得广大读者的热爱。韦其麟的长诗《百鸟衣》在这些作品中占有自己一定的地位。"（转引自《长江文艺》1956年5月号由杨华翻译的《李准和韦其麟》）

韦其麟的《玫瑰花的故事》和《百鸟衣》的成功，除了其中的强烈的民族气质和地域风采而外，还有一个极其重要而又没有被人们重视和探讨的原因，这就是它的全新的文体。中国现代新诗是中西方文化碰撞的结果，是中国传统诗歌与西方现代诗歌相融合的产物。壮民族从唐宋开始有了自己的可考的文人和诗人，每个时期都产生过有一定代表性的作家和诗人。五四运动以后的现代文学时期，壮族的作家和诗人中也有不少人创作了一些现代新诗。而以全新的现代新诗的艺术形式与壮族最古老的民间文化相应地有机地结合，并在中国现当代新诗的格局中取得了应有的艺术地位的，则是韦其麟。

我之所以说诗人韦其麟始终保持了自己的竞争能力和应有地位，是因为他继《玫瑰花的故事》和《百鸟衣》的成功之后，又在新时期文学中连续三次获得了全国少数民族文学创作奖。这说明，诗人的赤诚，诗人的思索，诗人付出艰辛的艺术探索，已经得了广泛的承认和喜爱。

（原载《民族文学研究》1992年第2期）

评说壮族诗人韦其麟的创作道路

王敏之

在当代壮族写诗的人群中，只有韦其麟18岁便在中国作家协会主办的《新观察》上发表了叙事诗《玫瑰花的故事》，并被翻译成英文和日文向国外介绍；接着20岁创作的叙事诗《百鸟衣》在《长江文艺》发表后，受到广大读者的喜爱，又在《人民文学》《新华月报》相继转载，并于1959年被列为中华人民共和国建国十周年优秀文学作品，由人民文学出版社出版。因而，韦其麟1956年，也就是他年方21岁时就被吸收为中国作家协会会员。

那么，韦其麟为什么能在刚步入青年阶段就创作出《玫瑰花的故事》《百鸟衣》这样优秀的诗篇？韦其麟1935年春出生于广西横县文村，这是传统的壮乡山村，他和壮族纯朴的农民在一起，度过了整个童年时代，农民勤劳、纯朴的品质感染了他，丰富的壮族民间文学陶冶了他的心灵，从而使他走上了以壮族民间题材为主的诗歌创作道路。他的这条诗歌创作道路，从1953年8月第一篇叙事诗《玫瑰花的故事》问世算起，50年来随着社会发展中政治的变革，历经了成名—艰辛—前进的历程，而他的诗歌创作的成果达到丰收季节，也恰是我国步入解放思想进行改革开放的年代所得。

从韦其麟所发表诗作的时间来看，他的诗歌创作道路可分作三个阶段：第一个阶段是成名期，即从1953年8月至1957年左右，此期间韦其麟连续发表了《玫瑰花的故事》《百鸟衣》《牛佬》三篇叙事长诗，并分别由中国青年出版社、人民文学出版社出版或收入《少数民族诗人作品选》《中国少数民族文学作品选》和《诗选》（第一集）；伴随这些叙事诗的问世，各大报刊纷纷发表了对韦其麟创作的多篇评论文章，如陶阳的《读长诗〈百鸟衣〉》、贾芝的《诗篇〈百鸟衣〉》、沙鸥的《试谈〈百鸟衣〉的浪漫主义特色》等等，其中苏联奇施柯夫也在苏联《文学报》上发表文章，在把李准和韦其麟相提并重下，不仅把《百鸟衣》中主要人物形象——勇敢的青年古卡和聪明的少女依娌——看作是壮族许多传说和童话中的英雄人物，并将其与撒尼人优美长诗《阿诗玛》和内蒙古作家玛拉沁夫作品的声誉相提并论。而不少人甚至文学界都普遍认为《百鸟衣》是建国以来少数民族作家创作的优秀作品之一。

《百鸟衣》问世后直至1956年报刊不断发表评论，对韦其麟的诗创作予以充分肯定和赞扬。此时韦其麟连续在报刊上发表了《写〈百鸟衣〉的一些感受和体会》《我们永远为祖国歌唱》《认真严肃地学习写作》三篇文章。在这些文章中，他除了谈写《百鸟衣》这篇叙事诗的经过以及诗题材的来源、体会外，特别写出了"《百鸟衣》应该说是群众的集体创作，我只不过是其中一个而已"的心里话，他还认为"对学习写作的人多么需要熟悉生活"，"民间故事和传说是人民群众所创作，内中体现着他们深刻的爱憎，这一点要非常注意"，"还要从民歌的土壤中汲取营养"。他还在文章中表示"以最热情的歌声永远为亲爱的党、亲爱的祖国、亲爱的人民而歌唱"；在写作上"必须不懈地辛勤地练习，必须认真严肃地劳动"。

然而，正当他进一步明确文学创作的努力方向，再接再厉，听取老一代作家的教诲，准备新的诗篇创作时，1957年反右派斗争在全国各地展开，由于斗争的扩大化的现象出现，韦其麟思想有些抵触，斗争的积极性低落，因而他遭到了批判，并被开除了团籍。1957年9月，他大学毕业时，也是"带着一种莫名的心绪离开学校"，10月底回到广西被分配到广西民族学院工作，12月又被下放到贵县天平山林场劳动，育苗造林，当了一年多的林场工人。从此，除了1959年下半年曾被调到广西文联参加《广西诗选》《广西壮族文学》的编写修改外，绝大部分时间是在林场、五七干校、农村公社、铁路工地、药场劳动。十年动乱期间，韦其麟回到广西文联参加运动，1969年他又被迫下乡劳动，在五七干校养马，到东兴县当一般公社干部和到桂北山区修铁路，1978年2月，方回到文联任《广西文艺》诗歌编辑。尽管如此，经查阅《韦其麟作品系年表》可以证实，除了1958年未发表作品外，从1959年5月至1978年2月被正式调回广西文联任《广西文艺》诗歌编辑之前，他还发表了诗歌55首，其中叙事诗就有《红水河的传说》《歌手》《凤凰歌》；反映在下面劳动和劳动人民生活情感的有《颂歌——记一个壮族老人的话》《林场小记》《农场的夜》《访旱区》《秋日山寨》《高山瑶寨》《山寨草》《木棉花》等多首诗歌。看来，韦其麟在武汉大学学习期间所立下的"我们永远为祖国歌唱的信念"，在20年的艰辛劳动过程中并没有丝毫的减弱，他的笔仍然不停，这种无私奋斗的精神实为可贵可敬! 而他的诗的水平也在实践中越来越高，这更说明他一心为人民奉献佳作的态度是坚定的、永久的。

长篇叙事诗《凤凰歌》初稿写于1963年夏，二稿写于1978年夏，其全部构思、修改过程饱含着诗人对诗歌创作的执着追求和创新。这首《凤凰歌》尽管取材于现实斗争的生活，但艺术形式却是从头到尾一律七字句的民歌体，共两千多行诗句，字句不仅自然流畅，意丰韵顺，比兴手法新颖，民歌风味也很浓郁。而全诗所叙述的却是壮族人民的贫苦女儿达凤的不幸遭遇，由于父母双双死于乡长独眼龙手下，致使她奋起反抗，投奔游击队，参加了革命，也用山歌也用枪，与敌人做殊死的斗争，最终为了革命利益，达凤壮烈捐躯了，但她却在革命的"满天熊熊火焰里"，化成"一只凤凰飞起来"，"凤凰翩翩飞八方"。从而，达凤的光辉形象在歌声遍野满天，成为壮族人民建设美好幸福生活的鼓舞力量，而达凤也在人们心中成为我国民主革命时期的一位壮族巾帼英雄。同时，也生动明确地表达出中国革命的胜利是以无数革命先烈和劳动人民的鲜血、生命作为代价的真情实况。这里，如将达凤与韦其麟在《玫瑰花的故事》中的夷娜以及《百鸟衣》中的依娌相比，三者虽然都是壮家女，也都是那样纯朴、勇敢、美丽和善良，但由于她们所处的时代不同，达凤找到了共产党，接受了革命的道理，投入了追求解放的斗争洪流，因而她的思想、行为和性格显然比夷那、依娌更聪明、更坚强，也更有力量。虽然达凤最后为了人民的胜利而献出了自己的生命，但她的精神不死，她的形象永存，她那甜美动人的歌声永远活在人民心中。正如诗中所写："火中飞出金凤凰，凤凰唱歌传四方，凤凰唱歌四方传，歌声不断万年长。"

粉碎"四人帮"之后，随着党对知识分子政策的逐步落实，1978年春，韦其麟从广西药物植物园栽培组被调到广西文艺创作办公室，分配到《广西文学》诗歌散文组任编辑。1980年5月又调到南宁师范学院（后改名为广西师范学院）中文系任教，从事民间文学的教学和研究工作，1982年之后陆续被提升为副教授、教授和民间文学研究所所长。1983年，广西师院院党委批准了韦其麟的入党申请而成为中国共产党党员。

民族民间文学的教研工作，对韦其麟来说是内行，不仅对民间文学发展历史、概况及其演变过程了如指掌，即使研究理论、准则、要点也具有实践经验。因而，教学中充分显现了他的实力，他不仅主讲"民间文学概论""民俗学"，还开设了选修课"壮族民间文学""诗歌创作漫谈"；在教学之余或根据教研的需要，他还撰写并发表了有关民间文学研究的论文，如《壮族民歌简论》《瑶族创世史诗密洛陀》《〈蚂勒访太阳〉不应列入神话》《也说雷王》《壮族诀术歌》《人和自然斗争的故事》等和1989年出版了《壮族民间文学概观》一书。

可以说，韦其麟1980年被调到南宁师范学院工作的这段时间，是他有生以来较为平静和安宁的，他比发表《百鸟衣》《凤凰歌》时还要兴奋几倍。如果用韦其麟自己的诗句来说，这真如"丰年的稻穗在农人心中摆荡，纯洁的愿望在晴空自由飞翔"，"痛楚净化了灵魂的污浊，真理在医治岁月的创伤"；当然韦其麟有时也会忆起往日岁月，但他此时却也觉到"烈日下的绿叶在低垂，而生机并没有枯萎"，要"让庄严的思想展开沉重的翅膀"。当然，韦其麟确实经历过痛苦的岁月，或被荒谬嘲弄，或被强暴凌辱，但他却牢记着"一位诗人说过，痛苦是美丽的"，"是的，这时候，我美丽，我比幸福更美"。（引自韦其麟的诗《痛苦》）正如他在诗中所写"惟有向往之美好，我才存在——于是有蓬勃的生命：禾苗翠绿，拔节抽叶"。（引自韦其麟的短诗《生命》）

其实，韦其麟1983年加入中国共产党后，他何止仅是"拔节抽叶"，除了担负本职工作外，他在文学创作上取得了更大的丰收。自1980年起，他创作并发表的长诗就有

《莫弋之死——红水河边一个古老的故事》《岑逊的悲歌——一个壮族传说》《寻找太阳的母亲》《普洛陀，昂起你的头！》；出版了诗集《含羞草》《苦果》，散文诗集《童心集》《梦的森林》以及叙事诗《四月，桃金娘花开了》《花山壁画之歌》《歌手》《歌神》《欢乐》《火焰般的木棉花》等几十首。

1981年发表的叙事长诗《莫弋之死——红水河边一个古老的故事》，叙述的是一个民族强有力的人物竟然遭受了奸佞小人的陷害暗算而死去的悲剧。莫戈，是个挥起手中的长戟，可以驱动群山的壮家好汉。他"为了有广阔的土地栽种幸福，为了壮家有更多肥沃的田园"，他不为荣誉而骄傲，不为官职所引诱，坚定地要实现"把家乡连绵不断的高山赶到大海里去"的心愿。然而，高山未动，却遭到了"身后跟随着暗藏的毒箭"而怆然倒下了。如果说，莫弋是为壮家生活幸福，是与暗藏的人做斗争而失去了生命的话，那么1983年创作的《岑逊的悲歌》中的岑逊，则是与洪水搏斗而壮烈牺牲的好汉，当他看到那"淹没了生长五谷的田园"的时候，淹没了人们欢歌笑语的时候，淹没了人们所有的希望的时候，淹没了人们要走的那些道路的时候，他举起锄头，一锄就挖起十丈深的泥土；他举起锄头，一锄就劈开百仞的大山"。然而，由于奔腾不息的左江、右江和红水河泛滥，毒蛇野兽都逃遁之后，又有两只脚的毒蛇来吞噬人们的美好的愿望。尽管岑逊燃起愤怒的烈火，砍断了两脚毒蛇身腰，敲碎了两脚野兽的头颅，但却触犯了天上的条律、天上的意旨。最终，壮族好汉岑逊倒下了，只带着创伤走了，但他的心愿、理想、英勇、刚强、爱和恨并没有消失，永久地留在壮族人民的土地上。《莫弋之死》与《岑逊的悲歌》虽是壮族历史上传说的诗化，但写于20世纪80年代初，也实有借史喻今的教育作用，蕴含着令人深思的价值。

1984年初春，韦其麟根据一个壮族传说《妈勒访天边》，创作并发表了一篇600多行的叙事长诗《寻找太阳的母亲》，全诗分为使命、出发、诞生、道路、嘱咐、太阳等六大节。这是一个"非常非常的古老"而又"永远年轻的故事"，那时候，天地间还没有太阳，"人们的生活暗淡无光/连篝火也颤栗在阴冷里/大地积结着过多的冰霜"。为了寻找太阳，民族的每一位成员，都怀着"最真诚的意愿"和"最圣洁的向往"争相前往，"只是，谁都没有足够的岁月啊/谁都没有指望，见到太阳/孩子们的生命，也比不上/那道路的漫长"。然而一位"年轻的孕妇"——未来的母亲，坚定地站了出来："让我去吧，我知道/我也走不到那遥远的地方/而当我死去还有我的儿子/继续我的道路，走向太阳。"

显然，这篇叙事长诗所写，让母亲去寻找太阳只是一个传说而非真实可信。但这位母亲所代表的对于光明的追求向往，以及为追求光明而产生的献身精神，却是真实可信的，并且强烈地震撼着诗人读者的心灵。这里，由诗人从繁复的诗句所塑造的"母亲"形象心中，看到了作为民族向往和追求永恒光明的象征，看到了一个孕妇不仅甘愿为寻找太阳献身，还把自己的信念寄托在自己未出世的孩子身上，以两代人的连续追求去完成民族的重托，真让人的感情为之激动。同时，在这个极为平凡的而且平凡得甚至"没有名字的母亲"形象之中获得了真正崇高意义的升华。诗人在叙事诗集《寻找太阳的母亲·后记》中写道："我写这些故事，是感到其中有一种东西激动着我的情感，甚至使我的心灵颤栗。"那么，诗人这里指的"东西"是什么？简而言之，就是民族的精神气质。

1991年韦其麟创作了一篇长达两千多行的"诗剧"《普洛陀，昂起你的头！》（收入《广西当代少数民族作家丛书·韦其麟卷》，漓江出版社2003年出版）。诗人自己在《写在前面》中说："这不是诗剧，我无意写诗剧，因为不懂。这能不能算作叙事诗？也许只不过是从分行的方式写一个故事。故而，这里恕我只能以带引号的'诗剧'来表示这篇作品式样。我想，文学作品的形式是次要的，重要的是它的内容，给予了读者什么。"对此，韦其麟在《开头的歌》中，明确地告诉读者：这是"请神述说一个关于爱情却又不是爱情的故事"，而"这样悲欢离合的故事，在这天上人间漫长的悠悠的历程，绝不是荒唐的杜撰，无稽的幻象"。显然，诗人所写的是天上的人物、事件，这在大量的壮族民间传说故事中是好理解的，但要说到人间，特别是当代社会生活中的人与事，则需要读者去细细品味和联想，因为文艺作品的作用，正如毛泽东所述，"文艺作品，都是一定的社会生活在人类头脑中的反映的产物"，所以阅读和评价这部长诗绝不能停留在"天上"而要联系"人间"来品味、品评。我想，这也正是诗人用两千行的篇幅创作出《普洛陀，昂起你的头！》的意图和目的。

从诗中所设置的人物来看，可分为两类：一是以普洛陀为一方的人物，如普洛陀是壮族创世之神；布伯是治洪水的英雄；郎正、特康、候野是射日的英雄，还有个虽是普洛陀的恋人但后来背叛了普洛陀的女神娅权力；二是以雷公为统治者的残暴的凶恶之神，常施灾于人间，专门以普洛陀救灾于人间为敌，密呆拉是雷公的心腹，号称死瘟婆，还有雷公手下的心腹卜阴谋，是专为雷公出谋划策、通风报信、挑拨离间的阴险家。整个长诗的情节发展基本上是围绕着以雷公为首的一伙发水成灾，残害人民和以普洛陀为中心的救灾抢险拯救人民之间的矛盾斗争展开，最终普洛陀为拯救人间日夜操劳，平息了惊涛，消退了洪水，解除了灾难，受到百姓的赞扬，人们用歌声感激他的恩情。可是，他的恋人娅权力却不顾耻辱投入雷公的怀抱，使他痛苦悲怆。全诗的最后，诗人通过众人之口，写出了一段这样引人深思的尾声："普洛陀，普洛陀，莫要凄怆，莫要悲愁/大地茫茫，天宇浩浩/日月星辰，光辉依旧! 滔滔大海，巍巍高山/万物竞长，岁月悠悠! 江河奔腾，千回百转/总向东流，总向东流! 普洛陀，普洛陀，昂起你的头，高高地昂起你骄傲的头！"

这部长诗，不仅是韦其麟在任广西文联主席期间挤时间和挑灯夜战所写出的最长的一篇叙事诗，也是他精心构思，广开思路，着笔深刻，饱含哲理的一篇，可以说是溶进了人民的爱憎与爱情真伪、人格的揭示与联想的思绪、社会的因素与生活的哲理、历史的教训与现实价值等多方面的因素。而这些因素又都是通过人物所思所想或所作所为的诗句获得的，既形象又深刻地显露，进而使读者在情与理的矛盾冲突中产生爱与恨，并达到爱者真爱，爱其所当爱，恨者真恨，恨其所当恨的境地。如果说，普洛陀当着众人的面所说的"大家的忧愁，就是我的忧愁，大家的欢畅，才是我的欢畅。如果我的欢乐是大家的苦难，我一天也不愿活在这世上；如果我的辛苦给大家以欢乐，我却希望自己永远不会死亡"，显示了普洛陀对人真诚的爱和无私奉献精神而得到人们拥护的话，那么雷公为了显示自己的"尊严"和"力量"，让人间驯服于他，竟然说出了"狂风，更凶猛的咆哮！乌云，更急剧地汹涌！闪电，更强烈地爆炸！暴雨，更无情地泼下，给下界一场绝望的浩劫，给下界一场毁灭的灾难！……让一切生灵都匍匐于我的脚下，让一切生灵都惶恐于我的面前"则遭到了人们的憎恨与谴责。如果说，另一个治水英雄布伯所说的"当大家都不幸的时刻，追求自己的幸福是一种罪过；当大家都悲伤的时候，只顾个人的欢乐是多么羞愧。当大家都在灾祸之中，怎能只顾自己的安危。当大家都在苦难之中，怎么会有喜悦的欣慰"道出无私为众的真谛，显示了情中透理、理中寓情、令人回味的话，那么，诗人通过"天地的歌"提出了12个"为什么"，如"为什么一些世间的美酒，却是别人苦涩的泪水？为什么有些世上的幸福，总是他人辛酸的泪水？""为什么，旦旦的信誓竟是随意的谎言，为什么忠贞的答允竟是堂皇的欺骗？""为什么，夺别人的所有变为自己的收获？为什么，为自己的满足而给予别人以羞耻？"则揭示了人间真善美与假丑恶的存在与争斗。当然，全诗最为精彩而又最为深刻的诗句，还是诗的结尾告诉人们的客观真理和历史发展规律，它给予人们信心、力量，更指明了人们前进的方向。

除了长篇叙事诗之外，韦其麟还在1987年至1994年间，出版了短诗集《含羞草》《苦果》和散文诗集《童心集》《梦的森林》（1995年后的短诗尚未结集出版）四本。这些诗集中的诗作，尽管行数不多，却饱含着深意和哲理，读之味浓情重，如1987年出版的《含羞草》中不仅渗透着诗人对社会、对人生、对民族的忧患意识，而且在忧患的痛苦中能够转化为新的奋勇向前的力量。如其中《群峰》写"那混沌的灰蒙蒙的浓雾/常把天地搅得一片迷茫/裹起太阳，封住蓝天/也把一座座山峰埋葬/那夏日的炸雷挥舞电剑/仿佛要击穿群峰的胸膛/怒涛般的乌云不停地涌来/似乎要压断群峰的脊梁"。但由于人们的努力奋斗，终于换来了"云雾终归消散，雷声隐去/像什么也不曾发生过一样/群峰依然高昂着头颅/向着无比光辉的太阳"。如果说，把这些诗句看作是十年动乱前后社会政治局面的变化的话，真是形象又真实，令人口服心服。而1987年出版的散文诗集《童心集》所收入的74章，章章都是诗人怀着"童心"抒写的一颗颗纯洁、美丽、稚嫩而又充满着好奇的童心，有的像晨露清亮，有的似彩霞绚丽，笔触细腻，亲切感人。如《彩虹》《星星》《小鸟》《贝壳》《小蜜蜂》《梦》《妈妈的眼睛》等，都是从孩子心灵中生发出来的感觉和想象，从而丰富和增长了孩子们的知识和对事物判断分析的能力。1990年出版的散文诗集《梦的森林》所收入的同样是短散文而具有诗味诗意的作品，从作品形式上它们不是字数整齐而又押韵的，但从文字上看，却是那么精炼而深蕴着以景物透情，在思辨中求哲理的光彩，如《梦的森林》，全文不足八百字，却以简练而富哲理的语言描述了森林的茂盛和美丽，欢跃的小动物，飞翔又歌唱的鸟类和芬芳的花草、珍贵的树木所具有的景色，揭示了有些人在森林里捕捉鸟类，摘取珍奇树枝上珍果，毁坏花草的不良行为，并指为什么没有"神仙"来管管损害森林的人们，特别是诗的结尾，把美丽多姿的森林，称为"梦中的森林"，这不仅富有尖锐的批评或批判的味道，更有启示和教育作用，达到了文字虽然短少，其寓意却十分深刻的作用。

这里，必须指出的是，其一，韦其麟的散文诗中往往都少不了"你""我""他"或你怎么样，我又怎么样的指述，而指述的人与事既有赞扬也有指责，显然这种笔法是有强烈的真实感，尽管不是指名道姓，但也似乎是指着阅读者鼻尖的述说，它比假设或空论更有着直感教育性。而这，不能不说是韦其麟短篇散文诗独具的艺术手法之一。其二，他的短篇散文诗作又往往蕴含着正反相间的哲理，让你从哲理中体味其情其意，如在《诗——致诗人》中所写"你教我颂扬善美，而美往往被丑恶所戏弄""你教我礼赞崇高，而崇高每每被卑鄙所亵渎""你教我赞美智慧，而智慧常常被愚昧所评判"……诗人对这种哲理正反对照的论说，不仅是来自社会生活真实写照，更是投向生活在社会中的人们的一种哲理深思。其三，他的短篇诗或散文诗，往往出现"诗人"二字，如"请不要借用我的名分，诗人""你为什么写我的名字，诗人""难道，你也被卑劣的诽谤和中伤所困扰？诗人""我接受你的鄙夷，诗人""我美丽吗？诗人""我圆滑？请不要诋毁我，诗人"等。显然，这里写的"诗人"是统称，并不是韦其麟标榜自己，只能说包括他自己，让自己与读者更贴近并相互交流情感和对生活的看法。据我的视野所见，在所有诗作品中如此写法的人恐怕是不多见的，也可以说这是跟韦其麟与世无争，与人无隙的思想作为，时时事事谦让于人，从不争名不求利的思想相一致的。

如果说，韦其麟被选为中国作家协会第五届委员会副主席，是不驻会的，还没有什么工作部署、指导、总结等操心费力的话，可他任广西文联主席那几年却大不同了。从他任职的1991年3月至1995年5月的四年多时间中，正是我国实行改革开放，社会主义市场经济迈出决定性步伐的时期，时代要求文学艺术也必须以积极主动的态度适应新的历史形势，为推动改革开放，促进"两个文明"建设做出贡献。因而，韦其麟在这四年多时间中，是把主要精力放在了学习和贯彻邓小平建设有中国特色社会主义理论和坚持"二为"文艺方针，从广度和深度繁荣社会主义文艺上。据韦其麟在广西第六次文代上的工作报告中所述，他任主席的四年中，广西各协会会员出版的专著和作品集达600余部，其中长篇作品近百部；一批优秀作品获奖，获全国奖的160多件（人），获省级奖400多件（人），在国外获奖的10多件（人）；而在文艺理论上也得到加强，出版了专著或合集100余部……这些成绩的获得，固然与中共广西区党委的领导和文艺工作者们的努力是分不开的，但与韦其麟坚持加强文联自身建设，积极进行改革，强化服务意识，重在出作品、出人才的工作指导思想有着直接的关系。

  一个作家搞创作写作品是需要时间的，更需要集中精力，正由于韦其麟时刻想着广西文联的全面工作，占去了他的大部分时间甚至休息时间，所以在他任职的四年中虽也写了些诗作，但数量不多，长诗《普洛陀，昂起你的头！》1991年成稿，但诗的构思和初稿仍是他在担任广西文联主席时夜战三更而作。所以这首长诗等到2003年漓江出版社出版《广西当代少数民族作家丛书》时，韦其麟说这是他的"一长篇新作。"

  当然，韦其麟作为一生从事业余（不是专业作家）创作的诗人，有着丰富的诗创作的体会和经验，他不会无缘无故抛弃他手中那支情笔，也不会停顿他那有韵又有力的歌喉，更不会忘掉作为诗人对读者、对社会的责任。是的，如今韦其麟年近七十岁，但身体健康，思绪仍然敏捷，笔锋也仍然充满着情感和憧憬，也就是说他仍在执笔写诗，继续在诗的广阔的艺术天地里造着新的业绩。当今的中国老年人都把"人过七十古来稀"改说成"人到七十又一春"，我相信即将步入七十的韦其麟和他的诗歌也一定会迎来新的春天，在欣欣向荣的社会主义社会中自由地飞翔，在人们的心中形成无比强劲的力量！

（原载《广西师范学院学报》（哲学社会科学版）2005年第1期）

民族形式及其现代转型
——以壮族作家韦其麟的创作为例

单昕

文学的民族形式问题贯穿于20世纪中国文学的发展过程,它源起于20世纪三四十年代那场声势浩大的关于"民族形式"的论争,被《在延安文艺座谈会上的讲话》总结和定性继而深刻影响了"十七年"时期的主流文学创作,而且仍提系着当下少数民族文学、乡土文学等文学类型。然而,与民族形式所呈现出的原生态表象相反,在其产生语境、操作方式与表现形态中,深刻地蕴含着20世纪以来中国文学的现代性诉求。"民族形式"与"现代性"这两个看似互为悖论的理论视野,却在文本中交错形成了复杂而深邃的语义场,暴露出坚固的话语体系的缝隙,使对20世纪中国文学某些价值疑难的深入探讨成为可能。本文关于壮族作家韦其麟创作的评述,也将在这一富有张力的空间中展开,不仅关注他如何在诗作中化用民族形式,也探讨其作品中民族形式的现代转型,更试图拭亮那些被遮蔽的、在民族形式与现代性之间辗转腾挪的努力,为解读其创作提供另一种路径。

对民族文化的自觉保护

韦其麟被誉为"壮乡天籁之音的歌者"[1]、"民族的朝圣者"[2]、"居住中国境内的少数民族中天才的代表人物"[3],是来自广西、并较早在全国范围内获得较高知名度的少数民族诗人。壮乡旖旎的自然风光、独特的民俗传统,特别是融历史、宗教、民俗与艺术为一体的浓厚民间文化氛围,形成了诗人关于民族文化的心理积淀,并在日后成为构

---

[1] 雷锐:《壮族文学现代化的历程》,民族出版社,2008年版,第246页。
[2] 杨长勋:《朝圣者的沉思:论壮族诗人韦其麟》,《民族文学研究》1992年第2期。
[3] [苏]奇施柯夫:《李准和韦其麟》,载周作秋编《周民震、韦其麟、莎红研究合集》,漓江出版社,1984年版,第321页。

筑其艺术素养、激发创作欲望的原初强劲的动力。韦其麟的作品《玫瑰花的故事》《百鸟衣》《凤凰歌》《寻找太阳的母亲》《莫弋之死》等均取材于壮族民间故事，并以鲜明的民族风格和独特的审美范式呈现，体现出作家明确的民族意识与对民族文化的独特感受与表达能力，这很大程度上归因于他对文学的民族形式的创造性运用。

长篇叙事诗《百鸟衣》以壮乡广为传颂的民间故事为蓝本，采用民歌体式，描写了一对勤劳勇敢的青年男女古卡和依娌用智慧破解了土司的诡计，勇敢地争取婚姻自由和生活权利，最终双双骑马远奔的故事。1955年，该诗在《长江文艺》发表，不久便被《人民文学》《新华月报》等重要报刊分别转载，1956年由中国青年出版社、人民文学出版社相继推出单行本且很快再版，并被译成俄、英、法、意、日等多国文字发表，在海内外产生很大影响，是少数民族诗人对民族、民间文学的古老命题做出精彩演绎的经典之作。"百鸟衣"的故事蓝本流传于广西横县一带的壮族地区，讲述一位名为张亚源的青年，出身贫苦家庭，为土司做工为生。某日打柴途中遇到一只大公鸡，于是带回家中饲养，半年后公鸡变成一位美如天仙的姑娘，张亚源与之结为连理。神仙变成的姑娘用法术使张亚源致富，土司因嫉妒使出各种阴谋刁难，甚至强行抢走姑娘。张亚源为救妻子，历尽千辛万苦做好百鸟衣呈给土司，并借机将其杀死。二人逃往远方，过上了美好生活。[1]韦其麟对其进行了艺术化处理，更为凝练和富于浪漫气息，却又不失壮族特有的风情。诗人笔下的自然风光、人物、生活场景、劳动场面、风俗习惯、伦理道德等都极具壮族生活实感，充满了人情味，体现出鲜明的民族色彩。

开篇伊始，诗人便以寥寥数语勾勒出壮族乡村的景貌。"绿绿山坡下，/清清溪水旁，/长棵大榕树，/象把大罗伞。"[2]以"罗伞"喻榕树，这种对壮乡风物的诗意表达，和山坡、溪水、鹧鸪、斑鸠等四季美景共同构成了一幅田园风俗的美妙画卷。在古卡与依娌结合后，二人撒肥、插秧、打坑、点瓜、开山、采茶、收割、伐谷等一系列共同劳动，在劳动间歇对歌的场面，更是极为形象地呈现出壮乡生活的鲜活画面。在艺术手法上，作家常常运用那些从民歌中汲取的元素，使作品生动和明朗。"长大了的古卡呵，/善良的古卡呵！/象门前的大榕树——/那样雄伟，那样繁茂。/象天空迎风的鹰——/那样沉着，那样英勇。/象壮黑的水牛——/那么勤劳，那么能干。"[3]榕树、鹰和水牛的喻体展现出了浓厚的壮乡特色，复沓节奏又使诗歌呈现出民歌的别样精彩，一个勤劳、勇敢、健硕的壮族青年形象跃然纸上。此类民歌化的叙事在长诗中比比皆是，例如表现古卡与依娌二人感情和睦时的比兴，"金银花开黄金金，/金银花开白灿灿，/金银花开在一条藤，/古卡依娌两人一个心"[4]，以壮族地区特产金银花喻情，以民歌的抒情方式来表现两人间

---

[1]《南宁市非物质文化遗产代表作名录简介——壮族民间故事"百鸟衣"》，南宁市文化局官方网站，http://jy.nanning.gov.cn/159/2008-9-17/159-296670-1221641151200.html。

[2] 韦其麟：《百鸟衣》，人民文学出版社，1959年版，第1页。

[3] 同上，第16页。

[4] 同上，第26页。

的浓情蜜意。

在韦其麟同期创作的抒情诗中,也蕴含着丰富的民族元素。《柚子树》以乡野生活和童趣为主题,诗人深情地回忆起童年伙伴,以及二人共度的美好时光。"夏夜的田野一片蛙鸣,/亮着无数捉蛙的火把;/其中曾有一盏火篮,/常照着我俩的身影。//我咬着明亮的火篮,/你拿着长长的鱼钳,夜游的黄鳝多么狡猾,/也逃不脱你灵快的双手。"[1]诗中夏天田野的蛙鸣、捉蛙的火把、明亮的火篮、长长的鱼钳、夜游的黄鳝、金鱼的柚子等意象,无不在营造意境的同时勾勒出一幅极具地域色彩的风景,展现了壮乡少年天真、敏感的心灵世界。

在这一时期的创作中,作家有着明确的地域和民族文化身份意识,并且在诗的情节、人物、意象等诸多方面均对此进行表现。在现代学术语境中,文化身份是指特定文化中的主体对自身文化归属和文化本质特征的确认。这虽然是一个因后殖民理论对族裔、身份和文化归属问题的讨论而引起广泛关注的研究视角,但实际上文化身份一直以来就是作家自我意识的一部分,在韦其麟这里,首先表现为来自于"人之常情""无可非议"的"对自己民族优秀的传统文化喜爱和继承"[2]的文化自觉。他曾经在一篇文章中深情地回忆到:"无论春夏秋冬,人们单独在山野劳作或走路,大概是为了驱赶寂寞,也往往唱山歌。小时跟祖母或伯母到深山里去,总时不时听到不知从哪片山林里飘来几句山歌,悠然而深情,像在诉说什么,又像在询问什么,而这倾诉是没有对象的,这询问也不求回答。这歌声给我的感觉,如山顶飘逸的白云,如山间清莹的流泉,如带着草木和野花的芳菲和风,令人陶醉。这种情景,至今仍是我最美好的记忆之一。"[3]在有"歌海"之称的广西,唱山歌是人们日常生活的重要组成部分,构成了壮族文化的底色,进而成为作家对民族文化最深切的记忆。这在很大程度上影响了作家的文学选择,民歌形式和题材成为创作时的最初借鉴,可以看作是韦其麟对地域民族文化心理积淀的自然回应。

韦其麟作为作家的文化身份意识,当然不仅仅来自于他对民族文化传统无意识的传承,更源自他对这一传统的了解和珍视,以及在继承与阐扬时所呈现出的主体意识。"作为一个壮族人,又生活在广西这块壮族世代借以生存的土地上,在创造中我总希望——也许是奢望,但恐怕亦是应该的理所当然的——多多少少能够表现我们民族的生活,反映我们民族的悲哀和欢乐,爱憎和向往,精神和命运,现实和追求。"[4]韦其麟通过诗歌创作对民族文化身份进行有意识的建构,这也是他的作品具有鲜明民族色彩和审美价值的重要原因。此外,作家为建构找到了有效的途径——以民歌的形式来书写壮族人的生活景观、心灵世界、复杂情感。之所以选择民歌为体式,作家也是有着充分准备的:"家乡的山歌我会唱,以前也曾背过很多。这给我极大的方便,在民歌里,那大胆的带有浪

---

[1] 韦其麟:《寻找太阳的母亲》,广西民族出版社,1984年版,第20页。
[2] 韦其麟:《〈壮族歌墟研究〉序》,载潘其旭《壮族歌墟研究》,广西人民出版社,1991年版,第2页。
[3] 同上。
[4] 同上,第3页。

漫色彩的夸张,和那丰富的比喻、起兴、重复,是那样形象、准确、生动和恰到好处。给人的印象是那样强烈、新鲜、明朗。"①韦其麟的诗作因为有了对民歌元素的大量汲取,因而呈现出与山歌比肩的生动、新鲜和明朗。

民族形式转型的"现代"语境

一般来说,潜藏在民族文学机制内部的"民族本位"诉求是一把"双刃剑",它一方面使民族文学呈现出鲜明的自身文化特质,但同时也以一种守护者的角色拒斥了更为丰富的可能性。然而中国的少数民族文学所呈现出的则是另一种景观,20世纪以来,它随汉族主流文学一起,在焦虑心态的催生下不断地进行着进化论意义上的现代转型。

刘禾曾详细地梳理了中国现代民俗学的发展历程,并指出"从某种意义上可以说,殖民地支配者与被支配者的关系在中国民俗学的语境里,被转换成了汉族主导文化与少数民族及区域文方言文化的关系"②。这种面对非我族类的"他者"时的优越感与五四时期的启蒙热情相结合,奠定了20世纪以来主流文学对少数民族文学的态度——一直试图对其进行影响、改造、同化与现代化。1939年至1942年间由延安文艺界发起、继而蔓延全国的"民族形式"论争是这一态度的集中表现。官方对"民族形式"或"民间形式"如何辅佐新文艺的态度已经很明确了,即把"民族的、民间的旧有艺术形式中的优良成分吸收到新文艺中来,给新文艺以清新刚健营养,使新文艺更加民族化、大众化,……逐渐输入到大众中去"③。这场以"民族形式"为切入点的讨论,实则关乎文学与大众、文学与现代民族国家建设之关系,继毛泽东《在延安文艺座谈会上的讲话》中对"民族形式"问题的总结与定性后成为当代文学的主要基调。20世纪下半叶,民族文学也因此一直未能摆脱政治意识形态的纠缠。《刘三姐》《阿诗玛》等少数民族文学通过改写被纳入了主流通俗文艺体系,掀起"少数民族文艺热""新民歌运动"等诸多官方制定的具体创作方针,规定了以民间形式写作叙事诗成为当代诗歌创作的新方向,仅五六十年代发表的长篇叙事诗就有近百部。艾青、郭小川、李季、田间等人都加入叙事诗的创作热潮,《王贵与李香香》《漳河水》《死不着》等作品,无不是作家在诗的"民族风格"中对"新的世界,新的人物"进行表现的产物。文学对于民族和民间元素的汲取本该源自文学发展的内部动力,而在20世纪50年代之后的中国,这种对民族文化的吸收和再创造的机制更为复杂了,文学的民族形式被裹挟在政治意识形态、民族政策与官方文艺思潮之中,被纳入民族国家一体化话语系统的构建。

---

①韦其麟:《写〈百鸟衣〉的一些感受和体会》,载周作秋《周民震、韦其麟、莎红研究合集》,第250页。
②刘禾:《一场难断的"山歌"案:民俗学与现代通俗文艺》,载王晓明主编《批评空间的开创:二十世纪中国文学研究》,东方出版中心,1998年版,第369页。
③周扬:《对旧形式利用在文学上的一个看法》,载徐迺翔编《文学的"民族形式"讨论资料》,知识产权出版社,2010年版,第129页。

作为在此般语境中生长出来的少数民族文学，韦其麟诗作对民族形式的运用一方面基于其自身民族身份建构的自觉，同时也不能不受到来自强势的主流意识形态的引导和规训。韦其麟作品内部所呈现出的政治意识形态与民族身份建构、现代性探求之间的缝隙和冲突，不仅可以视为考察当代少数民族文学生态的切入点，同时也可以视为管窥20世纪下半叶中国文学的一种视角。

作为彼岸的"现代性"

有论者认为韦其麟诗作中呈现出一种现代化的趋势，因为这些作品以人们争取自由和爱情、为民族献身、为追求光明而忍受重大牺牲为题材，并且这些内容本身也印刻着历史前进的脚步。[①]这里我们首先要对"现代化"及"现代性"问题做一辨析。现代性自身含有两种彼此对抗的力量，一种是资本主义发展的一个阶段，即科技进步、工业革命、经济与社会急速发展的产物，是一种社会生活形式，即所谓的"世俗现代性"；另一种即现代主义文化和艺术，其中蕴含着一种强烈的否定情绪，即"审美现代性"，审美现代性对世俗现代性的对抗是现代主义根本的内在逻辑。[②]文学本应该作为审美现代性的承载物，具有一种颠覆和实验的精神，去表现对社会现代化的反思、批判，以及探求艺术自身的合法化。然而在20世纪的中国，文学"现代性"实则是以"启蒙"为目标的世俗现代性在文本中的呈现，有不止一位学者认为，"对于中国语境而言，'现代性'意味着以西方话语与为参照的'启蒙'与'救亡'的过程"[③]。这种以启蒙和救亡为内驱力的文学"现代性"与主流意识形态具有同构性，与民族国家建构共享了某些理念预设，在这种"现代性"支持下的中国文学，难以承担审美现代性的功能，反而成为美学与意识形态纠结关系的范本。

韦其麟曾在一篇文章中谈到《百鸟衣》的创作过程，"古卡成长过程的叙述，原来是很繁杂的：打柴、做小贩、几次受别人欺侮……这些情节是可有可无的，有些是不够合理的，结构是松散的，不集中的……作为一个后来成为英雄人物的基础是不够的"[④]这段话揭示了韦其麟对民间传说的改造，既源于作为文人的审美自律，亦受到主流文学叙事机制的规训，这两点决定了其创作在民族形式利用上的二重性：一方面，学院派教育规范下的美学理念使作家在筛选和利用民族资源时，自觉地扬弃其中结构松散、不合逻辑、粗糙的成分；一方面又向民族国家话语体系靠拢，将少数民族民间传说的生命精神转换为主流意识形态所期待的阶级斗争主题。为此，诗中增加了古卡作为英雄人物的性格、

---

① 李建：《新时期壮族诗歌的现代化》，《广西社会科学》2007年第1期。
② 周宪：《现代性的张力》，首都师范大学出版社，2001年版，第9~11页。
③ 张颐武：《现代性的终结——一个无法回避的课题》，载罗岗、倪文尖编《90年代思想文选》（第一卷），广西人民出版社，2000年版，第222页。
④ 韦其麟：《写〈百鸟衣〉的一些感受和体会》，载周作秋《周民震、韦其麟、莎红研究合集》，第246页。

心理基础以及成长背景：古卡爹受到阶级压迫、为土司做工累死；古卡本人非凡的聪明勇敢，打死过五只老虎、十只豹子，会耍武艺、唱山歌，勇敢又英俊。这种具有英雄气概的高大全人物形象在十七年文学中并不罕见，是革命现代主义文学塑造人物的主要手段。作家在塑造另一主人公时也遵循这一准则，"依娌这个人物，在传说中也是由公鸡变的，但变成人后，她不是一个淳朴的劳动姑娘，而是一个善良万能的漂亮的神仙，能要什么就有什么，能'点土成金'，于是古卡就变成了一个大富翁……我认为，这些情节的基础是不健康的，也是不合乎传说本身发展的逻辑的，并在极大程度上损害了这两个善良的劳动人民的淳朴的形象，因此，需要作适当的删改和补充"。①故此，依娌在作家笔下成了美丽、勤劳、聪慧、勇敢的下层阶级劳动女性。这种对民族民间文化有意识的补充和改造到了长诗《凤凰歌》中愈加显明了。

《凤凰歌》是壮族女性达凤一生的写照，这首叙事诗就题材来看，与十七年革命历史小说无异，都遵循着"受剥削与迫害—奋起抗争—在革命中成长"这一逻辑，这种革命成长逻辑中深刻地回荡着政治意识形态话语的回声。《玫瑰花的故事》与《百鸟衣》中美好又凄楚的人伦情感至《凤凰歌》中"升华"为革命热情，"革命"是达凤的精神动力，她牺牲前这样表达心声："炮楼大火熊熊起，/熊熊大火烧起来，/烧毁一个旧世界，/亮出一个新世界。"②此处"火"作为革命的隐喻，呈现出势不可挡的魄力，在革命之火的烛照下，旧世界的崩塌、新世界的建立也成为历史发展唯一正确的方向。如果说《凤凰歌》借用了革命成长叙事模式来改编壮族民间文学，那么同时期韦其麟的其他创作则更为直接地加入了政治意识形态元素。如作于1960年的《红水河边的传说》讲述赤卫队与百姓的鱼水情谊，其中有这样的诗句："革命风漫山起，/穷人扬眉又吐气，/革命气势冲云霄，/恶霸劣绅齐打倒！"③此前诗作中富有民族特色的重复、比兴，浪漫的抒情、生动的意象完全被带有戾气的政治话语所取代，长诗也变成了政治口号的文学演练。类似的还有《歌手》中歌手颂唱的不再是壮家山歌，而是"雄鸡一唱天下白""幸福日月党恩深"④。

作者20世纪80年代之后的创作，明显扭转了这种以主导性意识形态马首是瞻的倾向，开始关注自然，回溯历史，回到他所熟悉的壮乡人的山野世界中，试图探究他们心灵内在的秘密。《在深山里的一座森林》中，诗人已经消除了革命历史叙事中的紧张感，虚化了时间，要读者"且莫管是在什么年代，实在没有必要去弄清"⑤，并虚化了背景与人物，采用拟人的方式借森林中的鸟类喻情。《莫弋之死》中的莫弋也是一位英雄，然而与古卡或达凤不同的是，他的"英雄事迹"既不是为父报仇，也不是勇斗恶霸，而是

---

① 韦其麟：《写〈百鸟衣〉的一些感受和体会》，载周作秋《周民震、韦其麟、莎红研究合集》，第247页。
② 韦其麟：《凤凰歌》，广西人民出版社，1979年版，第96页。
③ 韦其麟：《寻找太阳的母亲》，广西民族出版社，1984年版，第47页。
④ 同上，第84页。
⑤ 韦其麟：《寻找太阳的母亲》，广西民族出版社，1984年版，第47页。

指向人类更深层次的诉求——"为了有广阔的土地栽种幸福，/为了壮家有更多肥沃的田园，/他要把家乡连绵不断的高山，/赶到大海里，淹埋在无边的波澜"①。

填海造田的莫弋以盖世的武艺和无比的力气，追寻人类生存最本质的诉求，有更多的土地就有了更多的收成，也就有了幸福。作家在这里关注的，既有人类现实生存层面最本质的需要——土地，更有人类生活的终极指向——幸福。由此可见，在这一时期的诗作中，作家对现实和人类生存的思考超越了意识形态的束缚，进一步指向人性深处。《岑逊的悲歌》中也有这样一位为人类谋福祉的悲情英雄。滔天洪水淹没了人的家园，岑逊不畏艰辛日夜挥动千斤大锄疏导洪水；毒蛇和猛兽相继出现，岑逊又为拯救人类除掉它们，因而犯了天条，被天帝用"阴谋的利剑"刺穿了他的胸膛。在诗的开篇处，诗人愤怒地指责天帝："那持剑的胜利者呢，在哪里？在哪里？/为什么不敢露一露自己的面目？/为什么不敢现一现自己的影子？/是不是自己的胜利过于下流？/是不是自己的胜利太过于卑鄙？"②

将天帝所代表的权力者称为"下流""卑鄙"的代言人，这和之前歌颂红日、雄鸡的作家判若两人，从中折射出的不仅是意识形态话语的转换，同时也有作家对自身创作策略的调整及对"现代性"理解的转变。上述连续反问传达出的怀疑和反叛精神是审美现代性的经典表达，一方面质疑和反诘以天帝、天兵为代表的权力阶层，同时对底层人民的欢乐与哀痛、歌与哭表现了深切的关怀。在《我爱捻子树》一诗中，作家更为直接地发出这样的评论："又高又大的木棉树就很英雄么？/那天，/山下不是有两棵又高又大的木棉树被台风连根拔起，/倒在地上吗？/而满山又矮又小的捻子树，从来没有一棵被台风拔倒的！"③这其中传达出的对权威的质疑、对秩序的反抗、对一切合理性的反省，以及对宏大叙事意象的反思正是现代性意识在作家身上渐趋成熟与深刻的体现。

结　语

与众多当代作家一样，韦其麟创作中所体现的民族文学现代转型的历史逻辑被深深地嵌入民族国家现代化建设的进程之中，直到20世纪80年代之后，才逐渐从中剥离出来，开始成为独立的艺术上的审美现代性。与汉族作家相区别的是，少数民族作家对于身份现代性的追求，不仅受迫于主流意识形态，亦源自心理学和人类学意义上的种族意识。简单地说，人类普通的一种心理倾向是把距离自己较远的族群归类为低劣的种族，而中国自秦汉以来的自我中心天下观更是将外族视为"番""蛮""夷"。这种种族中心论即便是在"民族大团结"的官方倡导下，仍成为人们内隐的一种心理结构，如韦其麟曾

---

① 同上，第106页。
② 同上，第160~161页。
③ 韦其麟：《童心集》，漓江出版社，1987年版，第44页。

经回忆到因为壮族身份，被同学唤以带有歧视色彩的绰号如"壮特""壮偶""壮牯佬"。身处汉族的强势文化之中，加之主流意识形态的巨大压力，生存于夹缝中的少数民族如何表现和保存自身的民族文化和文化身份，是少数民族作家所面临的巨大困境。因而体现在韦其麟作品中的民族身份觉醒与建构不能不说是对民族中心主义和文化中心主义的一种有意识、有意义的反拨。而至于他在审美现代性烛照下的对民族形式的挖掘与运用，也绝非"好奇地搜猎某些'奇风异俗'以点缀装饰自己作品"的"文化自恋"[1]，而是一种文化游弋中的自我救赎，是面向人类灵魂的深刻反思，也是通过民族化的叙事言说抵达普世价值的有效途径。

韦其麟的创作折射出了20世纪中国少数民族文学所走过的曲折历程：它一度被意识形态话语高度整合，失去了自身的主体性，损害艺术上的丰富与独异性，却也借此机会在主流文学体系当中赢得自我表述的空间，建构了自身的合法性，进而成为中国多民族文学版图中不可忽略的一支。

（原载《民族文学研究》2014年第4期）

---

[1] 韦其麟：《〈壮族歌墟研究〉序》，载潘其旭《壮族歌墟研究》，广西人民出版社，1991年版，第3页。

壮族身份认同中的民族寻根与文化守护
——韦其麟诗歌研究之一

钟世华

韦其麟是当代著名的壮族诗人,其文学创作实绩颇高。从《玫瑰花的故事》的发表(1953年)开始,韦其麟的文学创作已走过了六十余载的艰苦历程,他"60年来一直以其高洁的为人和烂漫的诗意成为广西文学的一个精神高度"[1],并且这种由精神砥砺所产生的影响还将不断持续。可以说,韦其麟已成为广西现当代文学中最具代表性的文学符号之一。

韦其麟在18岁时便发表了叙事诗《玫瑰花的故事》(《新观察》1953年第15期),而后长篇叙事诗《百鸟衣》(1955年)的发表更提升了诗坛对他的关注度。《百鸟衣》根据壮族民间故事写成,故事本身带有鲜明的民族特质与地域特色,该诗内容优美动人,语言质朴灵动,贯穿其中的是诗人对主人公古卡和依娌之间爱情的浪漫主义书写。《百鸟衣》曾被翻译成为日文等多国文字,成为和撒尼人的长诗《阿诗玛》一样享誉国内外的少数民族优秀作品,韦其麟因此被称为"居住中国境内的少数民族中天才的代表人物"[2]。在此之后,韦其麟陆续出版了《凤凰歌》《寻找太阳的母亲》《含羞草》《童心集》《梦的森林》《苦果》等诗集,成为当代著名的少数民族诗人之一。他的诗歌在内容上真诚地歌唱勤劳勇敢的壮乡人民,真切描画风光旖旎的壮乡生活,在表达独特鲜活的壮乡民俗传统过程中体现出了诗人明确的民族文化身份。就艺术层面来看,韦其麟通过壮族文化元素的再现以及鲜明的民歌艺术手法的运用,不断进行着诗歌创作的民族化探索,由此取得了丰硕的成果,他也因之被誉为"壮乡天籁之音的歌者"[3]。

---

[1] 张燕玲:《值得期待的广西少数民族青年作家》,《文艺报》2013年7月5日。
[2] [苏联]奇施柯夫:《李准和韦其麟》,杨华译,《长江文艺》1956年5月号。
[3] 雷锐:《壮族文学现代化的历程》,民族出版社2008年版,第246页。

一、身份认同：民族气质的寻根者

韦其麟出生于广西南宁市横县一个壮族家庭，浩浩荡荡的郁江河与雄伟壮丽的宝华山共同造就了热爱歌唱的壮乡人民，壮族居住的地域素有"歌海"之称，曾经诞生过传说中的"歌仙"刘三姐。韦其麟的童年时代就在家乡度过，他和小伙伴们捉迷藏、追逐萤火虫、听大人们讲那些美丽动人的故事。正是这些有趣的童年生活为韦其麟的诗歌创作奠定了基础，他在之后的诗歌创作中也多次表达了自身对于童年和家乡的怀念之情。韦其麟曾说过："假如没有童年的生活，那些山村劳动生活气息和风土人情，我是写不出来的。"[①]他从小生活在壮族地区，得到了壮族文化的深厚滋养。韦其麟曾回忆道："无论春夏秋冬，人们单独在山野劳作或走路，大概是为了驱赶寂寞，也往往唱山歌。小时跟祖母或伯母到深山里去，总时不时听到不知从哪片山林里飘来几句山歌，悠然而深情……这种情景，至今仍是我最美好的记忆之一。"[②]由此来看，唱山歌已经成为壮族人民日常生活的一部分，并逐步凝筑成为壮族民族文化传统的主要特征。韦其麟将自身对"唱山歌"的记忆深深地埋藏心底，同时构筑了自我的民族身份认同的根基。

韦其麟的民族身份认同主要体现在其对壮族文化特征的把握、民族身份的定位以及民族情感的归依上。首先，韦其麟以其深刻的民族身份认同准确地把捉了壮族文化的特质。一方面，他自小深受壮族民间文学的熏陶，不仅喜爱自己民族的民间文学和传统文化，而且对壮族民间文学（文化）有着较为深切的理解和认识，这种理解和认识又充满着强烈的民族自尊与自豪感，这较集中地体现在他的专著《壮族民间文学概观》中："壮族神话的神，大多数，占主导地位的是创世立业、征服自然的勇士，这些劳动的战斗的神都是堂堂正正的具有神力的巨人。万物之母的姆洛甲，顶天固地的布洛陀，弯弓射日侯野、特康、郎正，与雷王作殊死斗争的布伯，既是劳动能手，又是战斗英雄。他们是壮族古代人民集体智慧和力量的化身，在他们身上，体现了壮族古代人民的民族性格和精神风貌。"另一方面，韦其麟深爱着这片生养自己的土地，时刻关注着本民族的命运，他的诗歌创作也有意识地继承本民族深厚的文化传统。韦其麟不断强调着他对壮族文化的认同："作为一个壮族人，又生活在广西这块壮族世代借以生存的土地上，在创作中我总希望——也许是奢望，但恐怕亦是应该的理所当然的——多多少少能够表现我们民族的生活，反映我们民族的悲哀和欢乐，爱憎和向往，精神和命运，现实和追求。"[③]正是凭借着深刻的民族文化自觉，韦其麟将其诗歌创作的目光一开始便投射到壮族人民的情感和生活中去。他的处女作《玫瑰花的故事》于1953年发表，该诗取材于壮族民间故事，主要歌颂的是壮族少年尼拉和少女夷娜之间"比玉还洁，比钢还坚"的爱情。

[①] 韦其麟：《写〈百鸟衣〉的一些感受和体会》，《长江文艺》1955年12月号。
[②] 韦其麟：《〈壮族歌圩研究〉序》，载潘其旭《壮族歌圩研究》，广西人民出版社1991年版，第2页。
[③] 同上。

尽管诗人在主观上有着将壮族古老的故事赋予新的时代精神的诉求，致力于表现自身对新社会的热爱，但韦其麟将个体情感与民族传统精神紧密融合起来，极大地增强了诗歌本有的精神力量。可以说，韦其麟在成为新社会的歌唱者的同时也歌唱了壮族的民族精神。

其次，韦其麟有着明确的民族身份定位。新中国成立后，少数民族的地位较之以往有了很大的提高，这与政府实施的少数民族自治及其他一些特殊的少数民族政策密不可分。通常来说，出于领土统一和国家稳定的需要，"中华民族"的概念在现代民族国家的体系内被逐步强化，各少数民族的"族群"概念则在不断的民族、国家认同中渐趋弱化，以致落入将"民族"与"民族国家"的概念相互混合的认识误区。"族群"概念的弱化直接引发的是少数民族作家在民族身份的定位层面的集体迷失，有些作家甚至将少数民族本有的原始野性等同于原始、愚昧和落后，而部分少数民族作者则在汉族文化的强势影响中，不自觉地弱化了自己民族的审美和特色，甚至在写作中完全背离了自我的民族文化身份。韦其麟对此表现出坚决的反对态度，他在《我的几点感想》一文中指出："我们绝不是狭隘的民族主义者，但我们应该尊重自己的民族。民族性、民族特点，是客观存在的，不是讲究不讲究，追求不追求才有的。一个民族的特点是一个民族的历史和现实本身具备的，壮族人写壮族人民的生活，就必然具有壮族的特点。"当然，少数民族作家对自我民族身份的确认绝非是对被遗忘的传统习俗与文化的简单重述，而更多的是要追问本民族的文化特性，探究民族意识的本源。少数民族作家在文学创作的过程中不仅要保持自我独有的民族个性，而且要拥有海纳百川的开放心态，积极吸收先进文化。韦其麟对此有着清醒的认知："我们少数民族作家，应该而且必须向先进的民族学习，充分吸收其他民族的或外国的文化优秀成果；也应该继承发扬自己民族的优秀传统文化，不必'疏远自己的民族'，采取民族虚无主义的态度是不可取的。"[①]

最后，韦其麟的诗歌创作凝聚着他对本民族深刻的情感归依。在《火焰般的木棉花》一诗中，诗人歌赞："死去的英雄手中仍擎着不灭的火把，他仍站在普洛陀当年带领人们开垦出来的土地上，变成了棵棵挺拔的木棉，枝头缀满了火红的花朵。""火焰般的木棉花/炽烈地燃烧/那是普洛陀的后裔/高擎的火把在燃烧。"他借用"木棉花"来隐喻壮族人民生生不息的民族性格、民族灵魂，热忱地赞美了壮族人民坚强的民族意志与不屈民族性格。在《寻找太阳的母亲》里，诗人以诗句"母亲的道路/象一条长长的不灭的闪电"，"母亲的道路/充满了风尘与泥泞/却比大理石铺砌的还要光洁/比花岗岩铺成的还要坚实这是一条曲折而崎岖的道路/但又是一条何其坦荡的道路啊/这是一条简朴而粗陋的道路/但又是一条何其壮丽的道路啊/这是每一个后来人都为之感激的道路/这是每一个后人都为之景仰的道路"来歌颂母亲，同时用"母亲"来象征伟大的壮族人民的祖先。诗人借助母亲的形象，诗人借此传达出他对母亲的挚爱和对民族的至爱。

[①] 韦其麟：《我的几点感想》，《南方文坛》1991年第3期。

二、原生情怀：地域文化的守护者

壮族的文化特性很大程度上影响了韦其麟的诗歌创作，他的诗中充满了对壮族人民生活景观的描绘与情感世界的描摹。在日益喧嚣的时代里，韦其麟借此来守护渐行渐远的壮族文化传统。

韦其麟对壮族文化的歌唱首先表现在他所描绘的家乡风土人情中。从小在壮乡长大的韦其麟对家乡的一切都充满了热爱。有论者指出："我们还可以发现，他（韦其麟）对于故乡大自然的秀美景色有着敏锐的感受和近于痴情的爱恋，这是构成他全部诗作中一个十分重要的因素。他的几乎所有作品，都不乏这种对于乡土景色的反复描绘和咏唱。"① 比如《柚子树》中，诗句"夏夜的田野一片蛙鸣，/亮着无数捉蛙的火把；/其中曾有一盏火篮，/常照着我俩的身影。//我摇着明亮的火篮，/你拿着长长的鱼钳，/夜游的黄鳝多么狡猾，/也逃不脱你灵快的双手"，通过"蛙鸣""火把""火篮""鱼钳"等意象为我们描绘出了一幅美妙的夏夜壮乡图。壮族人民能歌善舞，韦其麟对此有着强烈的价值体认："春到鲜花满山开，处处歌圩摆歌台，歌场一声山歌起，男男女女四方来"，"棵棵树下有人影，张张木叶都含情，鸟也唱来虫也唱，四处山头飘歌声"。韦其麟在对壮族人民歌唱的风俗特征的描写中，不仅再现了壮族浓郁的生活气息，而且还体现出本民族的风俗习性和心理特征。此外，韦其麟对壮族先民也充满了敬意。在叙事诗《莫弋之死》中，他塑造了"莫弋"这一手挥长戟而驱赶群山下海的英雄形象。当酷旱威胁着大地之时，莫弋"一脚踏向河边的一座大山，/大山倒落河中，一片浪花飞溅；/回头用双手又拔起大山一座，/扔进河里，涌起更高的狂澜；/当他再走到第三座大山之旁，/大山挪动了，自动挪到波涛中间。/于是，深山里第一座水坝出现了，/河水开始流进了久旱的田园"。从诗句的字里行间中，我们可以感受到其中蕴涵着先民征服自然的伟大决心和创造幸福生活的美好夙愿。韦其麟在对故乡风土人情的反复吟唱中，既反映出他自身的乡土情结和民族情怀，又回应了其所拥有的民族地域文化的心理积淀。

其次，韦其麟的叙事诗大多取材于壮族民间传说、神话。他将壮族祖遗留下来的宝贵精神财富发扬光大，并以深刻的民族文化自觉为其注入了新鲜的血液。韦其麟的处女作《玫瑰花的故事》就取材于壮族民间传说，诗中写到真情相爱的壮族少年尼拉和夷娜被国王所破坏，他强迫夷娜和王子结婚。为断绝夷娜对尼拉的思念，国王把尼拉装进木箱投入河里。随水漂流的尼拉被另一个王国的公主救起，公主对尼拉表达出爱慕之情，却被思念夷娜的尼拉所拒绝。历经千辛万苦的尼拉最终回到了夷娜身边，但面对王子兵马的重重包围，两人在经历了艰苦的抵抗后英勇献身。诗人最后以他们牺牲的地方长出了玫瑰花为故事结局，"从那时候起哟，世界上才有了玫瑰花"。韦其麟的成名作《百鸟

---

① 叶橹：《韦其麟的叙事诗创作》，《广西文学论丛》1982年第2期。

衣》更是取材于流传广泛的壮族传说。出身孤苦的壮族小伙古卡善良勤劳，本是大公鸡所变的依娌姑娘，因为爱慕古卡而与之结为夫妻。后来土司老爷因垂涎于依娌的美貌而将之抢走，古卡则在仙人的指点下，经历了艰苦的跋涉，最终穿着一件用一百只鸟的羽毛做成的"百鸟衣"将依娌救出，两人从此过上幸福的生活。新时期以来，韦其麟所创作的《莫弋之死》《岑逊的悲歌》《寻找太阳的母亲》《普洛陀，昂起你的头》等叙事诗仍旧从壮族民间神话、传说资源中不断挖掘写作元素。可以说，韦其麟在叙事诗的创作中，也有涉及对现实生活题材的书写，但大多数始终保持着从本民族民间文学取材的习惯和热心执着，这与他的壮族身份以及滋养他成长的壮乡文化密不可分。韦其麟曾在回忆自己童年生活时指出，小时候的夜晚他经常坐在大榕树下，"听着老人讲着那古远的、永远也讲不完的故事。这些故事，吸引着我童年时代整个心灵"[1]。不过，韦其麟的写作并非是对壮族民间传说、神话的单线整理或简单重述，而是将其对现实人生的体验与思索融入壮族原有的神话传说中去。有论者指出，"它（《百鸟衣》）的成功，首先不是以诗的形式原原本本地复述了这个传说故事，而是以思想家的敏锐和艺术家的精炼远远地超越了传说故事的艺术原型，以现代诗歌的艺术方法，再造了民族的和艺术的神话"[2]。韦其麟将现实的体验和奇异的想象有机结合，在书写古老的民间传说的同时也使其获得了新的生命。

最后，韦其麟真诚地歌颂壮族人民的民族精神。他的诗歌充斥着对壮族人民勤劳朴实和聪明智慧的赞叹，如《百鸟衣》中，他赞美了壮族少年古卡，"长大了的古卡呵，/善良的古卡呵！象门前的大榕树——/那样雄伟，那样繁茂。象天空迎风的鹰——/那样沉着，那样英勇。/象壮黑的水牛——/那么勤劳，那么能干"。又如《老牛》中所写："已经有那么多的诗篇歌唱你，/已经有那么多的诗篇颂扬你，/歌颂你的刻苦，你的耐劳，/我真不知道怎样再赞美你。/红水河边和岩石一样坚瘦的老牛哟，/肩头已经被牛轭磨成皮革的老牛，/我也该写一首赞你刻苦耐劳的诗，/当然绝非绝唱，却愿是最后一首。"这首诗写于"文革"后期（1979年），既有对老牛刻苦耐劳的赞美之情，同时诗中也流露出文革后到革命老区见到孱弱的老年艰难地耕田的情景，深感我们的生产方式、生产力和生活水平还很落后的痛心。在诗中诗人不断地进行自我拷问："'刻苦耐劳'自是传统美的德和行，但我们永远需要这种'刻苦耐劳'吗？永远这么赞美吗？"在这里，诗人的心情是复杂的，既有对传统美德的认可，也有对传统文化的审视，所以才有"却愿是最后一首"的心愿。也许这是诗人对先进文明和美好生活的希求期盼吧。因此，诗人对老牛"刻苦耐劳"的赞美并非出自内心的快乐，而是带有着某种悲郁之情，希望这种民族精神能够走出悲壮。

另外，韦其麟还高声赞美了壮族先民的英雄气概。比如《岑逊的悲歌》中的壮族英

---

[1] 韦其麟：《写〈百鸟衣〉的一些感受和体会》，《长江文艺》1955年12月号。
[2] 杨长勋：《神话与再造神话——韦其麟〈百鸟衣〉新评》，《广西师院学报》（哲学社会科学版），1991年第4期。

雄岑逊，他秉持着为民造福、为民除害的自我意识，"去造访每一处峒场，/教导人们制作弓箭，/射猎那满山的虎狼；/教导人们造犁造耙，/教导人们栽种五谷"。然而岑逊却因铲除危害人类的毒蛇和野兽而触怒了天帝，被天帝用利剑将其从背后刺穿。"他的双眼轻轻合上了，/血，仍从胸膛涌出，流淌。/……光荣与耻辱，欢乐与哀伤，/甜酸苦辣，自己，以及太阳，/都在无穷无垠的黑暗之中，/隐去，消失，一片虚无空茫。/而他的心愿、理想、追求和希望，/他的意志，他的英勇，他的刚强，/他的爱、他的恨，并没有消亡。"诗人用深沉悲怆的笔调与扼腕哀叹的情感，为我们展现出了为民牺牲的英雄悲剧形象。

三、艺术元素：民族形式的创新者

韦其麟诗歌民族化的探索还体现在他对民族形式的创新上面。无论是在意象的选择，还是民歌体式的运用上，韦其麟都体现出鲜明的民族性。值得肯定的是，他并没有单纯地局限于从民间元素中汲取营养，而是有意用自身对主流意识形态的现代性思考来改造与补充民间文化，由此实现了民族性和现代性的完美融合。

诗歌艺术风格的体现和意象的选择有着密切联系。通常情况下，优秀的诗人都有自己独特的意象群，如"美人""香草"之于屈原，"酒""剑""月"之于李白等。韦其麟诗歌中意象的选择带有鲜明的民族特色和地域特色。例如《百鸟衣》中的第一章，诗人在诗句"绿绿山坡下，/清清溪水旁，/长棵大榕树，/象把大罗伞。//山坡好地方，/树林密麻麻，/鹧鸪在这儿住下，/斑鸠在这儿安家。//溪水清莹莹，/饮着甜又香，/鹧鸪在这儿饮水，/斑鸠在这儿喝茶。"中，通过"绿绿山坡""清清溪水""大榕树""鹧鸪""斑鸠"等意象构筑了一幅清丽秀美的壮乡风情图。同时，诗人从不隐晦自己选择南方意象的刻意性："为了加深地方色彩和民族特色，当然是以本地区本民族的风俗习惯和自然环境去比、去夸张。在写《百鸟衣》时我用了八角、菠萝、木棉花……那是桂西南的本地风光；假如用北方的积雪、风沙或其他北方的事物去比、去夸张，那就牛头不对马嘴了。"[①]韦其麟尤其喜爱八桂大地上所具有的代表性地理空间和文化意象，在《红水河——永不苍老的河》一诗中，韦其麟反复吟唱着孕育了八桂大地的母亲河："红水河/涌流在祖国南方群山的河，/奔腾在我们民族生生不息的土地上的河。/……你是我们民族胸膛上/一支粗壮的血脉，/奔突着火焰般的波浪。/你像岁月一样，/古老而不会苍老；/如同时间一样，/无穷无尽而永不干涸。/你坦荡，尽管没有/长江一泻千里的磅礴，/你深沉，尽管没有/黄河浩浩荡荡的壮阔。/红水河，就是红水河，/自有自己的风采，/自有自己的性格。"除此之外，韦其麟还通过《红水河从烈士碑前流过》《红水河，我又前来》等诗歌，展现了广西红水河文化的厚重历史图景。这些具有典型的广西地域和民族文化的意象，正如一颗颗灿烂晶莹的珍珠，为韦其麟的诗歌创作增添了别样的光芒。

---

① 韦其麟：《写〈百鸟衣〉的一些感受和体会》，《长江文艺》1955年12月号。

比兴等艺术形式是壮族民歌重要的表现手法，韦其麟广泛吸取壮族民歌中这种艺术营养来表现壮族人民的生活和情感世界，这也使得他的诗歌世界瑰丽多彩，其民族文化身份特征更为鲜明。如长篇叙事诗《凤凰歌》中"日头照着猫头鹰，叫你有眼看不清""一心想捉潭中月，舀干潭水月在天"等诗句均立足于诗人自身的生活经验，他在此基础上通过运用形象生动的比喻，营构了良好的艺术效果。诗句"大江虽有回弯水，利箭哪会转头飞？达凤昂头扬眉笑，迎霜挺立一枝梅"正表现出了达凤坚贞不屈的民族品质。又如《莫弋之死》中，他通过诗句"三百斤的弯弓，他能轻轻举起，飞出的箭，至少穿过三座大山，当他挥舞长戟，青山座座也跟着他手中的长戟飞转"使得莫弋的英武神勇形象跃然纸上。《凤凰歌》的第四章写到了"（游击）队长出山去，去探敌情今未还"的场景，达凤则在"为探风声下山去"的途中与被追捕的游击队长相遇，她在"眼看队长难脱身"的危机情形下"一个主意定在心"，打开阳伞和队长并排坐在路旁的山坡唱起情歌，二者以假扮恋人的方式逃过了敌兵的追捕。唱山歌是壮族风习，并已融入了壮族人民的生活中，所以达凤和队长路旁唱情歌就显得非常自然和合情理了。壮族山歌的一大特色就是善用比兴等艺术手法，通过比喻、起兴、象征等手法来表现生活、抒发情感、歌颂社会。正如韦其麟所说："家乡的山歌我会唱，以前也曾背过一些。这给我极大的方便。在民歌里，那大胆的带有浪漫色彩的夸张，和那丰富的比喻、起兴、重复，是那样形象、准确、生动和恰到好处，给人的印象是那样强烈、新鲜、明朗。"①总之，通过汲取壮族民歌的艺术养分和壮族民歌中比兴的表现手法，韦其麟描绘出了神奇瑰丽而又充满浪漫主义的壮乡世界。

　　韦其麟诗歌中的民族化探索并非一成不变。就"民族化"的问题来看，从1938年延安兴起的"民族形式"问题的论争开始，主流意识形态就一直将其作为辅佐新文艺的一翼，并试图纳入到建设现代民族国家的体系中去。韦其麟于1953年考进武汉大学中文系，得因于20世纪50年代的政治环境和他所受到的学院派教育，他将自身的诗歌创作自觉加入到民族国家话语体系的构建中去，其成名作《百鸟衣》中的两个主要人物形象——古卡和依娌——的形变就清楚地表明了这一点。在原有的民间传说中，古卡的成长经历比较繁杂，其性格也有诸多软弱和单薄的地方存在，尽管这在事实上符合了真实的壮族少年形象，但作为一个英雄人物，古卡的软弱与单薄无疑是不合格的。而关于女主人公依娌，民间传说中的她是一位由公鸡所变的仙女，有着点石成金的神奇法术。尽管这些情节能够使得传说带有鲜明的浪漫主义色彩，但却并不符合劳动女性的纯朴形象。因此，韦其麟在实际的创作中对这两个人物形象都做了适当的删改和补充。在主流意识形态的影响下，古卡转变成为比原故事更为理想的似乎"高大全"的英雄形象，依娌也成了美丽纯洁、聪明善良又吃苦耐劳的劳动女性。"文革"之后，尤其在新时期以来的写作语境中，韦其麟重新拿起笔来，逐渐开始回到他熟悉的壮乡世界中去。他在此时期所

---

①韦其麟：《写〈百鸟衣〉的一些感受和体会》，《长江文艺》1955年12月号。

创作的叙事诗尽管在取材于民间故事传说层面与过去的写作相似，但其诗作所蕴含的、所传达的精神境界和以往的作品是有很大不同的，如《莫弋之死》《岑逊的悲歌》与《寻找太阳的母亲》等，这些诗作都体现出一种对人类生存本质的探寻。此阶段的韦其麟超越了阶级斗争意识形态的束缚，将创作的目光投向了人类的灵魂深处。

综上所述，韦其麟以其丰沛的诗歌创作实绩，强烈的民族气质和鲜明的地域风采，在对独具壮族文化特色的"美丽南方"的呈现中为了广西文学的主要开拓者。这种"美丽南方"的书写自陆地、韦其麟发端，对今天的广西文学亦有着不可或缺的影响，正如学者张燕玲看到的："而今天，关于美丽南方的文学表达已经更为丰沛奇崛，也更有其自身的艺术影响力与生命力，尤其新一代广西作家，勇于直面时代的生存困境与精神困境，作品有更强烈的社会批判性，颇具时代担当和人文担当。他们以不俗的创作实绩，成长为以陆地、韦其麟等开创的广西现代文脉的传承者与创新者……"[1]值得肯定的是，韦其麟在汉族文化和主流意识形态的双重影响下，始终坚持自我的民族文化身份，在对壮族的文化传统与民族特色的挖掘中逐步探索着壮族文学的内容新变。韦其麟的执着探索正提供了民族文学的发展路径，即在民间通俗文化与民族国家话语体系的对位关系中探求自我的解放，以民族文化身份的自持抵达独立的审美现代性。韦其麟诗歌的民族化探索不仅可以作为考察少数民族诗歌在当代中国发展的文本，同时也从独特的角度反映出了少数民族文学在中华人民共和国成立后不断发展与壮阔的文学事实。

（原载《南方文坛》2016年第6期，中国人民大学复印报刊资料中心《中国现代、当代文学研究》2017年第4期全文转载。）

---

[1] 张燕玲：《近期广西长篇小说：野气横生的南方写作》，《文艺报》2016年3月18日。

探索者的足迹
——论韦其麟叙事诗创作

马维廷

在广西各民族文学创作中,壮族诗人韦其麟是卓有成就的一位。从试步诗坛的《玫瑰花的故事》始,作者就以独异而坚定的步伐不停向前跋涉,三十多年来,韦其麟终于踩出了一条满是蹄花的探索之路。本文试图从宏观的角度对韦其麟叙事诗创作做鸟瞰式的考察,尽力勾勒出韦其麟叙事诗创作发展的美学色彩流变及其探索过程中的得失。

一

读过韦其麟诗作的人一定会很容易得出这样的印象:韦其麟创作侧重于叙事诗,而这些叙事诗又多取材于民间故事传说。这正是韦其麟创作的一个显著特点,它表明了韦其麟有别于其他诗人的个性追求。收入诗人叙事诗集的《寻找太阳的母亲》《百鸟衣》《凤凰歌》等二十八首叙事诗,有二十二首就是取材于民间故事传说的。

韦其麟为何选取这么独特的角度进行创作呢?直至目前,人们对此仍众说纷纭,莫衷一是。我们知道,韦其麟对民间故事传说不是毫无加工改造地进行诗式表达,而是一种融汇了自我情愫的再创作,它取决于诗人的内在气质,即诗人的心理素质和心理结构。

韦其麟出生在广西横县文村一个较为殷富的农家里,他的童年是浸泡在山野风光和故事传说中的,禾场上、野麓间、树荫底、火塘边、饭桌旁……他都可以听到大人们娓娓讲述的美妙的民间故事,那些故事传说,吸引了他"童年时代整个的心灵"。[①]诗人的心是在民族文化的温床上饱满起来的。民间文学是民族文化的母亲河,它像一道销人魂魄的暗流从远古蜿蜒而下,在民族的血液间日夜奔腾。我们相信,一个民族自原始社会以来世世代代沿袭的普遍心理经验以各种方式沉淀入民族子孙的无意识深处,其内容不是个人的,而是历史的"种族记忆"。对于没有文字的壮族来说,这一点显得尤为重要。

[①]《写〈百鸟衣〉的一些感受和体会》见《长江文艺》1955年12月号。

深受民族文化潜移默化的熏陶的韦其麟，他首先必须是个民族之子，然后才是一位诗人。他曾说："我写这些故事，是感到其中有一种东西激励着我的情感，甚至使我的心灵颤慄。"①这里翻涌的不正是积淀在诗人感情深处的对民族母亲的强烈之爱吗？可以说叙事诗的产生，正是诗人对民族文化心理的特异挖掘方式，是诗人对民族母亲深沉之爱与民间故事传说所体现出来的民族文化精神直接契合的表征。民间故事传说对韦其麟的最终目的不过是题材的"借用"，不过是一条抒发诗人对民族母亲之爱的蹊径而已，这就是诗人的创作个性。

二

在韦其麟的某些叙事诗中，也表现了诗人的情感特征：忧郁。当然，如果我们把忧郁看成是韦其麟感情世界的全部色彩，那是错误的。不同的人有不同的感情世界，韦其麟的感情世界是相对独立的有别于他人的有机整体，他时时在忧郁中敏锐地感受着世界，感受着生活。这，我们是可以在他的叙事诗作中寻找到相应的具有系统活力的感情投影世界的。

我们先考察韦其麟感情世界的形成及其基本色素。童年生活被认为是艺术家的第一阶梯。韦其麟的童年时代沐浴于民族文化的海洋中，无疑会奠定他艺术气质的基底，他敏感地吸收着一个又一个美妙的故事传说，在山歌悠扬的野外饱览着家乡山水的秀丽景色。他热爱着这一块生他养他的土地，热爱着这块土地上生息的人民，热爱着人民中永生不灭的民间文学。以后的生活经验又从各种角度充实饱满诗人的内心世界，以至把韦其麟对家乡的深情和对民族文化的酷爱上升到理性高度的阶级爱、民族爱。1948年韦其麟小学毕业，时年十四岁的他真正告别了童年生活，离开山乡文村到县城上中学。当时的中国社会正是黎明前最黑暗的时刻，小小的县城恰似一座历史的风雨表，纷乱的世界使韦其麟感到惊怕。他再也回不到山歌唱答、牧牛晚归的童年，再也没有火塘边大人讲古的梦境，再也见不到青山绿水的小村风光。他见到的是"一个个圆肚细眼的老板/拖着鞋，睡衣披在一肩/挽着妖冶的女人摇摆过市""身后，乞儿们伸出如柴的污手"；是郁江上漂浮着的一具具大大小小的饿殍，不知是"谁家的兄弟，谁家的姐妹"；是"比我大的船家姑娘/穿着不能遮体的衣衫，惊惶地/羞涩而难过，低头转身走过我的面前"。残酷的阶级对立现象给韦其麟幼小的心以极大的震动，他"少年的心/常常不禁地悯然而痉挛"，就这样，少年韦其麟在校园里跟同学们一道高唱艾青的《火把》："当大家都痛苦的时候，个人的幸福是一种耻辱。""度过了最黑暗的日子，迎迓共和国的黎明"（《郁江的怀念》）。应该说韦其麟是幸福的，他沐浴着党的光辉、共和国黎明的朝霞，他又成为一个新时代的大学生，他的思想在这里是一个转折点，以前对家乡的痴情和对民族文化的酷

---

① 《〈寻找太阳的母亲〉后记》。

爱上升为强烈的阶级感情和民族感情，他的心扉从此向人民敞开。三十多年来，无论是自己取得成绩声誉鹊起，还是自己惨遭不平，韦其麟都从严要求自己，勉励自己，从不脱离人民。他说："为人民工作。这是我们的责任，我们的良知。"①有人曾这么认为，在一个谎言充斥的社会里，诗人是最后一个怀疑自己真诚的人。经历了十年动乱被迫停笔、生活上辗转不定的韦其麟，在回顾这段生活时仍然诚恳地说："我并不是在埋怨什么。这些经历确使自己受了一些锻炼，增长了一些知识。在和劳动人民一起生活的过程中，也受到了教育。"②任何一位有感情的读者一定会觉得诗人胸中澎湃着一股对人民的执着炽热的爱，都会觉得诗人对祖国的一片赤胆忠心。正是这种爱、这种痴情不断地充实诗人的情怀，使诗人的感情世界不断翻涌着心灵的碧波，形成一股强劲的张力。在《歌手》一诗中，诗人借助侗族老歌手在"狐鼠结帮挺胸走"的岁月里"肩背琵琶怀抱儿，连夜上路走他乡"的种种辛酸遭遇，抒发了"重抱琵琶对相亲，今夜重开第一声"的喜悦之情。《诗人》一诗的结尾写道：

　　……晨风拂去了一夜的困倦，
　　诗人抬头遥望远方的天边，
　　在天际涌流的波涛之上，跃出一轮红日。

　　迎着霞光，诗人迈开的脚多么矫健！韦其麟似乎来不及雕琢诗句，就用如此平实的语言道出内心的喜悦！很明显，他对民族之爱绝非一种狭隘的民族意识，他对祖国、对民族、对人民的深情完全熔铸在一块了，并成为韦其麟感情世界的基调。

　　韦其麟几十年来积累、酝酿而日趋丰满的心灵世界始终影响着他的作品，他的感情系统无疑是有相应的投影的。最明显的表现是：韦其麟叙事诗中众多的艺术形象已经形成一个生气灌注的连贯，他们以感情为中介得以连续、推移和加深。如尼拉、古卡、岩刚、莫弋、岑逊等形象都可以用"勇猛、机智、富于自我牺牲精神"等彩线串联起来，他们固然都充分孕育着民族文化折光和传统意蕴，但也就是我们民族历史文化土壤上的"这一个"。

　　细心的读者还会发现，韦其麟叙事诗中存在着一个不断重复的母题，那便是：真善美和假丑恶的绝对对立和斗争。这种对立和斗争在作品中具体化为形象时，正面形象往往被反面形象所残害，造成令人深思的悲剧结局。尼拉、夷娜、古卡、依娌、达凤、莫弋、岩刚、班氏女、岑逊、孕妇……都在黑暗的恶势力面前怆然倒下了，但他们在读者的心目中却成为不灭的英雄、不倒的丰碑。悲剧的结局不断暗示着生活的真谛，它不是令人失望，而是令人振奋和鼓舞。透过这些悲剧，我们仿佛可以看见诗人在痛苦和忧郁

---

①《我们永远为祖国歌唱》，载《光明日报》1956年5月10日。
②《回首一瞥》，见《文字回忆与思考》(《文艺报》丛刊之一)，人民文学出版社1980年版。

的憧憬中不断思考和探寻着民族绵延不衰的精神支撑点。善恶相斗的母题在早期作品表现为严峻的阶级斗争，如平民夷娜尼拉、依娌古卡跟皇宫里的最高统治者土司的对立；在近作则表现为性格冲突或人与自然的对立，如英雄莫弋、岩刚之死是他们的自我牺牲精神和巫师嫉妒性格对立的结果，大汉岑逊之死是他跟自然界斗争的终结，寻找太阳的母亲则是为探索真理献出了自己宝贵的青春。韦其麟所追求的悲剧色彩有如一幅凝重的油画，他让善失败了，但这种失败是暂时的。重复的母题说明了韦其麟叙事诗的主题具有无限的延伸性、系统性。这种延伸不是简单的重复，而是在不断前进着的，它显示着韦其麟感情投影系统的内部运动规律，也表明着诗人的心灵探索历程。

三

韦其麟是个内秀的人，他的内心时时不安地翻涌着心灵的浪花。所以，我们绝不能认为他的感情投影世界是凝固的死板一块，而应把它看成一个始终按照其轨迹不停活跃、运动着的有机整体。这里，我们就从纵的角度来深入体察韦其麟叙事诗美学色彩的流变。

为了论述之便，我们不妨以"文革"为界限，将韦其麟的叙事诗创作分为前期和近期两个阶段。前期主要作品是《玫瑰花的故事》《百鸟衣》《凤凰歌》等；近期的主要作品有《莫弋之死》《四月，桃金娘花开了》《山泉》《俘虏》《岑逊的悲歌》《寻找太阳的母亲》《美丽》等等。

首先，题材选择方面，作者虽然始终取材于民间故事传说，但前期和近期发生了很大的变化。前期，诗人在写出了久远年代产生的传说题材《玫瑰花的故事》《百鸟衣》以后，更多的精力便是对民间流传的革命故事进行淘选，写出了如《凤凰歌》《天平山传奇》《红水河边的传说》《船》《悬崖歌》《回声》等数量颇多的革命题材叙事诗，这些诗作表现了诗人对革命先烈的崇高之情，诗歌的主人公多是底层的劳动人民，诗行间流贯着诗人浪漫的抒情笔调，还微微散溢出一道道阳刚之美。《歌声》一诗中，诗人是这么写歌声的：

> 枪声，炮声，疯狂
> 歌声比枪声更高，
> 歌声，歌声呀激昂，
> 歌声比炮声更响！

近期作品仍能保持这股阳刚之气，但其取材却不再有现代革命斗争故事了。近期作品的取材几乎都是产生年代久远的、具有盛传不衰之生命力的英雄故事传说。像诗人成功地写出《玫瑰花的故事》《百鸟衣》一样，诗人又成功地写出了《莫弋之死》《四月，桃金娘花开了》《山泉》《岑逊的悲歌》《寻找太阳的母亲》等取材于久远年代传说的诗章。似乎，这是一种回归？那些神奇的传说更适合韦其麟诗翅的飞翔，更适合他进行天马行空的再创作吧。在革命故事题材的叙事诗中，我们所感受到的诗人的个性特征并不比传说题材叙事诗要多。当然，传说题材诗作中前期和近期还是有差别的。前期《玫瑰花的故事》《百鸟衣》都在爱情的外观下蕴含着对人格独立和尊严的追求，能够反映一个民族强烈愿望的思想内核。解放初期举国上下喜气洋洋的对祖国前途、民族前景充满信心和希望的时代气息在诗作中得到显现，夷娜和尼拉抗恶殉情、古卡和依娌超凡脱俗的结合同样给人以喜悦和欢欣：

  飞了三日又三夜，
  马蹄一歇也不歇，
  飞过了九十九座山，
  不知飞到了什么地方了。

  英勇的古卡啊，
  聪明的依娌啊，
  象一对凤凰，
  飞在天空里。

  英勇的古卡啊，
  聪明的依娌啊，
  象天上两颗星星，
  永远在一起闪耀。
  ……

在对主人公默默的祝福中，逃出牢笼的喜悦、追求幸福的欢欣也自然而然地流露，这显然是民族大解放给带来的充满自信与自豪的感情。经过十年的内乱的颠簸，韦其麟对世界的观察、对人生的思考更为深刻了。表现在近期叙事诗作《莫弋之死》《四月，桃金娘花开了》《岑逊的悲歌》《俘虏》《寻找太阳的母亲》等作品中都流溢着前所未有的硬质的力度美。无论是赶山入海的莫弋、为民除害的岑逊，还是寻访光明的孕妇，诗人都极力褒扬他们身上那自强不息和勇于牺牲自我的民族精神。然而，这种宝贵的精神由于受到环境的压抑和摧残，往往染上惊心动魄的悲剧色彩：

  身躯魁伟，手长脚长的
  岑逊，踉跄着，踉跄着；

群山，由于他沉重的脚步，
而摇晃。殷红的鲜血，
喷涌着，流在他敞开的胸膛。
终于，他倒下了，像倒下
一座巍峨的高峰，
大地久久地震荡。

《岑逊的悲歌》不断重复这种沉郁的"他倒下了，他倒下了"的主旋律，凝重的悲剧特征就显得冷峻、威严、崇高，我们会在慢镜头般的抒情中不知不觉地感受到一股罡风在诗行间升腾着，化为丰碑，化为永放光芒的炎日！它像梵高的油画，那血和阳光的颜色疯狂地逼着你、灼痛你！这种格调的出现不是偶然的，在近期作品中都几乎作为一种底色。如果说，前期浪漫的爱情悲歌表现的是柔婉的悲剧美，那么后期冷峻悲壮的英雄壮举所表现的便是一种硬质的富于力度的悲剧美了。题材选择的变化显然浓化了作品的艺术感染力，同时也拓展和深化了作品的容量和主题。

其次，在人物形象的塑造上，前期和近期有明显的变化，这里，我们从韦其麟传说题材叙事诗中最令人难忘的女性形象来分析。不管你是否承认，美丽、贤淑、坚贞的女性形象在韦其麟诗作中出现时，诗行间的节奏会变得更欢快，其韵味会变得更醇美。诗人在她们身上倾注了劳动人民的优美美德、民族的高尚品质，把她们当成是美的象征、民族性的代言人。韦其麟对民族性的刻画当然不是简单地当成抛绣球、碰红蛋、赶歌圩的描写，而是让人物在尖锐的矛盾漩涡中凸显她们丰富而单纯的心理，以显现她们不屈、忠贞的性格，从各个不同的角度来体现诗人对民族精神的把握。韦其麟认为诗的民族特色在于"写真正的民族生活，真实地反映各族人民的思想感情、愿望和理想"。[①]并反复强调只有尊重这个民族、热爱这个民族，才能写出真正的民族特色的作品。作为民族诗人，他如是说，也如是做。

美貌绝伦、才智超人的女性形象在韦其麟诗作中都表现出对人格尊严、自由和独立的坚决维护，她们宁可在反抗中英勇而死，也绝不愿在屈辱中苟活。在前期作品中，女性形象的反抗力量是微弱的。依娌、夷娜被劫官府砸门，她们只能无力地渴盼亲人同胞的援救，最终诗人也只有在浪漫主义的抒情中寻求安慰和解脱。近期诗作的女性形象在心理特征上却发生了一个新的飞跃，她们对理想的追求、对世界的抗争是强有力的，她们依靠的不是他人的力量而是自己的力量。班氏女身陷魔窟，她机智地处决了军官，而后英勇无畏地自杀身死，血溅敌营（《俘虏》）；歌神大胆忤逆天意，不惧生死，对最高统治者表示无情的蔑视（《歌神》）；姑娘在最紧要的关头用自己生命的血哺乳着革命事业的婴孩（《四月，桃金娘花开了》）；她毅然用牺牲自己的美貌换取人民的幸福、人格

[①]《关于诗的民族特色的感想》见1982年8月4日《广西日报》。

的尊严（《美丽》）；青年孕妇为了真理的光耀照耀人间，不惜献出自己的一切（《寻找太阳的母亲》）；……所有的这些形象，她们独立的反抗是不屈的，甚至是超凡脱俗的。女性形象性格延伸和发展的现象说明诗人对民族精神的把握轨迹：如果前期诗作中诗人呼唤和极力褒扬的是民族解放和民族尊严，那么近期创作中诗人渴求的便是民族自强和民族崛起了。民族的真正解放和民族尊严的真正过得显然是建立在民族自强和民族崛起的基础上，诗人所表现的追求可以说已是对民族精神的深层掘进了。

再次，在文学观念上，韦其麟发生了一定的变化。20世纪五六十年代，我国的文学观念被极其简单地纳入了一种狭窄的"为政治服务"的胡同，在韦其麟的前期作品中我们仍然能找到因这一观念冲击所留下的印痕。前期作品无论对题材的开发还是对主题的提炼都有意无意地表现出鲜明的社会功利性。如在形式探索上有新突破的《凤凰歌》和其他革命斗争故事的叙事诗一样带着较强的政治色彩，在这些作品的人物形象或艺术追求中，往往找不到韦其麟独特的创作个性。如达凤作为一个壮族革命者的形象，在她身上除了会唱山歌这点刘三姐式的特色外，我们失望于达凤没有更深刻更典型的民族性格、民族心理。近期诗作中，我们已经不再见到盲目的颂扬，诗人不再只专注于对故事进行生动的描摹，而注入了深邃的哲学思考，政治色彩则慢慢淡化着，只作为一种潜在的流动。这说明，诗人的艺术个性日趋成熟了，诗人的创作观念已由狭窄的政治功利观向开放的艺术功利观转变，诗人追求的已不只是民族精神的表象意义。表现在以下两个方面：

一、无名无姓的虚指性人物形象出现，使近期作品更富有真实表现一个民族心理素质和民族精神的象征意义和暗示性。《四月，桃金娘花开了》中的少女、《歌神》中的歌神、《美丽》中的她、《寻找太阳的母亲》中的孕妇等形象都以没有姓名的形式出现在诗章里，但其丰富的个性、令人潸然的事迹却使我们觉得她们是有血有肉的活生生的人，她们都是我们民族的"这一个"。在她们身上，晃动着我们先民垦荒的背影，晃动着千百年来千千万万民族生死存亡而奋争的默无声息的劳动人民的影子。在《寻找太阳的母亲》中，诗人这么深情地呼唤着：

> 我多么希望，以我全部的深情，
> 呼唤一声她的名字，
> 可是她没有名字。
> 没有名字的母亲啊，
> 寻找太阳的母亲啊！

是的，她没有名字，但她是民族的母亲；她们没有名字，但她们就是千千万万母亲的形象！伯德纳·贝瑞孙在给海明威的信中说："任何一部真正的艺术品都散发出象征和寓言来。"①借用它来说明韦其麟叙事诗近作的也是恰巧的。

二、简约而丰富是韦其麟诗作极力想达到的境地,这在近作中表现得尤为突出。所谓简约而丰富,就是在较少的人物、简练的情节中包孕着深厚、广阔、意味深长的思想内核。何其芳说,叙事诗不是叙述一个故事,而是歌唱一个故事。叙事诗当然不是小说或故事的分行押韵。它之所以为"叙事",就要求有一定的人物和情节;它之所以为"诗",又要求它必有诗的艺术基质——高浓度的诗情。在韦其麟叙事诗里,叙事与抒情是水乳交融的,似在抒情又是叙事,似在叙事实乃抒情,浓郁的诗情交织在具体情节和人物刻画之中,往往二者莫能分辨。如《百鸟衣》写天真的古卡为了知道自己父亲的下落询问母亲,母亲强忍着绞心的痛苦,用轻松的话语来哄骗古卡,古卡不满足母亲含糊其辞的回答,穷问不舍,于是:

　　娘的心碎了,
　　娘的泪落了,
　　娘搂着古卡,
　　泪滴在古卡的脸上。

是事?是情?我们在这艺术的意境、这氛围、这情调中,心不禁颤抖着、痉挛着。这就是韦其麟诗作的特色,也是其魅力。在前期诗作中,韦其麟似乎着意满怀激情地描摹一个生动的故事,即以情叙事;近期作品则不一样,诗人有意删去情节的繁枝冗叶,力求在一二个重点场面中加强诗的气氛,让情节为一种诗的情调所缭绕、所包围,以造成一种令人回肠荡气之感,在较大幅度的情节跳跃中求得酣畅淋漓的诗情,达到为情叙事的目的。如《岑逊的悲歌》全诗都围绕着"他倒下了"这一悲壮的场景展开全面的抒情;《四月,桃金娘花开了》更是始终贯串着乐曲般的旋律:

　　四月,桃金娘花开了,开了,
　　开遍了壮家的山山岭岭;
　　山山岭岭,山山岭岭,
　　山山岭岭漂浮着绯红的轻云。
　　……

整首诗就缭绕着这"绯红的轻云"般的氛围。令人陶醉的诗境自然使人"因其情而怀其事,思其事更生乎情",达到理想的艺术感染效果。简约的故事情节而丰富的诗情内蕴往往使韦其麟叙事诗作达到一定的高度。《寻找太阳的母亲》中母子俩寻找太阳的简单故事,我们难道不可以悟出人类追求真理的执着态度和坚韧不拔的精神吗?这是一首颇有

---

①《世界文学》1983年第1期。

力度的诗篇，它的思想深度是韦其麟诗作前所未有的。文学观念的嬗变必定指向着韦其麟叙事诗创作的艺术进步，我们完全可以寄热望于诗人的明天。

四

　　任何作家都会在实践中不断地寻找着适合于他个性特征的表现艺术。李瑛说："诗人应该深刻地研究诗歌创作的艺术规律……不倦地寻找新的表现艺术和新的表现方法，以创造出具有自己艺术风格和特色的既有教育意义又有美学价值的高质量的诗歌。"①对韦其麟叙事诗创作个性前边已有所论及，这里，我们就论述韦其麟叙事诗的艺术特色。

　　韦其麟叙事诗的最大特色就是独特的浪漫主义色彩，这一色彩像画布上的油彩一样彩涂敷着韦其麟的诗作。它的形成取决于三个方面：传奇的故事情节，夸张手法的广泛运用和象征手法的巧妙穿插。

　　传奇的故事情节源于民间故事传说，请看：上游漂下一只木箱，公主的长发一撩，便搭住了木箱，救起木箱里的尼拉；清晨，一只漂亮的公鸡变成了美丽的姑娘依娌；达凤的山歌象黄鹂鸟一样迷人，在歌圩智斗乡长，在山林间搭救了危难中的游击队长；庄稼汉莫弋用脚踩上山尖，一座山塌了，他又用双手拔起一座大山，第三座山乖乖地自动按他的意志挪动；未婚的少女割破丰满的乳房，鲜血染遍了山野，山野便长出了遍地的桃金娘；怀抱龙珠的岩刚上了巫公的当，全身顿时变成石头；美丽的姑娘听信神仙的暗示，吃下了一枚野果，洁白的牙齿刹那间变得乌紫、乌黑的头发顿时变得雪白，润红的脸庞立即起皱，姑娘变成了"年轻的老婆子"……这些神奇的令人浮想联翩的情节把人们带进了一个魔幻的艺术迷宫，斑斓万翠、闪烁明灭、光怪陆离的百越文化现象在韦其麟叙事诗里得到再现。这些看似怪诞不经的、千变万幻的情节是诗人筛选原传说故事后吸收并发挥的，它成了韦其麟叙事诗中穷极宇宙的诗翅，带着原始的意象在诗的国土上飞翔。黑格尔说："诗的用语产生于一个民族的早晨。"②韦其麟就抓住本民族的"早晨"思维——汪洋恣肆、不受控捉的思维在叙事诗作的情节上涂敷着令人眼花缭乱的浪漫色彩。神奇的情节也成了读者想象的窗口，这恰是优秀的叙事诗所需要的。

　　夸张手法的运用达到浪漫主义特色的一个手段。夸张在韦其麟叙事诗中运用得非常普通。对正面形象的夸张是赞美，对反面形象的夸张就是讽刺，韦其麟是深知此中三昧的。其诗作中人物形象的优秀品格往往被诗人用具体的夸张加以渲染。看，古卡的二十岁：种的包粟比别人高一半，古卡的担子比别人重一倍，三百斤的大石滚举起象把草，古卡的箭铁靶也射入一寸，古卡的歌声响过十八层天。依娌的美丽

---

①《〈李瑛诗选〉自序》。
②见黑格尔《美学》第三卷下册，第53页。

使露珠干涸，使星星暗淡，使红棉失色，使孔雀敛屏，依娌的勤劳使苦瓜变甜、使甜瓜香飘万里，依娌绣的蝴蝶能飞，绣的花朵招来蜜蜂等等。这些夸张向来为论家所称道。当然，这种手法不只表现在《百鸟衣》上，几乎在每一篇叙事诗章中都能找到它的身影，有些方面甚至还得到更集中更放大的渲染，如《美丽》中对"美"的盛赞，诗人竟足足用了近三十行诗句，叠加了一连串的夸张意象。《寻找太阳的母亲》对"光明"的歌颂也是这样的：

  ……
  所有在黑暗的蒙蔽里昏睡的都苏醒了，
  一切在寒冷的威慑下匍匐的都起来了，
  由于阴暗而互相隔膜的，
  此刻，在阳光下心心相印了；
  ……
  悲哀的，欢乐了，
  痛苦了，幸福了，
  衰弱的有了力量
  灰心的有了勇气
  ……

《岑逊的悲歌》对岑逊的本领也进行了"上穷碧落下黄泉"的放大：

  当天兵天将象毒蜂一般扑来的时候，
  当天兵天将蚂蚁一般爬来的时候，
  他竖起双眉，带着愤怒的轻蔑，
  挥动长长的大锄，直劈一下
  三百六十个敌人成肉酱；
  他竖起双眉，带着愤怒的轻蔑，
  挥动长长的大锄，横扫一下
  七百二十个敌人粉身碎骨！

一个又一个叠加的夸张意象具有铺排的气势，有助于叙事诗氛围的形成和形象的塑造，给读者留下深刻的印象。韦其麟叙事诗中也有讽刺性的夸张，在讽刺诗《江湖黄六成为歌手的故事》中，诗人把"被杀的猪叫""敲响的破锣"来描写"歌手"的歌声，令"人们的毛管阵阵耸起"，土司也听出了黄六的破绽，但又觉得"一代歌手的歌艺怎能怀疑？

岂非当众暴露自己的无知",讽刺效果是强烈的。

　　象征手法的运用也强化着韦其麟叙事诗的浪漫色彩。尼拉和夷娜死了,土包上长出一枝玫瑰花;古卡和依娌骑马远走高飞,变成天上的凤凰,天上的星星;姑娘不见了,却见漫山紫红的桃金娘果;母亲倒下了,儿子站了起来;……韦其麟很多诗章都可以找到这种象征的意象。我们透过细节表层的实体形象,是可以在强烈的诗情冲击下品味到更宽阔、更深刻的背面感情层次,看到诗作更为深刻的内容。韦其麟诗作中的象征是明朗向上的,它透现着振奋人心的气息,它给诗作带来的不是晦涩难懂的东西,而是更为含蓄优美的韵味,如嚼橄榄,其味无穷。诗人对象征这一艺术技巧的运用是娴熟的,一个象征意象的出现往往能升华诗的主题。请看《玫瑰花的故事》结尾:

　　　　时光象万丈瀑布哗啦啦地倾泻,
　　　　春连着夏呀,秋去冬来又一年。
　　　　那堆黄土忽然长起了一枝有刺的奇花,
　　　　殷红的花瓣绿绿的叶,
　　　　馥郁郁的花香溢满园。
　　　　"玫瑰花"——人们给它的安上名字,
　　　　就从那时候起哟,世界上才有了玫瑰花。

尼拉和夷娜的爱情凝成了那一朵血红的玫瑰花,他俩活着不能幸福结合,死了才待在一块,那朵芬芳的玫瑰花上,不知倾注了诗人多少对人间美好生活的祝福啊。这里,浪漫主义的象征手法给整个故事抹上了一层希望的玫瑰色!

　　韦其麟的诗歌语言曾有一种平淡如小巷里笃笃而来的黄昏跫音,它舒缓地把你带进月夜般凉丝丝的故事里,那便是淡雅古朴的自成一格的"百鸟衣味"。它是在诗人刻意吸收民歌语言和群众语言的基础上形成的,它使《百鸟衣》更具有民族风采。明了、简洁、平淡的"百鸟衣味"的语言在近作中已极少了,但也时有所现:

　　　　雨过了,人们把姑娘呼唤,
　　　　不见了,再听不见姑娘的回应,
　　　　只见满山长起绿绿的小树,
　　　　小树开满了红花多么鲜艳。
　　　　天晴了,人们把姑娘呼唤,
　　　　不见了,再看不见姑娘的身影,
　　　　只见漫山的小树结满果子,
　　　　紫红的小果象蜜一样甘甜……

口语化的、婉转如缕的韵味恰如轻悄走近你的脚步，令人遐思！但近期作品中我们感受到的更多是打击乐般急骤的节拍，诗句也日趋文人化了。对富有力度感的节奏的追求是正确的，但那用过多的白描过多的感情铺排会在有意无意间忽视了汉字的弹性功能，使人有繁冗的缺陷感，并有可能淡化着诗作的民族色彩。这，或许是值得诗人深思和注意的。

在诗歌形式的探索上，韦其麟曾作过多方面的尝试。但事实证明，韦其麟浪漫的诗情、汪洋恣肆的诗思似乎更适合于不拘泥不古板的自由诗体，而不适合格律民歌体。当然，这并不是说我们否认诗人在运用民歌体写作上的成就。相反，长篇叙事诗《凤凰歌》长达二千余行，都用七言四句民歌体写就，较成功地完成了戴着镣铐的舞蹈，这是令人钦佩和值得肯定的。

总之，无论是艺术技巧还是主题内容，韦其麟叙事诗创作都在变化中前进。诗人的脚步是坚定的，他曾说："我从来没有伪装过我的感情，我从来不曾欺骗过自己的感受。"我们相信，诗人会以新的收获来回答寄厚望于他每一位读者的。

[原载《广西师院学报》（哲学社会科学版）1986年第4期]

寻找太阳的诗人

——论韦其麟近期叙事诗的追求

农作丰

> 让我去吧，我知道
> 我也走不到那遥远的地方，
> 而当我死去，还有我的儿子
> 继续我的道路，走向太阳。
> ——韦其麟《寻找太阳的母亲》

20世纪五十年代初，新中国的早晨，南方诗坛长出一朵馥郁芬芳的玫瑰花。它深婉地向人们诉说了动人的《玫瑰花的故事》，虽然还不脱稚气，但那浓郁的玫瑰香味却深深地吸引着人们——这便是年青的壮族诗人韦其麟的诗歌。两年以后，作为武汉大学中文系学子的诗人，又向人们奉出了绚丽优美、充满壮族色彩的《百鸟衣》。于是，人们惊呼：南方诗坛升起了一颗新星！然而，以后相当长的时间里，这朵玫瑰花没有散发出应有的芬芳，这颗新星没有闪耀出应有的光芒。变幻的政治风云，使这位年轻的诗人遭到了许多不该遭到的袭击。二十多年后，诗人回忆这段历史时，曾意味深长地说："回顾这些，我并不是在埋怨什么。这些经历确使自己经受了一些锻炼，增长了一些知识；在和劳动人民一起生活的过程中，也受到了教育。"[①]虽然诗人并没有什么怨言，虽然诗人也有所收获，但我们仍不得不这样说：这种教育的代价毕竟太高了！从诗人的遭遇我们也正可以看出当时整个中华民族的遭遇，中华民族也正是在那段历史中付出了不该付出的巨大代价的。

[①]《回首一瞥》，载《文学的回忆和思考》，人民文学出版社1980年12月版。

一

跟大自然春天推移的方向相反，中国的政治春天推移节律往往总是由北到南。当那闻名的清明节北方人在天安门前用诗歌诅咒黑暗，向人们预示金色十月的到来时，南方的大地似乎还在冬眠之中。当北方的诗人们因发现"风偷去了我的桨"（顾城）而充满着迷惘和失落时，南方的诗人们于是也发现了自己身上的创伤。

正如尼采把母鸡下蛋啼叫和诗人歌唱并提，认为是"痛苦使之然"一样，无数文学现象都已说明：经历了一场大灾难和大忧患之后，当人们开始有喘息机会时，他们就会迫不及待地把自己心中的堆积和郁结倾吐出来。诗歌也往往在这个时候产生了。虽然内向的诗人所写的叙事诗中很少给人们看到他直接倾吐，但从他寄托在诗歌主人公身上的感情却可以看出当时诗人的心。从歌手因能"今夜重开第一声"而"白发红颜笑吟吟"（《歌手》）的欢笑声中，我们不难看出诗人多么庆幸这黑暗一幕的逝去。庆幸同时，不得不对这一段逝去历史进行深深地思索和大声地责问：

> 五千年文明古国的大地上，为什么
> 中华民族所有的一切美德，为什么
> 正遭到如此无情而残酷的鞭挞？
> 愚昧正在兴旺，野蛮正在发达？
> 为什么在我们诗歌的国度里，
> 每一个正直的歌手却成了哑巴？
> ……
> 为什么，丑恶的价格天天在暴涨？
> 为什么，善美竟卑贱得分文不值！
>
> ——《诗人》

黑白颠倒的年代自有不少颠倒了的是非，它给人们留下的烙印和创伤太深了。"为什么"写出了诗人的思索与责问，也传达出诗人对合理生活的向往和追求。因此，韦其麟笔下的诗人，尽管歌喉"被贴了封条"，但"歌声永远不会沙哑"。一旦封条被撕开，枷锁被打碎，诗人就会更尽情地歌唱，就会更快地昂头向前——这是诗人笔下的"诗人"，也是诗人自身的写照，是经历了那场灾难后又重新放声歌唱的中国诗人的写照：

> ……晨风拂去了一夜的困倦，

诗人抬头遥望远方的天边，

在天际涌流的波涛之上，跃出一轮红日，

迎着霞光，诗人迈开的脚步多么矫健！

二

缪斯自由了，诗人复出了。对逝去的历史进行深深反思之后，诗人有了新的追求。纵观韦其麟诗歌创作的历程，可看出诗人是从民间神话传说题材起步的，但在以后相当长的一段时间里，这种题材的诗作少了，代之的是一些与现实政治关系较密切的诗歌，而近期，诗人又回归到壮族古代神话和民间传说上。这种回归，我们不能简单地说成是绕一个圆圈，而应说是诗人经过多年的创作实践和探索后，所重新选择的一个自己所熟悉所善于表现的领域。而实践也证明了：只有这样回归，才与诗人的创作个性和艺术气质有最大程度的一致。

一个人的生活道路无疑会对他的创作产生影响，但这种影响并不都是直接的。对创作有较大直接影响的乃是作家生活道路过程中所形成的文化心理结构、艺术气质和创作个性，它们往往使作家以自我独特的慧眼和艺术趣味去体察生活。

韦其麟生长在广西横县的一个壮族山村。故乡以她迷人的故事、优美的山歌和山光水色陶冶着诗人的童年，吸引着他"童年时代整个的心灵"。[①]诗人的心理结构中积淀了深厚的壮族民族文化。也正是这种深厚的民族文化积淀和深沉的对民族母亲的爱，使得诗人年轻时便创作出了美丽动人的《玫瑰花的故事》和《百鸟衣》，也使得诗人经过了二十多年政治风雨的冲击后又回归到自己所熟悉的一隅，抱着如此的信心和兴趣研究壮族民间文学，并以深婉的笔调继续创作出一系列壮族神话传说的叙事诗。马克思在论及希腊神话传说时说："希腊神话不只是希腊艺术的武库，而且是它的土壤"，[②]那么，壮族神话传说无疑是壮族文学丰厚的土壤。如果说荷马以他的竖琴和激越的歌声曾把古希腊人类童年时代的英雄史诗表现出来，给世界文学带来了光辉灿烂的太阳，那么我们可以看到，韦其麟也正以他深婉的笔，试图表现一个具有东方现代壮族意识的壮族史诗，试图给壮族文学寻找一个光辉灿烂的太阳。

这种追求首先表现在对壮族传统的深深思索。也许诗人曾经历过一个真善美与假丑恶颠倒混乱年代的缘故，所以对壮族传统的思索中总是不断重复着真善美与假恶丑对立斗争的母题，在诗的火焰中不断跳动着两种最基本的感情元素：深沉的爱和强烈的恨。在近期的叙事诗中，有"日日练习赶山本领"，心中藏着"一个珍珠般闪光的愿望"的莫弋，他立志要把壮族地区的高山赶到大海中去，让壮乡有更多更广阔的田园，但由于受

[①]《写〈百鸟衣〉的一些感受和体会》，载《长江文艺》1955年12月号。

[②]《马克思恩格斯选集》第二卷，113页。

到巫公的妒忌，最后被巫公派人用毒箭射死，"崇高的事业与美好的理想俱化云烟"（《莫弋之死》）；有"身躯魁伟，手长脚大"的岑逊，他不断为人们造福，使壮乡出现了"白天，人们有了笑语，/夜晚，人们有了梦的香甜"的和平欢乐景象，但却因忤逆了天意，终于被天帝暗剑刺死（《岑逊的悲歌》）。这一幕幕将人生美好有价值的东西毁灭给人看的悲剧，充分表现了诗人强烈的爱憎。也正基于这样的爱憎，在《山泉》一诗中，诗人悲愤叙述了岩刚冒着生命危险取回龙珠解救家乡旱情，却被凶狠狡猾的巫师诱骗杀害的故事后，深沉地唱着：

> 去吧，去吧，
> 清清的泉水，
> ……
> 去涤荡世上一切丑恶，
> 去涤荡世上所有的奸伪，
> 去涤荡世上一切腐浊，
> 去涤荡世上所有的污秽。
> 让人间充满欢愉和谐，
> 让世界更加清新光辉！

由对真善美的追求便引出诗人对这个民族所具有的民族精神的表现。在近期的叙事诗中，韦其麟塑造了一系列为了众人利益而舍弃自己利益甚至献出自己生命的英雄人物形象，表现了诗人对这一民族精神的歌颂和向往。除了上举的莫弋、岑逊和岩刚外，这类富有自我牺牲的人物还有不少：美丽善良的姑娘为使全寨人避免无辜被害，被迫吞下了人世间最苦的黑果，变成了"一个年轻轻的老婆子。"（《美丽》）。未婚的少女为拯救义军于饥饿之中，毅然割下了自己丰满的双乳（《四月，桃金娘花开了》）。在《寻找太阳的母亲》这首长诗中，这种壮族民族精神得到了更丰富动人地表现：为了给壮乡寻找到光辉灿烂的太阳，年轻的孕妇自请把寻找太阳的重任交付给她，用她的信念，用她的青春和生命开山辟路，经过两代人的努力，终于给壮乡找到了光芒的太阳。诗人在最后深沉地呼唤着母亲，高度赞扬母亲身上体现出的壮族人民的精神，并预示这一壮族神话将"流向无穷的未来，/流在我们子子孙孙的血管里，/永远灌溉着我们民族的心田，/哺育着我们为之自豪的，/我们民族的伟大的精神！"

诗人对壮民族史诗的追求其次是表现在对壮族人民性格气质的揭示和赞颂。伏尔泰在《论史诗》中曾指出："每种艺术都具有某种标志着产生这种艺术的特殊国家的气质。"[①]从另一方面说就是任何的艺术只有表现出产生这种艺术的国家和民族的特殊气质，

---

① 《西方文论选》上卷，上海译文出版社1979年版，320页。

才算得上很好地表现了这一国家和民族。诗人也这样宣称过要"写真正的民族生活,真正地反映各民族人民的思想感情,愿望和理想。"①诗人这样说了,也极力这样追求着。

　　壮族是一个直率的民族。这种直率不是天真,更不是轻率。虽然肩负重任,但仍然表现得那样的真诚,那样的直率,那样的坦然。不是吗?为了寻找光明,寻找太阳,村里的男女老少都踊跃报名,"期待着,神圣的使命/落在自己的肩膀"。但所有的人都不是出于任何个人目的的考虑:"谁都不是受名声所引诱,/谁都不是被荣誉所蛊惑,/就象猛兽侵犯村边的时候,/大家都无畏地拿起木棍和弓箭,/谁都没有考虑自己的安危,/谁都不是为了战胜野兽之后/得到大家的感激和夸赞的报偿"。/(《寻找太阳的母亲》)一切是这样的坦然、直率,因为人们心中只有一个共同的目标——寻找太阳!年轻的孕妇坦然直率地解释了应该由她去的原因,于是便踏上了寻找太阳之路。然后,路途太遥远了,母亲没走到光明的太阳,不得不把光荣的任务交给儿子,便倒在寻找光明的路途上:

> 母亲,站在山峰之上,
> ……
> 望着儿子矫健的身影,
> 跃过山下急旋的江流,
> 越过江边密密的草莽,
> 消失在远处灰暗的苍茫里。
> 于是,她含着宽慰的微笑,
> 怀着对儿子点燃的火光升起的祈望,
> 躺下了,长眠在这崇峻的山峰。

母亲是带着微笑躺下的,这是寻找光明后继有人因而充满希望所泛起的笑。也许远古的人们都曾追求向往过光芒的太阳的缘故,在北方的大地上,也曾出现过一个追赶太阳的人,最后他也倒下了。在当代诗人笔下,他并没有获得母亲那样重任被卸后所得到的宽慰感,而是一个人与自然和谐的亲昵感:

> 传说他渴得饮干了渭水黄河
> 其实他把自己斟满了递给太阳
> 其实他和太阳彼此早有醉意……
>
> 太阳安顿在他心里的时候,
> 他发觉太阳很软,软得发疼……

---

①《关于诗的民族特色的感想》,载《广西日报》1982年8月4日。

——江河《追日》

两个英雄都倒下了，南方的壮族母亲是自己肩负的重任托付于后代后所产生的快意，因而便显得崇高，而北方的夸父却获得一种和谐的超脱，这正是中原"天人合一"文化背景下所产生的人与自然的亲昵。从比较中我们正可以看出韦其麟叙事诗中主人公肩负责任的重量。

壮族又是一个不屈不挠、敢于牺牲的强悍民族，任何强权和淫威都不曾使他们失去反抗。在早期的叙事诗中，诗人已经注意表现这一民族的性格和精神。从《玫瑰花的故事》中的尼拉和夷娜，到《百鸟衣》中的古卡和依娌，这种民族性格和精神就像一根红线贯穿着。近期的叙事诗中，这种性格和精神表现得更为显著：莫弋断然拒绝了土官的封官，立志把壮乡的群山赶到海去；年轻的孕妇不畏路途遥远艰险，立志寻找到光芒的太阳。这些都表现了壮族人民要依靠自己的力量，改造征服大自然的雄心壮志。班氏女虽然被俘，但在凶残的敌将面前却大义凛然，凭着自己的美丽和胆识，解救了弟兄，击杀了敌将（《俘虏》）。而这种不屈不挠的精神表现得最悲壮淋漓的，乃是花山崖壁前在生命最后时刻仍在歌舞的义军勇士：

> 群山为我们作证，
> 山风为我们高呼：
> 我们是尊严的人民，
> 我们是不屈的种族，
> 我们是顶天立地的战士，
> 我们是不可征服的队伍！
>
> ——《花山壁画之歌》

诗人绝不相信"班氏女象世代相传的传说那样，屈辱而凄惨结束自己的生命"，[①]于是班氏女在生命的最后时刻遂唱出了一曲英勇悲壮的歌；诗人也摒弃了花山壁画之谜的众多传说，选用了那是一支义军战败后在花山前歌舞的传说，认为这悲壮的一幕使得"庄严的崖壁含着悲愤，/高高托起壮丽的图景；/英雄的山头并没有沉沦，不屈的队伍又重现踪影。"于是，花山壁画在诗人笔下成了壮民族不屈不挠精神的最好见证。

果戈理在谈到文学的民族性时指出："真正的民族性不在于描写农妇穿的无袖长衫，而是表现民族精神本身。"[②]在韦其麟叙事诗中，诗人不只描写了壮民族所特有的风俗习惯，如歌圩、抛绣球等，更重要的是对壮民族精神和性格的表现和歌颂，并且还注意对

---

①《俘虏》诗"引言"，见韦其麟诗集《寻找太阳的母亲》，广西民族出版社1984年版。
②北师大中文系文艺理论教研室编《文艺理论学习参考资料》（上），第594页。

形成这种民族精神和性格的民族传统，民族文化心理的表现。壮民族的直率、富有责任感和不屈不挠的斗争精神，显然是与其民族传统和文化心理等因素有关。早在宋代的范成大就看出了壮族这一精神和性格，"其人物犷悍，风俗荒怪，不可尽中国教法绳治"，[①]可见壮族的精神和性格在北方人眼里是与中原汉族大不相同的。如果说，江河的史诗中融入古代中原文化的思想，并以这种思想来审视那些远古的故事，那么韦其麟在写这些取材于壮族神话传说的叙事诗时，则多是融入了壮族文化的色素，因而显出与中原汉族文化背景下史诗的不同特色。表现古代的题材，特别是表现人类童年时代文化的神话传说，处理好作家当代意识和古代文化的关系是很重要的。过多融入作家当代意识，则容易使这些题材失去人类童年天真稚气的特色，令人不可置信；而只用古代文化意识去观照这些题材，则又容易使当代人有隔一层之感。那么，怎样把作家当代意识和古代文化意识完美交融起来，用之表现这些远古的神话传说题材，是一个优秀作家所必须注意的。韦其麟在他的叙事诗中很好处理了这些问题，使他表现壮族神话传说的史诗既不失"古壮"味，又不全是"古壮"味，光怪陆离的百越文化和当代意识得到较好统一融合，这，或许是广西文学创作所应该追求的。

三

一个人不可能没有过天真和幼稚，但也不可能永远天真和幼稚。要是说诗人早期的叙事诗多少还带有稚气，那么，近期诗作则表现出一种成熟和老成。在近期诗人极力追求表现的壮民族史诗中，哲学意味浓重了，感情也凝重深厚了，形成了与早期清新淡雅的"百鸟衣味"不同的美学追求。

在近期的叙事诗中，诗人追求的是一种悲壮崇高的美。前期的叙事诗中，主人公虽也受到种种遭遇，但最后仍然得到某种程度上的胜利。但近期的叙事诗中，这种胜利少了，代之是一种悲剧的结局。也许经过十年动乱后的诗人深知，这种把人世美好有价值的东西毁灭给人看的做法或许有更大的艺术感染力的缘故吧，于是赶山的莫弋最后被毒箭射倒了，有胆有识的班氏女也壮烈牺牲了，造福于壮人，使壮人摆脱愚昧进入文明的岑逊也被天帝杀害了：

身躯魁伟，手长脚大的
岑逊，踉跄着，踉跄着；
群山，由于他沉重的脚步
而摇晃。殷红的鲜血
喷涌在，流在他敞开的胸膛。

---

① 范成大：《桂海虞衡志·志蛮》。

> 终于，他倒下了，象倒下
> 一座巍峨的高峰。
> 大地，久久地震荡。
>
> ——《岑逊的悲歌》

英雄岑逊倒下去。然而这毕竟是一个英雄的倒下，所以大地也为他震荡摇晃。英雄的结局是悲剧的，但这种悲的氛围中却含蕴着豪壮之气，含蕴着崇高，获得了悲壮崇高的美的结局。

不同的美学追求使得艺术表现手法上也出现不同。早期的叙事诗，作者较多地把整个故事情节都写出来，娓娓而道，语言清丽空灵，句式简单生动，形成了别具特色的"百鸟衣味"。但近期叙事诗中，为了更淋漓尽致地表现壮族神话传说中的悲壮美，诗人很少把故事的全部情节都叙述出来，而是抓住最能表现人物精神性格的关键一幕，尽情铺开，反复咏叹，因此叙事诗的抒情色彩更加浓重了。在《岑逊的悲歌》中，诗人抓住了英雄岑逊倒下的一刹那，以"他倒下了"作为整首诗的主线贯穿整诗，对岑逊的英雄业绩进行了反复歌颂。在《花山壁画之歌》中，诗人抓住了一支义军最后的悲壮情景，以"冬冬冬，冬冬冬，/我们歌，我们舞"为整首诗的主旋律，对这支壮族义军的不屈不挠的反抗精神给予以高度的赞美。

为了表现凝重深沉的感情，在近期的叙事诗中，诗人采用的语言更为凝重了。句式也多有铺陈赋化的倾向，长句的使用率增多。这无疑能容下更深广更复杂的感情和内容，但这样的结果，诗歌文人化了，民族特色也许有所减弱。

"我从没有伪装过我的感情，我从不曾欺骗过自己的感受。"[①]的确，在近期的叙事诗中，集中着诗人对壮民族传统的思索感受和对壮族文学发展未来的探索追求。如果说，荷马史诗恰如光辉灿烂的太阳给世界文学带来了光明，那么，韦其麟近期对壮民族神话传说史诗的追求探索中，也力图为壮族文学寻找到一个光辉灿烂的太阳。在它的照耀下，使壮族文学既不失去壮民族的特色，又能走向全国，走向世界。"太阳，照耀在空中，/给这世界不曾有过的辉煌的壮丽，/给这世界不曾有过的和煦的温热，/给这世界不曾有过的健美的形象。"太阳是无限壮丽无限光明的，而光辉灿烂的壮族文学太阳的到来，是需要无数个"母亲"共同努力探索追求的。而辉煌壮丽的壮民族文学的太阳，无疑是全体壮族人民的共同目标和希望！

（原载《南宁师专学报》1987年第2期）

[①] 诗集《寻找太阳的母亲》"后记"。

崇高与美的追求
——读韦其麟同志近年来的叙事诗

肖远新　李玩彬

一

党的十一届三中全会以来，韦其麟同志以他对人民的挚爱，倾注一腔心血和全部热情，塑造了一个壮族"普通人"的系列形象，歌颂他们为集体事业而英勇献身的精神，发掘我们民族的"脊梁"，表现了诗人对崇高与美的追求。

鲁迅先生说："我们从古以来，就有埋头苦干的人，有拼命硬干的人，有为民请命的人，有舍身求法的人，……虽是等于为帝王将相作家谱的所谓'正史'，也往往掩不住他们的光辉，这就是中国的脊梁。"[①]

韦其麟同志的笔下，有不为天帝歌唱的歌神，有不替上司作画的画师，有智勇双全的起义军领袖班氏女，有舍身救伤员的女战士桃金娘，有赶山填海造福乡亲的莫弋，有找龙珠解救旱情的岩刚，有保卫人民幸福遭阴谋利剑倒下的岑逊，有寻找太阳给人间以温暖的母亲……当然，这些人物大都以神话或民间传说的方式出现。不过，马克思说：神话是"在人民幻想中经过不自觉的艺术方式所加工过的自然界和社会形态"。[②]高尔基也说："古代所有的神都住在地上，和人相似，他们的举动和人一样：宽待训顺者，仇视忤逆者，而且他们也和人一样好妒忌，好报复，好功名……在原始人的观念中，神并非一种抽象的概念，一种幻想的东西，而是一种用某种劳动工具武装着的十分现实的人物。神是某种手艺的能手，是人们的教师和同事。"[③]因此，壮族神话和民间传说中的神，实际上是远古时代壮族先民中的歌手、画师、猎人、种田能手和其他能工巧匠，是被奉为神的普普通通的劳动者。当韦其麟同志用自己民族古老的传说为题材进行创作的时候，

---

① 《鲁迅全集》卷六，第117页。
② 《马克思恩格斯列宁斯大林论文艺》，人民文学出版社1958年版，第58页。
③ 高尔基：《文学论文选》，人民文学出版社1958年版，第319页。

根据自己对民族历史和现实生活的理解，熔铸了时代的精神，寄寓了自己的美学理想和对美好未来的追求，赋予他笔下的人物形象许多新的特点。

他们都是一些普普通通的劳动者。此如《歌神》中的壮族歌神：

> 拿起丝线她会绣花织锦，
> 架起牛轭她能犁畬耙田，
> 她顶着烈日插秧种麻，
> 打柴割草在数九寒天。
> 一双粗手长满了厚茧，
> 生活中不曾有过空闲。①

此外，莫戈、岩刚、岑逊都是"种田儿郎"，连画师"握画笔的手，也常扶犁"。由此可见，韦其麟同志叙事诗中的神，都是一些壮族的普通劳动者。"自己在衙门里享受的温饱，怎能代替乡亲父老的饥寒；当乡亲父老还在痛苦中受煎熬，追求个人的幸运是无耻的背叛"。②多么美好的心地。"雕栏玉砌太过冰寒，怎比得温馨的茅房。"③"大红的请帖送了七次，歌手的家门却紧紧关闭。"④多么鲜明的爱憎。"画师不停挥动画笔，为人们奉献自己的热情，自己的心智。"⑤岑逊去了，他什么也没带走，"只带去自己毕生积累过多的辛劳，和被击穿胸膛的无比创痛"。⑥多么无私的奉献！"怎舍得心心相印的同伴，怎离开朝朝见面的众亲？"⑦"乡亲呀，虽然分别却未分离，你们总和我在一起。"⑧他们来自群众，心永远和群众贴在一起。因此，无论在人生的道路上有多少坎坷，遇到多少艰难险阻，受到多么严重的打击，他们总是充满乐观主义精神，有着无穷的智慧和力量，去战胜一切困难。当然，由于客观的历史的原因，或反动势力暂时的强大，或自身的阶级局限，这些劳动者的奋斗和努力，多数都失败了。而诗人在自己的作品里，常常采用浪漫主义的手法，来象征他们的永生。

他们都是一些被迫反抗的劳动者。壮族人民勤劳朴实，聪明智慧，热爱自由，富有反抗精神。长期以来，为了反抗土司为代表的封建农奴主残酷的压迫和剥削，反抗中央封建统治者血腥的镇压和屠杀，他们举行过大小无数次的起义和暴动，进行了不屈不挠的斗争。"只因官府逼迫，才背井离乡，无奈官军追杀，而转战四方。"⑨深刻地揭示了壮

---

① 《歌神》，见《三月三》1983年创刊号，第95页。
② 《莫戈之死》，见《广西文学》1981年第三期，第3~6页。
③ 《歌神》，见《三月三》1983年创刊号，第95页。
④ 《江湖王六成为歌手的故事》，见《南宁晚报》1983年6月3日。
⑤ 《花山故事》，见《三月三》1986年六月号，第28页。
⑥ 《岑逊的悲歌》，见《广西文学》1983年第十一期。
⑦ 《歌神》，见《三月三》1983年创刊号，第95页。
⑧ 《寻找太阳的母亲》，见《三月三》1984年第四期，第40页。
⑨ 《四月，桃金娘花开了》，见《红豆》1981年第六期。

族人民反抗斗争的社会根源。桃金娘和班氏女，就是在这些可歌可泣的斗争中涌现出来的两位女英雄。前者勇敢战斗，宁死不屈，舍己救人，在战场上壮烈牺牲了。后者不幸被俘，忍辱负重，"答应"做敌将的夫人，以换取释放其他被俘的战友。在婚礼的华筵上，她翩翩起舞，机智地击杀了敌将，然后悲壮地自刎。在《俘房》一诗序言中，诗人说："我不相信，也不愿意，班氏女象世代相传的传说那样，屈辱而悲惨结束自己的生命，她在最后的时刻，总是这样出现在我的想象之中……"①因此，他拂去了掩盖在班氏女传说上的历史灰尘，恢复了人物的本来面目，塑造了一位智勇双全的壮族女英雄的形象。这是一种创造性的劳动。它使诗中的艺术形象，符合传说人物的基本精神，也符合劳动人民创造理想人物时的初衷，更符合历代壮族人民在长期反抗阶级压迫和民族压迫斗争中形成的英雄气质。

　　他们都是一些有着美好追求的劳动者。在远古时代，由于生产力的落后，壮族先民常常借助幻想来征服自然，支配自然。他们幻想到遥远的东方，寻找太阳，给人间光明和温暖。他们幻想赶山填海，改造自然，使壮家有更多肥沃的田园。他们幻想在深潭里，找到龙珠，解救旱情……诗人运用这些神话和民间传说进行创作，表现了壮族人民善良的愿望和美好的追求，常常寄寓了自己无限崇敬的深情。在《山泉》中，岩刚历尽了艰辛，赶走凶残的大蜘蛛，找到了龙珠，却万万没有想到误中了巫师的奸计，他和恋人洛英化作了石岩。在两座石岩之间，一道流泉奔腾而下，诗人深情地赞美道：

　　　　去吧，去吧，/清清的泉水，/去润泽这辽阔的大地，/让大地永远秀丽明媚。/……去涤荡世上一切丑恶，/去涤荡世上所有的奸伪，/去涤荡世上一切腐浊，/去涤荡世上所有的污秽。/让人间充满欢愉和谐，/让世界更加清新光辉！②

　　这些诗句，充满了诗情和哲理，是诗人美学理想的具体表现，反映了壮族人民对美好生活的追求和渴望，闪耀着强烈的时代精神，给我们多么丰富的联想和启迪。

　　他们都是一些逐渐觉悟并取得了胜利的劳动者。岑逊是一个顶天立地的英雄。他教导人们制作了弓箭，铸造犁耙，栽种五谷，播种幸福。他挥动那把长长的千斤大锄，劈开百仞高的大山，挖开了左江、右江和红水河，引走了滔滔的洪水。后来，又打死了那些两只脚的毒蛇和野兽，保卫了人民的幸福。不料却触怒了天帝，他隐身持剑杀死了岑逊。莫乀赶山填海，遭到土司和巫公毒箭的暗害。画师被囚在土司的死牢里……千百年来，天帝、土司、巫公他们究竟杀害了多少无辜，欠下了人间多少血债，而对广大人民群众来说，又是多么沉痛的教训啊！然而，人们的血并没有白流，他们在血泊中觉醒过来了。如果说，莫乀还不知道"身后跟随着暗藏的毒箭"，岑逊也"不曾警惕过这看不见

---

①《俘房》，见《广西群众文艺》1983年九月号，第16页。
②《山泉》，见《广西文学》1982年第九期，第35~36页。

的利剑"，那么，岩刚在化作石岩之前却发现了"恶人的奸计"。他说：

> 乡亲呀，/我上当了，我上当了，/我中了恶人的奸计，/我遭了恶人的暗算，/乡亲呀，可知道，/恶人就在大家面前，/恶人就在大家中间。/他发誓要"把奸人的伪善戳穿，让世人时刻警惕那些鄙污的恶毒，那些下流的阴险"。①

这些振聋发聩的话，多么值得我们深思！这些用鲜血和生命换来的经验教训，多么值得我们后来人牢记！如果说，岩刚在血泊之中觉醒了，那么，寻找太阳的母亲，她的理想和事业，则在儿子的手中实现了。太阳出来了，大地万彩交辉，多么绚丽，多么辉煌，多么壮观啊！读着叙事诗《寻找太阳的母亲》，人们不难发现它蕴含着的深意，母亲是一个光明追求者的崇高形象，诗人通过民间传说的艺术折光，在向人们宣告：我们伟大的母亲——党领导全国人民建设"四个现代化"的宏伟事业一定要实现。

韦其麟同志近年来的叙事诗，成功地塑造了许多壮族普通劳动的形象。他们平凡、伟大、崇高、壮美，既鲜明生动形象，又有着强烈的浪漫主义色彩。这些形象是阶级的典型，也是民族的典型，诗人通过神话传说把民族性提到爱国主义和共产主义高度来表现，使民族性、阶级性、时代性和传奇性完美地结合在一起，体现了壮族人民独特的心理素质、性格特征，以及他们的理想、要求和愿望。他们是我们的民族英雄，是我们民族的脊梁。千百年来，正是他们默默无闻的无私奉献，创造了我们民族光辉灿烂的历史，谱写了许多可歌可泣的篇章！五十年代，韦其麟同志描写尼拉和夷娜、古卡和依娌②为爱情、自由和幸福而斗争，八十年代，歌颂莫弋，岑逊和母亲等人为集体事业而英勇献身。这不仅表明诗人创作思想的飞跃，对崇高与美的追求，而且也说明诗人的历史责任感和高度的自觉。而这些又是诗人努力贯彻文艺为社会主义服务、为人民服务方针的必然结果。通过莫弋、岑逊和母亲等艺术形象，可以看到壮族人民的生活和斗争，看到他们勤劳纯朴、聪明智慧、热爱自由、富于反抗、勇于追求的精神和品质，有助于陶冶我们优美高尚的情操，提高民族自信心，增强民族自豪感，唤起我们对祖国和民族的爱。

二

韦其麟同志说："民间文学和传说是人民群众所创作，里面非常鲜明地体现着他们深刻的爱憎。"③因此，他以自己民族古老传说为题材进行创作，在热情地歌颂莫弋、岑逊和母亲等正面人物的同时，无情地鞭挞了天帝、土司（土官）、巫师（巫公）、将军等反

---

①《山泉》，见《广西文学》1982年第九期，第35—36页。
②尼拉和夷娜、古卡和依娌是韦其麟叙事诗《玫瑰花的故事》《百鸟衣》的主人公。
③韦其麟《写<百鸟衣>的一些感受和体会》，见《长江文艺》1955年第12期。

面人物。按照高尔基的观点，如果天帝也可看作人间土司一类人物的话，那么，诗人批评的锋芒所向，在于揭露壮族封建农奴制社会的统治者土司及其帮凶巫师的罪行。在《莫弋之死》《花山故事》和《江湖王六成为歌手的故事》等作品中，诗人塑造了三个土司的形象。这三个反面人物，既有鲜明的共性，又有独特的个性，也是黑格尔老人所说的"这一个"。封建农奴制（特别是它的后期）是壮族历史上最黑暗、最反动和最腐朽的一种社会制度。土司是这一制度的最高统治者和忠实的维护者。他们认为，只有维护封建农奴制的残暴统治，才能巩固自己至高无上的地位。

关于这一点，在《山泉》中，他们的帮凶巫师讲得更加露骨。因此，他们容不得歌神自由的欢唱，容不得画师为农夫作画，更容不得莫弋、岩刚和岑逊为人民造福。而要歌神为自己歌唱，要画师为自己粉饰太平，要莫弋充当自己的鹰犬！一有稍不如意，他们就凶相毕露，杀害敢于违抗他们意志的无辜。自私、妒忌、贪婪和凶残，是这三个土司共同的本质特征。但是，《山花故事》中的土司，显得残暴：

（几次宴请画师，均遭拒绝）土司不曾受过这般耻辱，/耻辱，撩起难以遏制的怒气，/他暴跳，他狂吼，不能自己，/差一点，咬碎了所有的牙齿。他责令，把画师的茅房，/和那些妖画，统统付之一炬！①

《莫弋之死》中的土司，显得伪善：

（土司几次收买莫弋，均遭拒绝）"从来只有别人顺从我的意旨，/今天我第一次尊重别人的意愿；/好吧，你准备赶山远行去吧，/本官祝你诸事顺利，一路平安；"②

《江湖王六成为歌手的故事》中的土司，显得鄙俗：

（江湖王六冒充歌手赴宴）山珍海味填满了肚皮，"歌手"乘着酒兴献歌艺，/他的歌神声就象破锣鼓响，/人们的毛管一阵阵耸起。土司也觉得歌声并不悦耳，/但仍然装着听得入迷，/一代歌手的歌艺怎能怀疑，/岂非当众暴露自己的无知！③

三个土司，每个人都有自己独特的个性。韦其麟同志塑造土司的形象时，一方面通过人物的自白，剖析他们肮脏的灵魂，在互相映衬之中，显示其不同的性格特征。一方面又根据现实斗争的新情况和新特点，突出地写他们"嘴里有堂皇的言词，头上有闪耀的光圈，一副大慈大悲的模样，一副观音菩萨的哭脸"，揭露他们搞阴谋诡计的罪行。这是叙事诗《百鸟衣》中土司形象所没有的新特点。当莫弋在深山里修成"第一座水坝"，

---

① 《花山故事》，见《三月三》1986年6月号28页。
② 《莫弋之死》，见《广西文学》1981年第3期3—6页。
③ 《江湖王六成为歌手的故事》，见《南宁晚报》1983年6月3日。

"河水开始流进久旱的田园",又继续赶山填海的时候,土司和巫公用暗藏的毒箭,把他射死在途中。当岑逊望着山下敌人像潮水一样败退的时候,天帝隐身持剑把他杀死了。当岩刚赶走了蜘蛛王,夺得了龙珠,旱象眼看得到解除的时候,巫师念动咒语又把他害死了,这是多么卑鄙的罪恶勾当!多么触目惊心的人间悲剧!艾青说:"诗人要对当代提出的尖锐问题同人民一同思考,和人民一同回答。"[1]韦其麟同志正有感于历史上和现实生活中奸人策划的一桩桩阴谋,制造的一起起骇人听闻的悲剧,写下了《山泉》《莫弋之死》和《岑逊的悲歌》等诗篇,塑造土司这一反面形象,总结这些惨痛的经验教训,提醒人们警惕奸人的阴谋得逞,防止英雄的事业得而复失的悲剧重演。这对于经历过十年浩劫的读者来说,读了韦其麟同志的这些作品,会感到多么亲切啊!

罗丹说:"美,就是性格和表现。""既然只有'性格'的力量才能造成艺术的美,所以常有这样的事,在自然中越是丑的,在艺术中越是美。"[2]这样,韦其麟同志叙事诗中土司的形象,当然也是美的,它是诗人追求崇高与美不可缺少的一部分。因为,诗人笔下土司的形象,是客观存在的,它们是社会生活中具有一定代表性的丑恶现象,集中反映了社会生活本质中的消极方面,是现实的丑在艺术上的反映。而土司作为现实中的丑恶形象,能够转化为艺术美,同诗人的美学理想和所采用的艺术表现手法有关。但是,更重要的,是通过艺术的典型化来实现的。在典型化的过程中,诗人把历史上和现实生活中有关土司这一形象的素材,经过提炼,概括,集中和虚构,借助暗示、含蓄、夸张、讽刺等艺术表现手法,一方面使土司这一丑恶事物的现实性削弱了,直接刺激感官的因素有所舍弃,只保留着是以揭示其本质的某些形象特征。比如莫弋遇害,诗人并没有直接描写土司杀害莫弋的惨象,而仅以"无情毒箭已插进血肉之躯"一句作交代。这样就会舍弃了许多非本质的东西,而保留了莫弋遇害这一事件的某些特征。一方面经过艺术典型化加工,土司的本质特征更加集中,更加强烈,从而成为具有高度概括性、典型性和审美价值的艺术形象。通过诗人笔下土司的形象,使读者可以看到他们所代表的封建农奴主阶级必然崩溃的历史趋势,并激起对他们憎惧、厌恶和嘲笑的情绪,获得"灵府朗然"的审美效果。

韦其麟同志近年来的叙事诗,不注重情节的曲折性,而往往只是抓住神话和民间传说中最感人的片断进行铺陈。而且,在人物塑造上,也不太注重从多角度、多侧面和多层次来刻画形象,反面人物尤其如此。因此,有人说,土司反面人物,"多是作为一种意象的形象,起着衬映的作用"。这个问题需要作具体分析,比如《江湖王六成为歌手的故事》和《在深山里的一座森林》中的土司和孔雀,是叙事诗的主要讽刺对象,他们衬映谁呢?把韦其麟同志近年来叙事诗中土司等反面人物,看成是"一种意象的形象",必然要忽视反面形象典型化的意义,忽视他们在叙事诗情节发展中的地位和作用,忽视他们

---

[1] 艾青:《新诗应该受到检验》,见《文学评论》1979年第5期。
[2] 《罗丹艺术论》,见《西方美学家谈美和美感》,第270~271页。

的认识价值和审美意义。雨果说："滑稽丑怪却似乎是一段稍息的时间，一种比较的对象，一个出发点，从这里我们带着一种更新鲜更敏锐的感觉朝着美而上升。"①因此，土司形象的塑造，将使莫弋、岑逊和母亲等人物显得更美，从而给读者更多的审美感受。在中国现代诗歌史上，作为一个反面的艺术典型，土司的形象是独一无二的。如果说这是诗人韦其麟的一个贡献，恐怕也不过分罢。

三

近年来，韦其麟同志的叙事诗创作，可以视每一篇作品的题材内容和艺术构思都不一样。这不仅由于他在创作过程中经过反复的酝酿，而且也是他长期生活考察和艺术探索的结果。在艺术探索的过程中，韦其麟同志始终坚持"新诗要在民歌和古典诗歌的基础上发展"的正确方向，寻求一种同表现崇高与美相适应的艺术形式，追求诗歌的崇高美。

在《莫弋之死》中，诗人塑造莫弋的高大形象：

三百斤的弯弓，他能轻轻举起，/飞出的箭，至少穿过三座大山！/当他挥舞长戟，青山座座，/也跟着他手中的长戟飞转。②

接着，用顺叙的方法，通过筑坝救灾、巫公进馋、土官拉拢、莫弋遇害等情节，展开叙事诗的矛盾冲突，刻画莫弋的性格，歌颂他立志赶山填海，改造自然，造福人民的崇高理想和献身精神。在平缓的叙事之中，诗人对莫弋"崇高的事业与美好的理想俱化云烟"，表现了无比的悲愤和惋惜。在《岑逊的悲歌》中，诗人一开始就把岑逊遇害的噩耗告诉人们：

身躯魁伟、手长脚大的/岑逊，踉跄着，踉跄着；/群山由于他沉重的脚步而摇晃。殷红的鲜血/喷涌着，流在他敞开的胸膛。/终于，他倒下了，象倒下/一座巍峨的高峰。/大地，久久地震荡。③

把诗置入庄严、肃穆和悲痛的氛围之中，"他是被一把看不见的利剑击倒的呀，那持剑的胜利者，在哪里；在哪里；"诗人并不急于回答这一问题，而采用倒叙的方法，以五个"他倒下了"为起句，用深沉悲凉的调子，补叙岑逊神奇的肖像，崇高的理想，执着的追

---

① 雨果：《克伦威尔·序》，见《西方美学家谈美和美感》，第236页。
② 《莫弋之死》，见《广西文学》1981年第3期，第3—6页。
③ 《岑逊的悲歌》，见《广西文学》1983年第11期。

求和不朽的业绩，把人物一生的事迹连缀起来，使形象慢慢地由淡到浓，由浅到深，最后像一座英雄的浮雕耸立在人们面前，深深地烙印在他们的脑子里。从上述两个例子，我们可以看到，诗人的艺术构思多么精巧别致，他对艺术多么执着的追求。

根据内容表达的需要，诗人从写民歌体自由诗，转向进行各种不同艺术形式自由体诗的尝试。在《莫弋之死》《寻找太阳的母亲》和《岑逊的悲歌》等诗中，采用大节结构的形式，章无定节，节无定句，句无定字，自由活泼，抒卷自如。同时，根据人物感情用韵，而又不一定一韵到底，疏密相间，灵活变化，节奏自由流畅，比如《寻找太阳的母亲》，全诗六章五十节六百四十八句。每章节少的三节，多则九节。每节少的二句，多则四十三句。每句少的四字，多则二十六字。诗人运用了赋的表现手法，一唱三叹，极力铺陈，抒发了母亲坚强的意志，崇高的信念，广阔的道路和无私无畏的献身精神。这首诗形式独特，形象生动，哲理深邃，格调浑厚。在《歌神》《俘虏》等诗中，采用壮族六行短歌式连缀而成，章无定节，节必六句，每句字数大体整齐。每节二、四、六句押脚韵，一节一韵，或数节一韵，也可一韵到底，铿锵有力，雄浑悲壮。《在深山里的一座深林》和《江湖王六成为歌手的故事》，采用壮族四行短歌式连缀成篇，把原来五、七言一句扩大为九、十言一句，每节一、二、四句押脚韵，通俗易懂，有韵动听，顺口好记，讽刺尖刻。《花山故事》采用壮族双四行短歌式连缀而成，全诗十二节，每节双句押脚韵，一韵到底，一气呵成，沉郁悲愤。《山泉》采用大节结构的形式，在段落之间插一些散文诗式的说明文字，一步一步把情节引向高潮。全诗长于抒情，刚健清新。

在艺术的表现手法方面，诗人更加注意向民歌学习，从中吸取营养。在叙事诗《俘虏》中，阳光照耀着堂皇的幕帐，微风轻拂着缤纷的彩缨。帐中高坐着几分骄矜的将军，两旁坐满了笑谈的幕僚。他们要审问俘虏，庆贺自己的胜利。这时士兵们正押着俘虏进来；

> 两肩满散乱的长发，/脚边摆动绣花的褶裙；/敌酋走进大厅里来，/就象走进自己的家门；/眼睛都未转动一下，/面对一片刀光剑影。
>
> 好似晴天里一声霹雳，/满堂幕僚睁呆了眼睛；/仿佛着魔失去了魂魄，/惊傻的将军张歪着嘴唇，/敌酋原是一个妙龄的少女，/敌酋原来是一个绝色的美人。[①]

通过面对一片刀光剑影，"眼睛都未转动下"的细节描写，和"满堂的幕僚睁呆了眼睛"，"惊傻的将军张歪着嘴唇"的夸张，塑造了一个威武不屈的女英雄的形象。她的精神和美貌压倒了敌人，使得"傲慢的将军失去了傲慢"，"反被自己的俘虏所俘虏"。这真是既在情理之中，又出意料之外。这种奇特的想象、大胆的夸张和微妙的细节描写，是壮族民歌的精髓所在。韦其麟同志的叙事诗，正得益于这一点。其二，朱自清说："复沓是歌谣

[①] 《俘虏》，见《广西群众文艺》1983年9月号，第16页。

的生命"。[①]壮族民歌四句欢和勒脚歌,尤其讲究复沓。《四月,桃金娘花开了》《岑逊的悲歌》和《在深山里的一座深林》等诗,都采用复沓的表现手法。比如《四月桃金娘花开了》每章首节都重复着这样的诗句:

四月,桃金娘花开了,开了,/开遍了壮家的山山岭岭;/山山岭岭,山山岭岭,/山山岭岭漂浮着绯红的轻云,/万花丛中,你可看见/姑娘美丽的面影;[②]

然后依次展开桃金娘"美丽的面影""英武的身影""闪光的心灵"和"不朽的灵魂"的描写,塑造了另一个女英雄的形象,这种复沓手法的运用,使诗歌首尾衔接,回环往复,增添了旋律美,加强了对英雄崇敬和怀念的感情。其三,比喻、起兴、排比、拟人等民歌表现手法,诗人都恰到好处地加以运用。在《寻找太阳的母亲》一诗里,母亲要离开亲人和故乡,去遥远的东方寻找太阳:

今天,出发了。/她高高兴兴,走在村边的路上,/而心胸里,却涌上莫名的/难以排遣的如此深切的眷恋呀/千百次走在家乡的土地上,/从未感到脚下的泥土这样温柔,/连路上的那些小石子,/都频频亲吻她的脚掌。/高大的巨榕,用下垂的气根,/轻轻地抚摸着她的长发;/路边,那天天板着脸孔的石岩,/也向她露出脉脉含情的微笑……[③]

诗人运用拟人的手法,细致地写出了母亲对亲人和故土的眷恋,写出了人们对母亲的敬爱、赞美和祝福。这些诗句,节奏舒缓,充满了人情美,给读者鲜明深刻的印象。

总之,韦其麟同志近年来的叙事诗创作,在艺术上,一方面坚持向民歌和我国古典诗词学习,吸收其中的营养,继承和发挥我国诗歌的优良传统;一方面又立足于改革和创新,力图寻找一种同表现崇高与美相适应的艺术形式,执着地追求诗歌的美。经过诗人的辛勤努力,使得他的作品,既有自由体诗生动活泼、抒卷自如的长处,又保持着壮族民歌浓郁的韵味。

[原载《广西民族学院学报》(哲学社会科学版)1987年第3期]

---

① 《抗战与诗》,见《朱自清选集》,第133页。
② 《四月,桃金娘花开了》,见《红豆》1981年第6期。
③ 《寻找太阳的母亲》,见《三月三》1984年第四期,第40页。

从韦其麟的叙事诗创作看作家与民间文学的关系

丘振声

一

在20世纪五十年代初,年不满18岁的韦其麟,就发表了他的第一首叙事长诗《玫瑰花的故事》,两年后又创作出《百鸟衣》。他以自己的杰出成就,一举成名,跻身中国诗坛。之后,他走着坎坷而苦涩的生活道路,他始终执着诗歌,虽然有一段时间被逼放下手中的诗笔,但诗情如缕,从没有中断过。他勤奋而坚韧,刻苦而认真。三十多年来,他除了有感而发写一些抒情短诗等之外,潜心从事叙事诗的创作,先后发表近三十个作品,编成《百鸟衣》《凤凰歌》的单行本和《寻找太阳的母亲》叙事诗集(收叙事诗二十四首),大部分诗作取材于民间传说故事。

《百鸟衣》发表时,就引起强烈的反响,受到一致的好评。有一位评论家指出:"作者根据民间的传说故事,用人民的语言和民间文学的表现手法,描绘了本族人民的生活、风俗、习惯、思想和感情,既丰富了原来的故事,又保持了民间文学的风格;自然,整个诗篇就具有明显的民族特色。"[1]著名的民间文学专家贾芝也指出:《百鸟衣》"这个诗篇不仅丰富了民间传说的人物,并且深刻动人地传达了劳动人民反抗恶势力的精神。而这就又和作者对民间传说作了认真的研究,理解了传说的基本精神上是分不开的。"[2]《百鸟衣》的成功,一方面得力于民间文学,另一方面则在于诗人的艺术再创造。把一个用散文叙述的民间故事,改造成语言优美诗意洋溢的诗篇,这不是一件轻而易举的事情,需要付出艰辛的创造性劳动。在这个过程中,对原来的传说故事需要大拆大卸,然后进行选择,对真善美的东西加以张扬,假丑恶的部分予以扬弃,不足之处给予丰富,按照时代的价值取向和进步的审美请求,作新的组合,使原来的传说故事旧貌改新颜,升华到一个新的境界。比如《百鸟衣》主人公古卡和伊妮比原来的传说更为完美,他们的行

---

[1] 陶阳:《读长诗〈百鸟衣〉》,载《民间文学》1955年7月。
[2] 贾芝:《诗篇〈百鸟衣〉》,《文艺报》1956年第1期。

为更加入情入理。他们为爱情，为理想，为自己的命运而奋斗，引起人们的同情与共鸣。如果说原来的民间故事是"新文学的胚胎"（车尔尼雪夫斯基语），那么，这个"胚胎"到了诗人的手里，经过孕育和创造，就变成为一个完整的生命。著名的白族诗人晓雪关于韦其麟曾说过这样一段话："在我国当代各民族诗人中，韦其麟同志是非常注意并相当善于从民间文学中'吸取灵感''掬取力量'而获得可喜成就的诗人。正由于他特别注重学习民歌，注重从民间集体创作的故事传说中吸取主题、题材、灵感和语言，因而使自己的创作起点比较高，一开始就取得不同凡响的突出成就，这都是事实，是大家都知道、都承认的。"[①]可以说韦其麟是从民间文学起家的。

二

韦其麟之所以善于从民间文学中吸取灵感和力量，首先在于他从小就受到民间文学的启蒙和熏陶，对民间文学有着一种血肉般的联系，一种天然的感情。韦其麟曾作这样的表达："我的一些遥远而美丽的记事，童年的最初的记事，往往是和民间文学连在一起的。它们至今仍常常把我带回一片天真烂漫的岁月。它们象不谢的鲜花，长开在我记忆的山野里；象晶莹的露珠，常常在我的记忆里闪烁。正如婴孩吸吮母亲的乳汁时并不知道这一切一样，在自己还不知道什么是民间文学的时候，民间文学已经陪伴着自己的生活之中了；或者更亲切地说，它象一个慈祥的乳娘，在童蒙之时，便默默地守护在我身边，给我许多的抚爱。"[②]《百鸟衣》的故事就是诗人在童年时代听到的。诗人童年时代所受到的民间文学的教育深深地扎在自己的心坎上，成为自己的一种美好记忆，并经过潜移默化，变为自己的文学素养的一个组成部分和美学追求的一种基因。诗人从壮乡到了城市，进入大学，接受汉文化的教育。诗人在大学里，自然会接触到人类所创造的许多优秀的文学作品。这对于提高文学修养，扩展艺术视野是很有好处的。诗人进入高层次的文学艺术世界，但他并没有淡忘民间文学，相反，他魂系家乡，对民间文学热爱之情与日俱增。他回到家乡之后，便一头扎进民间文学的海洋中，他参与《广西壮族文学》一书的编写工作，在自治区民间文艺研究会从事民间文学资料的搜集工作，还到农村参加"四清"等社会工作，更广泛地接触民间文学。"文革"后不久，即调进大学里，专门从事民间文学研究和教学工作。如果说，诗人童年时代听故事，学民歌，是不自觉地接受民间文学的启蒙，那么，进入社会之后的这些活动则是自觉地学习民间文学了。童年时只是感性的认识，对民间文学多是一种直观的感受，"正如婴孩吸吮母亲的乳汁时并不知道这一切一样"。后来，就带着更多的理性色彩，从历史的美学的，或从文化人类学、社会伦理学等角度去审视民间文学的价值和作用，更自觉地去把握它的性质与特点。诗

---

① 晓雪：《壮族人民英勇斗争的颂歌——读〈凤凰歌〉》，《文学报》1982年8月5日。
② 韦其麟：《记忆山野里最初的花朵》，载广西民间文学研究会编《我与民间文学》。

人在《歌声》《歌神》《歌手》和《花山壁画之歌》等作品中，直接表达了对民间文学的感情和认识。诗人笔下的"歌神"，实际上是民歌的化身，是民间文学的象征。"她不是天上的神女，她没有高贵的血缘；她不是下凡的仙子，她的出身实在卑贱。""民间文学是劳动者的艺术"，是"卑贱者"文化智慧的结晶。"木棉花象火焰般燃烧，/壮家的歌节多么热闹。/辛苦劳碌怎不唱歌，/无米下锅也要欢笑！/假如人间没有歌声，/世界也会窒闷枯槁。/人们的日子是清贫的，/人们的心田却很丰富；/用歌声赶走人世的忧伤，/用歌声驱散人世的烦恼，/歌唱美好的爱情，/歌唱劳动的自豪。"民间文学是劳动者自我创造，自我实现，自我娱乐的产物。物质生活的贫乏，需要精神产品来填补。"假如人间没有歌声，/世界也会窒闷枯槁。"一个没有文化的民族是不可能永久地生存下去的。人间没有歌声，人们也是活不了的。"楼前一曲琵琶歌，/白云朵朵从天落，/更深曲尽人不散，/听歌常嫌春夜短；/腊月风冷任衣单。/听歌不知冬夜寒。/初一唱得月儿圆，/腊冬唱得花满山。"（《歌手》）这写的是侗族的人们欣赏民间歌手演唱琵琶歌的情景。人们对自己的艺术是多么陶醉和神往！民间文学深深地扎根在人们的生活中，在人们的心坎里！它是人们生活的美好伴侣，陪伴着人们度过许多寒冬与长夜。当人们与豺狼厮杀时，歌声则变为投枪、利箭和子弹。"歌声化作子弹，/射向敌兵的心，/歌声激愤，哀怨，/诉说仇恨与苦情。""枪声，炮声，疯狂，/歌声，歌声呵激昂，/歌声比枪声更高，/歌声比炮声更响！"①在特定的情境中，歌声会比枪声更高，比炮声更响！有人说，民间文学是人民大众的斗争武器，这是符合实际的。诗人站在宁明左江芭莱山下，面对那规模宏伟的摩崖壁画，听到这样的呼喊："世界这样昏暗，这样混沌，/人间这样不平，这样鄙污，/……我们没有绝望的哀伤，毁灭的痛楚，/只有燃烧的仇恨，不息的愤怒，/我们没有弯曲的膝头，屈弓的背脊。/只有挺起的胸膛，高仰的头颅！/我们无愧于后代子孙，/我们不羞见先人父母。/冬冬冬，冬冬冬，/我们歌，我们舞。"

以上这些诗句，意象并不鲜明，也没有多少诗意，可是它们准确地表达了诗人对民间文学文艺的深切感受和正确认识。无论是歌，是舞，是画，都饱含着人民大众的情感、思想、意志、愿望，以及抗争精神，是他们自我娱乐、自我教育的最好形式，也是向敌人斗争的一种工具。从民间文学中可以听到人民的呼声，看到人民的历史。这是诗人对民间文学的理性认识。高尔基曾指出："在人民的创作（即民间文学）中，蕴藏着无限的财富，诚恳的作家，应多掌握它们。"②韦其麟深深地热爱着民间文学，并且意识到在民间文学中"蕴藏着无限的财富"，不断有效地利用这"无限的财富"。

对民间文学的所谓理性认识，指的是站在一定的思想理论的高度上，去审视民间文学，较准确地把握其中的文学价值、美学价值，乃至历史价值，清楚地认识其中的某些不足与局限，做到心中有数。然后，民间文学才能真正为我所用，发扬它们的优点，避

---

① 韦其麟：《歌声》。
② 高尔基：《给奴钦的信》。

开它们的短处。韦其麟在创作《百鸟衣》时，就对原来的传说作过理性的分析，觉得主人公古卡的一些行为如打柴、做小贩，几次受到别人的欺侮，没有办法应付，就哭，后遇仙人得到帮助等，对于古卡的成长，缺乏表现力，有些也不尽合乎情理。他说："我经过了很久的思考，决定把原传说中关于古卡成长的情节大部分抛弃，而根据自己对生活的理解加以补充，最后写成'绿绿山坡下'那一章。"①依娌也由原传说的"要什么就有什么"的神仙，变成为"一个美丽的、勤劳的、聪明、善良纯洁而又能吃苦耐劳的姑娘"。②其他以民间故事传说为基础的叙事诗，诗人也都根据自己对历史对生活的理解以及审美理想，进行必要的理性分析。从热爱到感知，从感性认识到理性认识，对民间文学有一个较全面的把握和较深切的感受，形成一种心心相印的关系，民间文学在作家的头脑中变成为一种潜意识，它的影响在适合的条件下会自然产生。正如许多作家在运用语言时突然出现神来之笔一样。我国当代著名的作家高晓声曾以《我的小说同民间文学的关系》为题，在美国进行一次讲演。他说："我没有认真收集和研究过民间文学，但是，因为经常接触，它对我就起了潜移默化的作用，使我的小说也明显地受到了它的影响。这种影响深入到小说的骨髓，我的语言结构和叙述方式，都有它的痕迹。例如我习惯地使用短句，习惯在叙述中使用第三人称的方法，习惯使用调侃的笔法等等，都是。"他还说，他的一些小说的故事，也是从民间文学中借来的。（载《苏州大学学报1989年第1期》）民间文学在作家头脑中潜移默化，才能产生深入到作品骨髓的那样的影响。有的作家为了装点自己的作品，使它增加一些色彩或民族氛围，让人物唱一些民族歌谣，或穿插进一些民间故事，这是表面的功夫，往往显出硬贴上去的痕迹，不可能做到像韦其麟在创作《百鸟衣》时那样得心应手，"从头到尾贯穿民歌的情调，使诗保持着朴实、生动、活泼的风格"，③也不能出现像高晓声所说的那样，对作品产生深入"骨髓"的影响。

三

从民间文学中吸取灵感，提取创作的素材，以民间故事和传说为基础，进行创作，不是信手拿来就可以奏效的，需要进行艰难的创造。创造，是文学的一个重要品格。没有创造，就没有文学。在创造的过程中，势必会碰到许许多多的问题。其中最主要的是处理好继承与创造的关系问题。继承与创造，在具体的创作过程中，表现在如下几个方面：第一诗人的主体意识与群体意识的统一问题。民间文学作品是历代人民大众集体创作的，它们表现的是群体意识。韦其麟曾说过这样的话："民间故事和传说是人民群众所创作，里面非常鲜明地体现着他们深刻的爱憎，通过他们所创造的故事和人物，给统治

---

① 韦其麟：《写〈百鸟衣〉的一些感受和体会》，《长江文艺》1955年12月号。
② 同上。
③ 同上。

者以辛辣的讽刺和打击；面怀着深厚的感情对他们心目中的英雄热烈的歌颂和赞美，把他们自己不可能在那个社会中实现的希望寄托在英雄人物身上。"① 这话有一定的普遍性，概括了优秀的民间文学作品的基本内容。作家要表现这些群体意识，一定要有自己独特的感受与体验，或抓住其中的某一点，加以深化或强化，并以与众不同的角度把它表现出来，这样才能给人以新的感受或新的启迪。也就是说，作家的主体意识要有鲜明的显现。群体意识通过作家的主体意识，表现得更加充分，更加鲜明，也更加动人。总之，作家的主体意识，不是消融在民间文学的群体意识里，而是与群体意识对立统一在作品之中。我们且不说韦其麟的《俘虏》这样反世代传说之意，为班氏女重新立传的作品，明显地表现诗人的主体意识。诗人在诗序中写道："我不相信，班氏女象世代相传的传说那样，屈辱而凄惨地结束自己的生命。她在最后时刻，总是这样出现在我的想象之中——"诗人把她写成在最后关头仍然勇敢地挥剑砍杀群魔的英雄！她悲壮地牺牲了。这比原来的传说更加震撼人心。《莫弋之死》《岑逊的悲歌》《山泉》和《寻找太阳的母亲》等作品中的主人公，他们为了民族的生存，人民的温饱，奋力移山，拼命开河，不怕辛劳去找寻山泉，历尽千难万险去寻找太阳。他们在拼搏的过程中，或中了奸人的诡计，被杀害了，或辛劳过度而倒下去。诗人都把他们写成为悲剧人物，在他们的身上有着深沉的历史感，他们的献身精神升华到崇高的境界。给人一种永恒的美！这是诗人主体意识观照的结果。因而在这些作品中显示出独特风格。这样创作是成功的。较好地处理了作家主体意识与群体意识的关系。有些热衷于从民间故事吸取创作素材的作家，往往忽视自己的主体意识。曾经编写过著名民间故事《灯花》《一幅壮锦》的肖甘牛在回顾自己的创作历程时曾写道："我发表、出版了不少民族民间文学书籍。有一部分是解放前记录整理的，书上写明'整理'。有一部分是小时所听过的，没有记录，只根据故事梗概写出的称为'编著'。有一部分是根据记忆和记录，写给少年儿童看的，也称作'编著'。"② 从严格意义上来说，肖甘牛的这些"整理"或"编著"出来的作品，还不能算作创作。作家的创作个性消融在民间文学作品之中，他的审美理想、艺术体验，融化在他所编写的民间故事之中。较多是民间作品的原汁原汤的味道。当然，他记录和整理之功是不可磨灭的。

　　第二，在以民间传说与故事为基础进行创作时，还要解决一个源与流的关系问题。民间文学在很多情况下可以看作是文学的源头。尤其是在某个历史时期或某一种文学体裁处在衰颓时，民间文学往往起着扭转危机、勃发生机的关键作用。但彼时彼地的民间文学作品作为此时此地作家学习对象，或以此为素材进行创作时，它们只是一个流，还不能代替作家从自己所处的时代、从现实生活中吸取创作源泉。韦其麟曾深有体会地说："我想，人们根据民间故事传说而写叙事诗，并不是在民间故事传说中发现诗，仍然是在

---

① 韦其麟：《写〈百鸟衣〉的一些感受和体会》，《长江文艺》1955年12月号。
② 肖甘牛：《白发更应争朝夕》，载《中国少数民族作家传略》，青海人民出版社1979年版。

生活中发现诗，通过叙事而抒情明志。"①这话说得最明确不过了。诗人主要是在生活中发现诗。在生活中有所感受，有所发现，然后联想到自己所熟悉的民间故事传说，从而通过叙事诗的写作，抒发自己被生活激发出来的感情和形成的意念。我们阅读韦其麟的叙事诗，会明显地感觉到，他早期所写的《玫瑰花的故事》《百鸟衣》等，着力刻画具体的人物形象，通过对人物命运的描写，表达诗人的爱憎褒贬感情，以及美学追求。风格清新流丽，婉转细腻。"文革"后的叙事诗，有比较浓厚的思辨色彩，有着深沉的哲理性。作品所描写的往往不是具体的人物的形象，而是包含着某种意念的"共名"，或是具有象征意义的动物和植物，更直接地表现诗人对现实、对历史和对人生所作的思考。比如《美丽》一诗中的美丽，与其说是一个人，不如说是一种美的事物。"谁见了她/心里都油然地喜悦欢欣，/心里都不禁地愉快高兴；闷热的暑天也会感到凉爽，/忧郁的阴天也会觉得清明。/都愿意自己变得更为年轻，/都希望自己长得更加英俊。/她的美丽，/象黎明初升的朝阳，/给大地的一切带来温暖，/给大地的一切带来鲜亮，/带来感奋，/带来希翼，/带来热情，带来向往……"因为美丽，为土司统治的世界所不容。土司硬把美丽变成丑陋，才感到满意！在这里，美丽被看作罪人，被当作祸根，那么，丑恶当然就是神圣，就是真理。这是一个人妖颠倒的时代，一个畸形的世界。《歌神》也有类似的立意。"高标的竹子往往被风折断，/出众的歌喉反而带来厄运。专门暴殄天物，摧残美丽的土司们，容不得美好的事物，他们以人间疾苦为快乐，以人们的血泪作琼浆。"《干涸了的水库——一个不象童话的童话》《在深山里的一座森林——一个平平常常的童话》，虽然不是取材于民间传说故事，但却有着浓厚的民间传说故事的风味。——无论是整体的艺术构思，还是语言的运用，都与其他作品有着相近的风格。这些作品，寓意深沉，风格浑厚而耐人寻味。有着强烈的悲剧气氛，这是韦其麟后期叙事诗的一个突出特点。韦其麟前期与后期作品的不同，很明显是诗人对生活的感受不同所致。他忠实于自己对生活的感受和对历史的思考。他的诗意是从生活中来，民间的故事传说，只是一种被他改造过的"抒情明志"的载体。这表现韦其麟处理源与流的关系是成功的。

　　第三，把民间故事传说变成为叙事诗，还要解决一个体裁变换的问题。民间故事传说，讲究故事的曲折，强调情节的变化和结构的完整。故事传说使用的是散文，大都口语化。而叙事诗的"事"不能太复杂，情节要单纯，要有表现力。语言要精练含蓄，要合乎诗的韵律，要有音乐美。在表现手法上也要多样而丰富。韦其麟在民间故事传说的"诗化"方面，也是很成功的，积累了较为丰富的经验。《莫弋之死》《岑逊的悲歌》和《寻找太阳的母亲》等，原来的民间故事都比较复杂，而且异文较多，有一些是不合情理的。诗人根据创作需要，以及历史的逻辑和生活的规律，进行提纯和强化，砍去一些不适合于诗的艺术表现的东西，抓住一些典型的事件，生发开去，渲染铺排。《四月，桃金娘花开了》，来自民间故事《逃军粮》，原故事叙述义军与军官对抗的场面与过程等。这

---

① 韦其麟：《致韦文俊——〈金凤凰〉代序》。

些均被略去,他只采取了义军被围,姑娘用尖刀划开乳房用乳汁救伤病员的情节,并发挥诗的特长,反复渲染姑娘鲜血洒遍壮家的山山岭岭。全诗四节,每一节的开头都有同样的诗句:"四月,桃金娘花开了,开了,/开遍了壮家的山山岭岭;山山岭岭,山山岭岭/山山岭岭飘浮着绯红的轻云。/万花丛中,你可看见,/姑娘美丽的面影?只是最后一句的"面影"改为"身影""心灵""英魂"。诗人反复吟诵,对姑娘的那种无私奉献精神寄寓赞美的深情。

　　诗人在《寻找太阳的母亲·后记》里说道:"我写这些故事,是感到其中有一种东西激劫着我的情感,甚至使我的心灵颤栗。我多么希望把这一切表现出来!"文学创作是一种极其复杂的心理活动,是作家全副身心的总投入。在创作过程中,"收百世之阙文,采千载之遗韵","观古今于须夷,抚四海于一瞬"。古今上下,身心物我,无一不在作家观照之内,思考之中。韦其麟从自己所写的那些故事,情感受到激动,心灵被颤栗,这既有来自传说故事的本身,也出于诗人所站在的现实生活的土壤。这种激动与颤栗,是多种因素综合作用的结果。也就是说,既有源,又有流的作用。正像世界上不存在任何十全十美的事物一样,产生与繁衍于遥远年代的民间文学,总是带着历史的痕迹和时代的烙印,有着这样或那样的不足与缺陷。这是不奇怪的,也不必苛求前人。善于学习的作家,会有自己的胆识和眼光,能扬其之长,避其之短,创造出为时代所需要的作品来。德国的伟大诗人歌德曾说过:"一个优良的民族作家,我们只能向民族自己来要求。"[1]韦其麟的这些实践经验,具有普遍意义,对于作家处理与民间文学的关系,很有参考价值。

　　作家向民族民间文学学习,不仅仅是索取,同时也是一种奉献。他们的创作活动也将直接推动民间文学的发展。韦其麟以民间故事传说为基础的叙事诗的成功创作,是对中国诗坛的独特贡献!引起人们对民族民间文学的重视。其重要意义是不言而喻的。

(原载广西民族文学学会编《花山文学漫笔》,广西民族出版社,1990年版)

---

[1] 转引自《宗白华美学文学译文集》,第20页

读长诗《百鸟衣》

陶阳

　　读了《长江文艺》六月号发表的韦其麟同志的长篇叙事诗《百鸟衣》，我认为这是根据民间传说所创作的一部成功优美的诗篇。

　　《百鸟衣》的两个主要人物，是壮族的一对青年男女：英雄古卡和他的聪明、漂亮的爱人依娌。在民间传说里，人民按照自己的理想创造了一对反对封建统治的英雄人物，人们赞美了他们纯真的爱情和爱自由的倔强的性格。这个故事，经过作者的加工、创造，就使得这两个艺术形象更加丰富和美丽了。

　　英雄古卡，和劳动人民一样过着穷苦的生活，"爹给土司做苦工累死了"，"象岩石上的树，巴着石缝里的泥沙生长"，"古卡凭着娘的抚养成长"。古卡是多么聪明可爱啊，当他知道爹死了，生活更贫困的时候，他说："娘不要哭了，我不要读书了，我明天打柴去，帮娘做点活。"善良的古卡，日夜长大了，他越来越变得勤劳勇敢了：他种的包粟，"比别人高一半"；二十岁的时候，他"打死过五只老虎，射死过十只豹子"；而且，这英俊的少年唱起歌来，歌声还能"响过十八层高山"。

　　依娌具有劳动人民的宝贵品格，因而，这个人物就有了强固的现实基础。依娌是善良的，她给古卡家的生活添上了欢乐和幸福的色彩。她长得漂亮，"象天上的仙女一样"；她聪明，唱的歌"比吃菠萝还甜"；她的手巧，绣的蝴蝶，"差点儿就飞起来"，绣的花朵，"连蜜蜂也停在上面"。不仅如此，她还有着热爱劳动的崇高美德，犁田、耙田是男人干的，"依娌也一样干了"，而且干得十分令人钦佩：

　　　　古卡在前面犁，
　　　　依娌在后面耙，
　　　　依娌在前面犁，
　　　　古卡在后面耙。

> 古卡在前面撒粪，
> 依娌在后面插秧，
> 古卡在前边打坑，
> 依娌在后边点瓜。
>
> 木匠拉的墨线，
> 算得最直了，
> 依娌插的秧，
> 象墨线一样直。

这一段富有生活气息的描写，使我们觉得她完全是一个现实生活里的可亲可爱的壮族劳动妇女。

古卡和依娌为了争取婚姻自由和生活权利，同蛮横的封建统治者土司作了一场坚贞不屈的富有机智的斗争。在这场斗争中合情合理地发展了这两个人物的性格，完成了这两个英雄形象。

古卡和依娌的爱情是纯洁的、忠贞的，当恶霸土司要无理抢走依娌的时候，古卡"心起火"了，英雄反抗了，他"举弓箭呼呼"，"箭箭中狼虎"。在这里使我们感到古卡的行为就像撒尼人的英雄"阿黑"的射虎一样英勇和豪迈。当依娌被土司抢走，古卡为了缝一件"百鸟衣"去救依娌，不管是刮风、下雨，"日日不停歇"的翻过了九十九座高山去射鸟。

而依娌在和土司的第一次斗争中，就显现出了她的聪明、机智，她能用清水把掺在一起的两箩黑芝麻和白芝麻"一天就分清"。当她陷入"狼巢"这个罪恶环境的时候，依然日夜想念古卡。她不慕权贵，也不向恶势力低头。当土司把"最好的衣裳"给她穿的时候，她"撕成碎片片"说："不干净的衣服，穿了身发肿，冻死也不穿！"当土司把"最好的菜肴"给她吃的时候，她摔坏了盆碟说："不干净的东西，吃了肚会痛，饿死也不吃！"勇敢的依娌，甚至夺了土司的剑，要杀死这个"老马骡"。她这种坚决反抗恶势力的斗争精神，充分显示了壮族劳动人民的阶级仇恨和反抗暴虐的英勇斗志。

与此相反，对于敌人——恶霸土司，作者则以憎恶的感情给予了尖刻的讽刺和嘲笑。土司的衙门是"野兽的巢"，"这个地方呀，石榴花不红，桂花不香"。土司和一切剥削者、压迫者一样，是贪得无厌的、卑鄙无耻的。统治者一向不劳而食，他们不但掠夺劳动人民的物质财富和精神财富，而且穷凶恶极地掠夺糟践劳动人民一切美好的东西，甚至于人民美好的人才，都被这些强盗夺去当作享乐品。土司抢去了聪明、美丽、坚强的依娌，然而，却遭到了可耻的失败。统治者是强暴的、蛮横的；但，也是愚蠢的、懦怯的，他们连引人发笑的本领都没有了。因而终于被英勇机智的古卡和依娌设计把这个无耻的野兽杀死了。

这部长诗，不仅主题思想富有积极意义，而且艺术性方面也相当成功。最宝贵的是诗篇里洋溢着浓厚的生活气息，诗篇所描绘的人物、爱好、风俗、习惯和自然风景等等，都是壮族人民自己生活中的东西，因而，使人物、事件都具有着亲切的生活实感。也正因为这样，这部长诗，才富有鲜明的民族色彩。

诗一开头，我们就让美丽的自然环境吸引住了：

　　山坡好地方，
　　树林密麻麻，
　　鹧鸪在这儿住下，
　　斑鸠在这儿安家。

　　溪水清莹莹，
　　饮着甜又香，
　　鹧鸪在这儿饮水，
　　斑鸠在这儿喝茶。

　　春天的时候，
　　满山的野花开了，
　　浓浓的花香呀，
　　闻着就醉了。

　　夏天的时候，
　　满山的野果熟了。
　　甜甜的果子呀，
　　见着口水就流了。

这是多么生动、亲切的描写，好像我们已被引入了这美丽的地方，看见了山、水、斑鸠鸟和果子树，闻见了浓烈的花香。特别是古卡成长过程的描写，更能够打动人心：

　　爹用的柴刀，
　　十年不用了，
　　娘把它拿出来，
　　重新磨利。

爹用的扁担，
虫蛀朽了，
娘砍一枝竹，
重新做一条。

爹用的脚绑，
太长太大了，
娘把它剪断，
做成两条。

爹穿的草鞋，
早就坏了，
娘编起稻草，
做了几双。
……

娘包好了宴①，
放在古卡袋里头，
古卡上山了，
娘在门口眼泪流。

眼泪蒙了眼，
娘眼里看不见，
十岁的古卡，
走进山林里去了。

  这部长诗之所以有强烈的感染力，能吸引人，是由作者熟悉生活，感情饱满和真挚所决定的，同时也是和生动、清新、朴实而优美的语言分不开的。它没有雕琢也不粉饰，而是生活中的活的语言。它精炼、确切、色彩显明，这是我们随处都感觉到的。
  为了概括地反映事物的本质，加重感情和突出形象，诗篇里用了民间文学的反复、对比、夸张的表现手法，在塑造人物形象上，显得特别出色。例如："露珠最晶莹了，和

---

①包宴——桂西南的习惯，出门生活，为节省时间，连午饭用荷叶包好带去——原注。

依娌一起就干了。星星最玲珑了,和依娌一起就暗了。""孔雀的尾巴最好看了,和依娌一比就收敛了。"这种富有诗的节奏性的反复和恰当的对比,十分自然、真切。在描写古卡的英雄时说:"三百斤的大石滚,十个人才抬得动,古卡双手一掀,轻轻地举起象把草。"仅只几笔就把英雄的轮廓刻画出来了。这种夸张和突出的刻画,就使英雄人物的典型性更加鲜明起来。

当依娌在土司衙门里受难时,作者用饱满的热情,以优美的抒情诗的笔调,成功的描写了依娌想念爱人古卡的心理:

> 白云在天空里飘,
> 白云呵!
> 飘落到衙门来,
> 搭救不自由的依娌。
>
> 大雁排着字儿飞,
> 大雁呵!
> 降落到衙门来,
> 搭救不自由的依娌。
>
> 日里想着古卡,
> 夜里想着古卡,
> 醒时想着古卡,
> 睡时梦着古卡。
>
> 不吃饭肚不饥,
> 想着古卡就饱了。
> 不饮茶口不枯,
> 想着古卡就不渴了。

这样,让我们看见依娌在黑暗的牢狱里怀念她的爱人的动人情景,看见了她的感情的丰富和崇高;依娌对于爱情的忠贞和内心的痛苦,在我们的感情上换起了共鸣。

读完了这部长诗,我们会感觉到它在某些方面受到了《阿诗玛》的影响,然而,这绝不是单纯的模仿,它有它自己的风格和独创性。这部长诗,虽然也不是完美无缺的,但它基本上是成功的作品。它概括地反映了壮族人民的生活,暴露了封建恶霸的罪恶和嘲笑了他们的愚蠢，歌颂了壮族人民的英雄，也赞美了壮族人民的聪明、智慧、英勇以及精神世界的崇高和美丽。同时，作者根据民间的传说故事，用人民的语言和民间文学的表现手法，描绘了本族人民的生活、风俗、习惯、思想和感情，既丰富了原来的故事，又保持了民间文学的风格；自然，整个诗篇就具有显明的民族特色。因此，《百鸟衣》是富有人民性和美学价值的诗篇。

（原载《民间文学》1955年7月号）

论《百鸟衣》

上官艾明

《百鸟衣》是壮族青年诗人韦其麟,以民间传说为基础,经过艺术加工创作而成的一篇动人的长篇叙事诗。

诗篇中叙述壮族青年古卡和他年轻貌美的妻子依娌,过着充满爱情与欢乐的共同劳动的生活,却受到土司的迫害:抢走了依娌,气死了娘,自己被迫出走;但是勇敢的古卡和聪明的依娌,终于设下了良计,杀死了土司。故事以他们胜利的团圆,"像一对凤凰,飞在天空里"来结束的,在这篇叙事诗里,具有深刻的人民性,在很大的范围内,反映了人民生活中的痛苦与欢乐,仇恨与爱恋,希望与失望,幻想与现实所交织的情感;反映了人民在阶级社会中世世代代受着被奴役的命运,以及人民对于封建反动势力的坚决不屈的反抗。人民用他们自己的丰富动人的想象,创造了他们生活中的理想人物,他们在对敌斗争中,是勇敢智慧的,有骨气有魄力;在他们面前,封建反动势力显得丑恶、残暴、卑鄙,人民就用这种感情来歌颂自己的英雄,来憎恨人民的敌人的。《百鸟衣》正是根据了民间传说的这种传统精神,保持了她的深刻的人民性,来塑造人民所喜爱的英雄人物。

古卡就是人民用他美丽的想象(诗人就是创造古卡的人们中的一个)创造出来的。在古卡的血液里,保留着劳动人民的光辉传统。他是一个勤劳勇敢的人,是一个对于封建反动势力有着血海深仇的人。他对待人民和亲人是温文善良的,对待阶级敌人,却是勇猛得像一头狮子。任何苦难、威胁、苦痛,都不能改变他对于美好生活的坚定不移的信念,他是人民中的真正的英雄。

韦其麟同志在创造这个英雄人物的时候,在不损害原传说的基础上,通过自己对于生活的理解,对于人物的理解,着重地刻画了人物的性格的成长过程,这就使人物更具有真实的生活基础和社会基础,使他的性格的发展成为必然的结果。古卡像许多贫苦的劳动人民一样,从他出生以后,就受着数不清的苦痛与凌侮,贫穷使他幼小就学会了劳动,凌侮使他从小就懂得了仇恨,苦痛的生活锻炼了他坚强的性格。

古卡一出生就赢得了人们的喜爱的。在他五岁的时候,当人们赞美着是"天保佑他长呵"!他却挺起胸脯:"我是自己长的!"这是多么充满了坚强自信和自豪的感情呵!幼年失怙的古卡,和母亲相依为命,成为母亲苦痛的生活中的慰藉与助手。

古卡十岁的时候,为了读书问题,在和母亲的谈话中,揭开了一个谜:"……是土司拉爹到衙门里,爹做苦工累死了。"这就在古卡的幼小的心灵中,种下了仇恨的种子!这种仇恨,使他产生了力量,对于形成他以后的英雄性格,是一个重要的因素。就是这样幼小的年龄,他也是那样坚决,那样倔强,那样勇于面对现实生活,承受生活给予他的沉重负担。他说:"娘不要哭了,我不要读书了,我明天去打柴,帮娘做点活。"古卡在过早和繁重的劳动中,不但成长了自己的智慧,锻炼了自己的超人的本领,而且也修养了自己的优美的品质。到了二十岁的时候,古卡已经是一个非凡的青年了:

> 别人射箭,
> 石头射不进,
> 古卡射箭,
> 铁做的靶也入一寸。
> 二十岁的后生呵,
> 说谁也不相信:
> 打死过五只老虎,
> 射死过十只豹子。
> 古卡耍起武艺,
> 看的人忘记吃饭,
> 古卡唱起歌来,
> 歌声响过十八层高山。

这英俊勇敢的青年古卡,他需要劳动中的伴侣和帮手,然而"可是家穷呀,谁肯来受罪"?人们又用美丽的幻想来弥补这种缺陷:一只美丽的公鸡变成了一位美丽的乡村姑娘——依娌,古卡和依娌成了亲:"天上的星星数不清,最亮的是北斗星;地上的花开千万朵,最红的是木棉花……年轻的后生像星一样多,最能干的就算古卡;美丽的姑娘像花一样多,最能干的就是依娌。"这一双勇敢与美丽的年轻夫妇,他们的爱情是健康的,忠贞不渝的,生活在欢乐的共同劳动中,成为人民渴望的幸福生活的榜样。

但是在阶级的社会里,统治阶级是不容许人民过着欢乐的生活的,土司带着人马来抢依娌,这就激怒了英雄古卡;父亲给土司累死,而今又要抢走他心爱的依娌,这是古卡所不能忍受的,他就挺身而起,和恶霸土司展开面对面的斗争,来抵抗那些要抢走依娌的豺狼:

> 古卡心起火，
> 举弓射出箭，
> 箭箭不落空，
> 箭箭中狼虎。

因为众寡悬殊，为了要避免目前的失败并达到进一步报仇雪恨的目的，古卡听从了依娌的计谋，逃走猎取百鸟去了，在他们临别的时候，坚强的自信和勇敢的毅力，使他们坚信"一定要团圆"！从此旧愁新恨使古卡变得更加坚定勇敢。在他猎取百鸟制成百鸟衣的过程中，跋山涉水，历尽千辛万苦，而他始终是勇敢乐观和顽强的，一个具有英雄气概的生动形象，出现在我们的面前：

> 没有人踏过的山顶，
> 古卡爬上去了，
> 没有人穿过的山岚，
> 古卡穿过去了。
> 没有人饮过的山水，
> 古卡饮过了；
> 没有人尝过的野果，
> 古卡吃过了。
> 浓密密的树叶，
> 是古卡的屋顶；
> 乱蓬蓬的荒草，
> 是古卡的铺盖。
> 弯弯的弓呵，
> 是亲近的伙伴；
> 直直的箭呵，
> 是亲近的兄弟。
> 弓不离开背，
> 箭不离开身，
> 睡时在身边，
> 走时在身边。

他不畏艰难险阻，英勇顽强地反抗封建统治者的精神，真正地显示了劳动人民的优秀的品质，这种英雄气魄和英雄性格，使他做成了百鸟衣，依照依娌的设计，杀死了土司,取得了胜利。

古卡的性格的成长以及他的英雄行为的表现,都写得朴实自然,带着农民忠厚、倔强、坚毅、勇敢的性格特点。正因为古卡是善良的,所以他痛恨邪恶;正因为古卡是热爱父母与妻子的,所以他挺身起来担当保护他们为他们报仇雪恨的责任;正因为古卡从幼年就直接受到土司的迫害,所以他成为一个坚决的反抗封建反动势力的英勇战士。

依娌不仅是一个外貌美丽的乡村姑娘,人民还依照自己的幻想与愿望,把她塑造成为一个完美的劳动妇女的典型。她美丽、能干、勤劳而且聪明。我们且看看这年轻的一对,欢乐地共同劳作:

> 古卡在前面犁,
> 依娌在后面耙,
> 依娌在前面犁,
> 古卡在后面耙。
> 古卡在前面撒粪,
> 依娌在后面插秧,
> 古卡在前面打坑,
> 依娌在后面点瓜。
> 木匠拉的墨线,
> 算得最直了,
> 依娌插的秧,
> 比墨线还要直。
> 依娌种的苦瓜,
> 吃起来是甜的,
> 依娌种的甜瓜,
> 一百里外就闻到瓜香了。

劳动人民理想的妻子就是一个劳动的能手,劳动人民衡量妇女的美的标准之一,就是她的出色的劳动。依娌正是依照农民这种心理被创造出来的。依娌不仅是一个劳动的能手,而且带给古卡的家庭以欢乐,使他们增添了无限的快慰,而成为山坡里人们赞不绝口的好媳妇。

正当人们用赞美和喜悦的心情来关切她的时候,平地里起了风波,卑鄙、丑恶、凶暴的土司来破坏这一对年轻夫妇的幸福生活,土司许多刁难诡计,都难不倒聪明的依娌,土司终于横暴地把依娌抢走了。依娌的纯洁的灵魂,是凛然不可侵犯的:土司妄想用物质引诱来达到侮辱依娌的卑鄙的目的,但是土司是可耻的失败了。依娌把他的金丝衣撕成碎片,把他的最好的菜肴,连盆子也摔个坏,依娌带着高贵的灵魂,鄙视和蔑视着前面的敌人:"不干净的衣服,穿了身发肿,冻死也不穿!""不干净的东西,吃了肚会痛,饿死也不吃!"这正是劳动人民所具有的英勇不屈的骨气,这里面所表现的阶级立场是如此坚定,所表现的爱憎是如此分明,所表现的高贵纯洁的灵魂,又是如此伟岸,甚至土司妄想用暴力来侮辱她的时候,她夺下了土司的剑,来保卫自己不可侵犯的尊严。

依娌对于古卡的爱情是忠贞不渝的,身陷"狼巢"的依娌,对于自由是无限的渴望,对于古卡是无限的眷恋:

不吃饭肚不肌,
想着古卡就饱了;
不饮茶口不枯,
想到古卡就不渴了。
看见星星想起古卡,
看见月亮想起古卡,
听见风声想起古卡,
听见鸟鸣想起古卡。

这种对于真实的爱情的渴念,对于凶暴的封建反对势力的坚决反抗,被表现得如此鲜明,在我们面前出现了一个多么顽强多么高贵和纯洁优美的灵魂呵!

诗篇中描写到次要人物的形象,也是用了他惊人的画笔,勾画出生动的形象来的。诗篇中的古卡的母亲,就是令人难忘的一个善良的农村老年妇女的形象,一个伟大的母亲的形象。凭着她做母亲的责任,她把生活里的苦汁一个人吞下去了。每当小古卡问起爹的下落来,她生怕过早的伤痛了爱子的心灵,抑不住眼泪来忍心骗他,当古卡再三询问"爹为什么不爱我,爹为什么不跟娘在一起"?在我们面前出现了一个灵魂被仇恨绞痛着的母亲的形象,她带着苦痛、怨愤、痛恨的感情,把丈夫被暴虐的土司所累死的事实告诉了儿子。

在母亲的爱抚下,古卡一天一天成长,诗篇中描写到古卡最初劳动的时候,母亲那样无微不至地为古卡磨利柴刀,做扁担,理脚绑,编草鞋……这一切生动的细节描写,都显示了伟大母亲心灵中的崇高的母爱。

娘给穿上了草鞋,
娘给打上了脚绑,
拿起了柴刀,
扛起了扁担,

古卡打柴去了。
娘包好了宴，
放在古卡袋子里，
古卡山上了，
娘在门口眼泪流。

等到太阳落山，小古卡担回第一担柴的时候，这一个伟大的母亲的心中，真是喜悦爱怜的感情，一下子迸发出来："娘的心里欢喜，娘的心里悲伤，娘脸上笑着，娘眼里流泪。"这种复杂的感情，正是深入灵魂地接触了母亲的内心深处的秘密：娘感到自己的心血抚养大了的小古卡，现在能够直接劳动，直接参与生活，来分担生活的重担，这怎么不叫母亲的心感动喜悦呢？然而小古卡究竟只才十岁呵，不是被土司折磨死了丈夫，不是贫穷，母亲又怎样忍心让这样幼小的生命，担负这样沉重的劳动呢？从古卡的身影中，想起了死去的丈夫，悲伤之情，油然而生……诗人就是如此激动人心地描画这一个善良和伟大的母亲的形象的。

至于反面人物土司的形象，虽然着笔不多，但是他的愚蠢、贪婪、残暴的性格和卑鄙无耻的灵魂，却被刻画得可以触摸得到的。

诗篇中除了成功地塑造了古卡和依娌的形象以外，还有许多值得称许的地方。首先，是民族色彩和地方色彩表现得极其鲜明。我们从诗篇中，感受到壮族兄弟生活如此动人的画面。不但壮族人民的生活习俗，写得绘形绘色，历历在目；而且他们辛勤地耕作，勇敢的猎射，欢乐的歌唱，对于美好事物的热爱，对于幸福生活的渴求，以及健康的欢乐的气质和对于残暴的封建反动势力的坚决反抗，都生动地展示了出来，使我们宛如置身于壮族兄弟之中，我们读到"田峒里遍地黄，丰收的歌声响四方"，壮族兄弟的勤劳勇敢之态，真是跃然纸上。而且诗篇一开始就引人入胜的把我们带入伟大祖国的一角——桂南山区。诗人用了语言的色彩为我们绘画了一幅动人的风土画，把桂南壮族地区的地方色彩极其鲜明地标志了出来，不仅使我们了解了故事发生的自然的环境，而且熟稔了故事发生的社会背景，这有助于我们理解人物的性格，帮助我们进一步地来领会作品中所放映的生活图画。

其次，是叙事中渗入了抒情，抒情中结合了叙事。诗人不是一个冷漠的照相师，而是直接的干预生活的战斗者，他在反映客观世界的时候，是带着他自己的思想感情，通过他自己的主观见解，来表达对于客观生活的感受的。

一首叙事诗，不能设想它能够排除抒情的成分，相反的，诗人往往是通过事情的描写同时来抒发自己对于事物的好恶爱憎的感情的。诗离开了感情，就不成其为诗。武雨贡在谈到叙事诗的问题的时候，他说：

"当诗人揭露自己、自己的性格、自己的思考，仿佛对读者打开心灵的时候；当他诉说直接使他激动的时候，诉说他最开心的事物的时候，——这就是抒情诗。当他讲自己的智慧、热情、信仰的全部力量用之于描绘人民生活的景象的时候，——这就是叙事诗。……我还要声明一下，这两种成分是完全可以并存的，在巨大的叙事诗中常常紧密地结合在一起。"[①]

我们在《百鸟衣》中，不论是写景、叙事、写人，都感觉到诗人始终是用曾经激动着他们自己的感情的东西来激动着我们，也就是把叙事的成分和抒情的成分紧密地结合在一起，使诗篇自始至终，都富有艺术魅力，富有感染力，试以写景为例，在"绿绿的山坡下"这一章，这是多么优美动人的画面：

> 绿绿山坡下，
> 清清溪水旁，
> 长棵大榕树，
> 象把大罗伞，
> 山坡好地方，
> 树林密麻麻，
> 鹧鸪在这儿住下，
> 斑鸠在这儿安家。
> 溪水清莹莹，
> 饮着甜又香，
> 鹧鸪在这儿饮水，
> 斑鸠在这儿喝茶。
> 春天的时候，
> 满山的野花开了，
> 浓浓的花香呀，
> 闻着就醉了。
> 夏天的时候，
> 满山的野果熟了，
> 甜甜的果子呀，
> 见着口水就流了。
> 秋天的时候，
> 满山的枫叶红了，
> 红叶随风飘呀，
> 蝴蝶满山飞。

---

① 武雨贡：《苏联的诗歌》(《人民文学》1955年2月号)。

冬天的时候，
小溪仍旧在歌唱，
松林仍旧在发青，
象春天一样。

　　这一段秀丽的南方山村的景色的描写，诗人融情于景，不仅把自然景色优美的风景画一样呈现在我们面前，使我们感到诗中有画，画中有诗，那山坡，那溪水，那鸟语花香，教人热爱这个地方的感情油然而生；而且在我们的头脑中，同时也出现了诗人的形象，他带着自豪与热爱家乡热爱祖国的感情，沉醉在自己家乡的美丽的景色之中，他欣赏着、赞美着、夸耀着那充满了画意和诗意的故乡风光。如果缺乏这种感情，很难令人得到这样激动，得到如此叫人满足的美学享受。诗人自己有一段表白，正好说明产生这种感情的基础，他说："有些有趣的童年生活，帮助了我写《百鸟衣》。当我要向读者介绍古卡的家时，一闭上眼睛，那些优美的情景就呈现在眼前了，山坡呀，溪流呀，鸟呀，果子呀，甚至也听到了那些回响在深山中的优秀的山歌声；这使我很顺利地把南方山村的色彩描写了出来。"①

　　诗人对于自然景色的描写，绝不是一个自然主义者。他那样盛赞者山坡的秀丽，是与赞美英雄古卡相联系起来的。当诗人叙述到依娌被抢走了，古卡被赶跑以后，诗篇中却是这样描写着：

山坡仍然在，
溪水照样流，
好好的人家呵，
生生的分离了。
绿绿山坡下，
没有古卡家，
青青的树叶呀，
未到秋天就黄了。
清清小溪旁，
没有依娌淘米了，
深深的流水呀，
也流得不响了。

　　正是诗人与人民同脉搏，共呼吸，所以他对于古卡的遭难怀着无限的同情，对于土

---

① 韦其麟：《写〈百鸟衣〉的一些感受和体验》(《长江文艺》1955年12月号)。

司的横暴，抑制不住心头的愤恨，诗人把这种感情，渗入了自然境界，仿佛山坡溪水，也一同来控诉土司的罪行了。诗中描写到土司所在的地方："这个地方呀，石榴花不红，桂花也不香……"这就表明诗人憎恨土司到什么程度了，因为憎恨土司连带地厌恶土司居住的地方，则就表明这诗人在写景的时候，同时也抒发了对于景物的主观评价，而他爱什么，恨什么，表现得如此分明。

诗篇中在叙事的时候，不论是事件的叙述，或人物的刻画，都是直接表明着他对于事物和人物的看法和感情的。我们在读到"美丽的公鸡"一章，描写到古卡依娌的共同劳动的欢乐场面，我们不是同时看到了诗人的形象，他是那样热情地赞美着这一对年轻夫妇的欢乐生活吗？我们在读到"溪水呀，流得不响了"一章，诗人对于土司的罪行，更是一首真正激动人心的抒情诗，赢得人们对于依娌的无限同情、关怀、爱怜：

　　花儿谢了，
　　明年会再开，
　　英勇的古卡呀，
　　你哪日来？
　　太阳落山了，
　　明日还会爬上来，
　　英勇的古卡呀，
　　你哪时来？

依娌那种度日如年，那种渴望自由、渴望重新过上幸福的爱情生活的心情被淋漓尽致地描写了出来，同时也就间接地把对于土司的侮辱一息也不能忍受的情绪，生动地表达了出来。

诗人在这里是"叙的人民之事，抒的人民之情"，如果没有与人民共患难同甘苦，以人民的欢乐为欢乐，以人民的痛苦为痛苦的思想感情，如果没有与人民血肉相连的关系，就不能产生这样动人的诗篇的。

其次，诗篇带着浓厚的民间传说和民歌的色彩。根据作者自己的说明，《百鸟衣》的题材是采用了流传很广的民间传说做基础，在原故事的基础上进行艺术加工的，传说中的古卡的成长过程："原来是很繁杂的；打柴，做小贩，几次受别人的欺侮，没办法，哭，遇仙人的援助……"至于依娌这个人物，"在原传说里也是由公鸡变的。但变成人后，她不是一个纯朴的劳动姑娘，而是一个善良的万能的漂亮的神仙，能要什么就有什么"，"后来土司的各种刁难，都被她易如反掌地对付了，最后土司要一百个依娌，没法对付而被土司劫去了"。经过韦其麟同志艺术加工的《百鸟衣》，虽然不是原传说的简单记录，但是民间传说中的积极精神，却被充分的发扬了，从英雄古卡的身上反映了壮族兄弟在反抗封建迫害，保卫自己的生活权利所做的英勇不屈的斗争，从而显示了壮族人民英勇、顽强、勤劳、朴素的民族性格。

　　民间传说中的很强的故事性的特点，以及丰富的想象和大胆的幻想的特点，也被表现了出来。例如想象中的古卡，是具有那样令人敬爱的英雄气概，幻想出来的依娌，也是那样才貌双全，有着纯真和忠贞的爱情的美丽的姑娘，民间传说经常用幻想来表达人民的思想感情和生活愿望的，诗篇中以古卡依娌的胜利团圆，"像一对凤凰一样，飞在天空里"来结束，正是符合劳动人民希望在与恶势力的斗争中，自信会取得胜利的愿望的。诗篇中还保持了民间传说的善于讽刺幽默的传统，作品中嘲笑愚蠢的土司是十分辛辣的，把土司说成老马骝，连诱人发笑的本领也没有，看见了百鸟衣时"马骝见了果子就会偷，土司见了宝贝就伸手……"这些都保留了劳动人民的智慧和幽默感。

　　韦其麟说："从民歌的土壤中吸取营养。家乡的山歌我会唱，以前也背得一些。在民歌里，那大胆的带有浪漫色彩的夸张，和那丰富的比喻、起兴、重复，是那样形象、精确、具体、生动和恰到好处，给人的印象是那样强烈、新鲜、明朗。那重叠的章句在反复吟咏时那样深深地引起人们内心的共鸣。"民歌的这些物点，在《百鸟衣》中都被创造性地发挥了。比如在运用夸张的手法时，也是给人以深刻的印象的。"三百斤的大石滚"，古卡"轻轻地举起像把草"，"古卡唱起歌来，歌声响过十八层高山"。描写依娌的美，也是运用夸张的方法："露珠最晶莹了，和依娌一比就干了，星星最玲珑了，和依娌一比就暗了。木棉花最映眼了，和依娌一比就失色了，孔雀的尾巴最好看了，和依娌一比就收敛了。"这些带有浪漫色彩的夸张，不但不显得荒诞，恰恰相反，却更有助于形状的突出。诗中所用的比喻，更加表现了诗人善于吸取民歌惯于运用比喻，来增加语言的生动性的特点。描写到二十岁的古卡时，用门前的大榕树来比喻他的雄伟，用天空迎着风飞翔的鹰来比他沉着、英勇，用壮黑的水牛来比喻他的劳动、能干；描写到依娌的歌声，也是运用了巧妙的构思，说成比八角还香，比吃菠萝还甜。这些比喻不但是从生活出发，来加以衬托渲染，使被比喻的事物更加形象化；而且在比喻的时候，结合了人物的心理状态和精神面貌，渗入了诗人对于事物的直接评价，所以这些比喻是生动的。而且用比喻的时候，也是具有一定的思想性的，比如说土司的衙门是"狼巢"，说土司是"老马骝"，这就不是为了比喻而比喻，而是更加深刻地表达了诗人对于封建反动势力深恶痛绝的思想感情。比兴是我们民歌传统表现手法之一，《百鸟衣》运用比兴是极其自然生动的，例如描写到古卡依娌的爱情时："金银花开黄金金，金银花开白灿灿，金银花生在一条根，古卡依娌一条心。"描写到被土司抢进衙门的依娌："花朵落在地上，就变得枯了……美丽的依娌，离开古卡就憔悴了。"以及描写到深陷"狼巢"的依娌的心境时，"深夜的杜鹃啼呵，是多么凄凉；深夜的依娌呵，是多么孤单"。所有这些运用比兴的地方，都能通过比喻起兴使叙事抒情时更加生动，透露作者在表现手法上的多样化和语言修养上的才华。至于诗中许多章句的重复，在制造气氛、渲染景色、描写心理上所起到的积极作用，是在很多章节中都可以看出来的，这不仅是形式上的模仿民歌的章法，而是为了内容上的需要才采取这种重复的：例如写到被囚进土司衙门的依婭："日里想着古卡，夜里想着古卡，醒时想到古卡，睡时梦着古卡……"这就把依婭忠于古卡的坚贞不渝的爱情极其动人地表现了出来。这些重复，我们不但不感到累赘，反而由于章节重复，在反复吟读时激起了我们感情的跃动，使我们和诗人，和诗中的主人公感情上取得共鸣。

此外，有些诗句，就仿佛是直接来自人民口头创作，很难分辨出哪是民歌，哪是诗人的创作了："树不开花不结子，藤不开花不成瓜，火不烧不成炭，世上哪有公鸡会生蛋？"这些诗句带着多么浓厚的民歌色彩呵！

再次，《百鸟衣》的语言，充满了人民的口头语言的单纯、朴素、明朗、生动而又富有表现力的特点，同时节奏鲜明音韵和谐。在诗篇中，我们很难找出矫揉造作堆砌辞藻的地方，也没有硬凑韵脚和破坏语言规范化的地方，我们读起来，只觉得亲切、动听，如同吃着才从树上摘下的鲜果，水分很多，和某些干巴巴语言是不可同日而语的。我们试读着这些诗句：

  八角算是最香，菠萝算是最甜，
  听着依婭的歌呀，
  比吃八角还香，
  比吃菠萝还甜。
  依婭织的蝴蝶，
  差点儿就飞起来了，
  依婭织的花朵，
  连蜜蜂也停在上面。

这些语言是优美生动的，是真正的诗的语言，构思巧妙，比喻生动，诗人带着多么醇厚的感情来刻画这样一个农村妇女的动人形象呵！她善于歌唱，巧于刺绣，同时又是一个劳动的能手，人们用了多么深厚的感情来赞美这个人民所心爱的人物！而这些全是通过作者运用生动的语言传达出来的。形容歌唱，很容易流于抽象空洞，如果这里用上"歌声婉转"，不但显得陈词滥调，而且依婭的歌声在人们心灵里产生的感情是无法感觉着的，只有用这样的诗句，才能把特定的感觉、情绪如此动人地表达出来。这里形容依婭的工于刺绣，用了生动的联想和比喻，把她的惊人的刺绣技巧，让我们通过想象，仿佛可以看得见，摸得到，也使我们同样产生了赞叹和欣赏的感情。

诗篇中言语上所表现的单纯、朴素、明朗、优美而生动的这些特点，都是诗人学习了人民群众语言、又学习了民歌的语言风格的结果。

最后，我们认为这首诗，也还有值得研究的地方。

我们觉得较大的问题是在风格上还有些不统一。这牵涉到怎样正确地处理民间传说的问题。诗中写到依娌，保留了传说中她是由公鸡变成的部分，而且用了二十节诗来描写，充满了神话的色彩；变成人以后，作者把她变成一个现实中的人，删去了原传说中带有神话色彩的情节；最后在杀死了土司以后，又以古卡依娌像一对凤凰一样飞在天空来结尾，又重新回到了神话的世界，这就使人感到全诗不是浑然一体，而是显得有些不统一，显得有些突然。

其次，在结构上是依照古卡、依娌和土司之间的矛盾冲突（劳动人民和封建统治者之间的矛盾冲突）来结构的，我们以为矛盾冲突还没有充分的展开，从情节构成的基本部分来说，开端部分过长，发展及高潮部分过短，没有充分地让人物在矛盾斗争中展开他们的性格，因此在一定程度上削弱了阶级斗争的残酷性与艰巨性的表现，因而，也同时削弱了人物性格的充分展示。

末了，我们感觉到在语言方面，有些地方还是比较粗糙，显得散文化，没有更好的锤炼和加工。在艺术构思方面，也有些地方不尽成熟，例如"两颗星星一起闪"一章，描写到母亲被气死，爱妻被抢走，自己被赶跑的古卡时的心理状态就显得单薄，没有把他的悲愤、痛恨和坚决复仇的复杂心理，更细致地描写出来，这就削弱了古卡的性格。又如写到依娌怀念古卡的"依娌的心呀"一段，依娌那种忧心如焚血泪斑斑的一面是被描写得淋漓尽致，但那种忧郁之中又富有刚强，怀念之中又充满了坚定不移的那一方面，却又嫌描写得不足，没有把依娌复杂的思想感情恰到好处地描写出来。

尽管诗篇中还有一些缺点，但是韦其麟同志走的道路是正确的，诗中充满了生活气息，表现了人民的思想感情，具有浓厚的民歌风格；而且语言也是充满了人民群众语言的特点，从诗篇中这些成就来说，充分证明韦其麟同志在诗歌创造上是一个极有希望的诗人。

（原载《南师校刊》1956年6、7月号）

诗篇《百鸟衣》

贾芝

《百鸟衣》的发表，引起了人们的广泛注意。这是当前诗歌创作方面的一个很可喜的收获。大家从这个诗篇里，同时也会感到民间故事的含义的深刻性和它的激动人心的魅惑力。壮族年青诗人韦其麟，在他这首初作里显露了他的写诗的才能；他让我们听到了他的家乡一个美丽传说。

类似《百鸟衣》的传说，在汉族和其他兄弟民族中也有不少。最常见的有各种龙王三女儿的故事，还有画眉姑娘、田螺姑娘，等等。在这些故事中，有的青年冷不防冲进门去，抱住了姑娘，哀求她不许再复原形，做他的妻子；女方当然是十分情愿的，于是故事也就圆满收场。但更多的情况是：好梦不长，穷凶极恶的统治者如县太爷、地主、土司或国王之流，知道了穷人家有这样一个漂亮的媳妇，非要抢到手不可。淳朴的劳动青年，就依靠这位聪明能干、会施魔法的妻子，终于战胜了封建统治者，让他们最后落个各种悲惨可耻的下场。《百鸟衣》就是这种好梦不长的故事当中的一个。诗作者在原故事的基础上进行了创作加工，根据自己的体会和对于生活的了解，塑造了一对为自由幸福而斗争的年轻夫妇的艺术形象，让这个流传久远的普通故事更加丰富地显示出它的原有的优美和它的深刻的人民性。

在封建统治阶级的残酷剥削下，穷人（雇农、贫农、手工业者）要娶个媳妇是很不容易的；类似《百鸟衣》的传说，不过是劳动人民在极端困苦的生活条件下渴望得到爱情、得到劳动帮手的一个朝思暮想的美丽幻想而已。你看，依娌在古卡家做了媳妇，她就是那么勤劳、贤惠、善良、能干，完全像个机伶出众的乡村姑娘一样。贫寒冷落的家庭，突然间热闹幸福起来；也就出现了古卡和依娌一前一后，你撒粪我插秧，你掘坑我点瓜那样一幅美满甜蜜的劳动生活的图画。这正是封建时代农民所仅能梦想的自给自足的理想生活。这种建筑在个体经济的基础上的幸福理想，在和我们今天建设社会主义生活的伟大图景对照之下，其幸福程度自然是有限的，然而在那个时候它也很难实现。残酷的封建剥削和压迫，使农民处于永远贫困和朝不保夕的地位。因此，幻想得到仙女，而仙女终又遭劫,引起和统治阶级的斗争,是民间的幻想的杰作,也正是一幅反映现实的图画;而希望依靠仙女所能有的智慧和本领战胜统治阶级,更表现了劳动人民推翻剥削阶级的根本愿望,也是相信自己有力量战胜反动统治的信念的反映。

在爱情问题上反映和封建统治做斗争的民间传说,我们一般都看到两种结局:一种是悲剧的结局。但是推动了历史前进的劳动人民却并不因而悲观失望,而是和统治阶级坚持进行宁死不屈的斗争,并且相信自己一定能够胜利。梁山伯和祝英台最后变为双双飞舞的蝴蝶,《阿诗玛》最后以美丽的回声收尾,就是这种美好愿望和胜利信念的表示。另一种是斗争胜利的结局。但这种胜利结局并不是现实斗争的摹写,而也仍然完全是劳动人民的美好愿望和胜利的信念的表示,不过表示得更加勇猛一些;不是宁死不屈,不是表示一种信心和愿望,而是幻想出一幅直接推翻统治者的生动图画。《百鸟衣》和它的同类故事,就是这样的结局。古卡和依娌,终以"百鸟衣"的计谋杀死了土司,两人双双骑马逃走,"象一对凤凰,飞在天空里"。这就是说,他们战胜了统治阶级;他们的幸福是没有谁能够破坏的。

在《百鸟衣》里,整个故事描写了劳动人民和封建统治的尖锐矛盾。一面是在被压迫和被剥削下过着贫困生活的古卡的小家庭,他们是勤劳的、善良的,有着自己的欢乐世界和美好理想,而这欢乐世界和美好理想却遭到统治阶级的威胁和破坏;另一面是封建土司,过着豪华腐朽的生活,是凶暴的、丑恶的、愚蠢的。在这两种力量之间,人们看到:不把封建土司铲除掉,古卡的小家庭就无法安生,幸福也就保不住。在和封建土司的斗争中,古卡和依娌,作为劳动人民的优秀代表,表现了英勇不屈的性格,无限的智慧和聪明,以及推翻封建统治的胜利信心。劳动人民英勇反抗残暴腐朽的封建统治而热烈追求自己的幸福,就是故事的中心思想。

作者在塑造传说中一对年轻夫妇的艺术形象上,做了出色的工作。他特别注意去"表露人物的内心世界和精神状态的高尚、纯洁、美好和灿烂"[①];首先让这一对为了自由幸福而斗争的年轻夫妇,生龙活虎般地、饱含着无限热情和理想地呈现在我们面前。

古卡是英勇有为的,在他身上表现劳动人民战胜一切的力量。他从小就显示了依靠自己双手劳动、独立生活的高贵精神。种田、打猎、唱山歌,他样样都会,样样都好;他种的苞谷比别人种的高一半,挑担也比别人多挑一倍,搬三百斤重的大石碌就像举起一把草,射箭能入铁一寸……他的高强的武艺和歌手的本领,这样吸引人赞美:

  古卡耍起武艺,
  看的人忘记吃饭,
  古卡唱起歌来,
  歌声响过十八层高山。

[①] 参见韦其麟:《写〈百鸟衣〉的一些感受和体会》,《长江文艺》1955年12月号。

他具有一股无坚不摧的毅力。为了照依娌的嘱咐，打一百只鸟，缝一件百鸟衣到土司衙门里去救依娌，他穿过许多人迹不到的深山大岭：

> 古卡背着弓，
> 古卡带着箭，
> 穿过了九十九个深谷，
> 翻过了九十九座高山。

他到底打到了第一百只雉鸡，缝成一件羽光闪闪的百鸟衣，走进土司的衙门，在土司以龙袍换穿他的百鸟衣的当儿，杀死了这个残暴丑恶的凶神。诗里保持了浓厚的传说色彩。古卡是个有着农民本色而又能力过人传奇式的英雄人物。

在原来的传说中，古卡有另外一种遭遇[①]：打架，做小贩，几次受到别人欺负，没办法，哭，遇仙人的援助等等；劳动人民是把他作为身受过重重苦难而和封建势力作不调和的斗争的理想人物来加以描绘和赞美的。作者根据自己的理解，对古卡的经历作了大胆的修改和补充，剔除了他认为显得比较软弱的部分，而使他的英雄性格的成长过程更加鲜明、健康和紧凑，像现在在"绿绿的山坡下"一章里所描写的那样。对于原来传说中的古卡评价如何，这里不加讨论；作者对古卡的塑造，却是很成功的。

至于依娌，则是劳动人民中聪明智慧的典型。她像同类故事中的仙女或有些民间故事中的巧媳妇一样，几乎什么难题也不容易把她难倒。在她身上，人们看到劳动人民的无穷无尽的智慧和本领；她很快地分清了搅在一起的绿豆和芝麻，又分清了白芝麻和黑芝麻，最后以古卡生孩子的理由驳斥了土司问古卡要一百个公鸡蛋的刁难。作者有意识地削弱了原故事的神话色彩，改掉了依娌的要什么能变出什么来的本领。这一点因为牵扯到比较复杂的问题，只有另作讨论；但我这里想说明：作者加强了依娌的聪明能干的一面，这样描写是符合于传说人物的精神的；作者对于依娌的各方面的描写也都是成功的。就是依靠依娌的这种无穷的智慧和本领，以及古卡的那样的力量和信心，劳动人民克服种种困难（首先是反抗剥削阶级），创造着自己的幸福生活。作者让她"给古卡家带来不少的欢乐"[②]，也完全符合于劳动人民创造这个理想人物的初愿。依娌的聪明和美丽，受到了历来传说着这个故事的人和诗作者的高度赞美。她不仅是古卡和他的母亲所热爱的，也是劳动群众所欢迎的；她到山上采茶或到田里去参加割稻时，站在后生们中的确是一个仙女般的最好的劳动姑娘：

[①] 韦其麟：《写〈百鸟衣〉的一些感受和体会》，《长江文艺》1955年12月号。
[②] 同上

唱歌的后生不知数,
个个没依娌那么多的歌,
古卡闻声唱一支,
依娌回头笑得象朵花。

这真是劳动和快乐的女神,她是那么会唱歌:

八角算最香,菠萝算最甜,
听着依娌的歌呀,
比吃八角还香,
比吃菠萝还甜。

她是那么会绣花:

依娌绣的蝴蝶,
差点儿就飞起来了,
依娌绣的花朵,
连蜜蜂也停留在上面。

她又是那么漂亮,晶莹的露珠在她面前就干了,玲珑的星星在她面前就暗了,木棉花和她在一起就失了色,孔雀和她在一起也要把她的美丽的尾巴收敛起来。总之,无论什么都赶不上依娌的漂亮。

特别吸引人的章节,是作者对古卡和依娌在分离以后彼此朝夕怀恋的内心世界的描画。对依娌的刻画,尤为动人。我们看见依娌在没有阳光的土司衙门里日夜想念古卡,她是多么神魂不安和憔悴。除了古卡,世界上她什么也不思,什么也不想。我们看见依娌对土司的物质诱惑那样表示反感和愤怒;无论什么也不能讨得她的丝毫欢心;她一刻也不能容忍,恨不得插翅飞走,离开这卑鄙丑恶的黑暗世界,而到古卡和劳动人民的那个欢乐善良的世界里去;她决不妥协。我们看见依娌在月圆风清的夜里,一个人——

看见星星想起古卡,
看见月亮想起古卡,
听见风声想起古卡,
听见鸟啼想起古卡。

她不知她的古卡如今在哪一方，她听见杜鹃在凄凉地啼叫，感到夜风很凉，她是那么孤独——

  依娌的心呀，
  是多么受伤。

我们看见了依娌的这一切：不仅看见她的焦急的愁容，也看见了她的坚持不向黑暗势力低头的倔强性格，和一颗怀念古卡的火热而受伤的心。这就是诗作者的成功。

古卡的母亲，也是一个出色的形象。关于这个人物的一些动人情节，完全是作者根据自己对于生活的理解加以补充的。只举一个例子：

古卡的母亲，为怕过早地刺伤了孩子的纯洁感情，隐瞒了古卡父亲为土司做苦工累死的事，不肯告诉古卡，而多方设法哄骗。在这些甜言蜜语的背后，埋藏着做母亲的深深的隐痛。可是小古卡是很难满意母亲的回答的，母亲只好说：爹不愿跟娘在一起，找着，爹也不回来了。天真的小古卡又问：

  "爹为什么不爱我？
  爹为什么不跟娘一起？"

于是，那隐藏着多年的悲痛的感情像水闸里的水猛然被打开一样地倾泻出来：

  娘的心碎了，
  娘的泪落了，
  娘搂着古卡，
  泪滴在古卡的脸上。

做母亲的心，于此可见。古卡母亲在孤苦伶仃中，内心的无限辛酸和痛苦，也于此可见。这样描写一个在封建统治压迫下除了把希望放在儿子身上别无出路的崇高的母性，既符合于生活的真实情况，艺术性也是很高的。

我们看到了古卡母亲在天真的孩子面前的灵魂的颤动。这是诗作者的成功。

这首诗的另一特色，是它的浓厚的抒情色彩。我们所感到的诗里所散发的清新气氛，和它的强烈的生活气息分不开，也和它的浓厚抒情色彩分不开。我们很难设想一首好的叙事诗而没有抒情的成分；原因很简单，只因为它是诗，而不只仅是叙事而已。诗人的感情的升华，丰富的想象和强烈地表示个人的爱憎，在叙事诗里同样是不可缺少的。在《百鸟衣》里就可看出：作者直接倾吐胸怀或抒情式的叙述与客观描绘交织在一起，而在那些客观描绘里，在对于人物精神状态和内心活动的勾画里，也渲染着浓厚、强烈的抒情色彩。

在古卡出生以前，作者歌颂了古卡的故乡的四季如春的自然风光以后，接着说：

> 四周的小鸟儿，
> 都飞到这里，
> 早晨唱着歌，
> 黄昏唱着歌。
>
> 小鸟为什么飞来？
> 小鸟为什么歌唱？
> 因为这儿太好了，
> 因为这儿太可爱了。

这两节轻松愉快的写景又抒情的小诗，是多么朴素地描绘出这块"树林密麻麻""溪水清莹莹"的地方的明媚可爱。似乎小鸟的内心活动，又是诗人的内心活动。这里流露了作者对于自己乡土的热爱，也是为未出世的古卡唱着赞歌。

像对依娌在土司衙门里期待古卡的情景的描写，她的全部的内心活动和她的憔悴的愁容，都是由作者的抒情式的叙述和由依娌直接表白心境来表现的。依娌是这样望眼欲穿等待着古卡：

> 花儿谢了，
> 明年会再开，
> 英勇的古卡呀，
> 你哪日来？
>
> 太阳落山了，
> 明日还会爬上来，
> 英勇的古卡呀，
> 你哪时来？

这让我们想起郭沫若的有名的《湘累》里娥皇、女英在洞庭湖边的岩石上所唱的期待爱人回来的那些最热情的浪漫主义的诗句。

我们还应当谈到这首长诗的语言。因为无论是生活的气氛，人物的勾画，诗人的抒情，一切都依靠语言的生动运用；因为抒情是语言的艺术，它在这方面比别的文学体裁要求得更要高些，不这样就不能在描写事物和抒写作者的思想情感中进行高度的概括，并且使作品富于优美的形象和诗意。而且，要写出为群众所传诵的诗歌，不仅是诗人思想情感需要与人民大众的思想情感一致，还不能不注意学习和吸取群众的语言。

《百鸟衣》的完成，就是从学习运用群众的语言开始的。作者一方面吸取了群众日常生活中富于形象的语言，作为描画他的人物的材料，一方面又吸取了民歌的语言，民歌的风格（比喻、起兴、重复、浪漫色彩的夸张等等）。因为作者熟悉他的家乡的群众语言，他可以在他记忆的宝库里寻找最能表现他的人物的某些特点的话，提炼为诗句；或从中受到启发，获得一个形象。作者在回想自己在这方面的经验时说：在农村人们称赞一个人能干时，往往说："嘿，新扁担都挑断了。"他于是就描写古卡："别人的扁担，十年换一条；古卡的扁担，一年换十条。"他的家乡对于一个妇女插秧插得直，常常远近称赞，于是就这样描写了依娌："木匠拉的线，算得最直了；依娌插的秧，比墨线还直。"[①]作者还能背诵许多家乡的山歌，这就使他的诗具有显著的民歌的色彩。运用民歌的风格，就会使诗具有优美的情调，富于形象，色彩鲜明；也易于为群众所喜闻乐见。民歌和群众语言的接近，就像姊妹一般。比方爱用比喻是民歌的特色之一，这与劳动人民说话中常常用比喻的习惯本相一致，不过在民歌里更加突出地运用了这种表现方法；而诗歌里恰当地用比喻，就会使某一事物立刻鲜明地呈现在人们眼前，使感情表现得更加猛烈，也使诗歌更富于想象和形象的美。高尔基劝作家学习民歌的语言：

你在这里可以看见篇人的丰富的形象，比拟的满切，有迷人力量的朴素和形容动人的美。

《百鸟衣》的作者在自己的创作过程中深切地体会到这话里面的真理，并且已经从民歌里得到了好处。

学习群众的言语，又向民歌学习，这就是《百鸟衣》的作者在他的诗的语言上所走的道路。作者自己说，他因为熟悉群众的言语，又熟悉民歌，在创作《百鸟衣》当中给了他极大的方便。当然，这首诗的语言还并不是完美无缺的，有些地方还不够精练，不够单纯和谐，还可以修改得更好，以便容易为群众所传诵。但总的来说，语言是清晰、活泼、优美的。作者在使用他的语言的时候，无论是吸取群众的言语，无论是运用民歌的表现方法，都是为了把古卡和依娌以及其他人物的形象鲜明活跃地刻画出来，为了用自己所发现的真正诗的东西掀动读者的心坎；他没有走形式主义者的道路：堆砌辞藻或者机械地模仿民歌。学习群众的言语，向民歌学习，是今天许多诗人在党的文艺方针的指导下都正在走的道路。《百鸟衣》的作者是幸福的，他一开始就踏上了正确的道路。

---

① 参见韦麟：《写〈百鸟衣〉的一些感受和体会》，《长江文艺》1955年12月号。

虽然上面已经提到，作者对于原传说的修改（特别是对于神话色彩的修改），还不是没有需要讨论的地方，但是作者按照自己的理解和意图，创作了一个美丽的诗篇。这个诗篇不仅丰富了民间传说的人物，并且深刻动人地传达了劳动人民反抗恶势力的精神。而这就又和作者对民间传说作了认真的研究，理解了传说的基本精神是分不开的。他并不是漫不经心地在讲述一个古老的故事，而是作为参加集体创作的一员，放进自己的心血来塑造劳动人民中的英雄人物；在诗里再现一个比较完美的故事，让人物、禽兽、山水和花卉都活起来，借以努力传达原传说的精神，把自己作为劳动人民的代言人。同时，我们从这首长诗的许多地方，都感到一些真正诗的东西，一些触动了作者的心弦又触动读者的心弦的东西。这说明作者经过对于传说的研究，对于生活的思考，有所发现，有他反复感觉到东西需要带着激动的心情来告诉人。例如写小鸟飞来是由于热爱古卡出生的那个风景明媚山村；例如依娌在土司衙门里日夜怀念古卡的心境。他仿佛发现了不少秘密。因为看到了人物的内心世界和事物的内在意义，他就有可能像伊萨可夫斯基所讲的，使诗句具有"从内部照亮所描写的现象的光芒"。最后，还应当指出熟悉生活对于改写民间故事的重要性。作者深刻理解他的家乡的民间传说，和他熟悉壮族人民的生活是分不开的。由于熟悉生活（包括阶级关系、风土人情、自然风光），拥有丰富的生活形象，他才有可能打开生活的宝库，按照自己的意图对传说加以修改、补充和润饰。作者说，他一闭上眼睛，他的家乡所在的那个山村的山坡呀，溪流呀，鸟呀，果子呀，都呈现在他的眼前，甚至也听到那回响在深山中的山歌声[①]；那么，我们就很容易理解《百鸟衣》为什么那样富于生活气息了。

（原载《文艺报》1956年第1号）

[①] 韦其麟：写《〈百鸟衣〉的一些感受和体会》，《长江文艺》1955年12月号。

《百鸟衣》赏析

张俊山

叙事长诗《百鸟衣》是五十年代中国新诗的重要收获。这个美丽诗篇最初发表于一九五五年六月号的《长江文艺》上,后来又被中国青年出版社和人民文学出版社分别于一九五六年和一九五九年单行出版和再版。这个事实本身即说明,在新中国第一个十年的新诗创作中,它是为人注目的优秀作品。

"百鸟衣"的故事广泛流传于壮族等少数民族中间。作为人民的口头创作,它反映了旧时代少数民族中尖锐的阶级对立和黑暗的社会现实,表达了被压迫人民追求幸福生活和爱情的美好愿望,热情赞美了勇于反抗压迫者的英雄人物。诗人韦其麟在民间传说的基础上,经过再创造,使这个故事闪射出更加动人的思想艺术光彩,这是诗人向群众创作汲取营养而结出的一个艺术硕果。

作品的成功突出表现在古卡和依娌这两个艺术形象的塑造上。诗篇以他们的爱情为线索,生动地描述了他们的生活遭遇及其对封建土司英勇机智的斗争,表现了他们勤劳、淳朴、智慧、勇敢和忠于爱情的美好品质。

古卡是诗篇着力塑造的男主人公。他出身寒苦,父亲死于土司的苦役,是孤苦无依的母亲含辛茹苦将他抚养成人,可以说,他是一降生便落进苦海的一棵不幸的树苗。

> 象岩石上的树,
> 巴着石缝里的泥沙生长,
> 娘就是石缝里的泥沙,
> 古卡凭着娘的抚养成长。

贫穷和苦难是古卡的不幸,也是他得以早早成熟的生活熔炉。你看,他才十岁的小小年纪,一旦得知父亲早已不在人世的原委,就那样深通骨肉之情地体贴和慰藉孤苦的母亲:

懂事的古卡呵，
不再问爹了，
懂事的古卡呵，
他对娘说：

"娘不要哭了，
我不要书读了，
我明天打柴去，
帮娘做点活。"

穷人的孩子早当家。为了替母亲分忧排难，小古卡主动分担了家庭生活的重担，天天上山打柴、猎兽，让"娘尝到肉味，娘心更欢了"。劳动中，古卡"慢慢长大了"，他不但勤劳、智慧，富有独立生活精神，而且成为本领出众的青年：他种的包粟（玉米），比别人高一半；他挑重担，比别人重一倍；千斤重的大石，他"轻轻地举起象把草"，他射箭比谁都远，"铁做的靶也入一寸"……古卡就是这样一个勤劳、勇敢、有为的劳动青年，诗篇赞美他：

长大了的古卡呵，
善良的古卡呵！
象门前的大榕树——
那样雄伟，那样繁茂。
象天空迎风的鹰——
那样沉着，那样英勇。
象壮黑的水牛——
那么勤劳，那么能干。

他理所当然地赢得乡亲们的喜爱，成为众人瞩目的好后生：

古卡耍起武艺，
看的人忘记吃饭，
古卡唱起歌来，
歌声响过十八层高山。

随着故事情节的发展，古卡的形象愈益丰满。当土司派人来抢夺依娌的时候，古卡奋起反抗，表现得无所畏惧：

> 古卡心起火，
> 举弓箭呼呼，
> 箭箭不落空，
> 箭箭中狼虎！

为了搭救依娌，他只身入深山，历尽艰难而百折不挠，在猎鸟缝制百鸟衣的行动中表现出巨大的勇敢和毅力：

> 爬了九十九座山，
> 过了九十九条河，
> 草鞋烂了九十九双，
> 棍棒断了九十九条。

最后，他穿着百鸟衣，勇敢地闯入土司衙门，机智地杀死了土司，救出了依娌。通过这些惊心动魄的描写，一个劳动青年忠于爱情、勇于斗争、坚定勇毅的品质更加光彩照人了。古卡作为青年英雄的艺术形象也就虎虎富有生气地挺立在读者眼前。

依娌的形象同样是动人的。由于取材于民间传说，她不免还有神奇的色彩，但作为古卡的爱妻，她仍然是一个令人可信而又可亲的劳动妇女的形象。作者说，他要把依娌描写成一个"美丽的、勤劳的、聪明的，善良纯洁而又能吃苦耐劳的姑娘"，他是相当完满地实现了这个创作意图。我们看到，依娌和古卡结为夫妻后，两相恩爱，共同劳动，生活得多么美满，"古卡对她象亲妹妹，她对古卡一片深心"，"金花银花生在一条根，古卡依娌俩人一个心"：

> 古卡在前面犁，
> 依娌在后面耙。
> 依娌在前面犁，
> 古卡在后面耙。
>
> 古卡在前面撒粪，
> 依娌在后面插秧。
> 古卡在前面打坑，
> 依娌在后面点瓜。

依娌的劳动本领，像古卡一样，也是出类拔萃的：她插秧比木匠拉的墨线还直，她种的苦瓜是甜的，种的甜瓜"一百里外就闻到瓜香"，她绣蝴蝶"差点儿就会飞起来"，她绣花朵"连蜜蜂也停在上面"。可以说，这些都是劳动妇女美好的本色，而在依娌身上表现得更为鲜明突出了。至于她对爱情的忠贞不渝，她的智慧和勇敢，在作品描绘得尤为精彩。比如，她一次又一次挫败土司狗腿的刁难，表现得多么机智；她视土司的物质引诱为粪土，在土司种种威逼和诱惑下毫不动摇，表现得凛然不可侵犯，这种忠于爱情、贞操自守的品质又是何等感人！因此，依娌的形象不但具有真实性，而且博得了读者由衷的热爱。

作品塑造人物形象，不仅着力描绘人物富有性格特征的行动，而且还将笔触伸向人物的内心世界，细致入微地刻画了他们的心理活动，这就更能深刻、生动地揭示人物美好的品质。请看依娌被劫持到土司衙门后，她是如何热切地怀恋着古卡：

　　日里想着古卡，
　　夜里想着古卡，
　　醒时想着古卡，
　　睡时想着古卡。

无论是看见星星、月亮，还是听见风声、鸟啼，都唤起她对古卡的怀恋之情，因此，她一遍又一遍地向着天上的月亮和星星询问：

　　亲爱的古卡呀，
　　你在哪一方？

这些心理活动的描写，把恋人的痴情和生离之后的熬煎感人至深地揭示出来，真是宛转周致、肝肠寸断，依娌那一颗深情、纯洁而又坚贞的美好心灵不是更富有艺术魅力了么？古卡也在深切地怀恋着依娌。当他身着百鸟衣回来搭救依娌的途中，那种心急如焚之状就是通过心理活动表现出来的。他"心里想依娌，急得象支箭，白天赶到黑，夜里也不停"，这里就有形神兼备的心理透视。再如：

　　恨不得长翅膀，
　　象鹰一样飞，
　　恨不得多生两条腿，
　　象马一样奔。

>脚底起泡了,
>
>一想依娌就不痛了。
>
>腿杆赶酸了,
>
>一想依娌就有力了。

这更是直接展示人物的精神世界,把他忠于爱情、坚忍不拔的品质活灵活现地刻画出来了。

古卡和依娌的形象,固然有原来的传说为基础,但能达到今天这样完美的程度,诗人的再创造却起了关键的作用。在传说里,古卡"打柴,做小贩,几次受别人欺侮,没办法,哭,遇仙人援助等等",其性格"显得有一些软弱、单薄,作为一个后来成为英雄人物的基础是不够的";依娌由公鸡变成人后,也"不是一个纯朴的劳动姑娘,而是一个善良的万能的漂亮的神仙,能要什么就有什么,能'点土成金',于是古卡就变成了一个大富翁"。[①]显然,这些情节思想上有不健康的因素,也不符合人物性格发展的逻辑,尤其是有损于人物形象的完美。诗人根据他对生活的理解和愿望,对传说进行了大胆的改造。比如,对于古卡成长过程的描述就突出了苦难的童年对养成他热爱劳动、富于自立奋斗精神和增长本领的重要作用,从而艺术地概括了在那个时代千万劳动者成长的共同道路,使其具有一定的典型意义;在他同依娌结为夫妻后,还是以劳动为生,删除了传说中依靠魔法成为富翁的情节,这就使他后来同土司斗争更合情合理;《两颗星星一起闪》一章的情节则几乎是诗人全部想象出来的,古卡和依娌的性格特征在这一章得到更有力的刻画。对于依娌,则在保留她是由大公鸡变来的这一种神奇性情节的基础上,重点描绘她作为一个劳动姑娘的种种本领和美好品质,这样她就是一个可亲爱的"人"而不再是一个不可置信的"神"了。

毫无疑问,像《百鸟衣》这样取材于人民口头创作的作品,对原始材料进行加工改造是必要的。尽管人民的口头创作也表现了他们的爱憎和愿望,但由于统治阶级思想的影响和创作者本人种种历史的、阶级的局限,常常不免带有思想上的糟粕和艺术上的粗糙。只有经过作家自觉地再创造,才能使作品主题更积极、人物性格更突出、人物形象更丰满、故事情节更合乎生活逻辑。应当说,诗人韦其麟在《百鸟衣》的创作中,特别是对古卡和依娌两个艺术形象的塑造上,进行了相当成功的尝试。

《百鸟衣》自始至终洋溢着浓郁的抒情性,是它获得成功的又一重要原因。叙事诗之为诗,重要的在于它不能冷静地叙事,不能像小说一样可以对人物形象等进行精描细摹,它必须在对富有特征的生活细节作简练勾勒的同时,时刻保持强烈、鲜明的抒情色彩。它是诗,就因为它饱含激情,《百鸟衣》是具备诗的素质的,因为我们从中深刻地感到了诗人鲜明的爱憎和他为诗篇布满的带着浓郁抒情色彩的氛围气息。

[①] 韦其麟:《写〈百鸟衣〉的一些感受和体会》,《长江文艺》1955年12月号。

首先，诗人对他的主人公充满了爱，爱他们的美丽、勤劳、勇敢和忠贞，这种真挚的感情是贯注在人物形象的描绘中的。如他写依妲：

> 露珠最晶莹了，
> 和依妲一起就干了。
> 星星最玲珑了，
> 和依妲一起就暗了。
>
> 木棉花最映眼了，
> 和依妲一比就失色了。
> 孔雀的尾巴最好看了，
> 和依妲一比就收敛了。

在诗人眼中，依妲的美压倒一切美的事物，是举世无双的。诗人不仅赞美她的姿容，更以大量的笔墨描述她的劳动本领、美好品质，如我们在前面所分析到的。在那些诗行里都渗透了诗人对这个人物热爱的真情。

诗人对主人公深沉的爱还表现在对他们命运的关切。古卡二十岁了，应该得到爱情，诗人就这样写道：

> 廿岁的后生不算小了，
> 廿岁的后生该成家了，
> 年轻的古卡呀，
> 还是个单身汉。

他多么为古卡焦急呵。这种直抒胸臆的真情吐诉，伴随着人物的遭际，或忧或喜，简直是毫不掩饰的。依妲被劫持到土司衙门里，诗人就急切地呼唤：

> 白云在天空里飘，
> 白云呵！
> 飘落到衙门来，
> 搭救不自由的依妲。
>
> 大雁排着字儿飞，
> 大雁呵！

降落到衙门来，
　　搭救不自由的依娌。

当依娌孤独地在土司衙门里无限忧伤的时候，诗人表现出无限同情：

　　深夜的杜鹃啼呵，
　　是凄凉，
　　深夜的依娌呵，
　　是多么孤寂。

　　深夜的风呀，
　　是多么凉，
　　依娌的心呀，
　　是多么忧伤。

这些发自诗人肺腑的吟唱，大大加浓了诗篇的抒情色影，有力地激起读者感情的共鸣，情不自禁地跟他一起去热爱他的人物，共同分担人物的忧愁和欢乐。

　　其次，诗人通过各种各样环境的描写，制造了不同情调的氛围气息，借以增强诗篇的抒情色彩。比如第一章描写古卡出生的环境：

　　绿绿山坡下，
　　清清溪水旁，
　　长棵大榕树，
　　象把大罗伞。

这里四季如画，风景幽美，鸟语花香，令人陶醉，整个画面弥漫着和平、幸福、欢乐的气氛。显然，这是诗人对即将出生的古卡的祝福，他应该有一个美好的命运。但是，实际情况相反，古卡一来到人世便苦难重重，其命运与那美丽的生活环境形成强烈对比，这就更鲜明地衬托出人物的悲苦，委婉曲折地表达了诗人对不公平的社会现实的憎恨。再如古卡和依娌幸福的家庭被土司破坏后，还是同一个地方，却变成这个样子：

　　绿绿山坡下，
　　没有古卡家，
　　青青的树叶呀，

未到秋天就黄了。

清清小溪旁，
没有依娌淘米了，
淙淙的流水呀，
也流得不响了。

自然景物被赋予人的感情色彩，显得那样冷落而凄凉，悲伤的气氛十分浓重。诗篇中像这样意在渲染气氛的环境描写还很多，它们都能为特定的生活情景和人物命运涂上一层厚重的感情色彩，或欢乐、或愁苦、或焦灼的思念，或团聚的幸福，从而把读者的思绪笼罩在相应的抒情氛围里，去专心致志地关注着人物命运的发展。

最后，这首诗在学习群众语言方面也是成功的。它具有鲜明的民歌情调，诗句朴实、生动、活泼，全然是民歌风格，真正保留了民歌"惊人的丰富的想象，比拟的确切，有迷人力量的朴素和形容动人的美"（高尔基语）等特色。作者曾在谈创作体会的文章里，对他学习群众语言的经验作了比较详细的介绍，这里不再具体论述了。

总之，《百鸟衣》是新中国诗歌中比较成功的叙事长诗。从它问世至今已经近三十年了，虽经时间的淘洗，仍然葆有不衰的艺术魅力。尽管今天新诗的审美属性比诸三十年前更加丰富多彩，但它并不排斥历史上放射过光彩的优秀作品。在时代的天平上，《百鸟衣》自有不容抹杀的认识意义和审美价值，它在新中国诗歌发展史上，应该占据一定地位。

（原载吴开晋、王传斌主编《当代诗歌名篇赏析》，海峡文艺出版社，1986年版）

神话与再造神话
——韦其麟《百鸟衣》新评

杨长勋

一、《百鸟衣》：原型的批评

韦其麟注定要成为一位诗人。中学时代的他即发表了其重要作品叙事诗《玫瑰花的故事》。之后，又在大学时代发表了他的成名作和代表作长篇叙事诗《百鸟衣》。

《百鸟衣》发表于1955年6月号的《长江文艺》，当时不仅国内的《文艺报》《民间文学》《长江文艺》等多家报刊发表了评论文章，引起了重要的反响，而且国外也很快给予了很高的评价。苏联的《文学报》于1956年3月31日发表了奇施柯夫撰写的《李准和韦其麟》一文，文章说："青年诗人、武汉大学学生韦其麟，同样是在《长江文艺》上获得了他在文学上的声誉——他在《长江文艺》上发表了他的长诗《百鸟衣》。这首长诗，后来《人民文学》和《新华月报》都转载过，刊物上出现过一些评论文字，高度估价了这位青年诗人——壮族的代表人物的作品。居住中国境内的少数民族中天才的代表人物登上了全国文坛。"（该文载《长江文艺》1956年5月号）可见当时的《百鸟衣》的影响面之广泛。

需要批评家们回答的是，《百鸟衣》这样一首以壮族民间神话传说为创作题材的叙事诗为什么会有这么强烈的影响力？而从它发表到现在的三十多年来，前辈的批评家们实际上已经作了种种的思考和分析，对此，我还能作出些什么思考呢？

在我再次研读《百鸟衣》和它的一些背景材料以后，我想，这部以壮族传说故事为表现内容的长篇叙事诗，它的成功，首先不是以诗的形式原原本本地复述了这个传说故事，而是以思想家的敏锐和艺术家的精炼远远地超越了传说故事的艺术原型，以现代诗歌的艺术方式，再造了民族的和艺术的神话。

如果从严格意义上的民间艺术分类学的角度说，流传在民间的百鸟衣的内容并不是一个神话，而是一个染上了神话色彩的传说故事。我从神话与再造神话的命题视角讨论《百鸟衣》倒不仅是因为它充满了神话的艺术气氛，而是我想从艺术原型的批评方法来透视《百鸟衣》。

在艺术家族中诗是最精炼的艺术，作为诗歌创作的《百鸟衣》，它必须超越作为民间口头传说故事的《百鸟衣》的庞杂的艺术原型，从而实现诗歌的单纯和明净。在原始的传说故事里，"古卡成长过程的叙述，原来是很繁杂的：打柴，做小贩，几次受到别人欺侮，没办法，哭，遇仙人的援助等等。这些情节有些是可有可无的，有些是不够合理的。结构也松散不集中。人物性格虽然基本上是真实的，但显得有一些软弱、单薄，作为一个后来成为英雄人物的基础是不够的"。[①]我们现在读到的第一章"绿绿山坡下"，就是诗人"把原传说中关于古卡成长的情节大部分抛弃，而根据自己对生活的理解加以补充"而成的。我正是在这样的意义上说《百鸟衣》超越了神话又再造了神话。诗人由此向我们显示了自己对传说原型的理解力和领悟力，也显示了对诗的把握能力和表现能力。诗人创造了一个古卡成长的社会神话，道出了古卡和他那个社会环境中的所有没有降生和将要降生的孩子们的悲惨的境遇，父亲们不等见到那怀在妻子肚子里的孩儿就要被迫悲惨离世，孩子们降世以后只能寻到父亲们化成的血痕化成的泥土化成的永远的怀念。《百鸟衣》之所以为我们所重视和推崇，在于它在一定的高度上以超越原始神话的艺术神话概括了古卡所处的那种社会生活和历史生活，它在超越原始传说的同时却真实地逼近了社会生活的原型和历史生活的原型。老托尔斯泰说一个真正的艺术家他的艺术品一定会在某些方面概括和抽象了社会的本质的东西，这话看起来还是有见地的。

一般的艺术创作，面对的是历史生活和现实生活的原型，并由此升华为属于自己的艺术创作的神话。而以民间神话传说故事为艺术原型的艺术创作，不但要慎重地对待自己拿来作创作题材的神话传说的原型，而且要高度地重视这个神话传说原型它的原先的原型。也就是说，象《百鸟衣》这样的取材于传说故事的创作，它一方面得面临流传在口头的关于百鸟衣的故事，一方面还得真诚地面对这个故事所反映的那种时代、社会和历史。那种认为取材于神话传说的创作要比取材于历史取材于现实的创作简单得多轻松得多的看法，完全是由于对创作实践缺乏真实体验所带来的一种艺术误会。中外艺术史上以神话传说为原型者并不少见，而真正获得艺术成功者却不多。以神话传说为原型的艺术创作实际上是对别的取材方式的创作多几层门道。

二、民族性：着意的追求

在《玫瑰花的故事》中，直接迫害尼拉和夷娜的是国王，似乎还有点使人感到抽象。在《百鸟衣》里，来到古卡家里向依娌逼婚抢亲的不再是国王，而是一个土司，随土司而来的是一群狗腿。诗中的土司是旧时壮族地区的地方统治者，大概相当于汉族地区的地主。诗中出现的反面人物形象土司，既显得比国王具体而形象，又具有一定的地方色

[①] 韦其麟：《写〈百鸟衣〉的一些感受和体会》，《长江文艺》1955年12月号。

彩和民族色彩。土司制只在少数民族地区存在，而以壮族地区最为典型。

诗歌创作的艺术风格在很大程度上是以诗人选择和创造的意象群为标志的。唐代诗人李白和杜甫的不同的艺术风格，是由李白的山水和月亮等浪漫自由的意象群与杜甫的枯枝败叶等现实忧郁的意象群具体区别开来的。我们经常说中国诗歌的南方风格和北方风格，具体地落到实处便是由南方诗歌意象群和北方诗歌意象群具体地区别开来的。我们每次翻读《百鸟衣》都能感受到诗中那种地域的芳香和民族的色彩，我想这原因主要就是我们一打开诗集首先就遇到了一群具有地域和民族特色的诗歌的意象群。《百鸟衣》的第一章"绿绿山坡下"一开头就出现了这样的诗句：

绿绿山坡下，/清清溪水旁，/长棵大榕树，/象把大罗伞。 山坡好地方，/树林密麻麻，/鹧鸪在这儿住下，/斑鸠在这儿安家。 溪水清莹莹，/饮着甜又香，/鹧鸪在这儿饮水，/斑鸠在这儿喝茶。

这美丽的壮乡是通过这些具有地方特色的诗歌意象群呈现出来的："绿绿山坡""清清溪水""大榕树""大罗伞""密麻麻"的"树林""鹧鸪""斑鸠"等等。而且诗人通过"长""象""住""安""饮""喝"等动词，使"树""伞""家""水""茶"等等的意象动起来活起来，构成一个令人向往的生活环境。同时也把地方和民族的山水风情呈现了出来。

我们只通过对《百鸟衣》开头几段对自然环境描绘的诗句的分析，就看到了诗人拥有的那些具有民族性和地域性的诗歌意象群。从诗歌意象群的角度看《百鸟衣》，可以看到诗人在整首长诗中都在作这样的意象追求。诗人自己也总结说："为了加深地方色彩和民族的特色，当然是以本地区本民族的风俗习惯和自然环境去比、去夸张。在写《百鸟衣》时，我用了八角、菠萝、木棉花等等，那是桂西南的本地风光；假如用北方的积雪、风沙或其他北方的事物去比、去夸张，那就牛头不对马嘴了。"[①]对诗歌意象的选择，是诗人从开始创作处女作《玫瑰花的故事》的时候就着意追求了的，我们还记得"那苍翠群山环绕的平原"，那"清丽秀美""绿水长流"的"伏波河"，那个"躺着"的"和平宁静的村庄"。

韦其麟的《百鸟衣》对民族性和地域性的着意追求，也表现在艺术方式和艺术手法方面。苏联评论家奇施柯夫在《李准和韦其麟》一文中评论说："长诗的人民性鲜明地表现在作者所运用的艺术技巧中。他这样描写自己的英雄人物：古卡种的包粟'比别人高一半'，古卡长到二十岁，他'打死过五只老虎、射死过十只豹子'，依娌的美貌'象天上的仙女一样'，依娌是个聪明伶俐爱唱歌的姑娘，她绣的蝴蝶'差点儿就飞起来'，她绣的花朵'连蜜蜂也停在上面'。这种描写的方法与民间文学很近似，所以这诗就有一种

[①] 韦其麟：《写〈百鸟衣〉的一些感受和体会》，《长江文艺》1955年12月号。

特殊的风格。"为了使诗的语言和艺术形式与长诗所取材的传说实现艺术的和谐,《百鸟衣》尽可能保持了语言的朴素,却又不失一种语言机智。韦其麟在创作这首长诗的过程中,凭着自己童年时代对群众语言的接受,创造了种种具有生活气息和地方韵味的语境,凭着自己对民歌营养的吸收,创造了种种具有浪漫情调的诗歌情节,使用种种充满比喻、起兴和夸张的手法。这样就使《百鸟衣》既在情节局部呈现语言的意味,也在全诗的整体上引起着们的艺术回味。

三、叙事诗：抒情的魅力

中华人民共和国成立以来,像《百鸟衣》这样的叙事诗佳作可以说并不多见,新时期以来的叙事诗创作也是比较少的。一些创作叙事诗的同志为什么收获总是欠丰,原因可能是非常复杂的。诗者,重情也,古人所谓诗言志实际上也是包含了情的意思的。叙事诗包括长篇叙事诗也首先是诗,唯其是诗,就要重情。情不浓,诗就失去灵魂。而韦其麟的《百鸟衣》所以成功的一个重要因素便是叙事中强烈而又和谐的抒情。长诗写道：

娘气死了,/依娌被抢走了,/树林里的小鸟吓跑了,/山坡下的人家拆散了。山坡仍然在,/渠水照样流,/好好的人家呵,/生生的分离了。　　绿绿山坡下,/没有古卡家,/青青的树叶呀,/未到秋天就黄了。　　清清的小渠旁,/没有依娌淘米了,/淙淙的流水呀,/也流得不响了。

这里,"树林里的小鸟吓跑了",是起兴也是比喻,痛叹古卡和依娌这样平静的生活被破坏了。"青青的树叶","未到秋天就黄了","淙淙的流水","也流得不响了",则是对古卡和依娌的不应有的灾难的同情和忧虑,也是对统治阶层的一种控诉。而"好好的人家呵,生生的分离了"则是叙事诗中的抒情插笔,是诗人发自内心的慨叹。当中包含了诗人自己的强烈的爱和恨,他在这首创作于共和国诞生不久的诗作中以自己深厚的感情来感化那些刚刚获得新生不久的同胞。叙事诗,其叙事终为更好地抒情。我想要在叙事诗创作中取得成就,首先要具备抒情诗的良好的艺术素质。

诗坛常常在讨论关于叙事诗的繁荣问题,人们表示了许多良好的愿望,也提出了种种的未来设想。我倒是觉得,关于叙事诗的讨论可以结合我们已经有过的像韦其麟的《百鸟衣》这样的叙事诗佳作,作些具体的艺术问题的探讨。像我们讨论的叙事诗的叙事与抒情的问题,就可以更多地从一些像《百鸟衣》这样叙事诗中获得艺术启示。《百鸟衣》对被抢走关在衙门的依娌的表现就很出色。依娌身在衙门,心在古卡。她陷入一种无法逃身的痛苦和忧郁,她痛苦于自己像"关在笼子里"的"画眉"而"有翼不能飞",她忧郁于自己烦乱的思绪如"天空里飘荡"的善良的"白云"无法飘到古卡的心间。她奇想于那善良的白云成为茫茫天地间的恩人,"飘落到衙门来"把一位失去爱情失去自由的良家女搭救。身不由己的依娌,羡慕那些"排着字儿飞"翔于天宇间的自由自在的"大雁",她遥遥向大雁呼救,希望自己能像飞翔的雁儿,飞向遥远的地方,飞到古卡的身边。依娌不怕"衙门里没有阳光",也不怕"衙门里一片冰冻",她有内心深处希望的太阳,她有时间和空间都阻挡不了的爱情的"温暖","古卡温暖着依娌的心"。可是,当依娌从思念的梦中回过神来的时候,她发现自己还是孤单一人被关在土司的衙门中,而老高老高的天上"十五的月亮"正是"圆堂堂"的时候,这"圆圆的月亮"把"亮光光"的丝线撒向大地,撒向衙门的地上。依娌不禁顿生一种满地霜雪的深深寒意,联想到被拆散的家,联想到被抢劫而冲散的心上的人儿,"亲爱的古卡呀,你在哪一方"?这《百鸟衣》,把依娌对古卡的思念的情思跃然于诗行,诗人确实不是在纯然地叙述,而是在动情地歌唱。

叙事诗的抒情的方式可以是多种多样的。它可以是带着强烈的情感叙事,在叙事的过程中情在其间。尤其是长篇叙事诗,如果在大段大段的叙事的诗行里,没有情感渗透其中,就会变成失去诗意的一堆语言垃圾。也可以在叙事到一定程度时着力抒情:

深夜的杜鹃啼呵,/是多么凄凉,/深夜的依娌呵,/是多么孤寂。
深夜的风呀,/是多么凉,/依娌的心呀,/是多忧伤。

这种接着叙事的重重抒情,能把叙事诗的诗情一次又一次的推向高潮。

四、《百鸟衣》:艺术的文本

韦其麟的长篇叙事诗《百鸟衣》在当代中国诗歌史中有一定的地位,在当代少数民族文学史上具有重要的地位,在当代壮族文学史上具有突出的代表性的地位。它在发表以来的几十年中被诸多的文学史家和文学批评家所讨论和叙述,它已经成为当代诗歌中供人们研究和批评的文本。

从五十年代以来的几代文学史家和文学批评家都对《百鸟衣》怀有阅读、讨论和叙述的厚重的兴趣,我所读到的若干种当代文学史著作中几乎都在少数民族文学的章节里对韦其麟和他的叙事诗《百鸟衣》作了程度不同的叙述和评价。新时期以来批评家们发表的关于韦其麟及其创作的文章数量也相当可观。

我想,人们一直能够对《百鸟衣》怀有兴趣,一个重要的原因是青年韦其麟在《百鸟衣》里所渗透的那种艺术真诚,甚至可能是一种难得的艺术童真感。这种艺术的童真感,一方面可能来源于青年韦其麟的质朴和单纯。他创作《玫瑰花的故事》时只有十八岁,创作《百鸟衣》时也刚刚二十岁,这时他还保持了不可重复的艺术童真,所以他笔下的壮乡如此醉人如此令人向往,他笔下的主人公则如此的动人如此的美好。这种艺术

童真感,还来源于共和国刚刚诞生的五十年代初期那种善良而美好的人文环境和人文心态。于是在他的笔下出现了水一般甜美的依娌:

> 八角算最香,菠萝算最甜,/听依娌的歌呀,/比吃八角还香,/比吃菠萝还甜。依娌绣的蝴蝶,/差点儿就飞起来,/依娌绣的花朵,/连蜜蜂也停在上面。露珠最晶莹了,/和依娌一起就干了。/星星最玲珑了,/和依娌一起就暗了。木棉花最映眼了,/和依娌一比就失色了。/孔雀的尾巴最好看了,/和依娌一比就收敛了。

尽管我们一看就知道是艺术的夸张,但我们同时也感到了一种艺术的真实。历史生活中未必就能找到这样动人的形象,而我们却感受到了诗人对生活的一种善良的愿望,也感受到了共和国诞生初期那种吉祥如意的心态和景象。《百鸟衣》这样的艺术童真感,在五十年代初期的中国文学里是具有某种共性的艺术现象。

《百鸟衣》的艺术价值和艺术魅力,还来源于它的动人的浪漫主义气息。这种浪漫气息,既体现在整首长诗的浪漫情调,也在一些重要的诗歌情节中获得了强化。那美丽的公鸡化为一个美丽的姑娘,则是这种浪漫气息的精彩的一笔。在这里诗人也做了超越神话和再造神话的创造性努力。诗人介绍说:"关于依娌这个人物,在原传说里她由公鸡变的。但变成人后,她不是一个纯朴的劳动姑娘,而是一个善良的万能的漂亮的神仙,想要什么就有什么,能'点土成金',于是古卡就变成了一个大富翁。土司的各种阴谋刁难,都被她易如反掌的对付了,最后土司要一百个依娌,她却没法对付而被土司劫去。""我认为,这些情节的思想基础是不健康的,也是不合乎传说本身发展的逻辑的。并且在极大程度上损害了这两个善良的劳动人民的纯朴的形象,因此,需要作适当的删改补充。""为了保持民间传说的神话色彩,仍然保留了依娌是由公鸡变成的这一情节。我把她描写成一个美丽的、勤劳的、聪明的、善良纯洁而又能吃苦耐劳的姑娘。她给古卡家带来不少的欢乐,她对生活有着无限美好的希望和追求,对爱情是那样纯真和坚贞。"[①]诗人在第二章《美丽的公鸡》这一部分里,对古卡与美丽的公鸡的相遇,对公鸡在古卡家里的富有灵性的种种举动,是以详写的方式来着墨的。好一种人与物的和谐,好一只充满灵性和悟性的公鸡。原来是它要走一条从鸡到人的道路,它要经历一段浪漫的生命蜕变的历程。这样一个浪漫的艺术情节在长诗中的成功安排,不仅为依娌这个艺术形象染上了美好的人生底色,而且为整首长篇叙事诗的浪漫主义的艺术情调奠定了基础。作为一部长篇叙事诗,确立自己贯穿于全诗始终的艺术情调是极其重要的。《百鸟衣》的情调和旋律是始终一致的,从"绿绿山坡下"那些美丽而浪漫的起笔,到"美丽的公鸡"的人化,到古卡和依娌这"两颗星星一起闪"。当我们随着长诗的进展读到结尾

---

① 韦其麟:《写〈百鸟衣〉的一些感受和体会》,《长江文艺》1955年12月号。

的时候，我们满意于这最后的诗行：

> 飞了三日又三夜，/马蹄一歇也不歇，/飞过了九十九座山，/不知道什么地方了。英勇的古卡呵，/聪明的依娌呵，/象一对凤凰，/飞在天空里。　英勇的古卡呵，/聪明的依娌呵，/象天上两颗星星，/永远在一起闪耀。……

这样，就使古卡的现实苦难在长诗中被依娌的浪漫动人作了艺术的谐和，就使诗中古卡和依娌所受到的压迫和摧残的悲凉，在长诗的结尾化为了一种遥远而浪漫的向往。这种向往和希冀就像星星一样"永远"在浪漫而美好的"天上"动人地"闪耀"。这是人生的寄托，也是社会和民族的意愿。

当我重新审视《百鸟衣》这个艺术文本的时候，我不禁想起了两三年来的一些艺术现象。记得1988年底和1989年初，我的一些同辈的文学朋友既不满意于现实的文学状况也不满意于前辈已有的文学成就，而显得既有超越的责任感又有些急躁的时候，我一方面参与和支持有意义的反思，同时又不无冷静地提醒他们：

> 近年的青年文学创作，有一种反文化的倾向。文化反思本来是具有战略意义的文化行动。需提醒注意的是，反前辈，反传统，反文化，不必采用新文化反对旧文化的残酷方式，应该是批判和回归相融合的冷静剖析。
>
> 如果我们只是拿西方一些皮毛的东西，来建立自己的思维体系，来完全地否定传统文化，那么西方的皮毛，传统的消失，恰恰从两个方面毁掉我们这一代人。
>
> 我们这代青年文化人，应回归前人的优势，回归祖辈充满人性充满人道充满和谐充满浪漫色彩的文化。①

一年以后我看到文化艺术批评界又有一些值得注意的现象，我又在一篇文章中说：

> 作为艺术文本《蒙娜丽莎》原始地固定在那里，作为审美感悟，我们今天看到的《蒙娜丽莎》已经不是从前那个蒙娜丽莎了。
>
> 我在想，我们的儿孙要是从《黄土地》《刘三姐》《百鸟衣》这样的文本中看出什么令我辈吃惊的意味来，我和我朋友们是什么态度呢？②

我现在仍然认为：这是我们对一切艺术的态度，也是我们对《百鸟衣》应持的态度。

（原载《广西师院学报》（哲学社会科学版）1991年第4期）

---

① 《广西文坛三思录·文学的断流》，《广西文学》1989年1月号。
② 《原始的文本与变迁的批评——关于艺术批评的备忘》，《三月三》1990年第3期。

《百鸟衣》鉴赏

段宝林

　　《百鸟衣》是壮族青年诗人韦其麟的成名之作，曾译成多种外文出版，受到广泛的欢迎，被周扬誉为"经过整理和改编的民间文学创作的珍品"。《百鸟衣》取材于民间故事，而在情节风格上经过重新构思创作，既保持了传统故事类的神韵，又有新的时代色彩。在人物塑造上，长诗《百鸟衣》比民间故事有很多提高，增加了对古卡成长过程的生动叙述，这就使人体会到劳动人民的爱情有其深厚的生活基础。古卡从小即从事劳动，帮母亲干活，他是在劳动中成长的："象一棵小树一样/古卡一天不同一天地成长/娘下地的时候/古卡会帮娘看屋了/娘挑水的时候/古卡会帮娘洗菜了/娘补衣的时候/古卡会帮娘穿针了/娘出门的时候/古卡会帮娘煮饭了。"这是现实主义的生动描写，从生活中提炼出了典型的事件，使人看到了一个农家少年的纯朴心地。他10岁读不了书，就上山去打柴，"别人用的扁担，/一条用十年，/古卡用的扁担，/一年换十条"。他自己做了弓箭去打猎，"别人射的箭，/最远的也看得见，/古卡射的箭，/最近的也看不见"。这是用夸张的手法描写古卡出众的劳动品格。他勤劳强壮又能歌善舞，"古卡耍起武艺/看的人忘记吃饭/古卡唱起歌来/歌声响过十八层高山"。长诗通过这些艺术描写，塑造了一个劳动青年的理想形象，这就为后来制成百鸟衣和与依娌的爱情生活，在艺术上做了很好的铺垫。正是因为它闪耀着劳动美的光彩，才赢得了姑娘们的喜爱，甚至天仙般的美女依娌，也紧紧追求他。

　　依娌是大公鸡所变，在故事中原为母鸡。长诗改为公鸡，更华丽而高贵了。这种浪漫主义的幻想情节，艺术地说明了古卡之壮美可爱，同时也突出了依娌对劳动和劳动人民的深厚感情。长诗改变了原来故事的情节。在原故事中，婚后的美好生活主要靠依娌用神奇的法术去创造，而长诗则更突出了他们的共同劳动："犁田是男人干的/依娌也一样干了/耙田是男人干的/依娌也一样干了/……木匠拉的墨线/算得最直的了/依娌插的秧/像墨线一样直。/依娌种的苦瓜/吃起来是甜的/依娌种的甜瓜/一百里外就闻到香了……"这样的描写虽然有巨大的艺术夸张，却使依娌的艺术形象更加现实，精心塑造了一个劳动妇女的理想形象。从斗争的过程和结局看，百鸟衣的巧计是有一定幻想夸张的，但仍是有现实可能性的，他们的斗争不是靠神奇法术，而是靠自己的机智。在故事中原来的结局是古卡和皇帝交换了位置，自己做了皇帝，这体现了故事的传统艺术幻想。封建社会中的一般农民反对坏皇帝，却仍然向往好皇帝。长诗把皇帝改为土司，不但便于面对面斗争，而且更加强了现实性。为了突破过去的时代局限，作者将结局改为：古卡除掉恶霸土司之后，即与依娌一起骑上骏马飞上天空，"象天上两颗星星，/永远在一起闪耀"。这就用美好的艺术幻想表现了反封建的时代精神。《百鸟衣》的叙事艺术是高超的。精选典型的细节，运用富有抒情色彩的诗句叙述故事，特别生动感人。对山区风景的描写，借景抒情，表现了人物生长的环境和诗人对乡土的热爱，更加强了人物描写的力度。长诗写依娌被抢走时："绿绿山坡下/没有古卡家了/青青的树叶呀/未到秋天就黄了。"长诗写依娌对古卡的思念、盼望的诗句也都非常深切动人。《百鸟衣》的语言运用生动的口语，简洁明快，有民歌风格，又有古诗的对称美，广泛吸取了壮族民间诗歌的种种艺术手法，如起兴、比喻、重叠、夸张、排比等等，诗句刚健清新，非常流畅自然，使读者得到很大的美感享受。

（原载王晓琴主编《中外文学名著精品赏析》（下册），首都师范大学出版社，1999年版）

壮族人民英雄斗争的颂歌
——读《凤凰歌》

晓雪

在我国当代民族诗人中，韦其麟同志是非常注意并相当善于从民间文学中"吸取灵感""汲取力量"而获得可喜成就的诗人。正由于他特别注重学习民歌，注重从民间集体创作的故事传说中吸取主题、题材、灵感和语言，因而使自己的创作起点比较高，一开始就取得不同凡响的突出成就，这都是事实，是大家都知道、都承认的。

早在1953年，韦其麟才18岁的时候，就在《新观察》上发表了他的处女作——根据壮族民间传说创作的叙事诗《玫瑰花的故事》。这首诗很快被译成英文，介绍到国外。1955年，《长江文艺》发表了他根据另一壮族民间故事创作的优秀长诗《百鸟衣》。这首诗不论在思想上或艺术上，不论在结构、语言和人物形象的塑造上，都比《玫瑰花的故事》进了一大步。

党的十一届三中全会开过之后不久，广西人民出版社出版了韦其麟的又一部叙事长诗《凤凰歌》。这部长诗在1981年全国少数民族文学评奖中光荣获奖。

从《玫瑰花的故事》《百鸟衣》，到初稿于1963年夏天、二稿于1978年夏天的《凤凰歌》，其间相隔10年到20年，我们可以看出，诗人执着的追求是一贯的，而且是有成效的。这20多年，诗人同我们一样，经历了许多曲折，经历了十年动乱，但他在学习民歌、从民间文学中吸取乳汁方面，却始终没有放松自己的努力。《凤凰歌》从头到尾用的是七字句的民歌体，这从形式上说，诗人为自己规定了比《玫瑰花的故事》和《百鸟衣》还要严格的要求和更艰巨的任务。老实说，要是从我个人的爱好出发，是会不赞成、更不会提倡一首长诗在形式上如此拘泥于七字句的。要是他事先征求我的意见，我会投反对票，因为我认为这种"戴着脚镣跳舞"的尝试是一种冒险，很容易失败。但当我把《凤凰歌》连读两遍之后，我终于兴奋地承认：诗人的探索和尝试取得了成功。虽然在两千多行诗句中，难免有个别生硬别扭的句子，但整个说来，是自然流畅，可以使你一口气把它读完的。

如果说，《百鸟衣》和《玫瑰花的故事》都取材于壮族民间传说，塑造的是古代壮族的各种人物形象，表达的是古代壮族人民反对封建统治者，追求自由、幸福和爱情的主题，那么《凤凰歌》在内容上则是把传说和现实结合起来，而放笔抒写了当代壮族人民找到了中国共产党，在党的领导下终于"烧毁一个旧社会，亮出一个新世界"的壮丽斗争，塑造了像达凤这样献身于人民解放事业的壮族新人形象。达凤也像《玫瑰花的故事》中的夷娜和《百鸟衣》中的依娌那样美丽、善良、纯朴和勇敢，但由于她所处的时代不同，由于她找到了共产党，接受了革命的道理，把自己融入改天换地的伟大集体的滚滚洪流，她的性格中就闪耀着新的时代的光辉，她就显得比她们更幸福，更聪明，更坚强，也更有力量。尽管达凤最后在人民胜利的早晨献出了自己的生命，但她的精神不死，她的形象永存，她那甜美动人的歌声永远活在人民的生活中，活在人们的记忆里。"满天熊熊火焰里，一只凤凰飞起来"，"火中飞出金凤凰，凤凰唱歌传四方，凤凰唱歌四方传，歌声不断万年长。"

今日凤凰哪处飞，
今日凤凰在何方，
哪处听闻凤凰唱，
哪方天上飞凤凰？

红日就是头顶冠，
彩霞就是金翅膀，
哪处战斗歌声起，
哪处就闻凤凰唱。

如今凤凰哪处飞，
如今凤凰在何方，
栖在哪苑梧桐树，
哪座山林飞凤凰？

今日凤凰处处飞，
今日凤凰飞四方，
凤凰栖在人心里，
座座山林飞凤凰。

长诗浪漫主义的结尾，不仅充满了欢乐、信心和希望，不仅使人听到"村村寨寨齐欢唱",看到"千山万水美开怀",而且还使人想到今天和未来,很耐人寻味的。

　　《凤凰歌》在语言运用上颇下了一番功夫。作者大量吸收了民歌的精华,而又根据长诗的需要和故事的发展、人物的特点,加以改造制作,运用得恰到好处。

　　从思想和艺术的结合上来看,我并不认为《凤凰歌》已经达到或超过《百鸟衣》的水平,但《凤凰歌》毕竟是诗人近年来取得的新成就,它的意义,它在思想内容上的开拓和艺术形式上的探索,它所表现的新的人物、新的生活斗争和新的精神世界,是值得重视的,是《百鸟衣》所不能替代的。

　　当然,我相信韦其麟绝不会满足于他已经达到的成就。无论是作为老同学,老朋友或是一个普通读者,我都在热切地盼望他写出更多的作品来啊!

（原载《文学报》1982 年 8 月 5 日）

略论《凤凰歌》的艺术特色

黄绍清

《凤凰歌》是著名壮族诗人韦其麟继《百鸟衣》之后创作的又一首优美长篇叙事诗。这首长诗，最初发表在1964年第1期的《长江文艺》上；1979年9月，由广西人民出版社出版单行本，1981年荣获全国少数民族文学创作奖。

《凤凰歌》以真挚的感情，晓畅的语言，优美的民歌形式，叙述了一个普通的壮族人民的贫苦家庭的不幸遭遇和悲剧命运，塑造了一个我国民主革命时期的壮族巾帼英雄——达凤的光辉形象，表达了一个深刻的主题思想，即中国革命的胜利是以无数革命先烈和劳动人民的鲜血、生命作为代价的。

《凤凰歌》叙述了这样一个故事：壮族人民的贫苦女儿达凤，从小受到家庭的教养和熏陶，喜欢唱山歌，勤苦耐劳，机智聪明；爹爹由于不堪忍受乡长独眼龙及其狗腿子狗头黄的压迫、剥削和凌辱，被加上莫须有的"造反"罪名而"塞进猪笼沉下潭"，给活活淹死了；娘也含着怨恨死去。达凤孤苦伶仃，在邻居阿妃的抚养下长大成人后，奋起反抗，毅然投奔游击队，参加革命去了；在革命的熔炉里，她"也用山歌也用枪"，与敌人作殊死的斗争，最后为了革命的利益而壮烈捐躯，在革命的"满天熊熊火焰里"，化成"一只凤凰飞起来"，"凤凰翩翩飞四方"，"歌声和着凤凰唱"。达凤的光辉形象和动人歌声，变成了壮族人民建设美好幸福的新生活的鼓舞力量。

《凤凰歌》的故事情节生动，人物形象鲜明，比兴手法新颖，民歌风味浓郁。所有这些，都说明它有独特的艺术特色，都可堪称为《百鸟衣》的姐妹篇。

一

叙述和抒情紧密结合，抒情与叙述水乳交融，有强烈的艺术感染力，是它显著的艺术特色之一。

叙事诗是要通过一定的故事情节来表达主题思想的。但这绝不是意味着叙事诗只是客观地、单纯地叙事而已。如果这样，叙事诗必然显得平铺直叙，枯燥无味，苍白无力。叙事诗之所以是"诗"，是因为"诗贵乎情"，它在叙事的过程中，涂上了十分浓郁的感情色彩，洋溢着动人肺腑的诗情美。显然，这类叙事诗的骨架和脉络是故事情节，其血肉和神髓则是一个"情"字，即潜流、渗透于字里行间的亲挚而炽烈的感情。也就是说，《凤凰歌》的叙述故事情节，是在抒情构思的基础上进行的，因而以"情"见长，并以"情"动人。读着长诗，我们可以常常看到这种情形：当故事发展到揭示主人公丰富的心灵美的时候，作者就打开感情的闸门，让感情的潮水倾泻下来，笔酣墨饱地尽情宣泄；并在感情的激流涌进的过程中勾勒、点染故事情节的发展。综观全诗，感情制胜。感情随着故事情节的发展变化而波澜起伏，激荡心怀。它注重抒情，或即景抒情，情景交融；或即事抒情，情事融合；或直抒胸臆，喜怒哀乐，溢于言表。可以说，这是一首带有浓烈抒情气氛的长篇叙事诗，也是一首叙事十分生动的抒情诗。

例如第一章，叙写了达凤"穷家儿女当家早"的情景。她家是以"爹娘打柴又帮工"来糊口度日的。尽管家境十分贫寒，但这家人思想是乐观的，生活是有趣的。即使"枧木扁担挑得断"，"过年米缸还是空"，过着极其艰苦的生活，但他们的生活还是充满了歌声。因为"爹娘也是唱歌人"——"上山打柴同声唱，千般忧愁丢落江"。生在这样的家庭里，达凤就好像"白布沤在靛缸里，就算不青也会蓝；达凤五岁就会唱，唱得爹娘笑眉弯。"达凤"十岁跟爹娘学捻麻，会纺会织会绣花；十三跟爹抓犁尾，也会插秧也会耙。""会犁会耙会插秧，小小嫩竹当屋梁；穷家儿女当家早，里里外外帮爹娘。"在这里，既叙述了达凤的家庭出身和少年时代的生活、劳动状况，也抒发了叙事人对她的怜悯和赞美之情。

达凤本来是一个"虽识家穷多劳苦，未知人间有悲伤"的天真烂漫、幼稚纯朴的少女，但谁知大祸从天而降，吃人的豺狼夺去了她的爹娘的生命，致使她幼稚纯洁的心灵遭到了严重的打击。在这人命交关的时刻，长诗如诉如泣地叙写道：

  狗头黄，瞪白眼，
  说爹造反要翻天；
  把爹塞进猪笼里，
  塞进猪笼沉下潭。

  千丈深潭把爹埋，
  潭边达凤哭声哀：
  "爹呀爹你在哪里，
  爹呀爹你快上来！"

  一声高来一声低,
  一声短来一声长;
  白云飞去不忍听,
  怕裂心肝怕断肠。
  ……

  满天怨恨娘难吞,
  更深人静夜沉沉;
  为何夜深娘不睡?
  三更半夜出了门。

  三更半夜出了门,
  娘要跟爹一同行;
  娘要跟爹一路去,
  可怜达凤梦正深
  ……

  醒来不见娘身影,
  叫娘不闻娘应声;
  出门四处唤娘去,
  石头听闻也惊心。

  唤娘唤到东山顶,
  满山黄茅泪盈盈;
  寻娘寻到西山坡,
  只闻树林呜咽声。

  找娘找到龙潭边,
  深深龙潭水蓝蓝;
  邻舍阿妮伸出手,
  手牵达凤默默还。

  这里,叙述了达凤爹娘遭受陷害,娘自寻短路以及她寻爹找娘的经过,又倾诉了女儿对爹娘生离死别的悲愤交加的亲切感情。读者为孤苦伶仃的达凤的命运所感动,引起感情上的强烈共鸣,产生种种忧虑:这可怜的壮家儿女今后将如何生活下去?这样的叙述与抒情,有力地推动了故事情节的发展,产生了引人入胜的艺术效果。

　　叙述与抒情要结合得好,最忌叙述故事的一般过程,最忌为抒情而抒情。要抓住典型的环境和典型的细节,叙述人物典型的思想感受,抒发亲挚的感情,才能使两者自然地糅合在一起。长诗在第四章中,叙述保安团进"剿"伏龙圩,达凤不慎被捕及其受审讯的情形,就是这样叙写得成功的感人情节。保安团长三番五次严刑审讯达凤,结果是竹篮打水——一场空。白匪无可奈何,把她押回村里,企图逼其养母阿妃进行劝降,这时,长诗写道:

　　　　生来专把人折磨,
　　　　毒计还比牛毛多,
　　　　押了达凤转回村,
　　　　一到村边就响锣。

　　　　锣声催来众乡亲,
　　　　一村大小都到场,
　　　　保安团长指达凤,
　　　　恶狗放屁不会香:

　　　　　"谁人跟了共产党,
　　　　　到头就是这下场,
　　　　　今日你再不老实,
　　　　　村头就是你坊场。"
　　　　……

　　　　狗头颠,
　　　　初一夜晚想月圆,
　　　　两手光洋白花花,
　　　　团长走到乡亲前:

　　　　　"哪个劝?
　　　　　哪个劝得她开口,
　　　　　劝她开口讲实话,
　　　　　百文大洋就到手。"

……
　　撒米引鸡鸡不吃，
　　白白花了好心机；
　　团长走到妣面前，
　　抬眉眯眼好得意：

　　"亲不亲来棉和纱，
　　疼不疼来叶和花，
　　达凤是你家中人，
　　还是烦你老人家。"

　　恨你有口不长眼，
　　买蛋也想用箩牵；
　　老娘我是飞天凤，
　　你休想用绳来牵！

　　"劝就劝，
　　劝我达凤心莫变，
　　留得红心在人间，
　　阿妣做人也体面。"

　　这几节是生动的叙述，它交代了事情发生的时间、地点、经过与有关人物的身份、细节和思想活动，同时这又是热烈的抒情，它揭露了敌人的凶狠毒辣、老奸巨猾，字字仇，声声恨，咬牙切齿，怒火满腔；赞美达凤坚贞不渝，忠于革命，忠于人民，字字爱，句句情，震撼肺腑，振憾心弦。这就把故事情节推上了高潮，形象而深刻地表达了长诗的主题思想。

　　德国诗人歌德曾经说："对题材加以适当的控制，不被它缠住，把全副精力集中到绝对必要的东西上去，这套功夫比一般人所想象的要难些，要有很大的诗才才办到的。"（见《歌德谈话录》，朱光潜译，人民文学出版社，第215页）对题材的控制也就是要精选题材，要在关键的地方多下功夫，把关键的情节典型化。《凤凰歌》正是在主人公经受严峻考验的时刻挥洒笔墨、倾注激情的，因而能使这个典型细节活灵活现地呈现在读者面前，从而显示出作者高明的功力和不凡的诗才。

二

集中笔墨着力塑造鲜明的人物形象,刻画人物的思想性格,是它显著的艺术特色之二。

叙事诗,顾名思义,当然是以"叙事"作为全诗始终的线索。但什么事情都是由人来做的,事情离不开人,离开了人也无所谓事情了。因此,如果只是单纯地"叙事",不注意"写人",见事不见人,没有活生生的人物形象,作品就难以打动读者。文学是人学,它是以写人为中心的。叙事诗亦如是,应该把艺术的焦点放在塑造人物形象、刻画人物性格上面。《凤凰歌》正是这样创作的。所以,读过长诗,达凤勤劳勇敢,机智聪明的形象;反抗性强,敢于斗争,无私无畏,勇于牺牲的性格,给我们留下了鲜明而深刻的印象。

高尔基说:"在每个被描写的人物身上,除了一般的阶级特点之外,还必须找出对他最有代表性而最后会决定他在社会上的作为的个人特点。"(《文学论文选·论剧本》,第248页)达凤的形象和性格之所以那样鲜明感人,就是因为她有鲜明的"一般的阶级特点",又有她自己突出的"个人特点",有她自己形成、发展和成熟的历史。也就是说,她的性格是在阶级压迫和革命斗争的过程中形成、发展、成熟的。

打开诗篇,一个聪明伶俐,天真可爱的壮族少女便出现在我们面前。她最初给人们的鲜明印象是能歌善唱,才智过人。她的才智是从哪里来的?绝不是从天上掉下来的,也不是从娘胎里带来的,更不是头脑里固有的,而是从复杂纷纭的社会实践中来的。她为什么要唱歌?因为——

> 年岁艰难凄楚多,
> 重重愁苦深似河;
> 愁多解愁唱几句,
> 苦多难多歌成箩。

> 日日山歌声不断,
> 月月山歌唱不休,
> 不唱山歌梗着颈,
> 谁人挡得江水流!

> 要唱人间千般苦,
> 要唱人间万般愁;
> 要说世上不平事,

要诉心中恨和仇！

山歌句句穷人情，
山歌句句穷人心；
山歌声中日月过，
达凤唱到十八春。

可见，达凤是在苦涩的歌海和辛酸的泪水中泡大的。这就揭示了她性格形成的阶级基础和社会原因。她是千万个受苦受难的壮族儿女的代表，又是"这一个""苦瓜结在苦瓜藤"上的典型。

为了展示主人公的聪明才智，长诗着意安排了一个达凤与乡长独眼龙对歌的场面。当乡长来到歌场，见到"人人闷嘴都不唱"，自以为"莫非见我乡长到，怕我歌才太高明"的时候，达凤出口成歌，给予辛辣的讽刺："你有歌才你高明，乌鸦第二你头名；那日乌鸦对人讲，还说让你两三分。"或是："一心想把甜酒尝，谁知喝了辣椒汤！"这讽刺可以说是入木三分了！经过多次的较量，均以达凤的胜利和乡长的失败而告终。达凤则乘胜追击，挖出乡长夸耀自家荣华富贵的阶级根源："知你富贵知你凶，一家害得千家贫；若是穷人不动手，叫你去喝西北风。"这种阶级仇、剥削恨，犹如积郁在心中的苦水，倾盆泼出，把乡长弄得狼狈不堪。这就不但戳穿了代表封建地主势力的乡长吸吮劳动人民血膏的罪恶本质，而且刻画出了一个活生生的经过艺术加工的人物形象。可见，"阶级特征不是黑痣，而是一种非常内在的、深入神经和脑髓的，生物学的东西"（高尔基：《文学论文选·论剧本》，第248页）。这里，诗人把这种"内在"的东西写出来了，达凤的形象也就活起来了。

但是，达凤的性格还要发展，诗人继续用笔锋开拓她性格发展的道路，让她在阶级斗争的暴风雨中经受锻炼和考验。"狗到塘边无路走，转头露牙吠几声"；"你敢出头你敢刁，我就枪打出头鸟"。乡长怒不可遏，连夜派来乡丁，想抓达凤去坐牢。达凤不屈于反动派的压力，愤然逃走，投奔革命去了。她"踏破草鞋赤脚走"，"磨穿脚板不回头"；"日晒雨淋不觉苦，总觉红旗在眼前"。"红旗"是革命的象征，"红旗"就是她前进力量的源泉；想到革命的红旗，她就浑身是劲、满怀信心，勇往直前，终于投入了伏龙山游击队温暖的怀抱。"彩云飞，彩云片片飞满天，天上红日高高照，满坡山花朵朵鲜。"在游击队里，她呼吸到了新鲜的空气，看到了人类社会的崭新天地。她在革命的熔炉里经受了种种锻炼和考验，逐步从一个普通的受苦受难的壮族少女成长为一个勇敢坚强的革命战士。

开始，她毕竟是一个没有经验、幼稚的新战士，所以在队副去伏龙圩摸敌情的路上，听到民团在村里抢粮时，忍不住内心的仇恨，"心似炸药着了火，炸药着火爆出声"："百姓血汗当酒饮，日日都吃人心肝，豺狼凶恶青蛇毒，也难比你狗民团。"歌声一出，就暴露了目标，引得"黄蜂出窝把人锥"，"民团随后紧紧追"。队副为了掩护达凤撤退，不幸落入敌手，进了监牢。达凤后悔莫及，受到了一次深刻的教训，促使她提高了思想觉悟。这说明此时的达凤，感情胜于理智，缺乏斗争策略，还不是"自觉"的革命战士。后来，得到敌人要押送队副到县府的消息，游击队决定打伏击战营救队副。达凤化装成打柴女参加了。这次伏击战，运用"先礼后兵"的策略，让达凤的歌声发挥了作用。

"心焦焦，
手砍金竹搭座桥，
搭桥一心等哥过，
莫怕脚下浪滔滔。"

"心焦焦，
手砍金竹搭座桥，
搭桥专为等哥过，
同哥回家在今朝。"

这里是"铜铃打鼓另有音，点着灯笼心里明"；"打过算盘心有数，队副不走停了步。"不管"狗头黄"怎么催，"喊破喉咙不理会"，狗头黄带领的民团不得不"原地歇脚"。这就上了游击队的圈套，"缴枪不杀一声喊，游击战士冲上前，民团个个跪在地，手脚打颤骨头酸"。狗头黄也被队长"一枪叫他嘴啃泥"。这样，就把队副营救回来了。游击队乘胜追击，扫荡了伏龙圩上的民团。经过革命烈火的锻炼，达凤由"旧时普通唱歌女"变成了"如今拿枪会冲锋"的游击队员；她"英勇冲向旧社会，也用山歌也用枪"，思想逐步成熟，成为一个更加机智坚强、有勇有谋的革命战士。

狗头黄的"嘴啃泥"，再一次触痛了乡长独眼龙的反动神经；他与省里开来的保安团互相勾结，狼狈为奸，妄想剿清"土共"。游击队为了摸清敌情，出山去了，半路却被敌人发现。在这关键时刻，达凤"撑起阳伞独自走"，打扮成新娘子探亲的样子，突然出现在队长面前，两人便唱起情歌以掩盖敌人的耳目。真是"好歌情，谁人听了不当真？日头照着猫头鹰，叫你有眼看不清"。队长摸清了白匪进山抢粮的情况，次日又一次布置半路打伏击战，一连白匪被团团围住，达凤又心生一计，用山歌来教育白匪士兵，劝他们放下武器，终于启发了他们的思想觉悟。游击队打了胜仗以后，达凤回到村中开展宣传鼓动工作。可是，"千里好马失了蹄，上楼被人抽了梯，三代石匠手艺好，也有偏锤失手时"。另一股敌人包抄进村。在与敌人激战时，达凤掩护队长带队走了，自己寡不敌众，不幸被捕。敌人抓到达凤，以为可以捞到什么救命稻草，三番五次进行审讯。在敌人的威吓面前，达凤表现出了一个成熟的革命战士的无比坚定性。她用山歌作锐利的武器，有力地回力了白匪团长和乡长独眼龙的疯狂恐吓：

"笑你傻来笑你痴，
大江哪会流向西；
要我不跟共产党，
等到咸鱼游水时。"

"笑你痴来笑你傻，
拿罾上树来捞虾；
要我回家不革命，
除非豆豉发豆芽。"
……

"五马分尸我不忧，
大刀断颈不动摇；
初一革命半月死，
也要革命十五朝。"
……

"锅头煎得甜糕软，
锅铲压得糍粑扁；
达凤我是花岗石，
你也想用锅头煎？"

这些发自肺腑的歌声，展开了达凤把一切甚至生命献给共产主义事业的纯美灵魂和高尚情操。她正气凛然，百折不回，心胸坦荡，视死如归，具有何等惊人的意志和巨大的力量！在这种情况下，敌人无可奈何，又把她押回了村，企图用杀害养母阿妣来威胁她，要她供出"共匪到底在哪方"？然而，"狂风吹得大树倒，哪能动摇达凤心"。敌人从达凤口中得不到任何东西，又把她关进黑牢里，直到一九四九年寒冬，中国人民解放军进入广西时，伏龙圩的白匪还在顽固抵抗，垂死挣扎，游击队长不得不下令用火攻敌人的炮楼。达凤也为革命献出了壮丽的青春。

炮楼大火熊熊起，

熊熊大火烧起来，
烧毁一个旧世界，
亮出一个新世界。
……

火中飞出金凤凰，
凤凰歌声传四方；
凤凰唱歌四方传。
歌声不断万年长。

至此，一个比较高大的壮族女英雄的形象展现在我们面前。诗人在塑造这一形象时，不但叙写了她做什么，而且描写了她怎样做和为什么那样做。也就是说，诗人不仅叙写了达凤的英雄壮举，而且深刻地揭示了她革命英雄主义、革命乐观主义的崇高思想品质和精神境界——为烧毁一个旧世界，创造一个新世界而不惜献出宝贵的青春。达凤的形象，实际上是千百万为革命抛头颅、洒热血的壮族儿女的化身；达凤的性格，实际上是千百万壮族优秀儿女对革命忠贞不渝的艺术概括的典型。这个典型，写得这么亲切、鲜明、动人，栩栩如生，跃然纸上；而且使壮族人民成为文学的主人，在壮族当代文学史上，在壮族当代的诗坛上大放光彩，无疑是成功的。

长诗集中笔力塑造主人公达凤的形象，是成功的。其他人物，如阿妣立场坚定、爱憎分明、阶级情深；乡长独眼龙及其走狗狗头黄的横行霸道、残暴凶狠等，用墨恰如其分，形象也是鲜明的。因此，更能衬托出达凤的英雄性格。

三

大胆地运用民歌的形式和表现手法来创作长诗，塑造人物形象，抒发思想感情，使长诗独具风格，是它显著的艺术特色之三。

可以说，《凤凰歌》是在民歌的肥沃土壤上栽培和浇灌而开放出来的美丽鲜花。这首二千多行的长诗，全是用民歌的形式写成的，有浓郁的壮族生活气息，自然流畅，语言清新，诗意醇美。这里谈到运用民歌形式来创作长诗，叙述故事的问题，我们很自然地联想起当年李季运用陕北民歌"信天游"来创作《王贵与李香香》的情景。1946年9月，《王贵与李香香》在延安的《解放日报》发表后，当时的中共中央宣传部部长陆定一同志撰文赞扬它"是用丰富的语汇做诗，内容形式都好""出现了新的一套"，起了"开路先锋"的作用。到20世纪60年代初期，韦其麟同志则运用广西的民歌形式，创作了叙事长诗《凤凰歌》，使诗歌创作在民族化和大众化的道路上向前迈进了一步。他的探索与尝试是有意义的，成功的。从诗歌创作要"创新"的角度来看，应该说《凤凰歌》和《王贵和李香香》是有同等意义的，是可以互相媲美的。《凤凰歌》用民歌的形式和表现手法来叙述故事，刻画人物，写景状物，表达主题思想，是更具有浓郁的壮歌作风和壮歌气派的优秀作品，更符合劳动人民的欣赏习惯和艺术趣味，因而更受广大劳动人民群众的欢迎，特别是为壮族劳动人民群众所喜唱乐听。

毛主席在给陈毅同志谈诗的一封信中谈到诗的创作要用形象思维时，特别强调了写诗"比、兴两法是不能不用的"。创作民歌尤其要用比、兴手法。因为比、兴是我国民歌（也是壮族民歌）的一种传统表现手法。

"比者，以彼物比此物也。"（朱熹：《诗集传》卷一）就是俗话说的打比方。在现实生活中，这种事物与那种事物往往有某些相似之处。进行诗歌创作，有时用彼物来比拟此物，往往能把事理写得更明白、生动、形象、深刻。

长诗着力描写的主人公达凤，是有名的壮族歌手。长诗用了大量的比喻来赞美她超群的歌才。"天上星多难比月，河里雨多难比龙，达凤来到歌场上，处处山头起春风。"这里用衬托的方法来描绘她的歌才——天上星子很多，但比不上蛟龙的翻腾力量。而且达凤唱的歌字字句句都是表达穷人的心情，因此，她的歌声像阵阵春风吹进人们的心房，给人们以温暖和鼓舞。星星与月亮互相辉映，鱼儿与蛟龙彼此衬托。这样用以形容达凤，其聪明才智和俏美身影就显得十分鲜明突出了。

尽管达凤的歌才超群，但她是一个很谦虚谨慎的人。所以，在受到姐妹们夸奖时，她唱道："过奖多，无冠鸡仔学喔呵，我是山中小溪水，不比众亲大江河。"用"无冠鸡仔""小溪水"作比喻来披露她谦虚谨慎的心灵美，而且这些比喻都是来自生活的，就显得十分贴切、隐形、感人了。

"兴者，先言他物以引起所咏之词也。"（朱熹：《诗集传》卷一）也就是言出于此而意归于彼之谓也。"向阳坡上花一朵，正是含苞待放时，谁知横遭霜雪打，一场霜雪打断枝。"诗人分明是要道达凤的漂亮与不幸，却用"花"和"霜雪"来作为起兴；达凤像向阳坡上含苞待放的花蕾一样美丽，却被横天飞来的霜雪所摧残，以致断了枝。这样起兴，使我们能经过想象，体会到诗歌的深刻含义：达凤多么可爱可怜，胡作非为的坏蛋多么令人切齿痛恨！这样的"言他物"，"所咏之词"却一字不提，真是言有尽而意无穷。

这样的例子，在长诗中是比比皆是的。特别是在叙写乡长独眼龙的奸猾无能时更显得新鲜活泼，妙趣横生："鱼儿吃了石灰水，浮在水面颠儿颠；一阵歌声一阵笑，笑你肚子向了天。"诗人明里写的是鱼儿，实际上是嘲笑乡长"理屈歌穷"，无歌以对，不自量力，无能逞强的狼狈相。不过，诗毕竟是诗，它不是"直说"，而是"曲折地"表达了这种思想。"鱼儿"垂死挣扎的情景，多么可悲可笑的艺术形象。还不止于此呢，你听——

狗吃骨头卡了颈，

>　　不吞也难吞也难；
>　　揪出泥鳅岸上放，
>　　还硬头皮钻沙滩。
>　　……
>　　虾仔放落热锅煮，
>　　面也红来眼也红；
>　　拦江大网一拉起，
>　　乌龟王八跳嘣嘣。

　　这里写的是狗、泥鳅和乌龟王八的可恶形象，道的是乡长对歌输了狼狈不堪的窘相。这样的比兴，把被比喻的事物的丑恶形象，描绘得多么淋漓尽致，大快人心！

　　诗人还常常把比兴与夸张巧妙地有机地结合在一起，通过艺术的夸张，艺术的放大，准确而强烈地点染出事物的某些本质特征，增强艺术形象的立体感。在叙写达凤投奔游击队，历尽艰难时，有这么一节诗：

>　　敢驾长风敢腾云，
>　　哪管浪高水又深；
>　　涧边悬崖深万丈，
>　　灯草搭桥我敢行。

　　"灯草搭桥我敢行"一句便是精彩的夸张的比喻，或可说是比喻的夸张。自古以来，谁用灯草来搭过桥？谁走过用灯草搭的桥？这看来似是儿戏的事情，却寄寓深邃的思想。这么一比喻，一夸张，"敢"字就讲得多么具体形象。精湛透辟！这个"敢"的壮举的的确确是不可言状了，而达凤投奔革命的决心也再也无法形容了。"精言不能追其极，壮语不能喻其真。"（刘勰：《文心雕龙·夸饰篇》）读了这节诗，"灯草桥"的"极"和"真"，就活脱脱地从"我敢行"的艺术形象中表现出来了。

　　当乡长独眼龙进村逼老百姓缴"对歌跌跤医药费"时，达凤挺身而出，进行反抗。这时，乡长讥笑道："嫩竹扁担敢撑硬？千斤重担难担承！"达凤斩钉截铁地回答道："敢担承，小小秤砣压千斤；当官跌跤赖百姓，百姓饿死怪谁人？"问得乡长张口结舌，无言以对。"小小秤砣压千斤"是生活的真实写照，也是合情合理的艺术夸张。这是日常生活常见的事情，众所周知。达凤把自己比作"小小秤砣"，表现了她"人小志气大"的非凡胆略。在乡长继续斥问她"你大胆，问你生就几个胆？"时，她又回答道："是大胆，一两道理千斤胆，莫讲官府一匹马，玉皇大帝也敢管！"真是真理在手胆包天。道理和胆量怎能用斤两来量？但这样一比喻，一夸张，就能把达凤蔑视权贵的英雄气魄艺术地表现出来了。

当保安团长胁迫阿妃劝达凤"回心转意"时,阿妃唱道:

"生不变来死不变,
要等园中苦瓜甜;
公牛生蛋马出角,
李树结桃也不变。"

"死不变来生不变,
要等秤砣浮水面;
乌鸦白了白鹤黑,
酸菜开花也不变!"

苦瓜怎会变甜?公牛怎会生蛋?马怎会出角?秤砣怎会浮出水面?乌鸦怎会变白?白鹤怎会变黑?酸菜怎会开花?这是客观事物存在的"绝对真理",任何人都不能把它们颠倒过来,这也是人所共知的道理。用这些日常生活中不可能出现的事情作比喻,带有巧妙的艺术夸张的成分,用以说明达凤坚贞的革命立场,是再贴切、深刻不过了。

所有这些,都使长诗大大增添了生活气息的新鲜感和浓厚的民歌风味,馥郁芬芳,耐人咀嚼。

民歌,是诗歌的母亲。"真正的民歌是不追求表面的美丽,不追求形式的,而要善于用最简洁、因而也是最美丽的话语从心里说出来"(见《高尔基论青年》,第156页),《凤凰歌》正是这样的作品。它所运用的比兴手法,散发着壮族人民生活泥土的芳香。它的诗句,就好像是从地层深处流出来的泉水。清澈、明亮、新鲜、自然,具有浓厚的壮族劳动人民气质的特点,因而能更好地反映出壮族劳动人民的思想、感情、愿望和要求。

《凤凰歌》无论在安排故事情节、刻画人物方面,还是在运用民歌形式及其表现手法方面,都有显著的艺术特色,无疑是诗人精心构思的一首力作。但它毕竟是作者在诗歌创作道路上新探索的作品,故不免存在一些不足之处。首先是一首长达二千余行的诗,全用(或基本上)七言一句唱到底,句式变化甚少,读了总不免有"心有余而气不足"的感觉。况且有些地方变韵较多,不甚注意规律,在一定程度上削弱了长诗的艺术感染力。其次,人物形象欠丰满。究其原因,主要是没有多方面地描写人物。这首长诗摆脱了许多长诗写人物必写谈情说爱的陈框旧套,主要是通过敌我的矛盾和斗争来刻画人物的性格,这当然是好的。但达凤作为一个典型,其形象未免单薄了一些。如果能多从几个侧面来描写她,展示她的性格,也许人物更显得血肉丰满。再次,有些诗句锤炼不够。有些概念化,欠生动;有些学生腔,欠通俗化、大众化;有些较平俗冗赘,欠简洁精练。

如"六月夜半屋漏雨，妃睡湿处女眠干"；"衙门官马黎民养，自古到今都皆然"等，这些句子，较为别扭、生硬，不甚流畅；有些字半文半白，真把它当作民歌来唱，恐怕是难以朗朗上口的。

　　瑕不掩瑜。如果说《凤凰歌》是一块光彩夺目、瑰丽耀眼的美玉，那么这些小小的毛病，仅仅是这块玉体上的斑点而已。它的艺术成就是令人称道的。它仍然在新中国文学的画廊里，特别是在壮族当代文学史的宝库中熠熠生辉、闪闪发光。

［原载《广西师范学院学报》（哲学社会科学版）1983年第2期］

哲理深邃，形象感人
——评韦其麟的《寻找太阳的母亲》

叶橹

如果从《玫瑰花的故事》发表算起，书其麟已经在他那一片诗的园地里耕耘了三十来个年头了。正像大自然会由于各种原因而出现丰收或歉收的岁月那样，诗人的创作也会因主客观条件和因素的影响而呈现高产或低产的现象。更主要的是，诗人的产品是不能简单地以数量的多少来衡量其成就的高低的。以韦其麟而言，《百鸟衣》的发表标志着他青年时代创作的巅峰，就其在诗坛所产生的影响来看，也是他至今没有超越的高度。然而，评价一个诗人的创作，也不能简单地只从一个方面来衡量其成就得失。像《玫瑰花的故事》和《百鸟衣》这样的诗篇，对于韦其麟的诗歌创作来说，虽然是他的黄金时期，可是正如马克思在评价希腊艺术和史诗时所指出过的：“一个成人不能再变成儿童，否则就变得稚气了。"不管《玫瑰花的故事》和《百鸟衣》如何的标志着韦其麟在诗歌创作上至今仍然难以企及的成就，但那毕竟是一去不复返的青春时期的歌吟，它们虽然很有艺术上的特色，表现了青年诗人在艺术追求中的真性情，可是如果现在仍然要求韦其麟回到当年那种创作境界中去，则无异于以"老莱娱亲"式的肉麻当有趣了。一个人在创作上是应当永远保持艺术青春的活力的，但在对待生活和社会的观察体验上，则不会永远停留在一个水平线上。随着对生活和社会的各种不同层次的逐步深入观察和体验，人们总是不断地改变着他的创作主题和选材角度的。韦其麟虽然把自己的绝大部分精力投放到发掘本民族的民间传说上，并且力图通过诗的形式把它们表现得更完整更优美些。表面看来，他的这种对于民间传说的整理和发掘，似乎与现实的社会关系不大，其实则不然。问题在于，诗人在现实生活中的一切观察体验和艺术感受，往往会引导他去有意识地关注某些与之产生感应的题材。这就是为什么即使同一题材而在一个人的不同阶段中会从不同角度把握和处理它的主题的缘故。

三十年来，韦其麟不断地从本民族的民间传说中发掘出一些有意义的题材。然而在相当长的一段时间里，精神上戴着沉重的枷锁而使诗神也几乎远离了他。他虽然不时发

表一些诗作，但却缺少当年的那种艺术光彩。直到粉碎四人帮而获得精神上的解放之后，他的《凤凰歌》在全国少数民族文学创作评奖中获奖，人们才似乎记起了这个久违了的壮族优秀诗人。《凤凰歌》虽然获奖，但它所激起的反响却远逊于当年的《百鸟衣》。个中原因我以为一是这首诗过于拘泥于那种山歌的形式，以致很多地方显得束缚了诗情的伸展自如；另一方面则恐怕是因为作者把现实的人与传说中的神的界限搞得混淆不清，以致人神不分，使读者丧失了艺术鉴赏中的真实感。《凤凰歌》不同于《百鸟衣》。人们愿意相信幻想中的大公鸡变成依娌，却不能接受现实中的达凤用山歌把武装的敌人随意调遣。这是属于两种不同的艺术欣赏的范畴，任意混淆它们的界限就会破坏艺术作品的和谐统一的美感的。其后，他又在《广西文学》上发表了一首《莫戈之死》，虽未引起重视，我却以为是他在进入新时期后在创作上有所突破的一篇作品。不仅在诗的情韵风格上表现着一种凝重沉郁的和谐之美，而且对诗的主题的开掘也是融入了作者多年的生活观察和体验的。

现在，我们又读到了他的《寻找太阳的母亲》（载《三月三》一九八四年第四期，以下简称《母亲》）。作为三十年前的同窗好友，也作为一个一直关切并喜欢他的作品的读者，我觉得应当谈谈我的感想和看法。

两年以前，我曾经写过一篇论及他的叙事诗的文章。当时我认为他应当在自己所擅长的领域内发挥自己的才能，做到扬长而避短，以便充分发挥个人的艺术优势。我并且断言，他绝非感情冷漠和思想僵化的人，在解除了精神上的束缚之后，我们是可以寄希望于他的未来的。读了这首《母亲》之后，更增强了我对自己这个判断的信念。

《母亲》初稿写成之后曾寄了一份给我，现在发表的初稿的定稿与之相比，有较大的改动和发展。据他在给我的信中说，这个传说原来很简单，但是他却一直为之动心，总想着要写出来。现在几经修改，终于得以问世了。

的确，《母亲》一诗，严格说来是不具备作为一首长篇叙事诗的故事情节的。从现在成篇的诗作看，作者也不打算叙述一个娓娓动听的故事，像他曾经在《玫瑰花的故事》和《百鸟衣》中所做过的那样。但是，这首没有什么情节的故事长达六百多行的诗篇，仍然能够让我们津津有味地读下去，是自有其内在的艺术因素的。

我始终认为，如同应当允许各式各样的抒情诗存在一样，也应当允许对叙事诗的多种不同写法。不过不管怎样写叙事诗，首先必须要求作者对他所写的题材有深刻独特的感受，是真正为他所写的题材"动心"的。这首《母亲》之所以突破了作者多年来在民间传说题材写作上的徘徊局面，我以为首先是因为他从这个题材中"感应"到了一个长期萦回于脑际的对于人生思索和探求的问题。他为之"动心"的感情基础，使他产生了浮想联翩，使他萌发了艺术构思，连绵不断的诗行从灵感的源泉中奔涌而出，使通篇的诗句都渗透了感情的乳汁和色彩。没有这丰富的感情作基础，这样一个简单至极的传说是不可能铺陈敷衍成一首长诗的。

那么，使作者"动心"的是什么呢？恐怕就是"母亲"的那种无私的献身精神，以及她矢志不移的坚定信念吧。她不仅自己为寻找太阳而甘愿献身，而且把自己的信念寄托在尚未出世的孩子身上，用两代人的连续追求来实现众人的委托。这个传说虽然简单，但它的寓意却太富于哲理的内涵了。作者正是从自己几十年的人生体验中"触发"和"领悟"了这个传说的哲理内涵，深深地为这个母亲的行为所感动了。于是，一个虽然违背起码的科学常识但却有着永恒艺术生命力的、"永远年轻"、"却又非常非常的古老"的传说，便被诗人的艺术思想和丰富想象力所充实，为诗人的感情色彩所涂抹，写成了这样一首能够令人一唱三叹的感情真挚和哲理深邃的诗篇。

诗人只是徒然具有对某种哲理的"触发"和"领悟"的能力是远远不够的。他需要寻求到富有感性特征的细节表现。《母亲》的故事虽然在总体上经不起科学眼光的检验而显得荒诞不经，但在细节的艺术描写和表现上却总是力求符合人情的真实和具体的感受的真实。在艺术创作中，这是一种属于总体的故事情节"不真"而具体描写十分真实的写法，特别是在神话传说和幻想小说中，这种情况相当普遍地存在着。因此，母亲去寻找太阳虽然是不真实不可能的，但是人们对于光明的向往却是真实可信的，由于追求光明而产生的献身精神是令人崇敬的。在追求光明的过程中由于能够正确地估量必将遇到的困难和坎坷因而建立起以两代人的努力来实现理想的愿望，这正是人类在与大自然进行的斗争所获得的信念。所有这一切，使《母亲》这首长诗在具体的情节进展中具有了艺术的说服力。而它的那种对于人与人之间的充满崇高精神和人情味的描写，不仅是对于人类社会的一种理想化的幻想，恐怕也未尝不交织着作者对我们现实社会中不够理想的人与人之间关系的警策。在那混沌未开的社会里，为了寻求太阳，人们争相前往：

> 人们的心胸，充溢着
> 从未有过的如此庄重的情感；
> 人们的脑际，流动着
> 从未有过的如此崇高的思想。
> 谁都怀着最真诚的意愿，
> 谁都怀着最圣洁的向往，
> 期望着，神圣的使命
> 落在自己的肩膀。

于是，老人、青年、孩子都各自陈述自己要去寻找太阳的理由，但只有那"年轻的孕妇"说出了最有说服性的理由："让我去吧！/我知道/我也走不到那遥远的地方；/而当我死去，还有我的儿子，/继续我的道路，走向太阳。"真是一幅何等亲善的人间友爱互助的图画呵！年轻的孕妇，未来的母亲，作为传说中的光明的寻求者，她的存在是不可信的；可是作为一个具有人类崇高感情的人，作者却把她写得具有血肉丰满和细腻入微的精神世界。离开了故土和亲人，她会感到"难以排遣的如此深切的眷恋"：

> 千百次走在家乡的土地上，
> 从未感到脚下的泥土如此温柔；
> 连路上那些小小的石子，
> 都频频亲吻她的脚掌。
> 高大的巨榕，用下垂的气根，
> 轻轻地抚着她的长发；
> 路边，那天天板着脸孔的石岩，
> 也向她露出脉脉含情的微笑……

作者就是这样以如此深情、具体的笔触写出了真切如历历在目的画面，写出了人的精神活动丰富世界的。他笔下的母亲，从象征意义上说，只是一个光明的追求者的崇高形象。然而她的矢志不移的献身精神，为实现理想而不惜一代一代奋斗下去的坚定信念，并不是以抽象的形式体现在诗篇中的。她的感情，她的精神，都让我们感受到是一个有血有肉的活人，所以这个艺术形象才会产生撼人心魄的艺术力量。这个有着质朴而善良的心灵的妇女，当她"踏上了在她面前伸向远山那边的／为人们的希望所指引的道路"之后，我们的心也随之而去经受"风雨和迷雾"与"寂寞和荒凉"的考验了。在"漫长而坎坷的跋涉"中，在"危难与艰辛"的阻绊里，年轻的母亲迎来了"新的生命的诞生"：

> 它向天地郑重地宣告：
> 走向太阳的道路，
> 不会消失在黑暗与寒冷里了；
> 走向太阳的道路，
> 不会因母亲的生命终止而中断了！

这真是一个神圣而庄严的宣告！它的象征性的意义绝不是在于这"一个"新生命的诞生，而是意味着人类将因之而获得永恒的光明。

如前面所指出的，《母亲》一诗绝不企图以娓娓动听的故事情节来打动读者。它的目的在于揭示母亲及其儿子的追求所蕴含的深邃哲理。然而这个哲理又绝非以冷冰冰的抽象形式和逻辑论证来给以体现的。母亲的形象所具备的丰富的感性特征使人们能够更加具体深入地去把握总体的哲理内涵，诗人自己深沉真挚的激情为全诗增加了强烈的感情色彩，使这首诗在总体形象的象征意义和感情渲染上都取得了强烈的艺术效果。说句实话，一个年近"知命"之年的人在感情上的凝结往往使他不太容易为文艺作品所动容，而我在读《母亲》时，却常常好像感受到了作者内心感情的搏击和碰撞所产生的艺术冲击波，它也使我的心境躁动不安，使我的感情不能平静。有些诗句，看来好像平淡，但却像刀刻一样印入了我的脑际：

　　母亲背着她的孩子，
　　走在没有道路的荒原。

　　一个忍辱负重的跋涉者的形象，一个在心灵中始终燃烧着信念之火的探求者的形象，就这样在如此质朴明朗的诗句中像雕塑般树立起来了。细想起来，也不仅仅是这两行诗的艺术功力，它只不过起了一种水到渠成、瓜熟蒂落的作用罢了。

　　我始终相信，《母亲》这个传说之所以如此地使作者"动心"，是与他数十年的人生观察和体验分不开的，与他在现实生活中的深刻感受分不开的。否则，这首诗不可能写得如此动情，不可能有那么多耐人思索的艺术内涵和精警的诗行。一个人的精神气质和感情色彩是否真正水乳交融地渗透到他所写的诗篇中去，这不能只从诗中去了解，还需要知人而论诗。我比较欣赏他的《莫戈之死》而不那么恭维其《凤凰歌》，是因为我认为前者比后者更多地体现了他的精神气质和感情色彩。这首《母亲》之所以被我认为是他创作上的又一次突破，不仅是因为它的哲理深度，更在于它是融进了作者对人生的真切体验，是比较充分地体现着他的精神气质和感情色彩的。我甚至能够从一些插曲式的诗行中感受和把握到作者对人生和现实的思考：

　　无声的茫茫的荒原啊，
　　难道不堪寂寞而阴冷的岁月，
　　早已在绝望之中死去了么？
　　还是象母亲背上襁褓中的孩子，
　　什么也不理会，沉沉地入睡了？
　　或者，在阴暗里对光明的长久的盼望中，
　　在寒冷里对温暖长久的祈待中，
　　积蓄了太多的失望而颓唐地缄默？
　　现在，也应一改往日的淡漠呀，
　　抖掉那过分的对什么也不相信的冷峻，
　　对远来的母亲表示应有的热忱啊。

　　这正是发自作者内心的真挚而深沉的呼唤。他把自己的激情献给了那个矢志不移地寻求着光明的母亲，又怎能不对荒原的冷漠和缄默表示遗憾呢？当然，母亲的信念最终是在儿子的继续追求中实现了。她和她的儿子以自己的光荣献身而使大地变得温暖和光明,"所有在黑暗的蒙蔽里昏睡的都苏醒了,一切在寒冷的威慑下匍匐的都起来了"。这就是够了!对于最初的光明的追求者来说,这就是他的生命不朽之所在。《母亲》这首诗所具有的象征意义也就在这里。

《母亲》是一个伟大的象征,这个象征的丰富而深刻的内涵使它成为一个虽然十分古老而又永远年轻的故事。韦其麟终于在饱含辛酸和痛苦的人生体验中,在对于生命的欢乐和光明希望的渴求中,表达了自己坚定的信念。这正是使他这首《母亲》闪耀出艺术光彩的根本原因。他在《母亲》中所表达出的这种信念所具有的象征意义,将会在人类社会不同的历史时期中被人们赋予它常新的内涵。我不禁想起了歌德的《关于艺术的格言和感想》中的一段话:"象征把现象转化为一个观念,把观念转化为一个形象,结果是这样:观念在形象里总是永无止境地发挥作用而又不可捉摸,纵然用一切语言来表现它,它仍然是不可表现的。"引了这一段话之后,我觉得关于《母亲》一诗,已经不需要我作更多的饶舌了。要了解和把握它,还得细心深入地去反复吟咏它。

一个诗人在毕生的不懈追求中,不可能永远处于直线上升的状态中。因为艺术创作不同于工艺操作,不能因技艺的熟练程度而使产品日益精湛。艺术创作中出现徘徊和低潮,甚至可以说是普遍的规律。《百鸟衣》之后,韦其麟没有写出产生广泛影响的作品,那原因是多方面的复杂因素所构成的。我相信,《母亲》的发表将标志着他进入中年以后在创作上所达到的另一高度。他的诗的领域是在发掘本民族的精神遗产。这样的发掘,绝不应当仅仅是对古老传说的重复,应当像《母亲》这样,赋予它常在常新的主题意义,赋予它能够体现我们的时代精神的艺术内涵。一个诗人,应当把自己对于人生和现实的深刻观察和体验,溶化到他所"感应"到的创作题材中去。这种"感应"当然不仅仅是感情上的共鸣而已,而且应当从中发掘其深邃的哲理内涵。能如此,则虽是写古老的民间传说的题材,也仍能使之艺术生命永葆青春。

对于韦其麟,我仍是那句话:在自己所擅长的领域内发挥艺术的优势,扬长避短,不懈地努力追求,能如是,则可寄更大的希望于他的未来。

(原载《三月三》1984年5月号)

谈韦其麟的《含羞草》

王溶岩

韦其麟是一个以写叙事诗著称的壮族诗人。闻名于诗坛的就有：《玫瑰花的故事》《百鸟衣》《凤凰歌》和叙事诗集《寻找太阳的母亲》。抒情诗，他可谓偶尔为之。不久前，湖南文艺出版社出版了一套《民族花环》诗丛。他的《含羞草》是这套诗丛的第一本，也是他抒情诗集的第一本。然而他的抒情诗造诣却很深，创作得非常漂亮！

集子选收了诗人三十二首抒情诗，绝大多数为短小之作，也有洋洋洒洒百行以上者。它们艺术的总内涵是：渗透和融化了诗人多年的社会生活的体验和观察，无论是对丑恶、黑暗的鞭挞，还是对美善、光明的讴歌，都透视出了作者思想上的深刻、犀利及感情上的真挚、深沉。

众所周知，我们的历史曾走过了一段长长的弯路。而我们的诗人，也同祖国、人民一道，历经沧桑。一九五七年，诗人"带着一种莫名的心绪"（见《回首一瞥》）离开大学以后，先后当过林场工人，被下放到农村、农场，在干校做过牧马人，在桂北山区修过铁路，还在药场种过中草药。政治生活中频繁发生的不正常现象，弄得他"很少想到自己是不是文艺工作者"了（同上）。难苦岁月的底层生活，无疑使他看到了人间百态，加深了对社会生活全貌的认识。于是，他"让庄严的思想展开沉重的翅膀"（《忧郁》），在思考的天间来回盘旋。韦其麟就是韦其麟，他是一个严肃的诗人，他尊重自己的眼睛和内心的感受，绝不欺骗读者，违心地唱那些平庸的赞美诗和轻飘飘的田园牧歌。他疾恶如仇，以入木三分的笔触，对社会生活中的丑恶现象给予了无情的抨击。如《滑稽》读来是叫人多么痛快！诗人站在了人民和正义的立场，对我们经受过的那个时代做了真实的刻画和概括，对黑白混淆、是非颠倒的社会现实进行了机智的揶揄和严厉的讽刺！再看《伪善》，诗人的眼光是如此锐利、如此尖刻，像庖丁解牛一样地，把伪君子的画皮剥得丁点儿不剩，叫他们在阳光下原形毕露，即使以后再想骗人，也不那么容易了。

集子中的这类诗作，具有强烈的思辨色彩和勇敢的批判精神，充满凝重的历史感，富有较高的认识价值和审美价值。对奸佞、邪恶、黑暗愈加痛恨，对人民、正义、光明也就愈加热爱。《老牛》《山顶》《桥墩》《群峰》《红水河——永不苍老的河》等作品，抒写了人民、民族吃苦耐劳，坚韧不拔，胸怀坦荡、执着追求的高尚品德和精神境界。而对今天崭新的生活，诗人在《乡情》《家乡四季》等诗作中，也做了热情的、客观的反映。作者爱憎泾渭分明。他的爱是深沉、真切和发自内心的，没有令人生厌的矫揉造作，因为它建立在对历史的批判之上。铿锵有力的还击本身就是一种爱的自然流露，它比直截了当地夸赞更容易被人接受和肯定。道理就在于，诗人的表达是清醒的，而不是盲目的；是理智的，而不是冲动的；是成熟的，而不是幼稚的。整个诗集，我以为是作者多年的批判性思索的结晶。时代在诗人心灵留下的轨迹清晰可辨，而历史的积淀和丰富的意蕴，则决定这本薄薄的集子具有了相当的分量。

在诗歌创作的艺术表现方法上，我们的诗人已经不满足于早年的那种浪漫主义色彩的涂抹——用幻想的真实来取代现实的真实，而是在不抛却幻想的基础之上对自己所处的社会现实以更多的观照。比如在《山顶》中，诗人细腻地、雕像般地刻画了肩负重荷的挑夫形象。诗人敏锐的观察，深沉的吟哦，将一位普遍的体力劳动者的形象富有质感地凸显在读者眼前，使我们即刻就能体味到像这位挑夫一样的芸芸众生劳动和生活的艰辛，而他们的意志又是那么的顽强！稍作思考，读者就能品味出弦外之音。在很长的一段日子里，平民百姓的人格、尊严、价值何曾受到尊重和承认？在权贵们看来，他们只是两条腿的工具或奴仆，卑微至极，如同草芥，如同又娇又小的灌木，可我们的诗人称他们是"最高的山顶"，是民族的脊梁！字里行间，流溢着对权贵的彻底否定！在故里走访，作者也是直面现实的。一棵被当作神灵顶礼膜拜的榕树，也能勾起诗人对过去的反思。因为他的"威严""肃穆"和"冷漠"，孩子不敢在它下面玩耍，大人也不在它那儿讲古，从此远离了人们。长期的香火缭绕，它终于死了，倒了。这里，作者对荒唐年月的荒唐事，作了形象的、认识论上的总结。

现实主义的旗帜在集子中得到了张扬，而具体的表现手段，则是以象征的广泛运用为主要特色。在《小舟》一诗中，诗人通过小舟、藤缆、木桩、奔流的春水等意象，组成了一幅整体象征的画面，其含义是多层次的和不确定的。它们可以依次分别象征自己、人为的羁绊、时代的潮流，或者理想、灾难、历史趋向，或者爱情、陈腐观念、韶光年华，等等。这种手法的优点能给读者提供参与诗人创作的天地，借此宣泄自己的人生体验、情感和欲望，而且能使作品富有空灵、含蓄、暗示、婉约之美，越是咀嚼越有滋味。

诗歌是语言的艺术。诗歌语言既有一般语言的本质属性，又有自己的独特要求，即多义性、跳跃性、可感性和音乐性。韦其麟的抒情诗在后面的两性上是颇下功夫的。关于节奏的对称、规则化的律动、自然和谐的音韵，还有那诗人从创作初期就一直保留下来的排比句式的运用，这些音乐性方面的特色我就不想多讲了，只侧重谈谈他诗歌语言的可感性问题。我认为，诗人的文笔比青年时代更娴熟了，才情也丝毫没有滞退。他很善于化抽象为具体，把情绪和不具形的物质，变为可触可感的东西。《欢乐》表达了一种明朗向上的情绪，而"欢乐"是什么呢？"欢乐"情绪本来是无形的，他却连用六个渗透主观感情色彩的意象，不仅把无形变成了有形，而且自然地流露了作者那乐于创造、积极进取的人生观。"忧郁"在他笔下也同样具象化了。清人袁枚在《随园诗话》中说："一切诗文，总须字立纸上，不可字卧纸上，人活则立，人死则卧，用笔亦然。"诗人把忧郁的情绪同太阳的跃动和激流回旋连在一起，情绪就获得了实在的物质运动的形态，它就不再是静止的、平面的，而是跳荡和立体的了，富于生命气息。而且，云锁红日和坝阻激流的意象，在表达诗人情绪的功能上是十分准确、生动和丰富的，其艺术效果真正达到了情景交融、意境新鲜，有声有色、韵味悠长！然而云终究遮不住太阳，坝也毕竟挡不住大江。当严冬消逝春天来临以后，诗人在《火焰般的木棉花》里综合运用意象和排比等手法，以一泻千里、排山倒海的激情，酣畅淋漓地抒写了他的理想和对光明、自由、幸福的痴爱！

　　集子的艺术特色还需提及的是作品构思的精巧。从寥寥数行的短诗到超过百行的长作，诗人几乎都是从身边的事物中去摄取诗情，去开掘意境的。一粒种子、一棵树木、一泓清泉、一场魔术表演，都能够成为作者思考的媒介，而发现又往往胜人一筹。

　　"喂，你小子吹得这么好，那就没有缺点啦？"也许有人会这么不服气地问。缺点当然有，世界上完美无缺的艺术品大概是没有的。我想诗人自己一定是在结集之时早就认识了，不然为什么要把集子的名称，题为"含羞草"呢？

（原载《南方文坛》1988年第5期）

读诗集《含羞草》

文浅

　　近些年来，我们的诗歌创作在繁荣发展的同时，出现了某些追求个人逸趣、孤芳自赏、沉迷在个人小天地里，实际上远离了现实和人民群众的诗歌作品，这些作品受到了广大读者的"冷落"。有人据此认为诗歌创作出现了"危机"。如果把当前出现的"报告文学"和"纪实小说"大受读者热烈欢迎的盛况，和诗歌加以比较，说诗歌受到读者的"冷落"，知音日益稀少，这也可说是事实。但是否就能认为这是诗歌创作的"危机"，将会导致诗歌创作的萧条！甚至推断出诗歌创作的花朵将会在文艺百花园中枯萎、凋谢呢？我认为恐怕未必到如此严重的地步。

　　因为，某种文学样式或艺术体裁，它的产生、发展、繁荣兴旺，或是萧条、衰落，都有其深刻的复杂的原因。在我国文学发展历史中，诸如唐诗、宋词、元曲、明清小说其在各个时代出现繁荣兴旺的景象，引起强烈的社会反响，而其他的文学样式相对地显得"萧条"，这是由现实的、历史的、社会的，多种多样的复杂原因所形成的。应该说这是不足为奇的正常现象。当前，我们处在改革、开放、社会急剧变革的时代，各种社会矛盾杂然纷呈，作家、诗人和广大读者的思想十分活跃，人们都力图在新形势下去探索、追寻和表现新的思想、新的内容以及与此相适应的艺术形式；广大读者也要求文学作品适应的艺术形式；广大读者也要求文学作品适应他们的兴趣、爱好。因此，当前诗歌受到读者的"冷落"，实际上反映出读者对于文学样式需求的选择，也说明了诗歌创作在某些方面不能适应广大读者的更高的要求。

　　因为，在任何历史时期，无论何种文学样式或艺术体裁的作品，都要能够真正反映广大群众的迫切要求和共同愿望，表达出他们的思想感情和心灵呼声，能够满足和丰富群众精神文化生活的需要以及艺术精美的作品，才能够真正受到广大读者的"青睐"，引起他们阅读作品的兴趣，尤其是诗歌，还需要更高层次的阅读能力、欣赏水平和审美情趣，才能真正理解作品所蕴含的思想意义、人生哲理。因此，那种远离现实的、远离群众的"纯文学"作品，并不一定受到广大读者的欢迎，这也是正常的、不足为奇的。我们没有理由责怪读者,更不能埋怨诗歌读者欣赏"水平低"。所以,当前要摆脱诗歌受到"冷落"的局面,最根本的就是要靠诗人拿出好作品来。

以上这些零星想法,大约是最近读到了壮族诗人韦其麟同志的诗集——《含羞草》(湖南人民出版社1987年9月第一版)之后所引发出来的一些认识。五十年代以长篇叙事诗《百鸟衣》而蜚声新中国诗坛的韦其麟同志,在经历了长期的波折之后,近年来陆续向广大读者奉献他的新作,而《含羞草》可说是诗人在崎岖不平的创作道路上迈开了新的一步!

如果说韦其麟同志创作《百鸟衣》时,在作品表现思想内容的深广和诗人对社会、人生的认识还带着单纯、天真、稚气的话,那么,《含羞草》却表现了诗人对社会、人生认识的深化,显示出诗人在生活道路上饱经忧患、历尽艰辛后,对复杂的社会矛盾、变幻的政治风云和人生有了更深刻的理解和更清醒的认识,因而,作品在思想和艺术上都显得更加成熟、完美。

《含羞草》虽然只收集了作者三十多首作品,但它却使读者感受到一个具有良知和高度社会责任感的作者,对祖国、民族的命运和人民群众所倾注的无比关切之情。尤其是在反革命集团——"四人帮"倒行逆施的岁月里,黑白颠倒,是非混淆,正义和真理遭到践踏、蹂躏,祖国和民族蒙受了极大的灾难,人民群众也饱受痛苦,在这种情况下所造成的畸形的社会现象和复杂矛盾,往往使人难以理解以致陷入迷惘、苦闷之中,这自然会引起诗人的忧郁、沉思和不安:

> 我常走在回乡的路上,
> 我常因此快乐得发狂。
> 一座大山却横在面前,
> 巍峨的高峰云雾茫茫。
>
> 我走不出迷茫的雾障,
> 我越不过险峻的山梁。
> 我的家乡是那样遥远,
> 我的心里是这样荒凉。
>
> ——《梦》

作者怀着对故乡无比热爱的感情回归故里,但现实的迷雾却笼罩在前进的道路上,使本来近在咫尺的故乡变得那样的"遥远"那样的"陌生";诗作题名为《梦》,但这梦境实际上是现实的写照,只不过诗人希望这令人感到"遥远"、陌生的故乡是"梦"而不是现实。这种矛盾的心理,反映出作者对故土、乡亲横遭"四人帮"反革命路线蹂躏所产生的深沉的忧虑，眼见迷茫的浓雾笼罩着故乡的土地，从内心深处产生"荒凉"冷漠之感，表现了作者对人民群众所受灾难的切肤之痛。诗作中流露出的痛苦的呻吟和忧郁的声音，正是祖国、民族遭受灾难的历史时期在诗人心灵上所留下的创痕！然而这种痛苦的呻吟和忧郁的声音，不是那种缠绵悱恻的个人哀伤，也不是花前月下失意的悲鸣，而是在深沉的忧郁之中，"哲人站在历史长河的岸上，让庄严的思想展开沉重的翅膀"（《忧郁》），使人们在痛苦忧郁之中去深深地思考、寻觅……它在充满忧郁、悲愤的呻吟中，蕴含着民族、祖国、人民要自强、要崛起、要振兴的呐喊！因而当祸国殃民的四人帮被粉碎之后，诗人敏锐的眼光看到了祖国的未来和民族的希望，抑制不住内心的激动而纵情歌唱春天的到来："那曾受霜打的叶子"，"由于温暖而绿得闪亮"，"曾被冰封的流水"，"都奔涌着欢愉的波浪"（《春天》）；"痛楚净化了灵魂的污浊，真理在医治岁月的创伤"（《欢乐》），广大群众"纯朴的心田"都会有"鲜花开放"。从这些诗作中，我们可以看到，作者是把个人的命运和祖国民族的命运紧密联系在一起，作者是和广大人民同呼吸、共命运的。

　　正由于诗人把自己和民族、人民的命运联系在一起，他就敢于面对现实、面对生活中复杂的矛盾斗争，选择那些和广大人民息息相关，或为千百万群众共同关心、感受到的重大社会问题和重大的政治斗争为题材，通过诗人独特的发现和感受，表达出群众共同的心声。我们看作者写的《社公树》。

　　作者所描绘的"社公树"，是和"所有的榕树都一样的榕树"，但"和其他榕树又不一样的榕树"，因它是村里的"社公树"。（"社公"，是"保佑村庄的土地神"）于是这棵大榕树就成了神的化身，每当逢年过节，树前都"摆着供品"。

> 谁家生了孩子，
> 谁家起了新房，
> 都给它挂起五彩花灯，
> 祈求它的保佑和祝福。

由于这是棵"神树"，除了祭祀之外，人们不敢（也不准）在树下"玩耍"，即使是无知的儿童，非常向往树荫下的这片"乐土"，但慑于神的威严或怕亵渎神灵而招来大人的打骂和神灵降下的祸殃而不敢涉足其间，这棵树在孩子们的眼里是：

> 它显得那样威严而冷漠，
> 它并不感到寂寞和孤独。
> 虽然天天和它见面，
> 但它在我们的心中，

>   那样遥远，那样生疏
>   ……
>   哦，家乡的社公树，
>   远离我们心中的树，
>   它本应同所有的榕树一样慈蔼，
>   它本应同所有的榕树一样谦和。

"社公树"本应是"慈蔼""谦和"的，但它在人们心目中变得"威严""冷漠"，"遥远""生疏"，正是人们把它当作神灵加以侍奉的结果，尽管人们"敬畏"它，却是望而生畏，敬而远之。这自然使我们想起在"文化大革命"的岁月里，林彪反革命集团所掀起的对革命领袖的个人崇拜、个人迷信的狂热浪潮。本来领袖和群众的关系，绝不是神与人的关系。领袖本来就是群众中的一员，但由于他集中了群众的智慧、代表了群众的利益，为群众的幸福而斗争，这才受到群众的拥护、爱戴、尊敬，形成其领袖的地位。因此，领袖绝不会是高高在上、可敬而不可亲、可爱而不可近的"神灵"，如果对领袖顶礼膜拜、奉若神明，实际上只会造成离间领袖和群众之间亲密关系的恶果，正像诗作中描绘的社公树和村民、儿童之间的关系一样。

同时，作者选择"社公树"为题材，我认为还有更深刻的含意。就"文化大革命"时期掀起的领袖的个人崇拜的狂热来看，有人说如果在欧美一些国家就无法掀起这种狂热浪潮。我认为这是很有道理的。因为这种把人神化，以神来统治人们的思想，是我国千百年来所遗留下来的封建迷信思想的表现形式之一，加以我国广大群众长期深受封建迷信思想的毒害，并未从头脑中彻底根除，因而，当林彪之流利用群众对领袖的热爱心理，掀起个人迷信的浪潮时，便会有千百万人自觉或不自觉（有些是被迫）地卷进去。所以，作者通过《社公树》来告诫人们，应从社会历史根源上去加以认识封建迷信的遗毒，从中吸取教训，才不致重蹈覆辙。

另外，和《社公树》的意义有些相似的《独秀峰》，也无情地揭露那种脱离群众、孤高自傲、唯我独尊的现象，作品也表现出这种行为只会给自身带来冷漠孤寂和莫名的悲哀。

诗集《含羞草》有相当部分的作品显示出作者善于通过平凡的社会生活现象来表达具有广泛社会意义和人生哲理的主题。因为，诗人总是以他独特的眼光去观察生活、观察社会、观察人生。尤其是那些为人们所司空见惯的社会生活现象，平时并不引起人们的注意；或是注意到了，但并未从中发掘出蕴含的意义，而诗人则要善于去开掘、发现，所以，歌德说："不要说现实生活没有诗意。诗人的本领正在于他有足够的智慧，能从惯见的平凡事物中见出那引人入胜的一面"。因而，一旦诗人从这些常见的平凡的事物中，发掘出蕴含的意义，并将其提炼为诗的艺术形象，它就会在广大读者的心灵中引起共鸣。

韦其麟同志就是善于开掘平凡事物中的诗意的。如《魔术》：

　　明明是欺骗，
　　却能叫人喜欢。

　　明明在上当，
　　乐于欣赏赞叹。

　　何必辨真假，
　　一切都美妙非凡。

　　如果有人揭穿，
　　难免讨人嫌。

　　作品写的是人们常见的"魔术"，但其寓意当然绝非魔术。它所揭露的是生活中那些玩弄"魔术"手段的人们，想方设法将假的装扮成真的，借以蒙蔽舆论，欺世盗名。至于有人要揭穿玩弄"魔术"的底细，往往会使人"讨嫌"，应如何理解呢？实际上，作品使用的是讽喻的手法，是在告诫人们，切不可把虚假的当成真的，更不可被魔幻的外表迷惑而真假莫辨，而应该透过虚幻的假象，识破其本质和玩弄的把戏，这样，那些玩弄魔术者当然是会"讨嫌"的。然而，揭穿玩弄"魔术"者，是会得到正义者的支持和拥护的。我们还可以从《滑稽》一诗加以映证。因《滑稽》同样地用嘲笑、戏谑的口吻，无情地抨击了那种是非颠倒、黑白混淆、指鹿为马、血口喷人，把真善美诬为假恶丑的社会现象。

　　由于生活的多样性和复杂性，除了丑恶的事物之外，更多的是美好的事物，因此，作者除了揭露反动、腐朽、落后的事物外，也歌颂真善美的事物。因为"艺术的精神就是力求用词句、色彩、声音把你的心灵中所有的美好的东西，把人的身上所有的最珍贵的东西——高尚的、自豪的、优美的东西都体现出来"（高尔基：《给玛·格·亚尔采娃的信》）。请看《聋歌手》：

　　命运对你冷酷无情，
　　你对生活却爱得深沉。

　　命运给你一个沉寂无声的世界，
　　你给世界奉献热情的歌声。

作品塑造了一个不为命运所羁绊、束缚摆布，不甘于向命运低头屈服而顽强和不幸的命运搏斗的勇敢者的形象。虽然命运对"聋歌手"的无情，远远超过一般人所遭到的"不幸"，但他没有埋怨世界的不公平，也不向社会索取自己的需求。他是歌手却听不见自己的歌声，可他并不因此而沮丧、悲伤，他只能用心灵去倾听自己的歌声。这种不计个人的痛苦、得失，无私地奉献自己的一切，以给他人带来欢乐、幸福的精神、品德，应该成为人们思想行为规范的准则，是今天特别值得讴歌和提倡的。

和《聋歌手》的意义颇相近似的作品，还有《擎天树》：

高高地耸立云霄，
为什么树冠这么小？

——把阳光雨露，
让给身边的灌木小草。

这种不以自身的高耸入云而显示、自傲、夸耀，目空一切，甚至恃强凌弱，而是恭谨谦让、扶持弱小，共享"阳光雨露"的精神，看似平凡，但却是高尚而难能可贵的。又如《泉》，虽然"大海"中"是有它的存在"，"长河"中"也有它的存在"，但它"从来不爱喧嚷"；《含羞草》虽然"默默地给大地献一片翠绿"，却"耻于在风中招摇"。这些作品写得短小精巧、言简意深、耐人寻味，大都是以托物言志的手法来表现"默默无闻"的、高尚的奉献精神。

如前所说，《含羞草》虽然收集的作品不多，但它所选择的题材和表达的主题却是广泛而多样的。这是由于作者在坎坷的生活道路上经历不断增长，阅历日益丰富，生活视野不断扩大，必然会促使作者站在审视历史和现实相联系的高度上去回顾过去、把握现在、展望未来，因而作者在感受生活、观察社会、理解人生时，就会使自己的思路开阔、认识深远，扩展创作的题材、主题的领域，不至囿于狭小的圈子里。如《小舟》就从特有的角度来表现了具有新意的主题。诗作描绘的这只"小舟"，被牢钉的木桩和"藤缆"拴系在河岸旁，既未沉没，也未搁浅，眼看"春水""涌向前方"，自己不能随江流向前，只有摇晃不停，企图挣脱拴系的木桩、藤缆。它反映出人们一种共有的思想情绪——苦闷彷徨、焦灼不安，又苦于被拴系住了，因而竭力挣扎，想从旧的、不合理的束缚中挣脱出来，去追求、寻觅自由解放的新天地，又如《种子》，也颇耐人寻味。作者是鉴于一位朋友，把一棵"乔木"的种子"珍藏"在小玻璃瓶里有感而发：

真诚的珍爱？
却令人悲哀——

它本应是一柱擎天的栋梁,

本应撑起一片绿色的荫凉。

这首诗很容易使读者联想起当前生活中,某些父母对子女的溺爱。他们生怕自己的子女在外面经受风雨,总想让其在家庭狭窄的小天地里"成长",但实际上却娇惯、放纵了子女,扼杀了成长为栋梁之才的生机。当然,诗歌并不一定是写某一具体事物的,它是泛指具有典型意义普遍的事物,都不应该像这棵"乔木""种子"一样,把它放置在小瓶里,否则是会扼杀其生机的。所以这首诗所包蕴的哲理是值得人们深入思考的。

另外,诗集中的《桥墩》一诗,发表之初还掀起过一点小小的风波。记得还是"四人帮"横行时期,我碰见一位文艺界的朋友,他告诉我,有人认为,《桥墩》这首诗有"问题",看样子是又想找借口拿老韦(其麟)"开刀"了。谈论起来,我们除了为作者捏了一把汗外,也深感惶惑不安,说不定这又是一次什么批判之类的信号。同时,我们还谈论了一番这首诗,认为颇多革命的词句会有什么问题呢?但大家都很清楚,当时的批判,是不需要什么事实的。最后也不知什么原因,这事就不了了之。由于当时上述的传闻,所以《桥墩》曾给我留下深刻的印象。

在"四人帮"时期发表的《桥墩》,曾被编者增添了一些"革命路线"之类的词句,今天,在《含羞草》中,作者才恢复了诗的原貌。这首诗描绘的"桥墩","挺立在河道山麓",狂风"折断了千年大树",可桥墩"从不动摇屈服","任乌云飞渡",却永远"忠于职责""承担重负";"身在深山,心系着祖国首都","一双臂膀,怀抱着辽阔的国土","毕生为祖国献力,终生为人民服务",它让"社会主义列车向前飞奔",同样感到"幸福"。然而,在"四人帮"横行时,据说《桥墩》的问题之一就是作者经过了"文化大革命",不写工农兵而去写桥墩,这些说法岂不令人啼笑皆非!其实这首诗正是歌颂的一个伟大的集体——中国的劳动人民、工人阶级。歌颂她的勤劳、勇敢、无私无畏、刻苦耐劳、坚韧不拔,任乱云飞渡、狂涛冲击,她从不低下自己高昂的头颅。作品还歌颂了伟大的祖国和中华民族的民族精神。尽管我们的祖国、我们的民族,经常处在惊涛骇浪、狂风暴雨、电劈雷击之中,但她在任何时候就像桥墩一样,巍然屹立,不动摇、不退缩、不畏惧、不屈服,表现出中华民族具有的"威武不能屈"的伟大的民族精神。

同时,《桥墩》在艺术上也有鲜明的特色,即作者把奔涌的激情、深刻的议论和诗的艺术形象,有机地结合起来融为一体,节奏明快语言铿锵,从而使诗作显示出磅礴的气势。

综上所述,我们从诗集《含羞草》中,至少可以有如下两点认识:一是如本文开始所说的,读者在选择诗歌,诗歌要想得到广大读者的欢迎、喜爱,最根本的是要表现广大读者的要求和愿望,那种远离群众的"纯文学"和孤芳自赏的作品,是不会受到读者欢迎的;其次是《含羞草》的作者,是把个人的命运和祖国、人民、民族的命运紧密联系在一起的,因此,他才能以广大人民群众的眼光去认识社会、感受生活,表达出广大群众心灵的呼声,使自己的创作有了长足的进展,在坎坷的创作历程中翻开了新的一页。作者将诗集题名为《含羞草》,"含羞草"可说是作者的自我写照。由于作者具有"含羞草"的精神品格,所以,诗人就是一株"含羞草"!

(原载《广西师院学报》(哲学社会科学版) 1988年专辑)

《童心集》断想

如斯

一

编织那件迷人的"百鸟衣"的韦其麟，人到中年后，又捧出了《童心集》。

七十四首诗，是诗人心田里流淌出的七十四滴露珠，每一粒都映着一个世界。

这是一个透明的世界。

这个世界清新纯洁。她对桎梏有"隐恻"，对梅花有"质疑"，她知道含羞草为什么害羞……对一切"应该"的事情，她有自己的看法。

这个世界天真无邪。她相信小星星能长大，她尝试种不用煮就能吃的五香蚕豆，她不理解雾为什么总做出一副灰蒙蒙的样子，而不愿像彩霞那样热烈绚烂。

这个世界有如彩虹般充满神奇的魅力。踏在彩虹做成的桥上，拿着水壶往下洒水，便下雨了；端起盛着清水的脸盆，放在天井里，伸手便可以捉到月亮了；吞下一颗龙眼核，头上便长出一颗龙眼树了……

它是天真的，甚至是荒诞的。

飘忽中，它是那么真切；神秘中，又满含着深刻。

没有羁绊的奇想中，藏着哲理的启示。

这是一颗纯洁美丽幼稚又深奥的童心。

更确切地说，它是一种失而复得的回归。这个回归的世界里，积淀着作者全部的理想、知识、智慧和思索。

这是越过了坎坷，甩掉了世俗喧嚣的自由的世界。

呼吸一下纯净的气息吧。在茫茫的人海中穿行，倘若你累了，"童心"带给你的，是另一个世界的启示和享受。

二

　　这个世界自由执着充满着善良的爱。

　　她不受任何好的或不好的规矩的束缚。"你们"想的，她想了；"你们"没有想到的，她能想到；"你们"不敢想的，她也毫无顾忌。

　　她坚信她的世界一定存在。她没有什么现实的困扰，她也毋须得到谁的承认，她执着地唱着，抒发着童心的爱和善。

　　她用一颗纤细敏感的心，抚慰着一个个任人践踏的柔弱的生灵，从而给这个太需要温情的世界，增添了几许的暖色。

　　谁没有过这种纯净的心灵？在来不及经受污染的时候。

　　嘈嘈杂杂的生活中，多一分童心，世界该是什么模样？

　　然而这个世界却常常为我们所忽视。

　　韦其麟是这个美的世界的追求者、探寻者。他探寻了童心，也同时献上了自己的爱心。在这个长长的探寻中，那个"百鸟衣"的故乡，那片缀满菠萝荔枝龙眼的神奇的土地，一定给过他不少的启示。

　　是那片土地孕育了"童心"。

（原载《广西作家》1988年第1期）

读韦其麟《梦的森林》

陈卫

韦其麟以《百鸟衣》轰动五十年代末期的中国诗坛,当他捧出《梦的森林》时,"三十八年过去",这本散文诗集录下了诗人深沉的思绪,没有《百鸟衣》那种欢快的情调,以其臻至哲理境界的深度与广度,显示诗人成熟期的特色。

何谓"梦的森林'?韦其麟说"梦中,和我相遇的常向我倾诉自己的心迹。……醒来之后,便把这些倾诉记录下来。"这些"心迹"、这些"倾诉",都是些真实得令人心惊的诗句,读者会感觉到自己的灵魂也在"倾诉"中颤抖。诗人在诗(梦)里把作为社会的人的道德情操,摆在心灵深处的审判台前,诗与梦是尖锐的,又是繁杂的。有诗本身的诘问:"你教不歌唱金钱,金钱嘲笑你的寒伧";"你教我颂扬善美,而善美往往被丑恶所戏弄";"你教我赞美崇高,而崇高每每被卑鄙所亵渎";"你教我赞美智慧,而智慧常常被愚昧所评判"。诗中诉说一种不正常的社会现象引起的痛心之言。

"梦"中诗人对动物、植物、非生物进行拟人化的摹写,凸现他们的人格、道德品质。卵石、狗、蜜蜂、乌贼……都在向诗人袒露自己,诗人不顾它是不是人们所厌恶的,如乌贼放墨、墙头草的摇摆不定、狡猾的变色龙、丑陋的乌鸦、吓人的鬼火……它们似乎都有了与人的传统思维定式相反的异化思维,通过它们向诗人的倾诉,刺激着人的良知。请听《狗》的自白"我从不隐瞒我的爱憎。我对我所爱者热情摇尾巴,而且保卫他。我对我所憎者发出愤怒的吼声,甚至扑上前去撕咬。我不摇着尾巴去咬人。我不对向我举棍子的人摇尾巴。我是狗,就做一只堂堂的狗。我有狗的品格,甚至有狗的尊严,当然,也有狗的气味。"最后,狗竟义正词严地对诗人说"诗人,我接受你的鄙夷,然而,我却十倍地鄙夷你的某些同类——他们号称'人',却没有人的品格、人的尊严。我以我灵敏的嗅觉,我敢说,他们没有人的气味!"不管是曾经"摇着尾巴去咬人"者,还是对"举棍子的人摇尾巴"者,若还有良知,能不汗颜?诗人也不顾是不是人们所喜好的,如辛勤的蜜蜂、被焚的蛾、昂首的雄鸡、精致的镯子……诗人从它们美好的一面穿透过去,让它们对人给予的赞美进行辛辣的反讽,如《蜜蜂》:

> 我们活着，我们劳动，我们创造。
> 谢谢，诗人，我们不需要赞美。
> 有的赞美只不过是堂皇而无耻的欺骗
> 你给予我们廉价的高帽子，
> 是为了你餐桌上有更丰盛的蜜。

真使人羞颜以对！

除了赋予动植物以人化语言，诗人还将"廉耻""稳重""名利""无耻""谎言""美德""怜悯""知足""世故""虚名""天真"等等观念性东西同样人格化，让它们走进诗人的"梦"中。这些可褒可贬的概念虚体，竟用活灵活现的语言将自己惟妙惟肖地勾画出来。看"世故"是如何表演的："张开你热情的双臂，欢迎我吧，诗人。我将竭诚为你效力，我将指点你——怎样喜爱自己所憎恶的，怎样尊敬自己所轻蔑的，如何接受自己所不接受的，如何关心自己所不关心的。我将竭诚为你效劳，我将帮助你——反对你由衷所拥护所赞美的，力行你一贯地所反对所鄙弃的……"这些语言并无多少形象，却在读者脑海中浮现出言外之象，便成了性格化的语言。当然，下面四句"世故"勾画了一个有趣的脸谱：

> 愤怒的时候脸上堆起温厚的微笑，
> 痛苦时候唱起甜蜜的歌，
> 高高兴兴地悲哀，
> 快快乐乐地忧愁。

诗人将鲁迅的杂文笔法用到诗里来了。再看另一首《市侩》，只有两行。题下引了范仲淹"先天下之忧而忧，后天下之乐而乐"，"市侩"提出抗议：

> 诗人，我敢肯定——
> 你一定是把先后颠倒写错了！

这似乎不像诗，不是诗，但其诡谲之味却又非诗莫属。

因为自己有存在的价值而存在，不为他人的夸耀所打动；因为自己有存在的意义而存在，不为庸俗的行为所操纵；因为自己有存在的信心而存在，不为虚伪所迷惑。《梦的森林》中的每一个"梦"，都是诗人在梦想真实的人生，或许梦中的人生与醒来的世界不会和谐，"惊梦"是不可免的。前面说过，韦其麟颇有鲁迅的杂文笔法，但他不是更多地剖析社会，而是剖析人的灵魂，更多的又是剖析人的灵魂、性格中的丑陋部分，乃至让读者从反面去悟得什么是真正的人生，真正的人的品格和气味到底是什么！

既然是梦，那梦又可以是离奇的、荒诞的，"更向荒唐演大荒"。受尽人们嘲弄的愚昧的阿Q，荒唐的穿"新衣"的皇帝，在诗人的梦中，他们的愚昧和荒唐都荡然无存，阿Q为他"偷萝卜"辩护，"是的，我偷得不象你那样高明，高明得冠冕堂皇——无论盗名，无论窃利。""我偷得不象你那样丰隆而足以炫耀。然而我偷得比你光明磊落。"穿"新衣"的皇帝也把诗人问得张口结舌，"你笑我之可笑，而我却悲你之可悲"——"你为什么也和他们一样，赞美我华丽的'新衣'呢？你这标榜讲真话的诗人！"阿Q觉得自己至少还是"光明磊落""忠诚""坦荡"，因为他的丑用不着巧妙的遮掩，不像"正人君子"以"冠冕堂皇"来掩饰自己的"大偷"。以丑言丑，反有真实的美；以美遮丑，剩下的只有虚伪。穿"新衣"的皇帝更有些"悟性"："你一直以为，我一无所得么？是的，我失去了金币，也丢失了面子。而我也获得了我从来无法获得的真情——"那就是在世界上到处充满谎言，荒唐的游戏中暴露了造成荒唐的种种根由。

当然，《梦的森林》中还有不少清澈、明净、闪耀美的光辉的梦。书中有一组写桂林山水的飞来石、九马画山、净瓶山、龙腾岩、拿云亭、象山、骆驼山，诗人不是用浓词艳语重复"桂林山水甲天下"的景观，而是创造性地另辟蹊径，把这些山水名胜从人们滥俗的笔下解救出来，用"格式塔"去发现它们并没有物化的感觉。例如，漓江上的净瓶山，与它在水中的倒影合成一个完整的"瓶"，诗人听到它这样的倾诉："必须借助漓江心中的反映，才显出我的形象。你们人间看作高高在上的，在漓江心中，是低低在下的；你们人间看作低低在下的，在漓江心中，是高高在上的。感谢漓江，颠倒了人间的上下。于是，我才诞生，我才存在，我才真实，我才完整。"绝对是发人所未发，充满了哲学意蕴，也暗含对世人一味崇仰"高高在上"因而失真、失全的讽刺。

韦其麟是一位充满社会责任感和历史使命感的诗人，他的《梦的森林》中篇篇诗都是观照人性善恶美丑的明澈的诗镜，都是深有感触而发，乃至充满"不平则鸣"的声音。细细品味而激醒良知，在那些常见熟知的事或物反诘之下，我们的灵魂不能不为之颤栗！稍嫌不足的是有的诗写得太直太露，诗的语言过硬过实，缺乏一些梦中诗境迷离恍惚的美。

（原载《诗刊》1993年第6期）

寻回失落的世界
——论韦其麟的《给诗人》系列散文诗

蒋登科

人格、诗品及其他

诗品即人品，我一直相信这句话，无论读诗还是评诗，我都常常把诗人的作品与他的人生历程、人生追求联系起来看。诗是不能离开生活的，它是诗人心灵的外化，是诗人对人生与现实的态度的揭示，生活是生成诗人情感的最基本动因。虽然诗的审美人格与诗人的现实人格存在着一些差异，但是，我们必须承认，诗人的现实人格是诗的审美人格的基础，如果这二者相疏离，那么，我们就有理由说，这样的诗存在着不真实的因素。

从出版《百鸟衣》到现在，已有二十多个春秋，这期间，韦其麟又出版了《凤凰歌》《寻找太阳的母亲》《含羞草》《童心集》等长诗、诗集和散文诗集，虽然数量不算太多，但是，只要细细研读，我们就会被诗人在创作中所花费的心血、所奉献的真诚所深深折服，韦其麟是一位踏实的诗人，是一位爱诗如命因而不愿随便涂鸦以免损伤了诗的崇高的诗人。在西南师大中国新诗研究所读研究生的时候，我就细读了韦其麟的《百鸟衣》等作品，从他的诗中，我感受到了诗人对民族的爱、对人生的爱和对诗的真诚，感受到了他那颗追求正义、追求真理、不断求索的心。

韦其麟的人格是崇高的，这种人格常常体现在他对自己的诗的评价中。在《寻找太阳的母亲》的后记中，诗人自称他的诗只是"所谓的叙事诗""幼稚的习作"；《壮族民间文学概观》中的"作者介绍"对诗人的创作与研究也只写了"曾经发表过一些诗歌作品和有关民间文学的文章。"这与那些把收进了一篇文章的书也称为"专著"的人相比，我们诗人显得多么魁伟多么高大。

韦其麟只是踏实地生活着，只求不愧对人生、不愧对生养他的大地、不愧对孕育了他的心灵的民族文化。他的诗是他的人生追求的真实写照。他曾说过："写的时候，我从没有伪装过我的感情,我从不曾欺骗过自己的感受"(《寻找太阳的母亲·后记》)。诗人敢于说真话,抒真情,对所爱的就大胆地爱,对所恨的就入骨地恨。

有了崇高的人格才能有崇高的诗。1987年至1988年间,韦其麟以《给诗人》为总题写下了一系列精粹的散文诗篇,多侧面、多角度地展示了诗人的爱与恨,追求与鞭笞,显示出了崇高的艺术审美人格。

在散文诗《诗——致诗人》中,诗人写道:

> 你教我不歌唱金钱,金钱嘲笑你的寒伧。
> 我的心里充满着希望。
> 你教我颂扬善美,而善美往往被丑恶所戏弄。天地间不时荡着戏弄者得意的微笑。
> 我的心里充满了酸苦。
> 你教我礼赞崇高,而崇高每每被卑鄙所亵渎,天地间不时响着亵渎者的狂笑。
> 我的心里充满了痛楚。
> 你教我赞美智慧,而智慧常常被愚昧所评判,天地间不时飘着评判者阴凉的嗤笑。
> 我的心里充满了悲哀。

这是诗的呼唤,也是诗人自己艺术追求的直接展示。诗人崇尚希望、善美、崇高和智慧,然而,当希望落空,当善美"被丑恶所戏弄",当崇高"被卑鄙所亵渎",当智慧"被愚昧所评判"的时候,诗人便酸苦、便痛楚、便悲哀,从另一个角度展现了诗人的追求,因此,这酸苦、痛楚、悲哀是值得赞美与颂扬的,是诗人崇高人格的表现,也是我们评价诗人作品的根本立足点。

"作品人物"及其他

"作品人物"(persona)一词源于拉丁语的"假面具",是指诗人借用来以第一人称说话的具有主体特色的各种形象,这些形象常常包含着诗人的个性与品格,但有时候又超出诗人的自身,能够包容诗人自身所无法包容的情感内涵。比如,韦其麟的诗中的"狗",我们不能把这个"作品人物"与诗人的个人联系在一起,但诗人正好借用它把他心中所要抒发的感情抒发出来了。

美国评论家兰德尔·凯南在评论惠特曼的"作品人物"时说:"利用作品人物,诗人能够表现得非常独特,并且说出许多特别的东西,然而,如果诗人的声音只代表一个单个的平凡人——诗人自己——的声音,这一切是无法表达出来的。利用他的作品人物所允许的自由,惠特曼既能作为他自己——华尔特·惠特曼,诗人,——在诗中出现,也能分离开来,作为所有的个人,所有的普通美国人的精神而存在。他能够成为大自然的声音，展示它的所有的美，成为美国民主的斗士，以及各种行业中的美国人的代言人；惠特曼作为普通美国人的代言人发言，他的作品人物及其提供的自由使他成为他所观察的那个事物的一部分"（兰德尔·凯南《惠特曼的〈草叶集〉》［英文版］，皇家出版社1965年版第13—14页），通过"作品人物"，诗人可以自然地与自然、与时代、与人民联系起来，抒写出对自然、社会、人生的具有普遍性的见解、态度和认识。

　　韦其麟创作过许多优秀的叙事诗，善于借助单纯而完整的故事情节抒发自己心中之情，这种手法转化到他的散文诗中，就是他对"作品人物"的极大重视。他常常不是直接地抒写心中的感受，而是借助丰富的"作品人物"对"真诚的诗人"评说心曲的方式来展示，使诗显得开阔、真实、具有强烈的普视效果。同时，丰富的"作品人物"有利于多层面地展示诗人对现实、对人生的认识，使诗显得更深刻。当"狗"对诗人这样说的时候：

　　　　我是狗，就做一只堂堂的狗。我有狗的品格，甚至有狗的尊严，当然，也有狗的气味。
　　　　诗人，我接受你的鄙夷，然而，我却十倍地鄙夷你的某些同类——他们号称为"人"，却没有人的品格，人的尊严。我以为我灵敏的嗅觉，我敢说，他们没有人的气味。

　　　　　　　　　　　　　　　　　　　　　　　　　　——《狗》

我们便可以深深地感受到我们的某些人已经成为什么模样，甚至连狗都不如。

　　韦其麟散文诗的"作品人物"使他的作品在展示诗人的情感的时候具有了一种十分独特的角度，即通过外物为主体而形成诗与现实的距离感，"旁观者清"，这种距离感更有利于观照现实、观照人生，揭示其本质和置身其中时就难以发现的内涵。

　　"作品人物"的丰富常常体现出诗人认识生活的深度与广度。韦其麟散文诗中的"作品人物"往往就是诗的题目，有具象的，比如"卵石""皱纹""蜗牛""狗""蜜蜂""乌云"等，也有抽象的，如"时间""真理""信心""名利""世故""虚名"等，这些"作品人物"所包含的内涵涉及人生与现实的各个层面，涉及真善美与假恶丑的各个领域。诗人通过对真善美的受压抑或者假恶丑的招摇过市的揭示展示了他的人生观，艺术观以及潜存于心中的重重忧虑。

　　诗人在谈到《给诗人》系列散文诗的创作情况时说："人都免不了做梦，我也常常做梦。梦中，和我相遇的常向我倾诉自己的心迹。我多么感激，醒来之后，便把这些倾诉记录下来，倾诉者都把我当作诗人，因而在发表这些记录时，用了《给诗人》这样的一个总的题目。""倾诉者"就是这些散文诗的题目所示的"作品人物"，它们在梦中拜访诗人，真诚的诗人也未辜负其期望，通过迷茫而又是最清醒的"梦境"，抒写了人与社会应有的良知，说出了整个社会都在关注的问题。

时间、真理、美德、信心及其他

　　韦其麟诗中的"作品人物"都是人类之外的物象，并且可以分成两大类，一类是与人类的应有的追求相一致的物象，比如"真理""美德""信心"等等。同时也包括那些由于长期的文化积淀而富有褒义性内涵的物象，如"太阳""蜜蜂""马"等等；另一类也是数量最多的一类则是与人的应有的追求相反或者富有贬义性内涵的物象，如"痛苦""乌鸦""变色龙""名利""无耻""世故""市侩"等等。诗人借助这些物象或者歌颂人的美德，或者揭露人与社会的丑恶与虚伪，构成了一个充满活力与魅力的多姿多彩的艺术世界。

　　诗人通过与人类应有的追求相一致和富有褒义性内涵的物象，主要是正面地歌唱了人的品格与美德。这种品格与美德是人们都应该具备的，也是引领诗人情感流向和诗的审美流向的基础。

　　《生命》一诗歌唱生命在于向往在于追求这一普遍的人生哲学。万物都在追求，即使在达到目的之后，自己也将消亡，追求也是生命之必然。"山泉向往江河。虽然，它知道，达到自己所向往，自己也就消失。""山泉并不因为自己的消失而丢弃向往。"因此，"生命"说："唯有向往之美好，我才存在——于是有蓬勃的生命：禾苗翠绿，拔节抽芽。"深切地展示了诗人对于生命对于人生价值与意义的认识。

　　诗人写人之追求与品德不只是从一个角度落笔的，而是常常采用整诗对比的手法，把这些追求与品德的对立面摆在读者的面前。这种构思是别具匠心的，诗人希望人们在发扬这些品德、完成这些追求的同时要克服与弃绝与之相对立的东西，否则，追求将会变质，美德也可能变成丑行。

　　诗人这样写"真理"的自述：

　　　　我不高贵，但也绝不卑贱。
　　　　我决不是显赫权威的仆役，
　　　　我决不是豪门贵族的奴隶；
　　　　我从不是任何人顺服的侍者，
　　　　更不是受雇于人的佣工；
　　　　……
　　　　谁不尊重我，自己最终必受蔑视，
　　　　谁不相信我，自己最终不被信任，
　　　　谁敢戏弄我，自己最终走入被嘲弄的沼泽，

谁敢侮辱我，自己最终陷落耻辱的深渊。
我比一切严峻都更加严峻，
我是真理。

——《真理》

诗篇不仅揭示了"真理"的实质，而且从多角度揭示了践踏真理必遭惩治的人生哲学。目的是要人们尊重真理。"作品人物"在这里是抽象的概念，但诗人却用形象的手法把它具象化。诗中有诗人的影子，有诗人的对待真理的态度。

《信心》一诗，诗人写太阳、大海不因人的指责而放弃自己的个性与责任；高山不因浓雾的笼罩而惶怵，长河不因严冬的薄冰而惊慌；只有泥塑的菩萨害怕被摔碎，只有草扎的稻草人害怕被揭穿：揭示了"事实不畏惧谎言""存在不可能抹杀""欺骗才害怕事实"的道理，抒发了只要真实、只要真诚就应该自信的人生哲思。这种无畏的人生之爱、自我之爱正是诗人人生追求的哲光。

诗人歌唱"美德"："我是纯洁心灵之泉涌出的清莹，/我是高尚心灵之花散发的芬芳"。接下来，诗人抒写了与"清莹"和"芬芳"相对的"不是"：不是"高贵的华冠"炫耀于人前，不是"漂亮的时装"，"不是锦旗，可以悬挂而使蓬荜生辉"，"不是花瓶，可以摆设于富丽的厅堂"，这一正一反的"勾勒"展示了"美德"的本质及其所厌恶的东西。在最后，诗人这样写道：

我不是一种时髦的发型，可以得意地招摇于闹市，
我不是一个魔术的节目，可以表演于辉煌的舞台。
如果是这样，那是我的劫难；
如果是这样，我不再是我，我已沦为丑行。

——《美德》

这样的抒写更展示了美行之可贵，也更显示出诗人对崇高的美德的追求，没有美德的人是唱不出真正的美德之歌的，至少说不可能剔透地展示美德的本质。

歌颂性质的诗是不好写的，常常容易流于浅薄或说教，但是，韦其麟写的颂歌式的诗却不浅薄，我想，除了他选择的抒情角度有利于诗人的创作之外，他对所歌颂的对象本质的把握以及选用的揭示这种本质的形象和抒情方式无疑增加了他的诗的魅力。说到底，无论写何种类型的诗，诗人都要寻求不断创新的路径，走一条与众不同的艺术道路，否则，他就形不成自己的个性与风格。如果韦其麟按照他过去写叙事诗的方式来写抒情诗或散文诗，那么，我们就肯定读不到如此深蕴哲理，又如此富有艺术魅力的诗篇。写叙事诗的时候，韦其麟是一位善于叙事又善于在叙事中抒情的诗人；写散文诗的时候，

他把握的只是心中之情，他成了一位抒情气质十分浓郁的诗人。

在人们心目中，"蜗牛"是渺小的，然而诗人却通过"蜗牛"之口展示了它的坚毅："纵然，我没有达到目的，我已经逝去，却留下一条闪亮的我自己的路"（《蜗牛》）。

"乌鸦"是不吉祥之物，这是人们的普遍观点，然而，诗人却这样写："我以我不好看的翅膀飞翔，/我以我不悦耳的声音呼唤，""人们由于我的叫唤，想到了世界上并不是一切都吉祥如意，还有不吉祥的灾难在潜伏在窥伺"（《乌鸦》）。比起那种只唱颂歌的人来说，"乌鸦"要美得多，它敢于说人们不敢说的真话。

人与世界万物是相通的，不论是在品性上，还是在生命发展的历程上。因此，诗人通过自然之丑显示人类的某些更丑的东西是可行的。"变色龙"是一个贬义词，但"变色龙"却自称："诗人，你可以轻蔑我，可是，请不要把你的某些同类比作我，那是对我的玷污，那是对我的贬辱。无论如何，我这小小的爬虫，绝没有他们那样卑劣、那样无耻、那样险恶"。（《变色龙》），人之卑劣、无耻与险恶不是因此而显得更明晰了吗？

杜甫说过"富贵于我如浮云"。而"富贵"却说："浮云？看纭纭人寰，多少眼睛燃烧着对我的欲火，燃烧得何其炽烈，何其可怕啊！"（《富贵》），这又是一幅人间风景画。"无耻"则更大胆，它说："我能把你的灵魂带走，象那些拐骗妇女的人贩子那样，把你的灵魂拐骗，然后玩弄，然后带到遥远的地方，然后出卖，使之永远不认得归来的路。""请看，我的那些莫逆之交——那些风风光光而又洋洋自得的我的莫逆之交，谁还有灵魂呢？"（《灵魂》）。"虚名"也显得很自豪：

  我如同艳妇之青春，
  多少正人君子狂热追求而匍匐于我的脚下，
  多少堂堂的丈夫为我辗转不眠而神魂颠倒，
  君不见，在纭纭闹市，有人出卖自己，只为从我手中换取一顶廉价的桂冠而招摇过市。

——《虚名》

是的，这世界真善美与假恶丑有时被人为地易位。诗人敢于揭露这一切，是诗人的使命意识使然。他不能眼看着这世界永远失落，永远沉沦，他要用真诚、用丑恶对人的讥笑来唤醒人们，要寻回世界所失落的一切：真诚与博爱、善良与美德。诗人，不愧是时代的哲人，时代的魂魄。

因此，韦其麟的诗揭露丑恶是为了匡正现实，他的诗仍然是以歌唱希望、奉献、追求、真诚为中心的，这是人生的正确流向，也是诗人所选择的诗歌审美流向。于是，诗人在"乌云"中发现了奉献（《乌云》），他在"溪流"中发现了向往（《溪流》），他在"石灰岩"中发现了潜在的力量（《石灰石》），他在"礼物"中发现了"愉快的奉献"(《礼物》),他在"鬼火"中发现了"闪光家族的一员"(《鬼火》),他在"横杆"中发现了对奋斗与拼搏的渴望(《横杆》),他在"珍珠"中发现了真实(《珍珠》),他在"飞来石"中发现了良知与力量(《飞来石》)……虽然这中间还有人们的悲哀,因为他们还不曾发现;虽然"坏蛋"还迷恋着"在垃圾堆里"的"辉煌的归宿",迷恋绿头苍蝇的嗡嗡的赞颂,虽然"状元桥"还在渴望人们走过它而"平步青云",……但是,我们的诗人已为我们揭示了一切,失落的世界在诗人的心中得以复归,也将引导人们去把人生、现实思索,这便是真诚的艺术的审美力量。

情与理及其他

诗歌遵循的是情感逻辑,它蔑视叙述与推理。诗是不以说理见长的,虽然有些诗品种如哲理诗与政治抒情诗时有说理的诗句或诗节。

然而,情与理并不完全是水火不容的,当诗人所说之理与所抒之情达成一致的时候,理有时候还有利于推动情的铺展。

韦其麟的散文诗常常闪现着理性的光辉,这种光辉既是诗所体现的对现实、对人生的思辨,也是诗所体现的对人生哲学的直接揭示,对于读者,理性光辉具有确定性与指导性。

诗人在《真理》(又一章)中引罗曼·罗兰的话"人的特点就在于……为真理而牺牲自己"作为题记,诗的正文是这样的:

这就是人的特点么?诗人。
而那些为自己而牺牲我——真理的,又是什么东西呢?

这两个反问句无须回答,其中的包含已渗透在问句之中。这是诗的思辨性的表现,既有理,也有情,情理交融,相得益彰。

类似这样的篇章还很多,比如《大地》,诗人借雪莱的诗句"冬天来了,春天还会远吗?"为题记,引出了"如果没有严冬的冰霜"的反问。《狮中的鹿》更具特色:

你那么激赏狮子的英勇,
为什么赞美我善良?
这就是你的诗吗?

"激赏"狮子的英勇与"赞美"鹿的善良形成悖论,引人深思。

韦其麟的有些散文诗带有推理的色彩,比如《溪流》:"如果我躺在深山那安逸而宁静的深潭，如果我流进山麓那荒芜的积满腐叶的沼泽，当然，我没有颠簸的痛苦，但同时也没有了我的向往，我的歌唱。"有的还直接叙说道理。

  诗人啊，请告诉世人：
  不要玷污我，玷污我的同时也贬侮了自己，
  不要损辱我，损辱我的同时也丧尽了人的尊严。

——《礼物》

  但是，这样的理不是说教，不是把理论用形象排列，而是诗人情之所致，从生活中发现的人生哲学，因而不空洞、不枯燥，反而给人一种深邃之感、亲切之感。

  因此，当理与情融合的时候，理就成了情的闪光，情的深化，是诗人高度的文体自觉性与他的对现实和人生的深刻认识的完美结合。

结语及其他

  当歌德的《浮士德》出版之后，不少人要诗人讲述他在诗中说了些什么，歌德听后十分气愤，是的，如果书中所说的能用别的语言讲清楚的话，他为什么还要用六十年的心血去浇灌那些情感那些故事呢？

  诗无达诂。相对于原作而言，任何评论、任何解读都是蹩脚的。虽然我对韦其麟的《给诗人》系列散文诗进行了细细地品读，又经历了长久的思索，但是，我自知，这篇称作评论的文字是无法包容它丰富的内蕴和所体现的艺术成就的，有些问题甚至还没有提及。

  比如他的诗的传统感与现代感。韦其麟有很高的传统文化素养，特别是对他自己的民族有深刻的了解和深厚的感情。因此，他的诗常常把历史与现实相交融，从历史中发现现实，从现实中审视历史，具有丰厚的历史感与传统感。同时，他的这些散文诗所抒写的是现代人的感情，所揭露与歌颂的都是现代人生、现代社会，因而具有强烈的现代感。我从来不认为只有现代主义的诗才有现代感，现代感是关注现代人，现代社会的所有诗所具有的品格。

  又比如他的这些散文诗所体现出来的对诗歌艺术的见解，韦其麟采用了一个新角度关注人生与社会，他的"作品人物"对他说话，因此，"作品人物"所揭示出来的追求，特别是与诗人的人生追求相一致的那些渴盼，自然地体现了诗人对诗歌艺术的认识：真诚。

  令人欣慰的是，诗人已把这些散文诗选编成了一本集子，取名《梦的森林》。《梦的森林》是其中的一首诗，是《给诗人》系列散文诗中唯一提到梦的一篇。可以说，这首诗道出了诗人写作这一系列散文诗的动因；森林由平静而变得烦躁，由和平而变得与人类社会一样充满杀戮、掠夺……诗人无法不歌唱；这首诗也是诗人勾画的他所面对的人类历史由远而近，又由近而远的漫长历程的缩影，浓郁的忧患意识展示了诗人对人类命运的热切关注。

　　读者可以从他的这本诗集中去体悟这一切。

（原载蒋登科著《寻找辉煌》，广西民族出版社，1990年版）

《卵石》等五首散文诗赏识

叶橹

五十年代以叙事诗《玫瑰花的故事》和《百鸟衣》而引人瞩目的韦其麟，他所构建的艺术世界，无论是以悲剧或以喜剧作为故事的结局，都使人感到他对生活充满纯真的挚爱和寄以热切的希望。其后，由于生活经历和世事沧桑的种种影响，使他在《莫弋之死》中融进了更多悲怆之感，而在《寻找太阳的母亲》中又表现出另一种执着的追求。这是他作为一个民间传说为基础而创作的叙事诗的基本发展轨迹。到了他以另一副笔融来写散文诗时，《童心集》可以说是熔铸了一个饱经忧患的诗人的心血之结晶的。他时时处处想以一种"童稚"的眼光和心态来表现对于世事的困惑与不解，而正是在这种困惑与不解中，使我们体味到了相当深沉的人生哲思。《童心集》的成功也许正是在于，它在表现"童心"时，似乎无处不呈现出一种纯真的稚气。然而当你仔细地体验那种孩提式的心灵疑问时，便不难领悟到在那"合理的提问"中所蕴藏着的对不合理的现象的责难。因此，《童心集》里的篇章中大多是以成人的眼光和胆识来审视现实与人生，可是却出之以孩提的纯真与稚气的口吻。而这，正是《童心集》耐人寻味之处。我们从《童心集》中似乎可以窥见韦其麟的一种心迹：他既想对现实和人生保持一种童心，而现实与人生则处处提醒他，仅仅有童心又是不足以认识现实与人生的复杂性的。

这里所选的五则短章，体现着韦其麟的另一种对现实和人生的审视和拷问。作为一个诗人，他似乎有意地在对诗本身投以相当严厉和苛刻的眼光。《卵石》的有意对"圆滑"之说所唱的反调，《谎言》的充满"反讽"意味的对比，似乎处处显示着诗人自身对于"语言符号"与它的实质内涵之间所存在的悖谬所产生的愤懑与激怒。在"圆滑"的指责中，应当被"蔑视"和"谴责"的，不正是那种貌似义正辞严而实则完全对别人的"坎坷"和"痛楚"视而不见的冷漠吗？在指责的高调中，有哪一位"指责者"愿意"默默地安于深深的河床或寂寂的河滩"？又有哪一位"指责者""甘愿和泥沙在一起，在大地铺一段道路"或"愿意亲吻一次赤裸的长满厚茧的脚掌"？诗人根本不是对"圆滑"采取了不应有的宽容，而是对并非少见的那种"作正人君子状"的"义愤填膺者"表示了他的极大轻蔑与愤懑。所以，在这一短章中，"意象"本身不是至关紧要的，重要的是在意象中所发掘出来的容易为一般人所忽视的那种深层内蕴。至于"谎言"比"诗"更美丽更漂亮，更堂皇更辉煌，我们并不是没有经历过那样的年代。诗人的这一有意的揭示和对比，不过在警醒人们不可忘记这一沉痛的历史事实而已。

　　对于像韦其麟这样的从纯真的童话世界中走出来的诗人来说，无疑面临着一种对现实中丑恶的"痛苦的承认"，所以他几乎无法隐瞒他的愤激情绪。"廉耻"竟然挺身而出指责"诗人""为什么写我的名字"，似乎它应该从词语中被"除名"了。表面看来，诗人已经愤极气极，不再相信它的存在，可是在"卒章显志"中，诗人终于表达了"我永在人间，我只与人相处，与人共在"的信息。在这里，"人"是至关紧要的。对"非人"来说，"廉耻"的确是不存在的。同样的观念在《橡胶树》中也表现得十分鲜明。"白"而"凉"的橡胶汁与那些徒具"温热"和"殷红"的血液相比较，前者似乎更具人性，更有益于人类。

　　《梦的森林》更具童话性，然而它却无疑表现了诗人对于人类自身的一种忧虑。诗人所写的那一座"森林"，既是梦中的，也是现实的。波特莱尔有"象征的森林"之谓，我们在《梦的森林》中所看到的象征的意蕴，究竟是表现了诗人对人性的一种忧虑呢，抑或是对未来的一种沉重而振聋发聩的警告？这一切，我想稍具良知的读者将会作出自己的回答。

　　最后，就这五则短章的语言来说，它更接近于诗而非散文。可是既名之曰"散文诗"，则人们难免忽略了它的节奏与旋律，韵味与情致。可是，你不妨用朗读诗的方式来欣赏一下它们，也许可以读出它们的节奏与旋律，韵味与情致。还有，那里跳动着的一颗诗人的热烈的心，愤激的心，忧虑的心。

（原载敏歧主编《中外散文诗鉴赏大观·中国现当代卷》，漓江出版社，1992年版）

论韦其麟的散文诗

陈祖君

　　壮族诗人韦其麟在叙事长诗创作上的成就，早已为学界所关注[1]。其重要作品《百鸟衣》《凤凰歌》《寻找太阳的母亲》等，曾在20世纪下半叶的中国诗坛产生了较大的反响。早在1956年，就有国外论者因为长诗《百鸟衣》的面世而把他看作为"壮族的代表人物""居住中国境内的少数民族中天才的代表人物"[2]，直到80年代前期，国内的批评家及学者也高度地评价这部作品"代表了我国当代少数民族诗歌的新的艺术水平"[3]，并认为从艺术典型的塑造方面来说，"作者在壮族文学的发展史上，是有其不容忽视的地位的"[4]。在1978年创作的《凤凰歌》和1984年创作的《寻找太阳的母亲》相继获得全国第一届、第二届少数民族文学创作奖之后，或是因为中国社会及文学艺术的转型，读者觉得"根据古老的民间传说故事创作的东西，气息太原始了"[5]，或是因为作者需要更加自由地传达自己的思想，不囿于诗、散文及故事的文体界限，作者暂时中断了取材于壮族民间传说故事的叙事长诗的探索，而把主要精力转向散文诗和抒情短诗的创作。虽然1991年他曾试验以诗剧的形式创作了取材于壮族创世神话的长诗《普洛陀，昂起你的头！》，但在1985—1994年这十年间，结集出版的是散文诗集《童心集》（1987年）、《梦的森林》（1991年），诗集《含羞草》（1987年）、《苦果》（1994年）。90年代中期之后，他更是以散文诗作为主要的载体，收获着他谦虚地比喻为"白线"（指瘪穗）和"草药"[6]的梦的篇章。在散文诗集《依然梦在人间》（2008年）的"后记"中，他写道："有朋友说，这些诗不像诗，散文不像散文，故事不像故事的东西，算什么呢？我也不知道，写时亦未考虑，只是随心所欲。不少篇章都是纪梦的，书名就用了其中一篇的题目。就

---

[1] 重要的研究论文已收入周作秋编《中国当代文学研究资料丛书·周民震韦其麟莎红研究合集》，漓江出版社1984年版。

[2]【苏联】奇施柯夫：《李准和韦其麟》，杨华译自1956年3月31日苏联《文学报》，《长江文艺》，1956年5月号。

[3] 晓雪：《我国当代的少数民族诗歌》，《当代文学研究参考资料》，1981年第2期。

[4] 叶橹：《韦其麟的叙事诗创作》，《广西文学论丛》，1982年第2期。

[5]《广西当代少数民族作家丛书·韦其麟卷·后记》，漓江出版社2001年版，第266页。

[6] 韦其麟：《依然梦在人间·后记》，广西民族出版社2008年版，第311页。

是那些不是纪梦的篇什，恐怕也可以说是痴人的说梦。"①让我们从这里进入韦其麟的散文诗。

一

在青年时代，韦其麟就非常重视文学艺术对于人的心灵的净化作用，强调作家要从自身做起，以健康、美好的灵魂去改造人的思想。他说："我们用自己的笔作武器，去使人们的思想、灵魂变得更美好；而自己，有什么理由不时刻地使自己的思想变得更光辉，使自己的灵魂变得更美丽呢？"②因为文学作品所具有的社会功用，他同时主张作者要有认真的写作态度和严肃的社会责任感："一篇作品的好坏，它对社会所产生的影响是极大的。因此，我们必须严肃地负责地对待写作。"③从《童心集》《梦的森林》到《依然梦在人间》，不仅可以看出作者在叙事长诗中一贯的对于真、善、美的呼唤和歌唱，而且这种善与恶、美与丑的对立和冲突，在他的散文诗里已不再是表现于少数民族民间传说故事中的"外部事件"，而是由外在的世界转入人的内心，强调的是自我"内在世界"的斗争与挣扎。换句话说，在叙事长诗中，作者通过叙述民间传说故事来歌唱真善美、批判虚伪与丑恶，在散文诗里，他则借助童真的呓语和迷蒙的梦境，把这种歌唱与辩驳熔铸于"灵魂的冲突"中。

在《童心集》里，那个与哥哥争辩着要唱"我自己的歌"（《歌》）、要把酸咪咪种在花圃里"让各种各样的花开得热热闹闹"（《野草》）的孩子，让人想起了诗人所经历过的特殊年代以及他对于那个年代的反应（我们可以联想到艾青的《养花人的梦》和顾城的《我唱我自己的歌》等作品）。《恻隐》则更是以一个孩子的口吻，通过盆栽松树与冬青矮墙的比喻谴责恣意戕害生命的行径，强烈地表达个体"自由地伸展自己的枝叶"的愿望，批判强权对于生命和个性的剪裁，并喊出"如果是这样，我宁愿不要你这个爸爸"的拒绝之声。值得注意的是，同样是对于时代的担当，作为一位少数民族作家，韦其麟身上所秉承的壮族民间文化传统，那种壮族创世史诗和山歌的朴素、真挚、自由以及对于自然和生命的敬畏，艺术上大胆地带有浪漫色彩的夸张以及富于地方特色的比喻、起兴、重复等，使得他的这些散文诗有别于同时代的同类诗作。

韦其麟说："假如没有童年的生活，那些山村劳动生活气息和风土人情，我是写不出来的。……家乡的山歌我会唱，以前也背得很多。这给我很大的方便。"④他把写作少数民族叙事长诗的经验和手法带进了散文诗的创作。他认为，"为了加深地方色彩和民族的

---

① 韦其麟：《依然梦在人间·后记》，广西民族出版社2008年版，第311页。
② 韦其麟：《我们永远为祖国歌唱》，《光明日报》，1956年3月10日。
③ 韦其麟：《认真地严肃地学习写作》，《长江文艺》，1956年5月号。
④ 韦其麟：《写〈百鸟衣〉的一些感受和体会》，《长江文艺》，1955年12月号。

特色，当然是以本地区本民族的风俗习惯和自然环境去比、去夸张"①，然而，"文学的民族特色并不仅仅依赖民族的传统形式和语言（当然是重要的）"②，更重要的是，一个作家（他以壮族诗人莎红为例）要"熟悉各兄弟民族的生活。他知道他们的过去，也了解他们的现在。他熟知他们的思想、感情、意志、愿望；他了解他们的风俗、习惯、性格、品质。他和他们的心是相通的……"③写孩子问妈妈自己是否从葫芦里钻出来的（《我是从哪里来的？》），写孩子种不用煮熟就可以吃的蚕豆送给妈妈（《三月的憧憬》），写月亮和星星躲避太阳（《星之泪》），写孩子所向往的金鱼的本领（《童话里的金鱼》）……这些篇章，都带有民间传说故事成分，作者以孩子天真、稚拙的幻想来解读民间传说故事，颇有一种"再阐释"的意味。而尤其突出的是，《童心集》处处充满了孩子对于父母和哥哥的关爱，这种感恩、报答的人伦亲情，又往往落实到具体的生活场景及活生生的细节中，反映了壮族人"孝""和"的家庭伦理观念和孩子稚朴的童心，感人至深。如《祝福》一诗：

汽车穿进山脚那片竹林离开了。

妈妈，我也在祝福你的。虽然，刚才我没有和哥哥那样说：祝妈妈一路平安。

我的祝福是一朵洁白的白云。妈妈，你到很远很远的海南岛去采药，当太阳毒热毒热的时候，我的祝福是一朵洁白的白云，漂浮在山野的上空，给妈妈一片荫凉，妈妈的衣裳就不会湿透汗水了，妈妈的脖子就不会长起痱子了；晚上，妈妈的手臂也不会又痛又辣的了。

汽车穿过山脚那片竹林远去了。

妈妈，我也在祝福你的。虽然，刚才我的眼泪不听话，流出来叫妈妈难过了。

我的祝福是一张小小的竹排。妈妈，你到很远很远的海南岛去采药，在山野遇到小河——像我们药场山坡下那条小河——拦路的时候，我的祝福是一张小小的竹排，载着妈妈渡过小河的对岸。妈妈就不用蹚水过河了，妈妈的裤腿就不会湿透了；晚上，妈妈膝踝上的风湿病就不会隐隐地作痛了。

山野、竹林、小河、竹排……多么纯粹的南方山村自然风景，但风景中孩子与妈妈之间渗透在具体的日常生活细节中的关爱，催人泪下。高尔基说得好："不可忘记：除风景画之外，还有风俗画。"④痱子与风湿，不仅反映出南方特有的气候，而且写出了人物真实的生活经验与情感反应。孩子的这些生活常识，一方面来自自身的观察与体验，另一方面则来自成人（妈妈）日常的教导和嘱咐。作者在另一篇抒写同样题材的《离情》

---

① 韦其麟：《写〈百鸟衣〉的一些感受和体会》，《长江文艺》，1955年12月号。
② 韦其麟：《关于诗的民族特色的感想———致友人》，《广西日报》，1982年8月4日。
③ 韦其麟：《关于诗的民族特色的感想———致友人》，《广西日报》，1982年8月4日。
④ 高尔基：《给兹波夫斯基》，见《给青年作者》，以群等译，中国青年出版社1955年版，第33页。

中写道："妈妈，现在，你吃饭了吗？你不要用开水泡着饭吃，这会得胃病的——这是你常常对我说的呀。……妈妈，现在，你已经睡觉了吗？你不要把手臂伸出被窝外面来，这样会着凉的——这是你常常对我说的呀。"生活在炎热、潮湿的亚热带山区，自然条件较为恶劣，壮族人对生命的热爱常常与对大自然的敬畏合为一体，生命的欢愉常常伴随着生活的艰辛。这一点在壮族史诗、民间传说故事及山歌中常有体现（如史诗及民间传说故事中常见的"翻过了九十九座山，趟过了九十九条河"，刘三姐山歌中的"连就连，你我相约订百年，哪个九十七岁死，奈何桥上等三年"等，分别表达了成就伟业的艰苦和长久聚守的渴望）。作者对本民族的思想、感情、意志、愿望、性格、品质及风俗习惯有深深的了解，他的心与笔下人物的心是相通的，他以散文诗的形式，为我们描绘了一幅幅感人的风俗画，这种把童话诗与少数民族风俗画融为一体的探索，在20世纪中国文学史上并不多见。

二

在对于真、善、美的呼唤与歌唱中，如果说《童心集》作为一部试验性和过渡性的散文诗集，当中主要吸取了壮族民间文学传统的养分，那么作者的后两部以"梦"命名的散文诗集《梦的森林》和《依然梦在人间》，则主要受惠于鲁迅的《野草》及古今中外的寓言。这二百多首"纪梦"或"说梦"的篇章（其中《依然梦在人间》收新作一百八十七首，占大多数），标志了韦其麟在散文诗艺术探索上的新的高度。

韦其麟的这两部散文诗集，从创作时间的先后，大致可分为四类：一是直接纪录梦境及诗人梦中的追求、迷茫与恐怖，如《迷途》《异化》《旅程》《歧路》《在荒原的沼泽》等；二是抒写美丽的"梦中的森林"的逝去，如《梦的森林》《野火烧过的林子》《旅途中》《乡关何处》等；三是用寓言的形式对人的嫉妒、自大、虚伪等加以嘲讽和反驳，如《林中见闻》《灌木的怨愤》《一株不开花结果的桃树》《一头不食肉的狮子》《鼠的抗议》《苍蝇的轻蔑》等；四是以戏剧独（对）白的方式或黑色幽默的小说笔法对现代人污浊的灵魂进行拷问和批判，前者如《良知》《耻的送别》《卑鄙对卑鄙者的诘问》《无脸的人》《依然梦在人间》等，后者如《美酒》《诗集》《权威》《人缘很好的人》等。从创作风格及方法上看，我认为可简单地概括为"梦"与"寓言"。

从作品开头常用的"我梦见""我梦入"句式，可明显地看出韦其麟的散文诗近作在创作旨趣及艺术手法上对于鲁迅散文诗集《野草》的继承与借鉴。譬如鲁迅的《失掉的好地狱》的开篇："我梦见自己躺在床上，在荒寒的野外，地狱的旁边。"韦其麟的《快乐》的开头："我好似在做梦，但我却意识到我并不躺在床上。"鲁迅的《死后》的开篇："我梦见自己死在道路上／这是那里，我怎么到这里来，怎么死的，这些事我全不明白。"韦其麟的《死后的一次游历》的开头："我梦见我死了。／在溟溟濛濛中，我悠悠荡荡，飘飘摇摇，不知道来到了什么地方。"鲁迅写的是人之不能成为人（具有人的个性与尊严）的悲哀，韦其麟则写人之成为非人的羞耻。以下详举一例进行比较：

我梦见自己在隘巷中行走——一条狗在背后叫起来了——"呔！住口！你这势利的狗！"——"不敢，愧不如人呢。……我惭愧：我终于还不知道分别铜和银；还不知道分别布和绸；还不知道分别官和民；还不知道分别主和奴；还不知道……"——我逃走了——"且慢！我们再谈谈……"——我一径逃走，尽力地走，直到逃出梦境，躺在自己的床上。

——鲁迅：《狗的驳诘》

我梦见我来到一处粮仓——一只如猫一般大的老鼠，从容地向我走来——"你就是'诗经'中那只'莫我肯顾'的'硕鼠'么？你就是唐诗中那只'大如斗'的'见人开仓亦不走'的'官仓鼠'么？"——"正是，……有何见教？你不就是写过一两篇分行韵文的所谓诗人么？"——"可憎可恶的东西！"——"可憎？可恶？可憎可恶的是你们这些混账的诗人。"——"大胆！"——"是大胆，我代表鼠们向你们诗人提出抗议。我鼠们明白，你们憎恨你们人间的那些赃官污吏。可是，凭什么把他们比作我们老鼠呢？这是对我们鼠类的污辱，这是对我们鼠类的贬损！……我们鼠类像他们这样贪婪么？我鼠们从没有豪华的筵席，我鼠们从不知道侵吞公款。我们鼠类有他们那样卑鄙么？我鼠们从没有像他们那样，干着不可见人的勾当，手脚那么肮脏，却高唱什么'清廉''廉洁'的高调。我们鼠类有他们那样无耻么？我鼠类从没有像他们那样，标榜自己是什么'公仆'。"——我无话可说——"我们鼠类有那么恶劣么？我鼠们什么时候有过权钱交易？有过以权谋私？"——我无言以对——"我们鼠间没有你们人间那些丑恶，为什么把你们人间的丑恶栽在我鼠们身上？玷污我鼠们的清白？……"——"你们传播鼠疫！"——"鼠疫？是的，也许是与我们鼠类有关的一种灾害。但是，病原体不是我们鼠类，是那种病疫的杆菌。鼠类也受到这种疫菌的感染和毒害，感染之后再由蚤传入人体的。……鼠疫，只残害人们的身躯。难道，人间的腐败，危害不比鼠疫更甚吗？它杀戮人们的良知，虐杀人们的灵魂；它杀戮人类社会的健康的道德精神，残杀人间美好的理想信念，腐败，是人间比瘟疫还要厉害的可怕的灾难……"——一种恐惧袭来，我转身跑了。跑出了那座粮仓，跑，跑，跑出了我的梦境。醒来，鼠的抗议仍萦绕耳际。

——韦其麟：《鼠的抗议》

《鼠的抗议》的立意、手法及篇章结构，与鲁迅的《狗的驳诘》极其相似。不同的是，五四时期的鲁迅作品强调的是思想启蒙和人的解放，关注的是"真的人"——从作品中的"官和民""主和奴"，我们不难想起他在《灯下漫笔》里对旧中国历史的划分：

"想做奴隶而不得的时代"和"暂时做稳了奴隶的时代"。[①]而韦其麟的作品则写于新中国成立之后的世纪之交,批判"权钱交易"(官场文化与拜金主义狼狈为奸)的腐败现象,面对商业社会的道德滑坡及美与善的失落,呼唤的是人的良知、灵魂、道德、理想、信念。韦其麟写有不少这类"驳诘"式的作品,如《变色龙》《狗》《苍蝇的轻蔑》《脓包的愤慨》《蚊声》等。在《狗》中,韦其麟更是以狗的口吻说道:"我是狗,就做一只堂堂的狗。我有狗的品格,甚至有狗的尊严,当然,也有狗的气味。/诗人,我接受你的鄙夷,然而,我却十倍地鄙夷你的某些同类———他们号称为'人',却没有人的品格,人的尊严。我以我灵敏的嗅觉,我敢说,他们没有人的气味!"

另外,韦其麟的《悲哀》《荡妇》与鲁迅的《颓败线的颤动》也有着精神上的联系,在鲁迅笔下,那(以卖淫养活子女的)垂老的女人迈着艰困的步子在深夜中走出,遗弃了背后一切的冷骂和毒笑,于一刹那间照见过往的饥饿、羞辱、委屈,惨烈地面对非人间所有的痛苦。而韦其麟则写卖淫妇女斥责圣女贞洁的虚伪与无耻,强奸犯高谈尊重妇女的阔论,流氓无赖指责美德的丑恶,正人君子们在公开场合鄙视妖艳的荡妇,私下里则梦想着与她同床共枕……即使是悲叹"梦中的森林"逝去的作品,作者也不仅仅是感喟生态破坏的外部环境,而把焦点放在人充满恐惧与不安的内在心灵,对人的自私、欺骗与贪婪进行冷峻的批判。在《旅途中》,他借狐狸的声音激愤地说道:"撒谎,欺骗,这是你们人的智慧!"而《乡关何处》中的大地之魂则严正地宣告:"人类虐杀了他们赖以生存生活的大地,自己也灭绝了。大地本可以满足人类的需要,但不能满足人类的自私与贪婪。"

由此可见,从呼吁具有尊严与个性的"人"("救救孩子"),到对无耻、自私、贪婪的"非人"的批判,韦其麟所继承的,是中国现代文学的"立人"传统。他批判现实社会中的虚伪与丑恶,呼唤真善美,其实是对于"真的人"和理想的"人国"的一种渴望。虽然曾经历过"文革"的恐惧,现又面临商业文化对于道德理想的侵蚀,但他说:"我醒来了……我依然是梦在人间。"(《依然梦在人间》)

三

梦与寓言,无疑都具有一种心灵独白的性质。虽然人们常常认为"教训是寓言的一个极其重要的和不可分割的方面",但"任何寓言说出的东西总是多于它的教训所包含的东西"。因为,"作为一种低级的诗歌,寓言包含有抒情诗、叙事诗和戏剧的种子"。寓言"可以具有叙事诗、抒情诗或讽刺诗等风格的特点"[②]。在韦其麟的散文诗中,常常以寓言的形式书写人的梦境,又在梦的场景中包容了寓言的成分,"梦的寓言"和"寓言中的梦"浑然一体,构成了一种繁复的艺术景观,发人深省。而从《童心集》中童话与少数

[①] 鲁迅:《坟·灯下漫笔》,见《鲁迅全集》第1卷,人民文学出版社1998年版,第213页。
[②] 【苏联】列·谢·维戈茨基:《艺术心理学》,周新译,上海文艺出版社1985年版,第138—139页。

民族民间传说故事的结合,到《梦的森林》《依然梦在人间》里成人的梦与中外寓言的结合,并不难看出韦其麟散文诗创作风格的延续和思想的拓展。

高尔基曾说:"民谣是与悲观主义完全绝缘的,虽然民谣的作者们生活得很艰苦,他们的苦痛的奴隶劳动曾经被剥削者夺去了意义,以及他们个人生活是无权利和无保障的。但是不管这一切,这个集体可以说是特别意识到自己的不朽并深信他们能战胜一切和他们敌对的力量。"[1]在《童心集》里,儿童天真的憧憬与乐观的壮族山歌及民间传说的结合,闪耀着一种纯洁、明亮的色彩。如《船》中所唱:"爸爸和妈妈在河边洗衣裳,我坐在大木盆里⋯⋯/我坐着这小小的船,一直漂到大海里去。/爸爸,你不是说过吗,这条小河是流到大海里去的,海岸上有捡不完的非常美丽的彩色的贝壳。/妈妈,你也告诉过我,这条小河是流到大海里去的,大海里有许多非常漂亮的珊瑚。/我要采回满船的贝壳,送给爸爸。你一定会高兴吧?爸爸。/我要载回满船的珊瑚,送给妈妈。你一定很喜欢吧?妈妈。"而寓言所包含的教训往往并不是乐观的,恰恰相反,教训本来就是一种道德评判,它甚至"取决于我们所作的评价而极不固定和多变。同一个情节很好地容纳了两种迥然不同的道德判断"[2]。如《旅程》一诗:

> 一个背着行囊的旅人,走在无际的荒原。
> 踏着无数的峭岩嶙峋的崎岖,走过无数的荆丛覆盖的坎坷。
> 来到一片小小的树林,鲜花盛开,清泉淙淙,小鸟欢歌,硕果挂满枝头。
> 整个树林都在欢迎。
> 留下吧,我们翠绿的枝头永远有摘不完的甜美的果子。——一棵棵树木都这样说。
> 留下吧,我们永远为你涌流不竭的甘露。——清清的泉水说。
> 留下吧,我们永远为你唱着欢乐的歌。——小鸟们说。
> 留下吧,我们永远为你散发清新的芬芳。——一朵朵鲜花都这样说。
> 他却匆匆而过,终于离开树林继续前行。
> 留下吧,免去旅途的艰辛。为什么要离开呢?
> ——树林依然殷切地呼唤。
> ——我要走我的路,我的旅程很漫长。
> ——到哪里去呢?
> ——我不知道。
> ——难道没有终点么?
> ——没有。我的坟墓也不是我的终点。

---

[1] 【苏联】高尔基:《苏联的文学》,见《文学论文选》,孟昌等译,人民文学出版社1958年版,第327页。
[2] 【苏联】列·谢·维戈茨基:《艺术心理学》,周新译,上海文艺出版社1985年版,第187—188页、第145页。

这样的旅人，不禁让人想到鲁迅笔下的过客。鲁迅诗剧《过客》中的老翁和女孩，在这里被置换成了树木、泉水、小鸟、鲜花的形象，从而使全诗具有寓言的性质。旅人在与树林的问答中，虽明白地表达了自己的意向，但"走我的路"这一情节，也隐含有两种不同道德判断：对永无终点的追求的肯定和对不领受他人奉献的批评。从这一点上说，虽然韦其麟采用的是寓言的形式（依托故事来教训），但同样具有诗剧（凭借冲突来暗示）的功能。

韦其麟的一些散文诗，以寓言的方式来刻写都市世俗生活的画面和人物，并融入了现代幽默小说的因素，敏锐而严厉地批判日常生活中新养成的恶习与丑行，使这一类作品具有戏剧和讽刺小说的色彩。如《夜的广场》中的一双情人本来要救在眼前倒下的伤者，最后却因担心被人说是凶手而匆匆走开，见死不（敢）救。再如《诗集》中以戏谑、夸张的手法揭露"钞票诗集"得到评选委员会的热烈赞美，《贪婪与贪梦》（简直就是一篇真正的小说）中的两位大学生故意跟着主任把"贪婪"念成"贪梦"……都是人间正在上演的一场场滑稽剧。作者时常写自己"从天堂跌落了凡尘"（《死后的一次游历》）、"不堪巨大的前所未有的恐惧，醒来了"（《旅途中》），但他又清醒地知道自己"还是人"（《在荒原的沼泽》），且"依然梦在人间"。应该说，这种不同于时下"游戏"、"快乐"观的坚韧的批判精神，正是其作品的人间性的最好见证。

最后，应该指出的是，在韦其麟的散文诗近作中，地方性、民族性的成分越来越少了，这不免让喜欢他作品的人觉得遗憾。虽然作家的创作不应该也不可能只是单一的图景和模式，但若失去了某些元素和色调，多少会对其个性的延展造成损伤。《普洛陀在旅游胜地》（散文诗集《依然梦在人间》中唯一写到壮族民间神话传说人物的一篇）中，作者似乎向我们交代了其中的原因：在日益全球化、都市化、世俗化的现世，对于地方性、远古的智慧以及人的良心与灵魂的持守，是多么的尴尬和艰难。然而，"存在是存在于某一地点"[①]，人间性本来就包含了地方性（及其变异），正是在地方性里，人间性才是具体的和真实的。

（原载《南方文坛》2010年第1期）

[①] 古希腊哲学家阿基塔斯（Archytas）语。转引自安东尼·奥罗姆、陈向明合著《城市的世界——对地点的比较分析和历史分析》，曾茂娟、任远译，上海人民出版社2005年版，第5页。

民族精神的彩虹　生活思索的溪流
——读《广西当代少数民族作家丛书·韦其麟卷》

韦坚平

韦其麟是我们熟悉的当代壮族诗人，他早在1955年发表的叙事长诗《百鸟衣》，就以其内容的优美动人、语言的清新活泼，引起了人们的关注。而他此后发表和结集出版的叙事长诗《凤凰歌》（1979年）、叙事诗集《寻找太阳的母亲》（1984年）、诗集《含羞草》（1987年）、散文诗集《童心集》（1987年）、散文诗集《梦的森林》（1991年）、诗集《苦果》（1994年）……给喜爱韦其麟诗作的读者，带来了一个又一个的欣喜。

漓江出版社新近出版的《广西当代少数民族作家丛书·韦其麟卷》，是作家的自选集，收入卷中的70多首叙事和抒情诗作，是韦其麟各个创作时期的代表作，从中可以看出诗人走过的创作道路和主要的艺术成就。

韦其麟是一位深爱自己民族和乡土文化的作家，他有着强烈的社会道义责任感，他对民族民间生活和精神风貌有着深刻的理解，对历史和现实有着深入的思考。读这诗卷，感觉一股浩然正气激荡其中，眼前犹如升起一道民族精神的瑰丽彩虹，又好像聆听一条思索生活的奔腾溪流的歌唱。

一

文学是社会生活的反映，当然，这是一种在作家思想情感指导、影响下的审美反映。而作品中反映出来的作家的艺术情趣、审美理想、人格境界，又是在一定的民俗生活和民族文化的熏陶下形成的。生于广西横县一个偏僻山村的韦其麟，"在故乡度过了整个童年时代"。他曾和小伙伴们在深山里放牛、唱山歌，在夏夜的打禾场或冬天的炉灶边听老人讲那古远的故事。这些故事，吸引着他"童年时代的整个心灵"。重要的是，童年的乡土民俗生活，使他"能和纯朴的农民接触，有机会了解和熟悉他们"。[1]这种特别的生活

---

[1] 韦其麟《写〈百鸟衣〉的一些感受和体会》，《长江文艺》，1955年12月号。

视界，使他在走上文学创作道路时，有了富于个性的选择。这种选择，使韦其麟的诗歌创作融入了许多民间的语言和意象，民歌的手法和情调，在作品的思想内容上，也闪耀着民族传统精神的光辉。

卷中的叙事诗《玫瑰花的故事》最初发表于1953年，它取材于民间传说。作品以简练的笔触勾画出英俊少年尼拉的勤劳勇敢、聪明少女夷娜的纯朴美丽，以饱满的情感描述他们"比玉还洁，比钢还坚"的爱情。诗中的爱情故事是一个悲剧，残暴的国王扼杀了美好的爱情，但在尼拉和夷娜英勇死去的地方却长出了"带刺的奇花"——玫瑰。作品用释源传说的神幻奇变手法结尾，让玫瑰花作为至死不渝的忠贞爱情的象征，给人睹物忆事的绵长思念。

《百鸟衣》也取材于民间故事，也叙说了一个动人的爱情故事。但作品的情节更为曲折迷人，语言更为精炼淳美，表现手法更为灵巧多变。作品塑造的古卡和依娌这两个充满智慧和勇敢精神的艺术形象，令人赞叹喜爱。故事的结局则以古卡和依娌战胜土司、获得自由而让人欣慰。

《玫瑰花的故事》和《百鸟衣》是作者中学和大学时期的作品。年轻的诗人在当时的政治、文艺思潮的影响下，创作激情更多地来自对人民、对社会主义新生活的热爱，来自对祖国、乡土的热爱，来自对民族历史文化的深厚感情。作品对美好爱情、英雄气概的讴歌，是作者纯朴善良心声的自然抒发。也许，年轻的诗人最初只是想把一个古老的故事作新的诗性言说，只是想表达自己对生活、对爱情的某种理解和理想，只是想表达自己对乡土乡亲的眷恋……但是，这种个人的思想情感一旦和积淀于作品题材中的民族传统精神熔铸一体，并和社会时代精神契合，他的作品就具有了更为强大的人格力量。诗人在抒发个人思想情感的同时，也成了人民的代言人和民族精神的代言人。

如果"人们把由理念灌注生气的心灵原则称之为精神"[①]而人类的、民族的最宝贵的一些特性可以归结为精神的话，那么，生动地体现人的某种宝贵精神，正是人类诗性文化的追求，《玫瑰花的故事》和《百鸟衣》在尼拉、夷娜、古卡、依娌这些艺术形象中展示的美好品格——勤劳、善良、聪明、勇敢、反抗压迫、追求自由、忠于爱情……是人性中最宝贵的部分，也是我们民族精神中最富于人性的部分。

二

卷中的《莫弋之死》《岑逊的悲歌》《寻找太阳的母亲》《普洛陀，昂起你的头！》是发表于1981—1991年间的叙事作品，都取材于壮族神话传说。似乎在写作《百鸟衣》之后，韦其麟仍然走着《百鸟衣》式的创作道路。当然，这不是某种模式的简单重复。但也正是某种意义上的坚持，使韦其麟在叙事诗的创作上形成了自己的风格，取得了进一

[①] 康德《实用人类学》，重庆大学出版社，1987年.

步的成就。

实际上，从《百鸟衣》到《莫弋之死》等作品的创作，时隔几十年，诗人从青年到中年，经历了严峻的社会生活的磨砺，经历了漫长的痛苦的思考。[①]面对"文革"浩劫后一度荒芜的精神家园，面对民族复兴的历史使命，当他再次从自己民族的古老传说找到创作的灵感和激情的时候，笔锋过处，诗风已经大变：语言从淳美变为遒劲；人物由捍卫爱情反抗迫害的俊美青年，变成为群体利益而奋斗的悲壮英雄；人物环境也由美丽的幽幽田园，变为苍凉的莽莽洪荒。在这些变化中，作品人物形象的变化最有决定意义。《莫弋之死》中筑坝抗旱、矢志赶山、神勇无比的莫弋，却因拒当土官鹰犬，死于土官、巫公的暗杀。《岑逊的悲歌》中的岑逊，有开河排洪的神力，有教人狩猎农耕开创文明的智慧，有疾恶如仇的正直，有横扫千军的勇武，却死于天帝隐身刺出的利剑。《寻找太阳的母亲》中的母亲，为寻求光明驱除黑暗，明知这是艰难困苦终生未尽的寻求而义无反顾。《普洛陀，昂起你的头！》中创世救民，光明磊落的普洛陀，却被邪恶、阴谋、不贞和背叛所伤害。从这些艺术形象身上表现出来的精神风貌，是我们民族精神中最高尚、最热诚、最光明正大、最英勇壮烈的部分。作品审美境界的变化，反映了作者人生境界的升华。

在壮族神话传说中，普洛陀、岑逊、莫弋都有神奇超人的能力和非凡的事迹，具有无所畏惧的斗争精神、勇敢的创造精神和无私的献身精神，因而能激发一种全民的崇拜热情。这种在神话英雄身上表现出来的精神，被人们认为是一种理想的精神，在原始社会有统一群体意识、指导群体生活的社会作用，这也就成了最古老的群体精神。这种英雄精神，也因其在后世生活中显而易见的鼓舞作用，而不断被人们传颂弘扬，乃至成了我们民族精神中不可磨灭的部分。

韦其麟的叙事诗创作从神话中选取的题材，往往是一些最能反映神话英雄精神本质的情节，然后在这基础上虚构故事、充实细节。如民间流传的莫弋神话，最为人津津乐道的是"莫弋赶山"，赶山不成是由于巫公破坏，但表现的主要是人与自然的斗争。韦其麟的《莫弋之死》也把莫弋赶山作为叙事的线索，但增添了土官这个人物，穿插织入了莫弋与土官、巫公的矛盾斗争，着重描写了莫弋因非凡的本领和赶山入海为民造福的宏伟事业，而招致土官、巫公的嫉恨、谋害。作品揭露了嫉贤妒能的统治者的卑鄙阴险和狠毒，对壮志未酬就死于暗杀的英雄，诗人抒发了无限的哀惋。作品描写的人的社会矛盾斗争与神话的思想内容已大不相同。在这里，作者只是借神话英雄故事的演绎，表达自己对社会生活的某种理解，当然，这种理解也包含了对神话英雄精神的肯定。而神话题材的运用，让这种理解显示出了深远的历史意义。

对神话传说素材的改造运用，在《寻找太阳的母亲》有了进一步的突破。这个作品取材于壮族民间传说《母子访天边》。诗人为了抒发更为厚重的思想情感，把民间传说中

---

① 韦其麟：《回首一瞥 文艺的回忆与思考》，人民出版社，1980年．

的"访天边"改为寻找太阳。当人们把生活不可缺少的太阳看作幸福的依靠的时候,当追寻幸福成为一种抽象的理想的时候,太阳就在其现实意义之外,有了广泛的象征意义,寻找太阳也就成了意味深长的壮举,"母亲"形象也就有了更深刻的思想意义。

《普洛陀,昂起你的头!》的创作,作者又作了新的尝试。在这两千多行的长篇诗作中,作者采用"诗剧"的结构,把一般叙事诗第三人称的叙述变为人物的第一人称言说,让人物在戏剧情节中的诗化对白,成为一种戏剧情境中的抒情。这就巧妙地把抒情与叙事结合在一起,充分发挥了诗歌主观抒情的特长,更直接地表现了人物的心灵世界。这个作品的一些情节虽然是由神话传说演化而来,但整个作品却是借用神话人物虚构的故事。作品人物形象的塑造,是一种鲜活的生命体验的表达,具有了更多的典型化写作的特点。

韦其麟的这些作品,既有明晰的情节线索,又是一种饱含情感的跳跃性叙述。他善于从事物的一般属性的叙述中拓展出具有象征意味的意象,巧妙地在叙事和抒情中互相切换。例如,《寻找太阳的母亲》"道路"一章中有这么一段:

"母亲的道路
象一条长长的不灭的闪电,
闪耀在大地的无边的灰暗里。
而母亲,从不回顾自己的道路,
从不沉迷于欣赏自己的道路。
她没有闲暇停留自己的脚步呀,
只有,象此刻——
是因为颠簸呢,还是由于饥饿?
襁褓里的孩子啼哭了,
母亲才坐在路边的岩石上,
把孩子抱在怀中,解开衣襟,
把奶头放在孩子的嘴里。
……
她的形象,
比一切母亲的画幅还要完美,
比一切母亲的雕像还更漂亮。
母亲啊,用她圣洁而丰美的
乳汁,哺育着自己的孩子;
也用自己的人生,哺育着
人们灰暗的日子,哺育着

人们在阴冷的岁月中

那纯朴的希望，美好的憧憬。"

诗人从对"道路"的比喻描写与抒情，转入对"母亲"途中给孩子哺乳的叙述，又在抒发对母亲哺乳情形的赞美之情的同时，把母亲普通的哺乳行为拓展为具有象征意义的意象，对意象多义性的阐发，正是诗意、激情之所在。这种充满比喻和象征的抒写，使艺术形象的思想意义焕然其中，使作品透露出来的我们民族所崇尚的精神，犹如一道贯穿在现实与理想之间的彩虹，飘溢着壮丽灵透的光彩。

三

韦其麟在叙事诗的创作上取得了令人瞩目的成就，此外，他还创作了大量的抒情诗。收入卷中的68首（篇）抒情作品是数百首作品中选出来的，是韦其麟抒情诗的精品。这些作品题材多样，有《红水河——永不苍老的河》《古老而不懂世故的土地》那样的感慨，有《彩虹》《船》那样的畅想，有《小舟》《老牛》那样的感触，有《生命》《美德》那样的思考，还有《乌鸦》《鬼火》那样的设辩……在语言格调上，有的清纯率真，有的慷慨激昂，有的深沉冷峻，有的亦庄亦谐……这些作品抒发了诗人对祖国、对人民、对乡土、对生活的炽热的情感，表达了诗人对民族历史和现实生活的深沉的思索，记录了诗人生活和思想的历程，包含了许多深刻的哲理。

韦其麟善于从民间文学中汲取艺术营养，抒情诗《火焰般的木棉花》的核心意象"木棉花"，就是从壮族神话《布洛陀》中提炼出来的。《布洛陀》神话说，站着死去的英雄手中仍擎着不灭的火把，他们变成了挺拔的木棉树，枝头缀满了火红的花朵。确实，"木棉花"附着的神话含义可以使其成为壮族人民追求解放、自由、文明和幸福的历程中极富象征意义的意象。这源自古老神话传说的意象，在韦其麟的诗篇里有了更充实的内涵，也有了更广泛的象征意义。我们看到，古老的民族精神与现代革命精神在这里交汇，物质的和精神的追求在这里融合，神奇幻想中的不屈不挠精神在真实的斗争中得到了弘扬和升华。诗篇读来，感到诗中激情也如火焰般热烈，那铿锵的诗句处处透着明亮。

韦其麟抒情诗更多的来自对生活的观察，来自生活的实际体验。卷中有一组优美的以儿童为抒情主人公的散文诗，作品曾结集名为《童心集》。这些作品是诗人在生活中对童心观察体会的结晶。作品的"童心"中蕴含着许多纯真、善良、美好的愿望，包含在童蒙中的一些人生哲理和人性原则也常被成年人忽视。如《歌》中的孩子说："……这是我自己的歌。有什么好笑的呢。树林里小鸟唱的歌，山下小河唱的歌，我也一句听不懂，不是也很好听吗？"我们也许从这感悟到，纯朴自然的心声，也是不应被轻视的歌，而宽容比理解更重要。又如《彩虹》和《船》，充满美与善的幻想和憧憬。这些献给父母的幻想，只要你高兴、喜欢，它就是有价值的，你的心还会为之震颤，为之振奋。而《祝福》和《离情》，则洋溢着朴实动人的亲情。韦其麟1975—1978年间在药场工作，这些作品是那段生活的反映。作品让人感到，生活中有辛劳的汗水，也有欢乐的歌声，童稚善良的心灵，使生活充满诗意。

韦其麟抒情诗的表现手法丰富多彩，有的作品用拟人手法设置抒情角色，开辟抒情通道。如在《鬼火》中，诗人就用拟人手法把"鬼火"设为抒情角色，让它倾诉自己的思想情感。在这里，"鬼火"理直气壮地拒绝"鬼火"的恶名。它申明："如果我喜欢黑暗，我便不在夜的黑暗闪光。""如果我憎恶光明，我决不在黑暗的夜里闪光。"它知道自己的不幸："我疾恶黑暗，却偏偏于黑暗中存在。""我喜爱光明，却偏偏不存在光明之中。"但它还是决绝地宣称："而我绝不属于专在黑暗中作祟的鬼的队伍，我是黑暗之敌——闪光家庭的一员"。"鬼火"的这番拟人自我辩白，使作品具有了生动深刻的寓言性。在社会生活中，也有一些痛恨黑暗、喜爱光明的人，因被人误解，一度被看作是"黑暗一族"，而被排斥在"光明"之外。读了《鬼火》，令人联想，令人反思，令人感叹。

韦其麟持续了半个世纪仍在不断向前的诗歌创作，就像一条思索生活的溪流。他的作品，就像溪流的歌声。也正如他的《溪流》中的"溪流"所说的："如果我的道路不是这样曲折而漫远，如果我的命运不是如此坎坷而艰难，我会有我的歌吗？"确实，"溪流"可以看作诗人创作道路的象征。如果溪流终将汇入大江大河，诗人的思索也将汇入我们民族精神的洪流。这洪流，将推动我们民族前进，推动着我们社会的进步。

（原载《南宁职业技术学院学报》2001年第4期）

寻梦者的歌吟
——读韦其麟诗集《依然梦在人间》

梁肇佐

韦其麟是我所敬重的文学前辈,阅读其新著诗集《依然梦在人间》(广西民族出版社出版),让我浮想联翩。

韦其麟是壮族作家的杰出代表,称得上是一位早慧的天才诗人,他在20岁时,就以一部《百鸟衣》享誉国内外,奠定了自己的文学史地位。《百鸟衣》发表时,韦其麟还是一位在校的大学生,作品以优美的文字、神奇的想象力、深刻的内涵征服了无数的读者,反响十分强烈,随后被翻译成德、意、日、俄等13国文字出版。之后,他又相继出版了《凤凰歌》《寻找太阳的母亲》《含羞草》《童心集》《梦的森林》《苦果》等作品。他呈献给读者的是一批精美的精神食粮,可他仍然谦虚地说:"我的生命之树没有累累的甜美的硕果,枝头只零星地挂着些不成熟的苦涩的果子。"

韦其麟曾长期在大学里教书,后来出任广西文联主席、中国作家协会副主席。认识韦其麟的人都知道,他是一个把名利看得很淡,却把写诗看得极神圣的人。他宁愿一年半载没有诗作发表,也不会粗制滥造写一些无聊的应景之作。在这个显得过于浮躁的时代,在诗歌越来越边缘化的今天,韦其麟仍然保持着对诗歌那份童真般的执着和真诚,这是超越了功名羁绊的智者方可达致的大境界。

韦其麟已是年逾古稀的老人,但这部新出版的诗集却让人感到,他的生命里依然涌动着年轻的血液,燃烧着青春的激情。他依然在寻梦,尽管他的梦境未免过于苦涩,甚或是怪诞的噩梦。然而在诗人的笔下,一个个光怪陆离的梦境折射出的却是现实世界浮世绘般的人间百态。《在荒原的沼泽》《在河流上》《乡关何处》《古庙》等等诸多关于梦境的诗篇,都能让人感觉到诗人那直面社会现实的勇气和坦诚。

一个有文化担当、有使命感的诗人,绝不会只关在自己的独屋里浅唱低吟、自艾自怜。韦其麟深情的目光总是时刻关注着民族的兴衰、民生的疾苦。在诗集中他总是以闪烁着智慧光芒的文字,真诚地讴歌真善美,无情地鞭挞假恶丑。捧读韦其麟的这些诗作,我的心灵一阵阵地震颤。"烈士碑前,呼啸的松涛雄浑而庄严。/那是天地的发言——/你的灵魂洁净么？/你的双手干净么？/如果你的灵魂已经龌龊，/如果你的双手已经肮脏，/如果你已玷污烈士曾经高举的旗帜，/如果你已恣意践踏烈士献身的初衷，/如果你丑恶的行径已引起人间的愤懑／离开，远远的！/烈士不接受虚假的敬意，这是侮辱，/烈士不接受伪善的花圈，这是亵渎。"（《烈士碑前》）。窃居高位者的惺惺作态、虚情假意，总是躲不过诗人的慧眼，诗人的无情批判，使伪善者原形毕露。诗人以直指人心的诗歌力量，对现实中种种丑恶现象进行无情地揭露、嘲讽和批判。

《依然梦在人间》文字极其干净，字里行间处处闪耀着哲思的光芒，透着作者强烈分明的爱憎。诗人不是一只只会唱赞美诗的夜莺，他更像一只目光犀利、耳朵灵敏的啄木鸟，为了人类森林的繁茂，为了参天大树永葆青春和活力，他总能发现躲藏在阴暗树皮里的害虫。他真诚得就像那个直白地说出皇帝没穿衣服的孩童。他告诉人们，那个被捧为救火勇士的"英雄"，其实就是真正的纵火犯（《纵火者》）；那个被啧啧称赞的颇有爱心的谦谦"君子"，其实正是一个职业扒手；那只被称颂为光明追求者的"蛾"，其实正是仇恨光明的"虫豸"（《蛾》）。

收录在这部诗集中的诗作并没有固定的格式，有自由体诗体式，有散文诗体式，也有童话体式。正如作者在后序里的自谦："这些诗不像诗，散文不像散文，故事不像故事的东西，算什么呢？我也不知道，写时亦未考虑，只是随心所欲。"然而这或许正是作者深得诗歌写作奥妙后的举重若轻，是不愿再戴着镣铐跳舞的自由飞翔，也是他对内容决定形式这一写作观念的执着践行。一个成熟诗人的作品总有一种浑然天成的大气，一种"从心所欲不逾矩"般的灵动洒脱。

广西素有歌海之称，壮族人民能歌善舞，出口成歌，特别是歌仙刘三姐的民歌更是充满了无穷的魅力。韦其麟深得壮族传统文化深厚的滋养，他的血管里流淌的是壮族生生不息的鲜红血液，所以在他的作品中，必然带有鲜明的民族性和地方特色。比兴和象征是壮族民歌中最常用的艺术手法，可以说，比兴和象征手法是否用得好，是衡量歌手水平高低的重要标准。壮族民歌的比兴和象征之美，是世人所公认的。"山歌好比春江水咧，不怕险滩弯又多"。"山中只见藤缠树，世上哪见树缠藤，青藤若是不缠树，枉过一春又一春。""竹子当收你不收，笋子当留你不留，绣球当捡你不捡，空留两手捡忧愁。"这些广为传唱的民歌，给人们留下极深的印象。在韦其麟的作品中，运用得最多的也是这些艺术手法。《蜘蛛的歌唱》《虎之死》《蛆之歌》《榕树的悲剧》等等，都是一些具有深刻象征意义的篇什。

韦其麟半个多世纪的文学生涯，一直坚持自己认定的现实主义和浪漫主义相结合的创作道路，文笔优美，感情真挚，文浅义深，富有哲理，形成了自己独特的创作风格。他始终热情地拥抱生活、关注现实，始终坚信文学具有滋养心灵、启迪心智、道德教化的功能，这是他笔耕几十年而不知疲倦的原动力之所在。

（原载《文艺报》2009年8月13日）

珍贵的历史印痕　动人的散文佳作
——《纪念与回忆》序

刘硕良

　　时光悄悄流逝，历史默默积淀。古近代许多遗产有待发掘研究，现当代大量课题又提在了我们面前——这些发生在昨天前天的历史若不及时搜集整理，用不多久就会灰飞烟灭，又得花大力气去"考古"。有鉴于此，《广西文史》自2007年以来，在自己力所能及的范围内对现当代广西历史文化给予了一定的关注。韦其麟的这本《纪念与回忆》的前半部分文字，大多在《广西文史》刊出的。

　　"纪念"所怀念的17位人物，头两位是作者的恩师，也是中国著名学者刘绶松先生和程千帆先生。其余15位作者在广西半个多世纪生活和工作所接触的前辈和同道，而属于文联、文学界的就有14位。

　　韦其麟自1957年从武汉大学毕业分配到广西，60多年来，除开头一小段在广西民族学院（今广西民族大学）和80年代在广西师范学院执教10年外，基本上在广西文联，其间屡历风雨，多次下放，最终还是脱不了文学创作和民间文学研究，也脱不了同文联及所属作协、民研会和编辑部的关系，命运注定了他和文联祸福相依、悲欢与共，似乎有那么一点"剪不断，理还乱"的味道。因而他对纪念的人物有一种特别真挚的感情，有一种独到的观察与思考，字里行间不时透露出诗人的善良、真诚，散文家的细腻、抒情以及作家最为宝贵的思想分量和文字功夫。

　　改革开放前，广西文学事业在艰难曲折中前行，虽不能说人才辈出，还是涌现了一批有作为有担当的任务，可惜时运不济，命运多舛，才华得不到充分施展，乃至早早失去美丽的生命。打倒"四人帮"以后，这种局面总算得到了根本的改观。韦其麟笔下的陆地、秦似、胡树明、苗延秀、陈白曙、海雁、吴三才、黄福林、莎红、侬易天、黄青、李宝靖、韦革新、谢民在某种意义上可以说是广西文坛诗坛并不完整却具有一定代表性的缩影。在这里我们能看到秦似的爱才、胡树明的无奈、苗延秀的倔强、莎红的负重、侬易天的执著、李宝靖的庄敬，还能看到黄青的风骨铮铮，吴三才被湮没的学养才华，谢民在"大炮"声名掩盖下的正直仗义和卓尔不凡，作为文坛前辈和业界领导的陆地在作家良知与行政任务双重拷问下所产生的困窘尴尬，韦其麟也有叫人心会而难以尽言的恰切抒写。

100多年前因带头为德雷福斯平冤而遭受迫害的法国作家左拉深感良知的重要，他说，"一个民族，只有一条法律——善良。"古罗马政治家演说家西塞罗早在2000多年就断言，"对善恶的无知是人类生活中最动乱的因素。"韦其麟笔下的人物，无论所处境遇如何，也不论在其他方面有着怎样的弱点和不足，都有一个根本的共同点，那就是善良，与人为善，待人诚善。作者能写出人物诸多善良的美丽，首先是因为自己善良：向善，从善，遵善。除他衷心怀念的文坛朋友和前辈所表现出的善良、真诚令人感动外，我还特别不能忘怀他两次写到的文化圈外的一个细节：

> 1974年初，我的家人调回南宁，我却未能调回，仍在防城马路公社当个没有任何职务的公社干部。内人所在单位表示，希望我回南宁，以便照顾家庭。我期待，一个月、半年、一年，都未有结果……
>
> 1975年夏天，我终于调回南宁，安排在药物研究所下属的药用植物园，到卫生厅报到。接待我的一位军人、政工组的负责人郑重地对我说："韦其麟同志，按党的政策应该安排你到文化部门，但和有关部门联系了13次，都表示不安排，我们尽力了。现在研究所为照顾你家庭，下决心安排你在植物园，你就先到那里做些力所能及的工作。"一家人团聚，我很高兴。

多么难得的卫生厅！多么难得的军人！由此我想到善良的人到处都有，也许非文化部门比那些文人扎堆的地方还要好人多一点、善心人多一点呢。

韦其麟忆念的人物有一位值得特别提到——当年的南宁师范学院（现广西师范学院）院长袁似瑶。袁似瑶院长是资深的教育家和文化人。来广西初期曾任省委宣传部理论处处长，后来在几所学校主持工作，都有作为，到最后一站不过几年时间就把一个升格为本科学院的南宁师范学院引上了蓬勃发展的道路。他身体力行为优秀人才创造成功条件的一个个故事在广西教育界传为佳话，不仅教授们精神振奋，成果迭出，给予莘莘学子的滋润和为学校长远发展打下的根基，其意义其影响更非比寻常。"一棵大树，给艰辛的跋涉者一片绿荫和清凉"，文章标题再好不过地表达了一个优秀树人者所应得到的诗意的敬重。

人们看重善良、真诚，自然不是表面的言辞作秀，而是切实的行动效果。韦其麟把人物还原到真实的历史场景之中，细细体察人物的复杂心理，设身处地为对方着想。同时也融入了自己的观察和思考。他从海雁的惨死，慨叹人心之不古；"我总以为，凡有一颗人心者，无论以什么名义，都不会也不应该残害善良的人的，更不会以虐杀善良者而获得自己的得意和欢愉。忆及海雁，我总想写点什么，但一想，好似也没有什么可写，而且写下的东西对逝者也毫不相干，也就未写。"他给黄福林的诗集作序，认为"感情是诗的生命，诗是感情的抒发，一首诗如果只具有思想，却没有感情，那很难称为诗。"他和莎红相处多年，得到莎红许多真诚的帮助，对莎红的诗也有深切的了解，他不同意一些人非议莎红的诗缺乏"民族形式"之类的似是而非的评论，认为"文学作品的形式固然重要，但民族特色还包括民族生活题材和民族的情感等诸多因素"，莎红诗歌的民族特色"不是外在的形式，而是所写的生活本身一种内在的有机的存在"。他钦佩依易天"对民间文学搜集整理，始终坚持严肃认真的态度"，认为依易天就当下民间文学整理中的一些不良现象提出的批评"很有见地"，进而指出文人创作的具有民歌形式的作品和民间创作的民歌应该区别开来，不能笼统地称为民间文学。

如实地界定民间文学的范围和概念，无疑有利于民间文学的发展、保护和整理，也有利于吸取民间文学养料进行的文学创作的繁荣。韦其麟本人就遭受过创作与整理混淆不清所带来的误读。他的《百鸟衣》是大学二年级暑假期间根据儿时听到的一个故事在学校创作的长诗，而有些人不明就里把它说成"整理"壮族民间故事的成果。

韦其麟出生在桂南横县山村，像许多农村孩子一样，从小就听大人讲"古"，得到民间文学的哺育，同时他又接受了较好的现代教育，既读过"几箩筐父辈留下来的旧书"，又看过20世纪30年代上海出版的《中学生》杂志和《鸭绿江上》《风雪夜归人》等现代文学作品，还得到《爱的教育》《格林童话》等世界名著的滋养。1951年他上高中一年级时就给《广西文艺》投稿，高二暑假时写了一首150多行的长诗《玫瑰花的故事》，投寄给他爱读的《新观察》，1953年8月初看到作品发表。1953年他考上武汉大学中文系，入学不久便向《长江文艺》投稿，成为刊物的通讯员，得到学校、刊物和作家的热情扶持。老诗人李冰当年曾在家里和刊物编辑一起，同韦其麟商量《百鸟衣》的修改方案。1955年6月《长江文艺》发表了长诗《百鸟衣》。1953年3月韦其麟参加全国第一次青年文学创作会议，不久成为中国作家协会会员和作协武汉分会会员。1957年从武汉大学毕业，9月分配来广西工作。

韦其麟是壮族的好儿子，是新中国培养的广西较早从大学走出来的优秀作家。他20岁读武大时发表的《百鸟衣》成为新中国文学史上堪与《阿诗玛》等名作媲美的标志性作品，奠定了他作为有影响的现代诗人和杰出壮族作家的地位。

这样一株盛开的美丽花朵是如何绽放的？又是如何在严霜苦雨中挣扎图存，乃至"自卑"到不愿写诗的？韦其麟的回忆文字是我们研究这位颇具标本意义的作家的宝贵的第一手资料，也为深入剖析中国特别是广西当代文学发展历史提供了一个典型的生动的个案。

（原载《广西文史》2013年第3期）

附 录

文学史有关韦其麟的章节

韦其麟的《百鸟衣》[①]
华中师范学院中国语言文学系

　　取材于民间故事的诗歌创作,还有侗族诗人苗延秀的《大苗山交响曲》,壮族诗人韦其麟的"百鸟衣"等。……《百鸟衣》写的是一对青年男女为了自己的幸福生活向封建势力进行英勇顽强的斗争的故事。聪明勇敢的青年古卡爱上了美丽能干的姑娘依娌。但是,土司夺去了依娌,破坏了他们的幸福生活。勇敢的古卡爬了九十九座山,射了一百只雉鸡,做了一件"百鸟衣",救出了依娌,杀死了土司。这篇作品生动地刻画出了古卡和依娌反抗封建势力的坚强性格,赞颂了劳动人民的勤劳、勇敢、聪明、能干,暴露了封建统治者的蠢笨和贪婪。这篇作品无论在思想内容和艺术价值上都取得了较高的成就。

韦其麟的《百鸟衣》[②]
中国科学院文学研究所《十年来的新中国文学》编写组

　　壮族青年诗人韦其麟的《百鸟衣》是根据壮族民间故事创作的一篇优美动人的长篇叙事诗。诗篇通过争取婚姻自由的主题,表现了主人公的斗争智慧,赞美了他们坚贞不渝的爱情和勤劳勇敢的品格。诗篇既有浓厚的生活气息,又有浪漫主义色彩,语言朴实优美,富有诗意。诗人把握了这个原传说的内容和精神,又审慎地注意了它的艺术特点,并做了出色的处理,这是他根据民间传说进行再创作获得成功的一个重要原因。

　　[①]选自华中师范学院中国语言文学系集体编著的《中国当代文学史稿》(科学出版社1962年9月出版)第二编第三章第三节(二),原题为《创作成就》,标题系编者所加。
　　[②]选自中国科学院文学研究所《十年来的新中国文学》编写组编的《十年来的新中国文学》(作家出版社1963年11月出版)第三章第一节。原题为《诗人们的创作》,标题系编者所加。

韦其麟的诗[1]
林曼叔　海枫　程海

在少数民族诗人中间，壮族的青年诗人韦其麟是较为读者所熟悉的。他曾著有诗集《玫瑰花的故事》《百鸟衣》等。长篇叙事诗《百鸟衣》是韦其麟的成名作，作者根据壮族一个美丽的传说而写成的。长诗颇费苦心地运用了群众的语言和传统的表现技巧，像比喻、起兴、重复、富有浪漫色彩的夸张使诗篇的色彩更为鲜明，气氛更为浓重。同时作者以直接倾吐胸怀的抒情与对事物的描绘交织在一起，使诗情倍增浓烈。但重要一点，是作者能忠实于传说本身加以艺术加工，使古卡和依娌这两个壮族人民所赞颂的人物，一对勤劳、善良、机灵、能干的少男少女显得更为突出。他们依靠自己劳动的智慧和坚贞的爱情，克服了重重困难，战胜了伸出魔爪的土司，得到了生命的自由。表现了劳动人民对幸福的幻想，对爱情的渴望和追求的意志，这是任何狡猾的黑暗势力都不可能遏止的。韦其麟的创作高峰似乎也止于此了，以后也就再看不到有什么较好的诗作了。

韦其麟（节录）[2]
胡仲实

叙事诗《百鸟衣》的艺术成就，是它融合了壮族民歌"四句欢"和现代自由诗的体裁，把抒情与叙事结合起来，既有民歌风味，又兼备自由诗的手法。笔墨流畅，没有受"四句欢"格律的约束。

有人对诗中的公鸡化身为美女，提出了责难，认为这是"白璧之瑕""美中不足"，其实这种责难是可进一步商讨的。从许多壮族民间故事来看，公鸡的形象，很可能是古代壮族中某一氏族的"图腾"，是这一氏族的标志。花山壁画中的壮族首领都头插鸡尾，即是例证。如公鸡不是一个确切的动物形象，而是某一个氏族的象征的话，那么它能变成美女也就容易理解了。把公鸡改成凤凰，或孔雀，或锦鸡，现代人看来自然合理多了，但那不是壮族神话，不是壮族民间传说。在诗里，诗人是忠实于自己民族的传说的，因此，它保存了古代传说中的影子。

韦其麟的长诗《百鸟衣》[3]
华中师范学院《中国当代文学》编写组

韦其麟，壮族，一九三五年生，广西壮族自治区横县人。一九五五年他在《长江文

---

[1] 选自林曼叔、海枫、程海著的《中国当代文学史稿·1949—1965·大陆部分》（巴黎第七大学东亚出版中心1978年4月出版），第七章第三节。原标题为《韦其麟、饶介巴桑和纳·赛音朝克图的诗》。标题系编者所加。

[2] 选自胡仲实著《壮族文学概论》（广西人民出版社1982年6月版）第五章第四节（二），标题系原有。

[3] 选自华中师范学院《中国当代文学》编写组编的《高等学校文科教材·中国当代文学》（第一册）（上海文艺出版社1983年9月出版）第七章第四节，标题系原有。

艺》上发表的长诗《百鸟衣》，是这一时期诗歌创作上的重要收获之一。周扬在《建设社会主义文学的任务》的报告中，曾把它和《阿诗玛》放在一起，同誉为"经过整理和改编的民间创作的珍品"。①

《百鸟衣》原是一个民间传说故事，《壮族民间故事资料》中所载的《百鸟衣的故事》及《张亚源和龙王女》②，就是在韦其麟的家乡——广西横县一带搜集的这个故事的原始记录稿。它的主要情节是：一个自幼失去父亲的少年，因心地善良，赢得了由母鸡变的仙女的爱情。他俩成亲后，过着美满幸福的生活。女主人公惊人的美丽与智慧，引起了当地官员的注意。官员把她抢去献给皇上，她坚贞不屈，沉着机智地要丈夫穿一件百鸟衣来京城与她相会。皇帝为了逗引仙女发笑，用自己的龙袍换取百鸟衣披在身上，结果被做了皇后的仙女命人打死，惩罚了他的暴行，而小伙子则穿上龙袍当了皇帝。这样的仙女故事在我国许多民族中间以不同的形式广泛流传在人民群众中，而壮族的百鸟衣故事更为生动完整。《阿诗玛》出现之后，少数民族民间文学的奇光异彩，强烈地吸引着人们。韦其麟便取材于他所熟悉的百鸟衣故事，创作了长篇叙事诗《百鸟衣》。

《百鸟衣》吸取民间传说故事的基本情节，从壮族人民的实际生活出发进行大胆的创造，围绕着古卡和依娌这一对青年男女悲欢离合的遭遇，真切地反映了壮族劳动人民在封建势力残暴统治下的苦难历史和勇敢不屈的反抗精神，流露出对自己前途无比乐观的豪迈感情。

长诗成功地塑造了古卡和依娌的动人形象。

古卡生长在一个穷困家庭里，他还未出生，父亲就给土司做苦工累死了。善良的母亲用乳汁和泪水把他养大。"在风风雨雨里，青草长得壮又快；在穷人家里，生的儿女个个乖。"母亲怕伤害孩子幼小的心灵，把他爹早已惨死的事瞒了下来。古卡长到十岁，母亲才不得不把实情告诉他。懂事的古卡满怀着悲愤，开始拿起他爹曾经用过的柴刀、扁担等上山打柴，坚毅地走上了祖祖辈辈所走过的艰苦生活道路，很快成长为一个勤劳勇敢的小伙子。诗里这样来描写他的形象：

> 长大了的古卡呵，
> 善良的古卡呵！
> 象门前的大榕树——
> 那样雄伟，那样繁茂。
> 象天空迎风的鹰——

---

① 《中国作家协会第二次理事会会议（扩大）报告、发言集》，第24页。
② 《壮族民间故事资料》第1集，广西壮族自治区科学工作委员会、壮族文学史编辑室1959年编印，第111-120页。

那样沉着，那样英勇。
象壮黑的水牛，
那么勤劳，那么能干。

他种田、射箭、打猎、耍武艺、唱山歌，样样都超过常人，成为一个概括着壮族人民的集体力量与智慧的英雄人物。由于贫困，他娶不上媳妇。然而一只神奇的公鸡却来到他家，变成一个美丽的姑娘依娌做了他的妻子，同他一起过着勤劳生产、相亲相爱的美满生活。这一幻想的情节，寄托着旧时代劳动人民追求幸福生活的美好愿望。

残酷的阶级压迫破坏了他们的美满生活。土司为了霸占依娌，千方百计地刁难古卡，要他把混在一起的芝麻和绿豆分开，黑芝麻和白芝麻分开，还要他交出公鸡蛋。这一切都难不倒古卡，因为有依娌给他出主意。最后凶恶的土司抢走了依娌，并且把古卡赶进深山。依娌胸有成竹地吩咐古卡："你去射一百只鸟做成衣，等一百天找我到衙门里！"她在土司衙门里坚贞不屈，不吃土司丰美的菜肴，不穿土司的金丝衣。为了营救依娌，重建他们美好的家庭，古卡在山里历尽艰险，射下一百只鸟，做成百鸟衣，终于巧妙地进入土司衙门，和土司互换衣着，乘机杀死土司，救出了依娌。于是一对情人"象一对凤凰，飞在天空里"，"象天上两颗星星，永远在一起闪耀"。诗里不仅热情赞美了依娌的美丽和能干，尤其是在斗争中充分地表现出她的聪明智慧。正如贾芝所指出的，依娌是"劳动人民聪明智慧的典型。她象同类故事中的仙女或有些民间故事中的巧媳妇一样，几乎什么难题也不容易将她难倒。在她身上，人们看到了劳动人民的无穷无尽的智慧和本领"。[1]依娌是民间故事中经常出现的仙女型的形象，她具有现实中劳动妇女的美好情感和高尚品德，超群出众的才智和神奇的本领，身上披着幻想的彩衣。这种神奇的特征，是用夸张的手法把劳动人民的集体智慧集中在她身上的结果，也是劳动人民"特别意识到自己的不朽并深信他们能战胜一切和他们敌对的力量"[2]这种乐观主义精神的形象体现。她的出现，使阴沉的黑暗王国闪现光明，使得主人公在一切邪恶势力面前占有压倒的优势。这就使《百鸟衣》这部长诗具有一种欢乐轻快的调子，而有别于《阿诗玛》的悲壮激越的风格。依娌这类女性形象，是劳动人民用集体艺术智慧在民间文学中创造出来的一种特殊典型，作者对她进行了富有诗意的再创造，丰富了我们民族民间文学艺术形象的画廊。

《百鸟衣》在艺术表现上也是成功的。诗人取材于这个古老的民间故事进行再创作，不仅有一个去粗取精的问题，还有一个按照叙事诗的要求加工处理的问题。作者在这方面做出的努力是值得肯定的。例如，原故事的神奇色彩比较浓厚，需要什么依娌就可以变出什么来，因此古卡和她成亲后，立刻变成了一个商人和富翁。作者对故事进行了改

---

[1]《诗篇〈百鸟衣〉》，《文艺报》1956年第1期。
[2]高尔基：《苏联的文学》，载《高尔基文学》，新文艺出版社1957年版，第12页。

造，着重把主人公作为现实的劳动者来描写，对其聪明才智给予适当的夸张，使作品更能真切地反映出壮族劳动人民的实际生活与阶级斗争情景。又如，原作的情节比较复杂曲折，适于口头讲述，叙事诗则要具有浓郁的抒情色彩，因此作者精简了叙述故事的笔墨，只选取了几个主要情节，而加强作品的抒情性。如开头的景物描写：

> 春天的时候，
> 满山的野花开了，
> 浓浓的花香呀，
> 闻着就醉了。
>
> 夏天的时候，
> 满山的野果熟了，
> 甜甜的果子呀，
> 见着口水就流了。

情景交融，富有诗意，既是描绘主人公生长的环境，也抒发了作者热爱家乡的感情。原作中叙述主人公制作百鸟衣及杀死压迫者的情节比较简略，而且是单线发展，作者在这一部分交错地描写古卡和依娌的活动，着力抒写他俩彼此忠贞不渝的感情，如：

> 十五的月亮圆堂堂，
> 圆圆的月亮亮光光，
> 亲爱的古卡呀，
> 你在哪一方？
>
> 天上的星星亮晶晶，
> 麻麻的银河亮闪闪，
> 亲爱的古卡呀，
> 你在哪一边？

这样，就把这场斗争表现得更充分，把人物的思想性格刻画得更丰满了。可以看出，作者是较好地把握了叙事诗的特点，充分发挥了叙事诗的艺术表现力的。

《百鸟衣》的语言也具有较浓郁的民族民间文学的特色。作者广泛运用了比兴、夸张和反复等修辞手法，力图以朴实简洁的诗句来造成明丽的诗的意境：

>依妲绣的蝴蝶，
>
>　差点儿就飞起来。
>
>依妲绣的花朵，
>
>　连蜜蜂也停在上面。

诗句既朴实而又生动，富有民间诗歌的韵味。这是作者有意识地吸取民歌滋养的结果。他在《写〈百鸟衣〉的一些感受和体会》中就说过："写的时候，我是注意能从头到尾贯穿民歌的情调，使诗保持着朴实、生动、活泼的风格。"①

这首长诗也存在着一些缺点，如神话式的幻想情节和现实的人物与环境的结合还处理得不够协调；公鸡变美女的情节安排得不太合理（原故事中本来是一只母鸡）；有些语言还缺乏加工锤炼，存在着模仿《阿诗玛》的某些痕迹等。

韦其麟的《凤凰歌》及其他诗歌②
二十二院校编写组

曾以《玫瑰花的故事》和《百鸟衣》而蜚声诗坛的韦其麟，近年又以他的新作《凤凰歌》获少数民族优秀长诗奖。《凤凰歌》出版于三中全会之后不久，在内容上诗人将传说与现实结合，放笔描写当代壮族人民找到中国共产党、在党的领导下终于"烧毁一个旧社会，亮出一个新世界"的壮丽斗争，塑造了献身人民解放事业的达丽这一壮族新人形象。她与夷娜（《玫瑰花的故事》）和依妲（《百鸟衣》）一样美丽、善良、纯朴和勇敢，同时，又显示着新时代的光辉，更聪明、坚强、有力量，因为她的生命与人民的事业相关，她找到了党，是为人民而献身的。在形式上，诗人也做了大胆的探索。二千多行的长诗一律采用七字句的民歌体，为诗的凝练和整齐的形式美提供了条件；大量吸收民歌精华，又根据故事发展和人物特点加以改造制作，语言运用恰到好处。《凤凰歌》在思想性和艺术性的统一上都可说是近年来少数民族叙事诗的佳品，在内容的开拓和形式的探索上对新时期少数民族叙事诗的发展做出了贡献。

韦其麟的《百鸟衣》及其他诗歌③
雷敢　齐振平

在50年代，曾经有许多少数民族作者以自己民族的神话传说为题材，创作出许多优

---

①《长江文艺》，1955年12月号。

②选自二十二院校编写组编的《中国当代文学史·3》（福建人民出版社1985年9月出版）第四编第三章第六节（4），原题为《少数民族的诗歌创作》，标题系编者所加。

③选自雷敢、齐振平主编的《中国当代文学》（陕西师范大学出版社1990年12月出版）第八编第二章第二节。标题系原有。

美动人的诗篇，如白族诗人晓雪根据在白族民间流传很广的《大黑天神》神话，创作出了叙事长诗《大黑天山》；纳西族作者戈阿干，根据崇搬图（又名《创世纪》）的神话，写出了叙事长诗《查热利恩》，等等。而这股热潮的始作俑者，就是壮族诗人韦其麟和他的成名作，叙事长诗《百鸟衣》。

韦其麟是解放后成长起来的壮族诗人，1935年生于广西横县。1953年高中毕业前夕，韦其麟发表的处女作《玫瑰花的故事》就是根据民间故事写成的叙事诗。1957年在武汉大学读书时，又根据家乡的传说故事，创作了长篇叙事诗《百鸟衣》，发表后赢得了广大读者的喜爱，被誉为"经过整理和改编的民间创作的珍品。"①

《百鸟衣》原是一个民间传说故事，它的主要情节是：一个自幼失去父亲的少年，因心地善良，赢得了由母鸡变的仙女的爱情。她俩成亲后，过着美满幸福的生活。女主人公惊人的美丽与智慧，引起了当地官员的注意。官员把她抢去献给皇上，她坚贞不屈，沉着机智地要丈夫穿一件百鸟衣来京城与她相会。皇帝为了逗引仙女发笑，用自己的龙袍换取百鸟衣披在身上，结果被做了皇后的仙女命人打死，惩罚了他的暴行，而小伙子则穿上龙袍当了皇帝。韦其麟吸取民间故事的基本情节，从壮族人民的实际生活出发进行大胆的创造，围绕着古卡和依娌这一对青年男女悲欢离合的遭遇，真切地反映了壮族劳动人民在封建势力残暴统治下的苦难历史和勇敢不屈的反抗精神，流露出对前途无比乐观的豪迈感情。

韦其麟擅长于创作取材于民间传说、有民歌风味的叙事诗。《百鸟衣》连同以后创作的《凤凰歌》《莫弋之死》都是这样的作品。这些植根于人民生活土壤的诗篇，大都有美好的人物形象、浓厚的生活气息、浪漫主义的色彩和朴实生动的民间语言，反映了壮族人民的生活理想和审美情趣。

韦其麟和《百鸟衣》②

洪子诚　刘登翰

韦其麟（1935—　　），壮族，广西横县人，1957年毕业于武汉大学中文系。他的诗歌创作，以取材于民间故事的叙事诗较有影响。如发表于1953年的《玫瑰花的故事》，以及《百鸟衣》《凤凰歌》《寻找太阳的母亲》《山泉》等。《凤凰歌》写的是现实斗争生活，它初稿于1963年，1978年改定。以七言民歌体，描述壮族女歌手达凤在解放前参加游击队，与反动势力英勇斗争的故事。在韦其麟的所有长诗中，《百鸟衣》最为著名，成

---

①周扬：《建设社会主义文学的任务》，《中国作家协会第二次理事会会议（扩大）报告、发言集》。
②选自洪子诚、刘登翰著的《中国当代新诗史》（人民文学出版社1993年5月出版）第三章第五节，原题为《少数民族诗人的创作》，标题系编者所加。

就也最高。它的故事来源于壮族民间传说《百鸟衣的故事》（或《张亚源和龙王女》）[1]。作者在创作时，对故事情节和人物，都作了若干重要的改造。《百鸟衣》歌颂勤劳的古卡和依娌的爱情，表现他们与企图霸占依娌的土司所进行的斗争。对于劳动者淳朴的生活理想的赞美，对他们的力量、智慧的肯定，在作品中得到充分表达。在艺术方法上，《百鸟衣》以西南少数民族民歌作为基础。富于民族、地域色彩的比喻和生活细节的描写，以宣叙语调为主的、包含复沓结构的句式，将叙事与抒情加以结合。这里有民歌中常见的那种浪漫色彩的宣染，也有对劳动者的朴素生活、劳动情景的描述，表达了传统的男耕女织的质朴的生活愿望。《百鸟衣》在五六十年代，是根据间传说重新创作的叙事诗中成就较突出的一部。

《百鸟衣》[2]

曹廷华　胡国强

壮族诗人韦其麟（1935—　　），广西横县人。他在1955年根据民间传说故事创作了一部长篇叙事诗《百鸟衣》。它的发表是叙事长诗创作的重要收获。作品通过古卡和依娌这对青年男女悲欢离合的爱情遭遇的描写，真切地反映了壮族劳动人民在封建势力残酷统治下的苦难历史和勇敢不屈的反抗精神，表达了壮族人民对前途的乐观、豪迈之情。

长诗成功地塑造了古卡和依娌这两个生动的形象。古卡出身贫寒，他还未到人世间，父亲就被土司剥削累死了。年仅十岁就拿起了父亲曾用过的柴刀、扁担走上艰苦的生活道路，经过劳动的磨炼，他很快就成长为一个勤劳勇敢的小伙子。他"象壮黑的水牛，那么勤劳，那么能干"，他"象天空迎风的鹰——那样沉着，那样勇敢"，种田、射箭、打猎、武艺、唱歌样样过人。他心地善良，赢得了美丽的仙女依娌的爱情。依娌被土司抢走后，他遵从依娌的吩咐，历尽艰险，射下百只鸟，制成百鸟衣，巧妙进入土司衙门，和土司互换衣着，乘机杀死了土司，救出了依娌。古卡这一形象是壮族人民集体力量和智慧的概括，是一个不可多得的英雄人物。而依娌则是"劳动人民聪明智慧的典型。她象同类故事中的仙女或有些民间故事中的巧媳妇一样，几乎什么难题也不容易将她难倒。在她身上，人们看到了劳动人民的无穷无尽的智慧和本领"[3]。

《百鸟衣》故事生动，诗句朴实，是一部较成功的作品，但也存在着公鸡变美女等不合理的情节和模仿《阿诗玛》的痕迹。

---

[1] 参见《壮族民间故事资料》，壮族文学史编辑室1959年编印。
[2] 选自曹廷华、胡国强主编的《中华当代文学新编》（西南师范大学出版社1993年5月出版）第九编第二章第一节（二），原题为《阿诗玛》、《百鸟衣》，标题为编者所加。
[3] 贾芝：《诗篇〈百鸟衣〉》。

韦其麟及其《百鸟衣》[①]

马学良　梁庭望　张公瑾

　　韦其麟，1935年生于广西横县。1953年考入武汉大学中文系，毕业后主要在高校工作，任过广西文联主席、中国作协副主席等职。有长篇叙事诗《百鸟衣》(1956年)、《凤凰歌》(1964年)和叙事诗集《寻找太阳的母亲》(1984年)、散文诗集《童心集》(1987年)等出版。

　　韦其麟以创作叙事诗见长，《百鸟衣》是其成名作和代表作。该诗取材于壮族民间故事，作者进行了合理的改造和大胆的创作，将原本具有某种神异色彩和"皇权"思想的一个较为简单的故事，创作成为一部更加符合生活情理，歌颂劳动和爱情，表现人民不畏强暴、战胜邪恶势力的优秀诗篇。故事是这样的：含辛茹苦长大的壮族青年古卡，"象门前的大榕树——那样雄伟，那样繁茂。/象天空迎风的雄鹰——那样沉着，那样英勇。/象壮黑的水牛——那么勤劳，那么能干"。一天。他在路上遇到一只大公鸡，他把公鸡带回家，公鸡变成了美丽的姑娘依娌，依娌成了古卡的妻子。美丽得能令木棉花和孔雀失色的依娌又聪明又能干，她唱的歌"比吃八角还香，比吃菠萝还甜"；她绣的蝴蝶，"差点就能飞起来"；绣的花朵，"连蜜蜂也停在上面"。古卡和依娌相亲相爱，但蛮横的土司抢走了依娌。临走时，依娌叮嘱古卡去射100只鸟做成衣。100天后到土司衙门来找她，在土司衙门里，依娌不为土司的威胁利诱所动，日夜思念着古卡。古卡为了救心上人，爬过99座大山，射了100只雉鸡，用神奇的雉鸡羽毛做成一件"百鸟衣"，穿着它来到土司衙门。愚蠢的土司要用龙袍换"百鸟衣"，古卡趁机将土司杀死，救出了依娌，双双去追寻幸福美好的生活：

　　　　英勇的古卡啊，
　　　　抱起了依娌，
　　　　跳上了骏马，
　　　　飞出了衙门。

　　　　马蹄得得响，
　　　　马蹄不沾地，
　　　　马象箭一样，
　　　　风在耳边呼呼叫。

　　　　英勇的古卡啊，

[①] 选自马学良、梁庭望、张公瑾主编的《中国少数民族文学史》(修订本)(下册)(中央民族大学出版社2001年2月出版)第五篇第四节(一)(4)。原题为《壮族诗人及其作品》，标题系编者所加。

聪明的依娌啊,
象一对凤凰,
飞在天空里。

英勇的古卡啊,
聪明的依娌啊,
象天上的两颗星,
永远在一起闪耀。

作品成功地塑造了古卡和依娌的艺术形象。古卡勤劳纯朴、正直善良,孔武而机敏,具有无穷的智慧和力量,执意追求自己的爱情幸福,与邪恶势力进行了顽强的抗争。依娌美丽聪明、善解人意、勤恳能干,对爱情坚贞不屈。对恶势力巧于应付和反抗。他们是壮族青年的优秀代表。

诗集《寻找太阳的母亲》一共收入作者26首叙事诗,其中《寻找太阳的母亲》是根据壮族古老传说《妈勒(母子)访天边》创作的叙事长诗,它叙述了一位母亲带领儿子历尽千辛万苦去寻找太阳和光明的故事。

韦其麟的长篇叙事诗,善于吸取壮族民歌的营养,大量采用民歌的比兴、夸张、重叠等表现手法,通过朴素而生动、简洁而活泼的语言,形成明丽的诗的意境和浓郁的抒情气氛,有着较高的艺术价值。他的《百鸟衣》出版后引起很大反响,深受读者和专家的好评,并被翻译成英、俄等文字。

韦其麟的《百鸟衣》[①]
王庆生

自50年代初开始,就有一些少数民族民间叙事诗被发掘、整理出来,《嘎达梅林》就是1950年首先发表的。50年代末,随着全面"采风"工作的开展,不但原来的民间叙事诗搜集出新的版本,丰富了原先比较简单的整理本(如《阿诗玛》《嘎达梅林》),而且又发掘出一些早在民间流传的新的民间叙事诗和史诗,像柯尔克孜族的史诗《玛纳斯》和藏族英雄史诗《格萨尔王传》的大部分资料也是这一时期整理成书面文字的。与此同时,一些诗人也根据民间传说故事改编和创作了一批叙事诗,如韦其麟的《百鸟衣》、白桦的《孔雀》、徐嘉瑞的《望夫云》、李冰的《巫山神女》、张永枚的《白马红仙女》和梁上泉的《神奇的绿宝石》等。这些作品不但继承与拓展了优秀民族文化传统,而且为当代叙事诗的发展提供了宝贵经验。

[①]选自王庆生主编的《中国当代文学史》(高等教育出版社2003年2月出版)第一编第十章第四节(3),原题为《〈阿诗玛〉、〈嘎达梅林〉等叙事诗的创作与整理》,标题系编者所加。

……

《百鸟衣》是壮族诗人韦其麟根据本民族流传的民间故事而创作的叙事长诗，它不属于民间文学搜集整理的范畴，是专业诗人利用民间文学进行再创作的优秀作品。壮族诗人韦其麟创作的这部长诗1955年首先发表在《长江文艺》上，后由中国青年出版社出版，受到好评。诗人根据壮族民间流传的《百鸟衣的故事》及《张亚源和龙王女》的故事重新改编，使《百鸟衣》成为一部优美动人的表现忠贞爱情和反抗压迫的叙事诗。长诗赞颂了勤劳勇敢的古卡和善良美丽的依娌的劳动生活与爱情。古卡和依娌相爱却遭到了土司的破坏，土司抢走了依娌，并把古卡赶进了深山。临分别时依娌嘱咐古卡，一百天后穿上用一百只鸟的羽毛做的百鸟衣到土司衙门找她。古卡历尽艰险，终于射死了一百只鸟，做成神衣，巧妙地进入土司衙门。依娌施计叫土司将龙袍与百鸟衣相换穿在身上，趁他换衣之际，古卡杀死土司，二人骑马逃出衙门。长诗比之于原故事，突出了劳动者与统治者的斗争，人物形象更真实可爱，并去掉了一些迷信色彩。

《百鸟衣》以生动的笔墨塑造了古卡和依娌两个鲜明的艺术形象，表现了他们同统治者的顽强不屈的斗争精神。古卡从小失去了父亲，母亲含辛茹苦把他养大。长诗对他的强壮、射猎和劳动技能的高超做了突出描写。接着一只美丽的公鸡变为他的妻子，使他的生活发生了变化。当依娌被土司抢走时，长诗又着力写了她的坚贞不屈。临别又和古卡约定以"百鸟衣"到衙门相会的日子："乌云遮了天，/风吹云就散，/我们暂分离，/一定再团圆。"实际上依娌正是壮族劳动妇女坚毅性格的代表。而古卡忍受了种种苦难，射猎了飞鸟制成百鸟衣，也是壮族青年优秀品德的集中体现者。长诗还着重表现了二人对爱情的坚贞不渝。这也是长诗中的精彩段落。如依娌在衙门里时，白天晚上想着古卡，日出月落都触动着她的心灵："十五的月亮圆堂堂，/圆圆的月亮亮光光。/亲爱的古卡呀，/你在哪一方？//天上的星星亮晶晶，/麻麻的银河亮闪闪，/亲爱的古卡呀，/你在哪一边？"长诗以精美的语言赞颂了他们至死不渝的爱情，他们最后终于杀死了土司，像出笼的鸟儿一样双双飞走。这比原故事中叫别人杀死皇帝更直接地表现了人民群众对统治者的仇恨与斗争精神。长诗的语言朴实、形象，具有南国浓郁的地方色彩和壮族民歌的独特风韵，既有节奏感和韵律感，又不拘泥于民歌的五七言，读来自由流畅。在艺术形式上，长诗既学习了民歌的长处，又有新的拓展。

壮族诗人韦其麟的《百鸟衣》[①]
唐金海、周斌

韦其麟（1935—　），生于广西壮族自治区横县一个风景如画的壮族山村。1953年在《新观察》发表处女作《玫瑰花的故事》。是年秋天考入武汉大学中文系。大学二年级时，韦其麟根据家乡流传的壮族民间故事创作出长篇叙事诗《百鸟衣》。1955年《百

[①]唐金海、周斌主编《20世纪中国文学通史》（东方出版中心2003年9月出版）第十章第三节（四），标题系原有。

鸟衣》在《长江文艺》上发表后，在文坛上引起较大反响，《人民文学》、《新华文摘》先后转载，人民文学出版社很快就出了单行本。以后20多年间，诗人除从事编辑、民间文学的搜集整理外，有相当长时间是在基层做一般行政工作，创作不多。现为中国作家协会副主席。

韦其麟虽然也有抒情诗问世，但他更擅长叙事诗的创作，他的叙事诗主要取材于壮族民间传说故事，无论是成名作《百鸟衣》，还是后来的《凤凰歌》《寻找太阳的母亲》，都是以民间文学为蓝本进行艺术再加工，在形式上既继承了壮族民间文学的优秀传统，又不断有所创新。

《百鸟衣》在民间传说故事的基础上进行大胆创造。作品虽然取材于民间故事。但诗人根据自己的审美理想对原初故事进行了再创新，突出了劳动人民与封建统治者的尖锐矛盾。作品讲述了一对壮族青年男女——古卡和依娌为争取婚姻自由，与代表封建势力的土司进行的一场英勇不屈的斗争，以古卡和依娌悲欢离合的爱情人生为主线，真实地反映了勤劳勇敢的壮族人民，面对残酷强大的封建统治所进行的反抗。作为劳动人民的代表，古卡和依娌不畏强权的精神在作品中得到了充分展示。诗人热情地赞美他们追求自由与幸福的坚定信念。作品自始至终贯穿着正义战胜邪恶的伟大力量。

《百鸟衣》在艺术上成功地塑造了古卡和依娌两个光彩照人的审美形象。古卡是壮族劳动人民的代表，在他的身上集中了穷苦贫民勤劳勇敢、机智善良、忠于爱情的品质。对于古卡，诗人是这样描写的："长大了的古卡啊，/善良的古卡啊！象门前的大榕树，/那样雄伟，那样繁茂。象天空迎风的鹰，/那样沉着，那样英勇。象壮黑的水牛，/那么勤劳。那么能干。""大榕树"是质朴而旺盛的生命力的象征；"鹰"则是顽强、坚韧的代码；"壮黑的水牛"的符号意义阐明了古卡的劳动者身份，同时包含了辛勤耕作、力大无穷的美学思想。古卡这个形象是劳动人民长期的审美实践和诗人个体的审美理想相结合的产物，其真实性在于他的原形来自民间文学这块沃土，又通过诗人审美艺术的加工，既是劳动者千百次审美经验的重复表达，又是作者独立思考的审美结晶。

依娌既是土地上的劳动能手，又是一位优秀的民间歌手。集美丽、智慧、勤劳于一身，是壮族女性优良品德的化身。"木匠拉的墨线，/算得最直了，/依娌插的秧，/象墨线一样直。"这是表达依娌的勤劳能干。"木棉花最耀眼了，/和依娌一比就失色了。/孔雀的尾巴最好看了，/和依娌一比就收敛了。"这是描写她的美丽。当依娌被强暴的土司抢去后，她不吃土司家的美食佳肴，不穿土司家的金丝绸缎，而是日夜想着古卡，依娌不仅对爱情坚如磐石，并且聪慧而富有智慧。当她被土司抢走时，她用歌声暗示古卡射鸟缝制百鸟衣，要古卡巧妙地进入土司府，趁换衣之时杀死土司。和古卡一样，依娌也是劳动人民的精神实践活动与诗人的主观审美理想有机融合的结果，是民间文学再创作的艺术珍品。

韦其麟[1]
程光炜

在一定意义上，中国新诗史是以汉族文化为主调的，但其他50多个少数民族色彩纷呈的文化，又使新诗史具有了各种文化共生性的特点。在少数民族源远流长的诗歌传统中，有几个地域的少数民族诗人创作似乎保持了更鲜明的特色：它们是新疆的维吾尔诗人；内蒙古自治区的蒙古族诗人；西南各省的藏族、傣族、白族等诗人；中南各省的土家族、壮族诗人和东北地区的朝鲜族诗人等。有些诗人的创作开始于20世纪初，作为一个"群体"真正引起公众注意，则在五六十年代。其中较著名者有：尼米希依提、铁依浦江·艾里也夫、克里木·霍加、纳·赛音朝克图、巴·布林北赫、查干、饶阶巴桑、汪承栋、韦其麟、张长、晓雪、包玉堂、金哲等。

……

韦其麟（1935—　　），壮族诗人，广西横县人。1955年在武汉大学中文系读书期间，根据本民族民间故事《百鸟衣的故事》创作了长篇叙事诗《百鸟衣》，受文坛瞩目。但作品留下了"改编"的痕迹，如突出了当时的劳动人民反抗压迫、追求解放的主题，对原作中某些宿命的因素进行了压抑、删削。《百鸟衣》主要描写的是青年男女古卡和依娌充满坎坷的爱情波折：依娌起初为土司所霸占，古卡为重新得到心爱的人，经历了千辛万苦，一直与土司进行坚决的斗争。壮族人民忠于爱情、生性坚韧的民族性格，以及他们崇尚刀耕火种的淳朴生活理想的传统美德，都在作品中得到充分的表现。作品借助民间传说喜爱复沓、铺排来渲染气氛、塑造人物性格、抒情达意的文学传统，大量使用比喻、象征、叙事与抒情兼容等手段，使这首长诗取得了五六十年代同类作品中少有的艺术成就。在这一时期，韦其麟还创作了《玫瑰花的故事》《凤凰歌》《寻找太阳的母亲》和《山泉》等作品。1959—1962年间，从事民间文学资料的收集和整理工作，出版有民间故事《古卡和依娌》等。

韦其麟长诗《百鸟衣》[2]
黄修己

少数民族长篇叙事诗数量多，题材广泛，艺术特色鲜明，刻画了栩栩如生的许多很有民族性格的人物形象，取得突出成绩，为共和国诗坛作出了重要贡献。它们或取材于民族民间故事传说，加以再创造，既保持了民间神话故事的光彩，同时又赋予它以时代感。代表性的作品如韦其麟的《百鸟衣》《寻找太阳的母亲》……或取材于革命历史，展现各族人民的所进行的艰苦卓绝的革命斗争，表现革命人民的英雄气概和高尚情操，代

---

[1] 选自程光炜著《中国当代诗歌史》（中国人民大学出版社2003年12月出版）上篇第三章第五节（七），原题为《少数民族诗人》，标题系编者所加。

[2] 选自黄修己主编的《20世纪中国文学史》（下卷）（中山大学出版社2004年11月出版）第十四章第四节（8），原题为《共和国文学的重要部分——少数民族诗歌》，标题系编者所加。

表性作品如韦其麟的《凤凰歌》……

  韦其麟（1935—　　），广西壮族自治区横县人。1955年发表成名作《百鸟衣》，此后先后出版诗集《凤凰歌》《寻找太阳的母亲》《山泉》《苦果》等。长篇叙事诗《百鸟衣》是建国以来少数民族作家创作的优秀作品，这一时期中国诗歌创作的主要收获，被誉为"经过整理和改编的民间创作的珍品"，[①]并被誉为各种外文向国外介绍。《百鸟衣》取材于壮族民间故事《百鸟衣的故事》（又作《张亚源和龙王女》），吸取了民间故事的基本情节，同时从生活出发，进行再创作，使本来具有神异色彩和"皇权"思想的简单故事，成为更符合生活情理，歌颂人民反封建斗争，歌颂劳动、赞美真挚爱情的优秀长诗。长诗塑造了两个主人公——青年猎民古卡和他善良、勤恳的妻子依娌，细腻地描写了古卡和依娌的耕作、狩猎、收获等劳动生活；写他们靠勤苦的劳作和高超的生产技能，创造了幸福美满的生活，同时靠着机敏和智慧，勇敢地与破坏他们爱情和幸福的仇敌皇帝进行斗争并取得胜利："英勇的古卡啊/聪明的依娌啊/象一对凤凰/飞在天空里//英勇的古卡啊/聪明的依娌啊/象天上的两颗星/永远在一起闪耀。"他们双双去追求美好的新生活。

  《百鸟衣》广泛采用民歌的起兴、比喻、夸张、重叠等表现手法，造成明丽的诗的意境；长诗运用有表现力的群众语言，朴实生动，简洁而活泼，清丽而明朗。

壮族叙事长诗《百鸟衣》[②]
张健

  特别值得一提的是，在20世纪五六十年代的长篇叙事诗家族中，经搜集、整理、改编而出版的少数民族民间叙事诗或史诗占有重要的地位。这些作品主要有彝族叙事长诗《阿诗玛》和创世史诗《阿细的先基》《梅葛》，蒙古族英雄史诗《嘎达梅林》和《英雄格斯尔可汗》，藏族英雄史诗《格萨尔王传》，傣族民间故事叙事诗《召树屯》《孔雀》，苗族民间故事叙事诗《虹》，壮族叙事长诗《百鸟衣》等。其中，《阿诗玛》《嘎达梅林》《格萨尔王传》和《百鸟衣》等，具有较高的艺术水准和民俗价值。

  ……

  新中国成立初期有计划的对少数民族民间文学进行挖掘整理的工作，也带动和鼓舞了少数民族诗人的创作热情，壮族诗人韦其麟（1935—）将民间传说《百鸟衣的故事》改编为叙事长诗《百鸟衣》，就是一个成功的例子。《百鸟衣》（1955）讲述了和《阿诗玛》相类似的劳动人民反抗封建压迫的故事，但却有着《阿诗玛》所没有的"大团圆"结局和欢乐轻快的叙述调子。诗作围绕着贫苦青年古卡和美丽姑娘依娌为保卫幸福美满的爱情而同土司作不屈不挠斗争的曲折经历，展示了壮族劳动人民美好的品质和向往幸福生活的愿望。此外，诗作还以饱满的笔墨，描绘了颇具诗情画意的壮族劳动场景和生

[①]周扬：《建设社会主义文学的任务》，《文艺报》1956年第5—6期。
[②]选自张健主编的《新中国文学史》（上卷）（北京师范大学出版社2008年11月出版）第三章第二节（三）（9），原题为《史诗性的叙述》，标题系编者所加。

活细节。在表现手法上，诗人借用了广西民歌尤其是"山歌"的盘歌、对歌等形式，造就出一种反复、回旋、缠绕的语调，将写景、叙事和抒情有机地结合在一起。韦其麟的诗艺探索，无疑大大提升了原民间故事"百鸟衣"的表现力和艺术含量。

无论是对少数民族民间叙事诗或史诗的搜集整理，还是少数民族诗人个人创作或改编的叙事诗，都是20世纪五六十年代长篇叙事诗创作热潮的有机组成部分，其意义不可低估。

韦其麟的《百鸟衣》①
谭伟平　龙长吟

我国汉族诗歌历来重抒情，轻叙事，长篇叙事诗匮乏到几乎空白的程度。是《江格尔》《格萨尔王传》等北方少数民族英雄史诗和《百鸟衣》《阿诗玛》等南方少数民族叙事长诗，丰富了我国诗歌的重要品种，填补了叙事长诗的空白。

韦其麟（1935—　），当代壮族诗人，22岁毕业于武汉大学中文系，先后在广西民族学院、广西区文联、广西师范学院任教。担任过中国作家协会副主席、广西区文联主席等职。他的作品有长篇叙事诗《百鸟衣》《凤凰歌》，叙事诗集《寻找太阳的母亲》，诗集《含羞草》《苦果》，散文诗集《童心集》《梦的森林》，另有论著《壮族民间文学概观》。

《百鸟衣》是韦其麟早期的作品，也是其影响最大，最受读者欢迎的一首优美的诗歌。《百鸟衣》叙述了青年男女古卡和依娌的爱情与斗争的故事。诗歌分为四个章节："绿绿山坡下""美丽的公鸡""溪水呀，流得不响了""两颗星星一起闪"。这四个部分分别介绍了古卡的身世、古卡与依娌的相恋、土司夺爱、二人智斗土司并逃脱的故事。壮族青年古卡出生在美丽的绿山脚下，他还未出生，父亲便因给土司做苦工累死了，母亲辛苦地将他抚育成人。古卡像古希腊传说中的英雄，生下来就力大无穷，机敏勇敢，少年英俊，精通武艺又是劳动好手。公鸡变身为美丽女子依娌，前来与古卡相爱，并结为伴侣，过着幸福的日子。贪婪的土司抢走依娌，聪明的依娌嘱咐古卡去射一百只鸟，并用其羽毛做成衣服，一百天以后到衙门里去找她。古卡依计行事，荒唐而又愚蠢的土司看到百鸟衣，以为是传说显灵，要用龙袍换取百鸟衣。古卡乘机杀死了土司，和依娌跨着骏马飞奔出了衙门。《百鸟衣》取材于民间传说，但它并不是民间故事的简单记录和整理，而是经过诗人的重新构思和再创作。因此，它渗透了诗人的创作个性、思想情感以及他对生活的理解和评价，同时还有鲜明的时代印记。

《百鸟衣》着力刻画了古卡和依娌两个人物形象。古卡勤劳淳朴、善良正直、机敏而强壮，与邪恶势力进行顽强斗争，在捍卫自己的爱情时充满智慧。依娌则美丽能干、善

---

①选自谭伟平，龙长吟主编的《现代中国文学教程》（高等教育出版社2011年3月出版）诗歌篇第四章第四节（一），原题为《重拾与再造：〈百鸟衣〉、〈阿诗玛〉等南方少数民族叙事长诗》，标题系编者所加。

解人意、聪慧机智，对爱情忠贞不渝，敢于斗争且善于斗争。他们二人的形象象征壮族人民的优良品质。这部作品在艺术上的成功还在于它浓郁的传奇色彩。传奇色彩是《百鸟衣》艺术表现上的重要特色之一。取材于民间故事的《百鸟衣》保持了原有的传奇色彩并作进一步发扬，如古卡的迅速成长、力气超群，制弓射箭等情节，特别是他和依娌最后骑上骏马在天上飞行的描写极具浪漫传奇意味，这其中寄托了壮族人民的理想。而热烈的抒情气氛，是《百鸟衣》在艺术表现上的又一重要特色。这种抒情气氛流露于字里行间，借景抒情，情随景生，贯穿于诗的首尾，使长诗具有强烈的感染力。在诗歌形式方面，诗人追求的是"民歌的情调"、"朴素、生动、活泼"的风格。但是他既不拘泥于壮族民歌"四句欢"的格律，又不是完全采用自由体新诗的手法，而是另辟蹊径，创造出一种既有民歌风味，又颇具自由诗的新诗体。这种新诗体自由流畅、生动活泼、极富表现力。它学习了民歌中丰富的比喻、大胆的夸张、音韵的和谐等特点，又比民歌自由和富于变化，便于描绘复杂的情景。这些使得长诗形成独特的风格，增添了长诗的艺术魅力。

韦其麟的诗歌创作[①]
钟进文

韦其麟（1935— ），壮族，广西横县人，少年时喜爱民族民间文学。1953年考入武汉大学中文系，1956年加入中国作家协会，1957年毕业分配至广西民族学院工作，1960—1978年被下放农场劳动。早在大学学习期间韦其麟就根据壮族民间传说写成叙事长诗《百鸟衣》，1955年发表后引起很大反响，并被译成英、俄等文字。这一阶段其主要作品还有叙事长诗《玫瑰花的故事》（1953）、《凤凰歌》（1964）等。

《玫瑰花的故事》作为韦其麟的处女作显示了他不凡的诗才，也因此为高中生的他敲开了诗坛大门。代表作《百鸟衣》[②]曾震动诗歌界。诗作取材于民间传说，采用壮族民歌形式，具有浓郁的民族风情和浪漫主义色彩。它描写了一对壮族青年英俊勤劳的古卡和美丽善良的依娌为了追求爱情和幸福，坚决与邪恶势力斗争并最终胜利的故事。

全诗其分四章，第一章"绿绿山坡下"写古卡一家人的悲惨生活和古卡的出生、成长。"绿绿山坡下/清清溪水旁"有古卡的家，"青草长在风雨里/乖乖的古卡生在穷人家里/红花开在阳光里/英俊的古卡生在好心人家里"。但"古卡在娘肚子里/爹就死了/爹死在哪儿呢/爹死在衙门里/爹为什么死/爹给土司做苦工累死"。诗人开篇以古卡一家的悲惨遭遇暗示了当地土司作恶多端，这为后面的情节发展埋下了伏笔。古卡自然成为家庭的希望和母亲的支柱，"长大了的古卡啊/善良的古卡啊/象门前的大榕树——/那样雄伟，那样繁茂/象天空迎风的鹰——/那样沉着，那样英勇/象壮黑的水牛——/那么勤劳，那么能干"，古卡

[①] 钟进文主编的《中国少数民族文学基础教程》（中国民族大学出版社2011年11月出版）下编第二章第二节（三）（3），原题为《饶介巴桑、包玉堂等诗人的诗歌创作》，标题系编者所加。
[②] 韦其麟：《百鸟衣》，载《当代少数民族文学作品选（上）》，吴重阳编，北京民族学院科研处，1984年版，第354-400页。

的英勇无人能敌,"二十岁的后生啊/说谁也不相信/打死过五只老虎/射死过十只豹子。"

第二章"美丽的公鸡",写古卡上山打柴遇见一只公鸡,公鸡跟随古卡回家,最后变成美丽的姑娘与古卡成为夫妻。"古卡唱山歌/挑柴下山来/一只大公鸡/走向路上来""吃的是白米饭/饮的是清溪水/住的是青竹笼/公鸡住在古卡家了"。后来,"笼子里没有了公鸡/院子里站着个姑娘",公鸡变成姑娘依娌,古卡一家过上了幸福生活。

第三章"溪水呀,流得不响了",古卡一家的幸福生活传到土司耳朵里,土司看上了美丽的依娌,想要占为己有。"土司的狗腿出衙门口/是要把依娌抢"。结果。"娘气死了/依娌被抢走了/树林里的小鸟吓跑了/山坡下的人家拆散了",古卡一人进了深山。

第四章"两颗星星一起闪",古卡按照依娌的叮嘱,"穿过了九十九个深谷翻过了九十九座高山"到处寻找雉鸡,他"一日射一只/十日成五双/日日不停歇/为了救依娌"。最后,"一百张雉鸡皮/张张一样美/缝成一件衣/羽光亮闪闪"。古卡手拿"百鸟衣",闯进了衙门,诱骗土司穿上了"老头也变得俊俏","姑娘见了心欢就会笑"的"百鸟衣"以讨依娌欢笑,没想到,"古卡给土司穿神衣/忽然尖刀亮闪闪/尖刀白落红的起/土司一命归西天"!这时古卡抱起依娌,跳上骏马,飞出衙门,"象一对凤凰/飞在天空里","象天上两颗星星/永远一起闪耀"。

这篇叙事诗,采用歌调体式,兼用比兴、对比、夸张、设问自答等艺术手法,成功地塑造了古卡和依娌这两个人物形象。诗中人物的性格随着故事情节的推进而发展,而且在大量的比照中,人物的心理表现也非常丰富、细腻。《百鸟衣》本是广西各地流传的民间故事,韦其麟在此素材上大胆改造,古为今用,注入了时代精神,使古卡和依娌成为劳动人民的代表、他们既是勤劳、善良和勇敢的化身,也是20世纪50年代人们的革命理想和乐观精神的体现。被誉为是当代诗歌创作中极具影响力的作品。

韦其麟的叙事诗[①]

张炯

韦其麟(1935—),壮族,广西横县人,1957年毕业于武汉大学中文系,曾任中国作家协会副主席。从1953发表根据民间传说再创作的叙事诗《玫瑰花的故事》以来,先后出版的叙事诗集有《百鸟衣》(1956)、《凤凰歌》(1979)、《寻找太阳的母亲》(1984)、《山泉》(1994)、《苦果》(1994)等。另外还出版有抒情诗集《含羞草》、散文诗集《童心集》,专著《壮族民间文学概观》等。韦其麟的叙事诗多取民间传说加以改编创造而成,与民族民间故事、传说关系密切。代表作《百鸟衣》取材于壮族民间故事

[①] 选自张炯主编《中国文学通史第10卷·当代文学·上》(江苏文艺出版社2013年12月出版)第十三章第六节,原标题为《韦其麟、汪承栋、包玉堂等的叙事诗》,标题系编者所加。

《百鸟衣的故事》（又名《张亚源和龙王女》，吸取了民间故事的基本情节[①]，同时从现实生活出发，加以合理的改造和大胆创作，使本来具有不同程度神异色彩和"皇权"思想的简单故事，成为更加合乎生活情理，歌颂劳动，赞美真挚爱情，颂扬人民反封建斗争精神的优秀长诗。长诗依然较好地保留了民间故事"一女两男"的隐性结构，将主流意识形态的诉求融会于主人公农民古卡、其妻依娌、贪婪愚蠢的土司之间的爱情争夺中。这样的安排不仅大大增强了诗歌的趣味性、可读性、群众性，而且使长诗在一定程度上超越了既定时代的局限性而获得了民间艺术永恒的审美价值。长诗最精彩的情节是结尾处古卡按照妻子依娌的嘱咐，穿着用一百只鸟的羽毛制成的百鸟衣，来到土司衙门，用智慧杀死土司，抱起妻子依娌骑上骏马远走高飞：

英勇的古卡啊，/抱起了依娌，/跳上了骏马，/飞出了街门。//马蹄嘚嘚响，/马蹄不沾地，/马象箭一样/风在耳边呼呼叫。//英勇的古卡啊，/聪明的依娌啊，/象一对凤凰，/飞在天空里。//英勇的古卡啊，/聪明的依娌啊，/象天上两颗星，/永远在一起闪耀。

在这个具有浓郁传奇色彩的故事里，诗人把自己对劳动人民的爱与赞美、对淳朴爱情的崇尚与追求、对壮族人民坚韧且充满智慧的民族性格的炽热颂扬，情感像火山一样喷发出来，让诗歌充满了浓郁的情感和浪漫主义色彩。

《百鸟衣》在艺术上还注意吸取广西民歌的营养，广泛采用民歌的起兴、比喻、夸张、重叠等表现手法，造成明丽的诗的意境。全诗充分运用有表现力的群众语言，朴实、生动、简洁而活泼，如行云流水，清丽明朗。在20世纪五六十年代，"《百鸟衣》是根据民间传说重新创作的叙事诗中，成就较为突出的一部。"[②]

[①] 由于《百鸟衣》脱胎于民间故事，并与民间文学资源间保持了较直接的关系，以至于连文学理论家周扬都误认为《百鸟衣》是"经过整理和改编的民间创作"，并把它与撒尼人的《阿诗玛》同视为"经过整理和改编的民间创作的珍品"。周扬的这个错误恰好从一个侧面说明了当代少数民族诗歌与民间资源间的直接的血缘关系。参见周扬：《建设社会主义文学的任务》，载《中国新文艺大系（1949—1966）理论史料集》，中国文联出版公司，1994年版，第190页。

[②] 洪子诚、刘登翰：《中国当代新诗史》（修订版），北京大学出版社，2005年版，第73页。

文学史有关韦其麟的章节目录

1.《广西壮族文学·初稿》，广西壮族文学史编辑室、广西师范学院中文系编著，第四编第二章第三节，广西壮族自治区人民出版社，1961年7月出版。

2.《中国当代文学史稿》，华中师范学院中国语言文学系编著，第三编第三章第三节（二），科学出版社，1962年9月出版。

3.《十年来的新中国文学》，中国科学院文学研究所《十年来的新中国文学》编写组编，第三章，诗歌（一），作家出版社，1963年11月出版。

4.《中国当代文学史稿·1949—1965·大陆部分》，林曼叔、海枫、程海著，第十七章第三节（一），巴黎第七大学东亚出版中心，1978年4月出版。

5.《当代文学概观》，张钟、洪子诚等著，第一编第十一章第四节（三），北京大学出版社，1980年7月出版。

6.《中国当代文学史初稿》，郭志刚等编，第七章第七节（二），人民文学出版社，1980年12月出版。

7.《壮族文学概论》，胡仲实著，第五章第四节（二），广西人民出版社，1982年6月出版。

8.《高等学校文科教材·中国当代文学》（第一册），华中师范学院《中国当代文学》编写组编，第七章第四节，上海文艺出版社，1983年9月出版。

9.《中国少数民族文学》，杨亮才等著，第八章第六节，人民出版社，1985年6月出版。

10.《1949—1982中国当代文学简史》，汪华藻、陈远征、曹毓生主编，第十章第四节（五），湖南人民出版社，1985年7月出版。

11.《中国当代文学史新编》，公仲主编，第七章第五节，江西教育出版社，1985年9月出版。

12.《中国当代文学史·3》，二十二院校编写组编，第四编第三章第六节（4），福建人民出版社，1985年9月出版。

13.《中国当代文学十讲》，中国当代文学研究会教育学院系统分会编，第九讲第二（二），辽宁大学出版社，1986年3月出版。

14.《中国当代文学》，邱岚主编，第二十四章第二节（二），辽宁教育出版社，1986年6月出版。

15.《中国当代少数民族文学史稿》，中南民族学院《中国当代少数民族文学史稿》编写组编，第二章第七节（一），长江文艺出版社，1986年11月出版。

16.《中国当代民族文学概观》，吴重阳著，第一章第十节，中央民族学院出版社，1986年12月出版。

17.《中国现代文学·下编》，中南五省（区）师专《中国现代文学》教材编写组编，第四章第六节（一），广西师范大学出版社，1989年7月出版。

18.《中国当代文学史稿·上册》，高文升、单占生主编，第六章第二节（二），河南人民出版社，1989年12月出版。

19.新中国文学史（试用本），湖南师范大学编，第二章第四节（三），湖南文艺出版社，1990年4月出版。

20.《中国当代文学》，雷敢、齐振平主编，第八编第二章第二节，陕西师范大学出版社，1990年12月出版。

21.《当代中国文学史》，刘文田等主编，第八章第四节（一），河北大学出版社，1991年1月出版。

22.《壮族文学概要》，梁庭望、农学冠编著，第五章第一节，广西民族出版社，1991年9月出版。

23.《当代中国文学》，姚代亮主编，第二章第九节（一），广西师范大学出版社，1993年7月出版。

24.《壮族当代文学引论》，黄绍清著，第三章第一节（一、二、三、四），广西师范大学出版社，1993年4月出版。

25.《中国当代新诗史》，洪子诚、刘登翰著，第三章第五节（七），人民文学出版社，1993年5月出版。

26.《中华当代文学新编》，曹廷华、胡国强主编，第九编第二章第一节（二），西南师范大学出版社，1993年5月出版。

27.《中国当代新诗发展史》，黄子建、佘德银、周晓风著，第六章第三节（二），成都科技大学出版社，1993年8月出版。

28.《中华文学通史·第八卷·当代文学编》，张炯等主编，诗歌第十三章第五节（一），华艺出版社，1997年9月出版。

29.《中国少年民族作家文学》，叶志刚、智川著，第四章第一节（四），中央民族大学出版社，1999年2月出版。

30.《中国当代文学史》（上册），特·赛音巴雅尔主编，第十一章第二节（一），民族出版社，1999年8月出版。

31.《中国少数民族当代文学史》，特·赛音巴雅尔主编，第二章第四节，北京十月文艺出版社，1999年8月出版。

32.《中国少数民族文学史》（修订本·下册），马学良、梁庭望、张公瑾主编，第五篇第四节（一）（4），中央民族大学出版社，2001年2月出版。

33.《中国当代文学史》，王庆生主编，第一编第十章第四节（三），高等教育出版社，2003年版2月出版。

34.《20世纪中国文学通史》，唐金海、周斌主编，第十章第三节（四），东方出版中心，2003年9月出版。

35.《中国当代诗歌史》（上篇），程光炜著，第三章第五节（七），中国人民大学出版社，2003年12月出版。

36.《20世纪中国文学史》（第二版）（下卷），黄修己主编，第十四章第四节（8），中山大学出版社，2004年11月出版。

37.《广西文学50年》，李建平、王敏之、王绍辉等著，第三章（四、五、六节），漓江出版社，2005年4月出版。

38.《中国少数民族现代当代文学概论》，李云忠著，第一编第六章第一节（二），辽宁民族出版社，2006年6月出版。

39.《壮族文学发展史》，周作秋、黄绍清、欧阳若修、覃德清著，第五编第七章（一、二、三、四、五节），广西人民出版社，2007年9月出版。

40.《壮族文学现代化的历程》，雷锐主编，第六章第一节，民族出版社，2008年7月出版。

41.《新中国文学史》（上卷），张健主编，第三章第二节（三）（9），北京师范大学出版社，2008年11月出版。

42.《现代中国文学教程》，谭伟平、龙长吟主编，诗歌篇第四章第四节（一），高等教育出版社，2011年3月出版。

43.《中国少数民族文学基础教程》，钟进文主编，下编第二章第二节（3），中国民族大学出版社，2011年11月出版。

44.《中国文学通史·第十卷·当代文学》(上),张炯主编,当代诗歌第十三章第六节(一),江苏文艺出版社,2013年12月出版。

45.《中国少数民族文学史·诗歌卷》,梁庭望著,第四编第二章第五节(二),人民文学出版社,2016年12月。

韦其麟著作系年（1956—2012年）

一、单行本《百鸟衣》

单行本《百鸟衣》：（中国青年出版社1956年4月北京第1版，1956年4月北京第1次印刷【40000册】、1956年8月第2次印刷【60000册】、1957年3月第3次印刷【85000册】、1958年1月第4次印刷【103000册】、1964年4月第5次印刷【122600册】）；

单行本《百鸟衣》（文学小丛书）：（人民文学出版社，1959年4月北京第1版，1959年4月北京第1次印刷【20000册】、1978年9月湖北第1次印刷【印数不详】）；

《百鸟衣》（精装本）：（人民文学出版社，1959年9月北京第1版，1959年9月北京第1次印刷【7500册】、1962年8月北京第2次印刷【12500册】）；

单行本《百鸟衣》：漓江出版社，1998年9月第1版，1998年9月第1次印刷；

《百鸟衣》（日文版）：宇田扎·小野田耕三郎译，株式会社未来社，1961年3月1日；

《百鸟衣》（蒙古文版）：内蒙古人民出版社，1960年北京第1次印刷【2500册】）；

《古卡和依娌》（拼音版），【吴越拼写】：文字改革出版社，1956年8月第1版，1956年8月第1次印刷【5000册】，1956年9月第2次印刷【38000册】；

连环画《百鸟衣》：【中星恒改编、杨永青绘】，河北人民美术出版社，1958年12月初版【25000册】，1959年5月第2次印刷；【小辰改编、何纬仁绘画】，广西人民出版社，1980年5月第1版，1980年5月第1次印刷【80000册】；【李华章改编、汪国新绘画】，湖北人民出版社，1981年11月第1版，1981年11月第1次印刷【157600册】；【马定忠改编、吴冰玉绘画】，上海人民美术出版社，1983年3月第1版，1983年3月第1次印刷【226000册】；【邓二龙编绘】，人民美术出版社，2010年8月第1版，2010年8月第1次印刷【2000册】。

二、单行本《凤凰歌》

广西人民出版社，1979年9月第1版，1979年9月第1次印刷【5600册】。1982年12月第2版第2次印刷【8600册】。（注：2版增加了晓雪作的序）

附录　377

三、叙事诗集《寻找太阳的母亲》，（花山文库），广西民族出版社，1984年7月第1版第1次印刷。

目次：玫瑰花的故事｜牛佬｜柚子树｜平天山传奇（三首）｜郁江的怀念｜洪水河边的传说｜歌声｜船｜回声｜悬崖歌｜歌手｜诗人｜干涸了的水库｜在深山里的一座森林｜莫弋之死｜四月，桃金娘花开了｜花山壁画之歌｜山泉｜歌神｜江湖黄六成为歌手的故事｜俘虏｜岑逊的悲歌｜美丽｜寻找太阳的母亲｜后记

四、散文诗集《童心集》（黎明散文诗丛书·第五辑），漓江出版社，1987年8月第1版第1次印刷【5000册】。

目次：前言（柯蓝）｜歌｜彩虹｜雾｜船｜我是从哪里来的？｜叶笛｜仙人球｜萤火｜知音｜星星｜心愿｜眼镜｜隐恻｜远山｜知识｜童话里的金鱼｜阵雨｜木耳｜含羞草为什么害羞？｜质疑｜红豆｜洁白的油茶花｜真实与梦｜河湾｜三月的憧憬｜小河｜假如我也有一双翅膀｜寒潮｜慰｜泡泡幻想曲｜无患果评论｜关于榕树的研究｜我爱稔子树｜善良｜种花的梦｜画｜小鸟｜野草｜泥巴｜谴责｜撒谎｜诚实｜书和树叶｜妈妈为什么不喜欢西瓜｜衣服｜纯真之爱｜妈妈的脚步声｜工作｜美感｜小偷｜不忍｜听了狐狸故事之后｜北部湾的大海｜海论｜贝壳｜海浪｜夜空｜祝福｜离情｜风｜思念｜在妈妈出差的日子里｜妈妈的眼睛｜梦｜地图｜电｜小蜜蜂｜蜻蜓｜沙滩｜故事｜杜鹃鸟｜家乡｜花哭了｜月亮

五、诗集《含羞草》（袖珍诗丛·民族花环诗丛），湖南文艺出版社，1987年9月第1版第1次印刷【3400册】。

目次：序言（艾青）｜春天｜欢乐｜忧郁｜擎天树｜含羞草｜泉｜种子｜铜鼓｜美｜独秀峰｜魔术｜伪善｜滑稽｜桥墩｜家乡四季｜乡情｜梦｜小溪｜桃金｜群峰｜社公树｜我又前来拜访｜魁星楼｜韦拔群｜红水河从烈士碑前流过｜赶山｜小舟｜老牛｜山顶｜聋歌手｜火焰般的木棉花｜红水河——永不苍老的河

六、散文诗集《梦的森林》（中国皇冠诗丛·第二辑），广西民族出版社，1990年第1版第1次印刷。

目次：总序一（吕进）｜总序二（李洁非）｜诗｜痛苦｜卵石｜皱纹｜生命｜时间｜真理｜真实（又一章）｜法律｜美德｜谎言｜天空｜地心引力｜雷公｜雄鸡｜被焚的蛾｜秋蝉｜乌鸦｜狗｜蜜蜂｜乌贼｜马｜变色龙｜春之草泽｜期待｜信心｜廉耻｜稳重｜名利｜无耻｜怜悯｜知足｜世故｜虚名｜窃贼｜市侩｜阿Q｜穿过"新衣"的丹麦皇帝｜溪流｜石灰岩｜水｜水（又一章）｜锈｜礼物｜鬼火｜镯子｜风筝｜裹脚布｜哈哈镜｜坏蛋｜横杆｜珍珠｜珍珠城遗址｜东坡井｜状元桥｜飞来石｜九马画山｜净瓶山｜龙腾岩｜拿云亭｜象山｜骆驼山｜墙头草｜橡胶树｜昙花｜山顶的树｜梦的森林｜后记

七、诗集《苦果》（中国少数民族作家作品大系），广西民族出版社，1994年12月第1版第1次印刷【3000册】。

目次：面对二十一世纪·总序（冯艺）｜信念｜孤寂｜悲哀｜痛苦｜沮丧｜常规｜

烦躁｜解脱｜赞美｜疑惑｜空虚｜莫名｜庸俗｜欺骗｜死｜嫉｜忏｜胜利｜理想｜荣誉｜诋毁｜诽谤｜阴谋｜何必｜断想｜洪钟｜倒影｜读史｜受人之礼｜丰碑｜爱的胸怀｜太阳｜乌云｜傍晚的月亮｜深山河溪｜清净的水｜泉的答问｜不要闭上你的眼睛｜菟丝与树｜夏夜｜小溪｜鸟市｜清晨｜途中｜珍藏｜收敛的翅膀｜公鸡｜鸭子的潇洒｜小鹿的无情｜蛇的指责｜假如你也是一株花｜对根的评论｜苦果｜伞｜栋梁｜岁月｜往事｜大街｜荒原｜致沼泽｜林景｜一棵不结果的果树｜壁镜｜夜听噪音｜辣椒｜洁净灵｜走过的道路｜虽然那么……｜没有风的林子……｜长久的高温……｜天气预报……｜期待中……｜如果果子……｜在荆棘的……｜金黄的果子……｜如果在天堂……｜一只小鸟……｜究竟是……｜独自的时候……｜难道……｜如果我是……｜假如……｜春的歌｜祝愿｜故土｜古老的不懂世故的土地｜石山｜红水河风光｜力的河｜今天｜河畔，在英雄捐躯的地方｜夜宿河边｜哦，红水河｜蔗海｜崇左石菀｜归龙斜塔｜巴莱岩壁画｜烈士纪念碑｜清风楼｜猎手｜花山故事｜后记

八、诗选集《广西当代作家丛书·韦其麟卷》，漓江出版社，2002年10月第1版第1次印刷【印数不详】。

目次：总序（潘琦）｜玫瑰花的故事｜百鸟衣｜莫弋之死｜岑逊的悲歌｜寻找太阳的母亲｜普洛陀，昂起你的头！｜欢乐｜忧郁｜伪善｜滑稽｜孤寂｜悲哀｜解脱｜常规｜理想｜爱的胸怀｜泉的答问｜珍藏｜收敛的翅膀｜苦果｜虽然那么……｜没有风的林子……｜如果我是……｜假如……｜梦｜红水河从烈士碑前流过｜小舟｜老牛｜山顶｜火焰般的木棉花｜红水河——永不苍老的河｜古老的不懂世故的土地｜石山｜歌｜雾｜彩虹｜船｜隐恻｜三月的憧憬｜星之泪｜童话里的金鱼｜关于榕树的研究｜野草｜撒谎｜我是从哪里来的？｜祝福｜离情｜诗｜痛苦｜卵石｜皱纹｜生命｜真理｜美德｜谎言｜乌鸦｜狗｜变色龙｜春之草泽｜信心｜廉耻｜无耻｜虚名｜溪流｜水｜锈｜礼物｜鬼火｜镯子｜珍珠｜九马画山｜橡胶树｜穿过"新衣"的丹麦皇帝｜梦的森林｜后记

九、散文诗集《依然梦在人间》，广西民族出版社，2008年1月第1版第1次印刷。

目次：烈士碑前｜寂夜的小街｜跋涉者｜心胸｜良知｜开满鲜花的原野｜美不会死｜罪恶会神圣吗｜寂寞｜荒野的杂草｜向往｜孤雁｜不会快乐的人｜太阳｜永恒的遗憾——拟神话｜丧礼｜荒原的寒夜｜痛苦论｜远山上的星星｜竹马｜远山的那边｜梦狐｜深秋夜｜爱｜悲哀｜求索｜途中｜存在与真实｜我的心——一位年尊的善良的智者对我这样说｜醉｜地下河｜幽谷的河湾｜野花烧过的林子｜古庙的废墟｜梦景｜美的毁灭｜爱？｜山岚｜洪水｜乌烟｜山花｜蛾｜错觉｜收破烂｜巫公｜魔术｜追求｜工具｜弓｜一瞥｜一瞥（又一章）｜歧路｜异化｜黄叶片片｜小草｜林中见闻｜真好玩，多有趣｜根雕｜草帽｜一只鹰｜旅途｜迷途｜夜行｜无人的田野｜寻找绿洲的路上｜一只虫子｜种鸡｜猴子｜凌绝顶者的诉说｜荡妇｜游魂们幽怨的歌吟｜一个投河的诗人｜贪婪｜耻

的送别｜诚实｜致虚伪｜卑鄙对卑鄙者的诘问｜谦让｜遗憾｜能耐｜给诗人（十一章）｜榕树的悲剧｜虎之死｜蛆之歌｜蜘蛛的歌唱｜他与向他忏悔的鬼魂的对话｜林中夜｜欢乐的渔歌｜画和雕像的奇闻｜纵火者｜回声｜幸福的真谛｜欢乐｜冷酷与善良｜不吠的狗｜在餐馆｜强盗与诗人｜侏儒的叫卖｜夜的广场｜老鼠过街的时候｜游艺晚会的奇遇｜动物园｜哈哈镜前｜病因｜死后的一次游历｜依然梦在人间｜种树｜耕田｜谴责｜退化｜游乐场的废墟｜评论｜贪污犯鬼魂的嚣张｜奇遇｜期待者｜噩梦｜撒谎者｜旅人的梦｜老人的哭泣｜诀窍｜在一次研讨会上｜路｜困惑｜古庙｜乐园｜旅途中｜相关何处｜在河流上｜在浩瀚的沙漠中｜在荒原的沼泽｜在没有人迹的山野｜在没有庄稼的田野｜在原野奔驰的马车上｜在阴森的荒林里｜普洛陀在旅游胜地｜竹杠｜挖宝｜仇敌｜疯狗和傻瓜｜懦夫与英雄｜疯子｜宝盒｜含笑的嘲笑｜羊们的讪笑和赞美｜珍珠项链｜一盏路灯｜一棵树｜云和月｜灌木的怨愤｜塑料花｜凤凰｜尾巴｜一株不开花结果的桃树｜一头不食肉的狮子｜一棵小构树｜鼠的抗议｜苍蝇的轻蔑｜骷髅的诉说｜嫉妒的自白｜脓包的愤慨｜蚊声｜殿堂的崩塌｜遗愿｜仰面唾天的人｜无脸的人｜永远快乐的幸运者｜议论｜感激｜他｜童蒙之语（两章）｜无价的遗产｜医生的悲哀｜忠贞｜美酒｜达观的哲学｜果园春秋｜山村逸事｜伯乐末世孙｜诗集｜熟人｜权威｜人缘很好的人｜一位失明的老人｜贪婪与贪梦｜邂逅伯乐｜南郭先生一席谈｜罪｜荒原童话｜后记

十、学术专著《壮族民间文学概观》（广西各族民间文艺研究丛书），广西人民出版社，1988年11月第1版第1次印刷【1630册】。

目次：前言（范阳）｜引言｜神话｜民间传说｜民间故事｜民间歌谣｜民间长歌｜民间谚语｜壮族民间文学和兄弟民族文学的交流｜附录：本书所引作品出处。

十一、散文随笔集《纪念与回忆》（广西政府参事文史馆员丛书），广西师范大学出版社，2012年6月第1版第1次印刷。

目次：序（刘硕良）｜纪念｜师德难忘——忆刘绶松先生｜师泽绵长——纪念程千帆先生｜怀念海雁——《海雁诗选》代序｜可贵是真情——黄福林《心韵集》序｜又是一年春草绿——《吴三才作品选》代序｜路仍漫漫而修远——送宝靖永别的路上｜怀念替仆支不｜怀念胡树明先生｜怀念侗族作家苗延秀｜他的心，炽热而纯洁｜纪念白曙老师｜人间要好诗——缅怀秦似前辈｜对人间怀有深爱的歌者——忆莎红｜壮族民间文学的拓荒者——怀念侬易天｜一棵大树，给艰辛的跋涉者一片绿荫和清凉——缅怀袁似瑶院长｜诗人黄青——风骨铮铮的壮家汉子｜怀念我的学长——剧作家谢民｜原本无沟渠悠悠半世纪——纪念陆地前辈｜回忆｜记忆山野里最初的花朵｜难以磨灭的童年记忆｜学生时代的课余爱好｜湖山忆｜1957年，告别珞珈山｜悠悠岁月不了情——韦其麟给本刊的信｜难忘岁月｜家住南宁｜鹧鸪江琐记｜钦州杂忆｜忆东兴｜《童心集》后记｜药园打油｜我爱南宁｜乡情·季节｜回首拾零——致友人｜后记。

韦其麟作品索引（1953—2015年）

1953年

诗歌《玫瑰花的故事》，《新观察》1953年第15期（署名：旭野）。后转载于《中国文学》（英文版）1955年第4期、《人民中国》（日文版）1962年第4号。[①]后收入中国作家协会编的《青年文学创作选集·诗歌选辑〈我爱我们的土地〉》，中国青年出版社1956年；中央民族学院编的《少数民族诗人作品选》，四川人民出版社1980年。

1954年

彩色连环画《玫瑰花的故事》，汤文选画，中南人民出版社1954年（署名：旭野）。[②]

1955年

杂感《不能再让胡风继续欺骗》，《民间文学》1955年6月号。

长诗《百鸟衣》，《长江文艺》1955年6月号。后转载于《人民文学》1955年7月号、《新华月报》1955年7月号；《广西经贸》1999年第6~12期与2000年第1~3期连载。

节选收入张军来、王微、蔡超尘主编的《初级中学课本文学·第五册》，人民教育出版社1957年；

节选第三章收入白崇义主编的《当代百家诗》，宝文堂书店1987年；

节选第四章，收入《中国少数民族文学作品选》编委会编的《中国少数民族文学作品选（第三分册）》，上海文艺出版社1981年；郏　、邝邦洪主编的《高等学校文科教材参考书·中国当代文学作品选修订本·下》，人民文学出版社1989年；吕进、毛翰主编的《新中国50年诗选·第3卷》，重庆出版社1999年；李云忠选编的《中国少数民族现代当代文学作品选》，民族出版社2005年。

[①]周作秋编的《韦其麟作品系年（1953—1983）》没有选入《人民中国》（日文版）转载选本，《周民震·韦其麟·莎红研究合集》，漓江出版社1984年版。

[②]周作秋编的《韦其麟作品系年（1953—1983）》没有选入此索引。

节选第四章（5、6、7、8小节）收入李增林主编的《大学语文新编》，广西民族出版社1999年。

节选第四章（5、6、7小节）收入徐一周主编的《大学人文》，北京师范大学出版社2010年。

节选一、二、三章收入中国作家协会编选的《新中国成立60周年少数民族文学作品选 诗歌卷1》，作家出版社2009年版。

存目收入许道明、朱文华主编的《新编中国当代文学作品选》（上册），复旦大学出版社2000年。

全诗收入晓雪、李乔主编的《中国新文艺大系·1949—1966少数民族文学集》，中国文联出版社1991年；缪俊杰主编的《共和国文学作品经典丛书·诗歌卷·下》，花山文艺出版社1995年。

杂感《写〈百鸟衣〉的一些感受和体会》，《长江文艺》1955年12月号。收入李准、未央等著的《我是怎样学习创作的》，长江文艺出版社1956年；中国新民主主义青年团武汉市委员会宣传部编的《青年们！向科学文化进军》，湖北人民出版社1956年；[①]《作家谈创作》编辑组编的《作家谈创作·下册》，花城出版社1985年。

1956年

杂感《我们永远为祖国歌唱》，《光明日报》1956年3月10日。

杂感《认真严肃地学习写作》，《长江文艺》1956年5月号。[②]

长诗《献给年轻的伙伴们》，《新武大》1956年5月5日。[③]

诗歌《牛佬》，《长江文艺》1956年11月号。收入中国作家协会编的《诗选》，人民文学出版社1957年；中国作家协会广西分会编的《诗选（第一集）》，广西人民出版社1959年。

歌词《向科学文化进军》，收入辽宁人民出版社编的《青年学生歌曲选集》，辽宁人民出版社1956年。[④]

1957年

诗歌《北京·故乡》，《漓江》1957年1月号。

诗歌《短诗三首》（即《星期天》《秋——给国际友人》《公主》，《长江文艺》1957年1月号。[⑤]

[①]周作秋编的《韦其麟作品系年（1953—1983）》没有选入这两本选本。
[②]周作秋编的《韦其麟作品系年（1953—1983）》没有选入此索引。
[③]周作秋编的《韦其麟作品系年（1953—1983）》没有选入此索引。
[④]周作秋编的《韦其麟作品系年（1953—1983）》没有选入此索引。
[⑤]周作秋编的《韦其麟作品系年(1953—1983)》没有选入此索引。

诗歌《柚子树》,《萌芽》1957年第5期。①

1959年

诗歌《天平山一年》,《广西日报》1959年5月7日。

评论《感染力要强些》,《广西日报》1959年5月10日。

散文诗《林场素描（外三篇）》（即《夜》《玻瓦厂》《桃花娘花开的季节》,《广西日报》1959年6月4日（署名：林其维）。②

民歌《金辛之歌》,《广西日报》1959年7月12日（与莎红翻译整理）。

诗歌《别情》,《长江文艺》1959年9月号。后收入人民文学出版社编的《我握着毛主席的手（兄弟民族作家诗歌合集）》,人民文学出版社1960年。

壮族民间叙事长歌《甫娅》,《红水河》1959年10月号（和覃建真、黄立业、杨仕衡整理）,③后经修改重刊于《广西民间文学丛刊》1981年第4期。

诗歌《我们可爱的家乡》,《红水河》1959年10月号。④

诗歌《我们欢呼 我们歌唱》,《红水河》1959年11月号。

1960年

杂感《不能愧对英雄时代》,《红水河》1960年1月号。

杂感《最重要的是提高政治思想》,《红水河》1960年5月号。

诗歌《致英雄的南朝鲜兄弟》,《红水河》1960年6月号。

评论《〈刘三姐〉中的民歌》,《光明日报》1960年8月10日（署名：江楫）。

诗歌《红水河边的传说》,《广西文学》1960年第2期。后收入中国作家协会广西分会编的《诗选（第二集）》,广西人民出版社1964年。

诗歌《难忘的时光》,《广西文学》1960年第3期。后收入于中国作家协会广西分会编的《诗选（第二集）》,广西人民出版社1964年。

1961年

诗歌《新娘》,《广西文艺》1961年3月号。

诗歌《老树红花》,《广西日报》1961年4月18日（与杉松、安宁合作）。⑤

诗歌《颂歌——记一个壮族老人的话》,《广西日报》1961年7月1日。

散文《翠绿的连绵起伏的群山呵》,《广西日报》1961年7月22日。后收入中央民族

---

① 周作秋编的《韦其麟作品系年（1953—1983）》写成了5月号,实为第5期,半月刊,3月1日出版。
② 周作秋编的《韦其麟作品系年(1953—1983)》没有选入此索引。
③ 周作秋编的《韦其麟作品系年（1953—1983）》没有选入此索引。
④ 周作秋编的《韦其麟作品系年(1953—1983)》没有选入此索引。
⑤ 周作秋编的《韦其麟作品系年(1953—1983)》把发表时间写成了4月8日,经查原刊,实为4月18日。

学院汉语文学系《民族文学选编组》编选的《少数民族散文选》，内蒙古人民出版社1981年。①

叙事诗《歌手》，《广西日报》1961年9月30日。后又载《广西文艺》1962年5月号。

评论《给长诗"刘三妹"作者的一封信》，《广西日报》1961年10月28日（署名：韦家言）。②

诗歌《南宁诗草》（即《烈士纪念碑》《白龙潭》），《南宁晚报》1961年11月8日。

1962年

民歌《壮族情歌》（三首）（即《妹象镜里一朵花》《妹呀要象那河中大石》《甜竹出笋未标叶》），《广西文艺》1962年1月号（和莎红整理）。

诗歌《林场小记》（即《风过树林》《别》《植树者》），《南宁晚报》1962年3月9日③。

散文《呵，山是祖国的青……（组章）》（即《印象》《会议》《晚会》《呵，山是祖国的青……》，《南宁晚报》1962年5月17日④。

诗歌《警告》，《南宁晚报》1962年7月11日。

诗歌《黄鼎凤》，《广西日报》1962年7月13日。

诗歌《归侨姑娘（外一首）》（即《农场的夜》），《南宁晚报》1962年8月25日。

诗歌《赠古笛同志》，《广西日报》1962年9月22日。

诗歌《木排飘去了》，《南宁晚报》1962年11月2日。

诗歌《紧紧地，握住你手中的武器！》，《广西日报》1962年11月9日。

杂感《四人谈诗》，《广西日报》1962年8月24日。⑤

1963年

诗歌《橄榄树——天平山传奇》，《广西日报》1963年1月8日。

诗歌《老山界下》（即《红军脚印》《望老山界》），《南宁晚报》1963年1月10日。

诗歌《访旱区（外一首）》（即《秋日山寨》），《民族团结》1963年1月号。

诗歌《郁江啊……》，《广西文艺》1963年1月号。

诗歌《高山瑶寨诗草》（即《听歌》《夜》《夜谈》《梯田秋色》），《长江文艺》1963年1月号。《听歌》后收入邹荻帆主编的《中国新文学大系》（1949—1976·第14集·诗

---

①周作秋编的《韦其麟作品系年（1953—1983）》没有选入这本转载选本。
②周作秋编的《韦其麟作品系年（1953—1983）》没有选入此索引。
③周作秋编的《韦其麟作品系年（1953—1983）》只写了前两首诗，经查原刊，实为三首，还有一首《别》。
④周作秋编的《韦其麟作品系年（1953—1983）》此条索引题为《呵，山是祖的青……》，经查原刊，实为《呵，山是祖国的青……》，一共四章，分别为《印象》《会议》《晚会》《呵，山是祖国的青……》。
⑤周作秋编的《韦其麟作品系年（1953—1983）》没有选入此索引。

卷），上海文艺出版社1997年。谢冕主编的《中国当代文学作品精选》（1949—1999·诗歌卷），北京十月文艺出版社1999年。①

诗歌《春歌》，《广西日报》1963年2月3日。后收入中国作家协会广西分会编的《诗选（第二集）》，广西人民出版社1964年。

诗歌《高山瑶寨（二首）》（即《老人的话》《梦神忽然飞去》），《羊城晚报》1963年2月5日。

杂感《两点小意见》，《广西日报》1963年3月9日。

诗歌《美好的歌——读雷锋日记有感》，《南宁晚报》1963年3月27日。

诗歌《瑶寨小记（组诗）》（即《向日葵》《刻字人》《水库》《回声——一个传说》），《广西文艺》1963年3月号。

诗歌《家乡四季（组诗）》（即《家乡四季》《春》《夏》《秋》《冬》），《民族团结》1963年第4期。

诗歌《山寨草（组诗）》（即《水源》《小学教师》《鹰》《和区委书记谈话》），《长江文艺》1963年5月号。

诗歌《红水河哟，雅鲁藏布江》，《西藏日报》1963年6月7日。

诗歌《葡萄藤——一个新传说》，《广西日报》1963年9月17日。

诗歌《请看一个长工的女儿（外一首）》（即《四角钉》），《广西日报》1963年10月20日。

杂感《民间文学工作者要深入生活》，《广西日报》1963年10月31日（与侬易天、黄勇刹合作）。

诗歌《我歌唱》，《广西文艺》1963年10月号。

诗歌《一路春风一路花（二首）》（即《仙丹哪有这般强——读〈不同的冬天〉》《跟毛主席走——唐翠喜同志说〈心只有一条，跟毛主席走〉》），《广西日报》1963年12月26日。

1964年

长篇叙事诗《凤凰歌》，《长江文艺》1964年1月号。

壮族民间故事《"不要打，我是老爷"》，《广西文艺》1964年4月号（与黄日昇整理，署名：林其维）。②

诗歌《木棉花》，《广西文艺》1964年4月号。

家史《壮家恨》，《广西文艺》1964年9月号（与李宝靖合作）。

---

①周作秋编的《韦其麟作品系年（1953—1983）》没有选入此索引。《听歌》所收入的两本书把刊期1月号写成了10月号。

②周作秋编的《韦其麟作品系年（1953—1983）》没有选入此索引。

1965年

诗歌《队长——山行小记》,《羊城晚报》1965年7月8日。[1]

诗歌《不准生逃》,《南宁晚报》1965年8月11日。[2]

1973年

诗歌《桥墩》,《广西文艺》1973年1月号。后经作者修改（复原）收入中国作家协会编的《1949—1979年诗选》,人民文学出版社1980年；浙江教育出版社主编的《生命的歌·诗选》,浙江教育出版社1991年；玛拉沁夫、吉狄马加主编的《中国少数民族文学经典文库·1949—1999 诗歌卷》,云南人民出版社1999年。

诗歌《金色的草棚》,《广西日报》1973年4月3日。后收入《广西诗选》,广西人民出版社1979年。[3]

1977年

诗歌《周总理,我们呼唤您的英名》,《广西文艺》1977年1月号。

诗歌《高举红旗奋勇前进》,收入广西区文艺创作办公室编的《红太阳永远照南疆》,广西人民出版社1977年。[4]

1978年

诗歌《相见歌——铁路工地诗草》,《广西文艺》1978年第1期。收入《广西诗选》,广西人民出版社1979年。

评论《努力为生,还要努力为死——学习敬爱的周总理青年时代的一些诗歌》,《广西文艺》1978年第2期。

诗歌《悬崖歌》,《广西文艺》1978年第9期。

诗歌《遍野繁花笑春风》,《甘肃日报》1978年11月4日。

评论《壮族民歌简介》,《甘肃文艺》1978年第12期（与蓝鸿恩合作）。后收入中国社会科学院少数民族研究所编《少数民族文学论文集》,中国民间文艺出版社1983年。[5]

1979年

诗歌《在边境》（即《以一个中国母亲的名义》《在这儿,木棉花真该怒放》）,《广

---

[1] 周作秋编的《韦其麟作品系年（1953—1983）》选有此索引,但经笔者查询原刊,没有找到。
[2] 周作秋编的《韦其麟作品系年（1953—1983）》选有此索引,但经笔者查询原刊,没有找到。
[3] 周作秋编的《韦其麟作品系年（1953—1983）》没有选入这本转载选本。
[4] 周作秋编的《韦其麟作品系年（1953—1983）》没有选入此索引。
[5] 周作秋编的《韦其麟作品系年（1953—1983）》没有选入这选本。

西日报》1979年3月27日。①

诗歌《诗人》,《长江文艺》1979年第6期。

诗歌《歌手》,《诗刊》1979年第11期。收入《诗刊》社编的《湘江夜》,上海文艺出版社1981年。②

1980年

诗歌《希望》,《广西日报》1980年2月19日。后收入中国作家协会广西分会编的《撒向春天的诗·广西新时期十年诗选》,广西民族出版社1988年。

诗歌《魁星楼(外一首)》(即《赶山》),《芳草》1980年第2期。后收入中国作家协会广西分会编的《撒向春天的诗·广西新时期十年诗选》,广西民族出版社1988年。

诗歌《红水河,我又前来》,《宁夏文艺》1980年2月号。

诗歌《诗两题》(即《擎天树》《含羞草》),《羊城晚报》1980年5月9日。

诗歌《童心(组诗)》(即《知识》《月亮》《花哭了》),《诗刊》1980年5月号(署名:汪苇)。

诗歌《晨炊》,《广西文艺》1980年5月号(署名:汪苇)。③

诗歌《在深山里的一座森林——一个平平常常的童话》,《长江文艺》1980年第9期。

杂感《回首一瞥》,收入《文艺报》编辑部编的《文学的回忆与思考》,人民文学出版社1980年。后又收入杨帆主编的《我的经验——少数民族作家谈创作》,青海人民出版社1982年。④

1981年

评论《瑶族创世史诗〈密洛陀〉》,《南宁师院学报》(哲学社会科学版)1981年第1期。人大复印资料《少数民族》1981年第11期全文转载。

序文:莎红整理的《密洛陀》(瑶族创世古歌)序,广西人民出版社1981年。⑤

诗歌《莫弋之死——红水河边一个古老的故事》,《广西文学》1981年第3期。

诗歌《乡思(组诗)》(即《梦》《小溪》《怀念》),《星星》1981年6月号。

诗歌《四月,桃金娘花开了》,《红豆》1981年第6期。

散文《童心集》(即《彩虹》《童话里的金鱼》《船》《雾》《关于榕树的研究》《画》《家乡》),《广西文学》1981年第11期。

诗歌《启迪和力量——写于鲁迅先生诞生一百周年》,南宁师院学报(哲学社会科学

---

① 周作秋编的《韦其麟作品系年(1953—1983)》选有此索引,但没有注明是哪些诗,经查原刊,实为两首诗。
② 周作秋编的《韦其麟作品系年(1953—1983)》没有选入这选本。
③ 周作秋编的《韦其麟作品系年(1953—1983)》没有选入这选本。
④ 周作秋编的《韦其麟作品系年(1953—1983)》没有选入后一个选本。
⑤ 周作秋编的《韦其麟作品系年(1953—1983)》没有选入此索引。

版），1981年（纪念鲁迅先生诞生一百周年专刊）。①

1982年

散文诗《童心（三则）》（即《沙滩》《小蜜蜂》《蜻蜓》），《儿童文学》1982年第1期（署名：汪苇）。《沙滩》收入曹文轩主编的《新人文读本·小学卷》，北京大学出版社2005年。

评论《长篇叙事诗〈刘三妹〉》，《南宁师院学报》（哲学社会科学版）1982年第1期。

散文诗《童心集》（即《歌》《心愿》《隐恻》《小偷》《地图》《叶笛》《梦》《星星》《风》《在妈妈出差的日子里》），《民族文学》1982年第2期。

诗歌《花山壁画之歌》，《灵水》（南宁地区）1982年第2期。

诗歌《乡情两题》，《金城》（河池地区）1982年第5期。

散文《童心集》（即《远山》《不忍——妈妈的标本》《工作》《妈妈为什么不喜欢西瓜》《电》《杜鹃鸟》《故事》），《广西文学》1982年第6期。

诗歌《桃金娘》，《星星》1982年第7期。

诗歌《九月，我的祖国》，《南宁晚报》1982年9月20日。

诗歌《山泉》，《广西文学》1982年第9期。后收入玛拉沁夫主编的《中国新文艺大系1976—1982少数民族文学集》，中国文联出版社1985年。

杂感《"做人第一，做诗第二"》，《广西日报》1982年12月8日。

散文《童心小集》（二则）（即《离情》《泥巴》），《羊城晚报》1982年12月19日。

序文《写在"边寨曲"前面》，莎红著诗集《边寨曲》序，漓江出版社1982年。后以题为《关于诗的民族特色的感想——致友人》刊于《广西日报》1982年8月4日。②

1983年

诗歌《歌神》，《三月三》1983年1月号。

散文《访泰琐记》（即《水上集市的早餐》《珍贵的普通邮票》），《三月三》1983年3月号。

散文《访泰小记》，《红豆》1983年第4期。

诗歌《忧郁与欢乐》（即《忧郁》《欢乐》），《诗刊》1983年第4期。后收入张永建主编的《中国当代抒情小诗五百首》，长江文艺出版社1985年。《忧郁》，收入叶橹评析的《现代哲理诗》，花城出版社1988年。后又收入岳洪治主编的《如禅·哲人的冥想》，中国华侨出版社1996年。

---

① 周作秋编的《韦其麟作品系年（1953—1983）》没有选入此索引。
② 周作秋编的《韦其麟作品系年（1953—1983）》没有选入此索引。

评论《〈妈勒访太阳〉不应列入神话》,《南宁师院学报》(哲学社会科学版)1983年第2期(署名:蒙荒)。[1]

诗歌《中泰友谊献诗》,《新中原报》(泰国)1983年4月4日。[2]

散文《纯真的歌(四则)》(即《善良》《海浪》《美感》《眼镜》),《广西文学》1983年第5期(署名:旭野)。

诗歌《俘虏》,《广西群众文艺》1983年5月号。[3]

诗歌《江湖王六成为歌手的故事》,《南宁晚报》1983年6月3日。

散文《泰国纪行》,《广西文学》1983年第7期。

散文《湖山忆》,《长江日报》1983年9月26日。

诗歌《岑逊的悲歌》,《广西文学》1983年第11期。

1984年

散文诗《童心集》(即《星之泪》《小鸟》《祝福》《无患果评论》《种花的梦》《寒潮》),《长江》1984年第1期。

长诗《寻找太阳的母亲》,《三月三》1984年4月号。收入彭匈、常海军主编的《广西壮族自治区五十年儿童文学精品选:寻找太阳的母亲》,接力出版社2008年。

资料《家乡民俗琐记》,《南宁师院学报》(哲学社会科学版)1984年第4期。

叙事诗《美丽》,《山梅》1984年第5期。

散文诗《童蒙之歌》(即《北部湾的大海》《萤火》《我是从哪里来的?》《野草》《听了狐狸的故事之后》《我爱捻子树》《知音》《夜空》),《广西文学》1984年第6期。

散文《希望与祝福》,《广西文学》1984年第10期。

散文《记忆山野里最初的花朵》,收入广西民间文学研究会编的《我与民间文学:建国三十五周年特辑》,1984年。

序文:《致文俊》,韦文俊著叙事长诗《金凤凰》序,广西民族出版社1984年。

序文:《卷头赘语》,农冠品著诗集《泉韵集》序,广西人民出版社1984年。

散文诗《童心五题》(即《木耳》《含羞草为什么害羞》《撒谎》《质疑》《谴责》),《珊瑚》1984年第1期(创刊号)。

1985年

散文诗《纯真的歌》(即《小河》《城市》),《小博士报》1985年2月16日。

诗歌《桂林山水》(即《美》《独秀峰》),《广西文学》1985年第3期。《独秀峰》收

---

[1] 周作秋编的《韦其麟作品系年(1953—1983)》此索引写成了第3期,实为第2期。
[2] 周作秋编的《韦其麟作品系年(1953—1983)》没有选入此索引。
[3] 周作秋编的《韦其麟作品系年(1953—1983)》此索引写成了第3期,实为5月号,9月出版。

入东骐主编的《桂林山水新诗选粹》，漓江出版社1990年。

叙事诗《土司和他三个不肖的儿子》，《小草》1985年第3期。

论文《也说雷王——关于"雷公以两种面目出现"的异议》，《广西师院学报》（哲学社会科学版）1985年第4期（署名：韦不吕）。

散文《河湾》，《小博士报》1985年10月5日。

散文诗《童蒙集》（即《仙人球》《真是与梦》《纯真之爱》《三月的憧憬》《红豆》《阵雨过后》），《经济报》1985年10月25日。

序文：《含羞草·广西青年诗丛》前言，广西人民出版社1985年。后以题为《以更坚实步伐走向远方——广西青年诗丛〈含羞草〉前言》刊发于《广西日报》1986年5月13日。

序文：替仆支不著诗集《缅婗集》序，广西民族出版社1985年。

散文诗《童蒙集》（即《海论》《贝壳》《思念》《衣服》《油茶花》《妈妈的脚步声》《妈妈的眼睛》），《三月三》1985年5月号。

诗歌《诗两题》（即《伪善》《滑稽》），《经济报》1985年8月9日。

论文《民间文学的搜集整理》，《南宁师专学报》（哲学社会科学版）1985年1、2期。

1986年

诗歌《红水河，永不苍老的河》，《广西文学》1986年第5期。收入中国作家协会民族文学处主编的《飞翔的爱·1986中国少数民族诗歌选》，四川民族出版社1988年；罗宏格等主编的《红水河文集》，水利电力出版社1988年。

论文《壮族神话简介》，收入广西民族出版社编的《民族文化研究》（一），广西民族出版社1986年。

论文《壮族民间文学札记》（三则）（即《傻子的故事》《壮族诀术歌一瞥》《关于交流和影响》），《广西师院学报》（哲学社会科学版），1986年第4期（署名：韦伯夷）。

诗歌《花山故事》，《三月三》1986年6月号。

散文诗《童蒙集》（《书和树叶》《慰》《三月》《阵雨》《泡泡幻想曲》），《三月三》1986年8月号。

1987年

散文诗《给诗人（5章）》（即《墙头草》《乌鸦》《竹子》《蜜蜂》《狗》），《广西文学》1987年3月号（署名：祁林）。

散文诗《给诗人（2章）》（即《昙花》《葵花》），《北海日报》1987年3月20日。

论文《壮族动物故事浅论》，《广西师院学报》（哲学社会科学版）1987年第2期（署名：高桥直）。

散文诗《给诗人（2章）》（即《象山》《状元桥》），《桂林日报》1987年8月19日。

诗歌《火焰般的木棉花》，《三月三》1987年9月号。

论文《谈谈人跟自然斗争的故事——壮族民间文学札记》，《学术论坛》（文史哲）1987年第5期。

散文诗《给诗人（2章）》（即《期待》《风筝》），《柳州日报》1987年11月8日。

散文诗《给诗人（3章）》（即《大地》《马》《富贵》），《广西工人报》1987年11月11日。

诗歌《溪流》，《南宁晚报》1987年12月9日。

序文：《致永隆》，邓永隆著散文诗集《红水河之恋》序，广西民族出版社1987年。后刊于《广西日报》1988年10月21日。

序文：曾有云著诗集《血凝的红豆》序，漓江出版社1987年。后收入曾有云著诗文集《有一朵云》，中国文联出版社2003年。

1988年

散文诗《致诗人》（即《雷公》《太阳》《雄鸡》《裹脚布》），《广西文学》1988年1月号。

散文诗《致诗人（6章）》，《灵水》1988年第1期。

叙事诗《传说的猎手》，《柳絮》1988年第1期。

散文《乌蛮滩漫话》，《百越民风》1988年1月号。

叙事诗《土司与窃贼》，《三月三》1988年6月号。

诗歌《石山抒情》，《华夏诗报》1988年第29期。

散文诗《给诗人》（即《珍珠》《珍珠城遗址》《东坡亭》），《北海日报》1988年6月17日。后收入邱灼明主编的《珍珠之梦——北海合浦风情诗歌散文选》，广东旅游出版社1992年。

散文诗《致诗人》（即《生命》《时间》《世故》），《南国诗报》1988年第3期。

散文诗《给诗人》（即《山顶的树》《稳重》《阿Q》《市侩》《横杆》《水》），《珊瑚》1988年第3期。

论文《壮族人民对侬智高的评价——谈有关侬智高的民间传说》，《广西师院学报》（哲学社会科学版），1988年第4期（署名：韦乌浒）。后收入覃乃昌、岑贤安主编的《壮学首届国际学术研讨会论文集》，广西民族出版社2004年。

序文：红波等选编《广西民间谚语选》序，漓江出版社1988年。

序文：王敏之、谢福铭编《陆地和他的长篇小说〈瀑布〉文学评论集》序，广西师范大学出版社1988年。

散文《色彩斑斓的壮族文化》，收入《壮族》，民族出版社1988年。

1989年

诗歌《种子》《聋歌手》《擎天树》收入叶茅、黄河清、李泽华等选编的《咔嚓，一秒钟诗选》，广西民族出版社1989年。

答问《诗人的自白》（答编辑部出之题），《华夏诗报》1989年第34期。后收入刘杰峰、叶凯主编的《诗人的自白》，黑龙江人民出版社1989年。

散文诗《卵石及其他》（即《卵石》《痛苦》《真理》《并非衰老的皱纹》《穿过"新衣"的丹麦皇帝》《臭了的鸡蛋》《谎言》），《广西文学》1989年3月号。其中《卵石》收入蔡世华、孙宜君编著的《大学生背诵诗文精选》，中国矿业大学出版社1997年；陈容、张品兴编的《二十世纪中国散文诗大观·下册》，同心出版社1998年版。《并非衰老的皱纹》《穿过"新衣"的丹麦皇帝》收入冯艺主编、田景丰编选的《中国散文诗大系·广西卷》，广西民族出版社1992年。《谎言》收入陈容、张品兴编的《二十世纪中国散文诗大观·下册》，同心出版社1998年。《痛苦》收入香港散文诗学会主编的《中外华文散文诗作家大辞典》，香港日月星制作公司2007年。

散文诗《梦的森林》，《广西人口报》1989年4月10日。后收入陈容、张品兴编的《二十世纪中国散文诗大观·下册》，同心出版社1998年。

散文诗《给诗人》（即《诗》《春之草泽》《乌贼》《礼物》《镯子》《秋蝉》《地心引力》《名利》《无耻》《怜悯》），《三月三》1989年4月号。

诗歌《疑惑（外一首）》（即《解脱》），《南宁晚报》1989年6月8日。

序文：林玉著诗集《燃烧的爱》序，广西人民出版社1989年。

序文：黄承基著诗集《南方血源》序，广西民族出版社1989年。后以题为《诗集〈南方血源〉序》刊于《北海日报》1989年8月8日。

1990年

诗歌《栋梁及其他》（即《栋梁》《爱的胸怀》《嫉》《伞》《对根的评论》《欺骗》《假如你也是一株花》《公鸡》《庸俗》《莫名》），《三月三》1990第4期。

论文《一些感想》，《南方文坛》1990年第4期。后收入李超鸿、王敏之主编的评论集《李英敏和他的文学创作》，广西教育出版社1991年。

散文诗《追求及其他》，《南方散文诗报》1990年6月号。

序文：《卷头赘言》，袁采然著散文《迷人的十八家》序，广西民族出版社1990年。

诗歌《滑稽》收入黄灿、黎洪溢选析的《当代讽刺诗》，花城出版社1990年。

序文：冯艺著散文诗集《朱红色的沉思》序，广西人民出版社1990年。后又刊于《散文选刊》1991年第6期。

1991年

报告《广西第五次文代会闭幕词》,《南方文坛》1991年第2期。

评论《美好的诗情——读"民族团结进步杯"新诗人大赛作品的感想》,《南宁晚报》1991年3月29日。

杂感《我的几点感想》,《南方文坛》1991年第3期。

诗歌《信念及其他》(即《信念》《痛苦》《沮丧》《常规》《悲哀》《菟丝与树》《夏夜》《小溪》《烦躁》《鸟市》),《三月三》1991年第3期。

杂感《一点希望》,《广西师院报》1991年3月31日。

诗歌《红水河的风光(外二首)》(即《力的河》《河畔,在英雄捐躯的地方》),《广西文学》1991年第5期。

序文:潘其旭著《壮族歌圩研究》序,广西人民出版社1991年。后以题为《弘扬优秀民族文化增强民族自信心——〈壮族歌圩研究〉序》刊于《南方文坛》1991年第5期。

散文/随笔《文村民间神祇实录》收入南宁地区文联等编的《壮族风情录》,广西人民出版社1991年。

诗歌《小舟》《含羞草》收入岳军主编的《中国现代千家短诗萃》,广西师范大学出版社1991年。

序文:丁冬著诗集《太阳诗情》序,广西民族出版社1991年。

序文:陈多著小说集《故人在天涯》序,广西民族出版社1991年。

序文:王敏之、雷猛发主编评论集《广西壮族文学评论集》序(上下册),广西民族出版社1991年。

1992年

诗歌《丰碑及其他(组诗)》(即《丰碑》《苦果》《清晨》《途中》《珍藏》《孤寂》《收敛的翅膀》),《三月三》1992年3月号。

杂感《坚持社会主义文艺的方向》,《广西文学》1992年第5期。

诗歌《不懂世故的土地》,《监察之声》1992年第10期。

序文:《躁动的季节》,《广西教育报》1992年10月27日。

书评《壮学研究的一块基石——评〈"布洛陀经诗"译注〉》,《广西日报》1992年11月24日。

诗歌《起义的枪声》,《广西日报》1992年12月10日。

叙事诗《宝蓝之毁》,《南国诗报》1992年12月28日。

散文诗《给诗人(组章)》(即《廉耻》《橡胶树》)、《童心集(组章)》(即《歌》《雾》《我是从哪里来》《隐恻》《三月的憧憬》)收入冯艺主编、田景丰编选的《中国散文诗大系·广西卷》广西民族出版社1992年。《廉耻》又收入陈容、张品兴编的《二十世纪中国散文诗大观·下册》，同心出版社1998年。《歌》《隐恻》由收入耿林莽、海梦主编的《冰凉的花瓣》，成都时代出版社2004年。

序文：《真实的感受，智慧的闪光》，邱灼明著诗集《寻找螺号》序，广西民族出版社1992年。后又以题为《出发与到达同样意味着艰辛》刊于《南方文坛》1993年第4期；《北海日报》1993年7月9日。

1993年

序文：黄德昌著小说《蒲公英飘落的地方》序，漓江出版社1993年。后改题为《希望还在明天——序〈蒲公英飘落的地方〉》刊于《柳州日报》1993年2月27日。

散文《荒原的沼泽》，《三月三》1993年第2期。

诗歌《旗帜及其他》（5首），《九州诗文》1993年第3期。

诗歌《倒影及其他（组诗）》（即《倒影》《读史》《长久的高温……》《天气预报……》《期待中……》，《如果果子……》《虽然那么……》《究竟是……》《独自的时候》《难道……》），《南方文学》1993年第4期。

散文诗《榕树的悲剧》（外二章），《广西教育报》1993年8月3日。

序文：曹廷伟编著《广西民间故事词典》序，广西教育出版社1993年。后又刊于《民间文学通讯》1993年第26期。

序文：包玉堂主编《繁花诗丛》（第二辑总序），民族出版社1993年。

散文诗《船》《我爱稔子树》《画》，收入姚曼波主编的《写作借鉴中外范文 初级卷》，东南大学出版社1993年。

诗歌《泉的问答》，收入钟法编著的《中国当代诗人座右铭汇赏》，百花洲文艺出版社1993年。

序文：侬怀伦著诗集《爱的流淌》序，广西民族出版社1993年。

1994年

杂感《闲聊"说话"》，《广西日报》1994年2月27日。

叙事诗《神医》，《南国诗报》1994年3月28日。

诗歌《溪流》，《技术经济信息》1994年第4期。

散文《纪梦三题》（即《在没有人迹的山野》《在原野奔驰的马车上》《在没有庄稼的田野》），《广西文学》1994年第5期。

诗歌《理想及其他》（即《理想》《赞美》《无情》），《广西教育报》1994年5月17日。

杂感《加强责任感和使命感》，《文艺界通讯》1994年第10期。

1995年

散文诗《云与月》,《广西人口报》1995年1月18日。

诗歌《饮酒》,《湘泉之友》1995年2月20日。

散文《权威》,《防城港报》1995年4月15日。

散文《金梦》,《广西政协报》1995年5月25日。

散文诗《纪梦两题》,《南国诗报》1995年5月28日。

散文诗《灌木的怨愤》,《桂林晚报》1995年8月16日。

散文《阴森的荒林》,《广西政协报》1995年8月17日。

散文《鼠的抗议》,《监察之声》1995年第8期。

散文《记两个梦》(即《歧路》《在阴森的荒林里》)《钦州湾报》1995年9月6日。

散文《贪婪与贪梦》(即《诀窍》《在一次确讨会上》),《南宁晚报》1995年9月20日28日。

散文《深秋夜》,《广西政协报》1995年10月12日。

散文《纪梦三题》(《殿堂的崩塌》《遗愿》《仰面唾天的人》),《钦州湾报》1995年11月14日。

散文诗《杂草一丛》(即《我的心》《野火烧过的林子》《梦景》《美的毁灭》《爱心》《蛾》《永恒的遗憾》),《南国诗报》1995年11月28日。

散文《记两个梦》(即《邂逅伯乐》《无脸的人》),《防城港报》1995年11月18日。

散文《困惑——梦中读书记》,《南方文坛》1995年第6期。

诗歌手稿《忧郁》,收入野曼主编的《国际华文诗人百家手稿集》,广州出版社1995年。

序文:童健飞著散文集《壮乡三月三》序,广西民族出版社1995年。

1996年

诗歌《醉》(外一章),《湘泉之友》1996年1月10日。

散文《荒原童话》,《广西日报》1996年1月11日。

散文《仇敌》,《南国早报》1996年1月24日。

散文诗《杂草一丛》(即《魔术师》《心胸》《蛆之歌》《永远快乐的幸运者》《神经病》《死后的一次游历》),《广西文学》1996年第2期。

散文诗《夜的广场》(外二章),《广西民族报》1996年3月8日。

散文诗《杂草一丛》(即《工具》《孤雁》《一只鹰》《古庙》《弓》《寂寞》《收破烂》《感激》《爱》),《南方文学》1996年第2期。

散文《游艺会上的奇遇》,《南宁晚报》1996年5月8日。

散文《无人的田野》,《南宁晚报》1996年6月5日。

散文《人缘很好的人》,《钦州湾报》1996年8月2日。

散文《远山那边》（外一章），《广西民族报》1996年8月9日。

散文《杂草一丛》（即《在到达绿洲的路上》《跋涉者》），《三月三》1996年第5期。

散文诗《跋涉者》（外二章），《湘泉之友》1996年8月30日。

散文《罪》，《钦州湾报》1996年9月27日。

散文《向往（外一章）》（即《荒野的杂草》），《南国诗报》1996年9月28日。

散文《依然梦在人间》，《广西文艺报》1996年10月28日。

创作谈《一封回信》，《钦州湾报》1996年11月13日。

书信《给河清》，收入《诗品与人品·河清作品评论集》，广西民族出版社1996年。

序文：王天若著小说集《羽毛引路》序，漓江出版社1996年。

散文诗《童心集》（含《彩虹》《船》《雾》《关于榕树的研究》），收入赵国泰选编的《晨帆·叶笛·竖琴　中外散文诗》，湖北美术出版社1996年。

1997年

散文《难忘岁月》，《红豆》1997年第1期。

散文《我是一个读者和投稿者》，《南宁晚报》1997年3月1日。

散文诗《信心》，《技术经济信息月刊》1997年第3期。

杂感《我爱这首诗》，收入张同吾编的《诗人喜爱的诗》，北京十月出版社1997年。后又刊于《语文世界》（初中版）2003年第4期。

散文诗《求索》（外一章），《广西文艺报》1997年4月28日。

诗歌《沉默（外一首）》（即《树根》），《广西政协报》1997年5月6日。

散文《东郭先生一席谈》，《北部湾侨报》1997年5月28日。

散文诗《信心》，《广西经贸》1997年第3期。

散文《访叙利亚日记》，《灵水》1997年第4期。

散文《访叙利亚小记》（三题），《今日广西》1997年第8期。后收入徐治平主编的《广西散文百年·下册》，民族出版社2004年。

诗歌《诗二首》（即《哲人》《山顶的灌木》），《湘泉之友》1997年9月10日。

随笔《一点感想》，《民族文学》1997年10期。

杂感《要有一颗诗心》，收入中共广西宣传部编的《文学青年会议文集》，1997年（内部出版）。

序文：潘荣才著《陆地传》序，辽宁民族出版社1997年。

1998年

散文《普洛陀在旅游胜地》，《南宁晚报》1998年3月9日。

散文《湖畔两题》（即《真好玩，多有趣》《草帽》），《南宁晚报》1998年4月23日。

散文《家住南宁》,《广西文学》1998年第5期。

散文诗《良知及其他》(即《良知》《寂夜的小街》《猴子》《荡妇》《荒原的寒夜》《怪梦》),《广西文学》1998年第6期。

散文《纪梦两题》,《湘泉之友》1998年6月20日。

散文诗《林中见闻》(多章),《广西文艺报》1998年9月28日。

散文《山村逸事》,《广西建设报》1998年10月8日。

散文《欢乐的渔歌》(外一篇),《湘泉之友》1998年11月20日。

散文《鹧鸪江琐记》,《柳州晚报》1998年11月19日。

散文诗《画和雕像及其他》(即《画和雕像的奇闻》《虎之死》《一个要投河的诗人》《种鸡》《纵火者》《幽魂们幽怨的歌吟》《洪水之后》),《红豆》1998年第6期。

诗歌《白龙潭》收入南宁市地方志编纂委员会编的《南宁市志·文化卷》,广西人民出版社1998年。

诗歌《不惑的祝福——为广西壮族自治区成立四十周年而作》,《广西文学》1998年第12期;《人民日报》1998年12月4日。后收入人民日报驻广西记者站编的《人民日报版面上的广西1998·上集》,广西人民出版社1999年。

散文诗《在河流上(外四章)》(即《诚实——致虚伪》《耻的告别》《贪婪》《美不会死》),《民族文学》1998年第12期。

散文《山顶的树》,《广西经贸》1998年第12期。

散文《巷子的深夜》(外一章),《广西作家报》1998年2月26日。

散文《儿时过年琐记》,《广西民族报》1998年1月30日。

诗歌《桂林山水(组诗)》,收入潘琦主编的《世纪遥望》,广西人民出版社1998年。

序文:庞士章著《愚蠢的国王》序,接力出版社1998年。

1999年

散文《马其顿之行》,《出版广角》1999年第1期。

散文诗《旅人的梦及其他》(即《旅人的梦》《一只虫子》《他》《卑鄙的诘问》《脓包的愤慨》《老人哭泣》),《广西文学》1999第2期。

散文《疯狗与傻瓜》,《南宁晚报》1999年4月9日。

散文《钦州杂忆》,《钦州日报》1999年5月14日。

散文《他与鬼魂的对话》,《南宁晚报》1999年7月16日。

散文《撒谎者》(外一篇),《湘泉之友》1999年7月10日。

散文《回声》,《钦州日报》1999年7月7日。

散文诗《求索》(外一章),《广西文艺报》1999年6月30日。

杂感《重要的是诗心》,《绿风》1999年第4期。

散文诗《奇遇》(外一章),《绿风》1999年第5期。

散文《学生时代课余爱好》,《广西文学》1999年第9期。

散文《羊们的讪笑和赞美》,《广西建设报》1999年9月29日。

散文《忠贞》,《广西建设报》1999年10月20日。

书信《给孙瑞同志的信》,《广西文艺报》1999年10月28日。

散文《难以磨灭的童年记忆》,《今日广西》1999年第10期。

书信《你的勤奋和成就令人钦佩》,收入王一桃著的《纯美的时空:王一桃散文集》,当代文艺出版社1999年。

2000年

诗歌《在湘西》(即《沈从文墓》《王村》《张家界》),《湘泉之友》2000年5月5日。后收入蓝怀昌主编的《长青树·诗歌卷》,广西民族出版社2006年。

散文诗《痛苦论(外三章)》(即《凌绝顶者的诉说》《幸福的真谛》《苍蝇的轻蔑》),《广西文学》2000年第7期。

散文诗《噩梦两题》(即《旅途中》《乡关何处?》),《沿海环境》2000第8期。

诗《红水河风光》,《广西经贸》2000年第8期。

散文诗《开花的原野》,《湘泉之友》2000年10月10日。

散文/随笔《马其顿日记》《叙利亚小记》,收入周民霖主编的《环球遥望》,广西人民出版社2000年。

2001年

杂感《关于诗的断想》,《方法小报》2000年6月30日。

诗歌《深山里》(四首),《湘泉之友》2001年7月20日。

散文诗《星星》《地图》《歌》,收入张高里、孙莉莉主编的《海淀新版小学必读现代散文普及本》,内蒙古大学出版社2001年。

2002年

散文/随笔《感觉年轻》,《女性天地》2002年第1期。

序文《明天的太阳》,《广西日报》2002年2月1日。

散文/随笔《怀念海雁(代序)》,《广西文艺报》2002年2月28日。后收入蓝怀昌主编的《长明灯·散文卷》,广西民族出版社2005年。

散文《噩梦》,《湘泉之友》2002年3月21日。

诗歌《天等纪行(三首)》(即《龙角天池》《致立屯》《走过长长的隧道》),《南宁日报》2002年8月14日。

诗歌《乘风破浪——颂党的十六大》，《广西电业》2002年第8期。

散文《一棵树（外二题）》（即《期待者》《懦夫与英雄》），《灵水》2002年11月号。

2003年

散文《伯乐末世纪》，《家庭时报》2003年3月19日。

散文《荒野的小草》，《家庭时报》2003年4月2日。

诗歌《题仲作画〈青梦〉》，《广西政协报》2003年4月11日。

散文《童蒙之语》（二则），《家庭时报》2003年5月7日。

散文《挖宝》，《家庭时报》2003年5月21日。

散文《我爱南宁》，《南宁晚报》2003年7月1日。

序文：韦武康著诗集《阳光真好》序，中国文联出版社2003年。后又刊于《武鸣报》2003年10月18日。

散文诗《路灯及其他》（即《途中》《丧礼》《哈哈镜前》《骷髅的诉说》《根雕》《遗憾》），《灵水》2003年7、8月号。

2004年

散文诗《杂草一丛》（即《山岚》《洪水》《种树》《乌云》《古庙的废圩》《山花》《巫师》），《散文诗世界》2004年总第5期。

诗歌《稻田（组诗）》（即《稻田》《旱雷》《奢望》《我梦见……》《无题》《寂寞》），《中国民族报》2004年7月9日。后收入蓝怀昌主编的《长青树·诗歌卷》，广西民族出版社2006年。

序文《界河的歌吟》，《防城港日报》2004年11月5日。张化声著电影故事诗集《界河梦》序，中国文联出版社2005年。

2005年

诗歌《憧憬及其他》（即《也许》《残荷》《荷珠》《伪善者》《在山野的树林》），《广西作家》2005年1月15日，总第31期。

诗歌《做梦及其他》（即《我不拒绝做梦》《如果……》《互勉》《精灵》《悠悠》《一只酒瓶》《山居致友人》《梦入荒原》），《八桂诗词》2005年第2期。

诗歌《杂草一丛》（即《纵使……》《时髦》《无题》《总有一天》《伤疤》《忆念》），《八桂诗词》2005年第4期。

散文《开满鲜花的原野》收入蓝怀昌主编的《长明灯·散文卷》，广西民族出版社2005年。

序文：蒙世疆著诗集《献给生活的歌》序，广西民族出版社2005年。

2006年

诗歌《大海与天空及其他》（即《大海与天空》《日子》《野草》《寒潮》《荒原》《无题》《挫折》），《右江潮》2006年第1期。

序文：贵港市诗社编的《平天啸吟》序，中华诗词出版社2006年。

2007年

诗歌《药园打油》，《湘泉之友》2007年2月1日。

诗歌《传说及其他》（即《传说》《探求者》《影子》《行囊》《哀殇》《蜻蜓》《深山松》《致浓雾》《期待》），《广西文学》2007年第2期。

诗歌《朝露及其他》（即《朝露》《哪怕……》《无题》《孤独的树》《藤的诅咒》《迷惑》《长在水泥地板的小草》），《作家企业家报》2007年3月10日。

散文《美哉，大明山》，《南宁日报》2007年5月19日。

散文《翻车》，《作家企业家报》2007年7月10日。

散文《师德难忘》《师泽绵长》，《武大校友通讯》2007年第1辑。

序文《清泉淙淙》，袁采然著古典诗词集《马缨花》序，文史出版社2007年。

诗歌《珞珈山情分》（即《日子》《梦幻曲》《秋日梧桐》《绿叶闪烁着阳光》《荒岭》《离别》《邂逅》），《武大校友通讯》2007年第2辑。后收入张天望、陈志鸿主编的《珞珈诗词集》（二），武汉大学出版社2013年。

散文/随笔《忆念胡明树先生》，《广西文史》2007年第4期。

2008年

散文《乡情（外一篇）》（即《季节》），《广西文学》2008年第11期。

古体诗《怀念鲁彦周先生》，收入鲁彦周研究会主编的《怀念鲁彦周》，上海文艺出版社2008年。

序文《卷头赘语》，叶宗翰著作品集《茶座与酒吧 叶宗翰作品集外集》序，广西美术出版社2008年。

散文《1957，告别珞珈山》，收入文自成主编的《岁月无泪》，中国文化出版社2008年。

2009年

序文《水电人的歌——施杰锋诗集〈走进大山〉》，《广西水电工程报》2009年1月5日。

诗歌《牛年迎春瑶》，《广西老年报》2009年1月19日。

诗歌《幸运》，《中国民族报》2009年7月3日。

散文/随笔《路仍漫漫而修远——送宝靖永别的上路》，《广西文学》2009年第5期。

散文/随笔《怀念侗族作家苗延秀》，《广西文史》2009年第2期。

2010年

散文/随笔《回首拾零——致友人》,《南方文坛》2010年第1期。

散文/随笔《他的心,炽热而纯洁——纪念白曙老师》,《广西文史》2010年第1期。

散文诗《歌》,《中华活页文选:小学版》2010年第2期。

散文《猴山旅次》,《党风廉政》2010年第2辑。后收入中国作家协会编的《新时期中国少数民族文学作品选集·壮族卷·下》,作家出版社2013年。

散文/随笔《人间要好诗——缅怀秦似前辈》,《广西文史》2010年第2期。

序文《又是一手春草缘——吴三才作品选》,《广西文艺界》2010年第2期。

散文/随笔《悼陆地》,《南国早报》2010年8月14日。

散文/随笔《对人间怀着深爱的歌者——忆莎红》,《广西文史》2010年第4期。

散文《忆东兴》,《防城港文学》2010年秋冬合刊。

叙事诗《毫无诗意的诗》,《党风廉政》2010年第11辑。

序文《卷前赘语》:王一桃著散文选《红豆情缘·王一桃散文选》序,陕西旅游出版社2000年。

2011年

散文/随笔《壮族民间文学的拓荒者——怀念侬易天》,《广西文史》2011年第1期。后又载于《南方文坛》2011年第4期。

诗歌《泉水及其他》(即《泉水》《信念》《爱树》《聚会》《也是》《你无法》《芒絮》《无题》《雨后》《一棵枯树》《失去的飞翔》《道路》《视》《荷塘小景》《逝水》《俗语俚语》《高山》《深秋的夕阳》《东坡亭》《阳光》),收入《防城港文学作品集·第1卷》,百花文艺出版社2011年。

散文/随笔《一棵大树,给艰辛的跋涉者一片绿荫和清凉——缅怀袁似瑶院长》,《广西文史》2011年第3期。

诗歌《秋山及其他》(即《秋山》《莫让……》《幻想》《野湖》《山中月夜》《过小巷》《阳光不会把谁抛弃》《心愿》《愚蠢的智者》),《老科协通讯》2011年第72期。

诗歌《打油两题》(即《舶来柚子》《蚊兄弟游记》),《党风廉政》2011年第10辑。

散文/随笔《诗人黄青——风骨铮铮的壮家汉子》,《广西文史》2011年第4期。

2012年

散文/随笔《怀念我的学长——剧作家谢民》,《广西文史》2012年第1期。

诗歌《一丛翠竹死了(外一首)》(即《一只鸽子疯了》),《党风廉政》2012年第5辑。

诗歌《苦瓜及其他》(即《短暂》《自在》《老了的苦瓜》《希望》),《香港文艺家》2012年第40期。

诗歌《小溪和人及其他》（即《小溪·人》《聪明》《无需……》《幸运的迷惑》《莫怨》《人的一生》《致岁月》），《老科协通讯》2012年第4期。

序文：李元君主编《美丽的锦绣·壮族服饰》序，接力出版社2012年。

2013年

散文/随笔《曾经同是东兴人——悼念张化声》，《广西文史》2013年第2期。

散文《干杯》，《党风廉政》2013年第5辑。收入中国作家协会编的《新时期中国少数民族文学作品选集·壮族卷·下》，作家出版社2013年。

书评《让我们自信地努力——〈读中国地域文化通览·广西卷〉》，《广西文史》2013第3期。

序文《王一桃创作回忆录》，《香港文艺家》2013年第44期。王一桃著《王一桃创作回忆录》序，香港文艺家协会2013年。

诗歌《攫宝者及其他》（即《攫宝者》《脚印》《致窝囊》《如果神吞了贪婪……》《迟暮之疚》《拿云亭》），《党风廉政》2013年第11辑。

诗歌《泉水（外六首）》（即《泉水》《憧憬》《在山野的树林》《无题》《沉默》《阳光》《一丛翠竹死了》），收入中国作家协会编的《新时期中国少数民族文学作品选集·壮族卷·下》，作家出版社2013年。

书信《致文俊》，收入韦文俊著叙事诗《壮族古代英雄·莫一大王之歌》，广西民族出版社2013年。

2014年

诗歌《孤寂的时候（外一首）》（即《祈——致明天以及将来的日子》），《世华文学家》2014年第36期。

序文《黎浩邦卷》，《世华文学家》2014年第39期。

散文/随笔《对故乡已逝习俗的记忆和猜想》，《广西文史》2014年第4期。

2015年

散文/随笔《桂北农村"四清"琐记》，《广西文史》2015第1期。

序文：广西民间文艺家协会主编《美丽广西——中国民俗图录·广西卷》序，接力出版社2015年。

韦其麟研究资料索引（1955—2017年）

1955年

陶阳：《读长诗〈百鸟衣〉》，《民间文学》1955年7月号。后载周作秋编：《周民震·韦其麟·莎红研究合集》，漓江出版社1984年。

李冰：《谈〈百鸟衣〉》，《长江文艺》1955年10月号。[1]后载周作秋编：《周民震、韦其麟、莎红研究合集》，漓江出版社1984年。

1956年

贾芝：《诗篇〈百鸟衣〉》，《文艺报》1956年第1期。后载周作秋编：《周民震·韦其麟·莎红研究合集》，漓江出版社1984年。

［苏联］奇施科夫：《李准和韦其麟》（杨华译），《长江文艺》1956年5月号。后载周作秋编：《周民震、韦其麟、莎红研究合集》，漓江出版社1984年。

上官艾明：《论〈百鸟衣〉》，《南师校刊》，1956年6、7月号合刊。[2]

沙鸥：《试谈〈百鸟衣〉的浪漫主义特色》，《长江文艺》1956年11月号。又载沙鸥著：《谈诗第二集》，中国青年出版社1957年；周作秋编：《周民震·韦其麟·莎红研究合集》，漓江出版社1984年。

1957年

刘家骥：《论〈百鸟衣〉》，《语文教学通讯》1957年3、4月合刊。后载马春亭、刘家骥编：《当代文章选讲》，河南人民出版社1960年。

刘元树：《诗章〈百鸟衣〉》，《语文教学》1957年9月号。

---

[1] 周作秋整理的"韦其麟评论文章目录索引"误写成了12月号，经核，实为10月号。《周民震·韦其麟·莎红研究合集》，漓江出版社，1984年。

[2] 周作秋整理的"韦其麟评论文章目录索引"没有收录。

1964年

涂世馨：《〈凤凰歌〉》，《广西日报》1964年2月20日。

1977年

陈忠楠：《再论韦其麟叙事长诗"百鸟衣"的经典品格》，《×××大学学报》1977年，后缉入中国社会科学院研究论丛。[1]

1979年

莫奇：《重读〈百鸟衣〉》，《广西民族学院学报》（社会科学版）1979年第3期。后载周作秋编：《周民震·韦其麟·莎红研究合集》，漓江出版社1984年。

1980年

武汉师范《艺术欣赏短论集》编写组编：《〈百鸟衣〉的抒情色彩》，《艺术欣赏短论集》，武汉师范学院1980年。[2]

1981年

韦启良：《韦其麟简论》，《河池师专学报》1981年第2期。[3]

叶惠明：《生命之藤长青——记壮族诗人韦其麟》，《广西文学》1981年第6期。

陈漠：《从韦其麟、黄勇刹的语言探索看壮族民歌形式的局限》，广西民间文学研究会编：《广西民间文学丛刊（第4期）》，广西民间文学协会1981年。[4]

1982年

叶橹：《韦其麟的叙事诗创作》，《广西文学论丛》1982年第2期。后载周作秋编：《周民震·韦其麟·莎红研究合集》，漓江出版社1984年；叶橹著：《诗弦断续》，南京出版社1991年；王敏之、雷猛发编：《壮族文学评论集·下》，广西民族出版社1991年。

韦启良：《又见韦其麟》，《广西日报》1982年6月2日。[5]

晓雪：《壮族人民英勇斗争的颂歌——读〈凤凰歌〉》，《文学报》1982年8月5日。后载《新诗的春天》，花城出版社1984年；周作秋编：《周民震·韦其麟·莎红研究合集》，漓江出版社1984年。

---

[1]没有找到该论文出处，据陈忠楠在其出版的著作《民国县长》（1939）（百花洲文艺出版社，2009）中的个人简介中的介绍："1977年在大学学报发表论文《简论陆地长篇小说"瀑布"的民族化风格》《再论韦其麟叙事长诗"百鸟衣"的经典品格》（查有：两文均缉入中国社会科学院研究论丛）。"

[2]周作秋整理的"韦其麟评论文章目录索引"没有收录。

[3]同上

[4]同上

[5]同上

黄桂秋：《论〈凤凰歌〉的民族特色》，《南宁师院学报》（哲学社会科学版）1982年第4期。后载周作秋编：《周民震·韦其麟·莎红研究合集》，漓江出版社1984年；黄桂秋著：《桂海越裔文化钩沉》，中国书籍出版社2013年。

于开庆等编：《以〈白毛女〉和〈百鸟衣〉为例谈再创作》，《民间文学手册》，辽宁大学中文系1982年。[①]

1983年

黄绍清：《略论〈凤凰歌〉的艺术特色》，《广西师范学院学报》（哲学社会科学版）1983年第2期。后载周作秋编：《周民震·韦其麟·莎红研究合集》，漓江出版社1984年。

周鉴铭：《韦其麟的〈百鸟衣〉》，《当代少数民族作家作品选讲》编写组编：《当代少数民族作家作品选讲》，云南人民出版社1983年。[②]

美华：《中国作家代表团访泰期间——韦其麟十足的诗人风度》，《中华日报》（泰国）1983年3月23日。[③]

1984年

农学冠：《读韦其麟近作随想》，《民族文学研究》1984第3期。

王敏之：《思想·形象·抒情——评韦其麟的叙事诗近作》，《广西文艺评论》1984年第3期。

李玩彬、肖远新：《略论韦其麟同志的叙事诗创作》，《广西民族学院学报》（哲学社会科学版）1984年第4期。后又载《三月三》1986年第6期。

叶橹：《哲理深邃，形象感人——评韦其麟的〈寻找太阳的母亲〉》，《三月三》1984年5月号。

李启宪：《民族精神的一首挽歌——〈寻找太阳的母亲〉浅赏》，《广西文艺评论》1984年第5期。

莫非、陈多：《重读〈百鸟衣〉》、《简论韦其麟、黄勇刹的语言探索》，《民族文学论稿》，广西民族出版社1984年。

二十所高等院校《中国当代文学作品选评》编委会编：《韦其麟和他的〈百鸟衣〉》，《中国当代文学作品选评·上》，河北人民出版社1984年。

汪名凡、汪华藻等编：《百鸟衣》，《中国当代文学作品选·中》，湖南教育出版社1984年。

[①] 周作秋整理的"韦其麟评论文章目录索引"没有收录。
[②] 同上
[③] 同上

1985年

郭辉:《从韦其麟等作家的创作实践谈神话传说与作家文学的关系》,《民族文学研究》1985年第1期。

1986年

肖远新:《其麟歌声飞过海——读韦其麟同志民间传说题材的叙事诗》,《广西民族学院学报》(哲学社会科学版)1986年第1期。

孙代文、梁海:《韦其麟诗歌的美学探求》,《甘肃社会科学》1986年第3期。

马维廷:《探索者的足迹——论韦其麟叙事诗创作》,《广西师院学报》(哲学社会科学版)1986年第4期。

王敏之、蒙海宽:《论韦其麟的诗创作》,《民族文艺报》1986年第4期。后载王敏之、雷猛发编:《壮族文学评论集·下》,广西民族出版社1991年;中国作家协会广西分会编:《广西新时期十年文学评论选·文学之翼》,广西民族出版社1988年。

淙淙、鲁立:《韦其麟论》,《广西文艺评论》1986年第4期。

张俊山:《〈百鸟衣〉赏析》,吴开晋、王传斌主编:《当代诗歌名篇赏析》,海峡文艺出版社1986年。

[日]牧田英二:《中国少数民族的作家们(10)——韦其麟》,NHK广播中国语讲座1986年1月。[1]

孔凡青、吴正南、吴悦主编:《〈阿诗玛〉和〈百鸟衣〉》,《中国当代文学十讲》,辽宁大学出版社1986年。

鲍昌主编:《百鸟衣》,《中国当代文学作品选评(1949—1985)·下》,浙江大学出版社1986年。

1987年

肖远新、李玩彬:《崇高与美的追求——谈韦其麟同志近年来的叙事诗》,《广西民族学院学报》(哲学社会科学版)1987年第3期;后载《民族文学研究》1988年第2期。

张俊山:《百鸟衣》,河南大学中文系编:《中外文学名作提要·中国当代文学分册》,河南人民出版社1987年。

马德俊、张学正、周相海主编:《百鸟衣》,《高等学校文科教材·中国当代文学作品选评·上》,河北人民出版社1987年。

---

[1] 摘自孙立川、王顺洪编的《日本研究中国现当代文学论著索引》(1919—1989),北京大学出版社,1991年第1版,第65页。

1988年

如斯：《童心集断想》，《广西作家》1988年第1期。后载王敏之、雷猛发编：《壮族文学评论集·下》，广西民族出版社1991年。

农作丰：《寻找太阳的诗人——论韦其麟近期叙事诗的追求》，《南宁师专学报》1988年第2期。

李济中：《〈百鸟衣〉的修辞艺术》，《修辞学习》1988年第4期。

雷猛发：《试论韦其麟叙事诗的美学追求》，《社会科学探索》1988年第4期。后载《一孔一得》，广西人民出版社2013年。

周鉴铭：《韦其麟》，《南方文坛》1988年第5期。

王溶岩：《谈韦其麟的"含羞草"》，《南方文坛》1988年第5期。

文浅：《读诗集〈含羞草〉》，《广西师院学报》1988年专辑。

高文升、单占生主编：《百鸟衣》，《1949—1988中国当代文学作品选评·上册》，河南人民出版社1988年。

1989年

秦立得：《诗人的人格宣言——评韦其麟〈给诗人〉三章》，《南国诗报》1989年第8期。

［日］牧田英二：《韦其麟》，《中国边境的文学——少数民族作家与作品》，日本同学社1989年。

夏康达主编：《〈百鸟衣〉在思想和艺术上取得的成就》，《中国当代文学题解》，语文出版社1989年。

1990年

丘振声：《从韦其麟的叙事诗创作看作家与民间文学的关系》，广西民族文学学会编：《花山文学漫笔》，广西民族出版社1990年。

肖远新、李玩彬：《论韦其麟叙事诗的独创性》，广西民族文学学会编：《花山文学漫笔》，广西民族出版社1990年。后载王敏之、雷猛发编：《壮族文学评论集·下》，广西民族出版社1991年。

过伟：《韦其麟诗歌艺术的发展轨迹——兼论诸文化因素之撞击，并评"百鸟衣圆圈"论》，广西民族文学学会编：《花山文学漫笔》，广西民族出版社1990年。

蒋登科：《寻回失落的世界——论韦其麟的给〈诗人〉系列散文诗》，《寻找辉煌》，广西民族出版社1990年。

1991年

黄蔚:《论韦其麟在新时期的创作》,《当代艺术评论》1991年第1期。

杨长勋:《神话与再造神话——韦其麟〈百鸟衣〉新评》,《广西师院学报》(哲学社会科学版)1991年第4期。后载《话语的边缘》,接力出版社1997年。

王云高:《韦其麟采访记》,孙屹主编:《星烛颂》,广西教育出版社1991年。

1992年

杨长勋:《朝圣者的沉思——论壮族诗人韦其麟》,《民族文学研究》1992年第2期。后载《话语的边缘》,接力出版社1997年。

叶橹:《〈卵石〉等五首散文诗赏识》,敏歧主编:《中外散文诗鉴赏大观·中国现当代卷》,漓江出版社1992年。

1993年

丘振声:《壮族鸟图腾考》,《民族艺术》1993年第4期。

陈卫:《读韦其麟〈梦的森林〉》,《诗刊》1993年第6期。

1994年

黄懿陆:《〈百鸟衣〉漫议》,《楚雄师专学报》1994年第1期。

《中国文学答问总汇》编委会编:《〈百鸟衣〉是怎样一部诗作?》《〈百鸟衣〉在艺术再创造时有何成就?》,《中国文学答问总汇》,北京十月文艺出版社1994年。

1996年

蒲惠民:《韦其麟的叙事诗》,《当代少数民族诗人论》,四川人民出版社1996年。

1997年

敏歧:《读韦其麟的散文诗五章》,《阅读与写作》1997年第9期。

杨长勋:《痛苦的升华》《歌唱那永远的主题》《深刻的保守》《民族的象征》《原型的变化与文体的转移》《文化人格的重塑》,《话语的边缘》,接力出版社1997年。

莫蔚:《坦荡做人,认真作文——著名壮族作家、中国作协副主席韦其麟访谈》,《广西工人报》1997年3月24日。

1998年

覃茂香:《民族的朝圣者》,《今日广西》1998年第12期。

1999 年

段宝林：《百鸟衣鉴赏》，王晓琴主编：《中外文学名著精品赏析》（下册），首都师范大学出版社 1999 年。

王一桃：《王一桃：韦其麟印象》，《香港·文艺之缘》，香港当代文艺出版社 1999 年。

2000 年

宋尤兴：《韦其麟的长诗〈百鸟衣〉究竟是创作还是整理》，《广西经贸》2000 年第 11 期。又载《广西日报》2000 年 11 月 3 日。

红波：《一件美丽的彩衣——韦其麟的〈百鸟衣〉印象》，《论理随谈卷》，天马图书有限公司 2000 年。

2001 年

韦坚平：《民族精神的彩虹生活思索的溪流——读〈广西当代少数民族作家丛书·韦其麟卷〉》，《南宁职业技术学院学报》2001 年第 4 期。

2003 年

徐润润：《百鸟衣》，《中国当代文学观察》，中国文联出版社 2003 年。

2004 年

施杰锋：《白纸上的苦果》，《广西电业》2004 第 4 期。

陈亦愚：《此中有真意——韦其麟〈赞美〉赏析》，《阅读与写作》2004 年第 5 期。

艾克拜尔·米吉提：《韦其麟与〈百鸟衣〉》，《中国民族报》2004 年 7 月 9 日。后载《艾克拜尔·米吉提作品集·评论卷》，民族出版社 2009 年。

2005 年

王敏之：《评说壮族诗人韦其麟的创作道路》，《广西师范学院学报》（哲学社会科学报）2005 年第 1 期。后载赵志忠主编：《20 世纪中国少数民族文学百家评传》，辽宁民族出版社 2007 年。

金丽、蔡勇庆：《从民间流传到文人创作——韦其麟叙事诗的伦理化探源》，《世界文学视野中的广西少数民族文学》，广西师范大学出版社 2005 年。

2007 年

刘伟盛、谢萍、唐睿岚：《韦其麟：用壮族文学织就传世〈百鸟衣〉》，《南宁日报》2007 年 9 月 19 日。

2008年

方程:《未必都是梦》,《防城港日报》2008年7月2日。

黄昆:《从韦其麟看壮族诗歌的文化适应》,北京师范大学本科学位论文,2008年。

韦新梅:《论民族作家与民间文学的流动性关系——以韦其麟的〈百鸟衣〉为例》,《四川大学学报》(哲社版)2008年第5期(增刊)。

王绍辉:《韦其麟:诗意的传说》,《当代广西文学的审美文化研究》,大众文艺出版社2008年。

张畅:《爱情〈百鸟衣〉》,《文学教育》2008年第10期。

2009年

陈肖人:《灵魂的呐喊 时代的清音——读韦其麟散文诗集〈依然梦在人间〉》,《出版广角》2009年第2期。后载《一支难忘的歌》,漓江出版社2013年。

梁肇佐:《寻梦者的歌吟——读韦其麟诗集〈依然梦在人间〉》,《文艺报》2009年8月13日;后载《中国民族报》2010年3月19日。

韦新梅:《民族文学道路的探索——韦其麟艺术创作论》,四川大学硕士论文,2009年。

2010年

缪俊杰:《韦其麟——真诚的壮族歌者》,《南方文坛》2010年第1期。

陈祖君:《论韦其麟的散文诗》,《南方文坛》2010年第1期。

俞锦容:《有梦真好——读韦其麟新书〈依然梦在人间〉》,《南宁日报》2010年4月20日。

虞飞虎:《新诗人:被培养的对象——以韦其麟、包玉堂为例》,《十七年叙事诗生成论》,暨南大学硕士学位论文,2010年。

2012年

韦国华:《愿天下的美梦都成真——读韦其麟〈依然梦在人间〉》,《柳州日报》2012年2月17日。

刘硕良:《珍贵的历史印痕动人的散文佳作——〈纪念与回忆〉序》,《广西文史》,2012年第3期。后载韦其麟著:《纪念与回忆》,广西师范大学出版社2012年版。

梁梓群:《论韦其麟诗歌中的悲剧艺术》,《歌海》2012年第5期。

韦国华:《人生坎坷也是诗——韦其麟〈纪念与回忆〉读后》,《柳州日报》2012年10月12日。

2013年

潘大林：《文坛前辈的那些事——读韦其麟〈纪念与回忆〉》，《广西日报》2013年9月17日。又载《广西文艺界》2014年第1期。

雷猛发：《壮民族精神的一曲绝唱——读韦其麟近作〈火焰般的木棉花〉》，《一孔一得》，广西人民出版社2013年。

方烙：《叙事长诗〈百鸟衣〉的美学探微——兼谈少数民族文学作品的创作出路》，《现代企业教育》2013年12期。

张蕾：《民族艺术生态发展规律探讨：以〈百鸟衣〉与〈刘三姐〉》为例，广西民族大学硕士论文，2013年。

李晓丽、鄢晓霞：《韦其麟——织就"百鸟衣"的壮族诗人》，金星华主编：《共和国少数民族文学家传》，贵州民族出版社2013年。

2014年

单昕：《民族形式及其现代转型——以壮族作家韦其麟的创作为例》，《民族文学研究》2014年第4期。

2015年

梁超然：《人间要真情 人间要善良——读〈纪念与回忆〉的杂感与杂忆》，《广西文史》2015年第3期。

2016年

何任朗：《壮乡青年的爱情 故事里还有故事——记叙事长诗〈百鸟衣〉作者家乡横县校椅镇文村》，《南宁晚报》2016年5月10日。

钟世华：《壮族身份认同中的民族寻根与文化守护——韦其麟诗歌研究之一》，《南方文坛》2016年第6期。人大复印资料《中国现代、当代文学研究》2017年第4期全文转载。

2017年

杨璐萌：《壮乡民族空间的构建——论韦其麟民间传说题材叙事诗》，《钦州学院学报》2017年第2期。

钟世华：《韦其麟研究综述——韦其麟诗歌系列研究之二》，《广西师范学院学报》（哲学社会科学版）2017年第6期。

张烁：《作家创作与民间文学的发展——韦其麟〈百鸟衣〉及其前世与今生》，广西民族大学硕士论文，2017年。

后 记

在经过了两年多漫长的"耕作期"后,我终于"收获"了这本《文学桂军研究资料丛书·韦其麟研究》。对韦其麟的研究始于2015年,当时我以"韦其麟年谱长编"为题目,申报了广西哲学社会科学规划研究课题,没想到竟获得了立项,并得到了经费资助,这更加坚定了我继续研究韦其麟的决心。此后,围绕着韦其麟的研究,我开始按计划展开一系列的相关工作,包括搜集资料、整理目录、筛选论文等等。当时我手头上只有一本周作秋教授编的《中国当代文学研究资料丛书:周民震·韦其麟·莎红研究合集》(漓江出版社,1984年),这也是迄今为止一本较为完整的韦其麟研究资料,其中收录有韦其麟的研究文章10多篇。但随着研究的不断深入,我发现该书存在着一些错漏之处,并且有着基于社会时代因素之上的局限性。目前来看,学界1983年以前对于韦其麟的研究较为有限,而在此之后,韦其麟的研究受到重视,无论就单篇评论,还是文学史的写作来说,学界的研究均达到了相应的高度。

起初,我以为做本研究资料应该很容易,无非是各处搜集作家曾经发表过的作品,整理一下别人做过的评论文章,挑挑选选就可以了,半年时间就能完成。但随着研究的行进,我发现做研究资料的工作并没有想象的那么容易,尤其对于一位20世纪40年代就开始创作的作家来说,要做好他的研究资料,就要投入更多的精力,克服更大的困难。

我首先遇到的最大难题是资料搜集问题。由于韦其麟先生的创作时间跨度较大,很多原始资料连他自己也没有保留,这便为研究带来了诸多的阻碍。我依然记得第一次拜访韦其麟先生时的"尴尬":在没有准备充分的情况下,我直接上门"讨要"他发表过作品的期刊,结果正如后来我所读到的王云高在《韦其麟采访记》中所写的那样——"吃了'闭门羹',甚至连他自己出版的专著都没有多余的可以赠送"。后来我改变了策略,开始多方面寻找资料,多方位、多角度地阅读这位令我尊敬的先生。为了做好这本研究资料,我已不知道到过他家多少回,我们从陌生到相识,从相识到熟知。到现在,我俨然已和他成为了无话不谈的老朋友——聊他的童年与大学生活,聊他所经历的那些苦难与不易,当然也聊一些深藏在他心底深处的故事。感谢韦其麟先生,每一次的聆听,都是一种学习;每一次的交谈,都是一种分享；每一次拜访，我都能感受到他独特的人格魅力和精神境界，诚如张燕玲老师所说："60年来(韦其麟)一直以其高洁的为人和烂漫的诗意成为广西文学的一个精神高度。"

于我而言，做研究资料的过程累并快乐着，每一次新的发现都给我带来了新的喜悦。有一次，我发现《民族文学研究》(1990年第1期)曾对《中国边境的文学》(日本同学社出版社，1989年)一书的出版状况有过报道，指出该书介绍了中国25个少数民族的32位有影响的当代作家及其代表作，其中一位就是韦其麟。于是，我托朋友到国家图书馆、相关高校图书馆等地帮忙寻找该书，结果无功而返。为了能找到这篇文章，我随后委托日本朋友帮忙购买了这本书。买到书后，由于涉及翻译和出版问题，我又分别致信牧田英二教授的同事杨立明教授和日本同学社进行问询。不日，我便收到杨立明教授的回信："与牧田教授联系后，他本人对翻译及收录他的作品没有问题。"我这才放下心来。随后，通过朋友找到北京师范大学外国语言文学学院的陈鹏安博士帮忙翻译。还有一次，读到诗人晓雪的一篇文章，得知韦其麟在武汉大学中文系读书时，曾和晓雪、叶橹共同负责编过校报《新武大》的"文艺版"。于是，我便在网上搜索1953年至1957年的《新武大》，试图找到韦其麟发表的作品。但经过查询，网上仅有3张《新武大》在卖，分别是1954年5月29日、1954年7月24日和1956年5月5日。当时，我抱着试一试的心态买了这3张报纸，惊讶的是，韦其麟作的长诗《献给年轻的伙伴们》竟刊登于1956年5月5日的《新武大》上，这是一首佚作。

在做这本研究资料的同时，我还撰写了《壮族身份认同中的民族寻根与文化守护——韦其麟诗歌研究之一》《<百鸟衣>的经典建构与影响焦虑》《壮族诗人韦其麟的诗语意象探究》等研究韦其麟的论文，先后发表在《南方文坛》《民族文学研究》《广西民族大学学报》等学术刊物上，其中2篇还被《中国人民大学复印报刊资料·现、当代文学研究》全文转载，先后获得广西第十五次社会科学优秀成果奖三等奖和广西文艺六十年暨广西文艺评论年度推优作品，这些都无疑增添了我继续做好韦其麟研究和《文学桂军研究资料丛书》的信心和希望。

这本书，从某种意义上来说是"集体研究"的成果，我只不过是其中的"一分子"而已。衷心感谢所有研究过韦其麟的专家和学者，正因为有了你们的研究成果，才有了这本小书。

临近出版时，广西壮族自治区党委原副书记、广西文联原主席、广西桂学研究会创会会长潘琦先生为本书题字，令我感动不已。广西文艺评论家协会主席容本镇教授在百忙之中抽空为本书所作的序言，为本书增色不少，特别感谢他对我的厚爱，从第一本书到现在的第四本书，先生都非常支持我、提携我，常教导我做研究要踏实，要找准自己的方向。感谢我的博士生导师郑春教授一直以来对我的学业的关心和支持，感谢贺仲明、张桃洲、张洁宇、石一宁、张燕玲、唐春烨、丘晓兰、纪明等老师为本书提出的宝贵意见和建议，感谢史建国、张凯成等兄弟帮忙查找其中的一些资料，感谢广西区图书馆和南宁师范大学图书馆为查找资料提供的便利；感谢南宁师范大学为本书提供的出版基金。最后，感谢梁晓婷为本书设计的精美封面，云南大学出版社王翌洋、石可编辑的辛勤付出。当本书即将付梓之际，我送了一册给韦其麟先生向他请教,无意中读到了他写的一封《致友人》的信,现全文附上,权当一种鼓励和鞭笞吧。

这是《文学桂军研究资料丛书》的第一本,我期待着第二本、第三本、第四本……如一个母亲,盼望着自己将要出生的婴儿,期待着一套《文学桂军研究资料丛书》的完美呈现。

钟世华

2018年12月

附录:

《致友人》

XXX:

谢谢,电话中你答应看一看这本有关我的书稿,今送上。

这书稿的编著者是一位年青的朋友,他也写诗,写诗歌评论,现在高等院校任职。

多年前,他曾打电话给我,说希望对我作一次关于诗歌的访谈。由于年纪的老去,思维的迟钝和保守,对报刊上有些关于诗歌的说法和诗歌作品,也看不懂。自觉得实在谈不出什么名堂,如硬着头皮装懂乱说一通,恐怕只有出丑的份。我感谢他的好意,对他坦率说了我的心思。他也爽快,免了那次访谈。这是我和他没有见面的最初的交往。

老弱了,我对写作,对文坛的事已不挂心,也无力关注,这些年来,孤陋寡闻。两年前,收到他赠我的一册长江文艺出版社出版的《穿越诗的喀斯特——当代广西本土诗人访谈录》。厚厚的一册三百多页,记录着他对正活跃于广西诗歌领域的25位60岁以下诗人的访谈。我才知道,他并未放弃"访谈"。

他耗时几年的这部访谈录,较全面地展现了当代诗歌在广西的状况。资料的真实和丰富,是最为可贵最具特色的,当然也具有其学术的价值意义。这些访谈,对访谈对象的了解,对诗人作品的研究,对话题的提出,都是花了很大的工夫,做了充分准备的。这些有着相当深度的访谈,也可以说是他对诗歌评论和研究的一种方式。

这本访谈录表明了他对我们广西本土的诗人和诗歌创作的关心与钟情,他说今后他仍对广西的诗歌研究倾注热情。这一点特别令我感动而钦佩,作为广西人,他并不像有的八桂人士因为广西在经济文化上由于历史的或其他原因造成与先进地区有所差距的状况而自卑,甚至连一些世人所公认所肯定的传统优良产品如八角玉桂之类,也因自馁而流露出鄙夷神情说这些东西"有股异味"以显示自己的先进。他对广西诗歌的这种热情,他的劳作,我相信会为广西的诗歌园地的欣欣向荣起着美好的作用。

当他对我提出要编著《文学桂军研究资料丛书·韦其麟研究》这部书时,我考虑到自己的作品数量和质量都还差劲,分量不足,诚恳地对他说,有必要把那么多的精力和时间投入这样的一项工作吗?值得吗?我的话并未动摇他已定的决心,他提到,1984年漓江出版社出版过由广西师大的老师编著的这样的书,30多年过去了,他想继续这项工作,对1983年以前的情况也拟作必要的补充,使之较为完善,盼望得到我的理解和支持。由于自己以往有相当漫长的岁月在非文艺岗位上度过,甚至不想再从事文学创作,对自己有关的资料不注意保存,遗弃的遗弃,丢失的丢失,手头的资料很少。对他表明,在资料方面恐怕难以提供较好的支持;因为我知道编著这样的一部书,资料是极重要的基础。他说,能提供就提供,资料的事由他想办法解决,尽力去搜集。

　　果然,他这样说,也这样做了。在本书稿的编著过程中,我深感他对工作的热情深入,严谨认真,细致小心,这是我所不及的。特别是他做的作品索引、著作系年、研究资料索引等几个附录,不少资料是我从不知道的,他搜集到了;一些连我自己都忘得精光的资料,他也发现了。他总力求把情况介绍得全面和完整些,知道我1983年曾作为中国作家代表团的成员访问泰国,问我有什么照片或文章,我也尽可能提供了。

　　这部书稿不仅仅是有关种种资料的选编,其中有他几篇关于我的创作的论述。他的论文和别人的评论,对我的写作和作品都是鼓励肯定的多。作为这样性质的一部书,我觉得,应把各个时期对作家及其作品的看法,肯定否定,说好说坏,全面地有所反映。在我们居住的南宁市,1988年所谓的"88反思"被认为是开放改革40年广西文坛的大事了。记得吧,那次"反思"讨论的文章,有的是专门提到我的创作道路和作品的,不乏否定的意见。我以为,这种怀着否定态度的文章也应选入本书。这样全面些,也可为今后研究广西文学发展提供具体确实而非笼统的资料,使人更清晰地明白那场"反思"中种种真实的状态及其在广西文学创作发展中的意义和作用。不知你以为当否?

　　经历不算暂短的时日,他编选出了这部书稿正征求意见,送一册给我。我想到了你,几十年来,我们之交虽也"淡如水",但不算是"君子",彼此不伤害,互相也了解罢了。因此把书稿送上,请一阅,有什么意见请告诉我,以便转告此书的年轻编著者。

　　顺颂时祺。

韦其麟
戊戌年夏日